明清小说观止

中国古典文学观止丛书

丛书主编 尚永亮
本书主编 魏崇新

陕西新华出版传媒集团
陕西人民教育出版社
·西安·

撰搞人(以姓氏笔画为序)：

于盛庭　万建清　马晓芸　王汝梅　王枝忠　王福利
孔繁华　李时人　李延年　沈伯俊　张志江　陈建生
周志明　孟昭连　郑广智　胡邦炜　赵兴勤　魏崇新

总　　序

物华天宝,人杰地灵。在中华文明古国五千年的历史进程中,数不清的文人才士,经过代复一代顽强持续的努力,创作出了难以数计的各种体裁的文学精品,宛如取之不竭、用之不尽的昆山邓林。这些文学精品不仅极大地丰富了中华民族的文化宝库,而且以其超越时空的永恒魅力,在世界范围内发生着越来越深远的影响。作为当代的文化人,我们无比珍视这笔财富,为了做到既对得起昨日的历史,又无愧于今日的时代,使古典文学从高雅的殿堂走向千家万户,我们特在全国范围内约请数百位专家学者,共同编纂了这套大型《中国古典文学观止》丛书。

《中国古典文学观止》丛书分诗骚、先秦两汉文、历代小赋、历代小品文、汉魏六朝乐府、唐诗、唐宋八大家文、宋词、元曲、明清小说十册,收录作品2000余篇,总计约500万字。在编写体例上,它不同于时下流行的各类文学选本和鉴赏辞典,除传统的作者简介、注释外,另辟【今译】【点评】【集说】诸栏目。【今译】力求信、达、雅,便于读者对原作的阅读理解;【点评】避免了长篇赏析的空泛,抓住要点难点,既单刀直入、抽笋剥蕉,又提纲挈领、点到为止,给读者留下了广阔的思考空间;【集说】则荟萃了历代对每一作品的具体评说,便于人们从多角度、多层面理解原作,并具有较强的资料性。总之,通过这些方法,我们力争做到探幽抉隐,快人耳目,画龙点睛,开启思维,使得一册在手,专业读者不觉其浅,一般读者不嫌其深,雅俗共赏,老少咸宜。

丛书的顺利完成和出版,得力于各分册主编和作者的协作努力,也得力于陕西人民教育出版社的领导和综合编辑室诸位编辑的无私帮助。值此丛书修订、再版之际,我们谨对参与其事的各位同仁一并致以真诚的感谢!并希望广大读者能在这套丛书数千篇文学精品的游弋中,获得"观止"的感受。

尚永亮

2017年岁首于珞珈山麓

目 录

前 言 …………………………… (1)
罗 贯 中
　《三国演义》(节选)
　　关羽温酒斩华雄 ………… (3)
　　群英会蒋干中计 ………… (5)
　　华容道放曹 …………… (10)
　　诸葛亮巧施空城计 …… (13)
施 耐 庵
　《水浒传》(节选)
　　鲁提辖拳打镇关西 …… (18)
　　杨志卖刀 ……………… (21)
　　武松打虎 ……………… (25)
吴 承 恩
　《西游记》(节选)
　　大闹天宫 ……………… (30)
　　三打白骨精 …………… (36)
　　车迟国赌赛 …………… (46)
　　智取芭蕉扇 …………… (54)
瞿 佑
　《剪灯新话》(节选)
　　翠翠传 ………………… (58)
　　绿衣人传 ……………… (71)
冯 梦 龙
　《喻世明言》(节选)
　　沈小霞相会出师表 …… (79)
　《醒世恒言》(节选)
　　卖油郎独占花魁 ……… (96)
　《警世通言》(节选)
　　杜十娘怒沉百宝箱 …… (131)
凌 濛 初(节选)
　《初刻拍案惊奇》(节选)

　　转运汉巧遇洞庭红　波斯胡指
破鼍龙壳 ………………… (148)
　《二刻拍案惊奇》(节选)
　　同窗友认假作真　女秀才移花
接木 ……………………… (165)
兰陵笑笑生
　《金瓶梅》(节选)
　　潘金莲激打孙雪娥 …… (187)
　　宋蕙莲含羞自缢 ……… (190)
　　潘金莲驯养雪狮子 …… (197)
许 仲 琳
　《封神演义》(节选)
　　陈塘关哪吒出世 ……… (203)
董 说
　《西游补》(节选)
　　孙大圣审秦桧 ………… (210)
佚 名
　《梼杌闲评》(节选)
　　田尔耕献金认父 ……… (219)
佚 名
　《平山冷燕》(节选)
　　小才女嘲杀老诗人 …… (224)
名教中人
　《好逑传》(节选)
　　才子佳人闹公堂 ……… (235)
褚 人 获
　《隋唐演义》(节选)
　　秦琼卖马 ……………… (244)
冯 梦 龙　蔡 元 放
　《东周列国志》(节选)
　　乐羊子怒啜中山羹 …… (255)

钱 彩 金 丰
　《说岳全传》(节选)
　　下战书牛皋进金营……(263)
东鲁狂古生
　《醉醒石》(节选)
　　假虎威古玩流殃　奋鹰击书生仗义……(267)
李 渔
　《连城璧》(节选)
　　谭楚玉戏里传情　刘藐姑临终死节……(275)
蒲 松 龄
　《聊斋志异》(节选)
　　叶　生…………(301)
　　婴　宁…………(310)
　　促　织…………(328)
袁 枚
　《子不语》(节选)
　　捉　鬼…………(339)
　　卖蒜叟…………(341)
　　三姑娘…………(342)
纪 昀
　《阅微草堂笔记》(节选)
　　冥间隐者…………(348)
　　李生遗恨…………(350)
　　角妓行侠…………(355)
西 周 生
　《醒世姻缘传》(节选)
　　悍妻逞毒害双亲………(359)
李 绿 园
　《歧路灯》(节选)
　　谭绍闻吞饵得胜筹……(365)
吴 敬 梓
　《儒林外史》(节选)
　　范进中举…………(371)
　　马二先生游西湖………(379)
　　王玉辉劝女殉节………(383)

　　市井四奇客…………(386)
曹雪芹 高 鹗
　《红楼梦》(节选)
　　熙凤出场…………(398)
　　共读《西厢》…………(401)
　　尤三姐笑骂浪荡子……(404)
　　抄检大观园…………(407)
　　黛玉焚稿…………(412)
佚 名
　《绿牡丹全传》(节选)
　　父女擂台双取胜………(416)
文 康
　《儿女英雄传》(节选)
　　十三妹大闹能仁寺……(422)
石玉昆 俞 樾
　《三侠五义》(节选)
　　石惊赵虎侠客争锋……(430)
张 南 庄
　《何典》(节选)
　　畔房小姐黑夜打鬼……(434)
李 汝 珍
　《镜花缘》(节选)
　　粉面郎缠足受困………(440)
魏 秀 仁
　《花月痕》(节选)
　　情脉脉一出《红梨记》
　　…………(448)
李 宝 嘉
　《官场现形记》(节选)
　　文制台见洋人…………(455)
吴 趼 人
　《二十年目睹之怪现状》
　　苟才献寡媳…………(459)
刘 鹗
　《老残游记》(节选)
　　白妞说书…………(464)
曾 朴
　《孽海花》(节选)
　　傅彩云直言…………(469)

前 言

　　文学代兴,各不相袭,唐诗、宋词、元曲,各极一代之盛,至明清而小说兴盛,蔚为大观,作家辈出,名作如林,异彩纷呈,令人叹为观止。

　　明清小说数量众多,成就不一,就体裁而言有长篇、短篇之分,其中短篇因语言形式的差异又分为文言与白话两类。就题材与内容而分,又有历史演义、英雄传奇、公案侠义、才子佳人、神魔、人情、讽刺、谴责、狭邪之别。既有洋洋百万言的宏篇巨制,也有数千字甚至几百字的精粹短章,内容丰富,形式多样,难以尽述。我们只能撮其精要,述其梗概,以探其发展之脉络,窥其艺术之一斑。

　　明代,首先崛起于文坛的是《三国演义》《水浒传》《西游记》三大小说,它们在宋元讲史与说话基础上发展而来,经历代积累最后由文人编定而成,分别代表了历史演义、英雄传奇与神魔小说的高峰,为后代同类小说的创作提供了难以企及的范本。

　　《三国演义》是历史与艺术有机结合的典范,以宏伟的结构、磅礴的气势、众多的人物,艺术地再现出三国时期复杂纷纭的历史,描绘了波澜壮阔的军事战争的场面。它的出现带来了明代历史演义小说创作的繁荣,《隋唐演义》《英烈传》《北宋志传》《杨家府演义》《西汉通俗演义》《列国志传》等,莫不受其浸染。《水浒传》以连环传记的长篇形式,真实地描绘了一百零八位好汉被逼上梁山,反抗官府的行动,及其受招安后的凄惨结局。它的成功主要在于作者善于用通俗晓畅、简洁凝练的语言,生动传神的写实手法,雕塑出一系列颇具个性色彩的传奇英雄的群像。《西游记》把历史上玄奘取经的宗教故事改造为一部神奇无比、引人入胜的神魔小说,奇幻的想象,大胆的夸张,谐谑的情调与神秘莫测的神话世界,使它具有其他小说无法比拟的象征性、寓言性与趣味性,而在它那看似谐谑扑朔迷离的对神魔世界的描写中,却潜映着现实的社会与现实的人生。《西游记》之后,仿效之作纷起,较有名的有《封神演义》《西游补》《西洋记》,至于《续西游记》《后西游记》《四游记》等,多是东施效颦,成就甚微。

如果说《三国演义》《西游记》《水浒传》是集体创作、积累型的作品,代表着古典主义的创作方法,那么明代后期《金瓶梅》的出现则给中国古代小说的创作带来崭新的变化。《金瓶梅》是在晚明商品经济发展,市民意识增强的基础上诞生的"新品种",是第一部由文人独立创作的长篇小说。它取材于当时的社会现实,通过西门庆一生经商致富、投机钻营、发迹变泰直至纵淫暴亡的兴衰史,写出了晚明社会的形形色色,开创了人情小说的先河,使中国古代小说的创作由古典主义走向批判现实主义,具有了近代意识,成为中国小说发展史上的里程碑。继《金瓶梅》之后,在明末清初掀起了一股才子佳人小说创作的高潮,小说的作者大都是失意的下层文人,小说所写多是能诗善文的文人才子与美貌多情的才女之间的大团圆的婚姻喜剧,内容形式千篇一律的公式化,人物描写千人一面的概念化,使这类小说缺乏创新意识;创作中固执的意念与恒定的模式,使这类小说成为落魄文人抒发白日梦幻的最佳方式。

继明代小说的繁盛之后,到了清初,古代小说的创作继续着它的黄金时代。蒲松龄、吴敬梓、曹雪芹三大小说家的出现为中国小说史树起了三座不朽的丰碑。就长篇小说而言,吴敬梓的《儒林外史》异军突起,以其对儒林灵魂淋漓尽致的剖析给人带来含泪的笑,反映出作者站在时代的高度对社会进行的痛苦思索,对人生理想的朦胧追求。吴敬梓"秉持公心,指摘时弊",以其卓绝的讽刺艺术使《儒林外史》成为中国古代长篇讽刺小说的杰出代表。《红楼梦》在思想与写法上打破了传统小说创作的模式,开拓创新,独领风骚。它围绕着贾宝玉、林黛玉的爱情悲剧以及贾府的兴衰,把艺术的笔触深入到封建社会的各个层面,揭示了封建社会的末世衰运与人生幻灭。它那深沉的忧患意识,凄凉的感伤情绪,浓重的悲剧氛围,以及叙述故事、描摹人生、刻画人物的逼真细腻的现实主义手法,写景状物一唱三叹的抒情格调,使其成为中国小说史上的千古绝唱,也使中国古代小说的创作达到了辉煌的艺术顶峰。当然,红花还需绿叶扶持,《儒林外史》《红楼梦》并不是孤独无依的大树,而是群山环绕中的高峰,在它们的前后左右,众星拱月般地闪烁着《醒世姻缘传》《歧路灯》《好逑传》《绿野仙踪》《儿女英雄传》《镜花缘》这些灿烂的群星。西周生的《醒世姻缘传》与李绿园的《歧路灯》是两部以写家庭生活为主的人情小说,不论是写两世姻缘的恩怨相报,还是写浪子回头的悲悲喜喜,它们皆是以劝世喻人为主旨,围绕封建家庭中伦理与人际关系的描写展示了广阔的世俗风情,丰富了古代小说创作的内容。

无可讳言,在《红楼梦》之后,古代小说的创作从高峰急遽跌落,开始走上式微之途。不管文康在《儿女英雄传》中如何煞费苦心地把英雄壮志与儿女情长糅合起来;也不管李汝珍如何试图在《镜花缘》中炫耀自己的才学与博识;石玉昆如何在《三侠五义》中张扬豪侠之士的忠肝义胆与绝世武功,都无法挽回古代小说创作的衰运,更不要说像《野叟曝言》《蟫史》那样的庸劣之作了。把古代小说创作引向歧途的还有一种以写文人与妓女的风流韵事为主要内容的"狭邪小说",如《青楼梦》《花月痕》《品花宝鉴》《海上花列传》《九尾龟》,或写文人与妓女的恋爱,或写嫖客嫖妓的心态,在背离文学原则的道路上越走越远。晚清国运衰退,朝政腐败,列强纷争,内乱频起,为谋求救国之路,改良运动兴起。为适应时代的需求,谴责小说应运而生,成就最高的是以李宝嘉的《官场现形记》、吴趼人的《二十年目睹之怪现状》、刘鹗的《老残游记》、曾朴的《孽海花》为代表的"四大谴责小说"。这类小说承袭《儒林外史》的批判精神与讽刺艺术,暴露官场内幕,宣扬改良思想,贴近现实,提高了小说的政治功用与社会批判能力。然而由于作者急功近利,辞气浮露,笔无藏锋,结构松散,人物苍白是这类小说的通病。谴责小说兴起后,中国古代小说的发展也到了尾声。

中国的文言短篇小说产生于魏晋,盛于唐,衰于宋,至元明而一蹶不振,稍有可观者是明初瞿佑的《剪灯新话》、李昌祺的《剪灯余话》、邵景詹的《觅灯因话》。"三话"多以烟粉灵怪为描写的内容,除个别篇章稍有新意外,题材上无法超越前人,艺术上亦难称上乘。至于后来的《钟情丽集》《国色天香》等,不是写文人骚客的风流韵事,就是写才子佳人的艳情种种,格调卑弱,技巧平庸,无足称道。直到清初蒲松龄《聊斋志异》的出现,才把文言短篇小说的创作推向新的高峰,蒲松龄以才子之笔洞察人生,烛照社会,宣泄自我,使花妖狐鬼各具人情,而他那种将史传、传奇、志怪融于一炉的高妙的创作方式,使文言短篇小说的艺术臻于炉火纯青的化境。在蒲松龄的带动下，文言短篇小说的创作在清初出现了真正的复兴，袁枚的《子不语》、纪昀的《阅微草堂笔记》、沈起凤的《谐铎》、和邦额的《夜谭随录》、长白浩歌子的《萤窗异草》，皆学步蒲留仙，以谈奇述怪为能事，然因才力不逮，无论思想内容还是艺术形式都难以摆脱《聊斋志异》的窠臼。

明代白话短篇小说继承了宋元话本的传统并加以发展，早期编辑的话本小说集如《清平山堂话本》多是宋元旧作，难以反映明代白话短篇小说创作的面貌。只有到了冯梦龙、凌濛初才开创了明代白话短篇小说创作的新局面，"三言""两拍"也因之成为明代白话短篇小说的代表。"三言""两拍"是晚明市民意识勃兴的产物，虽然其内容庞杂，但从总体倾向看，其所反映的是市民阶层的审美情趣与价值观念。不论是《卖油郎独占花魁》，还是《转运汉巧遇洞庭红》，映射出的都是市民阶层的婚姻爱情观念及其经商发财的心理渴求。冯梦龙、凌濛初创作"三言""两拍"的目的是"喻世""警世""醒世"。他们把劝善惩恶的思想，伦理教化的意图与娱乐性、趣味性相结合，使"三言""两拍"迎合了市民阶层的欣赏需求，从而在社会上广泛流行，带动了白话短篇小说创作的兴盛。《西湖二集》《石点头》《醉醒石》《清夜钟》等都是这一时期涌现的作品集。清初文人李渔创作的白话短篇小说集《十二楼》《连城璧》，继"三言""两拍"之后把白话短篇小说的创作带到一个新阶段，使本来属于市民阶层的白话短篇小说进一步文人化，不仅带有市民的娱乐意识，也具有文人士大夫的消遣情调，不论是写爱情、述风流，还是讲道学、描世态，都染上作者本人的思想情趣与个性色彩。李渔在小说艺术上追异求新，情节设计精巧，善于把戏剧艺术融入小说创作中，使白话短篇小说的创作技法更加精致纤巧。

总览明清小说的艺术发展，由明至清，呈现出由集体创作到个体创作，由世俗化向文人化发展的趋势。如果说明代小说是由集体创作向个体创作的过渡，小说创作是以大众意识与市民情趣为主，那么到了清代，小说的创作则由文人个体创作为主。小说本身也成为文人认识社会，阐释人生，抒发自我情感的重要工具，小说的内容也更加广阔深刻，艺术也更加成熟。题材的开掘逐渐由对历史的演义转化为对现实的关注，人物塑造由性格单纯的类型化向性格复杂的个性化演进，小说的结构形式也由单线平面日渐向复线立体发展，愈来愈严谨，具有更大的涵容量。从《三国演义》《水浒传》，中经《金瓶梅》而至《红楼梦》，这种演进已基本完成。明清小说的创作奠定了中国传统小说独具一格的民族特色，丰富了中华民族文化的宝库。

漫步在明清小说园地，百花盛开，争奇斗艳，春兰秋菊，各呈风姿，使人目不暇接。为了使广大读者一睹明清小说的风采，我们编选了这本《明清小说观止》，从明清小说的百花园中着意采撷了一批艺术精品，其中有雍容华贵的牡丹，也有清逸淡雅的兰花；有千古不朽的名篇佳作，也有为人忽视而又有欣赏价值的二三流作品。各种类型、各种题材的小说尽量包容，长篇选其精彩的片断，短篇酌录全文，取精去粗，加以点评，以期使读者对明清小说的精粹部分有一个较为系统全面的了解。当然，由于编者水平所限，采摘失当，挂一漏万，在所难免，恳望方家教正。

魏崇新

罗贯中

罗贯中,元末明初人。名本,一说名贯,字贯中,别号湖海散人。籍贯有东原(今山东东平)、太原(今山西太原)、钱塘(今浙江杭州)诸说,近年主要集中为"东原"说与"太原"说之争。生活年代不详。鲁迅考定为约在1330—1400年;近年有人认为生于1315—1318年,卒于1385—1388年。生平事迹多不可考。明王圻《稗史汇编》称其为"有志图王者",而语焉不详。阅历广泛,才力富赡,著作甚丰。今知者其著有杂剧三种:《赵太祖龙虎风云会》《三平章死哭蜚虎子》《忠正孝子连环谏》(今仅存《赵太祖龙虎风云会》一种);又相传其撰有小说十七史演义,今存四种:《三国演义》《隋唐两朝志传》《残唐五代史演义传》《三遂平妖传》;罗贯中可能参加过《水浒传》的创作或加工(参见下文《水浒传》作者小传);此外,罗贯中的"乐府隐语,极为清新"。其代表作为《三国演义》。这部作品以深刻鲜明的历史精神、虚实结合的艺术、丰富生动的故事情节、严密完整的结构艺术手法,成为中国小说史上第一部真正的历史演义小说。

《三国演义》(节选)

关羽温酒斩华雄⁽¹⁾

忽探子来报:"华雄引铁骑下关,用长竿挑着孙太守赤帻,来寨前大骂搦战。"绍曰:"谁敢去战?"袁术背后转出骁将俞涉曰:"小将愿往。"绍喜,便著俞涉出马。即时报来:"俞涉与华雄战不三合,被华雄斩了。"众大惊。冀州牧韩馥曰:"吾有上将潘凤,可斩华雄。"绍急令出战。潘凤手提大斧上马。去不多时,飞马来报:"潘凤又被华雄斩了。"众皆失色。绍曰:"可惜吾上将颜良、文丑未至!得一人在此,何惧华雄!"言未毕,阶下一人大呼出曰:"小将愿往斩华雄头,献于帐下!"众视之,见其人身长九尺,髯长二尺,丹凤眼,卧蚕眉,面如重枣⁽²⁾,声如巨钟,立于帐前。绍问何人。公孙瓒曰:"此刘玄德之弟关羽也。"绍问现居何职。瓒曰:"跟随刘玄德充马弓手。"帐上袁术大喝曰:"汝欺吾众诸侯无大将耶?量一弓手,安敢乱言!与我打出!"曹操急止之曰:"公路息怒。此人既出大言,必有勇略;试教出马,如其不胜,责之未迟。"袁绍曰:"使一弓手出战,必被华雄所笑。"操曰:"此人仪表不俗,华雄安知他是弓手?"关公曰:"如不胜,请斩某头。"操教酾⁽³⁾热酒一杯,与关公饮了上马。关公曰:"酒且斟下,某去便来。"出帐提刀,飞身上马。众诸侯听得关外鼓声大振,喊声大举,如天摧地塌,岳撼山崩,众皆失惊。正欲探听,鸾铃响处,马到中军,云长提华雄之头,掷于地上。其酒尚温。

【注释】（1）本段选自《三国演义》第五回《发矫诏诸镇应曹公　破关兵三英战吕布》。说的是诸侯联军共讨董卓,董卓遣勇将华雄至汜水关迎敌。华雄先斩鲍信之弟鲍忠,继败联军先锋孙坚,乘战胜之威,来向联军挑战,由此引出"温酒斩华雄"的精彩故事。　（2）重枣:赭红色。　（3）酾（shī）:斟酒。

【今译】（略）

【点评】"温酒斩华雄"是《三国演义》中表现关羽的高超武艺和英雄气概的第一个精彩片断。作者在艺术描写上别开生面,把整个情节写得不同凡响。其一,善于衬托。情节一开始,乘胜而来的华雄直逼诸侯联军寨前挑战,气势汹汹,先声夺人。袁术部下骁将俞涉出马,不到三合便被斩于马下;韩馥部下上将潘凤出马,片刻之间又做了刀下之鬼。两番厮杀,把华雄衬托得威风凛凛,不可一世。然而,就是这个连战连胜的华雄,顷刻之间却死于关羽之手,这就越发衬托出关羽的无比神威。就联军内部而言,骁将也好,上将也罢,往往徒有虚名,不堪一击;而那些官高爵显,各据一方的诸侯,在强敌面前不是大惊便是失色,真正扭转颓势的,却是一个小小的马弓手。这具有讽刺意味的对比,又是一种有力的反衬。层层衬托,充分证明了出身低微的关羽远远高出众人,不愧为威震天下的英雄。其二,巧于虚写。本段写了三场厮杀,但作者一次也没有正面描写战场交锋,而始终把视角集中在袁绍的中军帐内,通过诸侯们的耳闻战报来反映战场情势,烘托人物形象。华雄先斩俞涉,诸侯们只闻"即时报来";再斩潘凤,诸侯们又只闻"飞马来报"。尽管厮杀过程不着一字,华雄之凶悍已如在目前。待到关羽出马,"众诸侯听得关外鼓声大振,喊声大举,如天摧地塌,岳撼山崩",寥寥数语,把战斗之激烈渲染得淋漓尽致;更妙的是,众诸侯还没来得及探听,已是"鸾铃响处,马到中军,云长提华雄之头,掷于地上"。鸾铃声,马蹄声,人头掷地声,压倒了一切,活脱脱地凸现出一位盖世英雄的形象。其三,妙于夸张。在这里,那杯酒作为一件道具,起了重要的作用。曹操为关羽"酾热酒一杯",显示出慧眼识人的非凡胸襟;关羽回答"酒且斟下,某去便来",可见蔑视强敌的极人的自信;而当他凯旋时,"其酒尚温"。胜得多么迅捷,多么潇洒!这杯酒的作用,胜过千言万语,使全篇洋溢着浪漫主义的阳刚之美。从此,关羽的威武形象便如一尊巨大的浮雕,巍然矗立在千千万万读者的心中。

【集说】呜呼!英雄岂易量哉!公孙瓒背后之一人(按:指刘备)为惊天动地之人,而此一人又有背后之两人,又是惊天动地之人。英雄不得志时,往往居人背后,俗眼不能识,直待其惊天动地,而后叹前者立人背后之日,交臂失之。孰知其背后冷笑之意,固早视十八路诸侯如草芥矣!(毛宗岗评改《四大奇书第一种》回评)

写得华雄声势,越衬得云长声势。(同上书夹评)

都用虚写,妙。(同上书夹评)

(沈伯俊)

群英会蒋干中计⁽¹⁾

(蒋)干葛巾布袍,驾一只小舟,径到周瑜寨中,命传报:"故人蒋干相访。"周瑜正在帐中议事,闻干至,笑谓诸将曰:"说客至矣!"遂与众将附耳低言,如此如此。众皆应命而去。

瑜整衣冠,引从者数百,皆锦衣花帽,前后簇拥而出。蒋干引一青衣小童,昂然而来。瑜拜迎之。干曰:"公瑾别来无恙!"瑜曰:"子翼良苦,远涉江湖,为曹氏作说客耶?"干愕然曰:"吾久别足下,特来叙旧,奈何疑我作说客也?"瑜笑曰:"吾虽不及师旷之聪⁽²⁾,闻弦歌而知雅意。"干曰:"足下待故人如此,便请告退。"

瑜笑而挽其臂曰:"吾但恐兄为曹氏作说客耳。既无此心,何速去也?"遂同入帐。叙礼毕,坐定,即传令悉召江左⁽³⁾英杰与子翼相见。

须臾,文官武将,各穿锦衣;帐下偏裨将校,都披银铠,分两行而入。瑜都教相见毕,就列于两旁而坐。大张筵席,奏军中得胜之乐,轮换行酒。瑜告众官曰:"此吾同窗契友也。虽从江北到此,却

不是曹家说客。公等勿疑。"遂解佩剑付太史慈曰:"公可佩我剑作监酒:今日宴饮,但叙朋友交情;如有提起曹操与东吴军旅之事者,即斩之!"太史慈应诺,按剑坐于席上。蒋干惊愕,不敢多言。周瑜曰:"吾自领军以来,滴酒不饮;今日见了故人,又无疑忌,当饮一醉。"说罢,大笑畅饮。座上觥筹交错。饮至半酣,瑜携干手,同步出帐外。左右军士,皆全装惯带,持戈执戟而立。瑜曰:"吾之军士,颇雄壮否?"干曰:"真熊虎之士也。"瑜又引干到帐后一望,粮草堆如山积。瑜曰:"吾之粮草,颇足备否?"干曰:"兵精粮足,名不虚传。"瑜佯醉大笑曰:"想周瑜与子翼同学业时,不曾望有今日。"干曰:"以吾兄高才,实不为过。"瑜执干手曰:"大丈夫处世,遇知己之主,外托群臣之义,内结骨肉之恩,言必行,计必从,祸福共之。假使苏秦、张仪、陆贾、郦生[4]复出,口似悬河,舌如利刃,安能动我心哉!"言罢大笑。蒋干面如土色。瑜复携干入帐,会诸将再饮,因指诸将曰:"此皆江东之英杰。今日此会,可名'群英会'。"饮至天晚,点上灯烛,瑜自起舞剑作歌。歌曰:

丈夫处世兮立功名;立功名兮慰平生。慰平生兮吾将醉;吾将醉兮发狂吟!

歌罢,满座欢笑。至夜深,干辞曰:"不胜酒力矣。"瑜命撤席,诸将辞出。瑜曰:"久不与子翼同榻,今宵抵足而眠。"于是佯作大醉之状,携干入帐共寝。瑜和衣卧倒,呕吐狼藉[5]。蒋干如何睡得着?伏枕听时,军中鼓打二更,起视残灯尚明。看周瑜时,鼻息如雷。干见帐内桌上,堆着一卷文书,乃起床偷视之,却都是往来书信。内有一封,上写"蔡瑁张允谨封"。干大惊,暗读之。书略曰:

某等降曹,非图仕禄,迫于势耳。今已赚北军困于寨中,但得其便,即将操贼之首,献于麾下。早晚人到,便有关报⁽⁶⁾。幸勿见疑。先此敬覆。

干思曰:"原来蔡瑁、张允结连东吴!"遂将书暗藏于衣内。再欲检看他书时,床上周瑜翻身,干急灭灯就寝。瑜口内含糊曰:"子翼,我数日之内,教你看操贼之首!"干勉强应之。瑜又曰:"子翼,且住!……教你看操贼之首!……"及干问之,瑜又睡着。干伏于床上,将近四更,只听得有人入帐唤曰:"都督醒否?"周瑜梦中做忽觉之状,故问那人曰:"床上睡着何人?"答曰:"都督请子翼同寝,何故忘却?"瑜懊悔曰:"吾平日未尝饮醉;昨日醉后失事,不知可曾说甚言语?"那人曰:"江北有人到此。"瑜喝:"低声!"便唤:"子翼。"蒋干只妆睡着。瑜潜出帐。干窃听之,只闻有人在外曰:"蔡、张二都督道:'急切不得下手,……'"后面言语颇低,听不真实。少顷,瑜入帐,又唤:"子翼。"蒋干只是不应,蒙头假睡。瑜亦解衣就寝。干寻思:"周瑜是个精细人,天明寻书不见,必然害我。"睡至五更,干起唤周瑜;瑜却睡着。干戴上巾帻,潜步出帐,唤了小童,径出辕门。军士问:"先生那里去?"干曰:"吾在此恐误都督事,权且告别。"军士亦不阻当。

干下船,飞棹回见曹操。操问:"子翼干事若何?"干曰:"周瑜雅量高致,非言词所能动也。"操怒曰:"事又不济,反为所笑!"干曰:"虽不能说周瑜,却与丞相打听得一件事。乞退左右。"干取出书信,将上项事逐一说与曹操。操大怒曰:"二贼如此无礼耶!"即便唤蔡瑁、张允到帐下。操曰:"我欲使汝二人进兵。"瑁曰:"军尚未曾练熟,不可轻进。"操怒曰:"军若练熟,吾首级献于周郎矣!"蔡、张二人不知其意,惊慌不能回答。操喝武士推出斩之。须臾,献头帐下,操方省悟曰:"吾中计矣!"后人有诗叹曰:

曹操奸雄不可当,一时诡计中周郎。蔡张卖主求生

计,谁料今朝剑下亡!

众将见杀了蔡、张二人,入问其故。操虽心知中计,却不肯认错,乃谓众将曰:"二人怠慢军法,吾故斩之。"众皆嗟呀不已。操于众将内选毛玠、于禁为水军都督,以代蔡、张二人之职。

【注释】(1)本段选自《三国演义》第四十五回《三江口曹操折兵　群英会蒋干中计》。说的是曹操因三江口初战失利,问计于帐下文武,幕宾蒋干自称与周瑜自幼同窗,愿到江东说周瑜来降。周瑜正想设法除掉熟悉水战的曹军水军副都督蔡瑁、张允,便借蒋干前来劝降之机施行反间计,从而引出一个妙趣横生的故事。　(2)师旷之聪:像师旷那样听觉灵敏。师旷,春秋时晋国乐师,善于辨音。　(3)江左:即江东。古人从北方看,江东在左,江西在右。　(4)苏秦、张仪、陆贾、郦生:苏秦,战国时期著名策士,曾倡导"合纵"之策;张仪,战国时期著名策士,主张"连横"之策;陆贾,西汉初政论家,曾说服南越王赵佗称臣归汉;郦生,即郦食其,在楚汉战争中说服齐王田广归汉。　(5)狼藉:乱七八糟的样子。旧传狼群常卧草上,离去时把草扒乱以灭行迹,故称。　(6)关报:禀报。

【今译】(略)

【点评】在《三国演义》有关"赤壁之战"的情节系列中,作者着力突出"人谋"的作用,把大部分笔墨用于描写孙、刘、曹三方在决战之前的谋划与斗智。在刘、孙联盟内部,周瑜与诸葛亮是面对面地反复较量;而在孙、刘联盟与曹操之间,则一直是隔江斗智。后一种斗智的特殊性,使它往往需要借助一些中介人物来展开。蒋干便是这样一个人物。当周瑜亲自窥探曹军水军,见其布局得法,防范森严,深感蔡瑁、张允对东吴构成了威胁,立即下了除掉二人的决心。要做到这一点,最好的办法自然是诱使曹操犯错误,借刀杀人。这时,蒋干出场了。于是,曹操与周瑜的斗智便直接表现为蒋干与周瑜的斗智。然而,蒋干既不了解周瑜的底细,又不清楚自己的实力;既缺乏周密盘算,又不善随机应变,实在算不上优秀的说客。周瑜呢?胸有成竹,居高临下,主动出击。他一见蒋干的面,就单刀直入:"子翼良苦:远涉江湖,为曹氏作说客耶?"一下子就堵住了蒋干的嘴。接着,他大会群英,宴请蒋干,当众宣布:"此吾同窗契友也。虽从江北到此,却不是曹家说客。"又命勇将太史慈执剑监酒:"今日宴饮,但叙朋友交情;如有提起曹操与东吴军旅之事者,即斩之!"这使蒋干只有"惊愕"的分,根本"不敢多言"。饮至半酣,他又领着蒋干观看军营,表露了自己绝对忠于东吴的坚定立场,震慑得蒋干"面如土色",越发不敢开口。这三个回合,一层层解除了蒋干的精神武装,使其"说此人来降"的美梦化成了泡影,陷入进退维谷的境地。然后,周瑜利用蒋干夸下海口却劳而无功的惶恐心理,邀蒋干抵足而眠,故意给蒋干制造空隙,促其上当。此时的蒋干,心急火燎,辗转难眠。既然身处机要之地,残灯尚明,周瑜又"鼻息如雷",何不起床偷视一番? 也许能偷点儿东吴的军机回去交账呢。事情就有这么"巧",他果真在桌上堆放的文书中发现了伪造的蔡瑁、张允写给周瑜的信,就像输光了的赌徒意外捡到了金子,真是喜出望外。就这样,作品写出了蒋干盗书的必然性。不仅如此,作品还通过周瑜的一系列言行,增强事情的可信性:周瑜时而梦中呓语,时而帐外交谈,时而又呼唤蒋干,显得那么神秘。急欲捞取好处以为补偿的蒋干,哪里会有半点儿怀疑! 曹操本来就不相信蔡瑁、张允,只想暂时利用一下,见了此信,勃然大怒,也无暇辨别真假,便下令将二人斩首。等他恍然大悟时,已是悔之晚矣! 至此,周瑜的反间计获得了完全成功。在这一篇章中,周瑜和蒋干的形象成为鲜明的对照:周瑜机警过人,足智多谋,巧设奇计,一步一步地把蒋干引入自己布下的圈套,可谓稳操胜算。蒋干则气粗心浮,昏庸无能,处处被动,活现出一副愚而自大的愚相。作者按照人物的性格逻辑安排情节,又通过巧妙的情节突出了人物的性格。

【集说】周瑜诈睡,是骗蒋干;蒋干诈睡,又骗周瑜。周瑜假呼蒋干,是明知其诈睡;蒋干不应周瑜,是不知其诈呼。周瑜之醉,醉却是醒;蒋干之醒,醒却是梦。妙在先说破他是说客,使他开口不得;又妙在说他不是说客,一发使他开口不得。妙在梦中呼子翼、骂操贼,使他十分疑惑;又妙在醒来却忘呼子翼、骂操贼,一发使他十分疑惑。周瑜假做极疏,却步步是密;蒋干自道极乖,却步步是呆。写来真是好看。(毛宗岗评改《四大奇书第一种》

回评)

两人醉醒,各有心事,写得像。(李渔《李笠翁批阅三国志》眉批)

(沈伯俊)

华容道放曹⁽¹⁾

(曹)操见前军停马不进,问是何故。回报曰:"前面山僻路小,因早晨下雨,坑堑内积水不流,泥陷马蹄,不能前进。"操大怒,叱曰:"军旅逢山开路,遇水叠桥,岂有泥泞不堪行之理?"传下号令,教老弱中伤军士在后慢行,强壮者担土束柴,搬草运芦,填塞道路,务要即时行动,如违令者斩。众军只得都下马,就路旁砍伐竹木,填塞山路。操恐后军来赶,令张辽、许褚、徐晃引百骑执刀在手,但迟慢者便斩之。此时军已饿乏,众皆倒地,操喝令人马践踏而行,死者不可胜数。号哭之声,于路不绝。操怒曰:"生死有命,何哭之有!如再哭者立斩!"三停⁽²⁾人马:一停落后,一停填了沟壑,一停跟随曹操。过了险峻,路稍平坦。操回顾止有三百余骑随后,并无衣甲袍铠整齐者。操催速行。众将曰:"马尽乏矣,只好少歇。"操曰:"赶到荆州将息未迟。"又行不到数里,操在马上扬鞭大笑。众将问:"丞相何又大笑?"操曰:"人皆言周瑜、诸葛亮足智多谋,以吾观之,到底是无能之辈。若使此处伏一旅之师,吾等皆束手受缚矣。"

言未毕,一声炮响,两边五百校刀手摆开,为首大将关云长,提青龙刀,跨赤兔马,截住去路。操军见了,亡魂丧胆,面面相觑。操曰:"既到此处,只得决一死战!"众将曰:"人纵然不怯,马力已乏,安能复战?"程昱曰:"某素知云长傲上而不忍下,欺强而不凌弱;恩怨分明,信义素著。丞相旧日有恩于彼,今只亲自告之,可脱此难。"操从其说,即纵马向前,欠身谓云长曰:"将军别来无恙!"云长亦欠身答曰:"关某奉军师将令,等候丞相多时。"操曰:"曹操兵败势危,到此无路,望将军以昔日之情为重。"云长曰:"昔日关某虽

蒙丞相厚恩,然已斩颜良,诛文丑,解白马之围,以奉报矣。今日之事,岂敢以私废公?"操曰:"五关斩将之时,还能记否?大丈夫以信义为重。将军深明《春秋》,岂不知庾公之斯追子濯孺子之事(3)乎?"云长是个义重如山之人,想起当日曹操许多恩义,与后来五关斩将之事,如何不动心?又见曹军惶惶,皆欲垂泪,一发心中不忍。于是把马头勒回,谓众军曰:"四散摆开。"这个分明是放曹操的意思。操见云长回马,便和众将一齐冲将过去。云长回身时,曹操已与众将过去了。云长大喝一声,众军皆下马,哭拜于地。云长愈加不忍。正犹豫间,张辽纵马而至。云长见了,又动故旧之情,长叹一声,并皆放去。

【注释】(1)本段选自《三国演义》第五十回《诸葛亮智算华容　关云长义释曹操》。说的是曹军在赤壁遭到火攻,损失惨重,曹操率领残兵连夜奔逃,沿途不断遭到截击,随从将士衣甲皆湿,狼狈不堪,行至路窄泥泞的华容道,却被早已埋伏在此的关羽拦住去路,由此引出一个扣人心弦的情节。

(2)停:等分。一等分叫作一停。　(3)庾公之斯追子濯孺子之事:春秋时,卫国派庾公之斯追击子濯孺子。二人均善射,但后者因病,不能拉弓射箭。庾公之斯说:"我跟尹公之他学射箭,尹公之他又跟您学射箭,我不忍用您的射技来伤害您。然而,又不能因我个人和您的私人情谊废了国家大事。"于是敲掉箭头,朝子濯孺子射了四枝无镞箭而返。

【今译】(略)

【点评】"华容道放曹"是《三国演义》中表现关羽内心世界最为深刻的篇章。当曹操从东吴诸将和赵云、张飞的连续截击下逃脱,从华容小道的泥泞中挣扎逃命时,为了掩饰自己的恐慌和沮丧,竟扬鞭大笑,硬说周瑜、诸葛亮"到底是无能之辈"。然而,无情的事实又一次嘲笑了他自己。忽听一声炮响,威风凛凛的关羽率领五百精锐的校刀手拦住了去路。这时曹操"止有三百余骑随后,并无衣甲袍铠整齐者";经过长途的奔逃、反复的截击和风雨的侵袭,他们早已意志消沉、筋疲力尽、又饥又渴,他们的战马

也困乏不堪。如此残兵败将还有多少战斗力？难怪他们见到关羽，不禁"亡魂丧胆，面面相觑"。身处如此绝境，曹操不得不采纳谋士程昱的建议，针对关羽"恩怨分明"的性格特点，低声下气地向他乞怜。这样一来，关羽便处于"忠"与"义"的尖锐矛盾之中，经受着理智与情感的巨大冲突。从忠于刘备集团的立场来看，曹操是死敌，绝对不能放过；但从个人关系来看，曹操又是他的平生知己，对他可谓恩深义重，他实在难以下手抓住曹操。作品紧紧围绕这个矛盾，分三层描写了关羽放走曹操的过程。第一层，写关羽在曹操感情攻势下的思想斗争。当曹操在马上向他欠身施礼时，他竟然欠身答礼。甚至称曹操为"丞相"！这彬彬有礼的态度包含着一个信号：关羽没有忘记旧情。机警过人的曹操立即抓住这个信号，央求关羽"以昔日之情为重"。如果关羽用公事公办的态度予以拒绝，事情就好办了，但他偏偏还是以个人信义来回答曹操："昔日关某虽蒙丞相厚恩，然已斩颜良，诛文丑，解白马之围，以奉报矣。"这话看似有理，却有很大的漏洞：他欠曹操的人情债并未还完。曹操抓住这个漏洞，马上用五关斩将之事提醒他："大丈夫以信义为重"，并以春秋时期庾公之斯不杀子濯孺子的故事来打动他。这不能不在关羽心中掀起波澜。作为一个威震天下的英雄，他极其爱惜自己的名声，生怕捉曹会损害自己的"信义"。为了顾全一己之"信义"，他的思想防线崩溃了。第二层，写关羽勒回马头，吩咐众军四散摆开，放走了曹操。此时，他的胸中躁动着以恩报恩的情感，什么军令状，什么两军的生死搏斗，一时都顾不得了。第三层，写关羽见曹操与众将已经冲了过去，不禁大喝一声。这叫声，包含着十分复杂的心理：有不得不违背将令的懊悔，有"义气"得以保全的激动，也有抓住剩余的曹军以为补偿的念头……这时，"众军皆下马，哭拜于地"，而曹军中与关羽交情最好的张辽又恰恰赶到，再一次勾起关羽的念旧之情。于是，他"长叹一声，并皆放去"。作品描写关羽的感情，真是一波三折，宛曲有致。总之，"华容道放曹"体现了"拼将一死酬知己"的古代士文化价值观，为塑造关羽这个性格复杂的"义绝"典型，写下了最浓重的一笔。

【集说】或疑关公之于操，何以欲杀之于许田，而不杀之于华容？曰：许田之欲杀，忠也；华容之不杀，义也。顺逆不分，不可以为忠；恩怨不明，不可

以为义。如关公者,忠可干霄,义亦贯日,真千古一人。(毛宗岗评改《四大奇书第一种》回评)

曹操可以释陈宫而不释,关公可以杀曹操而不杀,是关公之仁异于曹操。(同上)

许田射猎要杀操,华容道却放操。义足先天,非可以一辙定也。(李渔《李笠翁批阅三国志》眉批)

(沈伯俊)

诸葛亮巧施空城计⁽¹⁾

孔明分拨已定,先引五千兵退去西城县搬运粮草。忽然十余次飞马报到,说:"司马懿引大军十五万,望西城蜂拥而来!"时孔明身边别无大将,只有一班文官,所引五千军,已分一半先运粮草去了,只剩二千五百军在城中。众官听得这个消息,尽皆失色。孔明登城望之,果然尘土冲天,魏兵分两路望西城县杀来。孔明传令,教:"将旌旗尽皆隐匿;诸军各守城铺⁽²⁾,如有妄行出入,及高言大语者,斩之!大开四门,每一门用二十军士,扮作百姓,洒扫街道。如魏兵到时,不可擅动,吾自有计。"孔明乃披鹤氅,戴纶巾,引二小童携琴一张,于城上敌楼前,凭栏而坐,焚香操琴。

却说司马懿前军哨到城下,见了如此模样,皆不敢进,急报与司马懿,懿笑而不信,遂止住三军,自飞马远远望之。果见孔明坐于城楼之上,笑容可掬,焚香操琴。左有一童子,手捧宝剑;右有一童子,手执麈尾。城门内外,有二十余百姓,低头洒扫,傍若无人。懿看毕大疑,便到中军,教后军作前军,前军作后军,望北山路而退。次子司马昭曰:"莫非诸葛亮无军,故作此态?父亲何故便退兵?"懿曰:"亮平生谨慎,不曾弄险。今大开城门,必有埋伏。我兵若进,中其计也。汝辈岂知?宜速退。"于是两路兵尽皆退去。孔明见魏军远去,抚掌⁽³⁾而笑。众官无不骇然,乃问孔明曰:"司马懿乃魏之名将,今统十五万精兵到此,见了丞相,便

速退去,何也?"孔明曰:"此人料吾生平谨慎,必不弄险;见如此模样,疑有伏兵,所以退去。吾非行险,盖因不得已而用之。此人必引军投山北小路去也。吾已令兴、苞二人在彼等候。"众皆惊服曰:"丞相之机,神鬼莫测。若某等之见,必弃城而走矣。"孔明曰:"吾兵止有二千五百,若弃城而走,必不能远遁。得不为司马懿所擒乎?"后人有诗赞曰:

　　瑶琴三尺胜雄师,诸葛西城退敌时。十五万人回马处,土人指点到今疑。

　　言讫,拍手大笑,曰:"吾若为司马懿,必不便退也。"遂下令,教西城百姓,随军入汉中;司马懿必将复来。于是孔明离西城望汉中而走。天水、安定、南安三郡官吏军民,陆续而来。

　　【注释】(1) 本段选自《三国演义》第九十五回《马谡拒谏失街亭　武侯弹琴退仲达》。说的是诸葛亮首次北伐,因马谡失守战略要地街亭,立即安排大军撤退,并亲引五千兵到西县搬运粮草。在此情况下,"空城计"这个极富传奇色彩的故事发生了。　(2) 城铺:城上的岗棚。　(3) 抚掌:拍手。

　　【今译】(略)

　　【点评】"诸葛亮巧施空城计"是《三国演义》后半部书中最富有浪漫主义色彩的一段,雄奇瑰玮,撼人心魄。情节一开始就形成极端险恶的态势:司马懿亲率十五万大军逼近西县,此时,"孔明身边别无大将,只有一班文官,所引五千军,已分一半先运粮草去了,只剩二千五百军在城中"。双方力量对比如此悬殊,要打,打不过;要守,守不住;要跑,跑不掉。诸葛亮似乎身陷绝境了。就在这似乎无计可施的惊险关头,诸葛亮却大开西门,到城楼上焚香操琴,静候司马懿的到来。这就是"空城计"。如此弄险,真是出人意外,令人咋舌! 精通韬略的司马懿见此情景,不禁大为生疑,连忙下令退军。

形势急转直下,令人目眩,刚刚还捏着一把冷汗的读者顿然感到"惊奇"的喜悦。"空城计"是诸葛亮与司马懿之间第一次面对面的斗智斗谋,它为这两大军事家后来反复进行的变幻莫测的较量定下了基调,给人留下了深刻的印象。为什么"空城计"能够成功?首先,这是因为诸葛亮善于随机应变,因势利导。在瞬息万变的战场上,在敌我双方竞相争夺战争主动权以求战胜对方之际,特别是在敌强我弱的形势下,要想绝对不冒险是不可能的。优秀的军事家不仅要会"守常",而且要会"用奇"。从诸葛亮当时的所处形势来看,如不冒险,就只有等着当俘虏。何况诸葛亮并非盲目地冒险,而是在掌握敌军统帅司马懿的个性、气质的基础上施用妙计。可以说,"空城计"是在特定的时间、特定的地点、特定的条件下的产物。《孙子兵法·兵势篇》云:"善出奇者,无穷如天地,不竭如江河。"因此,"空城计"的成功,乃是"兵不厌诈"的军事原则的胜利。其次,"空城计"的成功,又是"知己知彼"军事原则的胜利。《孙子兵法·谋攻篇》云:"知彼知己者,百战不殆;不知彼而知己,一胜一负;不知彼,不知己,每战必殆。"诸葛亮和司马懿都力求知己知彼,而又有所差别。司马懿从多年的经验中,特别是从诸葛亮北伐时不从子午谷径取长安的事实中,深知诸葛亮"平生谨慎,不曾弄险",可以说他对诸葛亮是"知"的;但是,他对诸葛亮又知得不透,因而想不到诸葛亮竟在他面前冒了一次大大的风险。而诸葛亮则不仅知彼知己,而且知彼之知己,对司马懿的了解更深一个层次。正如他事后对众官所解释的:"此人料吾生平谨慎,必不弄险;见如此模样,疑有伏兵,所以退去。"两相对照,令人信服地表明:诸葛亮之智确实比司马懿高出一筹。综观全篇,诸葛亮的临危不惧、雍容高雅,司马懿的诡诈多疑、师心自用,都表现得栩栩如生。难怪这一片断会成为脍炙人口的名篇。

【集说】唯小心人不做大胆事,亦唯小心人能做大胆事。魏延欲出子午谷,而孔明以为危计,是小心者唯孔明也;坐守空城,只以二十军士扫门,而退司马懿十五万之众,是大胆者亦唯孔明也。孔明若非小心于平日,必不敢大胆于一时。仲达不疑其大胆于一时,正为信其小心于平日耳。(毛宗岗评改《四大奇书第一种》回评)

为将之道,不独进兵难,退兵亦难。能进兵,是十分本事;能退兵,亦是

十分本事。(同上)

因不得已而用之,乃是真话。后人毋漫试此也。(《李卓吾先生批评三国志》眉批)

(沈伯俊)

施 耐 庵

施耐庵,元末明初人,生卒年月不详。明人记载多说他是钱塘人。近年在苏北发现了一批文物,称施耐庵名子安,又名肇端,字彦端,耐庵为其别号。世居扬州兴化,后迁至海陵白驹。元至顺间举乡贡,中进士,后流寓钱塘。曾入张士诚幕府,张士诚失败后,隐居白驹著书,卒葬白驹施家桥。但此施耐庵是否为《水浒传》的作者,学术界至今颇多争论。关于《水浒传》的作者,明人郎瑛《七修类稿》、高儒《百川书志》等皆载为"钱塘施耐庵底本,罗贯中编次"。田汝成《西湖游览志余》、王圻《续文献通考》等皆云"钱塘罗贯中本者"撰(罗贯中生平见上文《三国演义》作者小传),明清时期的《水浒传》的诸多刊本或题施撰,或云罗编,莫衷一是。目前流行的《水浒传》则多题施耐庵著。

《水浒传》(节选)

鲁提辖拳打镇关西⁽¹⁾

且说郑屠开着两间门面,两副肉案,悬挂着三五片猪肉。郑屠正在门前柜身内坐定,看那十来个刀手卖肉。鲁达走到门前,叫声:"郑屠!"郑屠看时,见是鲁提辖,慌忙出柜身来唱喏⁽²⁾道:"提辖恕罪!"便叫副手掇条凳子来,"提辖请坐!"鲁达坐下道:"奉着经略相公钧旨:要十斤精肉,切做臊子⁽³⁾,不要见半点肥的在上面。"郑屠道:"使头!你们快选好的切十斤去。"鲁提辖道:"不要那等腌臜⁽⁴⁾厮们动手,你自与我切。"郑屠道:"说得是,小人自切便了。"自去肉案上拣了十斤精肉,细细切做臊子。

那店小二把手帕包了头,正来郑屠家报说金老之事,却见鲁提辖坐在肉案门边,不敢拢来,只得远远的立住,在房檐下望。

这郑屠整整的自切了半个时辰,用荷叶包了道:"提辖,教人送去?"鲁达道:"送甚么!且住!再要十斤都是肥的,不要见些精的在上面,也要切做臊子。"郑屠道:"却才精的,怕府里要裹馄饨;肥的臊子何用?"鲁达睁着眼道:"相公钧旨分付洒家⁽⁵⁾,谁敢问他?"郑屠道:"是合用的东西,小人切便了。"又选了十斤实膘的肥肉,也细细地切做臊子,把荷叶来包了。整弄了一早辰,却得饭罢时候。

那店小二那里敢过来?连那正要买肉的主顾⁽⁶⁾也不敢拢来。

郑屠说道:"着人与提辖拿了,送将府里去?"鲁达道:"再要十斤寸金软骨,也要细细地剁做臊子,不要见些肉在上面。"郑屠笑道:"却不是特地来消遣我?"鲁达听得,跳起身来,拿着那两包臊子在手,睁着眼,看着郑屠说道:"洒家特地要消遣你!"把两包臊子劈面打将去,却似下了一阵的"肉雨"。郑屠大怒,两条忿气从脚底下直冲到顶门;心头那一把无明业火焰腾腾的按纳不住:从肉案上抢了一把剔骨尖刀,托地跳将下来。鲁提辖早拔步在当街上。

众邻舍并十来个火家[7],那个敢向前来劝?两边过路的人都立住了脚,和那店小二也惊得呆了。

郑屠右手拿刀,左手便来要揪鲁达。被这鲁提辖就势按住左手,赶将入去,望小腹上只一脚,腾地踢倒当街上。鲁达再入一步,踏住胸脯,提着那醋钵儿大小拳头,看着这郑屠道:"洒家始投老种经略相公,做到关西五路廉访使,也不枉了叫做'镇关西'!你是个卖肉的操刀屠户,狗一般的人,也叫做'镇关西'!你如何强骗了金翠莲的?"扑的只一拳,正打在鼻子上,打得鲜血迸流,鼻子歪在半边,却便似开了个油酱铺:咸的、酸的、辣的,一发都滚出来。郑屠挣不起来,那把尖刀也丢在一边,口里只叫:"打得好!"鲁达骂道:"直娘贼!还敢应口!"提起拳头来就眼眶际眉梢只一拳,打得眼棱缝裂,乌珠迸出,也似开了个彩帛铺的:红的、黑的、绛的,都绽将出来。

两边看的人惧怕鲁提辖,谁敢向前来劝?

郑屠当不过,讨饶。鲁达喝道:"咄!你是个破落户!若是和俺硬到底,洒家倒饶了你,你如今对俺讨饶,洒家偏不饶你!"又只一拳,太阳上正着,却似做了一个全堂水陆的道场:磬儿、钹儿、铙儿,一齐响。鲁达看时,只见郑屠挺在地上,口里只有出的气,没了入的气,动掸不得。

鲁提辖假意道:"你这厮诈死,洒家再打!"只见面皮渐渐的变了。鲁达寻思道:"俺只指望痛打这厮一顿,不想三拳真个打死了他。洒家须吃官司,又没人送饭,不如及早撒开。"拔步便走。

回头指着郑屠尸道:"你诈死!洒家和你慢慢理会!"一头骂,

一头大踏步去了。

【注释】(1)本段选自《水浒传》(七十一回本)第二回《史大郎夜走华阴县　鲁提辖拳打镇关西》。说的是恶霸郑屠骗娶贫女金翠莲之后,又把她父女赶出,并诈取典身钱。鲁达得知消息,大为不平,遂前去找郑屠,于是就出现了拳打"镇关西"的热闹场面。　(2)唱喏(rě):宋时的一种礼俗。即一面拱揖,一面口中作喏声,以示恭敬。　(3)臊子:肉末。　(4)腌臢:即肮脏。　(5)洒家:宋时陕甘一带人自称。　(6)主顾:顾客。　(7)火家:伙计。

【今译】(略)

【点评】此段主要围绕"拳打"二字展开,通过鲁达拳打郑屠的行为场面描写,表现出其路见不平、拔刀相助的豪侠气概与疾恶如仇的无畏品格。未打之前先借故"消遣"对手,一则要使金翠莲父女有足够的时间脱身,二则要先激怒对方寻找打的时机与理由,仅此一点即见出鲁达的精细深谋。最精彩的是鲁达的"三拳",分别打在郑屠的鼻、眼和太阳穴三个部位,产生三种不同的效果,而且每一拳的打法都不一样,变化形容极尽其妙。第一拳的描绘基于味觉,第二拳的形容本于视觉,第三拳的比喻借助于听觉,三拳逐层展开描摹,一拳奇似一拳,无重复之嫌而有新奇之妙,打得有声、有色、有味、别开生面,大快人心。三拳打出了威风,打出了精神,是鲁达的传神写照,堪称千古奇文。打过之后的"寻思",以及那"一头骂,一头大踏步去了"的脱身巧计,于粗豪中见机智,朴实中见权诈,写来逼真活现,实为鲁达的绝妙画像。鲁达拳打镇关西,不同于武松的醉打蒋门神,亦不同于李逵的怒打殷天锡。他打前先激,打时用智,打后急走,打出了自己独特鲜明的个性风格。且作者叙述描写惜墨如金,语言凝练晓畅,丰富多彩,引物设喻,妙语连珠,人物对话,口吻毕现。"肉雨"二字通俗而典雅,道人所未道。"油酱铺""彩帛铺""全堂水陆的道场"从味、色、声三方面形容三拳之重,标新立异,生动形象,使人在叹赏之余又忍俊不禁。

【集说】写鲁达为人处,一片热血直喷出来,令人读之深愧虚生世上,不曾为人出力。孔子云"诗可以兴",吾于稗官亦云矣。(金圣叹《第五才子书施耐庵水浒传》第二回批)

庄子写风,枚生写涛,此写老拳,皆文字中绝妙画手。(袁无涯刻《出像评点忠义水浒全传》眉批)

鼻、眼、耳三处,以味、色、声形容,妙甚。(同上)

好文章,好文章,直令人手舞足蹈。(容与堂刻本《李卓吾先生批评忠义水浒传》眉批)

(魏崇新)

杨志卖刀⁽¹⁾

在客店里又住几日,盘缠都使尽了。杨志寻思道:"却是怎地好?只有祖上留下这口宝刀,从来跟着洒家;如今事急无措,只得拿去街上货卖,得千百贯钱钞,好做盘缠⁽²⁾,投往他处安身。"当日将了⁽³⁾宝刀,插了草标儿,上市去卖。走到马行街内,立了两个时辰,并无一个人问。将立到晌午时分,转来到天汉州桥热闹处去卖。

杨志立未久,只见两边的人都跑入河下巷内去躲。杨志看时,只见都乱撺,口里说道:"快躲了!大虫来也!"杨志道:"好作怪!这等一片锦城池,却那得大虫来!"当下立住脚看时,只见远远地黑凛凛一条大汉,吃得半醉,一步一撷撞将过来。杨志看那人时,原来是京师有名的破落户泼皮,叫做"没毛大虫"牛二,专在街上撒泼、行凶、撞闹,连为几头官司,开封府也治他不下。以此,满城人见那厮来,都躲了。

却说牛二抢到杨志面前,就手里把那口宝刀扯将出来,问道:"汉子,你这刀要卖几钱?"杨志道:"祖上留下宝刀,要卖三千贯。"牛二喝道:"甚么鸟刀!要卖许多钱!我三十文买一把,也切得肉,切得豆腐!你的鸟刀有甚好处,叫做宝刀?"杨志道:"洒家的须不

是店上卖的白铁刀。这是宝刀。"牛二道:"怎地唤做宝刀?"杨志道:"第一件,砍铜剁铁,刀口不卷;第二件,吹毛得过;第三件,杀人刀上没血。"牛二道:"你敢剁铜钱么?"杨志道:"你便将来,剁与你看。"

牛二便去州桥下香椒铺里讨了二十文当三钱[4],一垛儿将来放在州桥栏干上,叫杨志道:"汉子,你若剁得开时,我还你三千贯!"那时看的人虽然不敢近前,向远远地围住了望。杨志道:"这个直得甚么!"把衣袖卷起,拿刀在手,看得较准,只一刀,把铜钱剁做两半。众人都喝采。牛二道:"喝甚么鸟采!你且说第二件是甚么?"杨志道:"吹毛得过:若把几根头发,望刀口上只一吹,齐齐都断。"牛二道:"我不信!"自把头上拔下一把头发,递与杨志:"你且吹与我看!"杨志左手接过头发,照着刀口上,尽气力一吹,那头发都做两段,纷纷飘下地来。众人喝采。看的人越多了。

牛二又问:"第三件是甚么?"杨志道:"杀人刀上没血。"牛二道:"怎地杀人刀上没血?"杨志道:"把人一刀砍了,并无血痕。只是个快。"牛二道:"我不信!你把刀来剁一个人我看。"杨志道:"禁城之中,如何敢杀人?你不信时,取一只狗来杀与你看。"牛二道:"你说杀人,不曾说杀狗。"杨志道:"你不买便罢!只管缠人做甚么?"牛二道:"你将来我看!"杨志道:"你只顾没了当[5],洒家又不是你撩拨的!"牛二道:"你敢杀我?"杨志道:"和你往日无冤,近日无仇,一物不成,两物见在。没来由杀你做甚么!"

牛二紧揪住杨志,说道:"我偏要买你这口刀!"杨志道:"你要买,将钱来!"牛二道:"我没钱!"杨志道:"你没钱,揪住洒家怎地?"牛二道:"我要你这口刀!"杨志道:"我不与你!"牛二道:"你好男子,剁我一刀!"杨志大怒,把牛二推了一跤。牛二爬将起来,钻入杨志怀里,杨志叫道:"街坊邻舍都是证见!杨志无盘缠,自卖这口刀,这个泼皮强夺洒家的刀,又把俺打!"街坊人都怕这牛二,谁敢向前来劝。牛二喝道:"你说我打你,便打杀,直甚么!"口里说,一面挥起右手,一拳打来。杨志霍地躲过,拿着刀抢入来,一时性起,望牛二颡根上搠个着,扑地倒了。杨志赶入去,把牛二胸脯上又连搠了两刀,血流满地,死在地上。

杨志叫道:"洒家杀死这个泼皮,怎肯连累你们?泼皮既已死了,你们都来同洒家去官府里出首!"坊隅众人慌忙拢来,随同杨志径投开封府出首。

【注释】(1)本段选自《水浒传》(七十回本)第十一回《梁山泊林冲落草 汴京城杨志卖刀》。讲的是杨志准备了一担金银,上东京打点,想谋个官职,受到高俅的迫害,求官不成,金银用尽,只得将祖传的宝刀卖掉,换些盘缠到他处安身。不料遇上泼皮牛二,无理刁难,激怒杨志,将牛二杀死。
(2)盘缠:路费。 (3)将了:拿了。 (4)二十文当三钱:二十文指二十个。当三钱,是宋代一种制钱,一个钱当三个钱用。 (5)没了当:没完没了,纠缠不清。

【今译】(略)

【点评】《水浒传》以善于描写人物见长,尤其善于通过人物对话、行动揭示其性格特征,"杨志卖刀"堪称《水浒传》这些文学特色的范例。杨志是将门之后,失意英雄,落魄东京,不得已拿着祖传的宝刀来街上货卖。牛二是一个泼皮无赖,凭着霸道与刁蛮专在街上惹是生非。两人在东京最热闹的天汉桥头不期而遇,必然会有一场好戏。

作者先从杨志眼中看牛二,由远而近,只见"黑凛凛一条大汉,吃得半醉,一步一撧撞将过来",一个蛮横放肆、酗酒寻衅的市民无赖之相毕现眼前。然后再从众人的神情态度衬托牛二的威风:满城人见了他都躲,看的人不敢近前,"向远远地围住了望"。甚至在牛二无理、夺刀打人时,杨志向众人求说,"街坊人都怕这牛二,谁敢向前来劝"。足见出人们对牛二的惧怕心理,从侧面写出牛二在东京街上的威势——无人敢惹!写众人是为了衬托牛二,写牛二则是为了烘托杨志,牛二越是刁蛮无理,杨志就杀得越有理,以小人恶行衬托英雄气概,这是烘云托月。牛二抢到杨志跟前,不断撩拨杨

志,无理取闹,步步逼迫,问价钱,试宝刀,最后用手揪住杨志,目的是要抢夺宝刀。面对牛二的纠缠刁难,杨志则步步退让,一忍再忍,他不想杀牛二,去触犯朝廷的刑律,他想尽快把刀卖掉,去谋生路。可事与愿违,牛二纠缠起来没完没了,以为他可欺,居然得寸进尺,动手夺刀打人。杨志终于忍无可忍了,他毕竟是一个英雄,为了谋官职,他忍受了高俅们多少窝囊气!被迫卖刀,他又一再受到牛二这种市井无赖的欺侮,是可忍,孰不可忍。他终于"一时性起",杀了牛二,消了自己的心头之气,也为东京的市民百姓们除了一害,显露出他英雄的本色。施耐庵用他的生花妙笔写了杨志杀牛二的过程,逼真生动,合情合理,令人信服,使读者不禁感叹:杀得好!

这段文字仅写了杨志、牛二两人,人物的语言、对话极富个性化,生动活泼,通俗晓畅,凝练传神。写牛二喝道:"甚么鸟刀,要卖许多钱!我三十文买一把,也切得肉,切得豆腐。你的鸟刀有甚么好处,叫做宝刀?"写出牛二粗蛮无礼。其骂众人:"喝甚么鸟采!"写出牛二一副泼皮凶相。"你说杀人,不曾说杀狗。""你敢杀我?"写出牛二胡搅蛮缠,不近情理。"你说我打你,便打杀,直甚么!"写出牛二肆无忌惮,凶暴刚狠。这一连串的语言,把一个泼皮无赖的丑恶嘴脸暴露无遗,使市井恶棍的形象跃然纸上。与牛二相反,杨志以忍让为本,连称"洒家",以理为据,一让再让,但最终还是难以忍住,杀了牛二,表现出其作为失意英雄宽容忍让又不甘受人欺侮的性格。金圣叹说:"《水浒》所叙,叙一百八人,人有其性情,人有其气质,人有其形状,人有其声口。"信然!其实何止一百八人,就是写牛二这类市井人物,也是栩栩如生,活灵活现,足以见出施耐庵作为艺术巨匠描绘人物的高妙手法。

【集说】我读《水浒》至此,不禁浩然而叹也。曰:"嗟乎!作《水浒》者,虽欲不谓之才子,胡可得乎?夫人胸中,有非常之才者,必有非常之笔;有非常之笔者,必有非常之力。夫非非常之才,无以构其思也;非非常之笔,无以摛其才也;又非非常之力,亦无以副其笔也。今观《水浒》之写林武师也,忽以宝刀结成奇彩,及写杨制使也,又复以宝刀结成奇彩。夫写豪杰不可尽,而忽然置豪杰而写宝刀,此若非非常之才,其亦安知宝刀即为豪杰之替身,但写得宝刀尽致尽兴,即已令豪杰尽致尽兴耶?且以宝刀写出豪杰,固矣;然以宝刀写武师者,不必其又以宝刀写制使也。今前回初以一口宝刀照耀武师者,接手便又以一口宝刀照耀制使,两位豪杰,两口宝刀,接连而来,对插而起,用笔至此奇险极矣,即欲不谓之非常,而英雄之色,千人万人,莫不共见,其又安得而不谓之非常乎?又一个买刀,一个卖刀,分镳各骋,互不相犯,固也;然使于赞叹处,痛悼处,稍稍有一句、二句乃至一字、二字偶然相同,岂亦即见作者之手法乎?今两刀接连,一字不犯,乃譬如东泰西华,各自争奇。呜呼!特特铤而走险,以自表其"六辔如组,两骖如舞"之能,才子之称,岂虚誉哉!(金圣叹《第五才子书施耐庵水浒传》第十一回回前总评)

一路写杨志软顺,并无半点刚忿,止为英雄失路一哭。(金圣叹《第五才子书施耐庵水浒传》第十一回眉批)

杨志杀死牛二,举众出首,真大丈夫能与民除害。(万历双峰堂刻《京本增补校正全像忠义水浒志传评林》第十二回评语)

(魏崇新)

武松打虎⁽¹⁾

武松读了印信榜文⁽²⁾,方知端的⁽³⁾有虎。欲待转身再回酒店里来,寻思道:"我回去时须吃他耻笑,不是好汉,难以转去。"存想了一回,说道:"怕甚么鸟!且只顾上去看怎地!"

武松正走,看看酒涌上来,便把毡笠儿掀在脊梁上,将梢棒绾在肋下,一步步上那冈子来。回头看这日色时,渐渐地坠下去了。此时正是十月间天气,日短夜长,容易得晚。武松自言自说道:"那得甚么大虫!人自怕了,不敢上山。"武松走了一直,酒力发作,焦热起来,一只手提着梢棒,一只手把胸膛前袒开,踉踉跄跄⁽⁴⁾,直奔过乱树林来。见一块光挞挞大青石,把那梢棒倚在一边,放翻身体,却待要睡,只见发起一阵狂风。那一阵风过处,只听得乱树背后扑地一声响,跳出一只吊睛白额大虫⁽⁵⁾来。武松见了,叫声:"啊呀!"从青石上翻将下来,便拿那条梢棒在手里,闪在青石边。那大虫又饥又渴,把两只爪在地下略按一按,和身望上一扑,从半空里撺将下来。

武松被那一惊，酒都做冷汗出了。说时迟，那时快：武松见大虫扑来，只一闪，闪在大虫背后。那大虫背后看人最难，便把前爪搭在地下，把腰胯一掀，掀将起来。武松只一闪，闪在一边。大虫见掀他不着，吼一声，却似半天里起个霹雳，振得那山冈也动，把这铁棒也似虎尾倒竖起来只一剪，武松却又闪在一边。

原来那大虫拿人只是一扑、一掀、一剪；三般提不着时，气性先自没了一半。那大虫又剪不着，再吼了一声，一兜兜将回来。武松见那大虫复翻身回来，双手轮起梢棒，尽平生气力，只一棒，从半空劈将下来。只听得一声响，簌簌地将那树连枝连叶劈脸打将下来。定睛看时，一棒劈不着大虫；原来打急了，正打在枯树上；把那条梢棒折做两截，只拿得一半在手里。那大虫咆哮，性发起来，翻身又只一扑，扑将来。武松又只一跳，却退了十步远。那大虫恰好把两只前爪搭在武松面前。

武松将半截棒丢在一边，两只手就势把大虫顶花皮胳膊地[6]揪住，一按按将下来。那只大虫急要挣扎，被武松尽气力捺定[7]，那里肯放半点儿松宽？武松把只脚望大虫面门上、眼睛里，只顾乱踢。那大虫咆哮起来，把身底下扒起两堆黄泥，做了一个土坑。武松把大虫嘴直按下黄泥坑里去。那大虫吃武松奈何[8]得没了些气力。武松把左手紧紧地揪住顶花皮，偷出右手来，提起铁锤般大小拳头，尽平生之力，只顾打。打到五七十拳，那大虫眼里、口里、鼻子里、耳朵里，都迸出鲜血来，更动掸不得，只剩口里兀自[9]气喘。武松放了手，来松树边寻那打折的梢棒，拿在手里；只怕大虫不死，把棒橛又打了一回。眼见气都没了，方才丢了棒，寻思道："我就地拖得这死大虫下冈子去。"就血泊里双手来提时，那里提得动？原来使尽了气力，手脚都苏软了。

【注释】（1）本段选自《水浒传》（七十回本）第二十二回《横海郡柴进留宾　景阳冈武松打虎》。武松回清河县看望哥哥，到了阳谷县，在酒店里一连喝了十八碗酒,要过景阳冈。店家说景阳冈有猛虎,劝他不要单独过冈,武松不听,执意一人过冈,结果真的碰上老虎,遂出现了"武松打虎"的精彩场面。 (2)印信榜文:盖有官府图章的文告。 (3)端的:确实、真的。 (4)踉踉跄跄:走路不稳的样子。 (5)大虫:指老虎。 (6)胳瘩地:这里是一下、一把的意思。 (7)捺定:按住。 (8)奈何:此处是对付、处置的意思。 (9)兀自:还,仍然。

【今译】(略)

【点评】武松打虎的情节颇具传奇色彩,其气氛之紧张激烈,描摹之生动传神,具有一种扣人心弦的艺术魅力。打虎前先描述武松心理情绪的变化,他先是不相信山上有虎,看了官府的印信榜文方知真的有虎,心中犹豫,可英雄好汉不愿受人耻笑的心性使他很快就停止了犹豫,明知山有虎,偏向虎山行。见猛虎扑来,他大吃一惊,"酒都做冷汗出了"。由不信到相信,从犹豫到惊怕,其心理情绪的变化自然合理,真实可信。武松虽然是个英雄,哪有不怕老虎的道理?但他面对恶虎不慌不忙,沉着应战,又显示出他非凡的勇气与超人的胆略。叙述打虎先写虎威,次写人勇。虎是饿虎,饥不择食,对武松连施绝招:一扑、一掀、一剪,招招凶猛,一招狠似一招,气势逼人,情况危急。武松则先退后攻。以三闪躲过饿虎的三招,待虎锐气削减,就转退为攻,用梢棒猛力劈虎。不料性急误打树枝,梢棒折断,激怒饿虎,险情又起,悬念顿生,读者不免为武松捏着一把汗。然而武松究竟艺高人胆大,赤手空拳与猛虎格斗,一揪二按三捺定,脚踢、拳打,毫不放松,一连串的动作,紧张得让人透不过气来,写出了武松的机智敏捷、勇武有力。打死虎后武松要去拖虎,"那里提得动?原来使尽了气力,手脚都苏软了"。这末尾画龙点睛似的一笔,既说明了武松打虎的艰苦,又增强了故事的真实感与可信度,余味无穷。

作者叙述故事起伏多变,一波三折,险象环生,引人入胜,写人画虎逼真生动,如在目前。写武松打虎的行为动作,把传奇性与写实性,细节描写与艺术夸张有机结合,写出了虎威人勇。虎是猛虎,吼如霹雳,尾似铁棒,势如山崩;人是英豪,力拔山,气盖世,胆超人,人虎相搏,虎越猛越显出打虎者的神勇无比，武松机智大胆、勇武超群的形象在打虎的过程中放出异彩。

【集说】读打虎一篇，而叹人是神人，虎是怒虎，固已妙不容说矣。乃其尤妙者，则又如读庙门榜文后，欲待转身回来一段；风过虎来时，叫声啊呀翻下青石来一段；大虫第一扑从半空里掼将下来时，被那一惊，酒都做冷汗出了一段；寻思要拖死虎下去，原来使尽气力手脚都苏软了，正提不动一段……皆是写极骇人之事，却尽用极尽人之笔，遂与后来沂岭杀虎一篇，更无一笔相犯也。（金圣叹《第五才子书施耐庵水浒传》第二十二回回前总评）

我常思画虎有处看，真虎无处看；真虎死有处看，真虎活无处看；活虎正走，或犹偶得一看，活虎正搏人，是断断必无处得看者也。乃今耐庵忽然以笔墨游戏，画出全副活虎搏人图来。而今而后要看虎者，其尽到《水浒传》中，景阳冈上，定睛饱看，又不吃惊，真乃此恩不小也。（同上第二十二回回中夹批）

我真不知耐庵何处有此一副虎食人方法在胸中也。圣叹于三千年中，独以才子许此一人，岂虚誉哉！（同上）

一幅打虎图，活虎活人，俱在眼前。（袁无涯刻《出像评点忠义水浒全传》第二十三回眉批）

雄哉松也！虎搏人，未闻人搏虎；众人打虎，未闻一人打虎；众人器械打虎，未闻一人拳脚打虎。述虎之势，曰"扑"，曰"掀"，曰"剪"；述打虎之状，曰"闪"，曰"按"，曰"踢"，用拳不用棒。雄哉松也！（醉耕堂刻本《评论出像水浒传》第二十二回回末评）

（魏崇新）

吴承恩

　　吴承恩(约1504—1582),字汝忠,号射阳山人。先世江苏涟水人,徙居山阳(今江苏淮安)。祖父曾任教谕,父入赘徐氏,经营绸布绒线。吴承恩早岁入学,后困顿场屋,屡经乡试未能中举,嘉靖中以岁贡出任浙江长兴县丞,又补荆王府纪善。以诗文著称,存世有《射阳先生存稿》四卷,亦能书画。明代的小说《西游记》刻本不署作者姓名,清初汪象旭假托其为长春真人邱处机所作,为纪昀、钱大昕等所驳斥。清季淮安人吴玉搢、阮葵生据天启《淮安府志》中吴承恩名下有《西游记》的记载,提出吴承恩是《西游记》的作者,此说20世纪初得到胡适、鲁迅等人的肯定,成为通行的说法。然而要确定吴承恩是小说《西游记》的作者,也还有一些疑问,故关于《西游记》作者尚有待进一步的考订。

《西游记》（节选）

大闹天宫[1]

一日，玉帝早朝，班部中闪出许旌阳，真人俯囟[2]启奏道："今有齐天大圣，日日无事闲游，结交天上众星宿，不论高低，俱称朋友。恐后闲中生事，不若与他一件事管，庶免别生事端。"玉帝闻言，即时宣诏。那猴王欣欣然而至，道："陛下，诏老孙有何升赏？"玉帝道："朕见你身闲无事，与你件执事。你且权管那蟠桃园，早晚好生在意。"大圣欢喜谢恩，朝上唱喏而退。

他等不得穷忙，即入蟠桃园内查勘。本园中有个土地拦住，问道："大圣何往？"大圣道："吾奉玉帝点差，代管蟠桃园，今来查勘也。"那土地连忙施礼，即呼那一班锄树力士、运水力士、修桃力士、打扫力士都来见大圣磕头，引他进去。但见那：

  夭夭灼灼，颗颗株株。夭夭灼灼花盈树，颗颗株株果压枝。果压枝头垂锦弹，花盈树上簇胭脂。时开时结千年熟，无夏无冬万载迟。先熟的，酡[3]颜醉脸；还生的，带蒂青皮。凝烟肌带绿，映日显丹姿。树下奇葩并异卉，四时不谢色齐齐。左右楼台并馆舍，盈空常见罩云霓。不是玄都凡俗种，瑶池王母自栽培。

大圣看玩多时，问土地道："此树有多少株数？"土地道："有三千六百株:前面一千二百株,花微果小,三千年一熟,人吃了成仙了道,体健身轻。中间一千二百株,层花甘实,六千年一熟,人吃了霞举飞升,长生不老。后面一千二百株,紫纹缃核,九千年一熟,人吃了与天地齐寿,日月同庚。"大圣闻言,欢喜无任。当日查明了株树,点看了亭阁,回府。自此后,三五日一次赏玩,也不交友,也不他游。

一日,见那老树枝头,桃熟大半,他心里要吃个尝新。奈何本园土地、力士并齐天府仙吏紧随不便。忽设一计道:"汝等且出门外伺候,让我在这亭上少憩片时。"那众仙果退。只见那猴王脱了冠服,爬上大树,拣那熟透的大桃,摘了许多,就在树枝上自在受用,吃了一饱,却才跳下树来,簪冠着服,唤众等仪从回府。迟三二日,又去设法偷桃,尽他享用。

一朝,王母娘娘设宴,大开宝阁,瑶池中做"蟠桃胜会"。即着那红衣仙女、青衣仙女、素衣仙女、皂衣仙女、紫衣仙女、黄衣仙女、绿衣仙女,各顶花篮,去蟠桃园摘桃建会。七衣仙女直至园门首,只见蟠桃园土地、力士同齐天府二司仙吏,都在那里把门。仙女近前道:"我等奉王母懿旨,到此摘桃设宴。"土地道:"仙娥且住。今岁不比往年了,玉帝点差齐天大圣在此督理,须是报大圣得知,方敢开园。"仙女道:"大圣何在?"土地道:"大圣在园内,因困倦,自家在亭子上睡哩。"仙女道:"即如此,寻他去来,不可迟误。"土地即与同进,寻至花亭不见,只有衣冠在亭,不知何往。四下里都没寻处。原来大圣耍了一会,吃了几个桃子,变做二寸长的个人儿,在那大树梢头浓叶之下睡着了。七衣仙女道:"我等奉旨前来,寻不见大圣,怎敢空回?"旁有仙吏道:"仙娥既奉旨来,不必迟疑。我大圣闲游惯了,想是出园会友去了。汝等且去摘桃,我们替你回话便是。"那仙女依言,入树林之下摘桃。先在前树摘了三篮,又在中树摘了三篮,到后树上摘取,只见那树上花果稀疏,止有几个毛蒂青皮的。原来熟的都是猴王吃了。七仙女张望东西,只见向南枝

上止有一个半红半白的桃子。青衣女用手扯下枝来，红衣女摘了，却将枝子望上一放。原来那大圣变化了，正睡在此枝，被他惊醒。大圣即现本相，耳朵里掣出金箍棒，晃一晃，碗来粗细，咄的一声道："你是那方怪物，敢大胆偷摘我桃！"慌得那七仙女一齐跪下道："大圣息怒。我等不是妖怪，乃王母娘娘差来的七衣仙女，摘取仙桃，大开宝阁，做'蟠桃胜会'。适至此间，先见了本园土地等神，寻大圣不见。我等恐迟了王母懿旨，是以等不得大圣，故先在此摘桃，万望恕罪。"大圣闻言，回嗔作喜道："仙娥请起。王母开阁设宴，请的是谁？"仙女道："上会自有旧规。请的是西天佛老、菩萨、圣僧、罗汉，南方南极观音，东方崇恩圣帝、十洲三岛仙翁，北方北极玄灵，中央黄极黄角大仙，这个是五方五老。还有五斗星君，上八洞三清、四帝、太乙天仙等众；中八洞玉皇、九垒、海岳神仙；下八洞幽冥教主、注世地仙。各宫各殿大小尊神，俱一齐赴蟠桃嘉会。"大圣笑道："可请我么？"仙女道："不曾听得说。"大圣道："我乃齐天大圣，就请我老孙做个席尊，有何不可？"仙女道："此是上会旧规，今会不知如何。"大圣道："此言也是，难怪汝等。你且立下，待老孙先去打听个消息，看可请老孙不请。"

好大圣，捻着诀，念声咒语，对众仙女道："住！住！住！"这原来是个定身法，把那七衣仙女，一个个睐睐睁睁[4]，白着眼，都站在桃树之下。大圣纵朵祥云，跳出园内，竟奔瑶池路上而去。正行时，只见那壁厢：

  一天瑞霭光摇曳，五色祥云飞不绝。
  白鹤声鸣振九皋，紫芝色秀分千叶。
  中间现出一尊仙，相貌昂然丰采别。
  神舞虹霓幌汉霄，腰悬宝箓无生灭。
  名称赤脚大罗仙，特赴蟠桃添寿节。

那赤脚大仙觌面撞见大圣。大圣低头定计,赚哄真仙,他要暗去赴会,却问:"老道何往?"大仙道:"蒙王母见招,去赴蟠桃嘉会。"大圣道:"老道不知。玉帝因老孙筋斗云疾,着老孙五路邀请列位,先至通明殿下演礼,后方去赴宴。"大仙是个光明正大之人,就以他的诳语作真,道:"常年就在瑶池演礼谢恩,如何先去通明殿演礼,方去瑶池赴会?"无奈,只得拨转祥云,径往通明殿去了。

大圣驾着云,念声咒语,摇身一变,就变做赤脚大仙模样,前奔瑶池。不多时,直至宝阁,按住云头,轻轻移步,走入里面。只见那里:

琼香缭绕,瑞霭缤纷。瑶台铺彩结,宝阁散氤氲(5)。凤翣(6)鸾翔形缥缈,金花玉萼影浮沉。上排着九凤丹霞扆(7),八宝紫霓墩。五彩描金桌,千花碧玉盆。桌上有龙肝和凤髓,熊掌与猩唇。珍馐百味般般美,异果嘉肴色色新。

那里铺设得齐齐整整,却还未有仙来。这大圣点看不尽,忽闻得一阵酒香扑鼻;忽转头,见右壁厢长廊之下,有几个造酒的仙官,盘糟的力士,领几个运水的道人,烧火的童子,在那里洗缸刷瓮,已造成了玉液琼浆,香醪佳酿。大圣止不住口角流涎,就要去吃,奈何那些人都在这里。他就弄个神通,把毫毛拔下几根,丢入口嚼碎,喷将出去,念声咒语,叫"变"!即变做几个瞌睡虫,奔在众人脸上。你看那伙人,手软头低,闭眉合眼,丢了执事,都去盹睡。大圣却拿了些百味八珍,佳肴异品,走入长廊里面,就着缸,挨着瓮,放开量痛饮一番。吃勾了多时,酕醄(8)醉了。自揣自摸道:"不好!不好!再过会,请的客来,却不怪我?一时拿住,怎生是好?不如早回府睡去也。"

好大圣,摇摇摆摆,仗着酒,任情乱撞,一会把路差了,不是齐

天府,却是兜率天宫。一见了,顿然醒悟道:"兜率宫是三十三天之上,乃离恨天太上老君之处,如何错到此间?——也罢!也罢!一向要来望此老,不曾得来,今趁此残步,就望他一望也好。"

即整衣撞进去,那里不见老君,四无人迹。原来那老君与燃灯古佛在三层高阁朱陵丹台上讲道,众仙童、仙将、仙官、仙吏都侍立左右听讲。这大圣直至丹房里面,寻访不遇,但见丹灶之旁,炉中有火。炉左右安放着五个葫芦,葫芦里都是炼就的金丹。大圣喜道:"此物乃仙家之至宝。老孙自了道以来,识破了内外相同之理,也要炼些金丹济人,不期到家无暇;今日有缘,却又撞着此物,趁老子不在,等我吃他几丸尝新。"他就把那葫芦都倾出来,就都吃了,如吃炒豆相似。

一时间丹满酒醒,又自己揣度道:"不好!不好!这场祸,比天还大;若惊动玉帝,性命难存。走!走!走!不如下界为王去也!"他就跑出兜率宫,不行旧路,从西天门,使个隐身法逃去。即按云头,回至花果山界。

【注释】(1)本段选自第五回《乱蟠桃大圣偷丹　反天宫诸神捉怪》。《西游记》前七回写本书主角孙悟空的出身经历。前四回叙的是悟空出世,寻仙学道,官封弼马温,旋即一反天宫,自立为齐天大圣,天宫二次招安,封了他一个有衔无职的齐天大圣。　(2)俯囟:磕头。　(3)酡(tuó):喝了酒脸红叫酡。　(4)睖睖(lèng)睁睁:眼睛发直,发呆。　(5)氤(yīn)氲(yūn):气或光色混合动荡的样子。　(6)翥(zhù):飞举。　(7)扆(yǐ):古代设在户牖间的屏风。　(8)酕(máo)醄(táo):大醉的状态。

【今译】(略)

【点评】打开《西游记》,神猴孙悟空就首先以其奇异的出身,顽劣机智的个性,高妙超群的本领,大胆而无拘束的行为,倾倒了广大读者。其中闹天宫的一系列故事,令读者阅之无不欣然色动,或惊异不已,或叹为奇观。这里选的即是孙悟空大闹天宫故事中的一段,其趣味横生、诙谐幽默,历来为人们所津津乐道。

《西游记》超越一般神魔小说的地方,首先在于它所表现的神魔之争并不仅仅是为演绎正邪善恶的冲突服务,而是在传统取经故事的框架中充实了从现实生活中摄取来的社会现实的内容作为血肉,用幽默讽刺的笔调描写了世情,让读者从种种神魔关系中看到人世间的缩影,如同通过漫画体味现实,使人认识到经过作家抽象反映了的中国封建社会关系的某些特征,并因为贴近社会人生而产生动人的美学品格。"王母桃花千遍红",是中国一个古老的传说。像这段搅乱蟠桃会的故事,唐五代时的《大唐三藏取经诗话》中,已经由猴行者的自述,写到了偷蟠桃的事:"我因八百岁时,偷吃十颗,被王母捉下,左肋刺八百,右肋刺三千铁棒,配在花果山紫云洞,到至今肋下尚痛。"至杂剧《西游记》、平话《西游记》也都写到孙行者闹天宫、偷仙桃。至本书,作者则根据自己的想法机敏圆熟地重新描写了这一故事。

按这段描写,高居九天统辖三界的玉帝大天尊,实在昏愦得可以。让一个猴子去看蟠桃园,真是没有比这再滑稽的事了。赤脚大仙的呆头呆脑,太上老君的疏于防范,瑶池的天官、力士则被几个瞌睡虫便统统放倒,所有这些无比神圣的神仙无不在读者的哄笑中被染上滑稽可笑的色彩。《西游记》的人物、情节,字里行间到处充满了使人觉得好玩好笑、诙谐有趣的滑稽意味,猪八戒、孙悟空甚至唐僧等主角的思想行动也经常表现出滑稽。"那猴王脱了冠服,爬上大树,拣那熟透的大桃,摘了许多,就在树枝上自在受用。"吃了桃,还"变做二寸长的个人儿",在大树梢头的浓荫下睡觉。这个猴头所作所为留给人的印象不也够滑稽了吗?因此,滑稽实际上是这段文字的基调。

《西游记》的滑稽诙谐使它的讽刺充满机趣,而褒贬美丑的讽刺则深化了它的滑稽内容。更难能可贵的是作者具有中国小说家不多见的幽默感。这种幽默感使它的小说滑稽而不至于油滑,讽刺也比较含蓄。本段情节的构思、人物行为的描写,都十分突出地表现出作者的幽默。正是通过对幽默情境的创设,作者表现了他的爱憎态度和对社会人生的评价。在他进行创作以前,唐僧取经故事的主旨已经由宣扬佛法演进为正能克邪,他无法扭转这个格局,但是他以灵幻的文心,以他的游戏笔墨,巧妙地通过这样一个既

定的故事格局,表现他对社会人生的嘲谑态度,这确是一个文学奇才才能做到的。一些批评家们曾经认真地告诉我们,所谓大闹天宫的故事,是封建时代农民革命思想在文学中的"曲折反映"。但我们一般的读者很难理解这个从花果山石头里蹦出来的猴头怎么会是"农民革命领袖的化身"。只有抛开这种庸俗社会学的批评模式,才能"忘怀得失,独存鉴赏"(鲁迅语)。所谓闹天宫实际是一出大出玉帝、王母、老君以及天兵天将洋相的喜剧,作者借这个故事所勾勒的那幅封建朝廷如此全面、传神的谐谑画,在中国小说艺术中是找不出第二幅的。对此,读者尽可心领神会,过于穿凿,只能破坏小说的真趣。

(李时人)

三打白骨精⁽¹⁾

却说常言有云:"山高必有怪,岭峻却生精。"果然这山上有一个妖精。孙大圣去时,惊动那怪。他在云端里,踏着阴风,看见长老坐在地下,就不胜欢喜道:"造化!造化!几年前人都讲东土的唐和尚取'大乘',他本是金蝉子化身,十世修行的原体。有人吃他一块肉,长寿长生。真个今日到了。"那妖精上前就要拿他,只见长老左右手下有两员大将护持,不敢拢身。他说两员大将是谁?就是八戒、沙僧。八戒、沙僧,虽没甚么大本事,然八戒是天蓬元帅,沙僧是卷帘大将。他的威气尚不曾泄,故不敢拢身。妖精说:"等我且戏他戏,看怎么说。"

好妖精,停下阴风,在那山凹里,摇身一变,变做个月貌花容的女儿,说不尽那眉清目秀,齿白唇红,左手提着一个青砂罐儿,右手提着一个绿磁瓶儿,从西向东,径奔唐僧:

> 圣僧歇马在山岩,忽见裙钗女近前。
> 翠袖轻摇笼玉笋,湘裙斜拽显金莲。
> 汗流粉面花含露,尘拂蛾眉柳带烟。

仔细定睛观看处，看看行至到身边。

三藏见了，叫："八戒，沙僧，悟空才说这里旷野无人，你看那里不走出一个人来了？"八戒道："师父，你与沙僧坐着，等老猪去看看来。"那呆子放下钉钯，整整直裰，摆摆摇摇，充作个斯文气象，一直的觌⁽²⁾面相迎。真个是远看未实，近看分明。那女子生得：

冰肌藏玉骨，衫领露酥胸。柳眉积翠黛，杏眼闪银星。月样容仪俏，天然性格清。体似燕藏柳，声如莺啭林。半放海棠笼晓日，才开芍药弄春晴。

那八戒见他生得俊俏，呆子就动了凡心，忍不住胡言乱语。叫道："女菩萨，往那里去？手里提着是什么东西？"——分明是个妖怪，他却不能认得。——那女子连声答应道："长老，我这青罐里是香米饭，绿瓶里是炒面筋。特来此处无他故，因还誓愿要斋僧。"八戒闻言，满心欢喜。急抽身，就跑了个猪颠风，报与三藏道："师父！'吉人自有天报！'师父饿了，教师兄去化斋，那猴子不知那里摘桃儿耍子去了。桃子吃多了，也有些嘈⁽³⁾人，又有些下坠。你看那不是个斋僧的来了？"唐僧不信道："你这个夯货胡缠！我们走了这向，好人也不曾遇着一个，斋僧的从何而来！"八戒道："师父，这不到了？"

三藏一见，连忙跳起身来，合掌当胸道："女菩萨，你府上在何处住？是甚人家？有甚愿心，来此斋僧？"——分明是个妖精，那长老也不认得。——那妖精见唐僧问他来历，他立地就起个虚情，花言巧语，来赚哄道："师父，此山叫做蛇回兽怕的白虎岭。正西下面是我家。我父母在堂，看经好善，广斋方上远近僧人；只因无子，求神作福；生了奴奴，欲扳门第，配嫁他人，又恐老来无倚，只得将奴招了一个女婿，养老送终。"三藏闻言道："女菩萨，你语言差了。圣

经云:'父母在,不远游,游必有方。'你既有父母在堂,又与你招了女婿,有愿心,教你男子还,便也罢,怎么自家在山行走?又没个侍儿随从。这个是不遵妇道了。"那女子笑吟吟,忙陪俏语道:"师父,我丈夫在山北凹里,带几个客子⁽⁴⁾锄田。这是奴奴煮的午饭,送与那些人吃的。只为五黄六月,无人使唤,父母又年老,所以亲身来送。忽遇三位远来,却思父母好善,故将此饭斋僧。如不弃嫌,愿表芹献⁽⁵⁾。"三藏道:"善哉!善哉!我有徒弟摘果子去了,就来,我不敢吃;假如我和尚吃了你饭,你丈夫晓得,骂你,却不罪坐贫僧也?"那女子见唐僧不肯吃,却又满面春生道:"师父啊,我父母斋僧,还是小可;我丈夫更是个善人,一生好的是修桥补路,爱老怜贫。但听见说这饭送与师父吃了,他与我夫妻情上,比寻常更是不同。"三藏也只是不吃。旁边却恼坏了八戒。那呆子努着嘴,口里埋怨道:"天下和尚也无数,不曾像我这个老和尚罢软⁽⁶⁾!现成的饭,三分儿,倒不吃,只等那猴子来,做四分才吃!"他不容分说,一嘴把个罐子拱倒,就要动口。

只见那行者自南山顶上,摘了几个桃子,托着钵盂,一筋斗,点将回来;睁火眼金睛观看认得那女子是个妖精,放下钵盂,掣铁棒,当头就打。唬得个长老用手扯住道:"悟空!你走将来打谁?"行者道:"师父,你面前这个女子,莫当做个好人;他是个妖精,要来骗你哩。"三藏道:"你这猴头,当时倒也有些眼力,今日如何乱道!这女菩萨有此善心,将这饭要斋我等,你怎么说她是个妖精?"行者笑道:"师父,你那里认得。老孙在水帘洞里做妖魔,若想人肉吃,便是这等:或变金银,或变庄台,或变醉人,或变女色。有那等痴心的,爱上我,我就迷他到洞里,尽意随心,或蒸或煮受用;吃不了,还要晒干了防天阴哩!师父,我若来迟,你定入他套子,遭他毒手!"那唐僧那里肯信,只说是个好人。行者道:"师父,我知道你了。你见他那等容貌,必然动了凡心。若果有此意,叫八戒伐几棵树来,沙僧寻些草来,我做木匠,就在这里搭个窝铺,你与他圆房成事,我们大家散了,却不是件事业?何必又跋涉,取甚经去!"那长老原是个软善的人,那里吃得他这句言语,羞得光头彻耳通红。

三藏正在此羞惭,行者又发起性来,掣铁棒,望妖精劈脸一下。那怪物有些手段,使个"解尸法",见行者棍子来时,他却抖擞精神,预先走了,把一个假尸首打死在地下。唬得个长老战战兢兢,口中作念道:"这猴着然无礼!屡劝不从,无故伤人性命!"行者道:"师父莫怪,你且来看看这罐子里是甚东西。"沙僧搀着长老近前看时,那里是甚香米饭,却是一罐子拖尾巴的长蛆;也不是面筋,却是几个青蛙、癞虾蟆,满地乱跳。长老才有三分儿信了。怎奈猪八戒气不忿,在旁漏八分儿唆嘴道:"师父,说起这个女子,他是此间农妇,因为送饭下田,路遇我等,却怎么栽他是个妖怪?哥哥的棍重,走将来试手打他一下,不期就打杀了;怕你念甚么紧箍儿咒,故意的使个障眼法儿,变做这等样东西,演晃你眼,使不念咒哩。"

三藏自此一言,就是晦气到了:果然信那呆子撺唆⁽⁷⁾,手中捻诀,口里念咒。行者就叫:"头疼!头疼!莫念!莫念!有话便说。"唐僧道:"有甚话说!出家人时时常要方便,念念不离善心,扫地恐伤蝼蚁命,爱惜飞蛾纱罩灯。你怎么步步行凶!打死这个无故平人,取将经来何用?你回去罢!"行者道:"师父,你教我回那里去?"唐僧道:"我不要你做徒弟。"行者道:"你不要我做徒弟,只怕你西天路去不成。"唐僧道:"我命在天,该那个妖精蒸了吃,就是煮了,也算不过。终不然,你救得我的大限⁽⁸⁾?你快回去!"行者道:"师父,我回去便也罢了,只是不曾报得你的恩哩。"唐僧道:"我与你有甚恩?"那大圣闻言,连忙跪下叩头道:"老孙因大闹天宫,致下了伤身之难,被我佛压在两界山;幸观音菩萨与我受了戒行,幸师父救脱吾身;若不与你同上西天,显得我'知恩不报非君子,万古千秋作骂名'。"原来这唐僧是个慈悯的圣僧。他见行者哀告,却也回心转意道:"既如此说,且饶你这一次,再休无礼。如若仍前作恶,这咒语颠倒就念二十遍!"行者道:"三十遍也由你,只是我不打人了。"却才伏侍唐僧上马,又将摘来桃子奉上。唐僧在马上也吃了几个,权且充饥。

却说那妖精,脱命升空。原来行者那一棒不曾打杀妖精,妖精出神去了。他在那云端里,咬牙切齿,暗恨行者道:"几年只闻得讲他手段,今日果然话不虚传。那唐僧已是不认得我,将要吃饭。若低头闻一闻儿,我就一把捞住,却不是我的人了?不期被他走来,弄破我这勾当,又几乎被他打了一棒。若饶了这个和尚,诚然是劳而无功也。我还下去戏他一戏。"

好妖精,按落阴云,在那前山坡下,摇身一变,变作个老妇人,年满八旬,手拄一根弯头竹杖,一步一声的哭着走来。八戒见了,大惊道:"师父!不好了!那妈妈儿来寻人了!"唐僧道:"寻甚人?"八戒道:"师兄打杀的,定是他女儿。这个定是他娘寻将来了。"行者道:"兄弟莫要胡说!那女子十八岁,这老妇有八十岁,怎么六十多岁还生产?断乎是个假的。等老孙去看来。"好行者,拽开步,走近观看,那怪物:

假变一婆婆,两鬓如冰雪。走路慢腾腾,行步虚怯怯。弱体瘦伶仃,脸如枯菜叶。颧骨望上翘,嘴唇往下别。老年不比少年时,满脸都是荷叶折。

行者认得他是妖精,更不理论,举棒照头便打。那怪见棍子起时,依然抖擞,又出化了元神,脱真身去了;把个假尸首又打死在路旁之下。唐僧一见,惊下马来,睡在路旁,更无二话,只是把紧箍儿咒颠倒足足念了二十遍。可怜把个行者头,勒得似个亚腰儿葫芦[9],十分疼痛难忍,滚将来哀告道:"师父莫念了!有甚话说了罢!"唐僧道:"有甚话说!出家人耳听善言,不堕地狱。我这般劝化你,你怎么只是行凶?把平人打死一个,又打死一个,此是何说?"行者道:"他是妖精。"唐僧道:"这个猴子胡说!就有这许多妖怪!你是个无心向善之辈,有意作恶之人,你去罢!"行者道:"师父又教我去?回去便也回去了,只是一件不相应。"唐僧道:"你有甚么不相应处?"八戒道:"师父,他要和你分行李哩。跟着你做了这几年和尚,不成空着手回去?你把那包袱内的甚么旧褊衫,破帽子,分两件与他罢。"

行者闻言,气得暴跳道:"我把你这个尖嘴的夯货!老孙一向秉教沙门,更无一毫嫉妒之意,贪恋之心,怎么要分甚么行李?"唐僧道:"你既不嫉妒贪恋,如何不去?"行者道:"实不瞒师父说。老孙五百年前,居花果山水帘洞大展英雄之际,收降七十二洞邪魔,手下有四万七千群怪,头戴的是紫金冠,身穿的是赭黄袍,腰系的是蓝田带,足踏的是步云履,手执的是如意金箍棒:着实也曾为人。自从涅槃罪度,削发秉正沙门,跟你做了徒弟,把这个'金箍儿'勒在我头上,若回去,却也难见故乡人。师父果若不要我,把那个松箍儿咒念一念,退下这个箍子,交付与你,套在别人头上,我就快活相应了。也是跟你一场,莫不成这些人意儿也没有了?"唐僧大惊道:"悟空,我当时只是菩萨暗受一卷紧箍儿咒,却没有甚么松箍儿咒。"行者道:"若无松箍儿咒,你还带我去走走罢。"长老又没奈何道:"你且起来,我再饶你这一次,却不可再行凶了。"行者道:"再不敢了。再不敢了。"又伏侍师父上马,剖路前进。

却说那妖精,原来行者第二棍也不曾打杀他。那怪物在半空中,夸奖不尽道:"好个猴王,着然有眼!我那般变了去,他也还认得我。这些和尚,他去得快,若过此山,西下四十里,就不伏我所管了。若是被别处妖魔捞了去,好道就笑破他人口,使碎自家心。我还下去戏他一戏。"好妖怪,按耸阴风,在山坡下摇身一变,变做一个老公公,真个是:

　　白发如彭祖,苍髯赛寿星。
　　耳中鸣玉磬,眼里幌金星。
　　手拄龙头拐,身穿鹤氅轻。
　　数珠掐在手,口诵南无经。

　　唐僧在马上见了,心中欢喜道:"阿弥陀佛!西方真是福地!那公公路也走不上来,逼法的还念经哩。"八戒道:"师父,你且莫要夸奖。那个是祸的根哩。"唐僧道:"怎么是祸根?"八戒道:"行者打杀他的女儿,又打杀他的婆子,这个正是他的老儿寻将来了。我们若撞在他的怀里呵,师父,你便偿命,该个死罪;把老猪为从,问个充军;沙僧喝令,问个摆站(10);那行者使个遁法走了,却不苦了我们三个顶缸?"

　　行者听见道:"这个呆根,这等胡说,可不唬了师父?等老孙再去看看。"他把棍藏在身边,走上前,迎着怪物,叫声:"老官儿,往那里去?怎么又走路,又念经?"那妖精错认了定盘星,把孙大圣也当做个等闲的,遂答道:"长老啊,我老汉祖居此地,一生好善斋僧,看经念佛。命里无儿,止生得一个小女,招了个女婿。今早送饭下田,想是遭逢虎口。老妻先来找寻,也不见回去。全然不知下落,老汉特来寻看。果然是伤残他命,也没奈何,将他骸骨收拾回去,安葬茔中。"行者笑道:"我是个做婴虎的祖宗,你怎么袖子里笼了个鬼儿来哄我?你瞒了诸人,瞒不过我!我认得你是个妖精!"那妖精唬得顿口无言。行者掣出棒来,自忖思道:"若要不打他,显得他倒弄个风儿;若要打他,又怕师父念那话儿咒语。"又思量道:"不打杀他,他一时间抄空儿把师父捞了去,却不又费心劳力去救他?……还打的是!就一棍子打杀,师父念起那咒,常言道'虎毒不吃儿'。凭着我巧言花语,嘴伶舌便,哄他一哄,好道也罢了。"好大圣,念动咒语,叫当坊土地、本处山神道:"这妖精三番来戏弄我师父,我一番却要打杀他。你与我在半空中作证,不许走了。"众神听令,谁敢不从,都在云端里照应。那大圣棍起处,打倒妖魔,才断绝了灵光。

那唐僧在马上,又唬得战战兢兢,口不能言。八戒在旁边又笑道:"好行者!风发了!只行了半日路,倒打死三个人!"唐僧正要念咒,行者急到马前,叫道:"师父,莫念!莫念!你且来看看他的模样。"却是一堆粉骷髅在那里。唐僧大惊道:"悟空,这个人才死了,怎么就化作一堆骷髅?"行者道:"他是个潜灵作怪的僵尸,在此迷人败本;被我打杀,他就现了本相。他那脊梁上有一行字,叫做'白骨夫人'。"唐僧闻说,倒也信了,怎禁那八戒旁边唆嘴道:"师父,他的手重棍凶,把人打死,只怕你念那话儿,故意变化这个模样,掩你的眼目哩!"唐僧果然耳软,又信了他,随复念起。行者禁不得疼痛,跪于路旁,只叫:"莫念!莫念!有话快说了罢!"唐僧道:"猴头!还有甚说话!出家人行善,如春园之草,不见其长,日有所增;行恶之人,如磨刀之石,不见其损,日有所亏。你在这荒郊野外,一连打死三人,还是无人检举,没有对头;倘到城市之中,人烟凑集之所,你拿了那哭丧棒,一时不知好歹,乱打起人来,撞出大祸,教我怎的脱身?你回去罢!"行者道:"师父错怪了我也。这厮分明是个妖魔,他实有心害你。我倒打死他,替你除了害,你却不认得,反信了那呆子谗言冷语,屡次逐我。常言道:'事不过三。'我若不去,真是个下流无耻之徒。我去!我去!——去便去了,只是你手下无人。"唐僧发怒道:"这泼猴越发无礼!看起来只你是人,那悟能、悟净,就不是人?"

那大圣一闻得说他两个是人,止不住伤情凄惨,对唐僧道声:"苦啊!你那时节,出了长安,有刘伯钦送你上路;到两界山,救我出来,投拜你为师,我曾穿古洞,入深林,擒魔捉怪,收八戒,得沙僧,吃尽千辛万苦;今日昧着惺惺使糊涂,只教我回去:这才是'鸟尽弓藏,兔死狗烹'!——罢!罢!罢!但只是多了那紧箍儿咒。"唐僧道:"我再不念了。"行者道:"这个难说:若到那毒魔苦难处不得脱身,八

戒、沙僧救不得你,那时节,想起我来,忍不住又念诵起来,就是十万里路,我的头也是疼的;假如再来见你,不如不作此意。"

唐僧见他言言语语,越添恼怒,滚鞍下马来,叫沙僧包袱内取出纸笔,即于涧下取水,石上磨墨,写了一纸贬书,递于行者道:"猴头!执此为照!再不要你做徒弟了!如再与你相见,我就堕了阿鼻地狱!"行者连忙接了贬书道:"师父,不消发誓,老孙去罢。"他将书折了,留在袖中,却又软款(11)唐僧道:"师父,我也是跟你一场,又蒙菩萨指教;今日半途而废,不曾成得功果,你请坐,受我一拜,我也去得放心。"唐僧转回身不睬,口里唧唧哝哝的道:"我是个好和尚,不受你歹人的礼!"大圣见他不睬,又使个身外法,把脑后毫毛拔了三根,吹口仙气,叫"变!"即变了三个行者,连本身四个,四面围住师父下拜。那长老左右躲不脱,好道也受了一拜。

大圣跳起来,把身一抖,收上毫毛,却又分付沙僧道:"贤弟,你是个好人,却只要留心防着八戒谗言谮语(12),途中更要仔细。倘一时有妖精拿住师父,你就说老孙是他大徒弟:西方毛怪,闻我的手段,不敢伤我师父。"唐僧道:"我是个好和尚,不题你这歹人的名字。你回去罢。"那大圣见长老三番两复,不肯转意回心,没奈何才去。你看他:

噙泪叩头辞长老,含悲留意嘱沙僧。
一头拭进坡前草,两脚蹬翻地上藤。
上天下地如轮转,跨海飞山第一能。
顷刻之间不见影,霎时疾返旧途程。

你看他忍气别了师父,纵筋斗云,径回花果山水帘洞去了。

【注释】(1)本段选自《西游记》第二十七回《尸魔三戏唐三藏 圣僧恨逐美猴王》。孙悟空三打白骨精被逐后,回花果山重整家园,唐僧至宝象国遇难,猪八戒请悟空救师,复共诣西方。　(2)觌(dí):见,相见。　(3)嘈:方言,谓肠胃不适,口泛酸水。　(4)客子:指佣工。　(5)芹献:自谦所献菲薄,不足当意。典出《列子·扬朱》。　(6)罢软:没主见,做事颠倒。　(7)撺唆:怂恿、调唆。　(8)大限:生命的极限,死期。　(9)亚腰儿葫芦:中间细进去的葫芦。"亚"同"压"。　(10)摆站:因罪被发配到指定的地方服劳役。　(11)软款:犹央告,说软话。　(12)谵(zhān)言谵语:花言巧语,胡说八道。

【今译】(略)

【点评】《西游记》不是直接描写现实人生的小说,其超现实的题材和作者介入社会人生的态度,使它不经意中具有了寓言或童话的品格,其情节事件和人物的象征性,足以使读者得到各种启示和联想。因而,作为小说的《西游记》,实际上蕴含了许多社会人生的哲理。这些道理或许是作者创作时并没有完全想到的,因而往往是通过接受书里故事中一方的作用显现的。像这段"孙悟空三打白骨精"的故事,以往屡屡为人们所称引,或被誉为善于识破善于伪装的敌人的典范故事,或被用来说明要分清敌我两类不同性质的矛盾,便是如此。

确实,在《西游记》中,那些阻拦取经要食唐僧肉的妖魔,不少是很善于伪装变化的,白骨精可谓其中的一个典型。你看它一会儿变为月貌花容的女儿,一会儿变为两鬓如雪的老太太,一会儿又变为手拄拐杖的老公公。而明明是吃人的妖精,却偏要张口斋僧,闭口向佛。如果不是孙悟空火眼金睛的好眼力,一般人确实要被它骗过去。本来,取经队伍和妖魔是对立的两方,但唐僧的肉眼凡胎不辨真假,猪八戒带有私心的胡搅和,都给孙悟空消灭白骨精带来障碍。故事便通过这样两种不同矛盾的纠葛而展开,并通过人物的语言行动生动地展示了他们各自的性格。孙悟空的疾恶如仇、顽强、倔强,唐僧的心善、耳根软、有信念而无原则,猪八戒的贪小便宜、耍小心眼、好进谗言,几个主要人物的性格都具有社会风习的浓郁色彩,这正是读者读这段小说时常常会会心微笑,情不自禁要用小说中的形象来观照社会人生的原因。

整部《西游记》塑造最成功、典型性最高的人物,当属猪八戒,也只有猪

八戒才冲破了神魔小说的纱幕,直接而不隔膜地以生活风情画的形式呈现出真实的社会关系的内容。孙悟空的形象当然也是鲜明的,但这一形象身上无疑寄寓了作者,也包括读者的某些理想成分。只是作者并没有将孙悟空塑造成"高、大、全"的形象,存在于他身上的促狭、骄傲、调侃人生的世故和谐谑,反倒使人们常常感到他的可爱可亲。作者甚至让孙悟空不时陷入尴尬和窘急,像本段书中,区区一堆骷髅幻化的妖魔在孙悟空的铁棒下算不得什么,但妖魔的善于变化却要叫孙悟空难堪和承受痛苦,因为孙悟空受制于唐僧,唐僧的紧箍咒使打妖魔的孙悟空每行动一次就要受到一次惩罚,头被"勒得似个亚腰儿葫芦"。因此,这里的紧箍咒就起到了推进情节、突出人物、激发读者情绪的种种作用。最后妖精被打死了,孙悟空也被逐出了取经队伍,这对孙悟空来说,的确是够窝囊的了。这一结局,不仅使读者产生期待感,还为下面情节的展开留下伏笔,其蕴含的意义也是颇耐思索的。

(周志明)

车迟国赌赛⁽¹⁾

虎力大仙道:"陛下,左右是'棋逢对手,将遇良材'。贫道将钟南山幼时学的武艺,索性与他赌一赌。"国王道:"有甚么武艺?"虎力道:"弟兄三个,都有些神通。会砍下头来,又能安上;剖腹剜心,还再长完;滚油锅里,又能洗澡。"国王大惊道:"此三事都是寻死之路!"虎力道:"我等有此法力,才敢出此朗言,断要与他赌个才休。"那国王叫道:"东土的和尚,我国师不肯放你,还要与你赌砍头剖腹,下滚油锅洗澡哩。"

行者正变作蟭蟟虫,往来报事。忽听此言,即收了毫毛,现出本相,哈哈大笑道:"造化!造化!买卖上门了!"八戒道:"这三件都是丧性命的事,怎么说买卖上门?"行者道:"你还不知我的本事。"八戒道:"哥哥,你只像这等变化腾那也勾了,怎么还有这等本事?"行者道:"我啊:

砍下头来能说话，剁了臂膊打得人。
扎去腿脚会走路，剖腹还来妙绝伦。
就似人家包匾食，一捻一个就圆囫。
油锅洗澡更容易，只当温汤涤垢尘。"

八戒、沙僧闻言，呵呵大笑。行者上前道："陛下，小和尚会砍头。"国王道："你怎么会砍头？"行者道："我当年在寺里修行，曾遇着一个方上禅和子，教我一个砍头法，不知好也不好，如今且试试新。"国王笑道："那和尚年幼不知事。砍头那里好试新？头乃六阳之首，砍下即便死矣。"虎力道："陛下，正要他如此，方才出得我们之气。"那昏君信他言语，即传旨，教设杀场。

一声传旨，即有羽林军三千，摆列朝门之外。国王教："和尚先去砍头。"行者欣然应道："我先去！我先去！"拱着手，高呼道："国师，恕大胆，占先了。"拽回头，往外就走。唐僧一把扯住道："徒弟呀，仔细些。那里不是耍处。"行者道："怕他怎的！撒了手，等我去来。"

那大圣径至杀场里面，被刽子手拽住了，捆做一团。按在那土墩高处，只听喊一声："开刀！"飕的把个头砍将下来。又被刽子手一脚踢了去，好似滚西瓜一般，滚有三四十步远近。行者腔子中更不出血。只听得肚里叫声："头来！"慌得鹿力大仙见有这般手段，即念咒语，教本坊土地神祇："将人头扯住，待我赢了和尚，奏了国王，与你把小祠堂盖作大庙宇，泥塑像改作正金身。"原来那些土地神祇因他有五雷法，也服他使唤，暗中真个把行者头按住了。行者又叫声："头来！"那头一似生根，莫想得动。行者心焦，捻着拳，挣了挣，将捆的绳子就皆挣断，喝声："长！"飕的腔子内长出一个头来。唬得那刽子手，个个心惊；羽林军，人人胆战。那监斩官急走入朝奏道："万岁，那小和尚砍了头，又长出一颗来了。"八戒冷笑道："沙僧，那知哥哥还有这般手段？"沙僧道："他有七十二般变

化,就有七十二个头哩。"

说不了,行者走来,叫声"师父"。三藏大喜道:"徒弟,辛苦么?"行者道:"不辛苦,倒好耍子。"八戒道:"哥哥,可用刀疮药么?"行者道:"你是摸摸看,可有刀痕?"那呆子伸手一摸,就笑得呆呆睁睁道:"妙哉!妙哉!却也长得完全,截疤儿也没些儿!"

兄弟们正都欢喜,又听得国王叫领关文:"赦你无罪。快去!快去!"行者道:"关文虽领,必须国师也赴曹砍砍头,也当试新去来。"国王道:"大国师,那和尚也不肯放你哩。你与他赌胜,且莫唬了寡人。"虎力也只得去,被几个刽子手,也捆翻在地,晃一晃,把头砍下,一脚也踢将去,滚了有三十余步,他腔子里也不出血,也叫一声:"头来!"行者即忙拔下一根毫毛,吹口仙气,叫"变!"变作一条黄犬,跑入场中,把那道士头,一口衔来,径跑到御水河边丢下不题。

却说那道士连叫三声,人头不到,怎似行者的手段,长不出来,腔子中,骨都都红光迸出。可怜空有唤雨呼风法,怎比长生果正仙?须臾,倒在尘埃。众人观看,乃是一只无头的黄毛虎。

那监斩官又来奏:"万岁,大国师砍下头来,不能开出,死在尘埃,是一只无头的黄毛虎。"国王闻奏,大惊失色。目不转睛,看那两个道士。鹿力起身道:"我师兄已是命倒禄绝了,如何是只黄虎!这都是那和尚惫懒[2],使的掩样法儿,将我师兄变作畜类!我今定不饶他,定要与他赌那剖腹剜心!"

国王听说,方才定性回神。又叫:"那和尚,二国师还要与你赌哩。"行者道:"小和尚久不吃烟火食,前日西来,忽遇斋公家劝饭,多吃了几个馍馍;这几日腹中作痛,想是生虫,正欲借陛下之刀,剖开肚皮,拿出脏腑,洗净脾胃,方好上西天见佛。"国王听说,教:"拿他赴曹。"那许多人,搀的搀,扯的扯。行者展[3]脱手道:"不用人搀,自家走去。——但一件,不许缚手,我好用手洗刷脏腑。"国王传旨,教:"莫绑他手。"

行者摇摇摆摆,径至杀场。将身靠着大桩,解开衣带,露出肚腹。那刽子手将一条绳套在他膊项上,一条绳札住他腿足,把一口牛耳短刀,晃一晃,着肚皮下一割,搠个窟窿。这行者双手爬开肚腹,拿出肠脏来,一条条理匀多时,依然安在里面。照旧盘曲,捻着肚皮,吹口仙气,叫"长!"依然长合。国王大惊,将他那关文捧在手中道:"圣僧莫误西行,与你关文去罢。"行者笑道:"关文小可,也请二国师剖剖剐剐,何如?"国王对鹿力说:"这事不与寡人相干,是你要与他做对头的。请去,请去。"鹿力道:"宽心,料我决不输与他。"

你看他也像孙大圣,摇摇摆摆,径入杀场,被刽子手套上绳,将牛耳短刀,嗳喇的一声,割开肚腹,他也拿出肝肠,用手理弄。行者即拔一根毫毛,吹口仙气,叫"变!"即变作一只饿鹰,展开翅爪,飕的把他五脏心肝,尽情抓去,不知飞向何方受用。这道士弄做一个空腔破肚淋漓鬼,少脏无肠浪荡魂。那刽子手蹬倒大桩,拖尸来看,呀!原来是一只白毛角鹿!

慌得那监斩官又来奏道:"二国师晦气,正剖腹时,被一只饿鹰将脏腑肝肠都叼去了,死在那里,原身是个白毛角鹿也。"国王害怕道:"怎么是个角鹿?"那羊力大仙又奏道:"我师兄既死,如何得现兽形?这都是那和尚弄术法坐害我等。等我和师兄报仇去。"国王道:"你有什么法力赢他?"羊力道:"我与他赌下滚油锅洗澡。"国王便教取一口大锅,满着香油,教他两个赌去。行者道:"多承下顾。小和尚一向不曾洗澡,这两日皮肤燥痒,好歹荡荡去。"

那当驾官果安下油锅,架起干柴,燃着烈火,将油烧滚,教和尚先下去。行者合掌道:"不知文洗,武洗?"国王道:"文洗如何?武洗如何?"行者道:"文洗不脱衣服,似这般叉着手,下去打个滚,就起来,不许污坏了衣服,若有一点油腻算输。武洗要取一张衣架,一条手巾,脱了衣服,跳将下去,任意翻筋斗,竖蜻蜓,当耍子洗也。"国王对羊力说:"你要与他文洗,武洗?"羊力道:"文洗恐他衣

服是药炼过的,隔油。武洗罢。"行者又上前道:"恕大胆,屡次占先了。"你看他脱了布直裰,褪了虎皮裙,将身一纵,跳在锅内,翻波斗浪,就似负水一般顽耍。

八戒见了,咬着指头,对沙僧道:"我们也错看了这猴子了!平时间逸言讪语(4),斗他耍子,怎知他有这般真实本事!"他两个唧唧哝哝,夸奖不尽。行者望见,心疑道:"那呆子笑我哩!正是'巧者多劳拙者闲'。老孙这般舞弄,他倒自在。等我作成他捆一绳,看他可怕。"正洗浴,打个水花淬在油锅底下,变作个枣核钉儿,再也不起来了。

那监斩官近前又奏:"万岁,小和尚被滚油烹死了。"国王大喜,教捞上骨骸来看。刽子手将一铁笊篱,在油锅里捞,原来那笊篱眼稀,行者变得钉小,往往来来,从眼孔漏下去了,那里捞得着!又奏道:"和尚身微骨嫩,俱札化了。"

国王教:"拿三个和尚下去!"两边校尉,见八戒面凶,先揪翻,把背心捆了。慌得三藏高叫:"陛下,赦贫僧一时。我那个徒弟,自从归教,历历有功;今日冲撞国师,死在油锅之内,奈何先死者为神,——我贫僧怎敢贪生!正是天下官员也管着天下百姓。陛下若教臣死,臣岂敢不死。——只望宽恩,赐我半盏凉浆水饭,三张纸马(5),容到油锅边,烧此一陌纸,也表我师徒一念,那时再领罪也。"国王闻言道:"也是,那中华人多有义气。"命取些浆饭、黄钱与他。果然取了,递与唐僧。

唐僧教沙和尚同去。行至阶下,有几个校尉,把八戒揪着耳朵,拉在锅边,三藏对锅祝曰:"徒弟悟空!

　　自从受戒拜禅林,护我西来恩爱深。
　　指望同时成大道,何期今日你归阴!
　　生前只为求经意,死后还存念佛心。
　　万里英魂须等候,幽冥做鬼上雷音!"

八戒听见道:"师父,不是这般祝了。——沙和尚,你替我奠浆饭,等我祷。"那呆子捆在地下,气呼呼的道:

"闯祸的泼猴子,无知的弼马温!该死的泼猴子,油烹的弼马温!猴儿了帐,马温断根!"

孙行者在油锅底上,听得那呆子乱骂,忍不住现了本相。赤淋淋的,站在油锅底道:"馕糟(6)的夯货!你骂那个哩!"唐僧见了道:"徒弟,唬杀我也!"沙僧道:"大哥干净推伴死惯了!"慌得那两班文武,上前来奏道:"万岁,那和尚不曾死,又打油锅里钻出来了。"监斩官恐怕虚诳朝廷,却又奏道:"死是死了,只是日期犯凶,小和尚来显魂哩。"

行者闻言大怒,跳出锅来,揩了油腻,穿上衣服,掣出棒,挝过监斩官,着头一下,打做了肉团,道:"我显甚么魂哩!"唬得多官连忙解了八戒,跪地哀告:"恕罪!恕罪!"国王走下龙座。行者上殿扯住道:"陛下不要走,且教你三国师也下下油锅去。"那皇帝战战兢兢道:"三国师,你救朕之命,快下锅去,莫教和尚打我。"

羊力下殿,照依行者脱了衣服,跳下油锅,也那般支吾洗浴。

行者放了国王,近油锅边,叫烧火的添柴,却伸手探了一把,——呀!——那滚油都冰冷,心中暗想道:"我洗时滚热,他洗时却冷。我晓得了,这不知是那个龙王,在此护持他哩。"急纵身跳在空中,念声"唵"字咒语,把那北海龙王唤来:"我把你这个带角的蚯蚓,有鳞的泥鳅!你怎么助道士冷龙护住锅底,教他显圣赢我!"唬得那龙王喏喏连声道:"敖顺不敢相助。大圣原来不知,这个孽畜,苦修行了一场,脱得本壳,却只是五雷法真受,其余都是傍门,难归仙道。这个是他在小茅山学来的'大开剥'。那两个已是大圣破了法,现了本相。这一个也是他自己炼的冷龙,只好哄瞒世

俗之人要子，怎瞒得大圣！小龙如今收了他冷龙，管教他骨碎皮焦，显什么手段？"行者道："趁早收了，免打！"那龙王化一阵旋风，到油锅边，将冷龙捉下海去不题。

　　行者下来，与三藏、八戒、沙僧立在殿前，见那道士在滚油锅里打挣，爬不出来。滑了一跌，霎时间骨脱皮焦肉烂。

　　【注释】(1)本段选自第四十六回《外道弄强欺正法　心猿显圣灭诸邪》。第四十四回写师徒西行到了崇道灭僧的车迟国，原来有虎力大仙、鹿力大仙、羊力大仙在此蛊惑国王，孙悟空救护众僧，又戏弄三个妖道，妖道三次与唐僧师徒赌赛，先赌救雨及坐禅、隔板猜物，均为孙悟空所胜，本回中本段则描写双方赌赛砍头、剖腹、下滚油锅洗澡，最后以诸邪死于非命告终。

　　(2)㤘憃：无赖、丑恶、恶毒。　(3)㞗：挣。　(4)谗(chán)言讪语：刻薄、嘲讽玩笑的意思。　(5)纸马：绘有神象、马匹等供祭祀焚烧用的冥纸。(6)馕(nǎng)糟：即吃糟糠，贪吃。

　　【今译】(略)

　　【点评】有材料证明，《西游记》大约成书于嘉靖年间，最迟不会晚于万历初年。史载嘉靖帝的佞道达到无以复加的地步，初宠道士邵元节，授礼部尚书衔，给一品服俸，其后道士陶仲文又以进红铅得幸，官至特进光禄大夫柱国少师少傅少保礼部尚书恭诚伯，炙手可热，举朝名公大臣只有依附道门始能致贵显。《西游记》所写的天庭中，专门供养了一个为玉帝烧丹的太上老君，其他如比丘国为国王炼长生药的老道被奉为国丈，以及包括本段文字在内的车迟国故事所写到的三个妖道作威作福，都可以看出现实社会中的一些影子。由此可以窥见作者创作的背景和心态，说明作者笔端凝聚着对时事的忧愤。但如果把作者所讽刺鞭挞的帝王妖道，单纯限定在影射嘉靖帝、陶仲文等，则未免未及就里。因为作者对道教的批判，实际上已经涉及对整个道教神灵世界的批判，而道教的神灵世界正是中国封建社会经过长期累积形成的一种传统规范的社会制度的蜃影。道教的恶劣在于借彼岸信仰证明一种制度、一种道德秩序、一种文化超时空的永恒。因此，《西游记》对道教的批判,在一定程度上已经上升到对一种现存文化的怀疑和批判。不过,《西游记》的"评道"并非为了"弘佛",即使偶尔的"弘佛",也只是为了"评道",其对佛教的揶揄讽刺实际上同样随处可见。总的说来,《西游记》的精髓是借宗教嘲弄宗教,不失时机地揭露其虚伪和荒诞,其思想底蕴在于肯定人,否定神,这正是流布于中晚明的一种带有思想解放色彩的时代精神。《西游记》之所以能够作为历史累积的材料而成为时代的代表作品,其奥秘或许正在于此。

有了这样一种对题材本身的超越,《西游记》才不像其他神魔小说那样只是抽象地、程式化地演绎正邪顺逆的斗争及一方对另一方的战胜,如果那样,诡异的情节显示出来的,只能是五颜六色的平庸。像包括本段在内的车迟国的故事,其基本人物、情节,实际上在平话《西游记》中早已有了。元末明初,朝鲜汉语教科书中,就曾选录过平话的"车迟国斗圣"。但只有经过《西游记》作者的改铸,这一本来仅仅是佛道斗法的故事,才充实了社会关系的内容,从而成为观照社会人生的艺术门径。

不过,由于时代的限定,《西游记》作者对于现实的种种批判,包括对宗教的批判,不可能上升到理性的高度。实际上,他也只是借助一个传统的题材,写出他的精神漫游历程,他的批判,只能采取嘲弄的口吻,小说艺术本身也决定了他的倾向只能借助形象来表达。因此,作者带着一种嘲谑人生的玩世态度,使他的小说处处充满讽刺的笑声和幽默的调侃。《西游记》往往在戏谑中进行针砭,使讽刺在喜剧中完成,一个接一个的故事更常常被作者写得无限风趣。像本段中写下滚油锅洗澡,孙行者还提出"文洗""武洗"的问题,生死攸关之间,还忘不了作弄猪八戒,叫他受受捆绑之苦,突出表现了《西游记》的风趣、诙谐和幽默。

确实,《西游记》突出表现了风趣、诙谐的艺术特色。但是,这也并不仅仅是因为《西游记》是以文为戏的"游戏之作",它的熔戏谑、讽喻于一炉,实际上主要应该归功于作者对社会人生的深刻理解和潇洒的人生态度。正因为如此,好些像本段一样本来以诡异怪奇的情节取悦于读者的故事,才被染上了艺术的色泽,成为了一部高格调的文学作品的组成部分。

(李时人)

智取芭蕉扇⑴

行者辞了灵吉,驾筋斗云,径返翠云山,顷刻而至。使铁棒打着洞门叫道:"开门!开门!老孙来借扇子使使哩!"慌得那门里女童急忙来报:"奶奶,借扇子的又来了!"罗刹闻言,心中悚惧道:"这泼猴真有本事!我的宝贝,扇着人,要去八万四千里,方能停止;他怎么才吹去就回来也?这番等我一连扇他两三扇,教他打不着归路!"急纵身,结束整齐,双手提剑,走出门来道:"孙行者!你不怕我,又来寻死!"行者笑道:"嫂嫂勿得悭吝,是必借我使使。保得唐僧过山,就送还你。我是个志诚有余的君子,不是那借物不还的小人。"

罗刹又骂道:"泼猢狲!好没道理,没分晓!夺子之仇,尚未报得;借扇之意,岂得如心!你不要走!吃我老娘一剑!"大圣公然不惧,使铁棒劈手相迎。他两个往往来来,战经五七回合,罗刹女手软难抡,孙行者身强善敌。他见事势不谐,即取扇子,望行者扇了一扇,行者寂然不动。行者收了铁棒,笑吟吟的道:"这番不比那番!任你怎么扇来,老孙若动一动,就不算汉子!"那罗刹又扇两扇,果然不动。罗刹慌了,急收宝贝,转回走入洞里,将门紧紧关上。

行者见他闭了门,却就弄个手段,拆开衣领,把定风丹噙在口中,摇身一变,变作一个蟭蟟虫儿,从他门隙处钻进。只见罗刹叫道:"渴了!渴了!快拿茶来!"近侍女童,即将香茶一壶,沙沙的满斟一碗,冲起茶沫漕漕。行者见了欢喜,嘤的一翅飞在茶沫之下。那罗刹渴极,接过茶,两三气都吃了。行者已到他肚腹之内,现原身厉声高叫道:"嫂嫂,借扇子我使使!"罗刹大惊失色,叫:"小的们,关了前门否?"俱说:"关了。"他又说:"既关了门,孙行者如何在家里叫唤?"女童道:"在你身上叫哩。"罗刹道:"孙行者,你在那里弄术哩?"行者道:"老孙一生不会弄术,都是些真手段,实本事,已在尊嫂尊腹之内耍子,已见其肺肝矣。我知你也饥渴了,我先送你个坐碗儿解渴!"却就把脚往下一蹬。那罗刹小腹之中,疼痛难禁,坐于地下叫苦。行者道:"嫂嫂休得推辞,我再送你个点心充饥!"又把头往上一顶。那罗刹心痛难禁,只在地上打滚,疼得他面黄唇白,只叫:"孙叔叔饶命!"

　　行者却才收了手脚道:"你才认得叔叔么?我看牛大哥情上,且饶你性命。快将扇子拿来我使使。"罗刹道:"叔叔,有扇!有扇!你出来拿了去!"行者道:"拿扇子我看了出来。"罗刹即叫女童拿一柄芭蕉扇,执在旁边。行者探到喉咙之上见了道:"嫂嫂,我既饶你性命,不在腰肋之下搠个窟窿出来,还自口出。你把口张三张儿。"那罗刹果张开口。行者还作个蟭蟟虫,先飞出来,叮在芭蕉扇上。那罗刹不知,连张三次,叫:"叔叔出来罢。"行者化原身,拿了扇子,叫道:"我在此间不是?谢借了!谢借了!"拽开步,往前便走。小的们连忙开了门,放他出洞。

　　【注释】(1)本段选自第五十九回《唐三藏路阻火焰山　孙行者一调芭蕉扇》。这回的文字主要叙唐僧师徒路阻火焰山　孙行者找铁扇公主借芭蕉扇灭火,铁扇公主因其子号山火云洞圣婴大王红孩儿已被孙悟空请观音降服,做了观音的善财童子,宿恨在心,不仅不肯借扇,反而用宝扇将孙悟空扇到五万里外。而孙悟空却因从灵吉菩萨手里得到定风丹,复来铁扇公主的翠云山,于是便出现了本段所写孙悟空钻进铁扇公主的肚子里的描写。

　　【今译】(略)

　　【点评】"奇"是中国古代传统小说最普遍、最基本的艺术特征。作为"小说前史"的六朝志怪小说的怪诞不经姑且不论,散文体小说发轫期的唐人小说即已被人用"传奇"之名概括之。至于滥觞于民间说话、寺院俗讲的白话小说,更以描摹奇人、奇事为争取读者的重要手段。《西游记》情节人物的瑰丽神奇而又流美圆熟历来令古今读者为之倾倒。石猴出世、大闹天宫以及取经路上九九八十一难,这一系列的情节光怪陆离,越翻越奇。孙悟空

变的蚊子能飞、变的螃蟹能爬,变神仙、变妖魔,无不活灵活现、鬼神莫辨,甚至他身上的八万四千毫毛,也根根皆能变化,皆可谓作意好奇、匪夷所思。至于本段中所写到的孙悟空钻到铁扇公主肚子里的战法,更是奇到极致,读者不得不发出"亏他想得出"的赞叹。

《西游记》的这些奇异描写,固然以其题材的超现实性为存在基础,但它的"奇",既不同于志怪小说的徒呈幻怪,也非如某些神魔小说的侈谈法术。读者从种种的神奇描写中,经常能感觉到一定程度的合理性,这是因为在《西游记》的描写中,渗透着浓厚的生活常理,人物的言行也经常表现出与之相应的性格特征。像"三调芭蕉扇"故事中,争战双方的言行及所流露的感情,无不呈现出人间社会的人情世故。罗刹女的爱子之情、牛魔王的英雄而又凡庸之心,孙悟空的傲然之态,使这样一个异常诡谲的故事,在本质上已被"人化"。抓住机会钻进对方肚子里,还声称"已在尊嫂尊腹之内耍子",又要"先送你个坐碗儿解渴","再送你个点心充饥",确实只有勇敢、机智而又促狭、谐谑的猴头才能干得出来。怪诞的情节既与题材内容一致,又因依傍生活和体现人物的性格而获得合理性,这正是神魔小说《西游记》之所以能够被读者接受欣赏的原因。相比之下,许多与《西游记》同类的作品,之所以不能成为上乘的小说,就是因为其奇诡的情节只是敷演一些没有生命实感的逻辑命题或图示,因而只能引人一时之兴,却终究因不能与读者进行感情交流而失去艺术的活力。

(周志明)

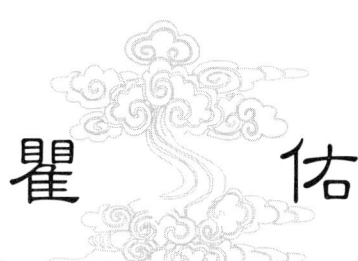

瞿佑

瞿佑(1341？—1433？),字宗吉,号存斋,浙江钱塘(今杭州)人,自署"山阳瞿佑"。少有文名。明太祖洪武年间,以荐任仁和、临安、宜阳等县训导,后任周王府右长史。永乐年间因诗系狱,遣送保安谪戍十年。洪熙年间经英国公张辅奏请赦还,主英国公家塾。约宣德八年(1433)卒。据《七修类稿》《浙江通志》等载,瞿佑有著述二十余种,现存世有《剪灯新话》《归田诗话》《咏物诗》等。《剪灯新话》在洪武年间编订成帙,永乐十九年(1421)重新校订,以"文采词华"著称(高儒《百川书志》)。《剪灯新话》的一些篇章曾被收入《艳异编》《情史》等,也有的被改编为话本和戏曲。

《剪灯新话》(节选)

翠 翠 传[1]

翠翠,姓刘氏,淮安民家女也。生而颖悟,能通诗书,父母不夺其志,就令入学。同学有金氏子者,名定,与之同岁,亦聪明俊雅。诸生戏之曰:"同岁者当为夫妇。"二人亦私以此自许。金生赠翠翠诗曰:

十二阑干七宝台,春风到处艳阳开。
东园桃树西园柳,何不移教一处栽?

翠翠和曰:

平生每恨祝英台,凄抱何为不肯开?
我愿东君勤用意,早移花树向阳栽。

已而,翠翠年长,不复至学。年及十六,父母为其议亲,辄悲泣不食。以情问之,初不肯言,久乃曰:"必西家金定。妾已许之矣,若不相从,有死而已,誓不登他门也。"父母不得已,听焉。然而刘富而金贫,其子虽聪俊,门户甚不敌。及媒氏至其家,果以贫辞,惭愧不敢当。媒氏曰:"刘家小娘子,必欲得金生,父母亦许之矣,若以贫辞,是负其志诚,而失此一好姻缘也。今当语之曰:'寒家有子,粗知诗礼,贵宅见求,敢不从命。但生自蓬荜[2],安于贫贱久矣,若责其聘问之仪,婚娶之礼,终恐无从而致。'彼以爱女之故,当不较也。"其家从之。媒氏复命,父母果曰:"婚姻论财,夷虏之道,吾知择婿而已,不计其他。但彼不足而我有余,我女到彼,必不能堪,莫若赘之入门可矣。"媒氏传命再往,其家幸甚。遂涓日结亲,凡币帛之类,羔雁[3]之属,皆女家自备。过门交拜,二人相见,喜可知矣!是夕,翠翠于枕上作《临江仙》一阕赠生曰:

　　曾向书斋同笔砚,故人今作新人。洞房花烛十分春!
汗沾蝴蝶粉,身惹麝香尘。
　　㛠[4]雨尤云浑未惯,枕边眉黛羞颦。轻怜痛惜莫嫌频。愿郎从此始,日近日相亲。

邀生继和。生遂次韵曰:

　　记得书斋同讲习,新人不是他人。扁舟来访武陵春:
仙居邻紫府,人世隔红尘。
　　誓海盟山心已许,几番浅笑轻颦。向人犹自语频频。
意中无别意,亲后有谁亲?

二人相得之乐,虽孔翠之在赤霄,鸳鸯之游绿水,未足喻也。未及一载,张士诚兄弟起兵高邮,尽陷沿淮诸郡,女为其部将李将军者所掳。至正末,士诚辟土益广,跨江南北,奄有浙西,乃通款[5]元朝,愿奉正朔[6],道途始通,行旅无阻。生于是辞别内、外父母,求访其妻,誓不见则不复还。行至平江,则闻李将军见为绍兴守御;及至绍兴,则又调屯兵安丰矣;复至安丰,则回湖州驻扎矣。生来往江淮,备经险阻,星霜屡移,囊橐又竭,然此心终不少懈;草行露宿,丐乞于人,仅而得达湖州。则李将军方贵重用事,威焰赫弈。

生伫立门墙,踌躇窥伺,将进而未能,欲言而不敢。阍者怪而问焉。生曰:"仆,淮安人也,丧乱以来,闻有一妹在于贵府,是以不远千里至此,欲求一见耳。"阍者曰:"然则,汝何姓名?汝妹年貌若干?愿得详言,以审其实。"生曰:"仆姓刘,名金定,妹名翠翠,识字能文。当失去之时,年始十七,以岁月计之,今则二十有四矣。"阍者闻之,曰:"府中果有刘氏者,淮安人,其齿如汝所言,识字善为诗,性又通慧,本使宠之专房。汝信不妄,吾将告于内,汝且止此以待。"遂奔趋入告。须臾,复出,领生入见。将军坐于厅上,生再拜而起,具述厥由。将军,武人也,信之不疑,即命内竖[7]告于翠翠曰:"汝兄自乡中来此,当出见之。"翠翠承命而出,以兄妹之礼见于厅前,动问父母外,不能措一辞,但相对悲咽而已。将军曰:"汝既远来,道途跋涉,心力疲困,可且于吾门下休息,吾当徐为之所。"即出新衣一袭,令服之,并以帷帐衾席之属,设于门西小斋,令生处焉。翌日,谓生曰:"汝妹能识字,汝亦通书否?"生曰:"仆在乡中,以儒为业,以书为本,凡经史子集,涉猎尽矣,盖素所习也,又何疑焉?"将军喜曰:"吾自少失学,乘乱崛起。方响用于时,趋从者众,宾客盈门,无人延款,书启堆案,无人裁答。汝便处吾门下,足充一记室矣。"生,聪敏者也,性既温和,才又秀发,处于其门,益自检束,承上接下,咸得其欢,代书回简,曲尽其意。将军大以为得人,待之甚厚。然生本为求妻而来,自厅前一见之后,不可再得,闺阁深邃,内外隔绝,但欲一达其意,而终无便可乘。荏苒数月,时及授衣,西风夕起,白露为霜,独处空斋,终夜不寐,乃成一诗曰:

好花移入玉阑干,春色无缘得再看。
乐处岂知愁处苦,别时虽易见时难!
何年塞上重归马?此夜庭中独舞鸾!
雾阁云窗深几许?可怜辜负月团圆!

诗成,书于片纸,拆布裘之领而缝之,以百钱纳于小竖而告曰:"天气已寒,吾衣甚薄,乞持入付吾妹,令浣濯而缝纴之,将以御寒耳。"小竖如言持入。翠翠解其意,折衣而诗见,大加伤感,吞声而泣。别为一诗,亦缝于内以付生。诗曰:

> 一自乡关动战锋,旧愁新恨几重重!
> 肠虽已断情难断,生不相从死亦从。
> 长使德言藏破镜,终教子建赋游龙。
> 绿珠[8]碧玉[9]心中事,今日谁知也到侬!

生得诗,知其以死许之,无复致望,愈加抑郁,遂感沉痼。翠翠请于将军,始得一至床前问候,而生病已亟矣。翠翠以臂扶生而起,生引首侧视,凝泪满眶,长吁一声,奄然命尽。将军怜之,葬于道场山麓。翠翠送殡而归,是夜得疾,不复饮药,辗转衾席,将及两月。一旦,告于将军曰:"妾弃家相从,已得八载;流离外境,举目无亲,止有一兄,今又死矣。妾病必不起,乞埋骨兄侧,黄泉之下,庶有依托,免于他乡作孤魂也。"言尽而卒。将军不违其志,竟祔葬于生之坟左,宛然东西二丘焉。

洪武初,张氏既灭,翠翠家有一旧仆,以商贩为业,路经湖州,过道场山下,见朱门华屋,槐柳掩映,翠翠与金生方凭肩而立。遽呼之入,访问父母存殁,及乡井旧事。仆曰:"娘子与郎安得在此?"翠翠曰:"始因兵乱,我为李将军所掳,郎君远来寻访,将军不阻,以我归焉,因遂侨居于此耳。"仆曰:"予今还淮安,娘子可修一书以报父母也。"翠翠留之宿,饭吴兴之香糯,羹苕溪之鲜鲫,以乌程酒出饮之。明旦,遂修启以上父母曰:

> 伏以父生母育,难酬罔极[10]之恩;夫唱妇随,凤著三从[11]之义。在人伦而已定,何时事之多艰!曩者汉日将

颓,楚氛甚恶⁽¹²⁾;倒持太阿⁽¹³⁾之柄,擅弄潢池之兵。封豕长蛇,互相吞并;雄蜂雌蝶,各自逃生。不能玉碎于乱离,乃至瓦全于仓卒。驱驰战马,随逐征鞍。望高天而八翼莫飞,思故国而三魂屡散。良辰易迈,伤青鸾之伴木鸡;怨偶为仇,惧乌鸦之打丹凤。虽应酬而为乐,终感激而生悲。夜月杜鹃之啼,春风蝴蝶之梦。时移事往,苦尽甘来,今则杨素览镜而归妻⁽¹⁴⁾,王敦开阁而放妓⁽¹⁵⁾,蓬岛践当时之约,潇湘有故人之逢。自怜赋命之屯,不恨寻春之晚。章台之柳,虽已折于他人。玄都之花⁽¹⁶⁾,尚不改于前度。将谓瓶沉而簪折,岂期璧返而珠还⁽¹⁷⁾。殆同玉箫女两世姻缘⁽¹⁸⁾,难比红拂妓一时配合⁽¹⁹⁾。天与其便,事非偶然。煎鸾胶而续断弦⁽²⁰⁾,重谐缱绻;托鱼腹而传尺素⁽²¹⁾,谨致丁宁。未奉甘旨,先此申复。

父母得之,甚喜。其父即赁舟与仆自淮徂浙,径奔吴兴,至道场山下畴昔留宿之处,则荒烟野草,狐兔之迹交道,前所见屋宇,乃东西两坟耳。方疑访问,适有野僧扶锡⁽²²⁾而过,叩而问焉。则曰:"此故李将军所葬金生与翠娘之坟耳,岂有人居乎?"大惊。取其书而视之,则白纸一幅也。时李将军为国朝所戮,无从诘问其详。父哭于坟下曰:"汝以书赚我,令我千里至此,本欲与我一见也。今我至此,而汝藏踪秘迹,匿影潜形,我与汝生为父子,死何间焉?汝如有灵,毋吝一见,以释我疑虑也。"是夜,宿于坟。三更以后,翠翠与金生拜跪于前,悲号宛转。父泣而抚问之,乃具述其始末曰:"往者,祸起萧墙,兵兴属郡。不能效窦氏女⁽²³⁾之烈,乃为沙吒利⁽²⁴⁾之驱。忍耻偷生,离乡去国。恨以蕙兰之弱质,配兹駔侩⁽²⁵⁾之下材。惟知夺石家买笑之姬,岂暇怜息国不言之妇⁽²⁶⁾?叫九阍⁽²⁷⁾而无路,度一日如三秋。良人不弃旧恩,特勤远访。托兄妹之名,而仅获一见;隔伉俪之情,而终遂不通。彼感疾而先殂,妾含冤而继殒。

欲求祔葬,幸得同归。大略如斯,微言莫尽。"父曰:"我之来此,本欲取汝还家,以奉我耳。今汝已矣,将取汝骨迁于先茔,亦不虚行一遭也。"复泣而言曰:"妾生而不幸,不得视膳庭闱;殁且无缘,不得首丘(28)茔垅。然而地道尚静,神理宜安,若更迁移,反成劳扰。况溪山秀丽,草木荣华,既已安焉,非所愿也。"因抱持其父而大哭。父遂惊觉,乃一梦也。明日,以牲酒奠于坟下,与仆返棹而归。至今过者,指为金、翠墓云。

【注释】(1)本篇选自《剪灯新话》卷三。 (2)蓬荜:以荜为门,以蓬为户,形容贫贱人住的地方。 (3)羔雁:小羊与雁,古代贵族相见时的礼品。后用作聘妇的聘礼。 (4)殢(tì):滞留。 (5)通款:告知敌方,表示愿意归顺。 (6)正朔:正月初一。封建社会,每逢朝代更迭,必要改定正朔。奉正朔,尊奉为正统君主。 (7)内竖:掌内外消息传递的童仆。竖,童子。 (8)绿珠:晋朝石崇宠妾。孙秀向石崇索要绿珠,石崇不肯,孙假传皇帝诏旨逮捕石崇,绿珠坠楼而亡。 (9)碧玉:唐朝乔知之的婢窈娘,小名碧玉,貌美善歌。武承嗣夺之,知之作《绿珠怨》讽之,碧玉投井自杀。承嗣见诗,诬知之,致知之死。 (10)罔极:犹言无边无极。 (11)三从:封建社会对女子的伦理规范,就是在家从父,出嫁从夫,夫死从子。 (12)汉日将颓,楚氛甚恶:意指汉族建立的皇朝即将崩溃,异族侵袭的气氛日浓。事实上,元朝非汉族,张士诚也不是异族。 (13)太阿:剑名。 (14)杨素览镜而归妻:陈朝太子舍人徐德言妻乐昌公主为隋杨素所据,杨素看了破镜,悟而归还。 (15)王敦开阁而放妓:王敦是东晋权臣,好色而多婢妾。左右劝谏,他便开后房门,把几十个婢妾一齐放了出去。 (16)玄都花:刘禹锡有诗,"玄都观里桃千树",以后常以玄都花代指桃花。 (17)珠还:喻失而复得。合浦不产五谷,惟海多珠宝,历来官吏贪暴,采取不止,珠因之迁至交阯郡界。后汉孟尝为合浦太守,革敝兴利,珠重返合浦。 (18)玉箫女两世姻缘:唐西川节度使韦皋,少年游江夏,慕姜使君丫鬟玉箫,时方十岁。玉箫侍奉韦皋,日久生情,韦辞别时以玉环相赠。韦皋一别七年,玉箫绝食而亡。后韦皋在西川节度使任上做生日,东川卢八座送他一歌妓,也名玉箫,与原姜家丫鬟略无二致,中指有环印,后世因称二人为两世姻缘。 (19)红拂妓一时配

合:隋杨素守西京时,李靖以布衣献策。杨素一执红拂麈美妾属意李靖。李靖走后,红拂女向小吏打听到李靖居处,奔焉。后与李靖一同乘马离开西京。　(20)煎鸾胶而续断弦:《汉武帝外传》云:"西海献鸾胶,武帝弦断,以胶续之,弦两头遂相续,终日射,不断。"古人常以琴瑟喻夫妇感情和谐,续弦即喻妻死再娶。　(21)托鱼腹而传尺素:古代写文章用的短笺称尺素,此以尺素代指信函。古诗:"客从远方来,遗我双鲤鱼,呼童烹鲤鱼,中有尺素书。"(22)锡:僧人手中所持锡杖。锡为省称。　(23)窦氏女:唐代宗时,奉天县有窦氏二女伯娘、仲娘为草贼所掳。二女不堪受辱,相继跃入谷中而亡。京兆尹第五琦将二女烈行上奏,奉旨旌表门闾,永免丁役,由宫中出钱为其办理丧事。　(24)沙吒利:唐时蕃将,曾劫掳韩翃宠姬柳氏。　(25)驵侩:做生意的中间人,俗称掮客。　(26)息国不言之妇:即息妫,后世称为息夫人。春秋时楚文王灭了息国,把息夫人带了回去,生下堵敖和成王。息夫人在楚国,始终不开口说话,问其原因,答说:"我一个妇人,嫁了两个丈夫,既不能死节,又何必说什么话呢?"　(27)九阍:即九门,传说天帝所居之所有九门。　(28)首丘:返葬故乡,叫归正首丘。

【今译】翠翠姓刘,淮安百姓之女。天生聪颖敏悟,能读懂诗书,父母不能改变她的志向,就让她进了学校。一起求学的有个姓金的人,名叫金定,跟翠翠同样年纪,也聪明俊俏,儒雅彬彬。其他同学戏对二人说:"你俩同样岁数,肯定会成为夫妇。"二人也暗自认定对方为自己的配偶。金定赠给翠翠一首诗:

十二阑干七宝台,春风到处艳阳开。
东园桃树西园柳,何不移教一处栽?

翠翠和了一首道:

平生每恨祝英台,凄抱何为不肯开?
我愿东君勤用意,早移花树向阳栽。

不久,翠翠因年纪渐长,不再到学校去。等翠翠年满十六,父母一替她提亲,翠翠就哀伤啼哭,不肯进食。父母问她原委,开始还不肯说,问久了就说:"郎君必定要是村西的金定。我已答应过他,如果不能嫁给他,我只有一死罢了,决不嫁给别人。"父母不能阻止,只能听从她的决定。但是刘家富裕而金家贫穷,金家的儿子金定虽聪明俊俏,可门户不当,贫富悬殊。等到媒人到金家提起嫁娶之事,金家果然以贫穷为由推辞,自称不敢承当这门亲事。做媒的便说:"刘家的女儿,一定要嫁你家金定,她的父母也答应了她,如你家以贫穷为由推拒,实在是辜负了翠翠的一片志诚之心,从而失掉这一桩好姻缘。现在你们应该这样答复刘家:'家道贫寒,儿子稍能知书达礼,贵府提亲,又怎敢不遵从。但是生在贫贱之门户,惯于了困窘之生活,如要索取那些婚嫁聘娶的彩礼什物,终究担心无从筹措。'刘家因为疼爱女儿的缘故,应当不会计较。"金家听从了媒人的话。媒人回复刘家,翠翠的父母果然说:"婚姻论计财物,是胡人的规矩,我们只知挑选女婿罢了,不会计较其他东西。只是金家不够丰足而我家颇富裕,我的女儿嫁到他那儿,必定不能忍受,不如招金郎入赘就行了。"媒人带刘家口信再到金家,金家觉得很好。于是择日成亲,大凡钱物布帛以及行聘之礼,都是女方自备。过门喝了交拜酒,二人相见,喜悦之情可想而知!这晚,翠翠在枕上作《临江仙》一首赠给金郎,词曰:

  曾向书斋同笔砚,故人今作新人。洞房花烛十分春!汗沾蝴蝶粉,身惹麝香尘。
  嬉雨尤云浑未惯,枕边眉黛羞颦。轻怜痛惜莫嫌频。愿郎从此始,日近日相亲。

翠翠邀请金郎作一首和词,金郎于是按同韵作了一首:

  记得书斋同讲习,新人不是他人。扁舟来访武陵春:仙居邻紫府,人世隔红尘。
  誓海盟山心已许,几番浅笑轻颦。向人犹自语频频。意中无别意,亲后有谁亲?

二人相互之间自得自谐的乐趣,即使用孔雀翠鸟之振羽赤霞云霄,鸳鸯之怡然悠游绿水来比拟,也不足与他们俩得配良缘的乐趣相比。不到一年,张士诚兄弟在高邮起兵,沿淮河流域的几个郡都被攻陷,翠翠也被张士诚部将李将军掳获。到了至正末年,张士诚占据了更多的疆土,所辖疆界横跨长江南北,浙江西部尽为其所有,于是张士诚告知元朝,表示愿意归顺,道路途径开始得以畅通,行人商旅也不受阻隔。金定于是辞别父母,拜别父母和岳丈、岳母,外出探访寻找妻子,发誓找不到翠翠就不回来。金定来到平江,就听说李将军现在做了绍兴地方带兵官;追到绍兴,李将军却又奉调到安丰屯兵了;又寻至安丰,李将军却又回到湖州驻兵屯扎了。金定往来于长江淮河之间,历经艰难险阻,时日迁移,囊中钱物又尽,可他寻找妻子的决心一点儿也没有动摇。他每天行走于草径,露宿荒野,一路向人行乞,才勉强到达湖州。此时李将军正在显贵得势之时,威风八面,势焰赫赫,金定站立在李将军府宅的院墙门外;徘徊偷视,想进又不能进,想说又不敢说。守门的人觉得奇怪,就向他询问原委。金郎答道:"我是淮安人,自从天下动荡以来,听说有个妹妹流落在你们府上,所以不远千里寻到这里,想要见上她一面。"守门人说:"这样的话,你叫什么名字?你妹年龄相貌是怎样的?你详细告诉我,让我看看你说的是否属实。"金郎道:"我姓刘,名叫金定,妹妹名叫翠翠,认识字又能写文章。当年离散的时候,年纪才十七,如以年岁计算,现在该有二十四岁了。"守门人听了金郎所说的,道:"府宅中确有个妇人姓刘,是淮安人,她的年龄也像你所说的那样,能识字又长于写诗,生性通达慧敏,我们的将军对她宠爱有加。你说的确实不错,我将告知府内,你暂且留在这儿等我。"于是赶紧跑至府内告知。一会儿,他又出来,带着金郎入内拜见将军。将军坐在厅上,金郎拜见,详细说了寻妹的由来。李将军是一个习武的人,相信了金定的话,全不加猜疑,即刻命令内房童仆告诉翠翠说:"你的哥哥从故乡来到这儿,你该出来见他一见。"翠翠听命而出,在厅堂上以兄妹的礼节相见,除询问父母的情形外,不能再多讲一句夫妻之言,唯有相对悲泣哽咽罢了。李将军道:"你既然远道而来,长途跋涉,一定精疲力竭,可暂且在我府中停顿安息,我会慢慢替你安置。"当即让人拿出一套新衣,让金定穿上,并将床席帐套一类东西给他,把他安置在大门西侧的一间小房内,金定就住在那里。第二天,李将军对金定说:"你妹妹能识字,你也能通晓诗书吗?"金定答道:"我在乡下,以儒学为业,以书籍为根本,大凡经史子集,约略都读过,这些都是我平常所研习的,又有什么可疑惑的呢?"李将军高兴地说:"我从小失于学业,乘着动乱崛起为将军。现在刚显赫于世,有用于时,跟随的人日多,宾客充溢门庭,却没人周旋款待,书案文启堆积,无人裁定回复。你便在我们下,足以胜任一书记的职位。"金定是一个聪颖敏捷的人,性格又温文和雅,才情又秀外发中,身处李将军门下,更加自我检点修束,承应上司,款接下人,都能得到他们的欢心;代替将军作书回信,能婉曲地揣摩透他的意思。李将军认为自己得到了一个真正得力的帮手,对待他非常宽厚。但金定原本是为了寻找妻子而来,自从那次前厅见过翠翠一面之后,不能再谋一面,闺房深幽,内外阻隔,断绝音讯,金定只盼望有个机会表示自己的眷眷之意,却始终也没有这样的机会。时光渐渐过了几月,到了添衣的时节,西风乍起,霜露渐浸,金定独自守在空房中,整夜不能安寝,于是作成一诗道:

好花移入玉阑干,春色无缘得再看。
乐处岂知愁处苦,别时虽易见时难!
何年塞上重归马?此夜庭中独舞鸾!
雾阁云窗深几许?可怜辜负月团圆!

诗写成后,金定把它写在纸片上,拆开自己布衣的领子,把纸缝了进去,又用一百个小钱作贿赂,对内房童仆说:"天气已经寒冷,我的衣服太薄,请你把我的衣服拿进去交给我妹妹,叫她浆洗缝制,用来给我抵御风寒。"内房童仆按他说的把衣服拿了进去。翠翠领会了金郎的意思,拆开衣服看见了诗,非常伤感,忍气吞声,暗自哭泣,翠翠另外写了一首诗,也缝在浆洗缝制好的衣服内,托童仆带给金郎。诗道:

一自乡关动战锋,旧愁新恨几重重!
肠虽已断情难断,生不相从死亦从。
长使德言藏破镜,终教子建赋游龙。
绿珠碧玉心中事,今日谁知也到侬!

金定拆衣得诗,知道翠翠以死相许自己,也就不再寄希望于团聚,更加抑郁寡欢,于是身染重病。翠翠向将军请求,方始得到一次机会到金郎床前探视问候,然而此时金郎已病入膏肓。翠翠用手臂扶金郎坐起,金郎转脸侧望着翠翠,热泪满眶,长叹一声,顿时气绝。李将军可怜金定,将他葬在道场山山脚下。翠翠送殡归来,当夜就病了,不再喝药,辗转床头,将近二月。一天,翠翠对李将军说:"贱妾我离家跟从将军,已经八年,流离异乡,举目无亲,只有一个兄长,现在又死了。我这次病倒,必定不能再好转,恳求您将我葬在兄长坟墓旁边,使我在黄土之下,也好有所依傍,免得在他乡作孤独的鬼魂。"说罢即亡。李将军没有违背她临终的意愿,竟然真的把她葬在金郎坟墓的左边,好似东西两座坟丘。明太祖洪武初年,张士诚已被消灭,翠翠家有一个过去的仆人,专门从事商贩,途经湖州,路过道场山下,看见巨宅朱漆之门,旁边槐树柳树交相掩映,翠翠与金定正并肩站立。二人看见这个往日的仆人,即刻招呼他进去,向他寻问父母是否还在世,以及一些乡间往事。仆人道:"娘子与郎君怎么会在这里?"翠翠道:"开始因为兵匪倡乱,我被李将军掳获,金郎远道寻访得见,将军也不阻拦,把我送还给金郎,因此我们便居住在这里。"仆人道:"我现在要回淮安,娘子可以写封信给父母报知消息。"翠翠就留他住宿,给他吃吴兴香糯做的饭,用苕溪的新鲜鲫鱼做的汤汁,又拿出乌程酒招待他。第二天,翠翠便写了一封信托仆人带给父母,信道:

> 父母养育之恩,如天地无边无极,难以报答;夫妇唱和,妻子素来应谨守三从之德。赡养父母,侍奉丈夫本是人伦已定,谁知世道会如此艰难!往昔正朝将要崩颓,外势如此险恶;朝廷授人以权柄,于是海滨群盗竞相为寇。寇贼如大猪巨蛇般互相吞并;莘莘苍生,如雄蜂雌蝶,各自逃生。女儿不能在乱离时为保名节而丧生,以至于苟且求活于乱离。主人驱马驰骋疆场,妾也于马鞍上跟随追逐。仰望苍天纵有八翅也难以飞翔,俯思故乡虽有三魂也屡屡离散。良辰易逝,哀伤鸾鸟只能陪伴木鸡;怨家成为匹偶,只为丹凤鸟也常惧怕乌鸦的击打。被迫应酬原是为助兴,却常感怀而频添伤悲。明月当空听杜鹃悲啼,春风吹拂慕蝴蝶之梦。时过境迁,往

事更替，苦尽而甜来。现在将军效杨素看破镜归还别人妻子，仿王敦开后门遣还婢妾，使我能履践以往的誓约，能跟自己的丈夫重新相逢。自伤自己命数艰难，不怪金郎相寻太迟。我如章台之柳，虽已被别人攀折；所幸桃花之艳，跟从前没什么改变。本来以为女儿会如花瓶沉没金簪折毁一般难以苟全，金郎也没想到妻子还能原璧归还失而复得。我与金郎大略如玉箫女与韦皋实是两世姻缘，李将军将我遣还却不比杨素将红拂女暗许李靖。这实在是上天感我俩情真行其方便，事情并非偶然而成。女儿与金郎重逢恰如弦断而用鸾胶粘合，隔世姻缘方能重温昔日缠绵温情；偶见故人所以托他带信，谨致问候。没有侍奉左右，先去信告知盼复。

父母得到女儿的信，非常高兴。翠翠的父亲马上租了一只船，带着那个仆人从淮河驶往浙江，直奔吴兴。到了道场山山脚下往昔那个仆人留宿的地方，只看见荒无人烟，野草遍野，狐狸野兔的痕迹脚印交杂于道途，以前所看到的屋宅，就是东西两座坟丘。正在他们疑惑寻访的时候，恰巧有个山野和尚持着锡杖经过，向他询问。和尚就说："这是已故李将军埋葬金生和翠娘的坟墓，怎么会有人居住呢？"刘父大吃一惊。刘父拿出女儿写给他的信一看，却是白纸一张。当时李将军已被明朝杀了，没有地方可以询问这件事的详情。刘父在坟下哭诉道："你写信骗我，让我不远千里赶到这里，本来是想跟我见上一面。现在我到了这里，可你却藏匿踪迹，隐没身形，我跟你生是父女，死了又有什么能间隔我们呢？你如阴魂有灵，不要吝惜见我一面，来解开我的疑惑啊。"这一夜，刘父就睡在坟边。约三更过后，刘父只见翠翠和金郎跪拜在面前，悲伤啼哭。刘父边哭边抚慰，询问别后情形。翠翠于是详细地述说别离的前后始末道："往昔灾祸起于身边，相邻郡县兵火乍起，女儿我不能仿效窦氏二女伯娘、仲娘以死全节的孝烈，以致屈从于像沙吒利那样的人。忍受耻辱，苟且偷生，离开家乡，别离故土。只恨我如蕙如兰的娇体，竟侍奉这样一个下等之材的人物。我只知别人夺取石家买笑的姬妾，哪有时间去怜惜追慕那个不言不笑的息夫人。我向天帝住的九门哭诉却无从传达，过一天就好像过三年。我夫金郎不弃往日恩情，特特辛勤地远道来寻访。金郎假托兄妹的名义，我俩却只能见上一面，夫妇之情阻隔，终致不通

音讯。金郎染疾先亡，我也继而含冤而死。我向将军请求二人合葬一处，万幸二人终于能有共同的归所。我们经历大约就是这样的，其他琐事一言难尽。"刘父道："我这次来这里，本来想要接你回家，来侍奉我啊。现在你已经亡故了，我想要把你的骨殖迁回家乡的坟地，那样也使我能不空跑一趟了。"翠翠又哭着说道："我命数不幸，不能嘘寒问暖侍奉你们；死了也没有这缘分，不能返葬故乡。不过，这地方道路尚且僻静，精神魂魄也能安息，如果再迁移骨殖，反而更添辛劳杂扰。何况这里山清水秀，草木繁茂，既然已经安顿在这里，实在不愿再搬迁了。"于是父女相抱大哭一场。刘父因此惊醒，原来是做了一场梦。第二天，刘父在坟下用牛、羊、猪、酒祭奠，然后同仆人乘船而归。到现在经过这里的人，还指着说，那是金定、翠翠二人的墓葬。

【点评】这是一个悲剧故事。一对恩爱的小夫妻，遭逢战乱，女的被大兵掳去，做了一位草莽出身的将军的侍妾；男的千辛万苦地找了去，却只能以兄妹的名义一见。虽然小心侍奉，曲意承欢，男的当了将军的记室，也只能与自己的妻子偶尔暗通情款；因而男的受不了痛苦的熬煎感疾先殂，继而是女的含冤殒亡。最后还是求告这位将军，女的坟茔才得以妹子的名义依傍故夫的垄墓。

作者说姓李的将军是张士诚的部将，盖因成者王侯败者贼，在朱明王朝，当然应由张士诚之类去背掳掠妇女的黑锅。实际上，一到战乱，常常是兵匪不分，面对有刀有枪的人，老百姓只能是战争这架疯狂的绞肉机中的牺牲品。这应该是不言而喻的事，所以这对男女的悲剧就超出了自身而产生了普遍的意义。而已经做了幽魂的这对男女，虽然不忘亲情，希望能与他们的亲人一见，却又安于幽冥的宁静，甚至连灵柩也不愿意迁徙。最后这段超现实的描写，也许不该算作蛇足，其中揭示的对喧嚣的尘世的决绝，并非西方那种对彼岸的追求，而是对真正人类生活的一种挚爱，折射出对黑暗社会的大悲愤。

可惜，对这样一个故事的意蕴，也许是作者本人所未尝预想到的。《剪灯新话》学习唐传奇，所写大多是胭粉、灵怪故事，但由于作者对小说这种文学形式没有更新认识，所以这些作品大多规模唐传奇《莺莺传》《离魂记》一路的格局。而由于作者缺乏对生活新的体验，所以只能依靠堆砌藻丽、夹杂诗词来故作花哨,从而削弱了对生活的洞察力,不仅未能为小说艺术增添新的审美内容,相反因为背离了小说作为叙事艺术的根本要求,大大削弱了题材所应该包孕的社会关系内容,也使得人物形象苍白无力。《剪灯新话》里的很多小说,包括本篇都可以作如是观。所以这些小说比起唐传奇来显得笔力荏弱。至于模仿《剪灯新话》的《剪灯余话》一类,其中的许多篇已发展到散文部分只是为逗诗词而作,实在是走得更远了。

(周志明)

绿衣人传⁽¹⁾

天水⁽²⁾赵源,早丧父母,未有妻室。延祐间,游学至于钱塘,侨居西湖葛岭之上,其侧即宋贾秋壑⁽³⁾旧宅也。源独居无聊,尝日晚徙倚门外,见一女子,从东来,绿衣双鬟,年可十五六,虽不盛妆浓饰,而姿色过人,源注目久之。明日出门,又见,如此凡数度,日晚辄来。源戏问之曰:"家居何处,暮暮来此?"女笑而拜曰:"儿家与君为邻,君自不识耳。"源试挑之,女欣然而应,因遂留宿,甚相亲昵。明旦,辞去,夜则复来。如此凡月余,情爱甚至。源问其姓氏居址,女曰:"君但得美妇而已,何用强知?"问之不已,则曰:"儿常衣绿,但呼我为绿衣人可矣。"终不告以居址所在。源意其为巨室妾媵,夜出私奔,或恐事迹彰闻,故不肯言耳,信之不疑,宠念转密。

一夕,源被酒,戏指其衣曰:"此真可谓绿兮衣兮,绿衣黄裳⁽⁴⁾者也。"女有惭色,数夕不至。及再来,源叩之。乃曰:"本欲相与偕老,奈何以婢妾待之,令人忸怩而不安!故数日不敢侍君之侧。然君已知矣,今不复隐,请得备言之。儿与君,旧相识也,今非至情相感,莫能及此。"源问其故,女惨然曰:"得无相难乎?儿实非今世人,亦非有祸于君者,盖冥数当然,夙缘未尽耳。"源大惊曰:"愿闻其详。"女曰:"儿故宋秋壑平章之侍女也。本临安良家子,少善弈棋,年十五,以棋童入侍。每秋壑朝回,宴坐半闲堂⁽⁵⁾,必召儿侍弈,备见宠爱。是时君为其家苍头,职主煎茶,每因供进茶瓯,得至

后堂。君时年少,美姿容,儿见而慕之,尝以绣罗钱筐,乘暗投君。君亦以玳瑁⁽⁶⁾脂盒为赠,彼此虽各有意,而内外严密,莫能得其便。后为同辈所觉,谗于秋壑,遂与君同赐死于西湖断桥之下。君今已再世为人,而儿犹在鬼箓,得非命欤?"言讫,呜咽泣下。源亦为之动容。久之,乃曰:"审若是,则吾与汝乃再世姻缘也,当更加亲爱,以偿畴昔之愿。"自是遂留宿源舍,不复更去。

　　源素不善弈,教之弈,尽传其妙,凡平日以棋称者,皆不能敌也。每说秋壑旧事,其所目击者,历历甚详。尝言秋壑一日倚楼闲望,诸姬皆侍,适二人乌巾素服,乘小舟由湖登岸。一姬曰:"美哉二少年!"秋壑曰:"汝愿事之耶?当令纳聘。"姬笑而无言。逾时,令人捧一盒,呼诸姬至前曰:"适为某姬纳聘。"启视之,则姬之首也,诸姬皆战栗而退。又尝贩盐数百艘至都市货之,太学有诗曰:

昨夜江头涌碧波,满船都载相公艖。
虽然要作调羹⁽⁷⁾用,未必调羹用许多!

秋壑闻之,遂以士人付狱,论以诽谤罪。又尝于浙西行公田法⁽⁸⁾,民受其苦,或题诗于路左云:

襄阳累岁困孤城,蓁养湖山不出征⁽⁹⁾。
不识咽喉形势地,公田枉自害苍生。

秋壑见之,捕得,遭远窜。又尝斋云水⁽¹⁰⁾千人,其数已足,末有一道士,衣裾褴褛,至门求斋。主者以数足,不肯引入,道士坚求不去,不得已于门侧斋焉。斋罢,覆其钵于案而去;众悉力举之,不动。启于秋壑,自往举之,乃有诗二句云:"得好休时便好休,收花结子在漳州。"始知真仙降临而不识也。然终不喻漳州之意,嗟乎,孰知有漳州木绵庵⁽¹¹⁾之厄也!又尝有梢人泊舟苏堤,时方盛暑,卧于舟尾,终夜不寐,见三人长不盈尺,集于沙际,一曰:"张公至矣,如之奈何?"一曰:"贾平章非仁者,决不相恕!"一曰:"我则已矣,公等及见其败也!"相与哭入水中。次日,渔者张公获一鳖,径二尺余,纳之府第,不三年而祸作。盖物亦先知,数而不可逃也。

　　源曰:"吾今日与汝相遇,抑岂非数乎?"女曰:"是诚不妄矣!"源曰:"汝之精气,能久存于世耶?"女曰:"数至则散矣。"源曰:"然则何时?"女曰:"三年耳。"源固未之信。及期,卧病不起。源为之迎医,女不欲,曰:"曩固已与君言矣,姻缘之契,夫妇之情,尽于此矣。"即以手握源臂,而与之诀曰:"儿以幽阴之质,得事君子,荷蒙不弃,周旋许时。往者一念之私,俱陷不测之祸,然而海枯石烂,此恨难消,地老天荒,此情不泯!今幸得续前生之好,践往世之盟,三载于兹,志愿已足,请从此辞,毋更以为念也!"言讫,面壁而卧,呼之不应矣。源大伤恸,为治棺椁而敛之。将葬,怪其柩甚轻,启而视之,惟衣衾钗珥在耳。乃虚葬于北山之麓。源感其情,不复再娶,投灵隐寺出家为僧,终其身云。

【注释】(1)本篇选自《剪灯新话》卷四。　(2)天水:今甘肃天水市。天水乃赵姓郡望,赵源不一定是天水人。　(3)贾秋壑:即贾似道,他在西湖葛岭的第宅中有堂名秋壑,故称。　(4)绿衣黄裳:语出《诗经》。封建时代以黄为正色,绿为间色。用间色为衣,而用正色为里和裳,尊卑倒置,喻婢妾显贵。　(5)半闲堂:贾似道在西湖葛岭起的楼阁台榭中有名半闲堂者,贾似道与群妾常在此堂中踞地斗蟋蟀。　(6)玳瑁:爬行纲,海龟科。体长三尺余,像乌龟,背上有主甲十三片,淡黑而微黄,可制各种饰物。　(7)调羹:调和滋味。封建时代,宰相治理国事,如以盐调和羹汤滋味,故以此比喻。　(8)公田法:贾似道推行的田制。民间往往因之破家,怨声载道。　(9)豢养湖山不出征:指公元1268年元兵围襄阳,贾似道优游湖山,坐视不救。　(10)云水:即道士。　(11)木绵庵:在福建漳州。贾似道在当政时曾杀太学生郑隆,后贾谪配漳州,监押官恰是郑隆的儿子郑虎臣。郑虎臣为父报仇,在这庵中杀死了贾似道。

【今译】天水人赵源，父母早亡，未娶妻室。延祐年间，赵源游学到了杭州，居住在西湖葛岭山上，居室旁边便是宋朝权相贾似道的旧时府宅。赵源一人独居无聊，曾在某天傍晚独倚门外，看见一个女子，从东面走来，穿着绿衣梳着双鬟，年约十五六岁，虽然不曾浓妆艳抹，却美貌异常，引得赵源久久地注视着她。第二天出门，又看到这个女郎，像这样一连有好几次，每当傍晚女郎就飘然而来。赵源戏问她说："家住何处，怎么每晚到这儿来？"女郎笑拜回答道："我家与郎君是邻居，郎君只是不认识我罢了。"赵源试着挽留她，女郎也欣然答应，于是便留宿在赵源处，二人间互相亲爱欢洽。第二天清早，女郎即告辞离去，晚上又来相会。像这样过了一个多月，两人情爱甚浓。赵源询问女郎姓氏居处，女郎便说："郎君只要有漂亮妇人相伴便行了，其他又何必定要知晓？"再三询问，她就说："我常穿绿色衣服，你就叫我绿衣人好了。"却始终不肯告知居住何处。赵源猜测这个女郎可能是巨宅大家的妾媵，夜出私奔到此，又恐怕事情显露张扬出去，所以不愿告诉住址，相信了自己的猜想也就不再疑心，对她愈加宠爱。

一晚，赵源乘着酒意，戏指女郎衣服说："这真可称得上《诗经》所谓的'绿衣黄裳'了(意尊卑倒置，婢妾显贵)。"女郎闻言，面露羞惭之色，几天晚上没来。等到女郎又来相会，赵源向她叩问原委。女郎答道："本来想要与郎君相守到老，怎么又以婢妾待我，令我难为情，心下不安！所以我几天不敢服侍郎君左右。既然郎君已经知道了，现在我也不再隐瞒，请让我细细道来。我与郎君，是旧时相识，现在若非真情感召，也不能到此地步。"赵源问她原故，女郎面色惨然地说："这不是强人所难么？其实我不是今世人，也不会对您有所祸害，只是天意如此，我俩宿世之缘未尽的缘故罢了。"赵源大吃一惊道："请告诉我详情。"女郎道："我是已故宋朝平章贾似道的侍女。我原本是临安良家之女，小时候擅长下棋，十五岁时，以棋童身份入贾府陪侍。每当贾似道上朝回家，在半闲堂上欢宴坐谈，必定要召我上去陪他下棋，对我十分地宠爱。当时郎君您是他家的仆人，专管煎煮茶水，每每因为供给茶水的缘故，能够进入后堂。郎君那时年纪尚轻，仪态大方，姿容秀美，我一看见您便心生爱慕之意，曾经把用丝绣成的钱袋暗地里扔给您，郎君也用玳瑁制成的胭脂盒回赠给我。你我虽彼此各自有意于对方，可是内院外宅，防范严密,不能得方便的机会。此事后来被同伴发觉,他们向贾似道进谗言,于是我和郎君一起被赐死在西湖断桥之下。郎君现在已是转世做人,而我还在阴间鬼府,这岂不是命么?"说罢,哽咽不止,流泪满面。赵源听了也为之色变。过了许久,赵源才说道:"如真像你说的这样,那我跟你是隔世姻缘了,彼此理应更加相亲相爱,来补偿以往的心愿。"从这以后,女郎便留宿在赵源的居处,不再离去。

赵源平素不擅下棋,女郎教他下棋,把各种妙法都传授给他,于是大凡平时以擅下棋著称的人,都不再是赵源的对手。二人闲处,每每谈起贾似道过去的事情,她所亲眼目睹过的,说来都非常详细,仿佛还历历在眼前。曾说一事:贾似道一天斜倚楼阁四处闲望,几个姬妾都环侍在旁,恰巧有二人头戴乌巾穿着素色衣服,坐小船由湖边登岸。一个姬妾道:"真美啊,这两个少年!"贾似道便说:"你愿意侍奉他们么?我该让他们给你下聘娶的聘礼。"姬妾笑着不说话。过了一段时间,贾似道让人捧着一个盒子,叫几个姬妾到盒子面前一看,里面盛着的恰是那个姬妾的头颅,几个姬妾都胆战心惊地退了下去。贾似道又曾经贩运了几百船的盐到大都的集市去卖,太学的学生写了一首诗道:

昨夜江头涌碧波,满船都载相公鹾。
虽然要作调羹用,未必调羹用许多!

贾似道听说了这件事,于是把那个学生送进狱中,告他诽谤罪。贾似道又曾在浙江西部行公田之法,老百姓深受其苦,有人在路边题了一首诗道:

襄阳累岁困孤城,豢养湖山不出征。
不识咽喉形势地,公田枉自害苍生。

贾似道看见这首诗,就下令将写诗的人捕获,将他流放边远之地。贾似道还曾设斋饭供给一千个道士进食,人数已满。最后有一个道士,衣衫褴褛,到门口求取斋饭,主管的人因人数已满,不肯带他进去,道士坚决要求进去不肯离开,主管人迫不得已,只能在大门旁边给他斋饭;吃罢斋饭,道士把饭钵

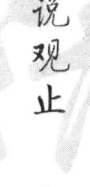

翻过来扣在案几上,然后离开,众人合力去拿那个饭钵,不能掀动。家人报知贾似道,他便亲自掀开那只饭钵,见有二句诗道:"得好休时便好休,收花结子在漳州。"他才知道是真的仙人下降光临,却不知道诗中漳州二字之意。唉,谁又能知道贾似道后来有漳州木绵庵的厄运啊!又曾有梢公在苏堤边停船,当时正值酷暑,梢公躺在船尾,整夜睡不着,看见三个不满一尺的人,聚集在河边沙地上,一人说:"张公到了,该怎么办呢?"另一人道:"贾似道不是宽仁之人,一定不会宽恕!"另一人则说:"我已经完了,你们都来得及看到他破败!"三人相对哭泣投入水中。第二天,打鱼人张公捕获一只鳖,直径长达二尺多,将它送入贾府,此后不到三年而贾似道祸事终于发作。大凡动物也有先知之明,可见命数不可逃避啊。

赵源说:"我现在与你相遇,这岂不是天意么?"女郎道:"这天数确实不是虚妄的!"赵源问:"你的精魂气魄能不能长久地存在于人世?"女郎道:"时限一到就会散去。"赵源道:"那么会是在什么时候?"女郎答道:"三年罢了。"赵源本来就没有相信她的话。等到了期限,女郎即病倒不能起床。赵源为她请医师,女郎不要,说:"本来以前我都对郎君说过了,我俩姻缘的契合、夫妇的情分,到此已完结了。"接着用手握住赵源臂膀,向他诀别道:"我以幽冥阴晦的身躯,得以侍奉郎君,感承您不嫌弃,来往相守这些时日。往日我俩因一念之差,致身遭不能预测的灾祸,可是海枯石烂,也难消我们的遗恨,地老天荒,也不能泯灭我们的情爱!现在万幸能重续前世的姻缘,应验往岁的盟约,在此相守三年相别,不要再将我记念挂怀!"说罢,面朝墙壁躺下,叫唤她已不再答应了。赵源非常悲伤哀恸,亲自为她置办棺木,将她收殓。即将入葬,觉得棺木太轻,赵源觉得很奇怪,打开棺材一看,只有衣服被子钗钿耳环在棺中。于是将棺木空葬在北山山脚下。赵源有感于女郎的深情,不再娶妻,投奔灵隐寺出家做了和尚,终其一生。

【点评】本篇小说的女主人公绿衣人是一个女鬼,却能与已经再生的赵源共度欢爱的夫妻生活,虽然为冥数所限,仅止三年,但到底得"续前生之好,践往世之盟"。这对西方人来说不啻是海外奇谈,但在中国小说中却并不算特别新奇的故事,以前的唐传奇和后来的《聊斋志异》中都有这类描写。源远流长的鬼故事在中国小说中之所以能形成传统和有别于西方的形式格局,就在于其建筑在一种执着于人世,此岸与彼岸无间的文化观念之上。

西方文学中所出现的鬼,大致有两种:一种是原始自然神意识的鬼魂,如希腊神话中许多要求复仇的亡灵,《哈姆雷特》中父王的幽灵等;另一种是基督教兴起后的魔鬼和不能进入天堂的鬼魂。但无论是哪一种鬼,都明显地作为一种超人间的存在,很少有混迹在人的生活中像活人一样和人打交道的。中国古代文学中所反映的人死为鬼,人鬼皆为实有、并存于两间的观念,使鬼既作为异物神秘地存在于人类世界之外,又可以各种方式和人打交道,成为参与人际关系的奇妙的实体。这就赋予了鬼在文学中表现社会关系的奇妙的多样性和丰富性。

所以,中国鬼故事中的佳篇往往奇特幻妙,不是影射或讽喻社会现实,便是用鬼来参与人间生活以开拓和丰富对人生描绘的领域。人鬼关系是人际关系的补充,在这种情况下,超人间的描写就有了人间的现实意义。本篇的重点似乎并不完全在于颂扬绿衣人这种超越两界的矢志不渝的爱情,而是通过对造成绿衣人与赵源这种人鬼关系的原因进行揭示,使这一爱情悲剧产生辐射社会人生的力量。

贾似道无疑是作者鞭挞的对象。除了绿衣人的遭遇外,小说中通过绿衣人之口叙述的贾似道杀某姬的故事,也是那样令人毛骨悚然,寥寥数笔,这个外戚兼权臣的专横、自私和冷酷的形象就跃然纸上。后来周朝俊取本篇故事为题材,写出《红梅记》传奇,再后来又有孟超的京剧《李慧娘》,都反映了人们对造成这类悲剧的祸首的愤怒。但是,造成某姬的悲剧以及造成绿衣人不得不以鬼魂的身份来与赵源聚首的最终原因,则在于为这类权贵的暴行提供全部现实基础和支持的整个封建社会关系、社会体制的存在。绿衣人、赵源的前身煎茶苍头以及某姬之所以陷入悲剧,最根本的是他们未能摆脱奴隶的地位。一个没有摆脱奴隶地位的人,是很难谈上个人幸福的。所以当绿衣人余恨难消惨然离去,使人感觉到即使泯没生死界线时,冥冥之中仍然有一种巨大的力量在决定人的命运,这正是现实重压下,处于奴隶地位的人的悲痛。所谓"三载于兹,志愿已足",人们只能用虚幻的满足来抵消永久的痛苦,而那悲哀和痛苦将是永久的。

(周志明)

冯梦龙

冯梦龙(1574—1646),字犹龙,亦字子犹、耳犹,别号茂苑野史、墨憨斋主人,长洲(今江苏苏州)人。五十七岁时(1631)补岁贡,先任学官,后任福建寿宁县知县。他是明末著名的通俗文学家、戏曲家,曾以一生的大部分时间和精力从事通俗文学的搜集、整理和创作,其文学成就广泛涉及诗文、小说、戏曲各个领域,其著作有五十余种传世。他编订的《喻世明言》(即《古今小说》)、《警世通言》《醒世恒言》是三部白话短篇小说集,共辑入宋元"话本"和明人"拟话本"一百二十篇,其中也有他本人的作品。"三言"代表着我国古代白话短篇小说的较高水准,在国内外有很大影响。

《喻世明言》(节选)

沈小霞相会出师表[1]

却说沈襄,号小霞,是绍兴府学廪膳秀才。他在家久闻得父亲以言事获罪,发去口外为民,甚是挂怀,欲亲到保安州一看。因家中无人主管,行止两难。忽一日,本府差人到来,不由分说,将沈襄锁缚,解到府堂。知府教把文书与沈襄看了备细,就将回文和犯人交付原差,嘱他一路小心。沈襄此时方知父亲及二弟,俱已死于非命,母亲又远徙极边,放声大哭。哭出府门,只见一家老小,都在那里搅做一团的啼哭。原来文书上有"奉旨抄没"的话,本府已差县尉封锁了家私,将人口尽皆逐出。沈小霞听说,真是苦上加苦,哭得咽喉无气。霎时间亲戚都来与小霞话别,明知此去多凶少吉,少不得说几句劝解的言语。小霞的丈人孟春元,取了一包银子,送与二位公差,求他路上看顾女婿,公差嫌少不受。孟氏娘子又添上金簪子一对,方才收了。沈小霞带着哭,分付孟氏道:"我此去死多生少,你休为我忧念,只当我已死一般,在爷娘家过活。你是书礼之家,谅无再醮之事,我也放心得下。"指着小妻闻淑女说道:"只这女子年纪幼小,又无处着落,合该教他改嫁。奈我三十无子,他却有两个半月的身孕,他日倘生得一男,也不绝了沈氏香烟。娘子你看我平日夫妻面上,一发带他到丈人家去住几时,等待十月满足,生下或男或女,那时凭你发遣他去便了。"话声未绝,只见闻氏淑女说道:"官人说那里话,你去数千里之外,没个亲人朝夕看觑,怎生放

下?大娘自到孟家去,奴家情愿蓬首垢面,一路伏侍官人前行。一来官人免致寂寞,二来也替大娘分得些忧念。"沈小霞道:"得个亲人做伴,我非不欲;但此去多为不幸,累你同死他乡何益?"闻氏道:"老爷在朝为官,官人一向在家,谁人不知?便诬陷老爷有些不是的勾当,家乡隔绝,岂是同谋?妾帮着官人到官申辨,决然罪不至死。就使官人下狱,还留贱妾在外,尚好照管。"孟氏也放丈夫不下,听得闻氏说得有理,极力撺掇丈夫带淑女同去。沈小霞平日素爱淑女有才有智,又见孟氏苦劝,只得依允。

当夜众人齐到孟春元家,歇了一夜。次早,张千、李万催趱上路,闻氏换了一身布衣,将青布裹头,别了孟氏,背着行李,跟着沈小霞便走。那时分别之苦,自不必说。一路行来,闻氏与沈小霞寸步不离,茶汤饮食,都亲自搬取。张千、李万初时还好言好语,过了扬子江,到徐州起旱,料得家乡已远,就做出嘴脸来,呼幺喝六,渐渐难为他夫妻两个来了。闻氏看在眼里,私对丈夫说道:"看那两个泼差人,不怀好意,奴家女流之辈,不识路径,若前途有荒僻旷野的所在,须是用心提防。"沈小霞虽然点头,心中还只是半疑不信。

又行了几日,看见两个差人,不住的交头接耳,私下商量说话。又见他包裹中有倭刀一口,其白如霜,忽然心动,害怕起来,对闻氏说道:"你说这泼差人,其心不善,我也觉得有七八分了。明日是济宁府界上,过了府去,便是大行山、梁山泊。一路荒野,都是响马出入之所。倘到彼处,他们行凶起来,你也救不得我,我也救不得你,如何是好?"闻氏道:"既然如此,官人有何脱身之计,请自方便。留奴家在此,不怕那两个泼差人生吞了我。"沈小霞道:"济宁府东门内,有个冯主事,丁忧在家。此人最有侠气,是我父亲极相厚的同年,我明日去投奔他,他必然相纳。只怕你妇人家,没志量打发这两个泼差人,累你受苦,于心何安?你若有力量支持他,我去也放胆。不然与你同生同死,也是天命当然,死而无怨。"闻氏道:"官人有路尽走,奴家自会摆布,不劳挂念。"这里夫妻暗地商量,那张千、李万辛苦了一日,吃了一肚酒,鼾鼾的熟睡,全然不觉。

次日早起上路,沈小霞问张千道:"前去济宁还有多少路?"张千道:"只四十里,半日就到了。"沈小霞道:"济宁东门内冯主事[2],是我年伯,他先前在京师时,借过我父亲二百两银子,有文契在此。他管过北新关,正有银子在家。我若去取讨前欠,他见我是落难之人,必然慨付。取得这项银两,一路上盘缠,也得宽裕,免致吃苦。"张千意思有些作难,李万随口应承了,向张千耳边说道:"我看这沈公子,是忠厚之人,况爱妾行李都在此处,料无他故。放他去走一遭,取得银两,都是你我二人的造化,有何不可?"张千道:"虽然如此,到饭店安歇行李,我守住小娘子在店上,你紧跟着同去,万无一失。"

话休烦絮,看看巳牌时分,早到济宁城外,拣个洁净店儿,安放了行李。沈小霞便道:"你二位同我到东门走遭,转来吃饭未迟。"李万道:"我同你去,或者他家留酒饭也不见得。"闻氏故意对丈夫道:"常言道:'人面逐高低,世情看冷暖。'冯主事虽然欠下老爷银两,见老爷死了,你又在难中,谁肯唾手交还?枉自讨个厌贱,不如吃了饭赶路为上。"沈小霞道:"这里进城到东门不多路,好歹去走一遭,不折了什么便宜。"李万贪了这二百两银子,一力撺掇该去。沈小霞分付闻氏道:"耐心坐坐,若转得快时,便是没想头了。他若好意留款,必然有些赍发,明日雇个轿儿抬你去。这几日在牲口上坐,看你好生不惯。"闻氏觑个空,向丈夫丢个眼色,又道:"官人早回,休教奴久待则个。"李万笑道:"去多少时,有许多说话,好不老气!"闻氏见丈夫去了,故意招李万转来嘱付道:"若冯家留饭坐得久时,千万劳你催促一声。"李万答应道:"不消分付。"比及李万下阶时,沈小霞已走了一段路了。李万托着大意,又且济宁是他惯走的熟路,东门冯主事家,他也认得,全不疑惑。走了几步,又里急起来,觑个毛坑上自在方便了,慢慢的望东门而去。

却说沈小霞回头看时,不见了李万,做一口气急急的跑到冯主

事家。也是小霞合当有救,正值冯主事独自在厅。两人京中,旧时熟识,此时相见,吃了一惊。沈襄也不作揖,扯住冯主事衣袂道:"借一步说话。"冯主事已会意,便引到书房里面。沈小霞放声大哭,冯主事道:"年侄有话快说,休得悲伤,误其大事。"沈小霞哭诉道:"父亲被严贼屈陷,已不必说了;两个舍弟随任的,都被杨顺、路楷杀害,只有小侄在家,又行文本府提去问罪,一家宗祀,眼见灭绝。又两个差人,心怀不善,只怕他受了杨、路二贼之嘱,到前途大行、梁山等处暗算了性命。寻思一计,脱身来投老年伯。老年伯若有计相庇,我亡父在天之灵,必然感激。若老年伯不能遮护小侄,便就此触阶而死,死在老年伯面前,强似死于奸贼之手。"冯主事道:"贤侄不妨。我家卧室之后,有一层复壁,尽可藏身,他人搜检不到之处。今送你在内权住数日,我自有道理。"沈襄拜谢道:"老年伯便是重生父母。"冯主事亲执沈襄之手,引入卧房之后,揭开地板一块,有个地道。从此钻下,约走五六十步,便有亮光,有小小廊屋三间,四面皆楼墙围裹,果是人迹不到之处。每日茶饭,都是冯主事亲自送入。他家法极严,谁人敢泄漏半个字?正是:

深山堪隐豹,柳密可藏鸦。

不须愁汉吏,自有鲁朱家。

且说这一日,李万上了毛坑,望东门冯家而来。到了门首,问老门公道:"主事老爷在家么?"老门公道:"在家里。"又问道:"有个穿白的官人来见你老爷,曾相见否?"老门公道:"正在书房里吃饭哩。"李万听说,一发放心。看看等到未牌,果然厅上走一个穿白的官人出来。李万急上前看时,不是沈襄。那官人径自出门去了。李万等得不耐烦,肚里又饥,不免问老门公道:"你说老爷留饭的官人,如何只管坐了去,不见出来?"老门公道:"方才出去的不是?"李万道:"老爷书房中还有客没有?"老门公道:"这倒不知。"李万道:"老爷如今在那里?"老门公道:"老爷每常饭后,定要睡一觉,此时正好睡哩。"李万听得话不投机,心下早有二分慌了,便道:"不瞒大伯说,在下是宣大总督老爷差来的。今有绍兴沈公子名唤沈襄,号沈小霞,系钦提人犯。小人提押到于贵府,他说与你老爷有同年叔侄之谊,要来拜望。在下同他到宅,他进宅去了,在下等候多时,不见出来,想必还在书房中。大伯,你还不知道,烦你去催促一声,教他快快出来,要赶路走。"老门公故意道:"你说的是甚么话?我一些不懂。"李万耐了气,又细细的说一遍。老门公当面的一啐,骂道:"见鬼!何尝有什么沈公子到来?老爷在丧中,一概不接外客。这门上是我的干纪(3),出入都是我通禀,你却说这等鬼话!你莫非是白日撞(4)么?强装么公差名色,掏摸东西的。快快请退,休缠你爷的帐!"李万听说,愈加着急,便发作起来道:"这沈襄是朝廷要紧的人犯,不是当耍的,请你老爷出来,我自有话说。"老门公道:"老爷正瞌睡,没甚事,谁敢去禀?你这獠子(5),好不达时务!"说罢洋洋的自去了。李万道:"这个门上老儿好不知事,央他传一句话甚作难。想沈襄定然在内,我奉军门钧帖,不是私事,便闯进去怕怎的?"李万一时粗莽,直撞入厅来,将照壁拍了又拍,大叫道:"沈公子好走动了。"不见答应,一连叫唤了数声,只见里头走出一个年少的家童,出来问道:"管门的在哪里?放谁在厅上喧嚷?"李万正要叫住他说话,那家童在照壁后张了张儿,向西边走去了。李万道:"莫非书房在那西边?我且自去看看,怕怎的?"从厅后转西走去,原来是一带长廊。李万看见无人,只顾望前而行。只见屋宇深邃,门户错杂,颇有妇人走动。李万不敢纵步,依旧退回厅上,听得外面乱嚷。李万到门首看时,却是张千来寻李万不见,正和门公在那里斗口。张千一见了李万,不由分说,便骂道:"好伙计,只贪图酒食,不干正事!巳牌时分进城,如今申牌将尽,还在此闲荡!不催趱犯人出城去,待怎么?"李万道:"吓!那有什么酒食?连人也不见个影儿!"张千道:"是你同他进城的!"李万道:"我只

登了个东,被蛮子上前了几步,跟他不上。一直赶到这里,门上说有个穿白的官人在书房中留饭,我说定是他了。等到如今不见出来,门上人又不肯通报,清水也讨不得一杯吃。老哥,烦你在此等候等候,替我到下处医了肚皮再来。"张千道:"有你这样不干事的人!是甚么样犯人,却放他独自行走?就是书房中,少不得也随他进去。如今知他在里头不在里头?还亏你放慢线儿讲话。这是你的干纪,不关我事!"说罢便走。李万赶上扯住道:"人是在里头,料没处去。大家在此帮说句话儿,催他出来,也是个道理。你是吃饱的人,如何去得这等要紧?"张千道:"他的小老婆在下处,方才虽然嘱付店主人看守,只是放心不下。这是沈裹穿鼻的索儿,有他在,不怕沈裹不来。"李万道:"老哥说得是。"当下张千先去了。

李万忍着肚饥守到晚,并无消息。看看日没黄昏,李万腹中饿极了,看见间壁有个点心店儿,不免脱下布衫,抵当几文钱的火烧来吃。去不多时,只听得扛门声响,急跑来看,冯家大门已闭上了。李万道:"我做了一世的公人,不曾受这般呕气!主事是多大的官儿,门上直恁作威作势?也有那沈公子好笑,老婆行李都在下处,既然这里留宿,信也该寄一个出来。事已如此,只得在房檐下胡乱过一夜,天明等个知事的管家出来,与他说话。"此时十月天气,虽不甚冷,半夜里起一阵风,簌簌的下几点微雨,衣服都沾湿了,好生凄楚。

挨到天明雨止,只见张千又来了。却是闻氏再三再四催逼他来的。张千身边带了公文解批,和李万商议,只等开门,一拥而入,在厅上大惊小怪,高声发话。老门公拦阻不住,一时间家中大小都聚集来,七嘴八张,好不热闹。街上人听得宅里闹吵,也聚拢来,围住大门外闲看。惊动了那有仁有义守孝在家的冯主事,从里面踱将出来。且说冯主事怎生模样?

　　头带栀子花匾折孝头巾,身穿反折缝稀眼粗麻衫,腰系麻绳,足着草履。

众家人听到咳嗽响,道一声:"老爷来了。"都分立在两边。主事出厅问道:"为甚事在此喧嚷?"张千、李万上前施礼道:"冯爷在上,小的是奉宣大总督爷公文来的,到绍兴拿得钦犯沈襄,经由贵府,他说是冯爷的年侄,要来拜望。小的不敢阻挡,容他进见。自昨日上午到宅,至今不见出来,有误程限,管家们又不肯代禀。伏乞老爷天恩,快些打发上路。"张千便在胸前取出解批和官文呈上,冯主事看了,问道:"那沈襄可是沈经历沈炼的儿子么?"李万道:"正是。"冯主事掩着两耳,把舌头一伸,说道:"你这班配军,好不知利害!那沈襄是朝廷钦犯,尚犹自可;他是严相国的仇人,那个敢容纳他在家?他昨日何曾到我家来?你却乱话,官府闻知传说到严府去,我是当得起他怪的?你两个配军,自不小心,不知得了多少钱财,买放了要紧人犯,却来图赖我!"叫家童与他乱打那配军出去,把大门闭了,不要惹这闲是非,严府知道不是当耍。冯主事一头骂,一头走进宅去了,大小家人奉了主人之命,推的推,搡的搡,霎时间被众人拥出大门之外,闭了门,兀自听得嘈嘈的乱骂。张千、李万面面相觑,开了口合不得,伸了舌缩不进。张千埋怨李万道:"昨日是你一力撺掇,教放他进城,如今你自去寻他。"李万道:"且不要埋怨,和你去问他老婆,或者晓得他的路数,再来抓寻便了。"张千道:"说得是,他是恩爱的夫妻,昨夜汉子不回,那婆娘暗地流泪,巴巴的独坐了两三个更次。他汉子的行藏,老婆岂有不知?"两个一头说话,飞奔出城,复到饭店中来。

却说闻氏在店房里面听得差人声音,慌忙移步出来,问道:"我官人如何不来?"张千指李万道:"你只问他就是。"李万将昨日往毛厕出恭,走慢了一步,到冯主事家起先如此如此,以后这般这般,备细说了。张千道:"今早空肚皮进城,就吃了这一肚寡气。你丈夫想是真个不在他家了,必然还有个去处,难道不对小娘子说的?小娘子趁早说来,我们好去抓寻。"说犹未了,只见闻氏噙着眼泪,

一双手扯住两个公人叫道:"好,好,还我丈夫来!"张千、李万道:"你丈夫自要去拜什么年伯,我们好意容他去走走,不知走向那里去了,连累我们,在此着急,没处抓寻。你倒问我要丈夫,难道我们藏过了他?说得好笑!"将衣袂掣开,气忿忿地对虎一般坐下。闻氏倒走在外面,拦住出路,双足顿地,放声大哭,叫起屈来。老店主听得,忙来解劝。闻氏道:"公公有所不知,我丈夫三十无子,娶奴为妾。奴家跟了他二年了,幸有三个多月身孕,我丈夫割舍不下,因此奴家千里相从。一路上寸步不离,昨日为盘缠缺少,要去见那年伯,是李牌头同去的。昨晚一夜不回,奴家已自疑心。今早他两个自回,一定将我丈夫谋害了。你老人家替我做主,还我丈夫便罢休。"老店主道:"小娘子休得急性,那牌头与你丈夫前日无怨,往日无仇,着甚来由,要坏他性命?"闻氏哭声转哀道:"公公,你不知道我丈夫是严阁老的仇人,他两个必定受了严府的嘱托来的,或是他要去严府请功。公公,你详情[6]他千乡万里,带着奴家到此,岂有没半句说话,突然去了。就是他要走时,那同去的李牌头,怎肯放他?你要奉承严府,害了我丈夫不打紧,教奴家孤身妇女,看着何人?公公,这两个杀人的贼徒,烦公公带着奴家同他去官府处叫冤。"张千、李万被这妇人一哭一诉,就要分析几句,没处插嘴。老店主听见闻氏说得有理,也不免有些疑心,倒可怜那妇人起来,只得劝道:"小娘子说便是这般说,你丈夫未曾死也不见得,好歹再等候他一日。"闻氏道:"依公公等候他一日不打紧,那两个杀人的凶身,乘机走脱了,这干系却是谁当?"张千道:"若果然谋害了你丈夫要走脱了,我弟兄两个又到这里则甚?"闻氏道:"你欺负我妇人家没张智[7],又要指望奸骗我。好好的说,我丈夫的尸首在那里?少不得当官也要还我个明白。"老店官见妇人口嘴利害,再不敢言语。店中闲看的,一时间聚了四五十人闻说妇人如此苦切,人人恼恨那两个差人,都道:"小娘子要去叫冤,我们引你到兵备道去。"闻氏向着众人深深拜福,哭道:"多承列位路见不平,可怜我落难孤身,指引则个！这两个凶徒，相烦列位，替奴家拿他同去，莫放他走了。"众人道："不妨事，在我们身上。"张千、李万欲向众人分剖时，未说得一言半字，众人便道："两个牌头不消辩得，虚则虚，实则实，若是没有此情，随着小娘子到官，怕他则甚！"妇人一头哭，一头走，众人拥着张千、李万，搅做一阵的，都到兵备道前，道里尚未开门。

那一日正是放告日期，闻氏束了一条白布裙，径跑进栅门，看见大门上架着那大鼓，鼓架上悬着个槌儿，闻氏抢槌在手，向鼓上乱挝，挝得那鼓振天的响。唬得中军官失了三魂，把门吏丧了七魄，一齐跑来，将绳缚住，喝道："这妇人好大胆！"闻氏哭倒在地，口称泼天冤枉。只见门内吆喝之声，开了大门，王兵备坐堂，问击鼓者何人。中军官将妇人带进，闻氏且哭且诉，将家门不幸遭变，一家爷子三口死于非命，只剩得丈夫沈襄，昨日又被公差中途谋害，有枝有叶的细说了一遍。王兵备唤张千、李万上来，问其缘故。张千、李万说一句，妇人就剪一句，妇人说得句句有理，张千、李万抵搪不过。王兵备思想道："那严府势大，私谋杀人之事，往往有之，此情难保其无。"便差中军官押了三人，发去本州勘审。

那知州姓贺，奉了这项公事，不敢急慢，即时扣了店主人到来，听四人的口词。妇人一口咬定二人，谋害他丈夫；李万招称为出恭慢了一步，因而相失；张千、店主人都据实说了一遍。知州委决不下。那妇人又十分哀切，像个真情；张千、李万又不肯招认。想了一回，将四人闭于空房，打轿去拜冯主事，看他口气若何。

冯主事见知州来拜，急忙迎接，归厅，茶罢，贺知州提起沈襄之事，才说得沈襄二字，冯主事便掩着双耳道："此乃严相公仇家，学生虽有年谊，平素实无交情。老公祖休得下问，恐严府知道，有累学生。"说罢站起身来道："老公祖既有公事，不敢留坐了。"贺知州一场没趣，只得作别。在轿上想道："据冯公如此惧怕严府，沈襄必然不在他家，或者被公人所害也不见得；或者去投冯公见拒不纳，别走个相识人家去了，亦未可知。"

回到州中,又取出四人来,问闻氏道:"你丈夫除了冯主事,州中还认得有何人?"闻氏道:"此地并无相识。"知州道:"你丈夫是甚么时候去的?那张千、李万几时来回复你的说话?"闻氏道:"丈夫是昨日未吃午饭前就去的,却是李万同出店门。到申牌时分,张千假说催趱上路,也到城中去了。天晚方回来,张千兀自向小妇人说道:'我李家兄弟跟着你丈夫冯主事家歇了,明日我早去催他出城。'今早张千去了一个早晨,两人双双而回,单不见了我丈夫,不是他谋害了是谁?若是我丈夫不在冯家,昨日李万就该追寻了,张千也该着忙,如何将好言语稳住小妇人?其情可知:一定张千、李万两个在路上预先约定,却教李万乘夜下手。今早张千进城,两个乘早将尸首埋藏停当,却来回复我小妇人。望青天爷爷明鉴!"贺知州道:"说得是。"张千、李万正要分辩,知州相公喝道:"你做公差所干何事?若非用计谋死,必然得财买放,有何理说!"喝教手下将那张、李重责三十,打得皮开肉绽,鲜血迸流,张千、李万只是不招。妇人在旁,只顾哀哀的痛哭,知州相公不忍,便讨夹棍将两个公差夹起。那公差其实不曾谋死,虽然负痛,怎生招得?一连上了两夹,只是不招。知州相公再要夹时,张、李受苦不过,再三哀求道:"沈襄实未曾死,乞爷爷立个限期,差人押小的挨寻沈襄,还那闻氏便了。"知州也没有定见,只得勉从其言。闻氏且发尼姑庵住下。差四名民壮,锁押张千、李万二人,追寻沈襄,五日一比。店主释放宁家。将情具由申详兵备道,道里依缴[8]了。

张千、李万一条铁链锁着,四名民壮,轮番监押。带得几两盘缠,都被民壮搜去,为酒食之费;一把倭刀,也当酒吃了。那临清去处又大,茫茫荡荡,来千去万,那里去寻沈公子?也不过一时脱身之法。闻氏在尼姑庵住下,刚到五日,准准的又到州里去啼哭,要生要死。州守相公没奈何,只苦得批较[9]差人张千、李万。一连比了十数限,不知打了多少竹批,打得爬走不动。张千得病身死,单单剩得李万,只得到尼姑庵来拜求闻氏道:"小的情极,不得不说了。其实奉差来时,有经历金绍,口传杨总督钧旨,教我中途害你丈夫,就所在地方,讨个结状⁽¹⁰⁾回报。我等口虽应承,怎肯行此不仁之事?不知你丈夫何故,忽然逃走,与我们实实无涉。青天在上,若半字虚情,全家祸灭。如今官府五日一比,兄弟张千,已自打死;小的又累死,也是冤枉。你丈夫的确未死,小娘子他日夫妇相逢有日。只求小娘子休去州里啼啼哭哭,宽小的比限,完全狗命,便是阴德。"闻氏道:"据你说不曾谋害我丈夫,也难准信;既然如此说,奴家且不去禀官,容你从容查访。只是你们自家要上紧用心,休得怠慢。"李万喏喏连声而去。有诗为证:

白金廿两酿凶谋,谁料中途已失囚。
锁打禁持熬不得,尼庵苦向妇人求。

官府立限缉获沈襄,一来为他是总督衙门的紧犯,二来为妇人日日哀求,所以上紧严比。今日也是那李万不该命绝,恰好有个机会。却说总督杨顺,御史路楷,两个日夜商量,奉承严府,指望旦夕封侯拜爵;谁知朝中有个兵科给事中吴时来,风闻杨顺横杀平民冒功之事,把他尽情劾奏一本,并劾路楷朋奸助恶。嘉靖爷正当设醮祝釐,见说杀害平民,大伤和气,龙颜大怒,着锦衣卫扭解来京问罪。严嵩见圣怒不测,一时不及救护,到底亏他于中调停,止于削爵为民。可笑杨顺、路楷杀人媚人,至此徒为人笑,有何益哉?再说贺知州听得杨总督去任,已自把这公事看得冷了;又闻氏连次不来哭禀,两个差人又死了一个,只剩得李万,又苦苦哀求不已。贺知州分付,打开铁链,与他个广捕文书,只教他用心缉访,明是放松之意。李万得了广捕文书,犹如捧了一道赦书,连连磕了几个头,出得府门,一道烟走了。身边又无盘缠,只得求乞而归,不在话下。

却说沈小霞在冯主事家复壁之中,住了数月,外边消息无有不知,都是冯主事打听将来,说与小霞知道。晓得闻氏在尼姑庵寄居,

暗暗欢喜。过了年余，已知张千、李万都逃了，这公事渐渐懒散。冯主事特地收拾内书房三间，安放沈襄在内读书，只不许出外，外人亦无有知者。冯主事三年孝满，为有沈公子在家，也不去起复做官。

光阴似箭，一住八年。值严嵩一品夫人欧阳氏卒，严世蕃不肯扶柩还乡，唆使父亲上本留己侍养，却于丧中簇拥姬妾，日夜饮酒作乐。嘉靖爷天性至孝，访知其事，心中甚是不悦。时有方士蓝道行，善扶鸾之术。天子召见，教他请仙，问以辅臣贤否。蓝道行奏道："臣所召乃是上界真仙，正直无阿，万一箕下判断有忤圣心，乞恕微臣之罪。"嘉靖爷道："朕正愿闻天心正论，与卿何涉？岂有罪卿之理？"蓝道行书符念咒，神箕自动，写出十六个字来，道是：

"高山番草，父子阁老。
日月无光，天地颠倒。"

嘉靖爷看了，问蓝道行道："卿可解之？"蓝道行奏道："微臣愚昧未解。"嘉靖爷道："朕知其说，'高山'者，'山'字连'高'，乃是'嵩'字。'番草'者，'番'字'草'头，乃是'蕃'字。此指严嵩、严世蕃父子二人也。朕久闻其专权误国，今仙机示朕，朕当即为处分，卿不可泄于外人。"蓝道行叩头，口称不敢，受赐而出。

从此嘉靖爷渐渐疏了严嵩。有御史邹应龙，看见机会可乘，遂劾奏严世蕃凭借父势，卖官鬻爵，许多恶迹，宜加显戮。其父严嵩溺爱恶子，植党蔽贤，宜亟赐休退，以清政本。嘉靖爷见疏大喜，即升应龙为通政右参议(11)。严世蕃下法司，拟成充军之罪，严嵩回籍。未几，又有江西巡按御史林润，复奏严世蕃不赴军伍，居家愈加暴横，强占民间田产，蓄养奸人，私通倭虏，谋为不轨。得旨三法司(12)提问，问官勘实覆奏，严世蕃即时处斩，抄没家财，严嵩发养济院(13)终老。被害诸臣尽行昭雪。

冯主事得此喜信，慌忙报与沈襄知道，放他出来，到尼姑庵访问那闻淑女。夫妇相见,抱头而哭。闻氏离家时,怀孕三月,今在庵中生下一孩子,已十岁了。闻氏亲自教他念书,五经皆已成诵,沈襄欢喜无限。冯主事方上京补官,教沈襄同去讼理父冤,闻氏暂迎归本家园上居住。沈襄从其言,到了北京。冯主事先去拜了通政司邹参议,将沈炼父子冤情说了,然后将沈襄讼冤本稿送与他看,邹应龙一力担当。次日,沈襄将奏本往通政司挂号投递。圣旨下,沈炼忠而获罪,准复原官,仍进一级,以旌其直;妻子召还原籍;所没入财产,府县官照数给还。沈襄食廪年久准贡,敕授知县之职。沈襄复上疏谢恩,疏中奏道:"臣父炼向在保安,因目击宣大总督杨顺,杀戮平民冒功,吟诗感叹,适值御史路楷,阴受严世蕃之嘱,巡按宣大与杨顺合谋,陷臣父于极刑,并杀臣弟二人,臣亦几于不免。冤尸未葬,危宗几绝,受祸之惨,莫如臣家。今严世蕃正法,而杨顺、路楷安然保首领于乡,使边廷万家之怨骨,衔恨无伸;臣家三命之冤魂,含悲莫控。恐非所以肃刑典而慰人心也。"圣旨准奏,复提杨顺、路楷到京,问成死罪,监刑部牢中待决。

沈襄来别冯主事,要亲到云州,迎接母亲和兄弟沈袠到京,依傍冯主事寓所相近居住;然后往保安州访求父亲骸骨,负归埋葬。冯主事道:"老年嫂处适才已打听个消息,在云州康健无恙。令弟沈袠,已在彼游庠了。下官当遣人迎之。尊公遗体要紧,贤侄速往访问,到此相会令堂可也。"沈襄领命,径往保安。一连寻访两日,并无踪迹。第三日,因倦借坐人家门首,有老者从内而出,延进草堂吃茶。见堂中挂一轴子,乃楷书诸葛孔明两次《出师表》也。表后但写年月,不着姓名。沈小霞看了又看,目不转睛。老者道:"客官为何看之?"沈襄道:"动问老丈,此字是何人所书?"老者道:"此乃吾亡友沈青霞之笔也。"沈小霞道:"为何留在老丈处?"老者道:"老夫姓贾名石,当初沈青霞编管此地,就在舍下作寓。老夫与他八拜之交,最相契厚。不料后遭奇祸,老夫惧怕连累,也往河南逃避。带得这二幅《出师表》,裱成一幅,时常展视,如见吾兄之面。杨总督去任后,老

夫方敢还乡。嫂嫂徐夫人和幼子沈袭，徙居云州，老夫时常去看他。近日闻得严家势败，吾兄必当昭雪，已曾遣人去云州报信。恐沈小官人要来移取父亲灵柩，老夫将此轴悬挂在中堂，好教他认认父亲遗笔。"沈小霞听罢，连忙拜倒在地，口称"恩叔"。贾石慌忙扶起道："足下果是何人？"沈小霞道："小侄沈襄，此轴乃亡父之笔也。"贾石道："闻得杨顺这厮，差人到贵府来提贤侄，要行一网打尽之计。老夫只道也遭其毒手，不知贤侄何以得全？"沈小霞将临清事情，备细说了一遍，贾石口称难得，便分付家童治饭款待。沈小霞问道："父亲灵柩，恩叔必知，乞烦指引一拜。"贾石道："你父亲屈死狱中，是老夫偷尸埋葬，一向不敢对人说知。今日贤侄来此搬回故土，也不枉老夫一片用心。"说罢，刚欲出门，只见外面一位小官人骑马而来。贾石指道："遇巧！恰好令弟来也。"那小官便是沈袭。下马相见，贾石指沈小霞道："此位乃大令兄讳襄的便是。"此日弟兄方才识面，恍如梦中相会，抱头而哭。贾石引二沈拜了，二沈俱哭倒在地。贾石劝了一回道："正要商议大事，休得过伤。"二沈方才收泪。贾石道："二哥、三哥，当时死于非命，也亏了狱卒毛公存仁义之心，可怜他无辜被害，将他尸藁葬于城西三里之外。毛公虽然已故，老夫亦知其处，若扶令先尊柩回去，一起带回，使他父子魂魄相依，二位意下如何？"二沈道："恩叔所言，正合愚弟兄之意。"当日又同贾石到城西看了，不胜悲感。次日，另备棺木，择吉破土，重新殡殓。二人面色如生，毫不朽败，此乃忠义之气所致也。二沈悲哭自不必说。当时备下车仗，抬了三个灵柩，别了贾石起身。临别沈襄对贾石道："这一轴《出师表》，小侄欲问恩叔取去，供养祠堂，幸勿见拒。"贾石慨然许了，取下挂轴相赠。二沈就草堂拜谢，垂泪而别。沈襄先奉灵柩到张家湾(14)，觅船装载。

沈襄复身又到北京，见了母亲徐夫人，回复了说话，拜谢了冯主事起身。此时京中官员，无不追念沈青霞忠义，怜小霞母子扶柩远归，也有送勘合(15)的，也有赠赆金(16)的，也有馈赆仪(17)的。沈小霞只受勘合一张,余俱不受。到了张家湾,另换了官座船,驿递起人夫一百名牵缆,走得好不快。不一日,来到临清,沈襄分付座船,暂泊河下,单身入城,到冯主事家投了主事平安书信,园上领了闻氏淑女并十岁儿子下船。先参了灵柩,后见了徐夫人。那徐氏见了孙儿如此长大,喜不可言。当初只道灭门绝户,如今依旧有子有孙;昔日冤家,皆恶死见报。天理昭然,可见做恶人的到底吃亏,做好人的到底便宜。

闲话休题。到了浙江绍兴府,孟春元领了女儿孟氏,在二十里外迎接。一家骨肉重逢,悲喜交集。将丧船停泊码头,府县官员都在吊孝。旧时家产,已自清查给还。二沈扶柩葬于祖茔,重守三年之制,无人不称大孝。抚按又替沈炼建造表忠祠堂,春秋祭祀。亲笔《出师表》一轴,至今供奉在祠堂之中。

服满之日,沈襄到京受职,做了知县。为官清正,直升到黄堂知府。闻氏所生之子,少年登科,与叔叔沈袠同年进士。子孙世世书香不绝。

【注释】(1)本篇节选自《喻世明言》第四十卷,它是根据明代嘉靖年间发生的真人真事写成的。小说写奸相严嵩、严世蕃父子专权,残害忠良,正直的大臣沈炼对严氏父子专权不满,上章弹劾严氏父子的罪行,被严氏父子迫害而死。为了斩草除根,严氏父子又害死了沈炼之子沈衮、沈褒,并派人到浙江捉拿沈炼的长子沈襄,于是引出了我们所节选的这段故事。 (2)主事:明代六部均设主事,官位次于员外郎。 (3)干纪:干系、责任。 (4)白日撞:白天混入人家中行窃的小偷。 (5)獠(liáo)子:古时骂人之词。 (6)详情:依情理推想。 (7)张智:见识、主张。 (8)依缴:上级官署批准下属的缴差公文。 (9)批较:一作比较,官府要求办事人员限期完成差事,到期查验,未完成即加杖责,称比较。 (10)结状:官署证明事情了结的公文。 (11)通政右参议:明代掌管内外章奏的通政司官署设左右参议各一员,官位仅次于通政。 (12)三法司:三个最高司法官署的合称,即刑部、都察院和大理寺。 (13)养济院:收容乞丐和贫民的官办机构。 (14)张家

湾:在通州(今北京通州)南十五里,是明代南北水陆交通的要会之地。(15)勘合:明代官府公文制度,在京官府各备簿籍两份,在两份的骑缝间按各地方编号押印,一份发给外地衙门,一份由本衙收藏。有事要各地衙门办理,须填写本衙收存的号簿勘合纸发出,地方衙门勘合编号印章相符,即遵照开列事项奉行完报。　(16)赙金:赠给丧家的礼金。　(17)赆仪:赠给出门远行者的礼物。

【今译】(略)

【点评】这篇小说写得最出色的人物莫过于沈小霞妾闻氏。她在历史上实有其人,明代江盈科曾为她写过一篇小传,只可惜过于简略,而且不曾脱出旧时代文人对女子的偏见,将她的侠义行为写成受沈小霞役使,不过是忠于夫主的婢妾而已。而在小说中,她却被写得聪明、机智、勇敢、泼辣,表现出鲜明的性格特征。在作者笔下,发现差人不怀好意,提醒丈夫"须是用心提防"的是她;建议丈夫寻计脱身,自己甘冒风险留下来对付差人的是她;故意借口人情冷暖阻拦丈夫去冯主事家讨债,后又嘱差人催丈夫早归以麻痹对方,并为日后与差人厮闹要人预做准备的是她;抛头露面向差人讨还丈夫,反咬他们欲奸骗自己,并到官府击鼓鸣冤,催州守追比差人的也是她。如此娓娓道来,充分展示了闻氏光彩照人的侠女形象。对于这个柔弱的女子,不仅沈小霞轻觑了她,差人张千、李万也把她当成了沈小霞穿鼻的索儿,认为"有他在,不怕沈襄不来",岂知守着的竟是个追命的小娘子。她那一张利口煞是厉害,当街哭闹时,她一口咬定张千李万是杀人凶犯,一番话把持怀疑态度的老店官说得不敢再言语;到了兵备道,她不仅假假真真将全家的不幸及丈夫被害之事"有枝有叶的细说了一遍",而且在张千李万回话时,"张千、李万说一句,妇人就剪一句,妇人说得句句有理,张千、李万抵搪不过";在知州堂上,她一番诉说天衣无缝,再加上"哀哀的痛哭",两个差人便只有挨过笞责,再上夹棍的份儿了。作者写闻氏这段假戏真做如此成功,令人信服,其内在生活依据便是事虽假而情却真。正是在这假假真真之中,作者才塑造出这样一个多层次、多侧面、立体化的艺术形象。

【集说】噫！若沈妾者，亦女中侠也！故为之传。（江盈科《明十六种小传》卷三《沈小霞妾》）

文于炼之慷慨忠烈，南方之强，以及闻氏之志节机警，并出力描写，形容得出。（孙楷第《重印〈今古奇观〉序》）

（于盛庭）

《醒世恒言》(节选)

卖油郎独占花魁[1]

年少争夸风月,场中波浪偏多。有钱无貌意难和,有貌无钱不可。

就是有钱有貌,还须着意揣摩。知情识趣俏哥哥,此道谁人赛我?

这首词名为《西江月》,是风月机关中撮要之论。常言道:"妓爱俏,妈爱钞。"所以子弟[2]行中,有了潘安般貌,邓通般钱,自然上和下睦,做得烟花寨内的大王,鸳鸯会上的主盟。然虽如此,还有个两字经儿,叫做帮衬。帮者,如鞋之有帮;衬者,如衣之有衬。但凡做小娘[3]的,有一分所长,得人衬贴,就当十分。若有短处,曲意替他遮护,更兼低声下气,送暖偷寒,逢其所喜,避其所讳,以情度情,岂有不爱之理?这叫做帮衬。风月场中,只有会帮衬的最讨便宜,无貌而有貌,无钱而有钱。假如郑元和在卑田院做了乞儿,此时囊箧俱空,容颜非旧,李亚仙于雪天遇之,便动了一个恻隐之心,将绣襦包裹,美食供养,与他做了夫妻。这岂是爱他之钱,恋他之貌?只为郑元和识趣知情,善于帮衬,所以亚仙心中舍他不得。你只看亚仙病中想马板肠汤吃,郑元和就把个五花马杀了,取肠煮汤奉之。只这一节上,亚仙如何不念其情?后来郑元和中了状元,李

亚仙封为汧国夫人。《莲花落》打出万年策,卑田院只做了白玉堂。一床锦被遮盖,风月场中反为美谈。这是:

　　运退黄金失色,时来铁也生光。

　　话说大宋自太祖开基,太宗嗣位,历传真、仁、英、神、哲,共是七代帝王,都则偃武修文,民安国泰。到了徽宗道君皇帝,信任蔡京、高俅、杨戬、朱勔之徒,大兴苑囿,专务游乐,不以朝政为事。以致万民嗟怨,金虏乘之而起,把花锦般一个世界,弄得七零八落。直至二帝蒙尘,高宗泥马渡江,偏安一隅,天下分为南北,方得休息。其中数十年,百姓受了多少苦楚。正是:

　　甲马丛中立命,刀枪队里为家。
　　杀戮如同戏耍,抢夺便是生涯。

　　内中单表一人,乃汴梁城外安乐村居住,姓莘,名善,浑家阮氏。夫妻两口,开个六陈铺儿[4]。虽则粜米为生,一应麦豆茶酒油盐杂货,无所不备,家道颇为得过。年过四旬,止生一女,小名叫做瑶琴。自小生得清秀,更且资性聪明。七岁上,送在村学中读书,日诵千言。十岁时,便能吟诗作赋。曾有《闺情》一绝,为人传诵。诗云:

　　朱帘寂寂下金钩,香鸭[5]沉沉冷画楼。
　　移枕怕惊鸳并宿,挑灯偏恨蕊双头。

　　到十二岁,琴棋书画,无所不通。若题起女工一事,飞针走线,出人意表。此乃天生伶俐,非教习之所能也。莘善因为自家无子,要寻个养女婿,来家靠老。只因女儿灵巧多能,难乎其配,所以求

亲者颇多,都不曾许。不幸遇了金虏猖獗,把汴梁城围困,四方勤王之师虽多,宰相主了和议,不许厮杀。以致虏势愈甚,打破了京城,劫迁了二帝。那时城外百姓,一个个亡魂丧胆,携老扶幼,弃家逃命。

却说莘善领着浑家阮氏,和十二岁的女儿,同一般逃难的,背着包裹,结队而走。

> 忙忙如丧家之犬,急急如漏网之鱼。担渴担饥担劳苦,此行谁是家乡;叫天叫地叫祖宗,惟愿不逢鞑虏。正是:宁为太平犬,莫作乱离人!

正行之间,谁想鞑子倒不曾遇见,却逢着一阵败残的官兵。他看见许多逃难的百姓,多背得有包裹,假意呐喊道:"鞑子来了!"沿路放起一把火来。此时天色将晚,吓得众百姓落荒乱窜,你我不相顾。他就乘机抢掠。若不肯与他,就杀害了。这是乱中生乱,苦上加苦。却说莘氏瑶琴,被乱军冲突,跌了一跤,爬起来,不见了爹娘。不敢叫唤,躲在道傍古墓之中,过了一夜。到天明,出外看时,但见满目风沙,死尸横路。昨日同时避难之人,都不知所往。瑶琴思念父母,痛哭不已。欲待寻访,又不认得路径,只得望南而行。哭一步,挨一步,约莫走了二里之程,心上又苦,腹中又饥,望见土房一所,想必其中有人,欲待求乞些汤饮。及至向前,却是破败的空屋,人口俱逃难去了。瑶琴坐于土墙之下,哀哀而哭。自古道:无巧不成话。恰好有一人从墙下而过。那人姓卜,名乔,正是莘善的近邻,平昔是个游手游食,不守本分,惯吃白食,用白钱的主儿。人都称他是卜大郎,也是被官军冲散了同伙,今日独自而行,听得啼哭之声,慌忙来看。瑶琴自小相认,今日患难之际,举目无亲,见了近邻,分明见了亲人一般,即忙收泪,起身相见。问道:"卜大叔,可曾见我爹妈么?"卜乔心中暗想:"昨日被官军抢去包裹,正没盘缠。天生这碗衣饭,送来与我,正是奇货可居。"便扯个谎,道:"你爹和妈,寻你不见,好生痛苦。如今前面去了,分付我道:'倘或见我女儿,千万带了他来,送还了我。'许我厚谢。"瑶琴虽是聪明,正当无可奈何之际,君子可欺以其方,遂全然不疑,随着卜乔便走,正是:

情知不是伴,事急且相随。

卜乔将随身带的干粮,把些与他吃了,分付道:"你爹妈连夜走的。若路上不能相遇,直要过江到建康府,方可相会。一路上同行,我权把你当女儿,你权叫我做爹。不然,只道我收留迷失子女,不当稳便。"瑶琴依允。从此陆路同步,水路同舟,爹女相称。到了建康府,路上又闻得金兀术四太子,引兵渡江。眼见得建康不得宁息。又闻得康王即位,已在杭州驻跸,改名临安。遂趁船到润州,过了苏、常、嘉、湖,直到临安地面,暂且饭店中居住。也亏卜乔,自汴京至临安,三千余里,带那莘瑶琴下来,身边藏下些散碎银两,都用尽了,连身上外盖衣服[6],脱下准[7]了店钱,止剩得莘瑶琴一件活货,欲行出脱[8]。访得西湖上烟花王九妈家要讨养女,遂引九妈到店中,看货还钱。九妈见瑶琴生得标致,讲了财礼五十两。卜乔兑足了银子,将瑶琴送到王家。原来卜乔有智,在王九妈前,只说:"瑶琴是我亲生之女,不幸到你门户人家,须是软款的教训,他自然从愿,不要性急。"在瑶琴面前,又说:"九妈是我至亲,权时把你寄顿他家。待我从容访知你爹妈下落,再来领你。"以此,瑶琴欣然而去。

可怜绝世聪明女,堕落烟花罗网中。

王九妈新讨了瑶琴,将他浑身衣服,换个新鲜,藏于曲楼深处,

终日好茶好饭,去将息他,好言好语,去温暖他。瑶琴既来之,则安之。住了几日,不见卜乔回信。思量爹妈,噙着两行珠泪,问九妈道:"卜大叔怎不来看我?"九妈道:"那个卜大叔?"瑶琴道:"便是引我到你家的那个卜大郎。"九妈道:"他说是你的亲爹。"瑶琴道:"他姓卜,我姓莘。"遂把汴梁逃难,失散了爹妈,中途遇见了卜乔,引到临安,并卜乔哄他的说话,细述一遍。九妈道:"原来恁地,你是个孤身女儿,无脚蟹(9)。我索性与你说明罢:那姓卜的把你卖在我家,得银五十两去了。我们是门户人家,靠着粉头过活。家中虽有三四个养女,并没个出色的。爱你生得齐整,把做个亲女儿相待。待你长成之时,包你穿好吃好,一生受用。"瑶琴听说,方知被卜乔所骗,放声大哭。九妈劝解,良久方止。自此九妈将瑶琴改做王美,一家都称为美娘,教他吹弹歌舞,无不尽善。长成一十四岁,娇艳非常。临安城中,这些富豪公子,慕其容貌,都备着厚礼求见。也有爱清标的,闻得他写作俱高,求诗求字的,日不离门。弄出天大的名声出来,不叫他美娘,叫他做花魁娘子。西湖上子弟编出一只《挂枝儿》,单道那花魁娘子的好处:

小娘中,谁似得王美儿的标致,又会写,又会画,又会做诗,吹弹歌舞都余事。常把西湖比西子,就是西子比他也还不如!那个有福的汤(10)着他身儿,也情愿一个死。

只因王美有了个盛名,十四岁上就有人来讲梳弄。一来王美不肯,二来王九妈把女儿做金子看成,见他心中不允,分明奉了一道圣旨,并不敢违拗。又过了一年,王美年方十五。原来门户中梳弄,也有个规矩,十三岁太早,谓之"试花"。皆因鸨儿爱财,不顾痛苦,那子弟也只博个虚名,不得十分畅快取乐。十四岁,谓之"开花"。此时天癸已至,男欢女爱,也算当时了。到十五,谓之"摘花"。在平常人家,还算年小,惟有门户人家,以为过时。王美此时

未曾梳弄,西湖上子弟,又编出一只《挂珠儿》来:

> 王美儿,似木瓜,空好看。十五岁还不曾与人汤一汤,有名无实成何干!便不是石女,也是二行子的娘。若还有个好好的,羞羞也,如何熬得这些时痒?

王九妈听得这些风声,怕坏了门面,来劝女儿接客。王美执意不肯,说道:"要我会客时,除非见了亲生爹妈。他肯做主时,方才使得。"王九妈心里又恼他,又不舍得难为他。挨了好些时,偶然有个金二员外,大富之家,情愿出三百两银子,梳弄美娘。九妈得了这主大财,心生一计,与金二员外商议,若要他成就,除非如此如此。金二员外意会了。其日八月十五日,只说请王美湖上看潮。请至舟中,三四个帮闲,俱是会中之人,猜拳行令,做好做歉,将美娘灌得烂醉如泥。扶到王九妈家楼中,卧于床上,不省人事。此时天气和暖,又没几层衣服。妈儿亲手抱住,欲待挣扎,怎奈手足俱软,由他轻薄了一回。

五鼓时,美娘酒醒,已知鸨儿用计,破了身子。自怜红颜命薄,遭此强横,起来解手,穿了衣服,自在床边一个斑竹榻上,朝着里壁睡了,暗暗垂泪。金二员外来亲近他时,被他劈头劈脸,抓有几个血痕。金二员外好生没趣,挨得天明,对鸨儿说声:"我去也。"妈儿要留他时,已自出门去了。从来梳弄的子弟,早起时,妈儿进房贺喜,行户中都来称贺,还要吃几日喜酒。那子弟多则住一二月,最少也住半月二十日。只有金二员外侵早出门,是从来未有之事。王九妈连叫诧异,披衣起身上楼,只见美娘卧于榻上,满眼流泪。九妈要哄他上行,连声招许多不是。美娘只不开口。九妈只得下楼去了。美娘哭了一日,茶饭不沾。从此托病,不肯下楼,连客也不肯会面了。

九妈心下焦躁,欲待把他凌虐,又恐他烈性不从,反冷了他的

心肠。欲待由他,本是要他赚钱,若不接客时,就养到一百岁也没用。踌躇数日,无计可施,忽然想起,有个结义妹子,叫做刘四妈,时常往来。他能言快语,与美娘甚说得着。何不接取他来,下个说词,若得他回心转意,大大的烧个利市。当下叫保儿去请刘四妈到前楼坐下,诉以衷情。刘四妈道:"老身是个女随何,雌陆贾,说得罗汉思情,嫦娥想嫁。这件事都在老身身上。"九妈道:"或得如此,做姐的情愿与你磕头。你多吃杯茶去,省得说话时口干。"刘四妈道:"老身天生这副海口,便说到明日,还不干哩。"刘四妈吃了几杯茶,转到后楼,只见楼门紧闭。刘四妈轻轻地叩了一下,叫声:"侄女!"美娘听得是四妈声音,便来开门。两下相见了。四妈靠桌朝下而坐,美娘傍坐相陪。四妈看他桌上铺着一幅细绢,才画得个美人的脸儿,还未曾着色。四妈称赞道:"画得好!真是巧手!九阿姐不知怎生样造化,偏生遇着你这一个伶俐女儿。又好人物,又好技艺,就是堆上几千两黄金,满临安走遍,可寻出个对儿么?"美娘道:"休得见笑!今日甚风吹得姨娘到来?"刘四妈道:"老身时常要来看你,只为家务在身,不得空闲。闻得你恭喜梳弄了。今日偷空而来,特特与九阿姐叫喜。"美娘听得提起梳弄二字,满脸通红,低着头不来答应。刘四妈知他害羞,便把椅儿掇上一步,将美娘的手儿牵着,叫声:"我儿!做小娘的,不是个软壳鸡蛋,怎的这般嫩得紧?似你怎地怕羞,如何赚得大主银子?"美娘道:"我要银子做甚?"四妈道:"我儿,你便不要银子,做娘的,看得你长大成人,难道不要出本?自古道,靠山吃山,靠水吃水。九阿姐家有几个粉头,那一个赶得上你的脚跟来?一园瓜,只看得你是个瓜种。九阿姐待你也不比其他。你是聪明伶俐的人,也须识些轻重。闻得你自梳弄之后,一个客也不肯相接。是甚么意儿?都像你的意时,一家人口,似蚕一般,那个把桑叶喂他?做娘的抬举你一分,你也要与他争口气儿,莫要反讨众丫头们批点。"美娘道:"由他批点,怕怎的!"刘四妈道:"阿呀!批点是个小事,你可晓得门户中的行径么?"美娘道:"行径便怎的?"刘四妈道:"我们门户人家,吃着女儿,穿着女儿,用着女儿,侥幸讨得一个像样的,分明是大户人家置了一所良田美产。年纪细小时,巴不得风吹得大。到得梳弄过后,便是田产成熟,日日指望花利到手受用。前门迎新,后门送旧,张郎送米,李郎送柴,往来热闹,才是个出名的姊妹行家。"美娘道:"羞答答,我不做这样事!"刘四妈掩着口,格的笑了一声,道:"不做这样事,可是由得你的?一家之中,有妈妈做主。做小娘的若不依他教训,动不动一顿皮鞭,打得你不生不死。那时不怕你不走他的路儿。九阿姐一向不难为你,只可惜你聪明标致,从小娇养的,要惜你的廉耻,存你的体面。方才告诉我许多话,说你不识好歹,放着鹅毛不知轻,顶着磨子不知重,心下好生不悦。教老身来劝你。你若执意不从,惹他性起,一时翻过脸来,骂一顿,打一顿,你待走上天去!凡事只怕个起头。若打破了头时,朝一顿,暮一顿,那时熬这些痛苦不过,只得接客,却不把千金声价弄得低微了?还要被姊妹中笑话。依我说,吊桶已自落在他井里,挣不起了。不如千欢万喜,倒在娘的怀里,落得自己快活。"美娘道:"奴是好人家儿女,误落风尘。倘得姨娘主张从良,胜造九级浮图。若要我倚门献笑,送旧迎新,宁甘一死,决不情愿。"刘四妈道:"我儿,从良是个有志气的事,怎么说道不该!只是从良也有几等不同。"美娘道:"从良有甚不同之处?"刘四妈道:"有个真从良,有个假从良;有个苦从良,有个乐从良;有个趁好的从良,有个没奈何的从良;有个了从良,有个不了的从良。我儿耐心听我分说。如何叫做真从良?大凡才子必须佳人,佳人必须才子,方成佳配。然而好事多磨,往往求之不得。幸然两下相逢,你贪我爱,割舍不下。一个愿讨,一个愿嫁。好像捉对⁽¹¹⁾的蚕蛾,死也不放。这个谓之真从良。怎么叫做假从良?有等子弟爱着小娘,小娘却不爱那子弟。本心不愿嫁他,只把个嫁字儿哄他心热,散漫银钱。比及成交,却又推故不就。又有一等痴心的子弟,晓得小娘心肠不对他,偏要娶他回去。拼着

一主大钱,动了妈儿的火,不怕小娘不肯。勉强进门,心中不顺,故意不守家规。小则撒泼放肆,大则公然偷汉。人家容留不得,多则一年,少则半载,依旧放他出来,为娼接客。把从良二字,只当个赚钱的题目。这个谓之假从良。如何叫做苦从良?一般样子弟爱小娘,小娘不爱那子弟,却被他以势凌之。妈儿惧祸,已自许了。做小娘的,身不由主,含泪而行。一入侯门,如海之深,家法又严,抬头不得。半妾半婢,忍死度日。这个谓之苦从良。如何叫做乐从良?做小娘的,正当择人之际,偶然相交个子弟。见他情性温和,家道富足,又且大娘子乐善,无男无女,指望他日过门,与他生育,就有主母之分。以此嫁他,图个日前安逸,日后出身。这个谓之乐从良。如何叫做趁好的从良?做小娘的,风花雪月,受用已够,趁这盛名之下,求之者众,任我拣择个十分满意的嫁他,急流勇退,及早回头,不致受人怠慢。这个谓之趁好的从良。如何叫做没奈何从良?做小娘的,原无从良之意,或因官司逼迫,或因强横欺瞒,又或因债负太多,将来赔偿不起,憋口气,不论好歹,得嫁便嫁,买静求安,藏身之法,这谓之没奈何的从良。如何叫做了从良?小娘半老之际,风波历尽,刚好遇个老成的孤老,两下志同道合,收绳卷索,白头到老,这个谓之了从良。如何叫做不了的从良?一般你贪我爱,火热的跟他,却是一时之兴,没有个长算。或者尊长不容,或者大娘妒忌,闹了几场,发回妈家,追取原价。又有个家道凋零,养他不活,苦守不过,依旧出来赶趁[12],这谓之不了的从良。"美娘道:"如今奴家要从良,还是怎地好?"刘四妈道:"我儿,老身敬你个万全之策。"美娘道:"若蒙教导,死不忘恩。"刘四妈道:"从良一事,入门为净。况且你身子已被人捉弄过了,就是今夜嫁人,叫不得个黄花女儿。千错万错,不该落于此地。这就是你命中所招了。做娘的费了一片心机,若不帮他几年,趁过千把银子,怎肯放你出门?还有一件,你便要从良,也须拣个好主儿。这些臭嘴臭脸的,难道就跟他不成?你如今一个客也不接,晓得那个该从,那个不该

从?假如你执意不肯接客,做娘的没奈何,寻个肯出钱的主儿,卖你去做妾,这也叫做从良。那主儿或是年老的,或是貌丑的,或是一字不识的村牛,你却不肮脏了一世!比着把你抖在水里,还有扑通的一声响,讨得旁人叫一声可惜。依着老身愚见,还是俯从人愿,凭着做娘的接客。似你恁般才貌,等闲的料也不敢相扳。无非是王孙公子,贵客豪门,也不辱没了你一生。风花雪月,趁着年少受用,二来作成妈儿起个家事,三来使自己也积攒些私房,免得日后求人。过了十年五载,遇个知心着意的,说得来,话得着,那时老身与你做媒,好模好样的嫁去,做娘的也放得你下了。可不两得其便?"美娘听说,微笑而不言。刘四妈已知美娘心中活动了,便道:"老身句句是好话。你依着老身的话时,后来还当感激我哩!"说罢,起身。王九妈立在楼门之外,一句句都听得的。美娘送刘四妈出房门,劈面撞着了九妈,满面羞惭,缩身进去。王九妈随着刘四妈,再到前楼坐下。刘四妈道:"侄女十分执意,被老身右说左说,一块硬铁看看熔做热汁。你如今快快寻个覆帐(13)的主儿,他必然肯就。那时做妹子的再来贺喜。"王九妈连连称谢。是日备饭相待,尽醉而别。后来西湖上子弟们又有只《挂枝儿》,单说那刘四妈说词一节:

> 刘四妈,你的嘴舌儿好不利害!便是女随何,雌陆贾,不信有这大才!说着长,道着短,全没些破败。就是醉梦中,被你说得醒;就是聪明的,被你说得呆。好个烈性的姑娘,也被你说得他心地改。

再说王美娘才听了刘四妈一席话儿,思之有理。以后有客求见,欣然相接。覆帐之后,宾客如市,挨三顶五,不得空闲,声价愈重。每一晚白银十两,兀自你争我夺。王九妈赚了若干钱钞,欢喜无限。美娘也留心拣个知心着意的,急切难得。正是:

易求无价宝,难得有情郎。

话分两头。却说临安城清波门外,有个开油店的朱十老,三年前过继一个小厮,也是汴京逃难来的,姓秦名重,母亲早丧,父亲秦良,十三岁上将他卖了,自己上天竺去做香火。朱十老因年老无嗣,又新死了妈妈,把秦重做亲子看成,改名朱重,在店中学做卖油生意。初时父子坐店甚好。后因十老得了腰痛的病,十眠九坐,劳碌不得,另招个伙计,叫做邢权,在店相帮。光阴似箭,不觉四年有余。朱重长成一十七岁,生得一表人才,虽然已冠,尚未娶妻。那朱十老家有个侍女,叫做兰花,年已二十之外,存心看上了朱小官人,几遍的倒下钩子去勾搭他。谁知朱重是个老实人,又且兰花龌龊丑陋,朱重也看不上眼。以此落花有意,流水无情。那兰花见勾搭朱小官人不上,别寻主顾,就去勾搭那伙计邢权。邢权是望四⁽¹⁴⁾之人,没有老婆,一拍就上。两个暗地偷情,不止一次。反怪朱小官人碍眼,思量寻事赶他出门。邢权与兰花两个,里应外合,使心设计。兰花便在朱十老面前,假意撇清⁽¹⁵⁾说:"小官人几番调戏,好不老实!"朱十老平时与兰花也有一手,未免有拈酸之意。邢权又将店中卖下银子藏过,在朱十老面前说道:"朱小官在外赌博,不长进,柜里银子,几次短少,都是他偷去了。"初次朱十老还不信,接连几次,朱十老年老糊涂,没有主意,就唤朱重过来,责骂了一场。朱重是个聪明的孩子,已知邢权与兰花的计较,欲待分辨,惹起是非不小。万一老者不听,枉做恶人,心生一计,对朱十老说道:"店中生意淡薄,不消得二人。如今让邢主管坐店,孩儿情愿挑担子出去卖油。卖得多少,每日纳还,可不是两重生意?"朱十老心下也有许可之意。又被邢权说道:"他不是要挑担出去,几年上偷银子做私房,身边积趱有余了,又怪你不与他定亲,心下怨怅,不愿在此相帮,要讨个出场,自去娶老婆,做人家去。"朱十老叹口气道:

"我把他做亲儿看成,他却如此歹意!皇天不佑!罢,罢,不是自身骨血,倒底粘连不上,由他去罢!"遂将三两银子,把与朱重,打发出门。寒夏衣服和被窝都教他拿去。这也是朱十老好处。朱重料他不肯收留,拜了四拜,大哭而别。正是:

孝己⁽¹⁶⁾杀身因谤语,申生⁽¹⁷⁾丧命为谗言。
亲生儿子犹如此,何怪螟蛉受枉冤。

原来秦良上天竺做香火,不曾对儿子说知。朱重出了朱十老之门,在众安桥下赁了一间小小房儿,放下被窝等件,买巨锁儿锁了门,便往长街短巷,访求父亲。连走几日,全没消息。没奈何,只得放下。在朱十老家四年,赤心忠良,并无一毫私蓄。只有临行时打发这三两银子,不够本钱,做什么生意好?左思右量,只有油行买卖是熟闲。这些油坊多曾与他熟识,还去挑个卖油担子,是个稳足的道路。当下置办了油担家伙,剩下的银两,都交付与油坊取油。那油坊里认得朱小官是个老实好人。况且小小年纪,当初坐店,今朝挑担上街,都因邢伙计挑拨他出来,心中甚是不平,有心扶持他,只拣窨清⁽¹⁸⁾的上好净油与他,签子上又明让他些。朱重得了这些便宜,自己转卖与人,也放些宽,所以他的油比别人分外容易出脱。每日所赚的利息,又且俭用,积下东西来,置办些日用家业,及身上衣服之类,并无妄费。心中只有一件事未了,牵挂着父亲,思想:"向来叫做朱重,谁知我姓秦!倘或父亲来寻访之时,也没个因由。"遂复姓为秦。说话的,假如上一等人,有前程的,要复本姓,或具札子奏过朝廷,或关白⁽¹⁹⁾礼部、太学、国学等衙门,将册籍改正,众所共知。一个卖油的,复姓之时,谁人晓得?他有个道理,把盛油的桶儿,一面大大写个秦字,一面写汴梁二字,将油桶做个标识,使人一览而知。以此临安市上,晓得他本姓,都称他为秦卖油。时值二月天气,不暖不寒,秦重闻知昭庆寺僧人,要起个

九昼夜功德,用油必多,遂挑了油担来寺中卖油。那些和尚们也闻知秦卖油之名,他的油比别人又好又贱,单单作成他。所以一连这九日,秦重只在昭庆寺走动。正是:

刻薄不赚钱,忠厚不折本。

这一日是第九日了。秦重在寺出脱了油,挑了空担出寺。其日天气晴明,游人如蚁。秦重绕河而行。遥望十景塘桃红柳绿,湖内画船箫鼓,往来游玩,观之不足,玩之有余。走了一回,身子困倦,转到昭庆寺右边,望个宽处,将担子放下,坐在一块石上歇脚。近侧有个人家,面湖而住,金漆篱门,里面朱栏内,一丛细竹。未知堂室何如?先见门庭清整。只见里面三四个戴巾的从内而出,一个女娘后面相送。到了门首,此女容颜娇丽,体态轻盈,目所未睹,准准的呆了半晌,身子都酥麻了。他原是个老实小官,不知有烟花行径,心中疑惑,正不知是什么人家。方在疑思之际,只见门内又走出个中年的妈妈,同着一个垂发的丫头,倚门闲看。那妈妈一眼瞧着油担,便道:"阿呀!方才我家无油,正好有油担子在这里,何不与他买些?"那丫鬟同那妈妈出来,走到油担子边,叫声:"卖油的!"秦重方才听见,回言道:"没有油了!妈妈要用油时,明日送来。"那丫鬟也认得几个字,看见油桶上写个秦字,就对妈妈道:"卖油的姓秦。"妈妈也听得人闲讲,有个秦卖油,做生意甚是忠厚。遂分付秦重道:"我家每日要油用,你肯挑来时,与你做个主顾。"秦重道:"承妈妈作成,不敢有误。"那妈妈与丫鬟进去了。秦重心中想道:"这妈妈不知是那女娘的什么人?我每日到他家卖油,莫说赚他利息,图个饱看那女娘一回,也是前生福分。"正欲挑担起身,只见两个轿夫,抬着一顶青绢幔的轿子,后边跟着两个小厮,飞也似跑来。到了其家门首,歇下轿子。那小厮走进里面去了。秦重道:"却又作怪!着他接什么人?"少顷之间,只见两个丫鬟,一个捧着猩红的毡包,一个拿着湘妃竹攒花的拜匣,都交付与轿夫,放在轿座之下。那两个小厮手中,一个抱着琴囊,一个捧着几个手卷,腕上挂碧玉箫一枝,跟着起初的女娘出来。女娘上了轿,轿夫抬起望旧路而去。丫鬟小厮,俱随轿步行。秦重又得亲炙一番,心中愈加疑惑。挑了油担子,洋洋的去。

不过几步,只见临河有一个酒馆。秦重每常不吃酒,今日见了这女娘,心下又欢喜,又气闷,将担子放下,走进酒馆。拣个小座头坐下。酒保问道:"客人还是请客,还是独酌?"秦重道:"有上好的酒,拿来独饮三杯。时新果子一两碟,不用荤菜。"酒保斟酒时,秦重问道:"那边金漆篱门内是什么人家?"酒保道:"这是齐衙内的花园。如今王九妈住下。"秦重道:"方才看见有个小娘子上轿,是什么人?"酒保道:"这是有名的粉头,叫做王美娘,人都称为花魁娘子。他原是汴京人,流落在此。吹弹歌舞,琴棋书画,件件皆精。来往的都是大头儿,要十两放光,才宿一夜哩。可知小可的也近他不得。当初住在涌金门外,因楼房狭窄,齐舍人与他相厚,半载之前,把这花园借与他住。"秦重听得说是汴京人,触了个乡里之念,心中更有一倍光景。吃了数杯,还了酒钱,挑了担子,一路走,一路的肚中打稿道:"世间有这样美貌的女子,落于娼家,岂不可惜!"又自家暗笑道:"若不落于娼家,我卖油的怎生得见!"又想一回,越发痴起来,道:"人生一世,草生一秋。若得这等美人搂抱了睡一夜,死也甘心。"又想一回道:"呸!我终日挑这油担子,不过日进分文,怎么想这等非分之事!正是癞虾蟆在阴沟里想着天鹅肉吃,如何到口!"又想一回道:"他相交的,都是公子王孙。我卖油的,纵有了银子,料他也不肯接我。"又想一回道:"我闻得做老鸨的,专要钱钞。就是个乞儿,有了银子,他也就肯接了,何况我做生意的,清清白白之人。若有了银子,怕他不接!只是那里来这几两银子?"一路上胡思乱想,自言自语。你道天地间有这等痴人,一个做小经纪的,本钱只有三两,却要把十两银子去嫖那名妓,可不是个春梦!

自古道：有志者事竟成。被他千思万想，想出一个计策来。他道："从明日为始，逐日将本钱扣出，余下的积趱上去。一日积得一分，一年也有三两六钱之数。只消三年，这事便成了。若一日积得二分，只消得年半。若再多得些，一年也差不多了。"想来想去，不觉走到家里，开锁进门。只因一路上想着许多闲事，回来看了自家的睡铺，惨然无欢，连夜饭也不要吃，便上了床。这一夜翻来覆去，牵挂着美人，那里睡得着。

只因月貌花容，引起心猿意马。

挨到天明，爬起来，就装了油担，煮了早饭吃了，匆匆挑了油担子，一径走到王妈妈家去。进了门，却不敢直入，舒着头，往里面张望。王妈妈恰才起床，还蓬着头，正分付保儿买饭菜。秦重识得声音，叫声："王妈妈。"九妈往外一张，见是秦卖油，笑道："好忠厚人！果然不失信。"便叫他挑担进来，称了一瓶，约有五斤多重，公道还钱。秦重并不争论。王九妈甚是欢喜，道："这瓶油，只够我家两日用。但隔一日，你便送来，我不往别处去买油。"秦重应诺，挑担而出。只恨不曾遇见花魁娘子。"且喜扳下主顾，少不得一次不见，二次见；二次不见，三次见。只是一件，特为王九妈一家挑这许多路来，不是做生意的勾当。这昭庆寺是顺路。今日寺中虽然不做功德，难道寻常不用油的？我且挑担去问他。若扳得各房头做个主顾，只消走钱塘门这一路，那一担油尽够出脱了。"秦重挑担到寺内问时，原来各房和尚也正想着秦卖油。来得正好，多少不等，各各买他的油。秦重与各房约定，也是间一日便送油来用。这一日是个双日。自此日为始，但是单日，秦重别街道上做买卖；但是双日，就走钱塘门这一路。一出钱塘门，先到王九妈家里，以卖油为名，去看花魁娘子。有一日会见，也有一日不会见。不见时费一场思想，便见时也只添了一层思想。正是：

天长地久有时尽,此恨此情无尽期。

再说秦重到了王九妈家多次,家中大大小小,没一个不认得是秦卖油。时光迅速,不觉一年有余。日大日小,只拣足色细丝,或积三分,或积二分,再少也积下一分。凑得几钱,又打做大块包。日积月累,有了一大包银子,零星凑集,连自己也不识多少。其日是单日,又值大雨,秦重不出去做买卖。积了这一大包银子,心中也自喜欢。"趁今日空闲,我把他上一上天平,见个数目。"打个油伞,走到对门倾银铺里,借天平兑银。那银匠好不轻薄,想着:"卖油的多少银子,要架天平? 只把个五两头戥子[20]与他,还怕用不着头纽哩。"秦重把银子包解开,都是散碎银两。大凡成锭的见少,散碎的就见多。银匠是小辈,眼孔极浅,见了许多银子,别是一番面目,想道:"人不可貌相,海水不可斗量。"慌忙架起天平,搬出若大若小许多砝码。秦重尽包而兑,一厘不多,一厘不少,刚刚一十六两之数,上秤便是一斤。秦重心下想道:"除去了三两本钱,余下的做一夜花柳之费,还是有余。"又想道:"这样散碎银子,怎好出手! 拿出来也被人看低了! 见成倾银店中方便,何不倾成锭儿,还觉冠冕。"当下兑足十两,倾成一个足色大锭,再把一两八钱,倾成水丝一小锭。剩下四两二钱之数,拈一小块,还了火钱,又将几钱银子,置下镶鞋净袜,新褶了一项万字头巾。回到家中,把衣服浆洗得干干净净,买几根安息香,熏了又熏。拣个晴明好日,侵早打扮起来。

虽非富贵豪华客,也是风流好后生。

秦重打扮得齐齐整整,取银两藏于袖中,把房门锁了,一径望王九妈家而来。那一时好不高兴。及至到了门道,愧心复萌,想

道:"时常挑了担子在他家卖油,今日忽地去做嫖客,如何开口?"正在踌躇之际,只听得呀的一声门响,王九妈走将出来。见了秦重,便道:"秦小官今日怎的不做生意,打扮得恁般齐楚,往那里去贵干?"事到其间,秦重只得老着脸,上前作揖。妈妈也不免还礼。秦重道:"小可并无别事,专来拜望妈妈。"那鸨儿是老积年[21],见貌辨色,见秦重恁般装束,又说拜望,"一定是看上了我家那个丫头,要嫖一夜,或是会一个房[22]。虽然不是个大势主菩萨,搭在篮里便是菜,捉在篮里便是蟹,赚他钱把银子买葱菜,也是好的。"便满脸堆下笑来,道:"秦小官拜望老身,必有好处。"秦重道:"小可有句不识进退的言语只是不好启齿。"王九妈道:"但说何妨!且请到里面客座里细讲。"秦重为卖油虽曾到王家准百次,这客座里交椅,还不曾与他屁股做个相识。今日是个会面之始。王九妈到了客座,不免分宾而坐,向着内里唤茶。少顷,丫鬟托出茶来,看时却是秦卖油,正不知什么缘故,妈妈恁般相待,格格低了头只是笑。王九妈看见,喝道:"有甚好笑!对客全没些规矩!"丫鬟止住笑,收了茶杯自去。王九妈方才开言问道:"秦小官有甚话,要对老身说?"秦重道:"没有别话,要在妈妈宅上请一位姐姐吃一杯酒儿。"九妈道:"难道吃寡酒[23]?一定要嫖了。你是个老实人,几时动这风流之兴?"秦重道:"小可的积诚,也非止一日。"九妈道:"我家这几个姐姐,都是你认得的。不知你中意那一位?"秦重道:"别个都不要,单单要与花魁娘子相处一宵。"九妈只道取笑他,就变了脸道:"你出言无度!莫非奚落老娘么?"秦重道:"小可是个老实人,岂有虚情。"九妈道:"粪桶也有两个耳朵,你岂不晓得我家美儿的身价!倒了你卖油的灶,还不够半夜歇钱哩。不如将就拣一个适兴罢。"秦重把颈一缩,舌头一伸,道:"怎的好卖弄!不敢动问,你家花魁娘子一夜歇钱要几千两?"九妈见他说要话,却又回嗔和喜,带笑而言道:"那要许多!只要得十两敲丝。其他东道杂费,不在其内。"秦重道:"原来如此,不为大事。"袖中摸出这秃秃里一大锭放光细丝银子,递与鸨儿道:"这一锭十两重,足色足数,请妈妈收着。"又摸出一小锭来,也递与鸨儿,又道:"这一小锭,重有二两,相烦备个小东。望妈妈成就小可这件好事,生死不忘,日后再有孝顺。"九妈见这锭大银,已自不忍释手,又恐怕他一时高兴,日后没了本钱,心中懊悔,也要尽他一句才好。便道:"这十两银子,你做经纪的人,积趱不易,还要三思而行。"秦重道:"小可主意已定,不要你老人家费心。"

九妈把这两锭银子收于袖中,道:"这便是了。还有许多烦难哩。"秦重道:"妈妈是一家之主,有甚烦难?"九妈道:"我家美儿,往来的都是王孙公子,富室豪家,真个是'谈笑有鸿儒,往来无白丁'。他岂不认得你是做经纪的秦小官,如何肯接你?"秦重道:"但凭妈妈怎的委曲宛转,成全其事,大恩不敢有忘!"九妈见他十分坚心,眉头一皱,计上心来,扯开笑口道:"老身已替你排下计策,只看你缘法如何。做得成,不要喜;做不成,不要怪。美儿昨日在李学士家陪酒,还未曾回。今日是黄衙内约下游湖,明日是张山人一班清客,邀他做诗社。后日是韩尚书的公子,数日前送下东道在这里。你且到大后日来看。还有句话,这几日你且不要来我家卖油,预先留下个体面。又有句话,你穿着一身的布衣布裳,不像个上等嫖客。再来时,换件绸缎衣服,教这些丫鬟们认不出你是秦小官。老娘也好与你装谎。"秦重道:"小可一一理会得。"说罢,作别出门,且歇这三日生理,不去卖油,到典铺里买了一件现成半新半旧的绸衣,穿在身上,到街坊闲走,演习斯文模样。正是:

未识花院行藏,先习孔门规矩。

丢过那三日不题,到第四日,起个清早,便到王九妈家去,去得太早,门还未开。意欲转一转再来。这番装扮希奇,不敢到昭庆寺去,恐怕和尚们批点。且到十景塘散步。良久又踅转去,王九妈家

门已开了。那门前却安顿得有轿马,门内有许多仆从,在那里闲坐。秦重虽然老实,心下倒也乖巧,且不进门,悄悄的招那马夫问道:"这轿马是谁家的?"马夫道:"韩府里来接公子的。"秦重已知韩公子夜来留宿,此时还未曾别。重复转身,到一个饭店之中,吃了些现成茶饭,又坐了一回,方才到王家探信。只见门前轿马已自去了。进得门时,王九妈迎着,便道:"老身得罪,今日又不得工夫了。恰才韩公子拉去东庄赏早梅。他是个长嫖,老身不好违拗。闻得说,来日还要到灵隐寺,访个棋师赌棋哩。齐衙内又来约过两三次了。这是我家房主,又是辞不得的。他来时,或三日五日的住了去,连老身也定不得个日子。秦小官,你真个要嫖,只索耐心再等几日。不然,前日的尊赐,分毫不动,要便奉还。"秦重道:"只怕妈妈不作成。若还迟,终无失,就是一万年,小可也情愿等着。"九妈道:"恁地时,老身便好张主[24]!"秦重作别,方欲起身,九妈又道:"秦小官人,老身还有句话。你下次若来讨信,不要早了。约莫申牌时分,有客没客,老身把个实信与你。倒是越晏些越好。这是老身的妙用,你休错怪。"秦重连声道:"不敢,不敢!"这一日秦重不曾做买卖。次日,整理油担,挑往别处去生理,不走钱塘门一路。每日生意做完,傍晚时分就打扮齐整,到王九妈家探信,只是不得工夫。又空走了一月有余。

　　那一日是十二月十五,大雪方霁,西风过后,积雪成冰,好不寒冷。却喜地下干燥。秦重做了大半日买卖,如前妆扮,又去探信。王九妈笑容可掬,迎着道:"今日你造化,已是九分九厘了。"秦重道:"这一厘是欠着什么?"九妈道:"这一厘嘛,正主儿不在家。"秦重道:"可回来吗?"九妈道:"今日是俞太尉家赏雪,筵席就备在湖船之内。俞太尉是七十岁的老人家,风月之事,已是没分。原说过黄昏送来。你且到新人房里,吃杯烫风酒,慢慢的等他。"秦重道:"烦妈妈引路。"王九妈引着秦重,弯弯曲曲,走过许多房头,到一个所在,不是楼房。却是个平屋三间,甚是高爽。左一间是丫鬟的空房,一般有床榻桌椅之类,却是备官铺的;右一间是花魁娘子的卧室,锁着在那里。两旁又有耳房。中间客座上面,挂一幅名人山水,香几上博山古铜炉,烧着龙涎香饼,两旁书桌,摆设些古玩,壁上贴许多诗稿。秦重愧非文人,不敢细看。心下想道:"外房如此整齐,内室陈铺,必然华丽。今夜尽我受用。十两一夜,也不为多。"九妈让秦小官坐于客位,自己主位相陪。少顷之间,丫鬟掌灯过来,抬下一张八仙桌儿,六碗时新果子,一架攒盒,佳肴美醖未曾到口,香气扑人。九妈执盏相劝道:"今日众小女都有客,老身只得自陪,请开怀畅饮几杯。"秦重酒量本不高,况兼正事在心,只吃半杯。吃了一会,便推不饮。九妈道:"秦小官想饿了,且用些饭再吃酒。"丫鬟捧着雪花白米饭,一吃一添,放于秦重面前,就是一盏杂和汤。鸨儿量高,不用饭,以酒相陪。秦重吃了一碗,就放箸。九妈道:"夜长哩,再请些。"秦重又添了半碗。丫鬟提个行灯来,说:"浴汤热了,请客官洗浴。"秦重原是洗过澡来的,不敢推托,只得又到浴堂,肥皂香汤,洗了一遍。重复穿衣入座。九妈命撤去肴盒,用暖锅下酒。此时黄昏已绝,昭庆寺里的钟都撞过了,美娘尚未回来。

玉人何处贪欢耍? 等得情郎望眼穿!

常言道:等人心急。秦重不见婊子回家,好生气闷。却被鸨儿夹七夹八,说些风话劝酒。不觉又过了一更天气。只听得外面热闹闹的,却是花魁娘子回家。丫鬟先来报了。九妈连忙起身出迎。秦重也离座而立。只见美娘吃得大醉,侍女扶将进来,到于门首,醉眼朦胧,看见房中灯烛辉煌,杯盘狼藉,立住脚问道:"谁在这里吃酒?"九妈道:"我儿,便是我向日与你说的那秦小官人。他心中慕你,多时的送过礼来。因你不得工夫,担搁他一月有余了。你今日幸而得空,做娘的留他在此伴你。"美娘道:"临安郡中,并不闻说

起有什么秦小官人！我不去接他。"转身便走。九妈双手托开，即忙拦住道："他是个至诚好人，娘不误你。"美娘只得转身，才跨进房门，抬头一看那人，有些面善，一时醉了，急切叫不出来，便道："娘，这个人我认得他的，不是有名称的子弟。接了他，被人笑话。"九妈道："我儿，这是涌金门内开缎铺的秦小官人。当初我们住在涌金门时，想你也曾会过，故此面善。你莫识认错了。做娘的见他来意志诚，一时许了他，不好失信。你看做娘的面上，胡乱留他一晚。做娘的晓得不是了，明日却与你陪礼。"一头说，一头推着美娘的肩头向前。美娘拗妈妈不过，只得进房相见。正是：

千般难出虔婆口，万般难脱虔婆手。
饶君纵有万千般，不如跟着虔婆走。

这些言语，秦重一句句都听得，佯为不闻。美娘万福过了，坐于侧首，仔细看着秦重，好生疑惑，心里甚是不悦，嘿嘿无言。唤丫鬟将热酒来，斟着大盅。鸨儿只道他敬客，却自家一饮而尽。九妈道："我儿醉了，少吃些么！"美娘那里依他，答应道："我不醉！"一连气上十来杯。这是酒后之酒，醉中之醉，自觉立脚不住。唤丫鬟开了卧房，点上银釭，也不卸头，也不解带，蹦脱了绣鞋，和衣上床，倒身而卧，鸨儿见女儿如此做作，甚不过意。对秦重道："小女平日惯了，他专会使性。今日他心中不知为什么有些不自在，却不干你事。休得见怪！"秦重道："小可岂敢！"鸨儿又劝了秦重几杯酒。秦重再三告止。鸨儿送入卧房，向耳傍分付道："那人醉了，放温存些。"又叫道："我儿起来，脱了衣服，好好的睡。"美娘已在梦中，全不答应。鸨儿只得去了。丫鬟收拾了杯盘之类，抹了桌子，叫声："秦小官人，安置罢。"秦重道："有热茶要一壶。"丫鬟泡了一壶浓茶，送进房里。带转房门，自去耳房中安歇。秦重看美娘时，面对里床，睡得正熟，把锦被压于身下。秦重想酒醉之人，必然怕冷，又不敢惊醒他。忽见阑干上又放着一床大红纻丝的锦被。轻轻的取下,盖在美娘身上,把银灯挑得亮亮的,取了这壶热茶,脱鞋上床,挨在美娘身边,左手抱着茶壶在怀,右手搭在美娘身上,眼也不敢闭一闭。正是:

未曾握雨携云,也算偎香倚玉。

却说美娘睡到半夜,醒将转来,自觉酒力不胜,胸中似有满溢之状。爬起来,坐在被窝中,垂着头,只管打干哕[25]。秦重慌忙也坐起来。知他要吐,放下茶壶,用手抚摩其背。良久,美娘喉间忍不住了,说时迟,那时快,美娘放开喉咙便吐。秦重怕污了被窝,把自己的道袍袖子张开,罩在他嘴上。美娘不知所以,尽情一呕,呕毕,还闭着眼,讨茶嗽口。秦重下床,将道袍轻轻脱下,放在地平之上。摸茶壶还是暖的,斟上一瓯香喷喷的浓茶,递与美娘。美娘连吃了二碗,胸中虽然略觉豪燥,身子兀自倦怠。仍旧倒下,向里睡去了。秦重脱下道袍,将吐下一袖的腌臜,重重裹着,放于床侧,依然上床,拥抱似初。美娘那一觉直睡到天明方醒。覆身转来,见傍边睡着一人,问道:"你是那个?"秦重答道:"小可姓秦。"美娘想起夜来之事,恍恍惚惚,不甚记得真了,便道:"我夜来好醉?"秦重道:"也不甚醉。"又问:"可曾吐么?"秦重道:"不曾。"美娘道:"这样还好。"又想一想道:"我记得曾吐过的,又记得曾吃过茶来,难道做梦不成?"秦重方才说道:"是曾吐来。小可见小娘子多吃了杯酒,也防着要吐,把茶壶暖在怀里。小娘子果然吐后讨茶,小可斟上,蒙小娘子不弃,饮了两瓯。"美娘大惊道:"脏巴巴的,吐在那里?"秦重道:"恐怕小娘子污了被褥,是小可把袖子盛了。"美娘道:"如今在那里?"秦重道:"连衣服裹着,藏过在那里。"美娘道:"可惜坏了你一件衣服。"秦重道:"这是小可的衣服,有幸得沾小娘子的余沥。"美娘听说,心下想道:"有这般识趣的人!"心里已有四五分欢

喜了。

此时天色大明，美娘起身，下床小解。看着秦重，猛然想起是秦卖油，遂问道："你实对我说，是什么样人？为何昨夜在此？"秦重道："承花魁娘子下问，小子怎敢妄言？小可实在常来宅上卖油的秦重。"遂将初次看见送客，又看见上轿，心下想慕之极，及积攒嫖钱之事，备细述了一遍。"夜来得亲近小娘子一夜，三生有幸，心满意足。"美娘听说，愈加可怜，道："我昨夜酒醉，不曾招接得你。你干折了多少银子，莫不懊悔？"秦重道："小娘子天上神仙，小可惟恐伏侍不周，但不见责，已为万幸。况敢有非意之望！"美娘道："你做经纪的人，积下些银两，何不留下养家？此地不是你来往的。"秦重道："小可单只一身，并无妻小。"美娘顿了一顿，便道："你今日去了，他日还来么？"秦重道："只这昨宵相亲一夜，已慰生平，岂敢又作痴想！"美娘想道："难得这好人，又忠厚，又老实，又且知情识趣，隐恶扬善，千百中难遇此一人，可惜是市井之辈。若是衣冠子弟，情愿委身事之。"正在沉吟之际，丫鬟捧洗脸水进来，又是两碗姜汤。秦重洗了脸，因夜来未曾脱帻，不用梳头，呷了几口姜汤，便要告别。美娘道："少住不妨，还有话说。"秦重道："小可仰慕花魁娘子，在旁多站一刻，也是好的。但为人岂不自揣！夜来在此，实在大胆。惟恐他人知道，有玷芳名。还是早些去了安稳。"美娘点了一点头，打发丫鬟出房，忙忙的开了妆奁，取出二十两银子，送与秦重道："昨夜难为了你，这银两权奉为资本，莫对人说。"秦重那里肯受。美娘道："我的银子，来路容易。这些须酬你一宵之情，休得固逊。若本钱缺少，异日还有助你之处。那件污秽的衣服，我叫丫鬟湔洗干净了还你罢。"秦重道："粗衣不烦小娘子费心。小可自会湔洗。只是领赐不当。"美娘道："说那里话！"将银子捱在秦重袖内，推他转身。秦重料难推却，只得受了，深深作揖，卷了脱下这件龌龊道袍，走出房门。打从鸨儿房前经过，保儿看见，叫声："妈妈！秦小官去了。"王九妈正在净桶上解手，口中叫道："秦小官，如何去

得恁早？"秦重道："有些贱事，改日特来称谢。"不说秦重去了，且说美娘与秦重虽然没点相干，见他一片诚心，去后好不过意。这一日因害酒，辞了客在家将息。千个万个孤老都不想，倒把秦重整整的想了一日。有《挂枝儿》为证：

俏冤家，须不是串花家的子弟，你是个做经纪本分人儿，那匡你会温存，能软款，知心如意。料你不是个使性的，料你不是个薄情的。几番待放下思量也，又不觉思量起。

话分两头，再说邢权在朱十老家，与兰花情热，见朱十老病废在床，全无顾忌。十老发作了几场。两个商量出一条计策来，俟夜静更深，将店中资本席卷，双双的逃之夭夭，不知去向。次日天明，十老方知。央及邻里，出了个失单，寻访数日，并无动静。深悔当日不合为邢权所惑，逐了朱重。如今日久见人心，闻知朱重，赁居众安桥下，挑担卖油，不如仍旧收拾他回来，老死有靠。只怕他记恨在心，教邻舍好生劝他回家，但记好，莫记恶。秦重一闻此言，即日收拾了家伙，搬回十老家里。相见之间，痛哭了一场。十老将所存囊橐，尽数交付秦重。秦重自家又有二十余两本钱，重整店面，坐柜卖油。因在朱家，仍称朱重，不用秦字。不上一月，十老病重，医治不瘥，呜呼哀哉。朱重捶胸大恸，如亲父一般，殡殓成服，七七做了些好事。朱家祖坟在清波门外，朱重举丧安葬，事事成礼。邻里皆称其厚德。事定之后，仍先开店。原来这油铺是个老店，从来生意原好，却被邢权刻剥存私，将主顾弄断了多少。今见朱小官在店谁家不来作成。所以生理比前越盛。朱重单身独自，急切要寻个老成帮手。有个惯做中人的，叫做金中，忽一日引着一个五十余岁的人来。原来那人正是莘善，在汴梁城外安乐村居住。因那年避乱南奔，被官兵冲散了女儿瑶琴，夫妻两

口,凄凄惶惶,东逃西窜,胡乱的过了几年。今日闻临安兴旺,南渡人民,大半安插在彼。诚恐女儿流落此地,特来寻访,又没消息。身边盘缠用尽,欠了饭钱,被饭店中终日赶逐,无可奈何。偶然听见金中说起朱家油铺,要寻个卖油帮手。自己曾开过六陈铺子,卖油之事,都则在行。况朱小官原是汴京人,又是乡里,故此央金中引荐到来。朱重问了备细,乡人见乡人,不觉感伤。"既然没处投奔,你老夫妻两口,只住在我身边,只当个乡亲相处,慢慢的访着令爱消息,再作区处。"当下取两贯钱把与莘善,去还了饭钱,连浑家阮氏也领将来,与朱重相见了,收拾一间空房,安顿他老夫妇在内。两口儿也尽心竭力,内外相帮。朱重甚是欢喜。光阴似箭,不觉一年有余。多有人见朱小官年长未娶,家道又好,做人又志诚,情愿白白把女儿送他为妻。朱重因见了花魁娘子十分容貌,等闲的不看在眼,立心要访求个出色的女子,方才肯成亲。以此日复一日,担搁下去。正是:

曾观沧海难为水,除却巫山不是云。

再说王美娘在九妈家,盛名之下,朝欢暮乐,真个口厌肥甘,身嫌锦绣。然虽如此,每遇不如意之处,或是子弟们任情使性,吃醋挑槽[26],或自己病中醉后半夜三更,没人疼热,就想起秦小官人的好处来。只恨无缘再会。也是他桃花运尽,合当变更。一年之后,生出一段事端来。

却说临安城中,有个吴八公子,父亲吴岳,现为福州太守。这吴八公子,打从父亲任上回来,广有金银。平昔间也喜赌钱吃酒,三瓦两舍[27]走动。闻得花魁娘子之名,未曾识面,屡屡遣人来约,欲要嫖他。王美娘闻他气质不好,不愿相接,托故推辞,非止一次。那吴八公子也曾和着闲汉们亲到王九妈家几番,都不曾会。其时清明节届,家家扫墓,处处踏青。美娘因连日游春困倦,且是积下许多诗画之债,不曾完得,分付家中:"一应客来,都与我辞去。"闭了房门,焚起一炉好香,摆设文房四宝,方欲举笔,只听得外面沸腾,却是吴八公子,领着十余个狠仆,来接美娘游湖。因见鸨儿每次回他,在中堂行凶,打家打伙,直闹到美娘房前。只见房门锁闭。原来妓家有个回客的法儿,小娘躲在房门,却把房门反锁,支吾客人,只推不在。那老实的就被他哄过了。吴公子是惯家,这些套子,怎地瞒得。分付家人扭断了锁,把房门一脚踢开。美娘躲身不迭,被公子看见,不由分说,教两个家人,左右牵手,从房内直拖出房外来,口中兀自乱嚷乱骂。王九妈欲待上前赔礼解劝,看见势头不好,只得闪过。家中大小,躲得没半个影儿。吴家狠仆牵着美娘,出了王家大门,不管他弓鞋窄小,望街上飞跑。八公子在后,扬扬得意。直到西湖口,将美娘掇下了湖船,方才放手。美娘十二岁到王家,锦绣中养成,珍宝般供养,何曾受恁般凌贱。下了船,对着船头,掩面大哭。吴八公子见了,放下面皮,气忿忿的像关云长单刀赴会,一把交椅,朝外而坐,狠仆侍立于旁。一面分付开船,一面数一数二的发作一个不住:"小贱人,小娼根,不受人抬举!再哭时,就讨打了!"美娘那里怕他,哭之不已。船至湖心亭,吴八公子分付摆盒在亭子内,自己先上去了,却分付家人:"叫那小贱人来陪酒。"美娘抱住了栏杆,那里肯去,只是嚎哭。吴八公子也觉没兴。自己吃了几杯淡酒,收拾下船,自来扯美娘。美娘双脚乱跳,哭声愈高。八公子大怒,教狠仆拔去簪珥。美娘蓬着头,跑到船头上,就要投水,被家童们扶住。公子道:"你撒赖便怕你不成!就是死了,也只费得我几两银子,不为大事。只是送你一条性命,也是罪过。你住了啼哭时,我就放你回去,不难为你。"美娘听说放他回去,真个住了哭。八公子分付移船到清波门外僻静之处,将美娘绣鞋脱下,去其裹脚,露出一对金莲,如两条玉笋相似。教狠仆扶他上岸,骂道:"小贱人!你有本事,自走回家,我却没人相送。"说罢,一篙子撑开,再向湖中而去。正是:

焚琴煮鹤⁽²⁸⁾从来有,惜玉怜香几个知!

美娘赤了脚,寸步难行。思想:"自己才貌两全,只为落于风尘,受此轻贱。平昔枉自结识许多王孙贵客,急切用他不着,受了这般凌辱。就是回去,如何做人?不如一死为高。只是死得没些名目,枉自享个盛名,到此地位,看着村庄妇人,也胜我十二分。这都是刘四妈这个花嘴,哄我落坑堕堑,致有今日!自古红颜薄命,亦未必如我之甚!"越思越苦,放声大哭。事有偶然,却好朱重那日到清波门外朱十老的坟上,祭扫过了,打发祭物下船,自己步回,从此经过。闻得哭声,上前看时,虽然蓬头垢面,那玉貌花容,从来无两,如何不认得!吃了一惊,道:"花魁娘子,如何这般模样?"美娘哀哭之际,听得声音厮熟,止啼而看,原来正是知情识趣的秦小官。美娘当此之际,如见亲人,不觉倾心吐胆,告诉他一番。朱重心中十分疼痛,亦为之流泪。袖中带得有白绫汗巾一条,约有五尺多长,取出劈半扯开,奉与美娘裹脚,亲手与他拭泪。又与他挽起青丝,再三把好言宽解。等待美娘哭定,忙去唤个暖轿,请美娘坐了,自己步送,直到王九妈家。九妈不得女儿消息,在四处打探,慌迫之际,见秦小官送女儿回来,分明送一颗夜明珠还他,如何不喜!况且鸨儿一向不见秦重挑油上门,多曾听得人说,他承受了朱家的店业,手头活动,体面又比前不同,自然刮目相待。又见女儿这等模样,问其缘故,已知女儿吃了大苦,全亏了秦小官。深深拜谢,设酒相待。日已向晚,秦重略饮数杯,起身作别。美娘如何肯放,道:"我一向有心于你,恨不得你见面。今日定然不放你空去。"鸨儿也来扳留。秦重喜出望外。是夜,美娘吹弹歌舞,曲尽生平之技,奉承秦重。秦重如做了一个游仙好梦,喜得魄荡魂消,手舞足蹈。夜深酒阑,二人相挽就寝。

美娘道:"我有句心腹之言与你说,你休得推托。"秦重道:"小娘子若用得小可时,就赴汤蹈火,亦所不辞,岂有推托之理。"美娘道:"我要嫁你。"秦重笑道:"小娘子就嫁一万个,也还数不到小可头上,休得取笑,枉自折了小可的食料。"美娘道:"这话实是真心,怎说取笑二字!我自十四岁被妈妈灌醉,梳弄过了。此时便要从良。只为未曾相处得人,不辨好歹,恐误了终身大事。以后相处的虽多,都是豪华之辈,酒色之徒,但知买笑追欢的乐意,那有怜香惜玉的真心。看来看去,只有你是个志诚君子,况闻你尚未娶亲。若不嫌我烟花贱质,情愿举案齐眉,白头奉侍。你若不允之时,我就将三尺白罗,死于君前,表白我一片诚心,也强如昨日死于村郎之手,没名没目,惹人笑话。"说罢,呜呜的哭将起来。秦重道:"小娘子休得悲伤。小可承小娘子错爱,将天就地,求之不得,岂敢推托。只是小娘子千金声价,小可家贫力薄,如何摆布?也是力不从心了。"美娘道:"这却不妨。不瞒你说,我只为从良一事,预先积趱些东西,寄顿在外。赎身之费,一毫不费你心力。"秦重道:"就是小娘子自己赎身,平昔住惯了高堂大厦,享用了锦衣玉食,在小可家,如何过活?"美娘道:"布衣蔬食,死而无怨。"秦重道:"小娘子虽然——只怕妈妈不从。"美娘道:"我自有道理。"如此如此,这般这般。两个直说到天明。

原来黄翰林的衙内,韩尚书的公子,齐太尉的舍人,这几个相知的人家,美娘都寄顿得有箱笼。美娘只推要用,陆续取到密地,约下秦重,教他收置在家。然后一乘轿子,抬到刘四妈家,诉以从良之事。刘四妈道:"此事老身前日原说过的。只是年纪还早,又不知你要从那一个?"美娘道:"姨娘,你莫管是甚人,少不得依着姨娘的言语,是个真从良,乐从良,了从良;不是那不真,不假,不了,不绝的勾当。只要姨娘肯开口时,不愁妈妈不允。做侄女的没别孝顺,只有十两金子,奉与姨娘,胡乱打些钗子,是必在妈妈前做个方便。事成之时,媒礼在外。"刘四妈看见这金子,笑得眼儿没缝,便道:"自家儿女,又是美事,如何要你的东西!这金子权时领下,只当与你收藏。此事都在老身身上。只是你的娘,把你当个摇钱之树,等闲也不轻放你出去。怕不要千把银子。那主儿可是肯出手的么?也得老身见他一见,与他讲通方好。"美娘道:"姨娘莫管闲事、只当你侄女自家赎身便了。"刘四妈道:"妈妈可晓得你到我家来?"美娘道:"不晓得。"四妈道:"你且在我家便饭。待老身先到你家,与妈妈讲。讲得通时,然后来报你。"

刘四妈雇乘轿子,抬到王九妈家。九妈相迎入内。刘四妈问起吴八公子之事,九妈告诉了一遍。四妈道:"我们行户人家,倒是养成个半低不高的丫头,尽可赚钱,又且安稳。不论什么客就了,倒是日日不空的。侄女只为声名大了,好似一块鲞鱼[29]落地,蚂蚁儿都要钻他。虽然热闹,却也不得自在。说便许多一夜,也只是个虚名。那些王孙公子来一遍,动不动有几个帮闲,连宵达旦,好不费事。跟随的人又不少,个个要奉承得他好。有些不到之处,口里就出粗,哩哐罗哐的骂人,还要弄损你家伙,又不好告诉他家主,受了若干闷气。况且山人墨客,诗社棋社,少不得一月之内,又有几时官身。这些富贵子弟,你争我夺,依了张家,违了李家,一边喜,少不得一边怪了。就是吴八公子这一个风波,吓杀人的,万一失差,却不连本送了。官宦人家,和他打官司不成!只索忍气吞声。今日还亏着你家时运高,太平没事,一个霹雳空中过去了。倘然山高水低,悔之无及。妹子闻得吴八公子不怀好意,还要到你家索闹。侄女的性气又不好,不肯奉承人。第一是这件,乃是个惹祸之本。"九妈道:"便是这件,老身常是担忧。就是这八公子,也是有名有称的人,又不是微贱之人。这丫头抵死不肯接他,惹出这场寡气。当初他年纪小时,还听人教训。如今有了个虚名,被这些富贵子弟夸他奖他,惯了他性情,骄了他气质,动不动自作自主。逢着客来,他要接便接。他若不情愿时,便是九牛也休想牵得他转。"刘四妈道:"做小娘的略有些身分,都则如此。"王九妈道:"我如今与你商议。倘若有个肯出钱的,不如卖了他去，倒得干净。省得终身担着鬼胎过日。"刘四妈道："此言甚妙。卖了他一个，就讨得五六个。若凑巧撞得着相应的，十来个也讨得的。这等便宜事，如何不做！"王九妈道："老身也曾算计过来。那些有势力的不肯出钱，专要讨人便宜。及至肯出几两银子的，女儿又嫌好道歉，做张做智的不肯。若有好主儿，妹子做媒，作成则个。倘若这丫头不肯时节，还求你撺掇。这丫头做娘的话也不听，只你说得他信，话得他转。"刘四妈呵呵大笑道："做妹子的此来，正为与侄女做媒。你要许多银子便肯放他出门？"九妈道："妹子，你是明理的人，我们这行户例，只有贱买，那有贱卖？况且美儿数年盛名临安，谁不知他是花魁娘子。难道三百四百，就容他走动？少不得要他千金。"刘四妈道："待妹子去讲。若肯出这个数目，做妹子的便来多口。若合不着时，就不来了。"临行时，又故意问道："侄女今日在那里？"王九妈道："不要说起，自从那日吃了吴八公子的亏，怕他还来淘气，终日里抬个轿子，各宅去分诉。前日在齐太尉家，昨日在黄翰林家，今日又不知在那家去了。"刘四妈道："有了你老人家做主，按定了坐盘星，也不容侄女不肯。万一不肯时，做妹子的自会劝他。只是寻得主顾来，你却莫要捉班做势。"九妈道："一言既出，并无他说。"九妈送至门首，刘四妈叫声"聒噪"，上轿去了。这才是：

数黑论黄雌陆贾，说长话短女随何。
若还都像虔婆口，尺水能兴万丈波。

刘四妈回到家中，与美娘说道："我对你妈如此说这般讲，你妈妈已自肯了。只要银子见面，这事立半便成。"美娘道："银子已曾办下，明日姨娘千万到我家，玉成其事，不要冷了场，改日又费讲。"四妈道："既然约定，老身自然到宅。"美娘别了刘四妈，回家一字不题。次日，午牌时分，刘四妈果然来了。王九妈问道："所事如何？"

四妈道："十有八九，只不曾与侄女说过。"四妈来到美娘房中，两下相叫了，讲了一回说话。四妈道："你的主儿到了不曾？那话儿在那里？"美娘指着床头道："在这只皮箱里。"美娘把五六只皮箱一时都开了，五十两一封，搬出十三四封来，又批发些金珠宝玉算价，足有千金数。把个刘四妈惊得眼中出火，口内流涎，想道："小小年纪，这等有肚肠！不知如何设处，积下许多东西？我家这几个粉头，一般是接客，赶得着他那里，不要说不会生发，就是有几文钱在荷包里，闲时买瓜子嗑，买糖儿吃，两条脚布破了，还要做妈的与他买布哩。偏生九阿姐造化，讨得着，平时赚了若干钱钞，临出门还有这一主大财，又是取诸宫中，不劳余力。"这是心中暗想之语，却不曾说出来。美娘见刘四妈沉吟，只道他作难索谢，慌忙又取出四匹潞绸，两股宝钗，一对凤头玉簪，放在桌上，道："这几件东西，奉与姨娘为伐柯之敬。"刘四妈欢天喜地对王九妈说道："侄女情愿自家赎身，一般身价，并不短少分毫。比着孤老卖身更好。省得闲汉们从中说合，费酒费浆，还要加一加二的谢他。"王九妈听得说女儿皮箱内有许多东西，倒有个怫然之色。你道却是为何？世间只有鸨儿的狠，做小娘的设法些东西，都送到他手里，才是快活。也有做些私房在箱笼内，鸨儿晓得些风声，专等女儿出门，拽⁽³⁰⁾开锁钥，翻箱倒笼取个罄空。只为美娘盛名之下，相交都是大头儿，替做娘的挣得钱钞，又且性格有些古怪，等闲不敢触犯。故此卧房里面，鸨儿的脚也搠不进去。谁知他如此有钱。刘四妈见九妈颜色不善，便猜着了，连忙道："九阿姐，休得三心二意。这些东西就是侄女自家积下的，也不是你本分之钱。他若肯花费时，也花费了。或是他不长进，把来津贴了得意的孤老，你也那里知道！这还是他做家的好处。况且小娘自己手中没有钱钞，恰到从良之际，难道赤身赶他出门？少不得头上脚下都要收拾得光鲜，等他好去别人家做人，如今他自家拿得出这些东西，料然一丝一线不费你的心。这一主银子，是你完完全全鳖在腰胯里的。他就赎身出去，怕不是你的女儿。倘然他挣得好时,时朝月节,怕他不来孝顺你。就是嫁了人时,他又没有亲爹亲娘,你也还去做得着他的处,受用处正有哩。"只这一套话,说得王九妈心中爽然,当下应允。刘四妈就去搬出银子,一封封兑过,交付与九妈,又把这些金珠宝玉,逐件指物作价。对九妈说道:"这都是做妹子的故意估下他些价钱。若换与人,还便宜得几十两银子。"王九妈虽同是个鸨儿,倒是个老实头儿,凭刘四妈说话,无有不纳。

刘四妈见王九妈收了这主东西,便叫王八写了婚书,交付与美儿。美儿道:"趁姨娘在此,奴家就拜别了爹妈出门,借姨娘家住一两日,择吉从良,未知姨娘允否?"刘四妈得了美娘许多谢礼,生怕九妈翻悔,巴不得美娘出了他们门,完成一事,说道:"正该如此。"当下美娘收拾了房中自己的梳台拜匣,皮箱铺盖之类。但是鸨儿家中之物,一毫不动。收拾已完,随着四妈出房,拜别了假爹假妈,和那姨娘行中,都相叫了。王九妈一般哭了几声。美娘唤人挑了行李,欣然上轿,同刘四妈到刘家去。四妈出一间幽静的好房,顿下美娘行李。众小娘都来与美娘叫喜。是晚,朱重差莘善到刘四妈家讨信,已知美娘赎身出来。择了吉日,笙箫鼓乐娶亲。刘四妈就做大媒送亲,朱重与花魁娘子花烛洞房,欢喜无限。

虽然旧事风流,不减新婚佳趣。

次日,莘善老夫妇请新人相见,各各相认,吃了一惊。问起根由,至亲三口,抱头而哭。朱重方才认得是丈人丈母。请他上坐,夫妻二人,重新拜见。亲邻闻知,无不骇然。是日,整备筵席,庆贺两重之喜,饮酒尽欢而散。三朝之后,美娘教丈夫备下几副厚礼,分送旧相知各宅,以酬其寄顿箱笼之恩,并报他从良信息。此是美娘有始有终处。王九妈、刘四妈家,各有礼物相送,无不感激。满

月之后，美娘将箱笼打开，内中都是黄白之资，吴绫蜀锦，何止百计，共有三千余金，都将钥匙交付丈夫，慢慢的买房置产，整顿家当。油铺生理，都是丈人莘善管理。不上一年，把家业挣得花锦般相似，驱奴使婢，甚有气象。

朱重感谢天地神明保佑之德，发心于各寺庙喜舍合殿香烛一套，供琉璃灯油三个月；斋戒沐浴，亲往拈香礼拜。先从昭庆寺起，其他灵隐、法相、净慈、天竺等寺，以次而行。就中单说天竺寺，是观音大士的香火，有上天竺、中天竺、下天竺，三处香火俱盛，却是山路，不通舟楫。朱重叫从人挑了一担香烛，三担清油，自己乘轿而往。先到上天竺来，寺僧迎接上殿，老香火秦公点烛添香。此时朱重居移气，养移体，仪容魁岸，非复幼时面目，秦公那里认得他是儿子。只因油桶上有个大大的秦字，又有汴梁二字，心中甚以为奇。也是天然凑巧。刚刚到上天竺，偏用着这两只油桶。朱重拈香已毕，秦公托出茶盘，主僧奉茶。秦公问道："不敢动问施主，这油桶上为何有此三字？"朱重听得问声，带着汴梁人的土音，忙问道："老香火，你问他怎么？莫非也是汴梁人么？"秦公道："正是。"朱重道："你姓甚名谁？为何在此出家？共有几年了？"秦公把自己姓名乡里，细细告诉："某年上避兵来此，因无活计，将十三岁的儿子秦重，过继与朱家。如今有八年之远。一向为年老多病，不曾下山问得信息。"朱重一把抱住，放声大哭道："孩儿便是秦重。向在朱家挑油买卖。正为要访求父亲下落，故此于油桶上，写汴梁秦三字，做个标识。谁知此地相逢！真乃天与其便！"众僧见他父子别了八年，今朝重会，各各称奇。朱重这一日，就歇在上天竺，与父亲同宿，各叙情节。次日，取出中天竺、下天竺两个疏头换过，内中朱重，仍改做秦重，复了本姓，两处烧香礼拜已毕，转到上天竺，要请父亲回家，安乐供养。秦公出家已久，吃素持斋，不愿随儿子回家。秦重道："父亲别了八年，孩儿有缺侍奉。况孩儿新娶媳妇，也得他拜见公公方是。"秦公只得依允。秦重将轿子让与父亲乘坐，自己步行,直到家中。秦重取出一套新衣,与父亲换了,中堂设座,同妻莘氏双双参拜。亲家莘公、亲母阮氏,齐来见礼。此日大排筵席。秦公不肯开荤,素酒素食。次日,邻里敛财称贺。一则新婚,二则新娘子家眷团圆,三则父子重逢,四则秦小官归宗复姓:共是四重大喜。一连又吃了几日喜酒。秦公不愿家居,思想上天竺故处清净出家。秦重不敢违亲之志,将银二百两,于上天竺另造净室一所,送父亲到彼居住。其日用供给,按月送去。每十日亲往候问一次。每一季同莘氏往候一次。那秦公活到八十余,端坐而化。遗命葬于本山。此是后话。

却说秦重和莘氏,夫妻偕老,生下两个孩儿,俱读书成名。至今风月中市语(31),凡夸人善于帮衬,都叫做"秦小官",又叫"卖油郎"。有诗为证:

春来处处百花新,蜂蝶纷纷竞采春。
堪爱豪家多子弟,风流不及卖油人。

【注释】(1)本篇选自《醒世恒言》第三卷,写卖油郎秦重以一片真情感动名妓莘瑶琴,二人终于结为夫妻,并与失散多年的岳丈、岳母及父亲团圆的故事。 (2)子弟:嫖客。 (3)小娘:妓女。 (4)六陈铺儿:粮店。米、大小麦、大小豆、芝麻等六种粮食可久藏不坏,故市井称为"六陈"。 (5)香鸭:鸭形香炉。 (6)外盖衣服:外衣。 (7)准:抵算。 (8)出脱:出手,卖出。 (9)无脚蟹:比喻无依无靠,不能自主的人。 (10)汤:挨着、接触。 (11)捉对:交配。 (12)赶趁:旧时妓女到酒店歌唱陪酒以赚钱称"赶趁",此处指为娼赚钱。 (13)覆帐:妓女破身后,接待第二个嫖客,并与他发生关系称"覆帐"。 (14)望四:将近四十岁。 (15)假意撇清:假装正经、清白。 (16)孝己:殷高宗武丁的太子,事父母甚孝,但终因遭后母谗害,被放逐而死。 (17)申生:春秋时晋献公的世子,被献公宠爱的骊姬陷害而自杀。 (18)窨清:久藏于地窖而变得澄清。 (19)关白:禀告、报告。

(20)戥子：即小秤。 (21)老积年：阅历深、懂人情世故的人。 (22)会一个房：嫖客与妓女发生一次关系即罢称"会房"。 (23)吃寡酒：只吃酒而无下酒菜，隐指只吃酒而不宿妓。 (24)张主：主张，做主。 (25)打干哕(yuě)：欲吐而又吐不出。 (26)挑槽：即跳槽，指嫖客另结新欢。 (27)三瓦两舍：都市中的娱乐场所及妓院等处。 (28)焚琴煮鹤：糟践美好的事物。 (29)鲞(xiǎng)鱼：腌干鱼。 (30)揿：同"捵(tiàn)"，即不用钥匙而将锁拨开。 (31)市语：行业用的隐语，也叫行话或切口。

【今译】（略）

【点评】这篇小说虽只写了一个妓女与嫖客情投意合、终成眷属的陈旧故事，但却刻意出新，令人惊叹。在恶势力的威逼、诱惑下，小家碧玉的莘瑶琴早已沦落为"来往都是大头儿"，不肯接"无名称子弟"的妓中花魁王美娘，而秦重不过是只有三两本钱的卖油郎。这两人之间横隔了一道难以逾越的鸿沟，作者却紧紧扣住一个"情"字，入情入理地结撰出"卖油郎独占花魁"的绝妙佳作。秦重初见美娘时一见钟情，并没有超脱出一般嫖客的心理，只想着"若得这美人搂抱了睡一夜，死也甘心"。但他和福州太守的八公子把美娘当成可以任意凌辱作践的娼贱人不同，与黄翰林的衙内、韩尚书的公子、齐太尉的舍人只把美娘当作可玩弄的尤物和娼门相知也不同。他是把美娘作为美的偶像和需要关心、帮助、爱护的女人来对待的。正因为如此，他才对美娘那样知疼知热，惜玉怜香，尽心服侍她一夜，甘受冷落而心满意足。这种对心上人出自真心的疼爱和尊重，深深打动了"谈笑有鸿儒，往来无白丁"的烟花魁首，害得她"千个万个孤老都不想，倒把秦重整整的想了一日"。只是由于她的心灵深受鸨儿刘四妈等丑恶势力的戕害，还不可能打破对市井之辈的偏见和对衣冠子弟的迷信，无法做出对爱情价值的正确判断。福州太守的八公子"焚琴煮鹤"，肆意凌虐，恰如冷水浇顶，一下子使美娘清醒过来。她认清了刘四妈这个花嘴，哄她落坑堕堑的险恶用心，明白了那些王孙贵客也不过是买笑追欢的酒色之徒，危难之中无一个肯出面保护救助自己。对比之下，她终于认识到秦重对自己一片真情的可贵价值，毅然做出从良的抉择。纵观全篇，这个"情"字揭开了鸿沟易平，"卖油郎独占花魁"的全部秘密。小商人秦重之所以能赢得名妓莘瑶琴的爱情,就在于他对莘瑶琴的真诚的体贴关心和挚爱之情,在于对其人格的尊重。这篇小说歌颂小商人的爱情,无疑是晚明市民阶层爱情观的体现。

【集说】若得工夫深,铁杵磨了针。(金阊叶敬池刻本《醒世恒言》眉批)

真正相爱,不为肉麻。(同上)

士为知己者死,女为悦己者容。(同上)

上篇叙秦重、瑶琴结合始末,以及家人父子,悲欢离合,青楼市井状况,无不曲折自然,臻于绝妙,写秦重、瑶琴及鸨母性格,尤栩栩欲活。至于词锋口吻,更极文章之能事,如刘四妈说美娘一段,颇有战国策士之风,亦朱彝尊所谓"文苑之滑稽"也。(孙楷第《重印今古奇观序》)

(于盛庭)

《警世通言》(节选)

杜十娘怒沉百宝箱⁽¹⁾

话中单表万历二十年间,日本国关白作乱,侵犯朝鲜。朝鲜国王上表告急,天朝发兵泛海往救。有户部官奏准:目今兵兴之际,粮饷未充,暂开纳粟入监之例。原来纳粟入监的,有几般便宜:好读书,好科举,好中,结末来又有个小小前程结果。以此宦家公子,富室子弟,倒不愿做秀才,都去援例做太学生。自开了这例,两京太学生,各添至千人之外。内中有一人,姓李名甲,字干先,浙江绍兴府人氏。父亲李布政所生三儿,惟甲居长。自幼读书在庠,未得登科,援例入于北雍⁽²⁾。因在京坐监,与同乡柳遇春监生同游教坊

司[3]院内,与一个名姬相遇。那名姬姓杜名媺,排行第十,院中都称为杜十娘,生得:

> 浑身雅艳,遍体娇香,两弯眉画远山青,一对秋眼明水润。脸如莲萼,分明卓氏文君,唇似樱桃,何减白家樊素。可怜一片无瑕玉,误落风尘花柳中。

那杜十娘自十三岁破瓜[4],今一十九岁,七年之内,不知历过了多少公子王孙,一个个情迷意荡,破家荡产而不惜。院中传出四句口号来,道是:

> 坐中若有杜十娘,斗筲之量饮千觞;
> 院中若识杜老媺,千家粉面都如鬼。

却说李公子,风流年少,未逢美色,自遇了杜十娘,喜出望外,把花柳情怀,一担儿挑在他身上。那公子俊俏庞儿,温存性儿,又是撒漫的手儿,帮衬的勤儿[5],与十娘一双两好,情投意合。十娘因见鸨儿贪财无义,久有从良之志;又见李公子忠厚志诚,甚有心向他。奈李公子惧怕老爷,不敢应承。虽则如此,两下情好愈密,朝欢暮乐,终日相守,如夫妇一般,海誓山盟,各无他志。真个:

> 恩深似海恩无底,义重如山义更高。

再说杜妈妈女儿,被李公子占住,别的富家巨室,闻名上门求一见而不可得。初时李公子撒漫用钱,大差大使,妈妈胁肩谄笑,奉承不暇。日往月来,不觉一年有余,李公子囊箧渐渐空虚,手不应心,妈妈也就怠慢了。老布政在家闻知儿子嫖院,几遍写字来唤他回去。他迷恋十娘颜色,终日延挨。后来闻知老爷在家发怒,越不敢回。古人云："以利相交者,利尽而疏。"那杜十娘与李公子真情相好,见他手头愈短,心头愈热。妈妈也几遍教女儿打发李甲出院,见女儿不统口(6),又几遍将言语触突李公子,要激怒他起身。公子性本温克,词气愈和,妈妈没奈何,日逐只将十娘叱骂道:"我们行户(7)人家,吃客穿客,前门送旧,后门迎新,门庭闹如火,钱帛堆成垛。自从那李甲在此,混帐(8)一年有余,莫说新客,连旧主顾都断了,分明接了个钟馗老,连小鬼也没得上门。弄得老娘一家人家,有气无烟,成什么模样!"杜十娘被骂,耐性不住,便回答道:"那李公子不是空手上门的,也曾费过大钱来。"妈妈道:"彼一时,此一时,你只教他今日费些小钱儿,把与老娘办些柴米,养你两口也好。别人家养的女儿便是摇钱树,千生万活,偏我家晦气,养了个退财白虎(9),开了大门,七件事般般都在老身心上。倒替你这小贱人白白养着穷汉,教我衣食从何处来?你对那穷汉说:有本事出几两银子与我,倒得你跟了他去,我别讨个丫头过活却不好?"十娘道:"妈妈,这话是真是假?"妈妈晓得李甲囊无一钱,衣衫都典尽了,料他没处设法。便应道:"老娘从不说谎,当真哩。"十娘道:"娘,你要他许多银子?"妈妈道:"若是别人,千把银子也讨了,可怜那穷汉出不起,只要他三百两,我自去讨一个粉头代替。只一件,须是三日内交付与我。左手交银,右手交人。若三日没有银时,老身也不管三七二十一,公子不公子,一顿孤拐,打那光棍出去。那时莫怪老身!"十娘道:"公子虽在客边乏钞,谅三百金还措办得来。只是三日忒近,限他十日便好。"妈妈想道:"这穷汉一双赤手,便限他一百日,他那里来银子。没有银子,便铁皮包脸,料也无颜上门。那时重整家风,嬫儿也没得话讲。"答应道:"看你面,便宽到十日。第十日没有银子,不干老娘之事。"十娘道:"若十日内无银,料他也无颜再见了。只怕有了三百两银子,妈妈又翻悔起来。"妈妈道:"老身年五十一岁了,又奉十斋,怎敢说谎?不信时与你拍掌为定。若翻悔时,做猪做狗。"

从来海水斗难量,可笑虔婆意不良;
料定穷儒囊底竭,故将财礼难娇娘。

是夜,十娘与公子在枕边,议及终身之事。公子道:"我非无此心。但教坊落籍,其费甚多,非千金不可,我囊空如洗,如之奈何!"十娘道:"妾已与妈妈议定只要三百金,但须十日内措办。郎君游资虽罄,然都中岂无亲友可以借贷?倘得如数,妾身遂为君之所有,省受虔婆之气。"公子道:"亲友中为我留恋行院,都不相顾。明日只做束装起身,各家告辞,就开口假贷路费,凑聚将来,或可满得此数。"起身梳洗,别了十娘出门。十娘道:"用心作速,专听佳音。"公子道:"不须分付。"公子出了院门,来到三亲四友处,假说起身告别,众人倒也欢喜。后来叙到路费欠缺,意欲借贷。常言道:"说着钱,便无缘。"亲友们就不招架。他们也见得是,道李公子是风流浪子,迷恋烟花,年许不归,父亲都为他气坏在家。他今日抖然要回,未知真假。倘或说骗盘缠到手,又去还脂粉钱,父亲知道,将好意翻成恶意,始终只是一怪,不如辞了干净。便回道:"目今正值空乏,不能相济,惭愧!惭愧!"人人如此,个个皆然,并没有个慷慨丈夫,肯统口许他一十二十两。李公子一连奔走了三日,分毫无获,又不敢回决十娘,权且含糊答应。到第四日又没想头,就羞回院中。平日间有了杜家,连下处也没有了,今日就无处投宿。只得往同乡柳监生寓所借歇,柳遇春见公子愁容可掬,问其来历。公子将杜十娘愿嫁之情,备细说了。遇春摇首道:"未必,未必。那杜媺曲中第一名姬,要从良时,怕没有十斛明珠,千金聘礼,那鸨儿如何只要三百两?想鸨儿怪你无钱使用,白白占住他的女儿,设计打发你出门。那妇人与你相处已久,又碍却面皮,不好明言。明知你手内空虚,故意将三百两卖个人情,限你十日。若十日没有,你也不好上门。便上门时,她会说你笑你,落得一场亵渎,自然安身不牢,此乃烟花逐客之计。足下三思,休被其惑。据弟愚意,不如早早开交(10)为上。"公子听说,半晌无言,心中疑惑不定。遇春又道:"足下莫要错了主意。你若真个还乡,不多几两盘费,还有人搭救。若是要三百两时,莫说十日,就是十个月也难。如今的世情,那肯顾缓急二字的。那烟花也算定你没处告债,故意设法难你。"公子道:"仁兄所见良是。"口里虽如此说,心中割舍不下。依旧又往外边东央西告,只是夜里不进院门了。公子在柳监生寓中,一连住了三日,共是六日了。杜十娘连日不见公子进院,十分着紧,就教小厮四儿街上去寻。四儿寻到大街,恰好遇见公子。四儿叫道:"李姐夫,娘在家里望你。"公子自觉无颜,回复道:"今日不得功夫,明日来罢。"四儿奉了十娘之命,一把扯住,死也不放。道:"娘叫咱寻你,是必同去走一遭。"李公子心上也牵挂着婊子,没奈何,只得随四儿进院。见了十娘,嘿嘿无言。十娘问道:"所谋之事如何?"公子眼中流下泪来。十娘道:"莫非人情淡薄,不能足三百之数么?"公子含泪而言,道出二句:

不信上山擒虎易,果然开口告人难。

一连奔走六日,并无铢两,一双空手,羞见芳卿,故此这几日不敢进院。今日承命呼唤,忍耻而来,非某不用心,实是世情如此。"十娘道:"此言休使虔婆知道。郎君今夜且住,妾别有商议。"十娘自备酒肴,与公子欢饮。睡至半夜,十娘对公子道:"郎君果不能办一钱耶?妾终身之事,当如何也?"公子只是流涕,不能答一语。渐渐五更天晓。十娘道:"妾所卧絮褥内藏有碎银一百五十两,此妾私蓄,郎君可持去。三百金,妾任其半,郎君亦谋其半,庶易为力。限只四日,万勿迟误。"十娘起身将褥付公子,公子惊喜过望。唤童儿持褥而去。径到柳遇春寓中,又把夜来之情与遇春说了。将褥拆开看时,絮中都裹着零碎银子,取出兑时,果是一百五十两。遇春大

惊道："此妇真有心人也。既系真情，不可相负。吾当代为足下谋之。"公子道："倘得玉成，决不有负。"当下柳遇春留李公子在寓，自出头各处去借贷。两日之内，凑足一百五十两交付公子道："吾代为足下告债，非为足下，实怜杜十娘之情也。"李甲拿了三百两银子，喜从天降，笑逐颜开，欣欣然来见十娘，刚是第九日，还不足十日。十娘问道："前日分毫难借，今日如何就有一百五十两？"公子将柳监生事情，又述了一遍。十娘以手加额道："使吾二人得遂其愿者，柳君之力也。"两个欢天喜地，又在院中过了一晚。次日十娘早起，对李甲道："此银一交，便当随郎君去矣。舟车之类，合当预备。妾昨日于姊妹中借得白银二十两，郎君可收下为行资也。"公子正愁路费无出，但不敢开口，得银甚喜。说犹未了，鸨儿恰来敲门叫道："嬷儿，今日是第十日了。"公子闻叫，启户相延道："承妈妈厚意，正欲相请。"便将银三百两放在桌上。鸨儿不料公子有银，嘿然变色，似有悔意。十娘道："儿在妈妈家中八年，所致金帛，不下数千金矣。今日从良美事，又妈妈亲口所订，三百金不欠分毫，又不曾过期。倘若妈妈失信不许，郎君持银去，儿即刻自尽。恐那时人财两失，悔之无及也。"鸨儿无词以对。腹内筹画了半晌，只得取天平兑准了银子，说道："事已如此，料留你不住了。只是你要去时，即今就去。平时穿戴衣饰之类，毫厘休想。"说罢，将公子和十娘推出房门，讨锁来就落了锁。此时九月天气。十娘才下床，尚未梳洗，随身旧衣，就拜了妈妈两拜。李公子也作了一揖。一夫一妇，离了虔婆大门。

鲤鱼脱却金钩去，摆尾摇头再不来。

公子教十娘且住片时："我去唤个小轿抬你，权往柳荣卿寓所去，再作道理。"十娘道："院中诸姊妹平昔相厚，理宜话别。况前日又承他借贷路费，不可不一谢也。"乃同公子到各姊妹处谢别。姊妹中惟谢月朗徐素素与杜家相近,尤与十娘亲厚。十娘先到谢月朗家。月朗见十娘秃髻旧衫,惊问其故。十娘备述来因。又引李甲相见。十娘指月朗道:"前日路资是此位姐姐所贷,郎君可致谢。"李甲连连作揖。月朗便教十娘梳洗,一面去请徐素素来家相会。十娘梳洗已毕,谢徐二美人各出所有,翠钿金钏,瑶簪宝珥,锦袖花裙,鸾带绣履,把杜十娘装扮得焕然一新,备酒作庆贺筵席。月朗让卧房与李甲杜媺二人过宿。次日,又大排筵席,遍请院中姊妹。凡十娘相厚者,无不毕集。都与他夫妇把盏称喜。吹弹歌舞,各逞其长,务要尽欢,直饮至夜分。十娘向众姊妹,一一称谢。众姊妹道:"十姊为风流领袖,今从郎君去,我等相见无日。何日长行,姊妹们尚当奉送。"月朗道:"候有定期,小妹当来相报。但阿姊千里间关,同郎君远去,囊箧萧条,曾无约束,此乃吾等之事。当相与共谋之,勿令姊有穷途之虑也。"众姊妹各唯唯而散。是晚,公子和十娘仍宿谢家。至五鼓,十娘对公子道:"吾等此去,何处安身?郎君亦曾计议有定着否?"公子道:"老父盛怒之下,若知娶妓而归,必然加以不堪,反致相累。展转寻思,尚未有万全之策。"十娘道:"父子天性,岂能终绝。既然仓卒难犯,不若与郎君于苏杭胜地,权作浮居。郎君先回,求亲友于尊大人面前劝解和顺,然后携妾于归,彼此安妥。"公子道:"此言甚当。"次日,二人起身辞了谢月朗,暂往柳监生寓中,整顿行装。杜十娘见了柳遇春,倒身下拜,谢其周全之德:"异日我夫妇必当重报。"遇春慌忙答礼道:"十娘钟情所欢,不以贫窭(11)易心,此乃女中豪杰。仆因风吹火,谅区区何足挂齿!"三人又饮了一日酒。次早,择了出行吉日,雇倩轿马停当。十娘又遣童儿寄信,别谢月朗。临行之际,只见肩舆纷纷而至,乃谢月朗与徐素素拉众姊妹来送行。月朗道:"十姊从郎君千里间关,囊中消索,吾等甚不能忘情。今合具薄贶,十姊可检收,或长途空乏,亦可少助。"说罢,命从人挈一描金文具至前,封锁甚固,正不知什么东西在里面。十娘也不开看,也不推辞,但殷勤作谢而已。

须臾,舆马齐集,仆夫催促起身。柳监生三杯别酒,和众美人送出崇文门外,各各垂泪而别。正是:

他日重逢难预必,此时分手最堪怜。

再说李公子同杜十娘行至潞河,舍陆从舟,却好有瓜洲差使船转回之便,讲定船钱,包了舱口。比及下船时,李公子囊中并无分文余剩。你道杜十娘把二十两银子与公子,如何就没了?公子在院中嫖得衣衫蓝缕,银子到手,未免在解库中取赎几件穿着,又制办了铺盖,剩来只够轿马之费。公子正当愁闷,十娘道:"郎君勿忧,众姊妹合赠,必有所济。"乃取钥开箱。公子在旁自觉惭愧,也不敢窥觑箱中虚实。只见十娘在箱里取出一个红绢袋来,掷于桌上道:"郎君可开看之。"公子提在手中,觉得沉重。启而观之,皆是白银,计数整五十两。十娘仍将箱子下锁,亦不言箱中更有何物,但对公子道:"承众姊妹高情,不惟途路不乏,即他日浮寓吴越间,亦可稍佐吾夫妻山水之费矣。"公子且惊且喜道:"若不遇恩卿,我李甲流落他乡,死无葬身之地矣。此情此德,白头不敢忘也。"自此每谈及往事,公子必感激流涕。十娘亦曲意抚慰,一路无话。不一日,行至瓜洲,大船停泊岸口,公子别雇了民船,安放行李。约明日侵晨,剪江(12)而渡。其时仲冬中旬,月明如水,公子和十娘坐于舟首。公子道:"自出都门,困守一舱之中,四顾有人,未得畅语。今日独据一舟,更无避忌。且已离塞北,初近江南,宜开怀畅饮,以舒向来抑郁之气,恩卿以为何如?"十娘道:"妾久疏谈笑,亦有此心,郎君言及,足见同志耳。"公子乃携酒具于船首,与十娘铺毡并坐,传杯交盏。饮至半酣,公子执卮对十娘道:"恩卿妙音,六院推首。某相遇之初,每闻绝调,辄不禁神魂之飞动。心事多违,彼此郁郁,鸾鸣凤奏,久矣不闻。今清江明月,深夜无人,肯为我一歌否?"十娘兴亦勃发,遂开喉顿嗓,取扇按拍,呜呜咽咽,歌出元人施君美

《拜月亭》杂剧上"状元执盏与婵娟"一曲,名《小桃红》。真个:

声飞霄汉云皆驻,响入深泉鱼出游。

却说他舟有一少年,姓孙名富字善赍,徽州新安人氏。家资巨万,积祖扬州种盐。年方二十,也是南雍[13]中朋友。生性风流,惯向青楼买笑,红粉追欢,若嘲风弄月,倒是个轻薄的头儿。事有偶然,其夜亦泊舟瓜洲渡口,独酌无聊。忽听得歌声嘹喨,凤吟鸾吹,不足喻其美。起立船头,伫听半晌,方知声出邻舟。正欲相访,音响倏已寂然。乃遣仆者潜窥踪迹,访于舟人。但晓得是李相公雇的船,并不知歌者来历。孙富想道:"此歌者必非良家,怎生得他一见?"展转寻思,通宵不寐。挨至五更,忽闻江风大作。及晓,彤云密布,狂雪飞舞。怎见得,有诗为证:

千山云树灭,万径人踪绝。
扁舟蓑笠翁,独钓寒江雪。

因这风雪阻渡,舟不得开。孙富命艄公移船,泊于李家舟之旁,孙富貂帽狐裘,推窗假作看雪。值十娘梳洗方毕,纤纤玉手,揭起舟旁短帘,自泼盂中残水,粉容微露,却被孙富窥见了,果是国色天香。魂摇心荡,迎眸注目,等候再见一面,杳不可得。沉思久之,乃倚窗高吟高学士《梅花诗》二句,道:

雪满山中高士卧,月明林下美人来。

李甲听得邻舟吟诗,舒头出舱,看是何人。只因这一看,正中了孙富之计。孙富吟诗,正要引李公子出头,他好乘机攀话。当下慌忙举手,就问:"老兄尊姓何讳?"李公子叙了姓名乡贯,少不得也问那

孙富。孙富也叙过了。又叙了些太学中的闲话，渐渐亲熟。孙富便道："风雪阻舟，乃天遣与尊兄相会，实小弟之幸也。舟次无聊，欲同尊兄上岸，就酒肆中一酌，少领清诲，万望不拒。"公子道："萍水相逢，何当厚扰？"孙富道："说那里话！'四海之内，皆兄弟也'。"喝教艄公打跳(14)，童儿张伞，迎接公子过船，就于船头作揖。然后让公子先行，自己随后，各各登跳上涯。行不数步，就有个酒楼，二人上楼，拣一副洁净座头，靠窗而坐。酒保列上酒肴。孙富举杯相劝，二人赏雪饮酒。先说些斯文中套话，渐渐引入花柳之事。二人都是过来之人，志同道合，说得入港(15)，一发成相知了。孙富屏去左右，低低问道："昨夜尊舟清歌者，何人也？"李甲正要卖弄在行，遂实说道："此乃北京名姬杜十娘也。"孙富道："既系曲中姊妹，何以归兄？"公子遂将初遇杜十娘，如何相好，后来如何要嫁，如何借银讨他，始末根由，备细述了一遍。孙富道："兄携丽人而归，固是快事，但不知尊府中能相容否？"公子道："贱室不足虑。所虑者，老父性严，尚费踌躇耳！"孙富将机就机，便问道："既是尊大人未必相容，兄所携丽人，何处安顿？亦曾通知丽人，共作计较否？"公子攒眉而答道："此事曾与小妾议之。"孙富欣然问道："尊宠必有妙策。"公子道："他意欲侨居苏杭，流连山水。使小弟先回，求亲友宛转于家君之前。俟家君回嗔作喜，然后图归，高明以为何如？"孙富沉吟半晌，故作愀然之色，道："小弟乍会之间，交浅言深，诚恐见怪。"公子道："正赖高明指教，何必谦逊？"孙富道："尊大人位居方面，必严帷薄之嫌，平时既怪兄游非礼之地，今日岂容兄娶不节之人。况且贤亲贵友，谁不迎合尊大人之意者？兄枉去求他，必然相拒。就有个不识时务的进言于尊大人之前，见尊大人意思不允，他就转口了。兄进不能和睦家庭，退无词以回复尊宠。即使留连山水，亦非长久之计。万一资斧困竭，岂不进退两难！"公子自知手中只有五十金，此时费去大半，说到资斧困竭，进退两难，不觉点头道是。孙富又道："小弟还有句心腹之谈，兄肯俯听否？"公子道："承兄过爱,要求尽言。"孙富道:"疏不问亲,还是莫说罢。"公子道:"但说何妨。"孙富道:"自古道:'妇人水性无常。'况烟花之辈,少真多假。他既系六院名姝,相识定满天下;或者南边原有旧约,借兄之力,挈带而来,以为他适之地。"公子道:"这个恐未必然。"孙富道:"即不然,江南子弟,最工轻薄,兄留丽人独居,难保无逾墙钻穴之事。若挈之同归,愈增尊大人之怒。为兄之计,未有善策。况父子天伦,必不可绝。若为妾而触父,因妓而弃家,海内必以兄为浮浪不经之人。异日妻不以为夫,弟不以为兄,同袍(16)不以为友,兄何以立于天地之间? 兄今日不可不熟思也!"公子闻言,茫然自失,移席问计:"据高明之见,何以教我?"孙富道:"仆有一计,于兄甚便。只恐兄溺枕席之爱,未必能行,使仆空费词说耳!"公子道:"兄诚有良策,使弟再睹家园之乐,乃弟之恩人也。又何惮而不言耶?"孙富道:"兄飘零岁余,严亲怀怒,闺阁离心,设身以处兄之地,诚寝食不安之时也。然尊大人所以怒兄者,不过为迷花恋柳,挥金如土,异日必为弃家荡产之人,不堪承继家业耳! 兄今日空手而归,正触其怒。兄倘能割衽席之爱,见机而作,仆愿以千金相赠。兄得千金,以报尊大人,只说在京授馆,并不曾浪费分毫,尊大人必然相信。从此家庭和睦,当无间言。须臾之间,转祸为福。兄请三思,仆非贪丽人之色,实为兄效忠于万一也!"李甲原是没主意的人,本心惧怕老子,被孙富一席话,说透胸中之疑,起身作揖道:"闻兄大教,顿开茅塞。但小妾千里相从,义难顿绝,容归与商之。得其心肯,当奉复耳。"孙富道:"说话之间,宜放婉曲。彼既忠心为兄,必不忍使兄父子分离,定然玉成兄还乡之事矣。"二人饮了一回酒,风停雪止,天色已晚。孙富教家童算还了酒钱,与公子携手下船。正是:

逢人且说三分话,未可全抛一片心。

却说杜十娘在舟中,摆设酒果,欲与公子小酌,竟日未回,挑灯以待。公子下船,十娘起迎。见公子颜色匆匆,似有不乐之意,乃满斟热酒劝之。公子摇首不饮,一言不发,竟自床上睡了。十娘心中不悦,乃收拾杯盘,为公子解衣就枕,问道:"今日有何见闻,而怀抱郁郁如此?"公子叹息而已,终不启口。问了三四次,公子已睡去了。十娘委决不下[17],坐于床头而不能寐。到夜半,公子醒来,又叹一口气。十娘道:"郎君有何难言之事,频频叹息?"公子拥被而起,欲言不语者几次,扑簌簌掉下泪来。十娘抱持公子于怀间,软言抚慰道:"妾与郎君情好,已及二载,千辛万苦,历尽艰难,得有今日。然相从数千里,未曾哀戚。今将渡江,方图百年欢笑,如何反起悲伤,必有其故。夫妇之间,死生相共,有事尽可商量,万勿讳也。"公子再四被逼不过,只得含泪而言道:"仆天涯穷困,蒙恩卿不弃,委曲相从,诚乃莫大之德也。但反复思之,老父位居方面,拘于礼法,况素性方严,恐添嗔怒,必加黜逐。你我流荡,将何底止?夫妇之欢难保,父子之伦又绝。日间蒙新安孙友邀饮,为我筹及此事,寸心如割。"十娘大惊道:"郎君意将如何?"公子道:"仆事内之人,当局而迷。孙友为我画一计颇善,但恐恩卿不从耳!"十娘道:"孙友者何人?计如果善,何不可从?"公子道:"孙友名富,新安盐商,少年风流之士也。夜间闻子清歌,因而问及。仆告以来历,并谈及难归之故,渠意欲以千金聘汝。我得千金,可藉口以见吾父母;而恩卿亦得所天。但情不能舍,是以悲泣。"说罢,泪如雨下。十娘放开两手,冷笑一声道:"为郎君画此计者,此人乃大英雄也。郎君千金之资,既得恢复,而妾归他姓,又不致为行李之累,发乎情,止乎礼,诚两便之策也。那千金在那里?"公子收泪道:"未得恩卿之诺,金尚留彼处,未曾过手。"十娘道:"明早快快应承了他,不可错过机会。但千金重事,须得兑足交付郎君之手,妾始过舟,勿为贾竖子所欺。"时已四鼓,十娘即起身挑灯梳洗,道:"今日之妆,乃迎新送旧,非比寻常。"于是脂粉香泽,用意修饰,花钿绣袄,极其华艳,香风拂拂,光采照人。装束方完,天色已晓。孙富差家童到船头候信。十娘微窥公子,欣欣似有喜色,乃催公子快去回话,及早兑足银子。公子亲到孙富船中,回复依允。孙富道:"兑银易事,须得丽人妆台为信。"公子又回复了十娘,十娘即指描金文具,道:"可便抬去。"孙富喜甚。即将白银一千两,送到公子船中。十娘亲自检看,足色足数,分毫无爽。乃手把船舷,以手招孙富。孙富一见,魂不附体。十娘启朱唇,开皓齿道:"方才箱子可暂发来,内有李郎路引[18]一纸,可检还之也。"孙富视十娘已为瓮中之鳖,即命家童送那描金文具,安放船头之上。十娘取钥开锁,内皆抽替小箱。十娘叫公子抽第一层来看,只见翠羽明珰,瑶簪宝珥,充物于中,约值数百金。十娘遽投之江中。李甲与孙富及两船之人,无不惊诧。又命公子再抽一箱,乃玉箫金管。又抽一箱,尽古玉紫金玩器,约值数千金。十娘尽投之于大江中。岸上之人,观者如堵。齐声道:"可惜可惜!"正不知什么缘故。最后又抽一箱,箱中复有一匣。开匣视之,夜明之珠,约有盈把。其他祖母绿、猫儿眼[19]诸般异宝,目所未睹,莫能定其价之多少。众人齐声喝采,喧声如雷。十娘又欲投之于江。李甲不觉大悔,抱持十娘恸哭,那孙富也来劝解。十娘推开公子在一边,向孙富骂道:"我与李郎备尝艰苦,不是容易到此,汝以奸淫之意,巧为谗说,一旦破人姻缘,断人恩爱,乃我之仇人。我死而有知,必当诉之神明,尚妄想枕席之欢乎!"又对李甲道:"妾风尘数年,私有所积,本为终身之计。自遇郎君,山盟海誓,白首不渝。前出都之际,假托众姊妹相赠,箱中韫藏百宝,不下万金。将润色郎君之装,归见父母,或怜妾有心,收佐中馈,得终委托,生死无憾。谁知郎君相信不深,惑于浮议,中道见弃,负妾一片真心。今日当众目之前,开箱出视,使郎君知区区千金,未为难事。妾椟中有玉,恨郎眼内无珠。命之不辰,风尘困瘁,甫得脱离,又遭弃捐。今众人各有耳目,共作证明,妾不负郎君,郎君自负妾耳!"于是众人聚观者,无不流涕,都唾骂李公子负心薄幸。公子又羞又苦,且悔且泣,方欲向十娘谢罪。十娘抱持宝匣,向江心一跳。众人急呼捞救。但见云暗江心,波涛滚滚,杳无踪影。可惜一个如花似玉的名姬,一旦葬于江鱼之腹。

　　三魂渺渺归水府,七魄悠悠入冥途。

当时旁观之人,皆咬牙切齿,争欲拳殴李甲和那孙富。慌得李孙二人,手足无措,急叫开船,分途遁去。李甲在舟中,看了千金,转忆十娘,终日愧悔,郁成狂疾,终身不痊。孙富自那日受惊,得病卧床月余,终日见杜十娘在旁诟骂,奄奄而逝。人以为江中之报也。

　　却说柳遇春在京坐监完满,束装回乡,停舟瓜步。偶临江净脸,失坠铜盆于水,觅渔人打捞。及至捞起,乃是个小匣儿。遇春启匣观看,内皆明珠异宝,无价之珍。遇春厚赏渔人,留于床头把玩。是夜梦见江中一女子,凌波而来,视之,乃杜十娘也。近前万福,诉以李郎薄幸之事。又道:"向承君家慷慨,以一百五十金相助,本意息肩[20]之后,徐图报答。不意事无终始;然每怀盛情,悒悒未忘。早间曾以小匣托渔人奉致,聊表寸心,从此不复相见矣。"言讫,猛然惊醒,方知十娘已死,叹息累日。后人评论此事,以为孙富谋夺美色,轻掷千金,固非良士;李甲不识杜十娘一片苦心,碌碌蠢才,无足道者。独谓十娘千古女侠,岂不能觅一佳侣,共跨秦楼之凤[21],乃错认李公子,明珠美玉,投于盲人,以致恩变为仇,万种恩情,化为流水,深可惜也!有诗叹云:

　　不会风流莫妄谈,单单情字费人参;
　　若将情字能参透,唤作风流也不惭。

【注释】(1)本篇选自《警世通言》第三十二卷,描写杜十娘为摆脱屈辱的妓女生活,追求真诚的爱情和独立人格,决心嫁给官宦子弟李甲,而李甲却屈服于金钱的诱惑和封建礼法的压力,将她卖给富商子弟孙富。十娘万分痛心绝望,遂携血泪换得的"百宝箱"投江自尽。 (2)北雍:北京的国子监。 (3)教坊司:古代掌管音乐歌舞的机关,明代娼妓归教坊司管辖,故此处指妓院。 (4)破瓜:破身。 (5)勤儿:嫖客。 (6)不统口:不吐口、不答应。 (7)行户:隐语,指妓院。 (8)混帐:胡混,搅扰。 (9)白虎:星宿名,旧以为恶煞凶神。 (10)开交:分开。 (11)贫窭(jù):贫穷。 (12)剪江:横江。 (13)南雍:南京的国子监。 (14)打跳:搭跳板。 (15)入港:投机。 (16)同袍:好友。 (17)委决不下:迟疑不决。 (18)路引:指国子监准许李甲回籍的证件。 (19)祖母绿、猫儿眼:名贵宝石名。 (20)息肩:放下担子,指生活安定。 (21)共跨秦楼之凤:据《列仙传》,春秋时萧史善吹箫,秦穆公把女儿弄玉嫁给了他。萧史教弄玉吹箫,招来赤龙、紫凤,于是萧史乘龙、弄玉跨凤,一同升天。此处借以比喻美满的婚姻。

【今译】(略)

【点评】杜十娘误落风尘,却心志高洁。她因厌恶鸨儿贪财无义,故久有从良之意。以"忠厚志诚"为主要的选择标准,她在李甲身上寄托着爱情和婚姻的全部希望。但李甲则是因贪恋杜十娘的声色,才与她一双两好,情投意合的。这种出发点不一的谬误结合,一旦遇到千金的诱惑便一下子崩溃了,终于发展成"杜十娘怒沉百宝箱"的悲剧。十娘对李甲也曾反复考察,她分明藏有不下万金的百宝箱,却一再要李甲四处借贷,即使二人乘舟南下之后,她也"仍将箱子下锁,亦不言箱中更有何物",其用意无非是考验李甲对自己是否果出真情。"历过多少公子王孙",深知人世艰辛、知己难遇的杜十娘虽不曾料到李甲会变得这样突然,但也想到过这一步。故而她骤然闻变,肝裂肠断,痛不欲生,却临变从容,异常冷静。这从容和冷静掩藏着希望与失望交错的复杂情感和心死之哀。她见李甲归舟后郁郁寡欢,便"抱持公子于怀间,软言抚慰",及闻孙富为之出谋筹划,不禁"大惊",心中早凉了半截。见李甲说出"我得千金,可藉口以见吾父母,

而恩卿亦得所天"的话,希望已破灭,她"放开两手,冷笑一声",说出一番冷嘲热讽的话,要李甲"快快应承了他,不可错过机会"。由四鼓时分至天色已晓,十娘挑灯梳洗,用意修饰,装束得光彩照人,极其华艳,似乎还希望唤起李甲的昔日旧情。但孙富差家童到船头候信,十娘微窥李甲欣欣似有喜色,她终于抱定一死的决心,与丑恶无情的现实决裂,向封建社会发出了愤怒的控诉。她恨孙富破人姻缘,断人恩爱,恨李甲有眼无珠、中道相弃,也恨自己所托非人。怀着一腔怨怒之情,刚烈地死去,显示了十娘完美的人格和高洁的人生追求,体现了沦落风尘者与使命抗争的勇气和决心。正因为如此,杜十娘才成了中国古代文学中光彩夺目的女性形象之一。

【集说】噫!若女郎亦何愧子政所称烈女哉!虽深闺之秀,其贞奚以加焉!(宋幼清《九别集》卷四《负情侬传》)

以李生之愚,而十娘误事之,江涛沦没,同屈子之冤,较这李益薄情,尤增愤慨。小说据实敷演,差足动人。后人本小说为《百宝箱》传奇,为团圆之说,甚觉无谓耳。(孙楷第《重印今古奇观序》)

(于盛庭)

凌濛初

　　凌濛初(1580—1644),字玄房,号初成,别号即空观主人。乌程(今浙江湖州)人,明代著名的小说家和戏曲家。壮年时不得志于文场,专以刻书著作为事。后曾任上海县丞,又升至徐州通判,对通俗文学极有兴趣。晚年居南京,据《太平广记》《夷坚志》《剪灯新话》等文言小说及民间传闻,编辑创作《拍案惊奇》,后又有二编续出,小说史上称之为"二拍",与冯梦龙的"三言"齐名。"二拍"对"三言"的创作编辑形式多有借鉴,然在内容上较为宣扬封建伦理道德及因果报应思想。少数篇目反映了明代的社会现实,如政治的黑暗、官场的腐败等,尚有可取之处。除"二拍"外,凌濛初的著作有《国门集》,杂剧《虬髯翁》《北红拂》,戏曲论著《谭曲杂札》。

《初刻拍案惊奇》（节选）

转运汉巧遇洞庭红 波斯胡指破鼉龙壳[1]

话说国朝成化年间，苏州府长洲县[2]阊门外有一人姓文名实，字若虚。生来心思慧巧，做着便能，学着便会。琴棋书画，吹弹歌舞，件件粗通。幼年间，曾有人相他有巨万之富，他亦自恃才能，不十分去营求生产，坐吃山空，将祖上遗下千金家事，看看消下来。以后晓得家业有限，看见别人经商图利的，时常获利几倍，也思量做些生意，却又百做百不着。

一日见人说北京扇子好卖，他便合了一个伙计，置办起扇子来。上等金面精巧的，先将礼物，求了名人诗画，免不得是沈石田[3]、文衡山[4]、祝枝山[5]拓了几笔[6]，便直上两数银子[7]；中等的自有一样乔人[8]，一只手学写了这几家字画，也就哄得人过，将假当真的买了，他自家也兀自[9]做得来的；下等的无金无字画，将就卖几十钱，也有对合利钱[10]，是看得见的。拣个日子装了箱儿，到了北京。岂知北京那年自交夏来，日日淋雨不晴，并无一毫暑气，发市[11]甚迟。交秋早凉，虽不见及时，幸喜天色却晴，有妆晃[12]子弟要买把苏做的扇子袖中笼着摇摆。来买时，开箱一看，只叫得苦。元来北京历沴[13]，却在七八月。更加目前雨湿之气，斗着扇上胶墨之性，弄做了个"合而言之"，[14]揭不开了，用力揭开，东粘一层，西缺一片，但是有字有画，值价钱者，一毫无用。止剩下等没字白扇，是不坏的，能值几何？将就卖了，做盘费回家，本钱一空。频年做事，大概如此。不但自己折本，但是搭他作伴，连伙计也弄坏了，故此人起他一个混名叫"倒运汉"。不数年，把个家事干圆洁净(15)了，连妻子也不曾娶得。终日间靠着些东涂西抹，东挨西撞，也济不得甚事。但只是嘴头子诌得来，会说会笑，朋友家喜欢他有趣，顽耍去处，少他不得。也只好趁口，不是做家的。况且他是大模大样过来的，帮闲行里，又不十分入得队。有怜他的，要荐他坐馆教学，又有诚实人家嫌他是个杂板令，高不凑，低不就，打从帮闲的处馆的两顶人见了他，也就做鬼脸，把"倒运"两字笑他，不在话下。

　　一日，有几个走海泛货的邻近，做头的无非是张大、李二、赵甲、钱乙一班人，共四十余人，合了伙将行。他晓得了，自家思忖道："一身落魄，生计皆无。便附了他们航海，看看海外风光，也不枉人生一世。况且他们定是不却我的，省得在家忧柴忧米，也是快活。"正计较间，恰好张大踱将来。元来这个张大名唤张乘运，专一做海外生意，眼里认得奇珍异宝，又且秉性爽慨，肯扶持好人，所以乡里起他一个混名叫"张识货"。文若虚见了，便把此意一一与他说了。张大道："好！好！我们在海船里头，不耐烦寂寞。若得兄去，在船中说说笑笑，有甚难过的日子？我们众兄弟料想多是喜欢的。只是一件，我们多有货物将去，兄并无所有，觉得空了一番往返，也可惜了。待我们大家计较，多少凑些出来，助你将就置些东西去也好。"文若虚便道："多谢厚情，只怕没人如兄肯周全小弟。"张大道："且说说看。"一竟自去了。

　　恰遇一个瞽目先生敲着报君知(16)走将来，文若虚伸手顺袋里，摸了一个钱，扯他一卦，问问财气看。先生道："此卦非凡，有百十分财气，不是小可。"文若虚自想道："我只要搭去海外耍耍混过日子罢了，那里是我做得着的生意？要甚么赍助？就赍助得来，能有多少？便直恁地(17)财爻(18)动？这先生也是混帐。"只见张大气忿忿走来，说道："说着钱便无缘。这些人好笑，说道你去，无不喜

欢;说到助银,没一个则声。今我同两个好的弟兄,拼凑得一两银子在此,也办不成甚货,凭你买些果子船里吃罢。口食[19]之类,是在我们身上。"若虚称谢不尽,接了银子。张大先行道:"快些收拾,就要开船了。"若虚道:"我没甚收拾,随后就来。"手中拿了银子,看了又笑,笑了又看,道:"置得甚货么?"信步走去,只见满街上筐篮内盛着卖的:

红如喷火,巨若悬星。皮未鞍,尚有余酸;霜未降,不可多得。元殊苏井[20]诸家树,亦非李氏千头奴[21]。较广[22]似曰难兄,比福[23]亦云具体。

元来乃是太湖中有一洞庭山,地软土肥,与闽广无异,所以广橘福橘,播名天下,洞庭有一样橘树绝与它相似,颜色正同,香气亦同。止是初出时,味略少酸,后来熟了,却也甜美,比福橘之价十分之一,名曰"洞庭红"。若虚看见了,便思想道:"我一两银子买得百斤有余,在船可以解渴,又可分送一二,答众人助我之意。"买成装上竹篓,雇一闲的[24],并行李挑了下船。众人都拍手笑道:"文先生宝货来也!"文若虚羞惭无地,只得吞声上船,再也不敢提起买橘的事。开得船来,渐渐出了海口,只见:

银涛卷雪,雪浪翻银。湍转则日月似惊,浪动则星河如覆。

三五日间,随风漂去,也不觉过了多少路程。忽至一个地方,舟中望去,人烟凑聚,城郭巍峨,晓得是到了甚么国都了。舟人把船撑入藏风避浪的小港内,钉了桩橛,下了铁锚,缆好了。船中人多上岸打一看,原来是来过的所在,名曰吉零国。原来这边中国货物拿到那边,一倍就有三倍价。换了那边货物,带到中国也是如此。一往一回,却不便有八九倍利息,所以人都拼死走这条路。

众人多是做过交易的,各有熟识经纪歇家通事人等,各自上岸,找寻发货去了。只留文若虚在船中看船,路径不熟,也无走处。正闷坐间,猛可⁽²⁵⁾想起道:"我那一箩红橘,自从到船中,不曾开看,莫不人气冲坏了?趁着众人不在,看看则个。"叫那水手在舱板底下,翻将起来,打开了箩看时,面上多是好好的。放心不下,索性搬将出来,都摆在艎板⁽²⁶⁾上面。也是合该发迹,时来福凑。摆得满船红焰焰的,远远望来,就是万点火光,一天星斗。岸上走的人,都拢将来问道:"是甚么好东西呀?"文若虚只不答应,看见中间有个把一点头的⁽²⁷⁾,拣了出来,掐破就吃。岸上看的,一发多了,惊笑道:"原来是吃得的。"就中有个好事的,便来问价:"多少一个?"文若虚不省得他们说话,船上人却晓得,就扯个谎哄他,竖起一个指头,说:"要一钱一颗。"那问的人揭开长衣,露出那兜罗锦红裹肚来,一手摸出银钱一个来道:"买一个尝尝。"文若虚接了银钱,手中拈拈看,约有两把重。心下想道:"不知这些银子,要买多少?也不见秤秤,且先把一个与他看样。"拣个大些的,红的可爱的,递一个上去。只见那个人接上手,拈了一拈道:"好东西呀!"扑地就劈开来,香气扑鼻,连旁边闻着的许多人,大家喝一声采。那买的不知好歹,看见船上吃法,也学他去了皮,却不分囊,一块塞在口里,甘水满咽喉,连核都不吐,吞下去了,哈哈大笑道:"妙哉!妙哉!"又伸手在裹肚里,摸出十个银钱来,说:"我要买十个进奉去。"文若虚喜出望外,拣十个与他去了。那看的人见那人如此买去了,也有买一个的,也有买两个、三个的,都是一般银钱。买了的,都千欢万喜去了。

元来彼国以银为钱,上有文采。有等龙凤文的,最贵重,其次人物,又次禽兽,又次树木,最下通用的,是水草。却都是银铸的,分两不异。适才买橘的,都一样水草文的。他道是把下等钱买了好东西去了,所以欢喜,也只是要小便宜心肠,与中国人一样。须臾之间,三停⁽²⁸⁾里卖了二停。有的不带钱在身边的,老大懊悔,急

忙取了钱转来(29)。文若虚已此(30)剩不多了,拿一个班(31)道:"而今要留着自家用,不卖了。"其人情愿再增一个钱,四个钱买了二颗,口中哓哓说:"悔气!来得迟了。"旁边人见他增了价,就埋怨道:"我每还要买两个,如何把价钱增长他的?"买的人道:"你不听得他方才说,兀自不卖了。"正在议论间,只见首先买十个的那一个人,骑了一匹青骢马,飞也似奔到船边,下了马,分开人丛对船上大喝道:"不要零卖!不要零卖!是有的,俺多要买。俺家头目,要买去进奉克汗(32)哩。"看的人听见这话,便远远走开,站住了看。文若虚是伶俐的人,看见来势,已自瞧科(33)在眼里,晓得是个好主顾了。连忙把箩里尽数倾出来,止剩五十余颗。数了一数,又拿起班来说道:"适间讲过要留着自用,不得卖了。今肯加些价钱,再让几颗去罢。适间已卖出两个钱一颗了。"其人在马背上拖下一大囊,摸出钱来,另是一样树木纹的,说道:"如此钱一个罢了。"文若虚道:"不情愿,只照前样罢了。"那人笑了一笑,又把手去摸出一个龙凤做的,求道:"这样的一个如何?"文若虚又道:"不情愿,只要前样的。"那人又笑道:"此钱一个抵百个,料也没得与你,只是与你耍。你不要俺这一个,却要那等的,是个傻子!你那东西,肯都与俺了,俺就加你一个那等的,也不打紧。"文若虚数了有五十二个,准准的要了他一百五十六个水草银钱。那人连竹箩都要了,又丢了一个钱,把箩拴在马上,笑吟吟地一鞭去了。看的人见没得买了,一哄而散。

文若虚见人散了,到舱里把一个钱秤一秤,有八钱七分多重。秤过数个都是一般,总数数,一共有一千个差不多。把两个赏了船家,其余收拾在包里了。笑一声道:"那盲子好灵卦也!"欢喜不尽,只等同船人来对他说笑则个。

说话的,你说错了,那国里银子这样不值钱,如此做买卖,那久惯漂洋的,带去多是绫罗缎匹,何不多卖了些银钱回来?一发百倍了。看官有所不知,那国里见了绫罗等物,都是以货交兑。我这里人也只是要他货物,才有利钱。若是卖他银钱时,他都把龙凤人物的来交易,作了好价钱,分量也只得如此,反不便宜。如今是买吃口东西,他只认做把低钱交易,我却只受分两,所以得利了。说话的,你又说错了。依你说来,那航海的,何不只卖吃口东西只换他低钱,岂不有利?反着重本钱,置他货物怎地?看官,又不是这话,也是此人,偶然有此横财[34],带去着了手,若是有心第二遭再带去,三五日不过海,等得希烂。即文若虚运未通时,卖扇子就是榜样。扇子还是放得起的,尚且如此,何况果品!是这样执一论不得的。

闲话休题,且说众人领了经纪主人到船发货,文若虚把上头事[35]说了一遍,众人都惊喜道:"造化!造化!我们同来,倒是你没本钱的,先得了手也!"张大便拍手道:"人都道他'倒运',而今想是运转了!"便对文若虚道:"你这些银钱在此置货,作价不多,除是转发在伙伴中,回[36]他几百两中国货物上去,打换些土产珍奇,带转去有大利钱,也强如虚藏此银钱在身边,无个用处。"文若虚道:"我是倒运的,将本求财,从无一遭不连本送的。今承诸公挈带[37],做此无本钱生意,偶然侥幸一番,真是天大造化了!如何还要生利钱,妄想甚么?万一如前,再做折[38]了,难道再有洞庭红这样好卖不成?"众人多道:"我们用得着的是银子,有的是货物。彼此通融,大家有利,有何不可?"文若虚道:"一年被蛇咬,三年怕草索。说到货物,我就没胆气了。只是带了这些银钱回去罢。"众人齐拍手道:"放着几倍利钱不取,可惜!可惜!"随同众人一齐上去,到了店家交货明白,彼此兑换,约有半月光景。文若虚眼中看过了若干好东好西[39],他已自志得意满,不放在心上。

众人事体完了,一齐上船,烧了神福,吃了酒,开洋。行了数日,忽然间天变起来。但见:

乌云蔽日,黑浪掀天。蛇龙戏舞起长空,鱼鳖惊惶潜

水底。朦胧泛泛,只如栖不定的数点寒鸦;岛屿浮浮,便似没不煞⁽⁴⁰⁾的几双水鹚⁽⁴¹⁾。舟中是方扬的米簸,舷外是正熟的饭锅。总因风伯太无情,以致篙师多失色。

那船上人见风起了,扯起半帆,不问东西南北,随风势漂去。隐隐望见一岛,便带住篷脚,只看着岛边便来,看看渐近,恰是一个无人的空岛。但见:

树木参天,草莱遍地。荒凉径界,无非些兔迹狐踪;坦迤土壤,料不是龙潭虎窟。混茫内,未识应归何国辖?开辟来,不知曾否有人登?

船上人把⁽⁴²⁾船后抛铁锚,将桩橛泥犁上岸去钉停当了,对舱里道:"且安心坐一坐,候风势则个。"那文若虚身边有了银子,恨不得插翅飞到家里,巴不得行路,却如此守风呆坐,心里焦躁。对众人道:"我且上岸去岛上望望则个。"众人道:"一个荒岛,有何好看?"文若虚道:"总是看看何碍。"众人都被风颠得头晕,个个是呵欠连天,都不肯同去。文若虚便自一个抖擞精神,跳上岸来。只因此一去,有分交:千年败壳精灵显,一介穷神富贵来。若是说话的同年生,并时长,有个未卜先知的法儿,便双脚走不动,也挂个拐儿,随他同去一番也不枉的。

却说文若虚见众人不去,偏要发个狠,扳藤附葛,直走到岛上绝顶。那岛也苦不甚高,不费甚大力,只是荒草蔓延,无好路径。到得上边,打一看时,四望漫漫,身如一叶,不觉凄然,掉下泪来。心里道:"想我如此聪明,一生命蹇,家业消亡,剩得只身,直到海外。虽然侥幸有得千来个银钱在囊内,知他命里是我的不是我的。今在绝岛中间,未到实地,性命也还是与海龙王合着的哩。"正在感怆,抬头望去,远远草丛中一物突高,移步往前一看,却是床大一个败龟壳。大惊道:"不信天下有如此大龟!世上人那里曾看见,说也不信的。我自到海外一番,不曾置得一件海外物事[43],今我带了此物去,也是一件稀罕的东西,与人看看,省得空口说着,道是苏州人会调谎。又且一件,锯将开来,一盖一板,多置四足,便是两张床,却不奇怪!"遂脱下两只裹脚[44]接了[45],穿在龟壳中间,打个扣儿,拖了便走。走至船边,船上人见他这等模样,都笑道:"文先生那里又砣了纤[46]来?"文若虚道:"好教列位得知,这就是我海外的货了。"众人抬头一看,便似一张无柱有底的硬脚床,吃惊道:"好大龟壳!你拖来何干?"文若虚道:"也是罕见的,带了他去。"众人笑道:"好货不置一件,要此何用?"有的道:"也有用处,有甚么天大的疑心事,灼他一卦,只没有这样大龟药。"又有的道:"是医家要煎龟膏,拿去打碎了煎起来也当得几百个小龟壳。"文若虚道:"不要管有用没用,只是希罕。又不费本钱,便带了回去。"当时叫个船上水手,一抬抬下舱来。初时山下空阔,还只如此;舱中看来,一发大了。若不是海船,也着不得这样狼犺[47]东西。

众人大家笑了一回,说:"到家时,有人问,只说文先生做了个大的乌龟买卖来了。"文若虚道:"不要笑我,好歹有一个用处,决不是弃物。"随他众人取笑,文若虚只是得意,取些水来内外洗一洗净,抹干了,却把自己钱包行李都塞在龟壳里面,两头把绳一绊,却当了一个大皮箱了。自笑道:"兀的不[48]眼前就有用处了。"众人都笑将起来道:"好算计!好算计!文先生到底是个聪明人。"

当夜无词,次日风息了,开船一走。不数日,又到了一个去处,却是福建地方了。才住定了船,就有一伙惯伺候接海客的小经纪牙人[49],攒[50]将拢来,你说张家好,我说李家好,拉的拉,扯的扯,嚷个不住。船上众人拣一个一向熟识的,跟了去,其余的也就住了。众人到了一个波斯胡人店中坐定。里面主人见说海客到了,连忙先发银子,唤厨户,整办酒席几十桌,分付停当,然后踱将出来。

这主人是个波斯国里人,姓个古怪姓,是玛瑙的"玛"字,名叫玛宝哈,专一与海客兑换珍宝货物,不知有多少万数本钱。众人走海过的,都是熟主熟客,只是文若虚不认得。抬眼看时,元来波斯胡住得在中华久了,衣服言动,都与中华不大分别,只是剃眉剪须,深眼高鼻,有些古怪。出来见了众人,行宾主礼,坐定了。两杯茶罢,站起身来,请到一个大厅上。只见酒筵多完备了,且是摆得齐楚。原来旧规,海船一到,主人家先领过这一番款待,然后发货讲价。主人家手执着一付珐琅菊花盘盏,拱一拱手道:"请将列位货单一看,好定坐席。"

看官,你道这是何意?元来波斯胡以利为重,只看货单上有奇珍异宝值得上万者,就送在首席。余者看货轻重,挨次坐去,不论年纪,不论尊卑,一向做下的规矩。船上众人,货物贵的贱的,多的少的,你知我知,各自心照,差不多领了酒杯,各自坐了。单单剩得文若虚一个,呆呆站在那里。主人道:"这位老客长,不曾会面,想是新出海外的,置货不多了。"众人道:"这是我们好朋友,到海外耍去的。身边有银子,却倒不曾置货。今日没奈何,只是屈他在末席坐了。"文若虚满面羞惭,坐了末位,主人坐在横头。饮酒中间,这一个说道:"我有猫儿眼[51]多少。"那一个说:"我有祖母绿多少。"你夸我逞。文若虚一发嘿嘿无言,自心里也微微有些懊悔道:"我前日该听他每劝,置些货物来的是。今枉有几百银子在囊中,说不得一句话。"又自叹了口气道:"我原是一些本钱没有的,今已大幸,不可不知足。"自思自忖,无心发兴吃酒。众人却猜拳行令,吃得狼籍。主人是个积年[52],看出文若虚不快活的意思来,不好说破,虚劝了他几杯酒。众人都起身道:"酒够了,天晚了,趁早上船去。明日发货罢。"别了主人去了。

主人撤了酒席,收拾睡了。明日起个清早,先走到海岸船边来拜这伙客人。主人登舟,一眼瞅去,那舱里狼狼犺犺这件东西,早先看见了,吃了一惊道:"这是哪一位客人的宝货?昨日席上并不曾见说起,莫不是不要卖的?"众人都笑指道:"此敝友文兄的宝货。"中有一人衬道⁽⁵³⁾:"又是滞货。"主人看了文若虚一看,满面挣得通红,带了怒色,埋怨众人道:"我与诸公相处多年,如何恁地作弄我,教我得罪于新客?把一个末座屈了他,是何道理!"一把扯住文若虚对众客道:"且慢发货,容我上岸谢过罪着。"众人不知其故。有几个与文若虚相知些的,又有几个喜事的,觉得有些古怪,共十余人,赶了上来,到店中看是如何。只见主人拉了文若虚,把交椅整一整,不管众人好歹,纳他头一位坐下了,道:"适间得罪得罪,且请坐一坐。"文若虚心中镗鞳⁽⁵⁴⁾,忖道:"不信此物是宝贝,这等造化不成?"

主人走了进去,须臾出来,又拱⁽⁵⁵⁾众人到先前吃酒去处,早又摆下几桌酒。为首一桌,比先更齐整。主人向文若虚一揖,就对众人道:"此公正该坐头一席,你每柱自一船的货,也还赶他不来。先前失敬失敬。"众人看见,又好笑,又好怪,半信不信的一带儿坐了。酒过三杯,主人就开口道:"敢问客长,适间此宝可肯卖否?"文若虚是个乖人,趁口答应道:"只要有好价钱,为甚不卖?"那主人听得肯卖,不觉喜从天降,笑逐颜开,起身道:"果然肯卖,但凭分付价钱,不敢吝惜。"文若虚其实不知值多少,讨少了,怕不在行;讨多了,怕吃笑。忖了忖,面红耳热,颠倒讨不出价钱来。张大向文若虚丢个眼色,将手放在椅子背上,竖着三个指头,再把第二个指,空中一撇道:"索性讨他这些。"文若虚摇头竖一指,道:"这些我还讨不出口在这里。"却被主人看见道:"果是多少价钱?"张大捣一个鬼,道:"依文先生手势,敢像要一万哩。"主人呵呵大笑道:"这是不要卖,哄我而已。此等宝物,岂止此价钱!"众人见说,大家目睁口呆,都立起了身来,扯文若虚去商议道:"造化!造化!想是值得多哩。我们实实不知,如何定价?文先生不如开个大口,凭他还罢。"文若虚终是硋口识羞,待说又止。众人道:"不要不老气⁽⁵⁶⁾!"主人又催道:"实说说,何妨。"文若虚只得讨了五万两。主人还摇头道:"罪

过，罪过。没有此话。"扯着张大私问他道："老客长们海外往来，不是一番了。人都叫你张识货，岂有不知此物就里的？必是无心卖他，奚落小肆罢了。"张大道："实不瞒你说，这个是我的好朋友，同了海外顽耍的，故此不曾置货。适间此物，乃是避风海岛，偶然得来，不是出价置办的，故此不识得价钱。若果有这五万与他，够他富贵一生，他也心满意足了。"主人道："如此说，要你做个大大保人，当有重谢，万万不可翻悔！"遂叫店小二拿出文房四宝[57]来，主人家将一张供单绵纸料，折了一折，拿笔递与张大，道："有烦老客长做主，写个合同文契，好成交易。"张大指着同来一人道："此位客人褚中颖，写得好。"把纸笔让与他。褚客磨得墨浓，展好纸，提起笔来写道：

　　立合同议单张乘运等：今有苏州客人文实，海外带来大龟壳一个，投至波斯玛宝哈店，愿出银五万两买成，议定立契之后，一家交货，一家交银，各无翻悔。有翻悔者，罚契上加一。合同为照。

一样两纸，后边写了年月日，下写张乘运为头，一连把在坐客人十来个写去。褚中颖因自己执笔，写了落末。年月前边，空行中间，将两纸凑着，写了骑缝一行，两边各半，乃是"合同议约"上字，下写"客人文实，主人玛宝哈"，各押了花押。单上有名的，从后头写起，写到了乘运，道："我们押字钱重些，这买卖才弄得成。"主人笑道："不敢轻，不敢轻。"写毕，主人进内，先将银一箱抬出来，道："我先交明白了用钱[58]，还有说话。"众人攒将拢来，主人开箱，却是五十两一包，共是二十包，整整一千两。双手交与张乘运，道："凭老客长收明，分与众客罢。"众人起初吃酒，写合同时，大家挤哄鸟乱，心下还有些不信的意思，如今见他拿出精晃晃白银来做用钱，方知是实。

文若虚恰像梦里醉里，话都说不出来，呆呆的看。张大扯他一把，道："这用钱如何分散？也要文兄主张。"文若虚方说一句，道："且完了正事慢处。"只见主人笑嘻嘻的对文若虚道："有一事要与客长商议，价银见在里面阁儿上，都是向来兑过的，一毫不少，只消请客长一两位进去，将一包过一过目，兑一兑为准，其余多不消兑得。却又一说，此银数不少，搬动也不是一时功夫。况且文客官是个单身，如何好将下船去？又要泛海回还，有许多不便处。"文若虚想了一想，道："见教得极是。而今却待怎样？"主人道："依着愚见，文客官目下回去未得。小弟此间有个缎匹铺，有本三千两在内。其前后大小厅屋楼房，共百余间，也是个大所在，价值二千两，离此半里之地。愚见就把本店货物及房屋文契，作了五千两，尽行交与文客官，就留文客官在此住下了，做此生意。其银也做几遭搬了过去，不知不觉。日后文客官要回去，这里可以托心腹伙计看守，便可轻身往来。不然小店交出不难，文客官收贮却难也，愚意如此。"说了一遍，说得文若虚与张大跌足，道："果然是客纲客纪[59]，句句有理。"文若虚道："我家里原无家小，况且家业已尽了，就带了许多银子回去，没处安顿。依了此话，我就在这里，立起个家园来，有何不可？此番造化，一缘一会，都是上天作成的，只索随缘做去便是。货物房屋价钱，未必有五千，总究落得的[60]。"便对主人说："适间所言，诚万全之算，小弟无不从命。"主人便领文若虚进去阁上看，又叫张褚二人："一同来看，其余列位不必了，请略坐一坐。"他四人进去。众人不进去的，个个伸头缩颈，你三我四，说道："有此异事！有此造化！早知这样，懊悔岛边泊船时节，也不去走走，或者还有宝贝，也未见得。"有的道："这是天大的福气，撞将来的，如何强得？"

正欣羡间，文若虚已同张褚二客出来了。众人都问："进去如何了？"张大道："里边高阁，是个上库放银两的所在，都是桶子存着。适间进去看了，十个大桶，每桶四千；又五个小桶，每个一千，

共是四万五千。已将文兄的封皮记封好了,只等交了货,就是文兄的了。"主人出来道:"房屋文书缎匹帐目,俱已在此,凑足五千之数了,且到船上取货去。"一拥都到海船来。

　　文若虚于路对众人说:"船上人多,切勿明言!小弟自有厚报。"众人也只怕船上人知道,要分了用钱去,各各心照。文若虚到了船上,先向龟壳中,把自己包裹被囊,取出了,手摸一摸壳,口里暗道:"侥幸,侥幸。"主人便叫店内后生⁽⁶¹⁾二人来抬此壳,分付道:"好生抬进去,不要放在外边。"船上人见抬了此壳去,便道:"这个滞货,也脱手了。不知卖了多少?"文若虚只不做声,一手提了包裹,往岸上就走。这起初同上来的几个,又到岸上,将龟壳从头至尾,细细看了一遍,又向壳内张了一张,掇了一掇⁽⁶²⁾,面面相觑道:"好处在那里?"主人仍拉了这十来个,一同上去,到店说道:"而今且同文客官看了房屋铺面来。"众人与主人,一同走到一处,正是闹市中间,一所好大房屋。门前正中是个铺子,旁有一匾,走进转个弯,是两扇大石板门。门内大天井⁽⁶³⁾,上面一所大厅堂,上有一匾,题曰"来琛堂",堂旁有两楹侧屋,屋勾三面有橱,橱内都是绫罗各色缎匹,以后内房,楼房甚多。文若虚暗道:"得此为住居,王侯之家,不过如此矣。况又有缎铺营生,利息无尽,便做了这里客人罢了。还思想家里做甚?"就对主人道:"好却好,只是小弟是个孤身,毕竟还要寻几房使唤的人才住得。"主人道:"这个不难,都在小弟身上。"文若虚满心欢喜,同众人走归本店来。主人道:"文客官今晚不消船里去,就在铺中住下。使唤的人,铺中现有,逐渐再讨便是。"众客人多道:"交易事已成,不必说了。只是我们毕竟有些疑心,此壳有何好处,价值如此?还要主人见教一个明白。"文若虚道:"正是,正是。"主人笑道:"诸公枉了海上走了多遭,这些也不识得!列位岂不闻说,龙有九子乎?内有一种是鼍龙,其皮可以鞔鼓,声闻百里,所以谓之鼍鼓。鼍龙万年,到底蜕下此壳成龙。此壳有二十四肋,近天上二十四气,每肋中间节内有大珠一颗。若有肋未完全时节,成不得龙,蜕不得壳。也有生捉得他来,只好将皮鞔鼓,其肋中也未有东西。直待二十四肋,肋肋完全,节节珠满,然后蜕了此壳,变龙而去。故此是天然蜕下,气候俱到,肋节俱完的,与生擒活捉、寿数未到的不同,所以有如此之大。这个东西,我们肚中虽晓得,知他几时蜕下?又在何处地方守得他着?壳不值钱,其珠皆有夜光,乃无价宝也!今天幸巧遇,得之无心耳。"众人听罢,似信不信。只见主人走将进去了一会,笑嘻嘻地走出来,袖中取出一西洋布的包来,说道:"请诸公看看。"解开来,只见一团绵裹着寸许大一颗夜明珠,光彩夺目。讨个黑漆的盘,放在暗处,其珠滚一个不定,闪闪烁烁,约有尺余亮处。众人看了,惊得目睁口呆,伸了舌头,收不进去。主人回身转来,对众客逐个致谢道:"多蒙列位作成(64)了,只这一颗,拿到我国中,就值方才的价钱了。其余多是尊惠。"众人个个心惊,却是说过的话,又不好翻悔得。主人见众人有些变色,取了珠子,急急走到里边,又叫抬出一个缎箱来。除了文若虚,每人送与缎子二端(65),说道:"烦劳了列位,做两件道袍穿穿,也见小肆中薄意。"袖中又摸出细珠十数串,每送一串道:"轻鲜,轻鲜。备送一茶罢了。"文若虚处另有粗些的珠子四串,缎子八匹,道:"权且做几件衣服。"文若虚同众人欢喜作谢了,主人就同众人送了文若虚到缎铺中,叫铺里伙计后生们,都来相见,说道:"今番此位是主人了。"主人自别了去,道:"再到小店中去去来。"只见须臾间数十个脚夫扛了好些杠来,把先前文若虚封记的十桶五匣都发来了。文若虚搬在一个深密谨慎的卧房里头去处,出来对众人道:"我承列位挈带,有此一套意外富贵,感谢不尽。"走进去把自家包裹内所卖洞庭红的银钱,倒将出来,每人送他十个;止有张大与先前出银助他的两三个,分外又是十个,道:"聊表谢意。"

此时文若虚把这些银,看得不在眼里了。众人却是快活,称谢不尽。文若虚又拿出几十个来,对张大说:"有烦老兄将此分与船上同行的人,每位一个,聊当一茶。小弟住在此间,有了头绪,慢慢

到本乡来。此时不得同行,就此为别了。"张大道:"还有一千两用钱,未曾分得,却是如何？须得文兄分开,方没得说。"文若虚道:"这倒忘了。"就与众人商议,将一百两散与船上众人,余九百两照现在人数,另外添出两股,派了股数,各得一股。张大为头的,褚中颖执笔的,多分一股。

众人千欢万喜,没有说话。内中一人道:"只是便宜了这回回(66),文先生还该起个风,多要他些不敷才是。"文若虚道:"不要不知足。看我一个倒运汉,做着便折本的;造化到来,平空地有此一主财爻。可见人生分定,不必强取。我们若非这主人识货,也只当废物罢了。还亏他指点晓得,如何还好昧心争论？"众人都道:"文先生说得是,存心忠厚,所以该有此富贵。"大家千恩万谢,各各赍了所得东西,自到船上发货。

从此文若虚做了闽中一个富商,就在那里取了妻小,立起家业。数年之间,才到苏州走一遭,会会旧相识,依旧去了。至今子孙繁衍,家道殷富不绝。正是:

运退黄金失色,时来顽铁生辉。

莫与痴人说梦！思量海外寻龟。

【注释】(1)本篇选自《初刻拍案惊奇》第一卷,本事出自明周玄暐《泾林续记》,选时删去了开头的"入话"。 (2)长洲县:即今苏州。 (3)沈石田:明代著名书画家沈周,石田是他的号。 (4)文衡山:明代著名书画家文徵明,衡山是他的号。 (5)祝枝山:明代著名书法家祝允明,因生枝指,故自号枝山。 (6)拓了几笔:漫不经心地写了几笔。 (7)直上两数银子:直同值。两数,一两多一些。 (8)乔人:骗人之徒。 (9)兀自:还,尚自。 (10)对合利钱:可赚一倍的利润。 (11)发市:买卖开张。 (12)妆幌:装潢门面,制造假象。这里指赶时髦、摆阔气。 (13)历汛:每年的多雨潮湿季节。 (14)合而言之:这里指扇面因发潮而粘合在一起。 (15)干圆洁净:一干二净。 (16)报君知:算命瞎子用来招徕主顾的响器。 (17)恁地:那样地。　（18）财爻:发财之兆。爻,指卜卦的爻象。《易经》:"爻象动乎内,吉凶见乎外。"　（19）口食:饮食。　（20）苏井:《神仙传》谓苏眈种桔凿井,以救乡里之病者,以井水服之即愈。　（21）李氏千头奴:宋高承《事物纪原》载:"后汉李衡……种甘桔千树,号千头木奴。"　（22）广:指广橘。（23）福:指福橘。　（24）闲的:闲汉。　（25）猛可:猛然,突然。　（26）舱板:船的甲板。　（27）个把:一二个。一点头,橘子上的霉斑。　（28）三停:三分。　（29）转来:回来。　（30）已此:已经,已是。　（31）拿一个班:谓"拿架子",故作姿态。　（32）克汗:即可汗,古代对外族人首领的称呼。（33）瞧科:看出眉目。　（34）横财:意外之财。　（35）上头事:前面的事。（36）回:从同行手中转购货物。　（37）挈带:提携。　（38）折:蚀本。（39）好东好西:即好东西。　（40）没不煞:淹不死。　（41）水鹅:又名鹅鶒,一种食鱼水鸟。　（42）把:在。　（43）物事:物件,东西。　（44）裹脚:裹脚用的布带。　（45）接了:这里指将两条裹脚布联结在一起。　（46）砣了纤:即拉纤。船家逆风时拖船而行。　（47）狼犺:物巨大貌。　（48）兀的不:犹"难道不","这不是……"。　（49）牙人:代销货物的人。　（50）攒:聚集。（51）猫儿眼:及下文"祖母绿"皆为宝石名。　（52）积年:有多年经验的人。　（53）衬道:不痛不痒地说道。　（54）镬铎:疑惑不解。　（55）拱:拱手而请。　（56）不老气:不老练。　（57）文房四宝:指纸、墨、笔、砚。（58）用钱:酬谢中间人的费用。　（59）客纲客纪:出门在外人的至理。（60）落得的:意外得到的。　（61）后生:年轻小伙儿。　（62）捞:同"捞"。（63）天井:院子。　（64）作成:说合成事。　（65）两端:两匹。　（66）回回:对回族人的俗称。

【今译】（略）

【点评】表现天命思想是凌濛初作品中的重要主题,本篇就比较典型地代表了这一倾向。作者以"倒运汉"文若虚由贫至富的"转运"经历,说明"一饮一啄,莫非前定","人生分定,不必强取",亦即古语云"万事分已定,浮生空白忙"的宿命思想。其实正文故事前的一段入话故事已经形象地表明了这种思想。正是在这种意图指导下,作者又以曲折生动的笔法叙述了

转运汉文若虚偶然暴富的故事。主人公先是不务生理，坐吃山空，结果家业荡尽，由富而穷。但在一次偶然的海运贸易中却歪打正着，做成了两笔好买卖，意外地成为巨富。通过故事，作者要证明的是贫富之间转变的不可知。作者认为穷达盛衰早已在冥冥中定下，非人力争取而可致；造化颠来倒去，一切均无规律可循。所以世人不必为功名富贵操心费力，只需随缘过日，图一个眼前快活而已。不过文若虚的经历在作者的委婉叙述描写中变得较为可信，这在很大程度上从侧面表现了明代的现实生活。而这，也正是本篇故事的真正价值之所在。明代末年商业经济有了较快的发展，海内外的商品贸易活动开展得如火如荼，大批农民和市民冲破了以农为本的固有观念，投身于商业活动中，以赚取利润、积聚钱财作为自己新的人生追求。明代的不少小说，都再现了这一社会现象。在没有掌握商品经济规律的时代，商业活动具有很大的风险性，有人在一夜之间成为富翁，有人则可能在瞬间倾家荡产。贫而富，富而贫，这种令人眼花缭乱的人世变迁，无疑会给人们造成世事无定的印象，自然地将人们引向宿命论的泥坑。这种现象在小说家手里又被大大地强化了，作者有意识地突出商品贸易中的偶然性，掩盖其中的必然性，使故事的宿命色彩更为浓重。故事主人公的购橘和得鼍龙壳，都是在极其偶然的情况下的无意识行为，但正是因此使文若虚骤然间成为巨富，彻底改变了命运的航向，产生了连他自己都没有料到的美好结局。作者对人物命运的安排，尽管有宿命的色彩，但因为此类事情常常发生，作者的取材是有一定的生活根据的，并非无中生有，再加上对故事的叙述委婉曲折，人物形象鲜明可感，所以故事颇具吸引人的艺术效果。凌濛初的小说，虽然较之"三言"有更多的陈腐思想，但在艺术表现手法上却在宋元话本基础上又有较大发展。如此篇，在人物心理描写及细节描写上均细致入微，几个主要人物性格各异，人物语言通俗生动，带有鲜明的时代特征。

（孟昭连）

《二刻拍案惊奇》（节选）

同窗友认假作真　女秀才移花接木[1]

从来女子守闺房，几见裙钗入学堂？
文武习成男子业，婚姻也只自商量。

话说四川成都府绵竹县，有一个武官，姓闻，名确，乃是卫中世袭指挥。因中过武举两榜，累官至参将，就镇守彼处地方。家中富厚，赋性豪奢。夫人已故，房中有一班姬妾，多会吹弹歌舞。有一子，也是妾生，未满三周。有一个女儿，年十七岁，名曰蜚娥，丰姿绝世。却是将门将种，自小习得一身武艺，最善骑射，真能百步穿杨。模样虽是娉婷，志气赛过男子。他起初因见父亲是个武出身，受那外人指目，只说是个武弁人家，必须得个子弟在黉门[2]出入，方能结交斯文士夫，不受人的欺侮。争奈兄弟尚小，等他长大不得，所以一向装做男子，到学堂读书。外边走动，只是个少年学生；到了家中内房，方还女扮。如此数年，果然学得满腹文章，博通经史。这也是蜀中做惯的事。遇着提学到来，他就报了名，改为胜杰，说是胜过豪杰男人之意，表字俊卿，一般的入了队去考童生。一考就进了学，做了秀才。他男扮久了，人多认他做闻参将的小舍人[3]，一进了学，多来贺喜。府县迎送到家，参将也只是将错就错，一面欢喜开宴。盖是武官人家，秀才乃极难得的。从此参将与官府往来，添了个帮手，有好些气色。为此，内外大小却像忘记他是

女儿一般,凡事尽是他支持过去。

他同学朋友,一个叫做魏造,字撰之;一个叫做杜亿,字子中。两人多是出群才学,英锐少年,与闻俊卿意气相投,学业相长。况且年纪差不多:魏撰之年十九岁,长闻俊卿两岁;杜子中与闻俊卿同年,又是闻俊卿月生[4]大些。三人就像一家兄弟一般,极是过得好,相约了同在学中一个斋舍里读书。两个无心,只认做一伴的好朋友。闻俊卿却有意要在两个里头拣一个嫁他。两个人比起来,又觉得杜子中同年所生,凡事仿佛些,模样也是他标致些,更为中意,比魏撰之分外说的投机。杜子中见俊卿意思又好,丰姿又妙,常对他道:"我与兄两人可惜多做了男子,我若为女,必当嫁兄;兄若为女,我必当娶兄。"魏撰之听得,便取笑道:"而今世界盛行男色,久已颠倒阴阳,那见得两男便嫁娶不得?"闻俊卿正色道:"我辈俱是孔门子弟,以文艺相知,彼此爱重,岂不有趣?若想着淫昵,便把面目放在何处?我辈堂堂男子,谁肯把身子做顽童乎?魏兄该罚东道便好。"魏撰之道:"适才听得子中爱慕俊卿,恨不得身为女了,故尔取笑。若俊卿不爱此道,子中也就变不及身子了。"杜子中道:"我原是两下的说话,今只说得一半,把我说的失便宜了。"魏撰之道:"三人之中,谁叫你小些,自然该吃亏些。"大家笑了一回。

俊卿归家来,脱了男服,还是个女人。自家想道:"我久与男人做伴,已是不宜,岂可他日舍此同学之人,另寻配偶不成?毕竟止在二人之内了。虽然杜生更觉可喜,魏兄也自不凡,不知后来还是那个结果好?姻缘还在那个身上?"心中委决不下。他家中一个小楼,可以四望。一个高兴,趁步登楼。见一只乌鸦在楼窗前飞过,却去住在百步外一株高树上,对着楼窗呀呀的叫。俊卿认得这株树,乃是学中斋前之树,心里道:"叵耐这业畜叫的不好听,我结果他去。"跑下来自己卧房中,取了弓箭,跑上楼来。那乌鸦还在那里狠叫,俊卿道:"我借这业畜卜我一件心事则个。"扯开弓,搭上箭,口里轻轻道:"不要误我!"飕的一声,箭到处,那边乌鸦坠地。这边望去看见，情知中箭了，急急下楼来，仍旧改了男妆，要到学中看那枝箭下落。且说杜子中在斋前闲步，听得鸦鸣正急，忽然扑的声，掉下地来。走去看时，鸦头上中了一箭，贯晴而死。子中拔了箭出来道："谁有此神手？恰恰贯着他头脑。"仔细看那箭干上，有两行细字道：

矢不虚发，发必应弦。

子中念罢，笑道："那人好夸口！"魏撰之听得跳出来，急叫道："拿与我看！"在杜子中手里接了过去。正同着看时，忽然子中家里有人来寻，子中掉着箭自去了。魏撰之细看之时，八个字下边，还有"蜚娥记"三个字，想道："蜚娥乃女人之号，难道女人中有此妙手？这也诧异。适才子中不看见三个字，若见时，必然还要称奇了。"沉吟间，早有闻俊卿走将来，看见魏撰之捻了这枝箭立在那里，忙问道："这枝箭是兄拾了么？"撰之道："箭自何来？兄却如此盘问？"俊卿道："箭上有字的么？"撰之道："因为字，在此念想。"俊卿道："念想些甚么？"撰之道："有'蜚娥记'三字。蜚娥必是女人，故此想着，难道有这般善射的女子不成？"俊卿捣个鬼，道："不敢欺兄，蜚娥即是家姊。"撰之道："令姊有如此巧艺，曾许聘那家了？"俊卿道："未曾许人。"撰之道"模样如何？"俊卿道："与小弟有些厮像。"撰之道："这等，必是极美的了。俗语道：'未看老婆，先看阿舅。'小弟尚未有室，吾兄与小弟做个撮合山(5)何如？"俊卿道："家下事，多是弟作主。老父面前，只消小弟一说，无有不依。只未知家姊心下如何。"撰之道："令姊面前也在吾兄帮衬，通家之雅，料无推拒。"俊卿道："小弟谨记在心。"撰之喜道："得兄应承，便十有八九了。谁想姻缘却在此枝箭上，小弟谨当宝此以为后验。"便把箭来收拾在拜匣(6)内了。取出羊脂玉闹妆(7)一个递与俊卿道："以此奉令姊，权答此箭，作个信物。"俊卿收来束在腰间。撰之道："小弟作

诗一首,道意于令姊,何如?"俊卿道:"愿闻。"撰之吟道:

闻得罗敷[8]未有夫,支机肯许问津[9]无?
他年得射如皋雉[10],珍重今朝金仆姑。

俊卿笑道:"诗意最妙,只是兄貌不陋,似太谦了些。"撰之笑道:"小弟虽不便似贾大夫之丑,却与令姊相并,必是不及。"俊卿含笑自去了。

从此撰之胸中痴痴里想着:"闻俊卿有个姊姊,美貌巧艺,要得为妻。"有了这个念头,并不与杜子中知道。因为箭是他拾着的,今自己把做宝贝藏着,恐怕他知因,来要了去。谁想这个箭,原有来历,俊卿学射时,便怀有择配之心。竹干上刻那二句,固是夸着发矢必中,也暗藏个应弦的哑谜。他射那乌鸦之时,明知在书斋上,射去这枝箭,心里暗卜一卦,看他两人那个先拾得者,即为夫妻。为此急急来寻下落,不知是杜子中先拾着,后来掉在魏撰之手里。俊卿只见在魏撰之处,以为姻缘有定,故假意说是姊姊,其实多暗隐着自己的意思。魏撰之不知其故,凭他捣鬼,只道真有个姊姊罢了。俊卿固然认了魏撰之是天缘,心里却为杜子中十分相爱,好些撇打不下。叹口气道:"一马跨不得双鞍,我又违不得天意。他日别寻件事端,补还他美情罢。"明日来对魏撰之道:"老父与家姊面前,小弟十分撺掇,已有允意,玉闹妆也留在家姊处了。老父的意思,要等秋试过,待兄高捷了方议此事。"魏撰之道:"这个也好,只是一言即定,再无翻变才妙。"俊卿道:"有小弟在,谁翻变得!"魏撰之不胜之喜。

时值秋闱[11],魏撰之与杜子中、闻俊卿多考在优等,起送乡试。两人来拉了俊卿同走,俊卿与父参将计较道:"女孩儿家只好瞒着人,暂时做秀才耍子,若当真去乡试,一下子中了举人,后边露出真情来,就要关着奏请干系。事体弄大了,不好收场,决使不得。"推了有病不行,魏、杜两生只得撇了自去赴试。揭晓之日,两生多得中了。闻俊卿见两家报了捷,也自欢喜。打点等魏撰之迎到家时,方把求亲之话与父亲说知,图成此亲事。

不想安绵兵备道⁽¹²⁾与闻参将不合,时值军政考察,在按院⁽¹³⁾处开了款数,递了一个揭帖,诬他冒用国课,妄报功绩,侵克军粮,累赃巨万。按院参上一本,奉圣旨着本处抚院提问。此报一至,闻家合门慌做了一团。也就有许多衙门人寻出事端来缠扰,还亏得闻俊卿是个出名的秀才,众人不敢十分啰唣。过不多时,兵道行个牌到府,说是奉旨犯人,把闻参将收拾在府狱中去了。闻俊卿自把生员出名去递投诉,就求保候父亲。府间准了诉词,不肯召保。俊卿就央了新中的两个举人去见府尊,府尊说:"碍上司分付,做不得情。"三人袖手无计。

此时魏撰之自揣道:"他家患难之际,料说不得求亲的闲话,只好不提起,且一面去会试再处。"两人临行之时,又与俊卿作别。撰之道:"我们三人同心之友,我两人喜得侥幸。方恨俊卿因病蹉跎,不得同登,不想又遭此家难。而今我们匆匆进京去了,心下如割,却是事出无奈。多致意尊翁,一自安心听问,我们若少得进步,必当出力相助,来白此冤。"子中道:"此间官官相护,做定了圈套陷人。闻兄只在家营救,未必有益。我两人进去,倘得好处,闻兄不若径到京来商量,与尊翁寻个出场。还是那边上流头好辨白冤枉,我辈也好相机助力。切记!切记!"撰之又私自叮嘱道:"令姊之事,万万留心。不论得意不得意,此番回来必求事谐了。"俊卿道:"闹妆现在,料不使兄失望便了。"三人洒泪而别。

闻俊卿自两人去后,一发没有商量可救父亲。亏得官无三日急,倒有七日宽,无非凑些银子,上下分派,使用得停当,狱中的也不受苦,官府也不来急急要问,丢在半边,做一件未结公案了。参将与女儿计较道:"这边的官司既未问理,我们正好做手脚⁽¹⁴⁾。我意欲修下一个辨本,做成一个备细揭帖,到京中诉冤。只没个能干

的人去得，心下踌躇未定。"闻俊卿道："这件事须得孩儿自去，前日魏、杜两兄临别时，也教孩儿进京去，可以相机行事。但得两兄有一个得第，也就好做靠傍了。"参将道："虽你是个女中丈夫，是你去毕竟停当，只是万里程途，路上恐怕不便。"俊卿道："自古多称'缇萦救父'[15]，以为美谈。他也是个女子，况且孩儿男妆已久，游庠已过，一向算在丈夫之列，有甚去不得？虽是路途遥远，孩儿弓矢可以防身，倘有甚么人盘问，凭着胸中见识也支持得过，不足为虑。只是须得个男人随去，这却不便。孩儿想得有个道理，家丁闻龙夫妻多是苗种，多善弓马，孩儿把他妻子也打扮做男人，带着他两个，连孩儿共是三人一起走，既有妇女伏事，又有男仆跟随，可以放心一直到京了。"参将道："既然算计得停当，事不宜迟，快打点动身便是了。"俊卿依命，一面去收拾。听得街上报进士，说魏、杜两人多中了，俊卿不胜之喜，来对父亲说道："有他两人在京做主，此去一发不难做事。"就拣定一日，作急起身。在学中动了一个游学呈子，批一个文书执照，带在身边了。路经省下，再察听一察听上司的声口消息。你道闻小姐怎生打扮？

> 飘飘巾帻，覆着两鬓青丝；窄窄靴鞋，套着一双玉笋。上马衣裁成短后，蛮狮带妆就偏垂。囊一张玉靶弓，想开时，舒臂扭腰多体态；插几枝雁翎箭，看放处，猿啼雕落逞高强。争羡道，能文善武的小郎君；怎知是，女扮男妆的乔秀士？

一路来到了成都府中，闻龙先去寻下一所幽静饭店。闻俊卿后到，歇下了行李，叫闻龙妻子取出带来的山菜几件，放在碟内，向店中取了一壶酒，斟着慢吃。

有道是无巧不成话。那坐的所在，与隔壁人家窗口相对，只隔着一个小天井。正吃之间，只见那边窗里一个女子掩着半窗，对着闻俊卿不转眼的看。及至闻俊卿抬起眼来,那边又闪了进去,遮遮掩掩,只不走开。忽地打个照面,乃是个绝色佳人。闻俊卿想道:"原来世间有这样标致的!"看官,你道此时若是个男人,必然动了心,就想妆出些风流家数,两下做起光景来(16)。怎当得闻俊卿自己也是个女身,那里放在心上?一面取饭来吃了,且自衙门前干正事去。到得出去了半日,傍晚转来,俊卿刚得坐下,隔壁听见这里有人声,那个女子又在窗边看来了。俊卿私下自笑道:"看我做甚?岂知我与你是一般样的!"正嗟叹间,只见门外一个老姥走将进来,手中拿着一个小榼儿(17)。见了俊卿,放下榼子,道了万福,对俊卿道:"隔壁景家小娘子见舍人独酌,送两件果子,与舍人当茶。"俊卿开看,乃是南充黄柑,顺庆紫梨,各十来枚。俊卿道:"小生在此经过,与娘子非亲非戚,如何承此美意?"老姥道:"小娘子说来,此间来万去千的人,不曾见有似舍人这等丰标的,必定是富贵家的出身。及至问人来,说是参将府中小舍人。小娘子说这俗店无物可口,叫老媳妇送此二物来解渴。"俊卿道:"小娘子何等人家,却居此间壁?"老姥道:"这小娘子是井研(18)景少卿的小姐。只因父母双亡,他依着外婆家住。他家里自有万金家事,只为寻不出中意的丈夫,所以还未嫁人。外公是此间富员外,这城中极兴的客店,多是他家的房子,何止有十来处,进益甚广。只有这里幽静些,却同家小每住在间壁。他也不敢主张把外甥许人,恐怕错了对头,后来怨怅。常对景小娘子道:'凭你自家看的中意的,实对我说,我就主婚。'这个小娘子也古怪,自来会拣相人物,再不会说那一个好。方才见了舍人,便十分称赞,敢是与舍人有些姻缘动了?"俊卿不好答应,微微笑道:"小生那有此福?"老姥道:"好说,好说。老媳妇且去着。"俊卿道:"致意小娘子,多承佳惠。客中无可奉答,但有心感盛情。"老姥去了,俊卿自想一想,不觉失笑道:"这小娘子看上了我,却不枉费春心?"吟诗一首,聊寄其意。诗云:

为念相如渴不禁,交梨邛橘出芳林。

却惭未是求凰客,寂寞囊中绿绮琴[19]。

次日早起,老姥又来,手中将着四枚剥净的熟鸡子,做一碗盛着,同了一小壶好茶,送到俊卿面前,道:"舍人吃点心。"俊卿道:"多谢妈妈盛情。"老姥道:"这是景小娘子昨夜分付了老身支持来的。"俊卿道:"又是小娘子美情,小生如何消受?有一诗奉谢,烦妈妈与我带去。"俊卿就把昨夜之诗写在纸上,封好了付妈妈。诗中分明是推却之意。妈妈将去与景小姐看了,景小姐一心喜着俊卿,见他以相如自比,反认做有意于文君,后边两句不过是谦让些说话。遂也回他一首,和其末韵云:

宋玉墙东思不禁,愿为比翼止同林。

知音已有新裁句,何用重挑焦尾琴[20]。

吟罢也写在乌丝茧纸上,教老姥送将来。俊卿看罢,笑道:"兀来小姐如此高才!难得,难得。"俊卿见他来缠得紧,生一个计较,对老姥道:"多谢小姐美意,小生不是无情,争奈小生已聘有妻室,不敢欺心妄想。上复小姐,这段姻缘种在来世罢。"老姥道:"既然舍人已有了亲事,老身去回复了小娘子,省得她牵肠挂肚[21],空想坏了。"老姥去后,俊卿自出门去打点衙门事体,央求宽缓日期,诸色停当。到了天晚,才回得下处。是夜无话。

来日天早,这老姥又走将来,笑道:"舍人小小年纪,倒会掉谎[22]。老婆滚到身边,推着不要。昨日回了小娘子,小娘子教我问一问两位管家,多说道舍人并不曾聘娘子过。小娘子喜欢不胜,已对员外说过,少刻员外自来奉拜说亲,好歹要成事了。"俊卿听罢呆了半晌,道:"这冤家帐,那里说起?只索收拾行李起来,趁早去了罢。"分付闻龙与店家会了钞,急待起身。只见店家走进来报道:

"主人富员外相拜闻相公。"说罢,一个七十多岁的老人家笑嘻嘻进来堂中,望见了闻俊卿,先自欢喜。问道:"这位小相公,想就是闻舍人了么?"老姥还在店内,也跟将来,说道:"正是这位。"富员外把手一拱道:"请过来相见。"闻俊卿见过了礼,整了客座坐了。富员外道:"老汉无事不敢冒叩新客。老汉有一外甥,乃是景少卿之女,未曾许着人家。舍甥立愿不肯轻配凡流,老汉不敢擅做主张,凭他意中自择。昨日对老汉说,有个闻舍人,下在本店,丰标不凡,愿执箕帚[23]。所以要老汉自来奉拜,说此亲事。老汉今见足下,果然俊雅非常;舍甥也有几分姿容,况且粗通文墨。实是一对佳耦[24],足下不可错过。"闻俊卿道:"不敢欺老丈,小生过蒙令甥谬爱,岂敢自外?一来令甥是公卿阀阅,小生是武弁门风,恐怕攀高不着;二来老父在难中,小生正要入京辨冤,此事既不曾告过,又不好为此担阁,所以应承不得。"员外道:"舍人是簪缨世胄[25],况又是黉宫名士,指日飞腾,岂分甚么文武门楣?若为令尊之事,慌速入京,何不把亲事议定了,待归时禀知令尊,方才完娶?既安了舍甥之心,又不误了足下之事,有何不可?"闻俊卿无计推托,心下想道:"他家不晓得我的心病,如此相逼,却又不好十分过却,打破机关。我想魏撰之有竹箭之缘,不必说了。还有杜子中更加相厚,倒不得不闪下了他。一向有个主意,要在骨肉女伴[26]里边别寻一段姻缘,发付他去。而今既有此事,我不若权且应承,定下在这里,他日作成了杜子中,岂不为妙?那时晓得我是女身,须怪不得我说谎。万一杜子中也不成,那时也好开交了,不像而今碍手。"算计已定,就对员外说:"既承老丈与令甥如此高情,小生岂敢不受人提掣!只得留下一件信物在此为定,等小生京中回来,上门求娶就是了。"说罢,就在身边解下那个羊脂玉闹妆,双手递与员外,道:"奉此与令甥表信。"富员外千欢万喜,接受在手,一同老姥回复景小姐道:"一言已定了。"员外就叫店中办起酒来,与闻舍人饯行。俊卿推却不得,吃得尽欢而罢。相别了,起身上路。少不得风餐水宿,

夜住晓行。不一日,到了京城。叫闻龙先去打听魏杜两家新进士的下处。问着了杜子中一家,原来那魏撰之已在部给假回去了。杜子中见说闻俊卿来到,不胜之喜,忙差长班来接到下处。两人相见,寒温(27)已毕。俊卿道:"小弟专为老父之事,前日别时承兄每分付入京图便,切切在心。后闻两兄高发,为此不辞跋涉,特来相托。不想魏撰之已归,今幸吾兄尚在京师,小弟不致失望了。"杜子中道:"仁兄先将老伯被诬事款做一个揭帖,逐一辨明,刊刻起来,在朝门外逢人就送。等公论明白了,然后小弟央个相好的同年,在兵部的条陈别事,带上一段,就好到本籍去生发出脱了。"俊卿道:"老父有个本稿,可以上得否?"子中道:"而今重文轻武。老伯是按院题的,若武职官出名自辨,他们不容起来,反致激怒,弄坏了事。不如小弟方才说的为妙,仁兄不要轻率。"俊卿道:"感谢指教。小弟是书生之见,还求仁兄做主行事。"子中道:"异姓兄弟,原是自家身上的事,何劳叮咛?"俊卿道:"撰之为何回去了?"子中道:"撰之原与小弟同寓了多时,他说有件心事,要归来与仁兄商量。问其何事,又不肯说。小弟说仁兄见吾二人中了,未必不进京来。他说这是不可期的,况且事体要在家里做的,必要先去,所以告假去了。正不知仁兄却又到此,可不两相左了? 敢问仁兄,他果然要商量何等事?"俊卿明知为婚姻之事,却只做不知,推说道:"连小弟也不晓得他为甚么,想来无非为家里的事。"子中道:"小弟也想他没甚么,为何恁地等不得?"两个说了一回,子中分付治酒接风,就叫闻家家人安顿好了行李,不必另寻寓所,只在此间同寓。盖是子中先前与魏家同寓,今魏家去了,房舍尽有,可以下得闻家主仆三人。子中又分付打扫闻舍人的卧房,就移出自己的榻来,相对铺着,说晚间可以联床清话。俊卿看见,心里有些突兀(28)起来,想道:"平日与他每同学,不过是日间相与,会文会酒,并不看见我的卧起,所以不得看破。而今多在一间房内了,须闪避不得,露出马脚来怎么处?"却又没个说话可以推掉得两处宿。只是自己放着精细,遮掩过去便了。

虽是如此说，却是天下的事是真难假，是假难真。亦且终日相处，这些细微举动，水火不便的所在，那里妆饰得许多来？闻俊卿日间虽是长安街上去送揭帖，做着男人的勾当；晚间宿歇之处，有好些破绽现出在杜子中的眼里。子中是个聪明人，有甚不省得的事？晓得有些诧异，越加留心闲观，越看越是了。这日，俊卿出去，忘锁了拜匣，子中偷揭开来一看，多是些文翰束帖，内有一幅草稿。写着道：

> 成都绵竹县信女闻氏，焚香拜告关真君神前。愿保父闻确冤情早白，自身安稳还乡，竹箭之期，闹妆之约，各得如意。谨疏。

子中见了拍手，道："眼见得公案在此了。我枉为男子，被他瞒过了许多时。今不怕他飞上天去，只是后边两句解他不出，莫不许过了人家？怎么处？"心里狂荡不禁。

忽见俊卿回来，子中接在房里坐了，看着俊卿只是笑。俊卿疑怪，将自己身子上下前后看了又看，问道："小弟今日有何举动差错了，仁兄见哂之甚？"子中道："笑你瞒得我好。"俊卿道："小弟到此来做的事，不曾瞒仁兄一些。"子中道："瞒得多哩！俊卿自想么！"俊卿道："委实没有。"子中道："俊卿记得当初同斋时言语么？原说弟若为女，必当嫁兄；兄若为女，必当娶兄。可惜弟不能为女，谁知兄果然是女，却瞒了小弟，不然娶兄多时了。怎么还说不瞒？"俊卿见说着心病，脸上通红起来，道："谁是这般说？"子中袖中摸出这纸疏头来，道："这须是俊卿的亲笔。"俊卿一时低头无语。子中就挨过来坐在一处了，笑道："一向只恨两雄不能相配，今却遂了人愿也。"俊卿站了起来道："行踪为兄识破，抵赖不得了。只有一件，一向承兄过爱，慕兄这心非不有之。争奈有件缘事，已属了撰之，不

能再以身事兄,望兄见谅。"子中愕然道:"小弟与撰之同为俊卿窗友,论起相与意气,还觉小弟胜他一分。俊卿何得厚于撰之,薄于小弟乎?况且撰之又不在此间,现钟不打,反去炼铜,这是何说?"俊卿道:"仁兄有所不知,仁兄可看疏上竹箭之期的说话么?"子中道:"正是不解。"俊卿道:"小弟因为与两兄同学,心中愿卜所从。那日向天暗祷,箭到处,先拾得者即为夫妇。后来这箭却在撰之处,小弟诡说是家姐所射,撰之遂一心想慕,把一个玉闹妆为定。此时小弟虽不明言,心已许下了。此天意有属,非小弟有厚薄也。"子中大笑道:"若如此说,俊卿宜为我有无疑了。"俊卿道:"怎么说?"子中道:"前日斋中之箭,原是小弟拾得,看见于上有两行细字,以为奇异。正在念诵,撰之听得走出来,在小弟手里接去看。此时偶然家中接小弟,就把竹箭掉在撰之处,不曾取得。何尝是撰之拾取的?若论俊卿所卜天意,一发正是小弟应占了。撰之他日可问,须混赖不得。"俊卿道:"既是曾见箭上字来,今可记得否?"子中道:"虽然看时节仓卒无心,也还记是'矢不虚发,发必应弦'八个字,小弟须是造不出。"俊卿见说得是真,心里已自软了。说道:"果是如此,乃是天意了。只是枉了魏撰之望空想了许多时,而今又赶将回去,日后知道,甚么意思?"子中道:"这个说不得。从来说'先下手为强',况且元该是我的。"就拥了俊卿求欢道:"相好兄弟,而今得同衾枕,天上人间,无此乐矣。"俊卿推拒不得,只得含羞走入帏帐之内,一任子中所为。有一首奋调⁽²⁹⁾《山坡羊》,单道其事。

这小秀才有些儿怪样,走到罗帏,忽现了本相。本来是个黉宫里折桂的郎君,改换了章台内司花的主将。金兰契,只觉得肉味馨香;笔砚交,果然是有笔如枪。皱眉头,忍着疼,受的是良朋针砭;趁胸怀,揉着窍,显出那知心酣畅。用一番切切偲偲来也,哎呀,分明是远方来,乐意洋洋。思量,一巢一栄是联句的篇章。慌忙为云为雨,还错认了龙阳(30)。

事毕,闻小姐整容而起,叹道:"妾一生之事,付之郎君,妾愿遂矣。只是哄了魏撰之,如何回他?"忽然转了一想,将手床上一拍,道:"有处法了。"杜子中倒吃了一惊,道:"这事有甚么处法?"小姐道:"好教郎君得知:妾身前日行至成都,在客店内安歇。主人有个甥女窥见了妾身,对他外公说了,逼要相许。是妾身想个计较,将信物权定,推道归时完娶。当时妾身意思道,魏撰之有了竹箭之约,恐怕冷淡了郎君,又见那个女子才貌双全,可为君配,故此留下这个姻缘。今妾既归君,他日回去,魏撰之问起所许之言,就把这家的说合与他成了,岂不为妙?况且当时只说是姊姊,他心里并不曾晓得妾身自己,也不是哄他了。"子中道:"这个最妙,足见小姐为朋友的美情。有了这个出场,就与小姐配合,与撰之也无嫌了。谁晓得途中又有这件奇事? 还有一件要问:途中认不出是女容不必说了,但小姐虽然男扮,同两个男仆行走,好些不便。"小姐笑道:"谁说同来的多是男人? 他两个原是一对夫妇,一男一女,打扮做一样的。所以途中好伏侍走动,不必避嫌也。"子中也笑道:"有其主必有其仆,有才思的人做来多是奇怪的事。"小姐就把景家女子所和之诗,拿出来与子中看。子中道:"世间也还有这般的女子!魏撰之得之也好意足了。"

小姐再与子中商量着父亲之事。子中道:"而今说是我丈人,一发(31)好措词出力。我吏部有个相知,先央他把做对头的兵道调了地方,就好营为了。"小姐道:"这个最是要着,郎君在心则个。"子中果然去央求吏部。数日之间推升本上,已把兵道改升了广西地方。子中来回复小姐道:"对头改去,我今作速讨个差与你回去,救取岳丈了事。此间辨白已透,抚按轻拟上来,无不停当了。"小姐愈加感激,转增恩爱。子中讨下差来,解饷到山东地方,就便回籍。

小姐仍旧扮做男人，一同闻龙夫妻，擎弓带箭，照前妆束，骑了马，傍着子中的官轿，家人原以舍人相呼，行了几日，将过郑州，旷野之中，一枝响箭擦官轿射来。小姐晓得有歹人来了，分付轿上："你们只管前走，我在此对付他。"真是忙家不会，会家不忙。扯出囊弓，扣上弦，搭上箭。只见百步之外，一骑马飞也似的跑来。小姐掣开弓，喝声道："着！"那边人不防备的，早中了一箭，倒撞下马，在地下挣扎。小姐疾鞭着坐马赶上前轿，高声道："贼人已了当了，放心前去。"一路的人多赞称小舍人好箭，个个忌惮。子中轿里得意，自不必说。自此完了公事，平平稳稳到了家中。

父亲闻参将已因兵道升去，保候在外了。小姐进见，备说了京中事体及杜子中营为，调去了兵道之事。参将感激不胜，说道："如此大恩，何以为报？"小姐又把被他识破，已将身子嫁他，共他同归的事也说了。参将也自喜欢道："这也是郎才女貌，配得不枉了。你快改了妆，趁他今日荣归吉日，我送你过门去罢！"小姐道："妆还不好改得，且等会过了魏撰之着。"参将道："正要对你说，魏撰之自京中回来，不知为何只管叫人来打听，说我有个女儿，他要求聘。我只说他晓得些风声，是来说你了，及至问时，又说是同窗舍人许他的，仍不知你的事。我不好回得，只是含糊说等你回家。你而今要会他怎的？"小姐道："其中有许多委曲⁽³²⁾，一时说不及，父亲日后自明。"

正说话间，魏撰之来相拜。元来魏撰之正为前日婚姻事在心中放不下，故此就回。不想问着闻舍人，又已往京，叫人探听舍人有个姐姐的说话，一发言三语四，不得明白。有的说："参将只有两个舍人，一大一小，并无女儿。"又有的说："参将有个女儿，就是那个舍人。"弄得魏撰之满肚疑心，胡猜乱想。见说闻舍人已回，所以亟亟来拜，要问明白。闻小姐照旧时家数接了进来。寒温已毕，撰之急问道："仁兄，令姊之说如何？小弟特为此赶回来的。"小姐说："包管兄有一位好夫人便了。"撰之道："小弟叫人宅上打听，其言不一,何也?"小姐道:"兄不必疑,玉闹妆已在一个人处,待小弟再略调停,准备迎娶便了。"撰之道:"依兄这等说,不像是令姐了?"小姐道:"杜子中尽知端的,兄去问他就明白。"撰之道:"兄何不就明说了,又要小弟去问?"小姐道:"中多委曲,小弟不好说得,非子中不能详言。"说得魏撰之愈加疑心。

他正要去拜杜子中,就急忙起身来到杜子中家里,不及说别样说话,忙问闻俊卿所言之事。杜子中把京中同寓,识破了他是女身,已成夫妇,始末根由说了一遍。魏撰之惊得木呆,道:"前日也有人如此说,我却不信,谁晓得闻俊卿果是女身!这分明是我的姻缘,平白错过了。"子中道:"怎见得是兄的?"撰之述当初拾箭时节,就把玉闹妆为定的说话。子中道:"箭本小弟所拾,原系他向天暗卜的,只是小弟当时不知其故,不曾与兄取得此箭在手,今仍归小弟,原是天意。兄前日只认是他令姐,原未尝属意他自身。这个不必追悔,兄只管闹妆之约不脱空罢了。"撰之道:"符已去矣,怎么还说不脱空?难道真还有个令姐?"子中又把闻小姐途中所遇景家之事说了一遍,道:"其女才貌非常,那日一时难推,就把兄的闹妆权定在彼。而今想起来,这就有个定数在里边了,岂不是兄的姻缘么?"撰之道:"怪不得闻俊卿道自己不好说,元来有许多委曲。只是一件:虽是闻俊卿已定下在彼,他家又不曾晓得明白,小弟难以自媒,何由得成?"子中道:"小弟与闻氏虽已成夫妇,还未曾见过岳翁。打点(33)就是今日迎娶,少不得还借重一个媒妁,而今就烦兄与小弟做一做。小弟成礼之后,代相恭敬,也只在小弟身上撮合就是了。"撰之大笑道:"当得,当得。只可笑小弟一向在睡梦中,又被兄占了头筹,而今不使小弟脱空,也还算是好了。既是这等,小弟先到闻宅去道意,兄可随后就来。"

魏撰之讨大衣服来换了,竟抬到闻家。此时闻小姐已改了女妆,不出来了;闻参将自己出来接着。魏撰之述了杜子中之言,闻参将道:"小女娇痴慕学,得承高贤不弃,今幸结此良缘,蒹葭倚

玉⁽³⁴⁾,惶恐,惶恐。"闻参将已见女儿说过,是件整备。门上报道:"杜爷来迎亲了。"鼓乐喧天,杜子中穿了大红衣服,抬将进门。真是少年郎君,人人称羡。走到堂中,站了位次,拜见了闻参将。请出小姐来,又一同行礼。谢了魏撰之,启轿而行。迎至家里,拜告天地,见了祠堂,杜子中与闻小姐正是新亲旧友,喜喜欢欢,一桩事完了。

只是魏撰之有些眼热,心里道:"一样的同窗朋友,偏是他两个成双。平时杜子中分外相爱,常恨不将男作女,好做夫妻。谁知今日竟遂其志,也是一段奇话。只所许我的事,未知果是如何?"次日,就到子中家里贺喜,随问其事。子中道:"昨晚弟妇就和小弟计较,今日专为此要同到成都去。弟妇誓欲以此报兄,全其口信,必得佳音方回来。"撰之道:"多感,多感。一样的同窗,也该记念着我的冷清;但未知其人果是如何。"子中走进去,取出景小姐前日和韵之诗与撰之看了,撰之道:"果得此女,小弟便可以不妒兄矣!"子中道:"弟妇赞之不容口,大略不负所举。"撰之道:"这件事做成,真愈出愈奇了。小弟在家颙望。"俱大笑而别。杜子中把这些说话与闻小姐说了,闻小姐道:"他盼望久了的,也怪他不得。只索作急成都去,周全了这事。"

小姐仍旧带了闻龙夫妻跟随,同杜子中到成都来。认着前日饭店,歇在里头了。杜子中叫闻龙拿了帖径去拜富员外,员外见说是新进士来拜,不知是甚么缘故,吃了一惊,慌忙迎接进士。坐下了,道:"不知为何大人贵足赐踹贱地?"子中道:"学生在此经过,闻知有位景小姐,是老丈令甥,才貌出众。有一敝友也叨过甲第了,欲求为夫人,故此特来奉访。"员外道:"老汉有个甥女,他自要择配,前日看上了一个进京的闻舍人,已纳下聘物,大人见教迟了。"子中道:"那闻舍人也是敝友,学生已知他另有所就,不来娶令甥了,所以敢来作伐⁽³⁵⁾。"员外道:"闻舍人也是读书君子,既已留下信物,两心相许,怎误得人家儿女?舍甥女也毕竟要等他的回信。"子中将出前日景小姐的诗笺来道:"老丈试看此纸,不是令甥写与闻舍人的么?因为闻舍人无意来娶了,故把与学生做执照,来为敝友求令甥。即此是闻舍人的回信了。"员外接过来看,认得是甥女之笔,沉吟道:"前日闻舍人也曾说道聘过了,不信其言,逼他应承的。元来当真有这话,老汉且与甥女商量一商量,来回复大人。"员外别了,进去了一会,出来道:"适间甥女见说,甚是不快。他也说得是,就是闻舍人负了心,是必等他亲身见一面,还了他玉闹妆,以为诀别,方可别议姻亲。"子中笑道:"不敢欺老丈说,那玉闹妆也即是敝友魏撰之的聘物,非是闻舍人的。闻舍人因为自己已有姻亲,不好回得,乃为敝友转定下了。是当日埋伏机关,非今日无因至前也。"员外道:"大人虽如此说,甥女岂肯心休?必得闻舍人自来说明,方好处分。"子中道:"闻舍人不能复来,有拙荆在此,可以进去一会令甥,等他与令甥说些备细,令甥必当见信。"员外道:"有尊夫人在此,正好与甥女面会一会,有言可以尽吐,省得传消递息。最妙,最妙。"就叫前日老姥来接杜夫人,老姥一见闻小姐举止形容有些面善⁽³⁶⁾,只是改妆过了,一时想不出。一路想着,只管迟疑,接到间壁。里边景小姐出来相迎,各道了万福。闻小姐对景小姐道:"认得闻舍人否?"景小姐见模样厮象,只道或不是舍人的姊妹,答道:"夫人与闻舍人何亲?"闻小姐道:"小姐恁等识人,难道这样眼钝?前日到此,过蒙见爱的舍人,即妾身是也。"景小姐吃了一惊,仔细一认,果然一毫不差。连老姥也在旁拍手道:"是呀,是呀。我方才道面庞熟得紧,那知就是前日的舍人。"景小姐道:"请问夫人前日为何这般打扮?"闻小姐道:"老父有难,进京辨冤,故乔妆作男,以便行路。所以前日过蒙见爱,再三不肯应承者,正为此也。后来见难推却,又不敢说真情,所以代友人纳聘,以待后来说明。今纳聘之人已登黄甲,年纪也与小姐相当,故此愚夫妇特来奉求,与小姐了此一段姻亲,报答前日厚情耳。"景小姐见说,半晌做声不得。老姥在旁道:"多谢夫人美意。只是那位老爷

姓甚名谁？夫人如何也叫他友人？"闻小姐道："幼年时节曾共学堂，后来同在庠中，与我家相公三人，年貌多相似，是异姓骨肉。知他未有亲事，所以前日就有心替他结下了。这人姓魏，好一表人物，就是我相公同年，也不辱没了小姐。小姐一去，也就做夫人了。"景小姐听了这一篇说话，晓得是少年进士，有甚么不喜欢？叫老姥陪住了闻小姐，背地去把这些说话备细告诉员外。员外见说许个进士，岂有不撺掇之理？真个是一让一个肯，回复了闻小姐。转说与杜子中，一言已定。富员外设起酒来谢媒，外边款待杜子中，内里景小姐作主，款待杜夫人。两个小姐，说得甚是投机，尽欢而散。

约定了回来，先教魏撰之纳币，拣个吉日迎娶回家。花烛之夕，见了模样，如获天人。因说起闻小姐闹妆纳聘之事，撰之道："那聘物元是我的。"景小姐问："如何却在他手里？"魏撰之又把先时竹箭题字，杜子中拾得掉在他手里，认做另有个姐姐，故把玉闹妆为聘的根繇说了一遍。齐笑道："彼此夙缘，颠颠倒倒，皆非偶然也。"

明日，撰之取出竹箭来与景小姐看，景小姐道："如今只该还他了。"撰之就提笔写一柬与子中夫妻道：

　　既归玉环，返卿竹箭。两段姻缘，各从其便。一笑，
一笑。

写罢，将竹箭封了，一同送去。杜子中收了，与闻小姐拆开来看，方见八字之下，又有"蚩蛾记"三字。问道："'蚩蛾'怎么解？"闻小姐道："此妾闺中之名也。"子中道："魏撰之错认了令姊，就是此二字了。若小生当时曾见此三字，这箭如何肯便与他？"闻小姐道："他若没有这箭起这些因头，那里又绊得景家这头亲事来？"两人又笑了一回，又题了一柬戏他道：

环为旧物,箭亦归宗。两俱错认,各不落空。一笑,一笑。

从此两家往来,如同亲兄弟姊妹一般。两个甲科与闻参将辨白前事,世间情面那有不让缙绅的?逐件赃罪得以开释,只处得他革任回卫。闻参将也不以为意了。后边魏、杜两人俱为显官,闻、景二小姐各生子女,又结了婚姻,世交不绝。这是蜀多才女,有如此奇奇怪怪的妙话。卓文君成都当垆,黄崇嘏相府掌记,却又平平了。诗曰:

世上夸称女丈夫,不闻巾帼竟为儒。
朝廷若也开科取,未必无人待价沽。

【注释】(1)本篇选自《二刻拍案惊奇》卷十七。 (2)黉门:学校。 (3)小舍人:明代军卫应袭子弟,犹"公子"。 (4)月生:月份。 (5)撮合山:在男女之间牵线搭桥者,即媒人。 (6)拜匣:置柬帖的木盒。 (7)羊脂玉闹妆:用白玉缀饰而成的腰带。 (8)罗敷:王仁妻。汉代著名民间叙事诗《陌上桑》中有"使君自有妇,罗敷自有夫"句。 (9)支机肯许问津:支机指支机石,典出《集林》,代指织女。问津,问路,典出《论语》,引申为指迷发蒙。 (10)如皋雉:典出《左传》,"贾大夫恶,取妻而美,三年不言不笑。御以如皋,射雉,获之,其妻始笑而言。" (11)秋闱:明清时乡试例于八月举行,故亦称秋试或秋闱。 (12)兵备道:即按察使司兵备佥事。 (13)按院:明代官职,即巡按御史,负监察之责。 (14)做手脚:想办法,采取措施。 (15)缇萦救父:汉文帝时太医淳于意有罪当刑,其女缇萦上书,愿为官婢以赎父刑。帝悲其孝,为除肉刑。 (16)做起光景来:这里指男女调情。 (17)小楂儿:这里指食盒。 (18)井研:地名,在四川省。 (19)绿绮琴:傅玄《琴赋》中提到的一种琴。 (20)焦尾琴:傅玄《琴赋》序中云:"蔡邕有焦尾",也是一种古代的琴名。 (21)牵肠挂肚:心里老想着一件事,割舍不

下。(22)掉谎:撒谎。 (23)执箕帚:服侍人,隐指为人之妻。 (24)佳耦:即佳偶。 (25)簪缨世胄:世代高官。 (26)骨肉女伴:关系密切的女友。 (27)寒温:指叙寒温,朋友相见时的寒暄。 (28)突兀:这里指猛然间引起的疑惑或矛盾。 (29)畲调:曲调名。 (30)龙阳:战国时魏国有人以男色事魏王而得宠,号龙阳君,后以龙阳指男色。 (31)一发:越发。 (32)委曲:曲折。 (33)打点:打算。 (34)蒹葭倚玉:蒹葭,芦苇,指轻贱之物;玉是珍贵之物。此句指两下里不般配。 (35)作伐:作媒。 (36)面善:面熟。

【今译】(略)

【点评】这是一篇才子佳人的恋爱故事。女主人公闻俊卿才貌双全,文武兼备,是一个颇具时代特征的新型女性形象。作者围绕主人公的婚恋主题设置了闻俊卿与杜子中、魏撰之、景小姐之间的多种矛盾关系,一路曲折写来,处处设置悬念,最后又一一解决矛盾冲突,落得了个两双佳人喜得才子的美好结局。故事表现出来的新的婚恋观念及作者建构人物关系的艺术技巧较值得注意。中国传统的婚姻观念是所谓"父母之命,媒妁之言",本来是不讲究男女感情的;后来又出现了"郎才女貌"的观念,算是一个进步。然而二者常常出现矛盾冲突,这就不可避免地出现了唐传奇故事中常写的那种爱情悲剧。但到了明代,由于新的社会思潮的兴起,传统婚姻观念受到了极大冲击,才子佳人式的婚姻成为青年男女追求的新型爱情模式,也成为小说作品重点表现的题材。明末清初出现了一大批才子佳人小说,几乎都是以此为主题,可以说正是这种现实生活观念的反映。凌濛初的这篇作品,无疑应该视为较早的才子佳人小说。这类小说的最大特点是女主人公不但是美貌多情的佳丽,而且都是极有才学不让须眉的"才女",她们为男性所倾慕的,不再是美貌,而是才情。这在一定意义上表现出传统的妇女观、婚姻观,正逐渐染上"近代"的色彩。闻俊卿就是这样一位"时代女性"。她不但"丰姿绝世""模样娉婷",而且自幼学得一身高强的武艺。为了改变受人指目的武弁出身地位,她又扮男装,打入男人的"世袭领地",成为一名儒者,家里家外的一切事务,协父办理,父亲冤狱,她又赴京找人辨冤。这一切全应由男子担当的事情,闻俊卿皆办得停停当当。所以作者在篇末欣喜地赞扬她是"世上夸称女丈夫",体现了男女平等的新思想。建立在这种新思想基础上的婚姻,自然不同于"嫁鸡随鸡,嫁狗随狗"式的人身依附婚姻,也不同于仍以男性为中心的"郎才女貌"类型婚姻,它是一种以男女人格完全平等、充分理解和感情融合为基础的新型婚姻。另一点值得注意的是,作者在叙述故事时没有将主要笔墨放在对主人公感情世界的描写上,而是以闻俊卿为中心设置了多对矛盾,以人物间错综复杂的矛盾关系吸引读者,以解决矛盾的过程作叙事线索,使故事产生了曲折多变、引人入胜的效果;而矛盾的最后解决顺理成章,并无牵强附会之感。最后的大团圆结局,符合中国传统的审美心理,体现了中国古代小说结构故事的一大特色。作者也十分注意对人物心理的刻画,如写闻俊卿在杜、魏二人的选择上及在景小姐求婚时所表现出来的复杂心情,细腻而有层次,符合她的独特身份和规定情景,较为可信。

(孟昭连)

兰陵笑笑生

兰陵笑笑生,约生活在明代嘉靖、万历年间,生卒不详,真实姓名待考。关于《金瓶梅词话》作者的考证,众说纷纭,迄无定论。明末清初,有作者是王世贞或王世贞门人之说,有"卢楠为斥严嵩严世蕃父子所著"(见满文译本《金瓶梅序》)之说。今人关于作者是谁的研究,大约有数十种不同意见,主要有李开先说、贾三近说、屠隆说、沈德符说、冯梦龙说、王稚登说、谢榛说、冯惟敏说等。以上诸说均为文人独立创作说,虽然作者为谁意见不一,但有几点趋向一致的看法:1.作家个人创作,或一人创作为主另有友人帮助;2.此作者生活在鲁南苏北方言区或熟悉此地方言;3.创作时期在嘉靖、万历年间;4.作者是大手笔;5.作者经历过患难穷愁。

另有世代累积、集体创作,经民间艺人或下层文人写定说。

《金瓶梅》(节选)

潘金莲激打孙雪娥[1]

当晚西门庆在金莲房中吃了回酒,洗毕澡,两人歇了。次日也是合当有事,西门庆许了金莲,要往庙上替他买珠子,要穿箍儿戴,早起来等着要吃荷花饼[2]、银丝鲊汤[3]。才起身,使春梅往厨下说去。那春梅只顾不动身。金莲道:"你休使他。有人说我纵容他,教你收了,俏成一帮哄汉子。百般指猪骂狗,欺负俺娘儿们使。你又使他后边做甚么去?"西门庆便问:"是谁说此话,欺负他?你对我说。"妇人道:"说怎的,盆罐都有耳朵。你只不叫他后边去,另使秋菊去便了。"这西门庆遂叫过秋菊,分付他往厨下对雪娥说去。约有两顿饭时,妇人已把桌儿放了,白不见[4]拿来,急的西门庆只是暴跳。妇人见秋菊不来,使春梅:"你去后边瞧瞧,那奴才只顾生根长苗不见来。"

春梅有几分不顺,使性子走到厨下,只见秋菊正在那里等着哩,便骂道:"贼饧奴[5],娘要卸你那腿哩!说你怎的就不去了哩!爹紧等着吃了饼,要往庙上去,急的爹在前边暴跳,叫我采[6]了你去哩!"这孙雪娥不听便罢,听了心中大怒,骂道:"怪小淫妇儿,马回子拜节,来到的就是!锅儿是铁打的,也等慢慢儿的来。预备下熬的粥儿,又不吃,忽刺八[7]新梁兴出来[8],要烙饼做汤,那个是肚里蛔虫?"春梅不忿他骂,说道:"没的扯毯淡,主子不使了来问你,那个好来问你要?有没,俺们到前边自说的一声儿,有那些声气

的。"一只手拧着秋菊的耳朵,一直往前边来。雪娥道:"主子、奴才长远似这等硬气,有时道着!"春梅道:"中。有时道使时道,没的把俺娘儿两个别变(9)了罢!"于是气狠狠走来。妇人见他脸气的黄黄,拉着秋菊进门,便问:"怎的来了?"春梅道:"你问他。我去时还在厨房里雌着,等他慢条丝礼儿才和面儿。我自不是,说了一句:'爹在前边等着,娘说你怎的就不去了,使我来叫你来了。'倒被小院里的,千奴才,万奴才,骂了我恁(10)一顿。说爹马回子拜节,来到的就是。只相那个调唆了爹一般,预备下粥儿不吃,平白新生发起要饼和汤。只顾在厨房里骂人,不肯做哩。"妇人在旁便道:"我说别要使他去,人自恁和他合气,说俺娘儿两个霸拦你在这屋里。只当吃人骂将来。"

这西门庆听了,心中大怒,走到后边厨房里,不由分说,向雪娥踢了几脚,骂道:"贼歪剌骨(11),我使他来要饼,你如何骂他?你骂他奴才,你如何不溺胞尿,把你自家照照?"那雪娥被西门庆踢骂了一顿,敢怒而不敢言。西门庆刚走出厨房门外,雪娥对着大家人来昭妻一丈青说道:"你看我今日晦气,早是你在旁听,我又没曾说什么。他走将来凶神也一般,大喓小喝,把丫头采的去了,反对主子面前轻事重报,惹的走来平白把恁一场儿。我洗着眼儿看着主子、奴才,长远恁硬气着,只休要错了脚儿!"不想被西门庆听见了,复回来,又打了几拳,骂道:"贼奴才淫妇,你还说不欺负他,亲耳朵听见你还骂他!"打的雪娥疼痛难忍,西门庆便往前边去了。那雪娥气的在厨房里两泪悲啼,放声大哭。

吴月娘正在上房,才起来梳头,因问小玉:"厨房里乱的些甚么?"小玉回道:"爹要饼吃了往庙上去,说姑娘骂五娘房里春梅来,被爹听见了,在厨房里踢了姑娘几脚,哭起来。"月娘道:"也没见,他要饼吃,连忙做了与他去就罢了,平白又骂他房里丫头怎的!"于是使小玉走到厨房,撺掇雪娥并家人媳妇连忙攒造汤水,打发西门庆吃了,骑马,小厮跟随,往庙上去不题。

【注释】(1)此段选自《金瓶梅词话》第十一回,是全书展开西门府内部矛盾描写的开端。此回两番写西门庆打孙雪娥,此段为第一番打。直接表现的是潘金莲与其贴身大丫头春梅在西门庆宠爱之下,与孙雪娥之间的冲突。 (2)荷花饼:形状如荷花的精制细饼。 (3)银丝鲊(zhǎ)汤:银丝鲊,即银鱼鲊,以银鱼鲊做汤就是银丝鲊汤。 (4)白不见:"白"与否定副词连用,表示意外,相当于"竟","白不见"即竟不见。 (5)贼饧(xíng)奴:饧,面发酵谓之饧,引申为性动情发。比为骂秋菊为发情的奴才、浪奴才。 (6)采:揪、扭。 (7)忽剌(lá)八:蒙古语音译词,突然的意思。 (8)新梁兴出来:新的主意出来。 (9)别变:打发、处治。 (10)恁(nèn):这样;如此。 (11)歪刺骨:指行为不正的女人。

【今译】(略)

【点评】此段为全书写西门庆家庭内部妻妾之间争宠斗奸的第一个波浪,显示出《金瓶梅词话》独具的艺术特色。主子与奴婢之间、妻妾之间、奴婢之间的矛盾冲突交织错综。人物性格各具特色,相互之间绝不雷同。人物对话,来自下层市民生活方言口语,言文一致,打破了古典诗文自我封闭的文学系统。这些特点,表现了作者新的感受新的发现。此段明写春梅与孙雪娥之间的冲突,写春梅得宠,暗写金莲得宠。春梅是潘金莲的贴身大丫头,又是她的帮手、知音,曾为西门庆所收用,倍受西门庆宠爱。孙雪娥原是西门庆头房妻子陈氏的陪嫁丫鬟,在西门庆娶孟玉楼之后,纳潘金莲为妾之前,收她为第四房妾。孙雪娥为陪嫁丫鬟出身,没有妆奁钱财,姿色平平,不被西门庆宠爱,让她在厨房做仆妇的头,专管打发各房饮食。

潘金莲激打孙雪娥,分三层递进发展。西门庆外出为给金莲买首饰,等吃荷花饼,使春梅告知厨房,潘不让春梅去(雪娥认为潘金莲、春梅合伙哄汉子),只好让小丫头秋菊去,这是一层,使读者感受到潘、春梅、雪娥各自的心态与她们之间的潜在冲突。西门庆等吃荷花饼,见秋菊不回来,不能不使春梅去,春梅与雪娥之间展开正面交锋,各不相让,这又是一层,写得宠的大丫头春梅与失宠的妾妇雪娥之间的冲突。春梅回来向其主子西门庆、潘金莲

告说雪娥在厨房骂人,西门庆一怒之下,走到厨房,打骂孙雪娥,雪娥受辱。此段,从春梅的言行,表现她的傲气与得宠。"使性子走到厨下",向秋菊、雪娥骂说。西门庆向孙雪娥骂道:"贼歪剌骨!我使他来要饼,你如何骂他?你骂他奴才,你如何不溺胞尿,把你自家照照?"这既写出了西门庆对春梅宠爱,又写出西门庆只把雪娥看成奴婢。雪娥的言行显示,她缺少自知之明,但不甘受屈辱,她要抗争。实际上,春梅与雪娥都是西门庆家中的仆妇,然而,在封建社会的一夫多妻制之下,她们之间却缺少相互的同情怜悯,显示出《金瓶梅词话》世界里的灰暗、冷漠与妇女们的悲惨处境。

【集说】雪娥殊不自揣。(《新刻绣像批评金瓶梅》眉批)

此回文字,上半明明是写金莲得宠,却写得都是春梅得宠。盖前文写西门之于金莲,已不啻如花如火矣。过此十三回内,又是瓶儿的事,是写其如花如火者,又皆瓶儿之如花如火者也。然则必出春梅于瓶儿之前,见得与金莲同功一体,生死共之,不得不先写春梅也。夫先写春梅,止云收雨而已,毕将春梅较蕙莲、来爵媳妇之不若,何以为之《金瓶梅》哉!固知此与雪娥生波起浪,皆是作者特为春梅地步。见得此日春梅已迥非昔日之春梅,而雪娥梦梦,自不知之,宜乎有许多闲事。是故此回虽为金莲私仆作火种,却是为春梅作一番出落描写也。写春梅,全带三分傲气,方与后文作照。(《张竹坡批评第一奇书金瓶梅》第十一回回前评)

(王汝梅)

宋蕙莲含羞自缢⁽¹⁾

不说来旺儿递解⁽²⁾徐州去了。且说宋蕙莲在家,每日只盼他出来。小厮一般的替他送饭,到外边,众人都吃了。转回来,蕙莲问着他,只说:"哥吃了,监中无事。若不是也放出来了,连日提刑老爹没来衙门中问事。也只在一二日来家。"西门庆又哄他说:"我差人说了,不久即出。"妇人以为信实。一日,风里言风里语,闻得人说,来旺儿押出来在门首讨衣箱,不知怎的去了。这妇人几次问众小厮每⁽³⁾,都不说。忽见铖安儿跟了西门庆马来家,叫住问他:

"你旺哥在监中好么?几时出来?"铖安道:"嫂子,我告你知了罢,俺哥这早晚到流沙河⁽⁴⁾了。"蕙莲问其故。这铖安千不合万不合,如此这般,"打了四十板,递解原籍徐州家去了。只放你心里,休题我告你说"。这妇人不听万事皆休,听了此言是实,关闭了房门,放声大哭道:"我的人唦!你在他家干坏了甚么事来?被人纸棺材暗算计了你。你做奴才一场,好衣服没曾挣下一件在屋里。今日只当把你远离他乡算的去了,坑得奴好苦也!你在路上死活未知,存亡未保,我如今合在缸底下一般,怎的晓得?"哭了一回,取一条长手巾,拴在卧房门楹上,悬梁自缢。不想来昭妻一丈青,住房正与他相连,从后来,听见他屋里哭了一回,不见动静,半日只听喘息之声。扣房门,叫他不应,慌了手脚,教小厮平安儿撬开窗户窜进去,见妇人穿着随身衣服,在门楹上正吊得好。一面解救下来,开了房门,取姜汤撅灌。须臾攘的后边知道,吴月娘率领李娇儿、孟玉楼、西门大姐、李瓶儿、玉箫、小玉都来看视,见贲四娘子也来瞧,一丈青挡扶他坐在地下,只顾哽咽,白哭不出声来。月娘叫着他,只是低着头,口吐涎沫不答应。月娘便道:"原来是个傻孩子。你有话只顾说便好,如何寻这条路起来?"因问一丈青:"灌些姜汤与他不曾?"一丈青道:"才灌了姜汤吃了。"月娘令玉箫扶着他,亲叫道:"蕙莲孩儿,你有甚么心事,越发老实叫上几声,不妨事。"问了半日,那妇人哽咽了一回,大放声,排手拍掌哭起来。月娘叫玉箫扶他上炕,他不肯上炕。月娘众人劝了半日,回后边去了。止有贲四嫂同玉箫相伴在屋里。

只见西门庆掀帘子进来,也看见他坐在冷地下哭泣,令玉箫:"你挡他炕上去罢。"玉箫道:"刚才娘教他上去,他不肯去。"西门庆道:"好禢孩子,冷地下冰着你。你有话对我说,如何这等拙智。"蕙莲把头摇着,说道:"爹,你好人儿!你瞒着我干的好勾当儿!还说甚么孩子不孩子,你原来就是个弄人的刽子手,把人活埋惯了。害死人,还看出殡的!你成日间只哄着我,今日也说放出来,明日也

说放出来,只当端的好出来。你如递解他,也和我说声儿。暗暗不透风,就解发远远的去了。你也要合凭个天理!你就信着人,干下这等绝户计!把圈套儿做的成成的,你还瞒着我。你就打发,两个人都打发了,如何留下我做甚么?"西门庆笑道:"孩儿,不关你事。那厮坏了事,难以打发你。你安心,我自有个处。"因令玉箫:"你和贲四娘子相伴他一夜儿,我使小厮送酒来你每吃。"说毕,往外去了。贲四嫂良久扶他上炕坐的,和玉箫将话儿劝解他,做一处坐的。

只见西门庆到前边铺子里,问傅伙计要了一吊钱,买了一钱酥烧,拿盒子盛了,又是一瓶酒。使来安儿送到蕙莲屋里,说道:"爹使我送这个与嫂子吃。"蕙莲看见,一顿骂:"贼囚根子,趁早与我都拿了去,省的我摔一地!大拳打了,这回拿手摸挲。"来安儿道:"嫂子收了罢。我拿回去,爹又打我。"于是放在桌子上。就见那蕙莲跳下来,把酒拿起来,才待赶着摔了去,被一丈青拦住了。那贲四嫂看着一丈青咬指头儿。正相伴他坐的,只见贲四嫂家长儿走来叫他妈,他爹门外头来家,要吃饭。贲四嫂和一丈青走出来,到一丈青门首,只见西门大姐在那里和来保儿媳妇蕙祥说话,因问:"贲四嫂那里去?"贲四嫂道:"他爹门外头来了要吃饭,我到家瞧瞧就来。我来看看,乞[5]他大爹再三央陪伴他坐坐儿,谁知倒把我来挂住了,不得脱身。"因问:"他想起甚么,干这道路?"一丈青接过来道:"早是我打后边来,听见他在屋里哭着,就不听的动静儿。乞我慌了,推门推不开,旋[6]叫了平安儿来,打窗子里跳进去,才救下来了。若迟了一步儿,胡子老儿吹灯,把人了了。"蕙祥道:"刚才爹在屋里,他说甚么来?"那贲四嫂只顾笑,说道:"看不出他旺官娘子,原来也是个辣菜根子,和他大爹白搭白折[7]的平上。谁家媳妇儿有这个道理?"蕙祥道:"这个媳妇儿,比别的媳妇儿不同好些,从公公身上拉下来的媳妇儿,这一家大小谁如他?"说毕,往家里去了。一丈青道:"四嫂,你到家快来。"贲四嫂道:"甚么话,我惹不来,惹他大爹怪死了。"

西门庆白日教贲四嫂和一丈青陪他坐,晚夕教玉箫伴他一处睡,慢慢将言词说,劝化他,说道:"宋大姐,你是个聪明的,趁早恁妙龄之时,一朵花初开,主子爱你,也是缘法相投。你如今将上不足,比下有余。守着主子,强如守着奴才。他去也是去了,你恁烦恼不打紧,一时哭的有好歹,却不亏负了你的性命。常言道:'我做了一日和尚,撞了一日钟。'往后贞节轮不到你头上了。"那蕙莲听了,只是哭涕,每日饭粥也不吃。玉箫回了西门庆话,西门庆又令潘金莲亲来对他说,也不依。金莲恼了,向西门庆道:"贼淫妇,他一心只想他汉子!千也说一夜夫妻百夜恩,万也说相随百步也有个徘徊意。这等贞节的妇人,便拿甚么拴的住他心?"西门庆笑道:"你休听他撇说(8)。他若早有贞节之心,当初只守着厨子蒋聪,不嫁来旺儿了。"一面坐在前厅上,把众小厮家人都叫到跟前审问:"你每近前几日来旺儿递解去时,是谁对他说来?趁早举出来,我也一下不打他。不然,我打听出,每人三十板子,即与我离门离户。"忽有画童跪下,说道:"小的不敢说。"西门庆道:"你说不妨。"画童道:"那日小的听见铗安跟了爹马来家,在夹道内,嫂子问他,他走了口,对嫂子说。"这西门庆不听便罢,听了心中大怒,一片声使人寻铗安儿。

这铗安儿早已知此消息,一直躲在潘金莲房里不出来。金莲正洗脸,小厮走到屋里,跪着哭道:"五娘,救小的则个!"金莲骂道:"贼囚,猛可走来唬我一跳。你又不知干下甚么事?"铗安道:"爹因为小的告嫂子说了旺哥去了,要打我。娘好歹劝劝爹,若出去,爹在气头上,小的就是死罢了。"金莲道:"怪道囚根子唬的鬼也似的!我说甚么勾当来,恁惊天动地的,原来为那奴才淫妇。"分付:"你在我这屋里,不要出去。"于是藏在门背后。西门庆见叫不将铗安去,在前厅暴叫如雷,一连使了两替小厮,来金莲房里寻他,都被金莲骂的去了。落后西门庆一阵风自家走来,手里拿着马鞭子,

问:"奴才在那里?"金莲不理他。被西门庆绕屋走了一遍,从门背后采出铖安来要打。乞金莲向前把马鞭子夺了,掠[9]在床顶上,说道:"没廉耻的货儿,你脸做个主子!那奴才淫妇想他汉子上吊,羞急,拿小厮来煞气。关小厮甚脚儿事!"那西门庆气的睁睁的。金莲叫小厮:"你往前头干你那营生去,不要理他。等他再打你,有我哩。"那铖安得手,一直径前去了。正是:两手劈开生死路,翻身跳出是非门。

这潘金莲几次见西门庆留意在宋蕙莲身上,于是心生一计,行在后边唆调孙雪娥,说来旺儿媳妇子怎的说你要了他汉子,备了他一篇是非,"他爹恼了,才把他汉子打发了。前日打了你那一顿,拘了你头面衣服,都是他过嘴告说的"。这孙雪娥耳满心满。掉[10]了雪娥口气儿,走到前边,向蕙莲又是一样话说,说:"孙雪娥怎的后边骂你是蔡家使喝了的奴才,积年转主子养汉。不是你背养主子,你家汉子怎的离了他家门。说你眼泪留着些脚后跟。"说的两下都怀仇忌恨。

一日,也是合当有事。四月十八日,李娇儿生日,院中李妈妈并李桂姐,都来与他做生日。吴月娘留他同众堂客在后厅饮酒。西门庆往人家赴席不在家。这宋蕙莲吃了饭儿,从早辰在后边打了个捯儿,一头拾[11]到屋里,直睡到日沉西。由着后边一替两替使了丫鬟来叫,只是不出来。雪娥寻不着这个由头儿,走来他房里叫他,说道:"嫂子做了王美人[12]了,怎的这般难请?"那蕙莲也不理他,只顾面朝里睡。这雪娥又道:"嫂子,你思想你家旺官儿哩。早思想好来,不得你,他也不得死,还在西门庆家里。"这蕙莲听了他这一句话,打动潘金莲说的那情由,翻身跳起来,望雪娥说道:"你没的走来浪声嗷气!他便因我弄出去了,你为甚么来?打你一顿,撑的不容上前!得人不说出来,大家将就些便罢了,何必撑头儿来寻趁[13]人?"这雪娥心中大怒,骂道:"好贼奴才,养汉淫妇!如何大胆骂我?"蕙莲道:"我是奴才淫妇,你是奴才小妇!我养汉养主子,强如你养奴才!你倒背地偷我的汉子,你还来倒自家掀腾。"这几句话分明戮在雪娥身上,那雪娥怎不急了。那宋蕙莲不防他,被他走向前,一个巴掌打在脸上,打的脸上通红的。说道:"你如何打我?"于是一头撞将去。两个就揪扭打在一处。慌的来昭妻一丈青走来劝解,把雪娥拉的后走,两个还骂不绝口。吴月娘走来骂了两句:"你每都没些规矩儿,不管家里有人没人,都这等家反宅乱。等你主子回来,我对你主子说不说。"当下雪娥便往后边去了。月娘见蕙莲头发揪乱,便道:"还不快梳了头,往后边来哩。"蕙莲一声儿不答话,打发月娘后边去了,走到房内,倒插了门,哭泣不止。哭到掌灯时分,众人乱着后边堂客(14)吃酒,可怜这妇人忍气不过,寻了两条脚带,拴在门槛上,自缢身死。亡年二十五岁,正是:世间好物不坚牢,彩云易散琉璃(15)脆。

【注释】(1)本段节选自《金瓶梅词话》第二十六回。来旺儿从杭州回来,从雪娥口中得知西门庆与其妻宋蕙莲有奸情,醉后大骂西门庆、潘金莲,扬言要白刀子进去红刀子出来。西门庆在潘金莲调唆下设计陷害来旺儿。来旺儿被递解徐州。宋蕙莲明白了事实真相,痛斥西门庆后,自缢身亡。
(2)递解:把犯人押送到外地去。 (3)小厮每:小厮们。元代以"每"代"们",明代"每""们"通用,用在人称代词或表人称名词后面,表示复数。
(4)流沙河:泛指遥远的地方。 (5)乞:表被动。被,让。 (6)旋:当场。
(7)白搽(chá)白折:指责;顶撞。 (8)撴(zhí)说:用话掩饰。 (9)掠:"撂"的借字。放,扔。 (10)掉:模仿。 (11)抬:头向前冲。 (12)王美人:王嫱,字昭君,西汉元帝时被选入宫。 (13)寻趁:挑毛病;找碴。
(14)堂客:女客;女眷。 (15)琉璃:玻璃的古称。

【今译】(略)

【点评】《金瓶梅词话》以塑造人物为中心,写出了众多复杂性格的人物,尤其重视女性性格的刻画。在众多生动鲜明的女性形象中,宋蕙莲仅是其

中的一个次要人物,但却同样是一个具有复杂性格的女性形象。宋蕙莲从出场到受辱上吊自杀,按小说文本的展示,仅有半年时光。从第二十二回起到第二十六回,仅有五回文字描绘到她的行为与性格。她来去匆匆,却留下了震惊人心的余响。宋蕙莲是清河县卖棺材的宋仁的女儿,被卖给蔡通判做婢女,因淫行被逐出府,嫁给厨子蒋聪。蒋聪死后再嫁西门庆仆役来旺儿,于是进到西门庆家。在来旺儿冤案之前,文本主要展示蕙莲性格构成中的虚荣享乐、轻浮淫荡、佻达浅薄、鲁莽乏智而又自信争强的性格特征。在来旺儿冤案事件中,着力表现她的鲁莽乏智而又天真、有情义、有良知的性格特点。来旺儿冤案事件经过:雪娥告密、来旺儿醉骂、金莲进谗、来旺儿中计、来旺儿被监、计骗蕙莲、金莲忿气、递解徐州、铖安泄密、金莲唆调、蕙莲自缢。此段即写后四个情节。此事件在《金瓶梅词话》中与生子加官、瓶儿之死等相比本属小情节,但作者写来却是这样曲折有致,波澜起伏,掀动了西门庆一家上下,惊动了官府。在这一事件中表现了不同人物各自的性格。金莲狠毒、权谋,推动着来旺儿冤案的进程。蕙莲在自缢之前,敢于公开指斥西门庆,揭露他刽子手行径,想念与关心来旺儿,表现了对来旺儿的爱心。有情义、敢揭露的性格,使蕙莲形象与潘金莲、王六儿等形成鲜明对比。蕙莲不但受到西门庆的欺骗侮辱,还受到潘金莲、孙雪娥、蕙祥的打击。她承受不了环境加给她的压迫,不得已而自杀身亡,以死向卑污的"金瓶梅"世界发出悲愤的控诉!作者以"世间好物不坚牢,彩云易散琉璃脆"的诗句表示悲悼,对蕙莲之死寄托深切的悲愤之情。

【集说】蕙莲为蒋聪报仇,又为来旺死节,虽淫,过金莲、瓶儿远矣。(《新刻绣像批评金瓶梅》第二十六回眉批)

半是想来旺,半是恨西门庆不听己言,故执念不回,非作态以要宠也。(同上)

虽非贞节,然能于死生贵贱之际,感恋不忘其情,亦自可悲。(同上)

有写此一人,本意不在此人者,如宋蕙莲等是也。本意止谓要写金莲之恶,要写金莲之妒瓶儿,却恐笔势迫促,便间架不宽广,文法不尽致,不能成此一部大书,故于此先写一宋蕙莲,为金莲预彰其恶,小试其道,以为瓶儿前车也。然则蕙莲不死,不足以见金莲也。写蕙莲之死,不在一闻来旺之信而即死,却在雪娥上气之后而死,是蕙莲不死,金莲死之,非蕙莲之自死也。金莲死之固为争宠,而蕙莲之死于金莲,亦是争妍,殆争之不胜,至再至三,而终不胜,故愤恨以死。故一云"含羞",又云"受气不过",然则与来旺何与哉!……蕙莲本意无情西门,不过结识家主为叨贴计耳,宜乎不甘心来旺之去也。(《张竹坡批评第一奇书金瓶梅》第二十六回回前评)

(王汝梅)

潘金莲驯养雪狮子⁽¹⁾

却说潘金莲房中,养活的一只白狮子猫儿浑身纯白,只额儿上带龟背一道黑,名唤"雪里送炭",又名"雪狮子"⁽²⁾。又善会口衔汗巾儿,拾扇儿。西门庆不在房中,妇人晚夕常抱着他在被窝里睡,又不撒尿屎在衣服上。妇人吃饭,常蹲在肩上喂他饭,呼之即至,挥之即去。妇人常唤他是"雪贼"。每日不吃牛肚干鱼,只吃生肉半斤,调养得十分肥壮,毛内可藏一鸡弹⁽³⁾。甚是爱惜他,终日抱在膝上摸弄。不是生好意,因李瓶儿官哥儿平昔怕猫,寻常无人处,在房里用红绢裹肉,令猫扑而挝食。也是合当有事,官哥儿心中不自在,连日吃刘婆子药,略觉好些。李瓶儿与他穿上红段衫儿,安顿在外间炕上,铺着小褥子儿顽耍。迎春守着,奶子便在旁拿着碗吃饭。不料金莲房中这雪狮子,正蹲在护炕⁽⁴⁾上,看见官哥儿在炕上穿着红衫儿一动动的顽耍,只当平日哄喂他肉食一般,猛然往下一跳,扑将官哥儿,身上皆抓破了。只听那官哥儿呱的一声,倒咽了一口气,就不言语了,手脚俱被风搐起来。慌的奶子丢下饭碗,搂抱在怀,只顾唾哕,与他收惊。那猫还来赶他要挝,被迎春打出外边去了。如意儿实承望孩子搐过一阵好了,谁想只顾常连,一阵不了,一阵搐起来,李瓶儿入在后边,一面使迎春:"后边请娘去,哥儿不好了,风搐着哩,叫娘快来!"

那李瓶儿不听便罢,听了正是惊损六叶连肝肺,唬坏三毛七孔心。连月娘慌的两步做一步走,径扑到房中,见孩子搐的两只眼直

往上吊,通不见黑眼珠儿,口中白沫流出,呷呷犹如小鸡叫,手足皆动。一见心中犹如刀割相侵一般,连忙搂抱起来,脸揾着他嘴儿,大哭道:"我的哥哥,我出去好好儿,怎么的搐起来?"迎春与奶子悉把被五娘房里猫所唬一节说了。那李瓶儿越发哭起来,说道:"我的哥哥,你紧不可公婆意,今日你只当脱不了,打这条路儿去了。"月娘听了一声儿没言语,一面叫将金莲来,问他说:"是你屋里的猫唬了孩子?"金莲问:"是谁说的?"月娘指着:"是奶子和迎春说来。"金莲道:"你着这老婆子这等张睛(5)!俺猫在屋里好好儿的卧着不是,你每乱道怎的!把孩子唬了,没的赖人起来,瓜儿只拣软处捏,俺每这屋里是好缠的?"月娘道:"他的猫怎得来这屋里?"迎春道:"每常也来这边屋里走跳。"那金莲接过来道:"早时你说,每常怎的不挝他?可可今日儿就挝起来?你这丫头也跟着他恁张眉瞪眼儿,六说白道(6)的!将就些儿罢了,怎的要把弓儿扯满了,可可儿俺每自恁没时运来。"于是使性子,抽身往房里去了。看官听说,"常言道:'花枝叶下犹藏刺,人心怎保不怀毒?'"这潘金莲平日见李瓶儿从有了官哥儿,西门庆百依百随,要一奉十,每日争妍竞宠,心中常怀嫉妒不平之气,今日故行此阴谋之事:驯养此猫,必欲唬死其子,使李瓶儿宠衰,教西门庆复亲于己,就如昔日屠岸贾养神獒(7),害赵盾丞相一般。正是:

湛湛青天不可欺,未曾举意早先知:
休道眼前无报应,古往今来放过谁?

月娘众人见孩子只顾搐起来,一面熬姜汤灌他,一面使来安儿快叫刘婆去。不一时,刘婆子来到,看了脉息,只顾跌脚,说道:"此遭惊唬重了,是惊风,难得过来。"急令快熬灯心薄荷金银汤,取出一丸金箔丸来,向钟儿内研化。牙关紧闭,月娘连忙拔下金簪儿来,撬开口,灌下去。刘婆道:"过得来便罢。如过不来,告过主家奶奶,必须要灸几蘸才好。"月娘道:"谁敢耽,必须还等他爹来,问了他爹。不然灸了,惹他来家嚷喝。"李瓶儿道:"大娘救他命罢!若等来家,只恐迟了。若是他爹骂,等我承当就是了。"月娘道:"孩儿是你的孩儿,随你灸,我不敢张主。"当下刘婆子把官哥儿眉攒、脖根、两手关尺(8)并心口,共灸了五蘸,放他睡下。那孩子昏昏沉沉,直睡到日暮时分,西门庆来家,还不醒。那刘婆见西门庆来家,月娘与他五钱银子药钱,一溜烟从夹道内出去了。

西门庆归到上房,月娘把孩子风搐不好,对西门庆说了。西门庆连忙走到前边来看视,见李瓶儿哭的眼红红的,问:"孩儿怎的风搐起来?"李瓶儿满眼落泪,只是不言语。问丫头、奶子,都不敢说。西门庆又见官哥儿手上皮儿去了,灸的满身火艾,心中焦躁,又走到后边问月娘。月娘隐瞒不住,只得把金莲房中猫惊唬之事说了,"刘婆子刚才看,说是急惊风,若不针灸,难得过来。若等你来,又恐怕迟了。他娘母子主张,教他灸了孩儿身上五蘸,才放下他睡了,这半日还未醒"。西门庆不听便罢,听了此言三尸暴跳,五脏气冲,怒从心上起,恶向胆边生,直走到潘金莲房中,不由分说,寻着猫,提溜着脚,走向穿廊,望石台基轮起来只一摔,只听响亮一声,脑浆迸万朵桃花,满口牙零噙碎玉。正是:不在阳间擒鼠耗,却归阴府作狸仙。那潘金莲见他拿出猫摔死了,坐在炕上风纹也不动,待西门庆出了门,口里喃喃呐呐,骂道:"贼作死的强盗,把人妆出去杀了,才是好汉!一个猫儿碍着你㖞(9)屎,亡神也似走的来摔死了。他到阴司里,明日还问你要命,你慌怎的,贼不逢好死变心的强盗。"

【注释】(1)此段节选自《金瓶梅词话》第五十九回。李瓶儿生官哥儿之后,更加得到西门庆的宠爱。潘金莲愈加嫉妒李瓶儿,必欲置其死地而后快,驯养雪狮子猫唬死了官哥儿。瓶儿失去了自己的命根官哥儿,也将不久于人世。 (2)雪狮子:长毛拖地,色白如雪,是用白色波斯猫杂交培养的珍

奇品种。狮猫择食性强,习惯于某种食物后,较难改变。狮猫为山东临清特产。　(3)鸡弹:鸡蛋。　(4)护炕:炕端或床端的护栏。　(5)张睛:大惊小怪。　(6)六说白道:胡言乱语。　(7)神獒(áo):神犬。獒,狗的一种,凶猛善斗,可做猎狗。相传晋灵公时奸臣屠岸贾欲谋害大臣赵盾,乃令神獒日日扑噬着红衣草人,以取食。训练成熟后,诈言以獒能辨忠奸,于殿上纵犬咬赵盾。獒为殿前太尉提弥明打死,赵盾得救。　(8)关尺:关上和尺中的简称。中医切脉,自腕端往上分三段,分别叫作寸口、关上、尺中。　(9)㕭(chuáng):贪婪地吃喝。

【今译】(略)

【点评】李瓶儿因生官哥儿而更加受宠爱,潘金莲与李瓶儿争宠,嫉妒李瓶儿,首先把矛头指向了官哥儿。作者写官哥儿生来胆小怕声音,而西门府一天到晚喧乱嘈杂,已暗示这种环境不适宜官哥儿的生存。潘金莲深知官哥儿胆小,曾几次惊唬,用驯养狮猫害官哥儿,蓄谋已久。作者写金莲"不是生好意,因李瓶儿官哥儿平昔怕猫,寻常无人处,在房里用红绢裹肉,令猫扑而挝食"。官哥儿被猫吓得搐起风来。面对这一紧急情况,李瓶儿只是绝望地痛哭。当西门庆问起病因时,李瓶儿不敢把真相说出,"满眼落泪,只是不言语",表现出李瓶儿怯弱、忍让的性格。作者写吴月娘一面找金莲查问病因,一面熬姜汤灌孩子,一面吩咐请刘婆子,写出了主母的镇定、关心。在是否给官哥儿灸蘸这一重大问题上,月娘不敢做主时,听李瓶儿的意见,月娘道:"孩儿是你的孩儿,随你灸,我不敢张主。"显示各自身份、各自性格的不同。作者对潘金莲的描写亦特别细致真实。金莲知道闯了祸,惧怕西门庆,于是采取抵赖不认账的态度,而且反诬别人赖她,"瓜儿只拣软处捏",说自己是"自凭没时运来",刻画出潘金莲狡赖的嘴脸。当西门庆盛怒之下冲进金莲房中将猫摔死时,金莲"坐在炕上风纹也不动"。西门庆离开后,她才口里喃喃呐呐地骂:"贼不逢好死变心的强盗。"金莲逃避了应得的惩罚后,官哥儿已死,瓶儿痛苦,潘金莲诡计得逞,百般称快。此段通过描写官哥儿得病、亡故,刻画了各色人物的不同性格、心态。

【集说】西门庆正在气头上，(潘金莲)又不敢明嚷，又不能暗忍。明嚷恐讨没趣，暗忍又恐人笑。等其去后却牢牢叨叨作絮语，妙得其情。(《新刻绣像批评金瓶梅》眉批)

上文一路写官哥儿胆小，写猫，至此方一笔结出官哥儿之死，固是十二分精细。(《张竹坡批评第一奇书金瓶梅》第五十九回回前评)

(王汝梅)

许仲琳

许仲琳，号钟山逸叟，明应天（今南京市）人，生平不详。据现存明万历舒载阳刊本《封神演义》卷二题记载为："钟山逸叟许仲琳编辑。"故现在一般通行的《封神演义》版本多称为许仲琳作。但《封神演义》的作者究竟是否为许仲琳，许仲琳的生平身世如何，目前皆无确考。也有人说《封神演义》为明人陆西星作，然亦无确凿的考证。据清梁章钜《浪迹续谈》载，作者作《封神演义》，是欲与《西游记》《水浒传》鼎足而三，但无论就其思想还是艺术水准而言，《封神演义》都难以和后二者相比。

《封神演义》(节选)

陈塘关哪吒出世⁽¹⁾

且说三公子哪吒见天气暑热,心下烦躁,来见母亲。参见毕,站立一旁,对母亲曰:"孩儿要出关外闲玩一会,禀过母亲,方敢前去。"殷夫人爱子之心重,便叫:"我儿,你既要去关外闲玩,可带一名家将领你去,不可贪顽,快去快来。恐怕你爹爹操练回来。"哪吒应道:"孩儿晓得。"哪吒同家将出得关来,正是五月天气,也就着实炎热。但见:

> 太阳真火炼尘埃,绿柳娇禾欲化灰。
> 行旅畏威慵举步,佳人怕热懒登台。
> 凉亭有暑如烟燎,木阁无风似火埋。
> 漫道荷香来曲院,轻雷细雨始开怀。

话说哪吒同家将出关,约行一里之余,天热难行。哪吒走得汗流满面,乃叫家将:"看前面树阴之下,可好纳凉?"家将来到绿柳阴中,只见熏风荡荡,烦襟尽解,急忙走回来,对哪吒禀曰:"禀公子,前面柳阴之内,甚是清凉,可以避暑。"哪吒听说,不觉大喜,便走进林内,解开衣带,舒放襟怀,甚是快乐。猛然的见那壁厢清波滚滚,绿水滔滔,真是两岸垂杨风习习,崖旁乱石水潺潺。哪吒立起身来,走到河边,叫家将:"我方才走出关来,热极了,一身是汗。如今且

在石上洗一个澡。"家将曰："公子仔细，只怕老爷回来，可早些回去。"哪吒曰："不妨。"脱了衣裳，坐在石上，把七尺混天绫放在水里，蘸水洗澡。不知这河是九湾河，乃东海口上。哪吒将此宝放在水中，把水俱映红了。摆一摆，江河晃动；摇一摇，乾坤动撼。那哪吒洗澡，不觉那水晶宫已晃的乱响。

不说那哪吒洗澡，且说东海敖光在水晶宫坐，只听得宫阙震响，敖光忙唤左右，问曰："地不该震，为何宫殿晃摇？"传与巡海夜叉李艮，看海口是何物作怪。夜叉来到九湾河一望，见水俱是红的，光华灿烂，只见一小儿将红罗帕蘸水洗澡。夜叉分水，大叫曰："那孩子将什么作怪东西，把河水映红，官殿摇动？"哪吒回头一看，见水底一物，面如蓝靛，发似朱砂，巨口獠牙，手持大斧。哪吒曰："你那畜生，是个什么东西，也说话？"夜叉大怒，"吾奉主公点差巡海夜叉，怎骂我是畜生？"分水一跃，跳上岸来，望哪吒顶上一斧劈来。哪吒正赤身站立，见夜叉来得勇猛，将身躲过，把右手套的乾坤圈望空中一举。此宝原系昆仑山玉虚宫所赐太乙真人镇金光洞之物，夜叉那里经得起，那宝打将下来，正落在夜叉头上，只打的脑浆迸流，即死于岸上。哪吒笑曰："把我的乾坤圈都污了。"复到石上坐下，洗那圈子。水晶宫如何经得起此二宝震撼，险些儿把宫殿俱晃倒了。敖光曰："夜叉去探事未回，怎的这等凶恶！"正说话间，只见龙兵来报："夜叉李艮被一孩童打死在陆地，特启龙君知道。"敖光大惊："李艮乃灵霄殿御笔点差的，谁敢打死？"敖光传令："点龙兵，待吾亲去，看是何人！"话未了，只见龙王三太子敖丙出来，口称："父王，为何大怒？"敖光将李艮打死的事说了一遍。三太子曰："父王请安。孩儿出去拿来便是。"忙调龙兵，上了逼水兽，提画杆戟，径出水晶宫来。分开水势，浪如山倒，波涛横生，平地水长数尺。哪吒起身看着水，言曰："好大水！好大水！"只见波浪中现一水兽，兽上坐一人，全装服色，持戟骁雄，大叫曰："是甚人打死我巡海夜叉李艮？"哪吒曰："是我。"敖丙一见，问曰："你是谁人？"哪吒答曰:"我乃陈塘关李靖第三子哪吒是也。俺父亲镇守此间,乃一镇之主。我在此避暑洗澡。与他无干,他来骂我,我打死了他,也无妨。"三太子敖丙大骂曰:"好泼贼!夜叉李艮乃天王殿差,你敢大胆将他打死,尚敢撒泼乱言!"太子将画戟便刺,来取哪吒。哪吒手无寸铁,把头一低,钻将过去:"少待动手,你是何人?通个姓名,我有道理。"敖丙曰:"孤乃东海龙君三太子敖丙是也。"哪吒笑曰:"你原来是敖光之子。你妄自尊大。惹恼了我,连你那老泥鳅都拿出来,把皮也剥了他的。"三太子大叫一声:"气杀我!好泼贼!这等无礼!"又一戟刺来。哪吒急了,把七尺混天绫望空一展,似火块千团,往下一裹,将三太子裹下逼水兽来。哪吒抢一步赶上去,一脚踏住敖丙的颈项,提起乾坤圈,照顶门一下,把三太子的元身打出,是一条龙,在地上挺直。哪吒曰:"打出这小龙的本像来了。也罢,把他的筋抽出,做一条龙筋绦与俺父亲束甲。"哪吒把三太子的筋抽了,径带进关来。把家将吓得浑身骨软筋酥,腿慢难行,挨到帅府门前。哪吒来见母夫人,夫人曰:"我儿,你那里耍子,便去这半日?"哪吒曰:"关外闲行,不觉来迟。"哪吒说罢,往后园去了。

且说李靖操演回来,发放左右,自卸衣甲,坐于后堂。忧思纣王失政,逼反天下四百诸侯,日见生民涂炭,正在那里烦恼。

且说敖光在水晶宫,只听得龙兵来报说:"陈塘关李靖之子哪吒把三太子打死,连筋都抽去了。"敖光听报,大惊曰:"吾儿乃兴云布雨滋生万物正神,怎说打死了!李靖,你在西昆仑学道,吾与你也有一拜之交。你敢纵子为非,将我儿子打死,这也是百世之冤,怎敢又将我儿子筋都抽了!言之痛心切骨!"敖光大怒,恨不能即与其子报仇,随化一秀士,径往陈塘关来。至于帅府,对门官曰:"你与我传报,有故人敖光拜访。"军政官进内厅禀曰:"启老爷,外有故人敖光拜访。"李靖曰:"吾兄一别多年,今日相逢,真是天幸。"忙整衣来迎。敖光至大厅,施礼坐下。李靖见敖光一脸怒色,方欲动问,只见敖光曰:"李贤弟,你生的好儿子!"李靖笑答曰:

"长兄,多年未会,今日奇逢,真是天幸,何故突发此言?若论小弟,止有三子:长曰金吒,次曰木吒,三曰哪吒,俱拜名山道德之士为师,虽未见好,亦不是无赖之辈。长兄莫要错见。"敖光曰:"贤弟,你错见了,我岂错见!你的儿子在九湾河洗澡,不知用何法术,将我水晶宫几乎震倒,我差夜叉来看,便将我夜叉打死。我第三子来看,又将我三太子打死,还把他筋都抽了来。"敖光说至此,不觉心酸,勃然大怒曰:"你还说不晓事护短的话!"李靖忙陪笑答曰:"不是我家,兄错怪了我。我长子在九龙山学艺;二子在九宫山学艺;三子七岁,大门不出,从何处做出这等大事来?"敖光曰:"便是你第三子哪吒打的!"李靖曰:"真是异事非常。长兄不必性急,待我教他出来你看。"李靖往后堂来。殷夫人问曰:"何人在厅上?"李靖曰:"故友敖光。不知何人打死他三太子,说是哪吒打的。如今叫他出去与他认。哪吒今在那里?"殷夫人自思:"只今日出门,如何作出这等事来?"不敢回言,只说:"在后园里面。"李靖径进后园来叫:"哪吒在那里?"叫了半个时辰不应。李靖径走到海棠轩来,见门又关住。李靖在门口大叫,哪吒在里面听见,忙开门来见父亲。李靖便问:"我儿,你在此作何事?"哪吒对曰:"孩儿今日无事出关,至九湾河顽耍,偶因炎热,下水洗个澡。叵耐有个夜叉李艮,孩儿又不惹他,他百般骂我,还拿斧来劈我。是孩儿一圈打死了。不知又有个甚么三太子叫做敖丙,持画戟刺来,被我把混天绫裹他上岸,一脚踏住颈项,也是一圈,不意打出一条龙来。孩儿想龙筋最贵重,因此上抽了他的筋来,在此打一条龙筋绦,与父亲束甲。"就把李靖只吓得张口如痴,结舌不语。半晌,大叫曰:"好冤家!你惹下无涯之祸。你快出去见你伯父,自回他话。"哪吒曰:"父亲放心,不知者不坐罪,筋又不曾动他的,他要,元物在此,待孩儿见他去。"哪吒急走来至大厅,上前施礼,口称:"伯父,小侄不知,一时失错,望伯父恕罪。元筋交付明白,分毫未动。"敖光见物伤情,对李靖曰:"你生出这等恶子,你适才还说我错了。今他自己供认,只你意上可过的去！况吾子乃正神也，夜叉李艮亦系御笔点差，岂得你父子无故擅行打死！我明日奏上玉帝，问你的师父要你！"敖光径扬袖去了。李靖顿足放声大哭："这祸不小！"夫人听见前庭悲哭，忙问左右侍儿，侍儿回报曰："今日三公子因游玩，打死龙王三太子。适才龙王与老爷折辨，明日要奏准天廷。不知老爷为何啼哭。"夫人着忙，急至前庭，来看李靖。李靖见夫人来，忙止泪，恨曰："我李靖求仙未成，谁知你生下这样好儿子，惹此灭门之祸！龙王乃施雨正神，他妄行杀害，明日玉帝准奏施行，我和你多则三日，少则两日，俱为刀下之鬼！"说罢又哭，情甚惨切。夫人亦泪如雨下，指哪吒而言曰："我怀你三年零六个月，方才生你，不知受了多少苦辛。谁知你是灭门绝户之祸根也！"哪吒见父母哭泣，立身不安，双膝跪下，言曰："爹爹，母亲，孩儿今日说了罢。我不是凡夫俗子，我是乾元山金光洞太乙真人弟子。此宝皆系师父所赐，料敖光怎的敌得我。我如今往乾元山上，问我师尊，定有主意。常言道：'一人做事一人当。'岂敢连累父母？"哪吒出了府门，抓一把土，望空一洒，寂然无影。此是生来根本，驾土遁往乾元山来。

【注释】(1) 本段选自《封神演义》第十二回《陈塘关哪吒出世》。哪吒是太乙真人的弟子，到九湾河洗澡玩耍，搅动了龙宫，引起了一场风波。

【今译】(略)

【点评】哪吒是中国神魔小说中塑造得最成功的最有个性的人物形象之一，具有鲜明的爱憎观和极强的反抗性格。他以淳朴的童心认识事物，用孩童率直的行为方式处理事情，不畏强力，不向邪恶低头，即使父亲李靖对他相逼太甚时，他也敢于反抗，不听父命。在哪吒剔骨还肉的故事里，作者生动地塑造了哪吒与封建的"父要子亡，子不亡是为不孝"的孝道原则决裂的反抗性格。

本段摘录了七岁时的哪吒在九湾河洗澡，与夜叉李艮和龙王三太子发

生冲突，惹下灭门大祸的故事。主要描写了哪吒的童心与稚气、爽直与刚烈的反抗性格及敢作敢为的勇气。哪吒亦神亦人，"我不是凡夫俗子，我是乾元山金光洞太乙真人弟子"，但哪吒却又是个刚七岁的孩童，具有一般儿童的心理状态和儿童认识处理事情的行为方式，即简单率直，不考虑事物发展的相关因素，率性而为，不计后果，缺少成年人认识处理事情的成熟考虑，使人觉得既幼稚又天真可爱。哪吒的刚烈勇气和反抗性多是受稚气的支配，缺少理性的思考，因而把人命关天的大事视同儿戏，更以为反正有师父撑腰，便不顾及后果如何。他处事的逻辑是：我没有得罪夜叉和三太子，你们却无端地骂我，又先动手打我，我岂能忍受，定要报复。打死夜叉和三太子，把事做过了头，惹下了灭门大祸，但却不以为意，反沾沾自喜于得到了战利品——三太子的龙筋，并坐在屋内专心致志地编织龙筋绦，以孝敬父亲，殊不知这正为父亲带来了无尽的烦恼。在哪吒爱父亲的真诚中更显现其稚气的可爱。

哪吒的稚气还体现在他的爽直坦诚中。当三太子查问谁打死夜叉时，哪吒当面承认；当李靖追问夜叉和三太子死因时，哪吒毫不隐晦，详细申述自卫理由，还振振有词地说："不知者不坐罪，筋又不曾动他的，他要，元物在此，待孩儿见他去。"真是初生牛犊不怕虎，稚气与勇气活灵活现，令人啼笑皆非。

当哪吒听了父母一再抱怨后，不思过错，反意气用事，向父母炫耀自己的身世，表白自己有靠山，声言"一人做事一人当"，表现了哪吒"不谙事体"的幼稚和刚烈的反抗性格。

在表现手法上，本段按儿童的心理设计情节、安排活动，描摹人物惟妙惟肖，哪吒的语言，生动而有特色，富有个性，处处表现了儿童的稚气。

【集说】哪吒在九湾河洗澡，原是小儿常态。夜叉原是鲁莽恶状的。二人相见，自不是好相识，所以遭哪吒打死。只这三太子便当问一端的，此事原好结局，如何也蛮做起来，亦遭毒手，还是自欠主张。

哪吒终是爽利汉子，自不藏头露尾，一见敖光便自承认。若是今人，就有许多抵赖，许多婆子气。（明钟惺评）

（孔繁华）

董　说

　　董说(1620—1686)，明末清初文学家，字若雨，明亡后为僧，更名南潜，号月函，乌程(今浙江湖州)人。他曾参加复社，是复社主将张溥的学生，也曾从黄道周学《易》。和反清志士有联系，据乾隆《乌程县志》记载：他"少补弟子员，长工古文词，江左名士争相倾倒"，"精研五经，尤邃于《易》"。他的著作很多，以其三十七岁出家为界，前期著述庞杂，后期著作则主要是关于佛学的。至于诗文随笔，则其生平的前后期中都有。文集有《董若雨诗文集》，小说有《西游补》。从他创作的《漫兴》诗来看，他写作《西游补》的时间在明亡以前，当时年岁不超过二十一岁。

《西游补》(节选)

孙大圣审秦桧[1]

掌簿判官将善恶簿子呈上御览。行者看罢,便叫:"判官,为何簿上没有那秦桧的名字?"判官禀:"爷,秦桧罪大恶极,小判不敢混入众鬼丛中,把他另写一册,夹在簿子底下。"行者果然翻出一张《秦桧恶记》,从头看去:

会金主吴乞买以桧赐其弟挞懒;挞懒攻山阳,桧遂首建和议。挞懒纵之使归,遂与王氏俱归。

行者道:"秦桧,你做了王臣,不思个出身扬名,通着金人,是何道理?"秦桧道:"这是金人弄说,与桧全没相干。"行者便叫一个银面玉牙判使取"求奸水鉴"过来。鉴中分明见一秦桧,拜着金主,口称"万岁"。金主附耳,桧点头;桧亦附耳,金主微笑。临行,金主又附耳,桧叫:"不消说,不消说!"

行者大怒道:"秦桧!你见鉴中的秦桧么?"秦桧道:"爷爷,鉴中秦桧却不知鉴外秦桧之苦。"行者道:"如今他也知苦快了!"叫铁面鬼用通身荆棘刑。一百五十名铁面鬼即时应声,取出六百万只绣花针,把秦桧遍身刺到。又读下去:

绍兴元年除参知政事,桧包藏祸心,唯待宰相到身。

行者仰天大笑道："宰相到身，要待他怎么！"高总判禀："爷，如今天下有两样待宰相的：一样是吃饭穿衣、娱妻弄子的臭人，他待宰相到身，以为华藻自身之地，以为惊耀乡里之地，以为奴仆诈人之地；一样是卖国倾朝，谨具平天冠，奉申白玉玺，他待宰相到身，以为揽政事之地，以为制天子之地，以为恣刑赏之地。秦桧是后边一样。"行者便叫小鬼掌嘴。一班赤心赤发鬼，一齐拥住秦桧，巳时候掌到未时候还不肯住。行者倒叫："赤心鬼，不必如此，后边正好打哩。"又读下去：

八月，拜右仆射。九月，吕颐浩再相，桧同秉政。桧风其党，建言内修外攘，出颐浩于镇江。上尝谓学士綦崇礼曰："以桧欲以河北人还金，中原人还刘豫。若南人归南，北人归北，朕北人，将安归乎？"

行者道："宋皇帝也是真话，到了这个时节，布衣山谷，今日闻羽书，明日见庙报，那个不有青肝碧血之心？你的三公爵、万石侯是谁的？五花绶、六柳门是谁的？千文院、百销锦是谁的？不想上报国恩，一味伏奸包毒，使九重天子不能保一尺的栋梁，还是忠呢，还是奸？"秦桧道："桧虽愚劣，原有安保君王、宴宁天室之意。'南人归南，北人归北'，此是一时戏话，爷爷，不作准也罢了。"行者道："这个不是戏的！"叫抬小刀山过来。两个蓬头猛鬼抬出小刀山，把一个秦桧血淋淋拖将上去。行者道："此是一时耍子，秦丞相，你不准也罢了。"说罢大笑。又看下去：

八年拜右仆射，金使议和，与王伦俱至，桧与宰执共入见。桧独留身，言："臣僚畏首畏尾，不足与断大事。若陛下决欲讲和，乞颛与臣议。"帝曰："朕独委卿。"桧曰：

"愿陛下更思三日。"

行者道:"我且问你,你要图成和议,急如风火,却如何等得这三日过呢?万一那时有个廷臣喷血为盟,结一'忠臣丢命党',你的事便坏了。"秦桧道:"爷爷,那时只有秦皇帝,那有赵皇帝?犯鬼有个朝臣脚本,时时藏在袖中。倘有廷臣不谨,反秦姓赵,那官儿的头颅登时不见。爷爷,你道丢命忠臣,盘古氏到再混沌也有得几个?当日朝中纵有个把忠臣,难道他自家与自家结党?党既不成,秦桧便安康受用。"行者道:"既如此,你眼中看那宋天子殿上像个什么来?"秦桧道:"当日犯鬼眼中,见殿上百官都是蚂蚁儿。"行者叫:"白面鬼,把秦桧碓成细粉,变成百万蚂蚁,以报那日廷臣之恨!"白面精灵鬼一百名得令,顷刻排上五丈长、一百丈阔一张碓子,把秦桧碓成桃花红粉水;水流地上,便成蚂蚁微虫,东趱西走。行者又叫吹嘘王掌簿,吹转秦桧真形,便问:"秦桧,如今还是百官是蚂蚁,还是丞相是蚂蚁?"秦桧面皮如土,一味哀号。

行者又道:"秦桧,你如今再说,你当日看宋天子像个什么来?"秦桧道:"犯鬼站立朝班,看见五爪丝龙袍,是我箧中旧衣服;看见平天冠,是我破方巾;看见日月扇,是我芭蕉叶;看见金銮殿,是我书房屋;看见禁官门,是我卧榻房。若说起赵陛下时,但见一只草色蜻蜓儿,团团转的舞也。"行者道:"也罢,我便劳你做做天子!"叫天煞部下幽昭都尉把秦桧滚油海里洗浴,拆开两胁,做成四翼,变作蜻蜓模样。

行者又叫吹转真形,便问秦桧:"我且问你,你这三日闲不过,怎么样消闲?"秦桧道:"秦桧那得工夫?"行者道:"你做奸贼,不要杀西戎,退北虏;不要立纲常,正名分,有甚没工夫呢?"秦桧道:"爷爷,我三日里看官忙,看着心姓秦的,便把银朱红点着名姓上,点大的大姓秦,点小的小姓秦。大姓秦的,后日封官大些;小姓秦的,后日封官时节小小儿吃亏。又有一种不姓秦又姓秦,不姓赵又姓赵的空着,后日竟行斥逐罢了。撞着稍稍心姓赵的,却把浓墨涂圈,圈大罪大,圈小罪小,或灭满门,或罪妻孥,或夷三党,或诛九族,凭着秦桧方寸儿。"行者大怒,高叫:"张、邓两兄!张、邓两兄!你为何不早早打死了他,放他在世界之内,干出这样勾当!也罢,邓公不用霹雳,还有孙公霹雳!"便叫一万名拟雷公鬼使,各执铁鞭一个,打得秦桧无影无踪。行者又叫判官吹转真形,却把册子再看:

> 三日过了,复留身,奏事如故,帝意已动矣。桧犹恐其变也,曰:"望陛下更思三日。"又三日,和议乃决。

行者道:"你这三日怎么闲得过?"秦桧道:"犯鬼三日也没得闲。吾入朝时,见宋陛下和议已决,甜蜜蜜的事体做得成了。出得朝门,随即摆上家宴,在铜乌楼中为灭宋、扶金、兴秦立业之贺,大醉一日。次日,家中大宴心姓秦的官儿,当日便奏着金人乐,弄个'飞花刀儿舞',并不用宋家半件东西,说宋家半个字眼,又大醉一日。第三日,独坐扫忠书室,大笑一日,到晚又醉。"行者道:"这三日倒有些酒趣!今日还有几杯美酒,奉献丞相。"便叫二百名钻子鬼扛出一坛人脓水,灌入秦桧口中。行者仰天大笑,道:"宋太祖辛辛苦苦得的天下,被秦桧快快活活儿送了。"秦桧道:"今日这个人脓酒忒不快活。咳!爷爷,后边做秦桧的也多,现今做秦桧的也不少,只管叫秦桧独独受苦怎的?"行者道:"谁叫你做现今秦桧的师长,后边秦桧的规模!"登时又叫金爪精鬼取锯子过来,缚定秦桧,解成万片。旁边吹嘘判官慌忙吹转。行者又看册子:

> 和议已决,秦桧挟金人以自重。

行者又叫:"秦桧,你挟金人的时节,有几百斤重呢?"秦桧道:"我挟金人却如铁打泰山一般重。"行者道:"你知泰山几斤?"秦桧

道:"约来有千万斤。"行者道:"约来的数不确,你自家等等分厘看!"叫五千名铜骨鬼使,抬出一座铁泰山压在秦桧背上,一个时辰,推开看看,只见一枚秦桧变成泥屑。行者又叫吹转,再勘问他。看册子:

诸将所向奏捷,而桧力主班师。九月,诏还诸路将军。

行者便问:"那诸将飞马还朝的呢,步行还朝的呢?"判官禀:"爷,这个自然飞马回来的。"行者便叫变动判官,立时把秦桧变作一匹花蛟马。数百恶鬼,骑的骑,打的打。半个时辰,行者方叫吹转原身。又看册子后边云:

一日奉十二金牌,令岳飞班师。飞既归,所得州县,寻复失之。飞力请假兵柄,不许,兀术遗桧书,桧以为然。以谏议大夫万俟卨与飞有怨,风卨劾飞;又谕张俊令劾王贵,诱王俊诬告张宪谋还飞兵。桧遣使捕飞父子证张宪事。初命何铸鞫之,裳忽自裂,露出背上"尽忠报国"四字,深入肤理。既而阅实无左验,铸明其无辜。改命万俟卨。卨入台月余,狱遂上。于是飞以众证坐死,时年三十九。

行者便叫:"秦桧,岳将军的事如何?"说声未罢,只见阶下有一百个秦桧伏在地上,哀哀痛哭。行者便叫:"秦桧,你一个身子也够了。宋家那得一百个天下!"秦桧道:"爷爷,别的事还好,若说岳爷一件,犯鬼这里没有许多皮肉受刑;问来时,没有许多言语答应;一百个身子,犯鬼还嫌少哩。"行者便分付各衙门判官,各人带一个秦桧去勘问用刑。登时九十九个秦丞相到处分散。只听得这边叫

"岳爷的事,不干犯鬼",那边叫"爷爷台下,饶犯鬼一板,也是好的"。

行者心中快畅,便对案前判使道:"想是这件事情,原没处说起刑法的了?"曹判使不敢回言,只将手中册本呈上御览。行者展开一看,原来是各殿旧案卷。第一张案上写着:

> 本殿严,秦桧秉青蝇之性,构赤族之诛;岳爷存白雪之操,壮黄旗之烈。桧名"愚贼",飞曰"精忠"。

行者道:"这些通是宽语,'愚'字也说不倒秦桧。"第二张案:

> 本殿黎,秦桧构弥纶,《楚骚》悱恻……

行者道:"可笑!那秦贼的恶端说不尽,还有闲工夫去炼句!真所谓'文章之士,难以决狱'。不消看完了。"便展第三张案:

> 本殿唐,吊岳将军诗:谁将"三字狱",堕此万里城?北望真堪泪,南枝空自萦。国随身共尽,相与虏俱生。落日松风起,犹闻剑戟鸣。

行者道:"这个诗儿倒说得斩钉截铁。"便叫:"秦桧,唐爷的诗句上'相与虏俱生'那五个字,也是'五字狱'了,拿来配你这'三字狱',何如?我如今也不管你什么'三字狱',也不用唐爷的'五字狱',自家有个'一字狱'。"

判官禀:"爷,为何叫做'一字狱'?"行者道:"剐!"登时着一百名蓬头鬼扛出火灶,铸起十二面金牌,帘外擂鼓一通,趱出无数青面獠牙鬼,拥住秦桧,先剐一个"鱼鳞样",一片一片剐来,一齐投入火灶。鱼鳞剐毕,行者便叫正簿判官销第一张金牌。判官销罢,高

声禀:"爷,召岳将军第一张金牌销。"擂鼓一通。左边跳出赤身恶使,各各持刀来剐秦桧,剐一个"冰纹样"。行者又叫正簿判官销了第二张金牌。判官如命,高声禀:"爷,召岳将军第二张金牌销。"擂鼓一通。东边又走出十名无目无口血面朱红鬼,也各持刀来剐,剐一个"雪花样"。判官销牌讫,高声禀:"爷,召岳将军第三张金牌销。"擂鼓一通。

【注释】(1)本段选自《西游补》第九回《秦桧百身难自赎 大圣一心皈穆王》。说的是孙行者被鲭鱼精所迷而入梦境,在虚幻的世界中,见到了古今之事,他自己变幻莫测,忽化美女,忽化阎王。这一回行者化作阎王,在未来世界阴司中审问拷打秦桧,表达了行者对卖国贼的无比仇恨,而对爱国忠良岳飞无比崇拜,并认岳飞为师父,把岳飞同祖师和唐僧并列,其虔诚之心令岳飞感动。

【今译】(略)

【点评】同全书的艺术特点一样,这一回也是纯用浪漫主义的手法,文笔诙谐,内容深刻,孙行者的爱憎之情鲜明地体现于造事遣词之中。其艺术特点有:

拟人化的手法。《西游补》并不是一部宣扬因色悟空的书,而是以形象的拟人化手法,抒写作者在经历了尘世种种生活,欲望得到种种满足之后,走出"情"外,悟空得道的过程。本段中的孙行者具有人的理性,是真理与正气的化身。

辛辣的讽刺。作者没有把秦桧当作人来写,而是写成鬼怪,赋之以鬼形,极尽夸张丑化之能事,以痛快淋漓为特点。借孙悟空的幻象,针对明末清初的社会现实,以诙谐的笔调,既抒发了作者对明朝灭亡的亡国之痛,又尖刻地表达了自己对清兵入关后那些变节投降,置国家民族利益于不顾的官僚的切齿痛恨,这一感情是通过孙行者审问拷打秦桧的卖国罪行鲜明地表达出来的。审问时秦桧不服,辩白道:"后边做秦桧的也多,现今做秦桧的也不少,只管叫秦桧独独受苦怎的?"孙悟空斥骂道:"谁叫你做现今秦桧的师长,后边秦桧的规模。"用"师长""规模"这种褒扬、肯定的词语,嘲弄秦桧的卖国罪行,达到辛辣的讽刺效果。

影射的笔法。从全书内容看,作者虽然借孙悟空的迷幻情节演述其迷情悟道,但却是有所为而作,是作者个人意识和理念的形象表达。作者亲眼看到明朝末年一些出卖民族利益的汉奸的丑行,自然会把他们与遗臭万年的秦桧联系在一起。孙行者审问秦桧,正是作者通过历史来影射明末的社会现实。那些削尖脑袋"唯待宰相到身"的政客们,同秦桧一样,包藏祸心,如同高总判揭露的那样,"如今天下有两样待宰相的",都不过是为了争夺自己的权势和财富,何曾想到过国家民族的利益,这正是对明中后期官僚统治者的深刻写照。在《梼杌闲评》《金瓶梅》等小说中对此均有大量的揭露和抨击。

长于心理描写。中国古代小说比较注重人物的外部行为描写,对人物内心活动的刻画不够。但孙行者审问秦桧这一回,则比较注意刻画秦桧的心理活动。秦桧之所以敢于向宋帝倡和议,心理活动是很复杂的。首先他摸透了朝中一班官僚只知保己的腐败堕落心理,议和正是迎合了这些人贪生怕死的心理。其次,秦桧做了宰相后,权倾朝野,蔑视百官如"蚂蚁儿",认为极少有人敢于反对他,说:"当日朝中纵有个把忠臣,难道他自家与自家结党?党既不成,秦桧便安康受用",其猖狂心态毕露。不仅如此,他的狼子野心还在于做金人的儿皇帝以篡政夺权。在他眼里宋天子的"五爪丝龙袍,是我箧中旧衣服,……金銮殿,是我书房屋,……禁宫门,是我卧榻房,……"宋天子也不过是围着他飞舞的"一只草色蜻蜓儿。在宋帝采纳他的和议意见后,他更加得意忘形,作者描述了他加速宋亡、巩固自己势力的恶毒心态,更用"大醉一日""大笑一日"等语言来形容其变态心理,叛徒、卖国贼的丑恶嘴脸跃然纸上。

【集说】问秦桧,是孙行者一时极畅快之事,是《西游补》一部极畅快之文。(明崇祯本《西游补》批注)

全书实于讥弹明季世风之意多。

惟其造事遣词,则丰赡多姿,恍惚善幻,奇突之处,时足惊人,间以俳谐,亦常俊绝,殊非同时作手所敢望也。(鲁迅《中国小说史略》)

(孔繁华)

佚 名

　　《梼杌闲评》又名《明珠缘》，不题作者姓名。近代学者缪荃孙认为是明末李清所作，邓之诚《骨董续记》也认为颇似李清所作，但因缺乏充足的证据，学术界对此一直有争议。李清（1602—1683），字映碧，晚号天一居士，明天启间举人，崇祯进士，曾任刑科给事中等职。明亡后闭门著书，拒绝出仕。仅录以备考。据《梼杌闲评》所写内容看，此书可能是明末人所作。

《梼杌闲评》(节选)

田尔耕献金认父[1]

忽一日圣旨下来道:"魏进忠初任厂职,即获大奸,勤劳为国,忠荩可嘉,着赐名忠贤。赏内库银八十两、彩缎八表里、羊八腔、酒八瓶。"忠贤谢过恩。次日坐厂行牌,提究把守哈哒门的锦衣卫千户。是日正是田尔耕当值,闻此信息,心中忧惧,在家行坐不安,饮食皆废,无计可施。妻子许氏问道:"你为甚事这等烦恼?"尔耕道:"只为我前日把守哈哒门,王祚从那里进来,昨他招出,故此厂里提问。"许氏道:"不过罚俸罢了,怕甚么!"尔耕道:"此事非同小可,不止坏官,竟要问罪哩。"许氏道:"太监的买卖,不过是要钱,你送他些礼儿,就可无事。"尔耕想了一会,道:"有理!老魏原是皇上旧人,如今声势渐大,后来必掌司礼监的。我不若办份礼,就拜在他门下,他日也受他庇荫[2]。"许氏道:"不可!你是大臣嫡派,倒去依附太监,岂不被人笑骂!"尔耕道:"如今时势,总是会钻的就做大官。正是:'笑骂由他笑骂,好官我自为之。'"遂连夜备成礼物,先到门上打点。正值魏监入内去了,先央掌家说合停当,里外都送过礼。伺候了两日,方出来。轿到门首,田尔耕迎着跪在道旁,禀道:"锦衣卫带罪千户田尔耕叩见老爷。"从人喝道:"起去。"跟着轿后,来至厅前。忠贤下了轿,升厅坐下。田尔耕执着手本跪下,小内侍接上手本,行了庭参礼。忠贤接过礼单,上写着:"金壶二执,玉杯四对,玉带一围,汉玉钩绦一副,彩缎二十端,纱罗各二十端。"

看过说道:"你何以送这厚礼?"尔耕慌忙叩头道:"小官得罪老爷台下,望天恩宽恕,足感大德。"忠贤道:"这事非同小可,你怎么不小心盘诘,皇爷着实恼你。如今幸的没有下法司,咱替你包涵了罢。你只来说过就是了,又费这些钱送礼,收一两件儿罢。"田尔耕忙又跪下道:"些小薄礼,送老爷赏人,略表一点敬意。"忠贤道:"既承厚意,不好再却,收了罢。"尔耕复又拿过一个手本,跪下道:"小官蒙老爷赦宥,恩同再造,情愿投在老爷位下,做个义子。谨具淡金几两送上,以表儿子一点孝意。"忠贤接过手本,上写着:"倭金二百两。"忠贤十分欢喜,大笑道:"田大哥,你太过费了。才已领过,这定不好收的,咱也不敢当,此后还是弟兄相称的好。"尔耕道:"爹爹德高望重,皇上倚重。儿子在膝下,还怕折了福?"于是朝上拜了八拜。忠贤见他卑诏足恭之态,只是嘻着嘴笑。邀他到书房里坐,二人携手入来。尔耕先扯过一张椅子,在中间道:"请爹爹上坐!"忠贤笑道:"岂有此理,对坐罢。"让了半日,忠贤下坐,他在左边,只把屁股坐在椅子边上。

　　家人捧上茶来,他先取过一杯,双手捧与忠贤,然后自取一杯。忠贤道:"田大哥一向久违,还喜丰姿如旧,咱们倒老了。"尔耕道:"爹爹天日之表,红日方中;孩儿草茆微贱,未尝仰瞻过龙颜,爹爹何云久别?"忠贤笑道:"你做官的人眼眶大了,认不得咱,咱却还认得你!"尔耕忙跪下道:"儿子委实不知。"忠贤扯起来道:"峄山村相处了半年多,就忘记了。"尔耕呆了半晌,道:"是了,当日一见天颜,便知是大贵之相。孩儿眼力也还不差。如今为凤为麟,与前大不相同。"家人捧上酒肴,二人对酌。忠贤道:"田大哥可曾到东阿去走走?可知道令亲的消息么?"尔耕道:"别后二三年,姨母去世,孩儿去作吊时,姨妹已生一子。闻得刘天祐那厮屡次相逼,已出家了。"忠贤听了不觉泪下,道:"只因咱当日不听良言,以至把岳母的二千金麦价都费尽了,不得还乡,流落至此。几次差人去打听,再没得实信。可怜他母子受苦,若有老成人,可央个去讨讨信。"尔耕道:"孩儿有个侄子田吉,由进士出身,新选了东阿县。他去,定有实信,明日叫他来拜见爹爹。刘天祐那畜生当日既极无情,后又见姨妹有姿色,要强娶为妾,受了他许多凌辱,此仇不可不报。今幸舍侄到那里去,也是天理昭彰。"二人谈说,饮至更深才别。

【注释】(1)本段选自《梼杌闲评》第二十四回《田尔耕献金认父 乜淑英赴会遭罗》。故事是在这样的背景下展开的:明熹宗继位后,魏忠贤得宠,被破格任用为差满即管文书房,再转司礼监掌印的东厂缉捕事这一要职。天启元年(1621)三月,魏忠贤破获了一起试图在皇上大婚之日,抢夺京城的未遂政变案,并遵旨追究与此案有牵连的失职官员的罪责。受案子牵连的有魏忠贤昔日的狐朋狗友田尔耕,两人在这独特的背景中久别重逢,共同演出了一幕滑稽可笑的讽刺丑剧,此处所录的便是两人声情毕露的绝妙表演。

(2)庇荫:即荫庇,本指大树枝叶遮蔽阳光,宜于人们休息。此处指受到照顾或保佑。

【今译】(略)

【点评】明末天启元年(1621),一场未遂的政变被粉碎,参与政变的头目被处以极刑。魏忠贤职掌追究、处治失职官员田尔耕等人的大权,就在这时候,魏氏与田氏各自做了精彩的表演,本段即对他们尤其是对田尔耕的表演做了惟妙惟肖的刻画。田尔耕深知他这次失职"非同小可,不止坏官,竟要问罪哩",在此大祸临头之际,他心中忧惧,无计可施。在妻子的启发下,他不但大悟:"太监的买卖不过是要钱,你送他些礼儿,就可无事",而且凭着他预测官场升沉的能力,预感到魏阉将要权倾朝野。他见风使舵,决心卖身投靠魏阉,不但要消灾躲祸于目前,而且还要因祸得福于日后。妻子取笑他,他厚颜无耻地向妻子大念官经:"如今时势,总是会钻的就做大官,正是:'笑骂由他笑骂,好官我自为之。'"他送给魏阉一份厚礼、二百两倭金,不但保住了性命和乌纱帽,还认贼作父,甘当实际上辈分低于他的魏阉的干儿子,在仕途上找到了靠山。直到他后来弄清楚了魏阉是他昔日的狐朋狗友、他的姨妹夫之后,他竟不以为耻,反以为荣,其卑谄足恭、丑态百出、无耻之极,令

人作呕。当魏阉默认了他这个干儿子后,与他话旧,流露出想寻找自己以前的夫人如玉母子时,田尔耕察言观色,揣摸清干爹的心思后,立即尽孝子之职,荐上自己侄儿田吉承办此事,并顺便进上谗言,诋毁昔日仇人刘天祐,欲借魏阉之势以报私仇。这一切,都形象地表现出田尔耕刚一出场时作者介绍的他的个性:"心叵测,意难量,一团奸诈少刚方。吮痈舐痔真无耻,好色贪财大不良。"(见第十一回)本段对魏忠贤的刻画也极见功力。魏阉处理此案,是执行熹宗旨意,按理他初被熹宗赏识和重用,应该秉公办事,以报答熹宗的知遇之恩。然而在田尔耕的礼物和二百两倭金的诱惑下,他居然贪赃枉法,蒙蔽圣聪,一手遮天,擅行宽宥大权,将一个负责保卫朝廷、皇帝安全而又严重失职的武官田尔耕轻轻放过。其胆大妄为、贪婪狡猾、野心勃勃的性格呈露无遗。作者在刻画魏忠贤时,频呈妙笔,如写魏阉收下田氏厚礼时的半推半就;写魏阉对田氏又打又拉、又吓唬又买好;写魏阉认出田氏又不立即说破,故作不识,而在耍弄够田氏后再说明等等,让人感受到了魏阉的心有城府、善于玩弄手腕、贪婪奸险的个性特征。本段对田、魏两个人物的个性作了如此成功的刻画,却没有过多的动作描写和繁复的场面描绘,而仅仅是把人物暗暗地放在尖锐的矛盾冲突中,着重以人物的语言及由语言所流露出来的内心活动刻画人物个性,在艺术上显得极见功力,也颇具讽刺特色。

(李延年)

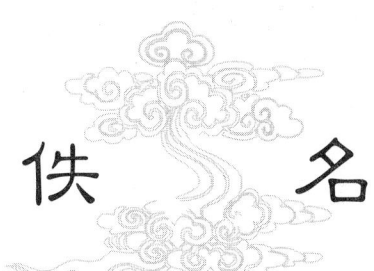

佚 名

关于本书作者,有的版本题为"荻岸散人(或荻岸山人、荑荻山人等)编次",有的则不题撰人。沈季友认为是秀水诸生张匀十二岁时所作,盛百二则认为是嘉兴张劭十四五岁时所作。亦有人从天花藏主人《四才子书序》的内容,推测"天花藏主人"与"荻岸散人"等等都是作者当时的别号。可至今我们也无法考定其真实姓名。戴不凡生前曾做过一番考证,推测天花藏主人即嘉兴徐震(见《小说见闻录》),尚有待进一步证明。

《平山冷燕》(节选)

小才女嘲杀老诗人[1]

郑秀才见举人、进士皆让宋信首坐,必定有些来历[2],因加意奉承道:"闻宋老先生遨游[3]京师,名动天子,这穷乡下邑[4],得邀宠临,实万分侥幸。"宋信道:"才人游戏,无所不可。古人说:上可与玉皇同居,下可与乞儿共饭。此正是吾辈所为。"郑秀才道:"闻窦府尊与老先生莫逆[5]。"宋信道:"老窦不过是仕途[6]上往来朋友,怎与我称得莫逆?"郑秀才道:"请问谁与老先生方是莫逆?"宋信道:"若说泛交,自山相公[7]以下,公卿士大夫,无人不识;若论诗人莫逆,不过济上李于鳞[8]、太仓王凤洲[9]昆仲、新安吴穿楼、汪伯玉[10]数人而已。"郑秀才满口称赞。

陶进士道:"主人盛意[11]已领了,乞收过,请令甥女一教,也不枉我三人来意。"郑秀才道:"既是这等说,且撤去。待舍甥女请教过再叙罢。"大家道:"妙!"遂起身闲步以待。

郑秀才因自入内,见冷绛雪说道:"今日此举,也太狂妄了些。这姓宋的大有来历,王世贞、李攀龙都是他的诗友,你莫要轻看,出去相见时,须要小心谦厚些,不然被他考倒,要出丑,便没趣了。"冷绛雪微微笑道:"王世贞、李攀龙便怎么?母舅请放心,甥女决不出丑。这姓宋的若果有二三分才学,还恕得他过;若是全然假冒,敢于轻薄甥女,母舅须尽力攻击,使假冒者不敢再来溷帐[12]!"郑秀才笑道:"你怎么算到这个田地!"说罢,便同到园中来相见。

宋信三人迎着一看，只见冷绛雪发才披肩，淡妆素服，袅袅婷婷[13]，如瑶池玉女[14]一般。果然是：

莺娇燕乳正雏年[15]，敛萼含香更可怜。
莫怪文章生骨相[16]，谪来原是掌书仙[17]。

三人看了，俱暗相惊异，陶、柳以为"吾辈缙绅[18]闺秀亦未有此，何等乡人，乃生此尤物[19]"宋信更加骇然，以为举止行动，宛然又是一个山黛。只得上前相见。

冷绛雪深深敛衽[20]而拜道："村农小女，性好文墨，奈山野孤陋，苦无明师，故狂言招致，意在真正诗翁，怎敢劳重名公贵人！"陶进士与柳孝廉同口说道："久闻冷姑大才，自愧章句腐儒，不敢轻易造次[21]。今因宋先生诗高天下，故相陪而来。得睹仙姿，实为侥幸。"宋信见冷绛雪出言吐语，伶牙利齿，先有三分惧怯，不敢多言，只喏喏[22]而已。拜罢，分宾主东西列坐。

郑秀才遂命取两张书案，宋信与冷绛雪面前，各设一张，上列文房四宝[23]。郑秀才就说道："既蒙宋老先生降临，诚为奇遇，自然要留题了；舍甥女殷殷[24]求教，未免也要献丑。但不知是如何命题？"宋信道："酒后非作诗之时，今既已来过，主人相识，便不妨重过。容改一日早来，或长篇，或古风[25]，或近体[26]，或绝句，或排律，或歌行，率性[27]作他几首，以见一日之长，何如？"冷绛雪道："斗酒百篇[28]，太白高风千古。怎么说酒后非作诗之时？"宋信道："酒后作是作得，只怕终有些潦草。不如清醒白醒，细细做来，有些滋味。"冷绛雪道："子建七步成诗[29]，千秋佳话。那有改期姑待之理？"郑秀才道："甥女，不是这等说。想是宋先生见我村庄人家，未必知音，故不肯轻作。且请宋先生先出一题，待你作一首请教过，若有可观，或者抛砖引玉[30]，也不可知。"陶、柳二人齐说道："这个有理。"冷绛雪道："既是二位大人以为可，请宋

老诗翁赐题。"

宋信暗想道:"看这女子光景,又像是一个磨牙的了。若即景题情,他在家拈弄惯了,必能成篇。莫若寻个咏物难题,难她一难也好。"忽抬头见天上有人家放的风筝,因用手指着道:"就是他罢,限七言近体一首。"

冷绛雪看见是风筝,因想道:"细看此人,必非才子。莫若借此题讥诮(31)他几句,看他知也不知。"因磨墨抒毫,题诗一首。就如作现成的一般,没半盏茶时,早已写完,叫郑秀才送与三人看。三人见其敏捷,先已惊倒,再展开一看,只见上写道:

风 筝 咏

巧将禽鸟作容仪,哄骗愚人与小儿。
篾片(32)作胎轻且薄,游花涂面假为奇。
风吹天上空摇摆,线缚人间没转移。
莫笑脚跟无实际,眼前落得燥虚脾(33)。

陶进士与柳孝廉看见字字俱从风筝打觑(34)到宋信身上,大有游戏翰墨之趣,又写得龙蛇飞舞,俱鼓掌称快道:"好佳作!好佳作!风流香艳,自名才女,不为过也!"宋信看见明明讥诮于己,欲要认真,又怕装村(35),欲要忍耐,又怕人笑,急得满面通红,只得向陶、柳二人说道:"诗贵风雅,此油腔(36)也,甚么佳作!"陶、柳二人笑道:"此游戏也。以游戏为风雅,而风雅特甚。宋先生还当刮目(37)。"

冷绛雪道:"村女油腔,诚所不免,以未就正大方(38)耳。今蒙宋老诗翁以风筝赐教,胸中必有成竹,何不亦赋一律,以定风雅之宗。"宋信见要他也作风筝诗,着了急,道:"风筝小题目,只好考试小儿女,吾辈岂可作此!"郑秀才道:"宋老先生既不屑(39)作此小题,不拘何题,赐作一首,也不枉舍甥女求教之意。"陶、柳二人道:

"此论有理。宋先生不必过辞。"宋信没法,只得勉强道:"非是不作,诗贵适情,岂有受人束缚之理?既二位有命,安敢不遵,就以今日之游为题何如?"陶、柳答道:"甚妙。"宋信遂展开一幅笺纸,要起草稿。研了墨,拿着一枝笔,刚写到"春日偕陶先达、柳孝廉城南行游,偶过冷园留饮"一行题目,便提笔沉吟[40],半晌不成一字。

陶进士见其苦涩,大家默默坐待,更觉没趣,只得叫家人拜匣中取出一柄金扇,亲自递与郑秀才道:"令甥女写作俱佳,欲求一挥,以为珍玩,不识可否?"郑秀才接了道:"这个何妨。"因接付与冷绛雪。冷绛雪道:"既承台命[41],并乞赐题。"陶进士惊喜道:"若出题,又要过费佳思,于衷不安。"冷绛雪道:"无题则无诗,何以应教?"陶进士大喜道:"妙论自别!也罢,粗扇那边画的是一双燕子,即以燕子为题,何如?"冷绛雪听了,也不答应,提起笔一挥而就,随即叫郑秀才递与陶进士。

陶进士看看,见墨迹淋漓,却是一首七言绝句,写在上面,道。

> 寒便辞人暖便归,笑他燕子计全非。
> 绿阴如许不留宿,却傍人家门户飞。

陶进士与柳孝廉看了又看,读了又读,喜之不胜,道:"这般敏捷奇才,莫说女子中从不闻不见,即是有名诗人,亦千百中没有一个。真令人敬服!"

柳孝廉看了动火,也忙取一柄金扇送与郑秀才道:"陶先生已蒙令甥女赐教,学生大胆,亦欲援例[42]奉求,万望慨诺[43]。"郑秀才道:"使得,使得。但须赐题。"柳孝廉道:"粗扇半边亦有画在上面,即以画图为题可也。"郑秀才忙递与冷绛雪。

冷绛雪展开一看,见那半边却是一幅《高士图》,因捉笔题诗一绝道:

穆生⁽⁴⁴⁾高况一杯酒,叔夜⁽⁴⁵⁾清风三尺桐。

不论须眉⁽⁴⁶⁾除去骨,布衣⁽⁴⁷⁾何处不王公!

冷绛雪写完,也教郑秀才送还。陶、柳二人争夺而看,见二诗词意俱取笑宋信,称赞不已。再回看宋信,尚抓耳挠腮⁽⁴⁸⁾,在那里苦挣,二人也忍不住走到面前,笑说道:"宋兄佳作曾完否?"

宋信正在苦吟不就,急得没摆布,又见冷绛雪写了一把扇子,又写一把,就如风卷残云一般,毫不费力;又见陶、柳二人交口称赞,急得他寸心如火。心下越急,越作不出,欲待推醉,却又吃不多酒;欲待装病,却又仓卒中装不出,只得低着头苦挣。不期陶、柳看不过,又来问,没奈何,只得应道:"起句完了,中联、结句尚要推敲。"陶进士道:"宋兄平日尚不如此,为何今日这等艰难?莫非大巫见了小巫⁽⁴⁹⁾么?"宋信道:"真也作怪,今日实实没兴。"冷绛雪听了,微笑道:"'枫落吴江冷'只一句,传美千古,佳句原不在多。宋诗翁既有起句足矣,乞借一观。"宋信料作不完,只得借此说道:"既要看,就拿去看。待看过再作也不妨。"郑秀才遂走到案前,取了递与冷绛雪。

冷绛雪接着一看,只见上面才写得两行:一行是题目,一行是起句,道:

结伴寻春到草堂,主人爱客具壶觞⁽⁵⁰⁾。

冷绛雪看了,又笑笑道:"这等奇思异想,怪不得诗翁费心了!莫要过于劳客,待我续完了罢。"因提起笔来,续上六句道:

一枝斑管⁽⁵¹⁾千斤重,半幅花笺百丈长。
心血吐完终苦涩,髭须断尽⁽⁵²⁾只寻常。
诗翁如此称风雅⁽⁵³⁾,车载还须动斗量⁽⁵⁴⁾。

写完,仍叫郑秀才送与三人看。陶、柳看完,忍不住哈哈大笑。羞得个宋信通身汗下,彻耳通红,不觉恼羞变怒,大声发作道:"村庄小女,怎敢如此放肆!我宋先生遨游天下,任是名公巨卿,皆让我一步,岂肯受你们之辱!"冷绛雪道:"贱妾何敢辱诗翁,诗翁自取辱耳。"因起身向陶、柳二人深深拜辞道:"二位大人在此,本该侍教,奈素性不喜烦剧⁽⁵⁵⁾,避浊俗如仇,今浊俗之气冲人欲倒,不敢不避。幸二位大人谅之。"拜罢,竟从从容容,入内去了。

【注释】(1)本段选自《平山冷燕》第六回《风筝咏嘲杀老诗人 寻春句笑倒小才女》。说的是冷大户与女儿冷绛雪以激将之法,将宋信等请至堂中,而宋信自命不凡,故作风雅。便出现了小才女借诗嘲弄老诗人,宋信最后露出马脚,复被嘲笑的场面。 (2)来历:来头,多指人的资历或背景。 (3)遨游:漫游;游历。 (4)穷乡下邑:指偏僻荒远之地。 (5)莫逆:指志同道合,非常投洽。 (6)仕途:旧指做官。 (7)山相公:山黛之父。当朝宰相。 (8)李于鳞:明代文学家李攀龙,字于鳞,号沧溟,历城(今属山东)人。嘉靖进士,官至河南按察使,与王世贞同为"后七子"首领,著有《沧溟集》。 (9)王凤洲:明代著名文学家王世贞,字元美,号凤洲,别号弇州山人。太仓(今属江苏)人,嘉靖进士,官至刑部尚书。与李攀龙同为"后七子"领袖,有《弇州山人四部稿》等。 (10)汪伯玉:明代文学家汪道昆,字伯玉,号太函,歙县(今属安徽)人。嘉靖进士,官至兵部左侍郎,著有《太函集》。 (11)盛意:盛情。 (12)溷帐:同"混帐"。 (13)袅袅婷婷:形容体态婀娜多姿、轻盈、妩媚而动人。 (14)瑶池玉女:神话传说中的西王母住地。 (15)雏年:幼年。 (16)骨相:旧时指人的骨骼相貌。 (17)掌书仙:对女才子的雅称。 (18)缙绅:古代称有官职的或做过官的人。 (19)尤物:指优异的人或物品。 (20)敛衽:整整衣襟,表示恭敬。旧时指妇女行礼。 (21)造次:鲁莽。 (22)喏喏:答应、应答声。 (23)文房四宝:纸、笔、砚、墨四种文具的统称。 (24)殷殷:恳切貌。 (25)古风:即古体诗。是与近体诗相对称的诗体,产生年代较早。每篇句数、每句字数均无一定限制,用韵比较自由。 (26)近体:近体诗,唐代形成的律诗和绝句的通称。 (区

别于古体诗),句数、字数和平仄、用韵都有比较严格的规定。 (27)率性:随意。 (28)斗酒百篇:形容诗酒豪放的气概。斗,古代酒器。唐代杜甫《饮中八仙歌》云:"李白一斗诗百篇,长安市上酒家眠,天子呼来不上船,自称臣是酒中仙。" (29)子建七步成诗:传说曹植不能见容于哥哥曹丕,被迫作"煮豆燃萁"七步诗。这里形容曹植才思敏捷,应对迅速。 (30)抛砖引玉:谦辞,比喻用粗浅的、不成熟的意见引出别人高明的、成熟的意见。 (31)讥诮:冷言冷语地讥讽。 (32)篾片:竹子劈成的薄片。此隐指专门给人帮闲凑趣的势利之徒。 (33)燥虚脾:虚情假意,虚假。 (34)打觑:打量。此指影射。 (35)装村:装糊涂。 (36)油腔:谓俳谐滑稽,不正规。 (37)刮目:另眼相看。 (38)就正大方:请求大方之家指正。 (39)不屑:认为不值得。 (40)沉吟:迟疑不决,低声自语。 (41)台命:对人嘱咐、安排的尊称。"台",旧时对人的敬称。 (42)援例:引用成例。 (43)慨诺:慷慨许诺。 (44)穆生:汉代鲁人。楚元王交少时,与穆生同受诗于浮丘伯。既王楚,以穆生为中大夫。穆生不嗜酒,元王常为设醴。及王戊嗣位,忘设。生曰:"醴酒不设,王之意怠矣。"遂去。 (45)叔夜:嵇康:字叔夜,竹林七贤之一。受诬下狱,临刑东市,神色不变,索琴弹之,奏《广陵散》。 (46)须眉:胡须和眉毛。指男子。 (47)布衣:旧时指平民。 (48)抓耳挠腮:形容焦急不安的样子。 (49)大巫见了小巫:是"小巫见了大巫"的反说。小巫法术不如大巫,见到大巫,自愧不如。比喻学问和技艺相差很远。 (50)壶觞:酒肴。 (51)斑管:原意带斑纹的竹子,也叫"湘妃竹""湘竹"。此指笔。 (52)髭须断尽:出典于唐人卢延让《苦吟》:"吟安一个字,捻断数茎须。"此句从此化出。 (53)风雅:为"风流儒雅"的简称,旧指人们的生活风度和文化修养。 (54)车载还须动斗量:谓数量很多。《三国志·吴志·吴主孙权传》:"遣都尉赵咨使魏"句下裴松之注引《吴书》:"如臣之比,车载斗量,不可胜数。" (55)烦剧:即繁剧。事务繁重。

【今译】略

【点评】世间之假,无所不有,但都往往靠粉饰涂抹以乱其真。即便假名士、假山人之流,也不外乎此理。宋信善于做假,却假得煞有介事,俨然以"真正诗翁"自居。席间,置众举人、进士于不顾,居然"首坐",其道德品行已见端倪。紧接着他又当众自吹自擂,口称所交者乃当朝宰相、公卿大夫。至于莫逆,乃文学巨子李攀龙、王世贞"数人而已"。他扯大旗作虎皮,果然能瞒住众人眼目,博得一片赞语。致使郑秀才忧心忡忡,唯恐甥女"出丑"。小小才女冷绛雪,自是另一番心性。她耿耿自信,却不信邪,仰慕真才子,并愿委身相从,却痛恶"全然假冒"的冒牌货,并声称与其势不两立,使他"不敢再来溷帐"。果不其然,宋信见冷绛雪"举止行动"酷似山黛,马上忆起在京师受山黛羞辱、遭朝廷杖责的情景,已是"先有三分惧怯",足见其假。他初进冷家时旁若无人,口若悬河,滔滔不绝之逼人气势,与目下这张皇失措、唯唯诺诺、敛声屏气之情状,恰形成鲜明对照。作者以生花妙笔,略加点染,已写出这位所谓"遨游京师,名动天子"的"名士",以沉默掩饰慌乱的窘态。然而,宾主既已"东西列坐",赋诗已成定局。宋信记取前车之鉴,唯恐当众出丑,尽管面对冷绛雪的"殷殷求教",仍以"酒后非作诗之时"一再推托。欲以退为守,保住体面。可是,偏偏他的对手冷绛雪"伶牙俐齿",步步进逼,使他无可奈何,愈加困窘。冷绛雪发现宋信"决非才子"便借咏风筝"讥诮他几句",将他戏称为"轻薄"的"篾片","涂面"的"游花",使他羞惭满面,不知所可,只得以贬斥绛雪之诗,来掩饰自己难堪的窘态。后来宋信迫于形势,不能不铺纸拈笔,然而,刚写"一行题目",便沉吟再三,"半晌不成一字","急得没摆布",欲装病、装醉,又恐被人识破,"只得低着头苦挣"。众人的嬉笑嘲讽、讥刺挖苦,羞得他"通身汗下,彻耳通红",恼羞成怒,雷霆大发,丑态毕露。后来,冷绛雪向陶、柳拜辞,独不睬宋信,且声言"素性不喜烦剧,避浊俗如仇,今浊俗之气冲人欲倒,不敢不避"。既旁敲侧击了一旁呆坐的宋信,又表露出她嫉恶如仇的情怀,有一箭双雕之功。在冷热场面的对照中寄寓褒贬,是本回在写法上的一个很大特色。就大的方面而言,宋信在登场之初,因其"有些来历",曾"名动天子"。"穷乡下邑"的文士,待之如奉神明,"加意奉承",尾随逢迎,大有众星拱月之势。至宋信自吹与名公巨卿为莫逆之交,使场面之"热"已达极致。随着冷绛雪的出现,尽管人数增多,但场上气氛却逐渐变"冷"。宋信初是"惧怯",后"满面通红",再且即"着了急",又"抓耳挠腮","低着头苦挣",并"通身汗下"。随行文人,除对宋信偶发

冷言相嘲弄外，几乎无人瞅睬。宋信初时的洋洋得意之态，已为苦挣难熬的窘况所替代。就细节描写而论，宋信与冷绛雪同在写诗。一个是"苦吟不就，急得没摆布"，心血呕尽，却仍不成篇章；一个是思如泉涌，拈毫立就，"如风卷残云一般，毫不费力"。一方是诗刚脱稿，众人"争夺而看"，鼓掌称快，连叫妙绝；一方是俯首蹙眉，苦心搜求，诗句不成，嘲讽先尝，备受奚落，如坐针毡。场面一"冷"一"热"，两两对举，使自命为"真正诗翁"的假名士宋信，粉饰洗净，原形顿现。如此组织情节，便增强了作品的艺术感染力。作者虽然没有直接出面去表达对笔下所写人物的态度，但褒贬已是蕴含在画面的勾勒之中。小说离不开矛盾冲突的描写。失去了矛盾冲突，也即失去了波澜，更谈不上情节。本来矛盾的双方是假名士与真才女。矛盾的解决，采用的是步步逼进法。宋信正因为是"假冒"，所以不敢"碰真"。"邪恶不能容忍道德，因为它对道德总有一种自卑情绪。"他见到冷绛雪，已是"不敢多言"，担心露出"庐山真面目"，当众出丑，故步步退让，以改日再来赋诗作缓兵之计。不料，冷绛雪却穷追不舍。她援古道今，指山说磨，拦截宋信后退之路，激使他当众试笔。奸诈狡猾的江湖骗子宋信，尽管城府颇深，但仍没斗过"伶牙俐齿"的冷绛雪。他不得不按照冷绛雪所划定的路线，一步一步踱至路的尽头。在这里，冷绛雪的聪慧机智，谈吐风雅，语藏机锋，才华焕发；宋信的弄巧成拙，处处碰壁，邀荣反取辱，沽名反出丑，都得到很好体现。

【集说】人之有才无才、才真才假，实为难知，然亦易知也。但凡真正有才之人，往往自信自喜，必不动心于人之奖誉；虽或有时而狂，然狂从才出，必有一段高傲之气，蚁视小人，决不加于有才英俊。若夫满口朝绅，言言权贵，借结交作声价，假舆从为势头，百般做作，一味夸张者，定是虚伪庸流，盗袭匪类，纵能举笔，必不过人。故宋信行藏，据冷新传来，已为冷绛雪窥破；故招致其来，止用三指阔一报贴，报贴上且写出"冒虚名者，勿劳枉驾"——非不重才，盖胸中早已知其无才而轻之矣。炫名才子，阅此定当汗下。

冷绛雪虽看破宋信行藏，然而未明，故《风筝咏》犹曲致讥嘲，《燕子诗》《高士图》但微寓调笑；及见其"寻春"二语，尽露底里，便续题六语，大加丑诋，而不复少存厚道矣。冷绛雪虽未免过情，宋信实亦自取，夫复谁尤！

《风筝咏》字字体切风筝,字字讥嘲宋信,妙莫能言,非小说所有。

论小说游戏,宋信之题,当歪捏其词,以发一笑。不知歪捏之诗,虽足发笑,却与宋信一辈庸俗诗人之丑态转不关切。今"结伴寻春"二语,既庸且俗,实将当今天下一辈招摇诗人之丑态刻画尽矣,不较之歪捏其词之诗,更关切而可笑乎?

冷绛雪若不触怒宋信,何因生端而进京师?宋信若不又出一番奇丑,何为立脚不定,又往松江?行到水穷,自然云起,绝不费五丁开凿之力,允称词家妙手!

阁臣闺秀山黛玉尺楼一考,并"有道"三章,已大吐才女之气,已大生才女之色矣。再欲为冷绛雪村民之女吐气生色,直欲与山黛并驾同驱,实难下笔。此书偏能别弄精神,另出手眼,或高论,或奇情,直将冷绛雪一段勃勃才华,写得高如山、秀如水、明如月、美如花,令人惊畏为又一山黛。始知崔颢《黄鹤楼》诗固不可再作,而李白《凤凰台》诗又未尝不并垂千古。(天花藏主人《平山冷燕》第六回回前评)

二书(按,指《玉娇梨》《平山冷燕》)大旨,皆显扬女子,颂其异能,又颇薄制艺而尚词华,重俊髦而嗤俗士,然所谓才者,惟在能诗,所举佳篇,复多鄙倍,如乡曲学究之为;又凡求偶必经考试,成婚待于诏旨,则当时科举思想之所牢笼,倘作者无不羁之才,故不能冲决而高翥矣。(鲁迅《中国小说史略》)

(赵兴勤 王福利)

名教中人

　　关于本书作者,真实姓名及生平已不可考。题"名教中人编次""游方外客批评"。鲁迅《中国小说史略》将此书列为"明代人情小说"。清康熙乾隆间著名作家夏敬渠,在其《野叟曝言》中,已引录过此书。就此可以推知,此书著作年代大约在明末清初。

《好逑传》(节选)

才子佳人闹公堂[1]

却说冰心小姐,自用计脱了南庄之祸,便闭门静处,就是妇女,也不容出入。水运又因苦争过公子无恶处,后而做出事来,不好意思,便也不甚走过来。冰心小姐倒也安然,只是父亲被谪,久无消息,未免愁烦。

一日,梳妆才罢,忽听得门前一阵喧嚷,许多人拥进门来,拿了一张大红条子,贴在正厅屏门上,口里乱嚷道:"老爷奉旨复任,特来报喜讨赏!"又有几个口称:"还有恩赦诏书,请小姐开读!"人多语乱,嘈嘈杂杂,说不分明。小姐只得自走到堂后来观看。只见那张红条子贴在上面,堂后又看不见。众报人又乱嚷着:"快接诏开读!"冰心小姐恐接旨迟了,只得带着两个丫鬟,走出堂来细问。脚还未曾站稳,报人早将冰心小姐围在中间道:"圣旨在府堂上,请小姐去方开读。"话未说完,外面早抬进一乘轿子来,要小姐上轿。

冰心小姐看见光景,情知中计,便端端正正立在堂中,面不改色,从从容容道:"你众人不得罗唣,听我说来:你等不过是过公子遣来迎请我的。也要晓得过公子迎请我去,不是与我有仇,是要与我结亲。恐我不从,故用计来强我。此去若肯依从成亲,过公子是你主人,我便是你主母了。你们众人,若是无礼罗唣,我明日到了过家,便一一都要惩治,到那时莫说我今日不与你们先讲明。"原来成奇也混在众人中,忙答应道:"小姐已明见万里,但求就行,谁敢

罗唣?"冰心小姐道:"既是如此,可退开一步,好好伺候,待我换过衣服,吩咐家人看守门户,方可出门。"众人果退开一步。

　　冰心小姐因吩咐丫鬟去取衣服,就悄悄叫她带了一把有鞘的解刀来,暗藏在袖里,一面更换衣服,又说道:"你们若要我与你过公子成全好事,须要听我吩咐。"成奇道:"小姐吩咐,谁敢不听?"冰心小姐道:"公子这段姻缘,虽非我所愿,然他三次相求,礼虽不尽出于正,而意实殷勤,我也却他不得。但今日你们设谋诡诈,若竟突然抬我到过家,我若从之,便是草草苟合,虽死亦不肯从,盖无可从之道也。莫若先抬我到府县,与府县讲明。若府县有撮合之言,便不为苟合矣。那时再抬到过家,或者还好商量,不知你们众人可知这些道理么?"成奇听了,正合他的意思,因答应道:"众人虽不知道理,但小姐吩咐要见府县,便先抬去见了县里太爷、府里太爷,然后再到过家,也不差什么!"就叫抬过轿来,请小姐上轿。冰心小姐又吩咐家人看门,只带了两个小童跟随,又悄悄吩咐家人,暗暗揭了那张大红条子,带到县前来,欣然上轿去了。正是:

　　眼看鬼怪何曾怪,耳听雷惊却不惊。
　　漫道落入圈套死,却从鬼里去求生!

　　众人将冰心小姐抬上肩头,满心欢喜,以为成了大功,便二三十人围成一阵,鸦飞鹊乱的往县前飞奔。又倚着过家有些势力,乱冲而来,不怕人不让。不期将到县前,忽撞见铁公子,到济南来游学,正游到此处,雇了一匹蹇驴[2]儿骑着,后跟着小丹,踽踽凉凉[3],劈面走来。恰好在转弯处,不曾防备,突被众人蜂拥撞来,几乎撞倒,跌下驴来。铁公子大怒,就趁势跳下驴来,将前面抬轿的当胸一把扭住,大骂道:"该死的奴才,你们又不遭丧、失火,怎么青天白日,象强盗抢夺一般,这等乱撞,几乎将我铁相公撞跌下驴来,是何道理?"众人正跑得有兴头上,忽被铁公子拦住,便七嘴八舌的乱嚷。有几个说道:"你这人好大胆,这是过学士老爷家娶亲,你是甚人,敢来拦阻!"又有几个说道:"莫说你是'铁相公',你就是'金相公''玉相公',拿到县中,也要打的粉碎!"铁公子听了,愈加大怒道:"既是过学士娶亲,他诗礼人家,为何没有鼓乐,为何没有灯火?定然有抢劫之情,须带到县里去,问个明白!"此时成奇也杂在众人中,看见铁公子青年儒雅,象个有来历之人,便上前劝道:"偶然相撞,出于无心,事情甚小。我听老兄说话,又是别府人氏,管这闲事做甚么?请放手去吧!"铁公子听了,倒也有个放手的意思。忽听得轿中哭道:"冤屈,冤屈!望英雄救命!"铁相公听见,因复将抬轿的扯紧道:"原来果有冤屈,这是断然放不得的,快抬到县里去讲!"众人看见铁公子不肯放手,便一齐拥上来,逞蛮动粗[4],要推开铁公子。铁公子按捺不下,便放开手,东一拳,西一脚,将众人打得落花流水。成奇忙拦住道:"老兄,不必动手,这事弄大了,私下开不得交,莫说老兄到县里,若不到县中,恐过府也不肯罢休,快放手让他们抬到县里去。"铁公子哪肯放手,却喜得离县衙不远,又人多,便抬的抬,捉的捉,你扭我结,一齐哄到县前。

　　铁公子见已到县前,料走不去,方放开手,走到鼓架边,取出马鞭子,将鼓乱敲,敲得扑咚咚响亮,已惊动县前众衙役,都一齐跑来,将铁公子围住道:"你是甚么人,敢来击鼓?快进去见老爷!"原来县尊已有过家人来报知抢得水小姐来,要他断归过公子,故特地坐在堂上,等候多时。不期水小姐不见来,忽闻鼓响,众衙役拥进一个书生来,禀道:"擅击鼓人,带见老爷!"那书生走到堂上,不拜也不跪,但将手一举道:"老先生请了!"县尊看见,因问道:"你是甚么人?因何事击鼓?"铁公子道:"我学生是甚人,老先生不必问我,学生也不必说。但我学生方才路遇一件抢劫冤屈之事,私心窃为不平,敢击鼓求老先生判断,看此事冤也不冤?并仰观老先生公也不公?"县尊看见铁公子人物俊爽,语言凌厉,不敢轻易动声色,便只问道:"你且说有甚抢劫冤屈之事?"铁公子道:"现在外面,少

不得传他进来。"说未完，只见过家的一伙人，早已将冰心小姐，围拥着进来。冰心小姐还未走到，成奇早充做过家家人，上前禀道："这水小姐，是家公子久聘定下的，因要悔赖婚姻，故家公子命众人迎请来，先见过太爷，求太爷明断，好迎请回去结亲。"县尊道："既经久聘，礼宜迎归结亲，何必又断？不必进来，竟迎去吧！"成奇听了，就折回身拦住众人道："不必进去了，太爷已经断明，吩咐叫迎回去结亲了。"

冰心小姐刚走到甬道中间，见有人拦阻，便大声叫起冤屈来。因急走两步，要奔上堂来分诉。旁边皂快早用板子拦住道："老爷已吩咐出去，又进来做甚么？"冰心小姐见有人拦阻，不容上堂，又见众人推她出去，便盘膝坐在地下，放声大哭道："为民父母，职当分冤理屈，怎么不听一言！"县尊还指手叫去，早急得铁公子暴跳如雷，忙赶上堂来，指着县尊乱嚷道："好糊涂官府！怎么公堂之上，只听一面之词，全不容人分诉？就是天下之官，贪贿慕势，也不至如此。要是这等作为，除非天下只有一个知县方好，只怕还有府道、谏台在上！"县尊听见铁公子嚷得不成体面，便也拍案大怒道："这是朝廷设立的公堂，你是甚么人，敢如此放肆！"铁公子复大笑道："这县好个大公堂！便是公侯人家，钦赐的禁地，我学生也曾打进去，救出人来，没人敢说我放肆！"

原来这个知县，新选山东不久，在京时，铁公子打入大夫侯养闲堂这些事，都是知道的。今见铁公子说话相近，因大惊问道："如此说来，老长兄莫非就是铁都院的长公子铁挺生么？"铁公子道："老先生既知道我学生的贱名，要做这些不公不法之事，也该收敛些！"县尊见果是铁公子，忙走出公位，深深施礼道："小弟鲍梓，在长安时，闻长兄高台，如雷灌耳，但恨无缘一面。今辱下临，却又坐此委曲，得罪长兄，统容负荆请罪。"一面看坐，请铁公子分宾主坐下，一面门子就献上茶来。

茶罢，县尊因问道："此事始末，长兄必然尽知，非小弟敢于妄为,只缘撇不过过公子的情面。"铁公子道:"此事我学生俱是方才偶然撞见,其中始末,倒实在不知,转求见教。"县尊道:"这又奇了!小弟只道长兄此来,意有所图,不知竟是道旁之冷眼热心,一发可敬。"因将水小姐是水侍郎之女,有个过公子,闻其秀美,怎生要娶她;她叔叔水运,又怎生撺掇(5)要嫁她,她又怎生换八字,移在水运女儿名下,后治酒骗她,她又怎生到门脱去,前在南庄抢劫她,她又怎生用石块抵去之事,细细说了一遍。喜得个铁公子心窝里都跳将起来,因道:"据老先生如此说来,这水小姐竟是个千古的奇女子了。难得,难得!莫要错过!"也顾不得县尊看着,竟抽起身来,走到甬道上,将冰心小姐一看,果然生得十分美丽。怎见得?但见:妩媚如花,而肌肤光艳,羞灼灼之浮华;轻盈似燕,而举止安详,笑翩翩之失措。眉画春山,而淡淡多态,觉春山之有愧;眼横秋水,而流转生情,怪秋水之无神。腰纤欲折,立亭亭不怕风吹,俊影难描。娇滴滴最宜月照,发光可鉴,不假涂膏。秀色堪餐,何须腻粉。慧心悄悄,越掩越灵。望而知其为仙子中人,侠骨冶冶,愈柔愈烈,察而知其非闺阁之秀。蕙性兰心,初只疑美人颜色,珠圆玉润,久方知君子风流。铁公子看了暗暗惊讶,走上前一步,望着冰心小姐深深一揖道:"小姐原来是蓬莱仙子,谪降尘凡,我学生肉眼凡胎,一时不识,多有得罪。但闻小姐,前面具如许才慧智巧,怎今日忽为鼠辈所愚?是所不解,窃敢请教。"冰心小姐见了,忙立起身来还礼道:"自严君被谪,日夜忧心,今忽闻有恩赦之旨下颁,窃谓诏旨,谁敢假传?故出来拜接,不意遂为人截夺至此。"因取出解手刀来,拿在手中,又说道:"久知复盆难照,已拼毕命于此,幸遇高贤大侠,倘蒙怜而垂手,则死之日,犹生之年矣。"铁公子道:"甚么恩旨?"冰心小姐因叫丫鬟问家人取了大红报条,递与铁公子看。铁公子看了,因拿上堂来,与县尊看道:"报条是真是假?"县尊看了道:"本县不曾见有,此报是哪里来的?"铁公子见县尊不认帐,便将条子袖了,勃然大怒道:"罢了,罢了!勒取宦女,已无礼法,怎么又假传圣

旨？我学生明日就去见抚台，这假传圣旨之人，却都要在老先生身上，不可走了一个！"说罢，就起身要走。县尊慌忙留住道："老先生不必性急，且待本县问个明白，再作区处。"因叫过成奇众人来，骂道："你们这伙不知死活的奴才，这报条是哪里来的？"众人你看我，我看你，那里答应得出。县尊见众人不言语，就叫取夹棍来。众人听见叫取夹棍，都慌了，乱叫道："老爷，这不干小人们事，皆是过公子写的，叫小人们去贴的！"县尊道："这是真了。有贵客在此，且不打你们这些奴才。"一面差人押去锁了；一面就差人另取一乘暖轿，好好送水小姐回府；一面吩咐备酒，留铁公子小饮。

【注释】(1)本篇节选自《好逑传》第五回《激义气闹公堂救祸得祸》。本回叙述权豪过公子抬轿往水宅抢亲，欲借官府威势，强逼水冰心成亲。冰心巧用小计，将乱石放入轿中，瞒过家丁耳目，使过公子阴谋落空。过公子恼羞成怒，又设毒计，令帮闲成奇等，去水宅假报冰心之父遇赦放还、将复原官的喜讯，欲把冰心诓出抢回。　(2)蹇驴：跛驴。　(3)踽踽凉凉：形容一个人走路孤零凄凉的样子。　(4)逞蛮动粗：意谓耍野蛮粗莽的手段。　(5)撺掇：从旁鼓动怂恿。

【今译】(略)

【点评】本作品在波澜迭起的情节铺排中，从不同的侧面、不同的角度，反复渲染侠女水冰心独特的个性。水冰心被铁中玉推许为千古奇女，究竟奇在何处？一、奇在洞察毫末。豪门过公子贪慕冰心姿色，意欲抢亲，诈称冰心之父"蒙恩赦还"，令仆从假充报子，闯进水宅。面对"人多语乱，嘈嘈杂杂"，水冰心从容镇定，先是"走到堂后来观看"，又"走出堂来细问"。终于识破了过公子的诡计，便暗中设想对付恶仆的方略，为同豪门恶仆周旋争取了主动权。二、奇在从权达变。面对许多如狼似虎的抢亲恶仆，若是一般女子，或是心慌意乱，不知所措，或是厮打哭闹，拒不上轿，但无论如何，都避免不了被劫持而去的厄运。水冰心则不然，她一眼看穿了过府的诡计，反而更加镇定，"端端正正立在堂中，面不改色，从从容容"。抓住恶仆们奴才畏主的心理,俨然以"主母"自居,并发号施令,镇住了恶仆,使他们乖乖听从其盼咐,又赢得了同恶仆斗争的时间。三、奇在能言善辩。冰心口头佯允与过公子成亲,若是突然被抬进过府,岂不是自投虎口?不过,她是以退为进,胸有成竹,她声称若"草草苟合,虽死亦不肯从"。如请府县为媒,明媒正娶,方可依从。让恶仆将轿子抬往县衙。因鲍知县早已被过府买通,帮闲成奇对此事了然于胸,岂有不允之理?何况冰心所言,句句在理,的确是无懈可击。就这样,冰心靠自己的能言善辩,逐渐改变了斗争的恶劣态势,由被动而转为主动。四、奇在胆略超人。在去县衙的途中,铁中玉仗义拦轿,水冰心听其谈吐,知他是个扶危救困的英雄,便在轿中喊冤呼救,得到了铁中玉的支持,使势单力薄的困境有所改变,已见其有胆有识。至县衙,鲍知县仅听成奇"一面之词",不听冰心申辩,便令抬回成亲。冰心要上堂分诉,屡遭阻拦。她盘膝坐地,放声大哭,更激起铁中玉的同情心。由于铁中玉的仗义执言,县官无奈,勉强问理。此时,冰心才将过府"勒取宦女""假传圣旨"之事叙出。她凭借个人的智慧和胆略,粉碎了过公子的阴谋诡计,捍卫了自己人格尊严。五、奇在不拘守礼法。封建礼法规定,"内外各处,男女异群",更不许与男子接触。而冰心,与过府恶仆周旋再三,言语应酬。又径闯公堂,号啕大哭,对铁中玉自述遭际,款诉冤情。这些,都与传统礼法相违。但是,水冰心如果拘守礼法,她只能成为豪门恶势力欺压下的牺牲品。作品写她靠个人的努力和斗争,摆脱了恶势力的纠缠和欺凌,情节虽出于虚构,却带有明清之际新的思想意识。至于铁中玉,作品极力突出其个性中侠义的一面。他胆大心细,敢作敢为。见过府恶仆抬着轿子"蜂拥撞来",便将轿夫"当胸一把扭住"。又见过学士家娶亲:"没有鼓乐","没有灯火",便怀疑有"抢劫之情",欲"带到县里,问个明白"。特别是听到轿内呼救之声,更决计救人危难,抱打不平。在县衙,他激于义愤,指斥县官"贪贿慕势",问事不公。以超人胆魄和堂堂正气,震慑住为虎傅翼的县官。作品中水冰心和铁中玉这两个人物形象,彼中有我,我中有彼,互为补充,相映生辉。写铁中玉见义勇为之事,恰烘托出水冰心识人之真,知人之深。叙水冰心临难呼救,又是在衬托铁中玉急难救危,敢作敢为。因他们具有同样的情怀,肝胆相照,故能结成恩爱鸳侣。这又为下文故事的发展预设铺垫。就情节的铺叙而论,也是"节节生奇,层层追险"。恶仆临门,意欲抢亲是一险;怀刀乘轿,佯称允亲又

一险;挺身拦轿,大打出手是一险;闯入公堂,怒斥县官又一险。可谓险象迭出,波澜起伏。但每一"险",在发展到极致之际,又总是峰回路转,化险为夷,有"柳暗花明又一村"之势,足见作家构筑情节手段的高妙。

【集说】《好逑传》十八回,一名《侠义风月传》。……其立意亦略如前二书(按指《玉娇梨》《平山冷燕》),惟文辞较佳,人物之性格亦稍异,所谓"既美且才,美而又侠"者也。(鲁迅《中国小说史略》)

(赵兴勤　王福利)

褚人获

褚人获,生卒年月不详,字稼轩,一字学稼,号石农,清初长洲(今江苏苏州)人。能诗文,尤熟悉明代稗史,据尤侗《坚瓠集》序中说,褚人获"少而好学,至老弥笃,搜穷群书秘籍,取经史所未及载者,条列放举,其事小可悟乎大,其文奇而不离乎正"。他布衣不仕,与当时著名文人尤侗、洪升、毛宗岗等交往甚密。著有《坚瓠集》《隋唐演义》《读史随笔》《退佳琐录》等。

《隋唐演义》(节选)

秦琼卖马[1]

宝刀虽利,不动文士之心。骏马虽良,不中农夫之用。英雄虽有掀天揭地手段,那个识他、重他?还要奚落[2]他。那两个少年与王小二拱手,就问道:"这位就是秦爷么?"小二道:"正是。"二人道:"秦大哥请了。"叔宝不知其故,到堂前叙揖。二人上坐。叔宝主席相陪。王小二看三杯茶来。茶罢,叔宝开言道:"二兄有何见教?"二人答道:"小的们也在本州当个小差使。闻秦兄是个方家,特来说分上。"叔宝道:"有甚见教?"二人道:"这王小二在敝衙门前开饭店多年,倒也负个忠厚之名。不知怎么千日之长,一日之短,得罪于秦兄?说你怪他,小的们特来赔罪。"叔宝道:"并没有这话,这却从何而来?"二人道:"都说兄怪他,有些店帐不肯还他。若果然怪他,索性还了他银子,摆布他一场,却是不难的。若不还他银子,使小人得以藉口。"叔宝何等男子,受他颠簸,早知是王小二央来会说谎话[3]的乔人了。"我只把直言相告二兄:我并不怪他夫妇,只因我囊橐罄空[4],有些盘费银两,在一个樊朋友身边。他往泽州投文,只在早晚来,算还他店帐。"二人道:"兄山东朋友,大抵任性的多。等见那个朋友,也要吃饱了饭,才好等得,叫他开饭店的也难服事。若要照旧管顾,本钱不敷;若简慢了兄,就说开饭店的炎凉,厌常喜新。客人如虎居山,传将出去,鬼也没得上门,饭店都开不成了。常言道:'求人不如求己。'假若樊朋友一年不来,也等一年不成？兄本衙门，不见兄回也要捉比，宅上免不得惊天动地。凡事要自己活变。"叔宝如酒醉方醒，对二人道："承兄指教，我也不等那樊朋友来了。有两根金装锏，将他卖了算还店帐，余下的做回乡路费。"二人叫王小二道："小二哥，秦爷并不怪你。倒要把金装锏卖了，还你饭钱。你须照旧伏侍。"也不通姓名，举手作别而去。好似：

在笼鹦鹉能调舌，去水蛟龙未得飞。

叔宝到后边收拾金装锏。王小二忽起奸心："这个姓秦的奸诈，倒有两根甚么金装锏，不肯早卖，直等我央人说许多闲话，方才出手。不要叫他卖，恐别人讨了便宜去。我哄他当在潞州，算还我银子，打发他起身；加些利钱儿，赎将出来。剥金子打首饰，与老婆带将起来。多的金子，剩下拿去兑与人，夫妻发迹，都在这金装锏上了。"笑容满面，走到后边来。

叔宝坐在草铺上，将两条锏横在自己膝上，上面有些铜青了。他这锏原不是纯金的，原是熟铜流金在上面。从祖秦旭传父秦彝，传到他已经三世了。挂在鞍旁，那锏楞上的金都磨去了，只是槽凹里有些金气。放在草铺上，地湿发了铜青。叔宝自觉没有看相，只得拿一把穰草，将铜青擦去，耀目争光。王小二只道上边有多少金子，蒙着眼道："秦爷，这个锏不要卖。"叔宝道："为何不要卖？"小二道："我这潞州有个隆茂号当铺，专当入甚么短脚货。秦爷将这锏抵当几两银子，买些柴米，将高就低，我伏事你老人家。待平阳府樊爷来到，加些利钱，赎去就是了。"叔宝也舍不得两条金锏卖与他人，情愿去当，回答小二道："你的所见，正合我意，同去当了罢！"

同王小二走到三义坊一个大姓人家，门旁黑直棍内，门挂"隆茂号当"字牌。径走进去，将锏在柜上一放，放得重了些，主人就有些恨嫌之意。"呀，不要打坏了我的柜桌！"叔宝道："要当银子。"

主人道:"这样东西,只好算废铜。"叔宝道:"是我用的兵器,怎么叫做废铜呢?"主人道:"你便拿得他动,叫做兵器。我们当绝了,没用他处,只好熔做家伙卖,却不是废铜?"叔宝道:"就是废铜罢了。"拿大称来称斤两,那两根铜重一百二十八斤。主人道:"朋友,还要除些折耗。"叔宝道:"上面金子也不算,有甚么折耗?"主人道:"不过是金子的光景,那里作得帐!况且那两个靶子,算不得铜价,化铜时就烧成灰了。如今是铁枥木的,觉重。"叔宝却慷慨道:"把那八斤零头除去,作一百二十斤实数。"主人道:"这是潞州出产的去处,好铜当价是四分一斤,该五两短二钱,多一分也不当。"叔宝算四五两银子,几日又吃在肚里,又不得回乡,仍然拿回去。小二已有些不悦之色。叔宝回店,坐在房中纳闷。

> 举世尽肉眼,谁能别奇珍?
> 所以英雄士,碌碌多湮沦[5]。

王小二就是逼命一般,又走将进来,向叔宝道:"你老人家再寻些甚么值钱的东西当罢!"叔宝道:"小二哥,你好呆!我公门中道路,除了随身兵器,难道带甚么金宝玩物不成?"小二道:"顾不的你老人家。"叔宝道:"我骑这匹黄骠马,可有人要?"小二道:"秦爷在我家住有好几时,再不曾说这句;说甚么金装锏,我这潞州人,真金子还认做假的,那晓得有用的兵器!若说起马来,我们这里是旱地,若大若小人家,都有脚力。我看秦爷这匹黄骠,倒有几步好走,若是肯卖,早先回家,公事都完了。"叔宝道:"这是就有银子的?"小二道:"马出门就有银子进门。"叔宝道:"这里的马市,在怎么所在?"小二道:"就在西门里大街上。"叔宝道:"什么时候去?"小二道:"五更时开市,天明就散市了。"小二叫妻子收拾晚饭与秦爷吃了,明日五更天,要去卖马。

叔宝这一夜好难过,生怕错过了马市,又是一日,如坐针毡。

盼到交五更时候起来,将些冷汤洗了脸,梳了头。小二掌灯牵马出槽。叔宝将马一看,叫声嗳呀道:"马都饿坏在这里了!"人被他炎凉到这等田地,那个马一发可知了。自从算帐之后,不要说细料,连粗料也没有得与他吃了,饿得那马在槽头嘶喊。妇人心慈,又不会铡草,瞒了丈夫,偷两束长头草,丢在槽里,凭那马吃也得,不吃也得。把一匹千里神驹,弄得蹄穿鼻摆,肚大毛长。叔宝敢怒而不敢言。要说饿坏了我的马,恐那小人不知高低,就道连人也没有得吃,那在马乎?只得接扯笼头,牵马外走。王小二开门,叔宝先出门外,马却不肯出门,径晓得主人要卖他的意思。马便如何晓得卖他呢?此龙驹神马,乃是灵兽,晓得才交五更。若是回家,就是三更天也备鞍辔、捎行李了。牵栈马出门,除非是饮水龅青,没有五更天牵他饮水的理。马把两只前腿蹬定这门槛,两只后腿倒坐将下去。若论叔宝气力,不要说这病马,就是猛虎,也拖出去了。因见那马尪瘦得紧,不忍加勇力去扯他,只是调息绵绵的唤。王小二却是狠心的人,见那马不肯出门,拿起一根门闩来,照那瘦马的后腿上,两三门闩,打得那马护疼扑地跳将出去。小二把门一关道:"卖不得,再不要回来!"

却说叔宝牵马到西营市来。马市已开,买马与卖马的王孙公子,往来络绎不绝。看马的驰骤杂遝[6],不记其数。有几个人看见叔宝牵着一匹马来,都叫:"列位让开些,穷汉子牵了一匹病马来了!不要挨倒了他。"合唇合舌的淘气。叔宝牵着马在市里,颠倒走了几回,问也没人问一声,对马叹道:"马,你在山东捕盗时,何等精壮!怎么今日就垂头丧气到这般光景!叫我怎么怨你,我是何等的人?为少了几两店帐,也弄得垂头丧气,何况于你!"常言道得好:

人当贫贱语声低,马瘦毛长不显肥。
得食猫儿强似虎,败翎鹦鹉不如鸡。

先时还是人牵马,后来倒是马带着人走。一夜不曾睡得,五更天起来,空肚里出门,马市里没人瞅睬,走着路都是打盹睡着的。天色已明,走过了马市,城门大开,乡下农夫挑柴进城来卖。潞州即今山西地方,秋收都是那茹茹秸儿;若是别的粮食,收捡起来枯槁了,独有这一种气旺,秋收之后,还有青叶在上。马是饿极的了,见了青叶,一口扑去,将卖柴的老庄家一跤扑倒。叔宝如梦中惊觉,急去挽扶。那人老当益壮,翻身跳起道:"朋友,不要着忙,不曾跌坏我那里。"那时马嚼青柴,不得溜缰。老者道:"你这匹马牵着不骑,慢慢地走,敢是要卖的么?"叔宝道:"便是要卖他,在这里撞个主顾。"老者道:"马膘虽是跌了,缰口倒还好哩!"叔宝正在懊闷之际,见老者之言,反欢喜起来了。

喜逢伯乐[7]**顾,冀北始空群。**

问老者道:"你是鞭杖行,还是兽医出身?"老者道:"我也不是鞭杖行,也不是兽医。老汉今年六十岁了,离城十五里居住。这四束柴有一百多斤,我挑进城来,肩也不曾换一换,你这马轻轻的扑了一口青柴,我便跌了一跤,就知这马缰口还好;只可惜你头路不熟,走到这马市里来。这马市里买马的,都是那等不得穷的人。"叔宝笑道:"怎么叫做等不得穷的人?"老者道:"但凡富贵子弟,未曾买马,先叫手下人拿着一副鞍辔跟着走。看中了马的毛片,搭上自己的鞍辔,放个辔头,中意方才肯买。他怎肯买你的病马培养?自古道:'买金须向识金家。'怎么在这个所在出脱病马来?你便走上几日,也没有人瞧着哩!"叔宝道:"据你说起来,还是牵到甚么所在去卖呢?"老者道:"只是我要卖柴,若是不卖柴,引你到一个去处,这马就有人买了。"叔宝道:"你卖柴的小事。你若引我去卖了这匹马,事成之后,送你一两银子牙钱。"老者听说,大喜道:"这里出西门十五里地,有个主人姓单,双名雄信,排行第二,我们都称他做二员外。他结交豪杰,买好马送朋友。"

叔宝如酒醉方醒,大梦初觉的一般,暗暗自悔:"我失了检点。在家时常闻朋友说:'潞州二贤庄单雄信,是个延纳的豪杰。'我怎么到此,就不去拜他?如今弄得衣衫褴褛,鹄面鸠形⁽⁸⁾一般,却去拜他,岂不是迟了!正是临渴掘井,悔之无及。若不往二贤庄去,过了此渡,又无船了,却怎么处?也罢,只是卖马,不要认慕名的朋友就是了。老人家,你引我前去;果然卖了此马,实送你一两银子。"老者贪了厚谢,将四束柴寄在豆腐店门口,叫卖豆腐的:"替我照管一照管。"扁担头上,有一个青布口袋儿,袋了一升黄豆,进城来换茶叶的。见那马饿得狠,把豆儿倒在个深坑塘里面,扯些青柴,拌了与那马且吃了。老庄家拿扁担儿引路,叔宝牵马竟出西门。约十数里之地,果然一所大庄,怎见得?但见:

> 碧流萦绕,古木阴森。碧流萦绕,往来鱼腾纵横;古木阴森,上下鸟声稠杂。小桥虹跨,景色清幽;高厦云连,规模齐整。若非旧阀,定是名门。

老庄家持扁担过桥入庄。叔宝在桥南树下拴马,见那马瘦得不像模样,心中暗道:"己所不欲,勿施于人。我也看不上,教他人怎么肯买?"因连日没心绪,不曾牵去饮水啃青刷饱,鬃尾都结在一处。叔宝只得将左手衣袖卷起,按着马鞍,右手五指,将马领鬃往下分理,那马怕疼,就掉过头来,望着主人将鼻息乱龇,眼中就滚下泪来。叔宝心酸,也不去理他领鬃,用手掌在他项上,拍了这两掌道:"马耶,马耶!你就是我的童仆一般。在山东六府驰名,也仗你一背之力。今日我月建不利,把你卖在这庄上,你回头有恋恋不舍之意,我却忍心卖你,我反不如你也!"马见主人拍项吩咐,有欲言之状:四蹄踢跳,嘶喊连声。叔宝在树下长叹不绝。正是:

威负空群志,还余历块才。

惭无人剪拂,昂首一悲哀。

却说雄信富厚之家,秋收事毕,闲坐厅前。见老人家竖扁担于窗扇门外边,进门垂手,对员外道:"老汉进城卖柴,见个山东人牵匹黄骠马要卖;那马虽跌落膘,缰口还硬。如今领着马在庄外,请员外看看。"雄信道:"可是黄骠马?"老汉道:"正是黄骠马。"雄信起身,从人跟随出庄。

叔宝隔溪一望,见雄信身高一丈,貌若灵官,戴万字顶皂荚包巾,穿寒罗细褶粉底皂鞋。叔宝自家看着身上,不像模样得紧。躲在大树背后解净手,抖下衣袖,揩了面上泪痕。雄信过桥,只去看马,不去问人。雄信善识良马,把衣袖撩起,用左手在马腰中一按。雄信膂力最狠,那马虽筋骨崚嶒,却也分毫不动。托一托头至尾,准长丈余,蹄至鬃,准高八尺;遍体黄毛,如金丝细卷,并无半点杂色。此马妙处,正是:

奔腾千里荡尘埃,神骏能空冀北胎。

蹬断丝缰摇玉辔,金龙飞下九天来。

雄信看罢了马,才与叔宝相见道:"马是你卖的么?"单员外只道是贩马的汉子,不以礼貌相待,只把你我相称。叔宝却认卖马,不认贩马,答道:"小可也不是贩马的人;自己的脚力,穷途货于宝庄。"雄信道:"也不管你买来的自骑的,竟说价罢了。"叔宝道:"人贫物贱,不敢言价,只赐五十两,充前途盘费足矣。"雄信道:"这马讨五十两银子也不多,只是膘跌重了,若是上得细料,用些工本,还养得起来。若不吃细料,这马就是废物了。今见你说得可怜,我与你三十两银子,只当送兄路费罢了。"雄信还了三十两银子,转身过桥,往里就走,也不十分勤力要买。叔宝只得跟过桥来道:"凭员外赐多少罢了。"

雄信进庄来,立在大厅滴水檐前。叔宝见主人立在檐前,只得站立于月台旁边。雄信叫手下人,牵马到槽头去,上些细料来回话。不多时,手下向主人耳边低声回复道:"这马狠得紧,把老爷胭脂马的耳朵,都咬坏了。吃下一斗蒸熟绿豆,还在槽里面抢水草吃,不曾住口。"雄信暗喜,乔做人情道:"朋友,我们手下人说,马不吃细料的了。只是我说出与你三十两银子,不好失信。"叔宝也不知马吃料不吃料,随口应道:"但凭尊赐。"雄信进去取马价银。叔宝却不是阶下伺候的人,进厅坐下。雄信三十两银子,得了千里龙驹,捧着马价银出来,喜容可掬。叔宝久不见银,见雄信捧着一包银子出来,比他得马的欢喜,却也半斤八两。叔宝难道这等局量褊浅?他却是个孝子,久居旅邸,思想老母,昼夜熬煎。今见此银,得以回家,就如见母的一般,不觉:

欢从眉角至,笑向颊边生。

【注释】(1)本段选自《隋唐演义》第八回《三义坊当锏受腌臜　二贤庄卖马识豪杰》。秦琼去潞州公干,住在王小二店中,盘缠用尽,有家难回,受到王小二的冷落与欺辱,不得已只好当锏卖马。　(2)奚落:用尖刻的话数说别人之短,使人难堪。　(3)訰话:逼勒人的话。　(4)囊(náng)橐(tuó)罄空:囊橐,盛东西的口袋。囊橐罄空,指钱袋空空,身无分文。　(5)湮沦:埋没沉沦。　(6)杂遝(tà):杂乱。　(7)伯乐:春秋时人,以善于相马著称。　(8)鹄面鸠形:比喻人饥疲瘦削的样子。

【今译】(略)

【点评】俗语云:"得地狸猫欢似虎,落时凤凰不如鸡。"世上之事令人

扼腕不平者，莫过于英雄沉沦，埋没红尘，无人赏识。"秦琼卖马"可说是一声英雄沦落不遇的沉痛叹息。秦琼是一位为天下好汉仰慕的盖世英雄，却一直屈沉下僚，郁郁不得志。到潞州公干，因忘记带银子，被困在王小二店中，有家难回，受尽王小二的白眼与冷落，走投无路，穷愁潦倒，不堪名状。

此段围绕"卖马"写秦琼这位英雄所遭遇的不满，层层渲染，步步铺排，文情跌宕起伏，把英雄潦倒的窘境与抑郁不平的心态刻画得淋漓尽致。"床头黄金尽，壮士无颜色。"势利的店主王小二见秦琼身无分文，对他百般羞辱，派说客逼劝，要赶他出去。秦琼无奈，只得去当祖传三世的金装锏，可人遭厄运，连锏也"没有看相"，金装锏被当铺当作废铜，仅值几顿饭钱，只得作罢。当锏不成，只有卖马，马虽良驹，但也饿得"蹄穿鼻摆，肚大毛长"，被人称为"病马"，无人过问。秦琼沮丧之极，陷入"山重水复疑无路"的困境。然路遇卖柴老翁，引出单雄信，致使"柳暗花明又一村"，好事多磨，终于将马卖掉。从"当锏"到"卖马"，从卖马无人问到老翁引荐二贤庄，几经波折，困愁中的秦琼心理上经受了希望——失望——希望的多次折磨，才得如愿以偿。叙述描写，转折多变，一层深似一层。

世无伯乐，谁辨千里马？世无慧眼豪杰，谁识末路英雄？在"卖马"的过程中，作者处处以马喻人，使人马互衬，极力渲染秦琼那英雄无路，托足无门复杂悲哀的心理活动。秦琼流落他乡，知音难觅，黄骠马则成为他唯一的知己，他只有对马倾诉衷肠。人落魄被称作"穷汉"，马遭弃被讥为"病马"，人马处于同等的地位，本已狼狈不堪，可他又不得不把心爱的马卖掉，这怎能不使秦琼悲从中来？更令人不堪忍受的是，世人有眼无珠，不识英雄，也不辨良马，致使秦琼牵着马在马市上"颠倒走了几回，问也没人问一声"。他不禁对马叹息："马，你在山东捕盗时，何等精壮！怎么今日就垂头丧气到这般光景！叫我怎么怨你，我是何等人？为了几两店帐，也弄得垂头丧气，何况于你？"这是人叹马，亦是人自叹，"垂头丧气"的马加上"垂头丧气"的人，真是失意至极！将要把马卖掉时，秦琼见马"瘦得不像模样"，暗自伤心，亲手为它梳理鬃毛，而马也善解人意，似乎知主人此时此地的心情，"掉过头来，望着主人将鼻息乱咄，眼中就滚下泪来"。这是马有灵性，知晓人心，人惜马，马怜人，人马相怜，使秦琼心中无限酸楚，又情不自禁地说出一番痛伤肺腑之言,他那"马耶!马耶!"的深情呼唤与不得已卖马的沉痛内疚的心情,催人泪下。秦琼落魄,使马也遭人弃,而马的被遗弃又衬托出秦琼无人赏识孤立无援的凄楚与悲哀,写马也是写人,人马浑然一体,活画出一个失意英雄悲愤、抑郁、愁苦难言的内心世界与尴尬处境,耐人寻味,秦琼身为盖世英雄却被人贱视,就连单雄信这样的豪杰之士在买马时也"只去看马,不去问人",当面不识英雄,何况其他世俗之人。难怪作者一再愤慨地叹息:"英雄虽有掀天揭地手段,那个识他?重他?""举世尽肉眼,谁能别奇珍?所以英雄士,碌碌多湮沦!""威负空群志,还余历块才。惭无人剪拂,昂首一悲哀。"褚人获身怀才学而终身布衣,也许他在借秦琼的不遇抒写自己胸中的块垒,同时也为封建社会中无数沉沦的英雄与怀才不遇的文士发出不平之鸣。

千里马困于盐车,是因为世无伯乐;秦琼遭受困厄,是因为世人利欲熏心,不识英雄。在写秦琼落魄的同时,作者也浓墨重彩描写了店主王小二这样一个势利贪财、薄情寡义的市井小人的形象,以和秦琼的形象形成鲜明对比,从而揭露了世态的炎凉与人情的淡薄。

(魏崇新)

冯梦龙

作者简介见前。

蔡元放

蔡奡(ào),字元放,号野云主人、七都梦夫。南京人。生卒年及生平均不详,约清乾隆二十年(1755)前后在世。好评小说,乾隆年间对冯梦龙的《新列国志》进行修改,并加了序、读法、详细的评语和简要的注释,改名为《东周列国志》印行,全书计23卷,108回。此外,还曾评点《水浒后传》等书。

《东周列国志》(节选)

乐羊子怒啜中山羹[1]

却说晋之东,有国名中山[2],姬姓,子爵,乃白狄[3]之别种,亦号鲜虞。自晋昭公之世,叛服不常,屡次征讨,赵简子率师围之,始请和,奉朝贡。及三晋分国,无所专属。中山子姬窟,好为长夜之饮,以日为夜,以夜为日,疏远大臣,狎昵群小,黎民失业,灾异屡见。文侯谋欲伐之。魏成进曰:"中山西近赵,而南远于魏,若攻而得之,未易守也。"文侯曰:"若赵得中山,则北方之势愈重矣。"翟璜奏曰:"臣举一人,姓乐名羊,本国谷邱人也,此人文武全才,可充大将之任。"文侯曰:"何以见之?"翟璜对曰:"乐羊尝行路,得遗金,取之以归,其妻唾之曰:'志士不饮盗泉[4]之水,廉者不受嗟来之食[5]。此金不知来历,奈何取之,以污素行[6]乎?'乐羊感妻之言,乃抛金于野,别其妻而出,游学于鲁卫。过一年来归,其妻方织机,问夫:'所学成否?'乐羊曰:'尚未也。'妻取刀断其机丝,乐羊惊问其故。妻曰:'学成而后可行,犹帛成而后可服。今子学尚未成,中道而归,何异于此机丝断乎?'乐羊感悟,复往就学,七年不返。今此人见在本国,高自期许,不屑小仕,何不用之?"文侯即命翟璜以辂车[7]召乐羊,左右阻之曰:"臣闻乐羊长子乐舒,见仕中山,岂可任哉?"翟璜曰:"乐羊,功名之士也,子在中山,曾为某君招乐羊,羊以中山君无道不往,主公若寄以斧钺之任[8],何患不能成功乎?"文侯从之。

乐羊随翟璜入朝见文侯,文侯曰:"寡人欲以中山之事相委,奈卿子在彼国何?"乐羊曰:"丈夫建功立业,各为其主,岂以私情废公事哉?臣若不能破灭中山,甘当军令!"文侯大喜曰:"子能自信,寡人无不信子。"遂拜为元帅,使西门豹为先锋,率兵五万,往伐中山。姬窟遣大将鼓须屯兵楸山,以拒魏师。乐羊屯兵于文山。相持月余,未分胜负。乐羊谓西门豹曰:"吾在主公面前,任军令状而来,今出兵月余,未有寸功,岂不自愧!吾视楸山多楸树,诚得一胆勇之士,潜师而往,纵火焚林,彼兵必乱,乱而乘之,无不胜矣。"西门豹愿往。其时八月中秋,中山子姬窟遣使赍羊酒到楸山,以劳鼓须。鼓须对月畅饮,乐而忘怀。约至三更,西门豹率兵壮衔枚突至,每人各持长炬一根,俱枯枝扎成,内灌有引火药物,四下将楸木焚烧。鼓须见军中火起,延及营寨,带醉率军士救火,只见哔哔哔哔哔,遍山皆著,没救一头处,军中大乱。鼓须知前营有魏兵,急往山后奔走。正遇乐羊亲自引兵从山后袭来,中山兵大败。鼓须死战得脱,奔至白羊关,魏兵紧追在后,鼓须弃关而走。乐羊长驱直入,所向皆破。鼓须引败兵见姬窟,言乐羊勇智难敌。须臾,乐羊引兵围了中山,姬窟大怒。大夫公孙焦进曰:"乐羊者,乐舒之父,舒仕于本国。君令舒于城上说退父兵,此为上策。"姬窟依计,谓乐舒曰:"尔父为魏将攻城,如说得退兵,当封汝大邑。"乐舒曰:"臣父前不肯仕中山,而仕于魏,今各为其主,岂臣说之可行哉?"姬窟强之。乐舒不得已,只得登城大呼,请其父相见。乐羊披挂登于巢车[9],一见乐舒,不等开口,遽责曰:"君子不居危国,不事乱朝。汝贪于富贵,不识去就,吾奉君命吊民伐罪[10],可劝汝君速降,尚可相见。"乐舒曰:"降不降在君,非男所得专也,但求父暂缓其攻,容我君臣从容计议。"乐羊曰:"吾且休兵一月,以全父子之情,汝君臣可早早定议,勿误大事。"乐羊果然出令,只教软困,不去攻城。姬窟恃著乐羊爱子之心,决不急攻,且图延缓,全无主意。过了一月,乐羊使人讨取降信。姬窟又叫乐舒求宽,乐羊又宽一月。如此三次,西门豹进曰:"元帅不欲下中山乎?何以久而不攻也?"乐羊曰:"中山君不恤百姓,吾故伐之;若攻之太急,伤民益甚。吾之三从其请,不独为父子之情,亦所以收民心也。"

却说魏文侯左右见乐羊新进,骤得大用,俱有不平之意。及闻其三次辍攻,遂谮⁽¹¹⁾于文侯曰:"乐羊乘屡胜之威,势如破竹,特因乐舒一语,三月不攻,父子情深,亦可知矣。主公若不召回,恐老师⁽¹²⁾费财,无益于事。"文侯不应,问于翟璜。璜曰:"此必有计,主公勿疑。"自此群臣纷纷上书,有言中山将分国之半与乐羊者,有言乐羊谋于中山,共攻魏国者,文侯俱封置箧⁽¹³⁾内。但时时遣使劳⁽¹⁴⁾苦,预为治府第于都中,以待其归。乐羊心甚感激,见中山不降,遂率将士尽力攻击。中山城坚厚,且积粮甚多,鼓须与公孙焦昼夜巡警,拆城中木石,为捍御之备,攻至数月,尚不能破,恼得乐羊性起,与西门豹亲立于矢石之下,督令四门急攻。鼓须方指挥军士,脑门中箭而死。城中房屋墙垣,渐已拆尽。公孙焦言于姬窟曰:"事已急矣!今日止有一计,可退魏兵。"窟曰:"何计?"公孙焦曰:"乐舒三次求宽,羊俱听之,足见其爱子之情矣。今攻击至急,可将乐舒绑缚,置于高竿,若不退师,当杀其子,使乐舒哀呼乞命,乐羊之攻,必然又缓。"姬窟从其言。乐舒在高竿上,大呼:"父亲救命!"乐羊见之,大骂曰:"不肖子!汝仕于人国,上不能出奇运策,使其主有战胜之功;下不能见危委命,使君决行成⁽¹⁵⁾之计;尚敢如含乳小儿,以哀号乞怜乎?"言毕,架弓搭矢,欲射乐舒,舒叫苦下城,见姬窟曰:"吾父志在为国,不念父子之情。主公自谋战守,臣请死于君前,以明不能退兵之罪。"公孙焦曰:"其父攻城,其子不能无罪,合当赐死。"姬窟曰:"非乐舒之过也。"公孙焦曰:"乐舒死,臣便有退兵之计。"姬窟遂以剑授舒,舒自刎而亡。公孙焦曰:"人情莫亲于父子,今将乐舒烹羹以遗乐羊,羊见羹必然不忍,乘其哀泣之际,无心攻城,主公引一军杀出,幸而得胜,再作计较。"姬窟不得已而从之,命将乐舒之肉烹羹,并其首送于乐羊曰:"寡君以小将

军不能退师,已杀死而烹之,谨献其羹。小将军尚有妻孥,元帅若再攻城,即当尽行诛戮。"乐羊认得是其子首,大骂曰:"不肖子!事无道昏君,固宜取死。"即取羹对使者食之,尽一器。谓使者曰:"蒙汝君馈羹,破城日面谢。吾军中亦有鼎镬[16],以待汝君也。"使者还报。姬窟见乐羊全无痛子之心,攻城愈急,恐城破见辱,遂入后宫自缢,公孙焦开门出降,乐羊数其谗谄败国之罪,斩之。抚慰居民已毕,留兵五千,使西门豹居守,尽收中山府藏[17]宝玉,班师回魏。

　　魏文侯闻乐羊成功,亲自出城迎劳曰:"将军为国丧子,实孤之过也。"乐羊顿首曰:"臣义不敢顾私情,以负主公斧钺之寄。"乐羊朝见毕,呈上中山地图,及宝货之数。群臣称贺。文侯设宴于内台[18]之上,亲捧觞以赐乐羊。羊受觞饮之,足高气扬,大有矜功之色。宴毕,文侯命左右封二箧,封识[19]甚固,送乐羊归第。左右将二箧交割[20],乐羊想道:"箧内必是珍珠金玉之类,主公恐群臣相妒,故封识赠我。"命家人抬进中堂,启箧视之,俱是群臣奏本,本内尽说乐羊反叛之事。乐羊大惊曰:"原来朝中如此造谤!若非吾君相信之深,不为所惑,怎得成功?"次日,入朝谢恩,文侯议加上赏。乐羊再拜辞曰:"中山之灭,全赖主公力持于内。臣在外稍效犬马,何力之有?"文侯曰:"非寡人不能任卿,非卿亦不能副寡人之任也。然将军劳矣,盍[21]就封安食乎?"即以灵寿封羊,称为灵寿君,罢其兵权。翟璜进曰:"君既知乐羊之能,奈何不使将兵备边,而纵其安闲乎?"文侯笑而不答。璜出朝以问李克,克曰:"乐羊不爱其子,况他人哉?此管仲所以疑易牙[22]也。"翟璜乃悟。

　　【注释】(1)本段选自《东周列国志》第八十五回《乐羊子怒馈中山羹 西门豹乔送河伯妇》。　(2)中山:古国名,在今河北正定东北。　(3)白狄:古族名,春秋时狄的一部分,因穿白色衣服而得名。　(4)盗泉:古泉名,地址在今山东泗水东北。《淮南子·说山训》:"曾子之廉,不饮盗泉。"　(5)嗟

(jiē)来之食:语出《礼记·檀弓下》。表示带有侮辱性的施舍。 (6)素行:清白的操守。 (7)辂(lù)车:古代公侯乘坐的一种大车。 (8)斧钺(yuè)之任:生杀大权。 (9)巢车:古代军中用来探察敌情的瞭望车。 (10)吊民伐罪:慰问受压迫的百姓,讨伐有罪的统治者。 (11)谮(zèn):进谗言,说别人的坏话。 (12)老师:使军队遭到挫折,士气衰落。 (13)箧(qiè):小箱子。 (14)劳(旧读lào)苦:慰劳。 (15)行成:求和。 (16)鼎镬(huò):古代烹饪器,多用青铜制成。鼎一般为圆形三足,也有长方形四足的;镬,即无足的鼎。 (17)府藏(zàng):官府储存物品的地方。 (18)内台:王宫内的台。 (19)封识(zhì):封闭后打上记号。 (20)交割:移交。 (21)盍(hé):何不。 (22)易牙:春秋时齐桓公宠幸的内臣。长于调味,善逢迎,相传曾烹其子为羹献给齐桓公。管仲死后,他与竖刁等专政肆虐,造成各国内乱。

【今译】(略)

【点评】这一段写的是战国时魏国攻灭中山国之事,虽然不足3000字,但人物性格生动复杂,故事情节曲折,读来引人入胜。全文出场的人物有十余个,但着墨较多的只有乐羊、乐羊妻、乐舒、魏文侯、翟璜、姬窟等几人,而这些人又大都是围绕着乐羊进行活动的。乐羊上场前先写其妻之贤惠,劝夫抛金与断机教夫,既对乐羊妻进行了褒扬,又突出了乐羊在品行、学业方面的修养,可谓一箭双雕。鼓须是中山国的一员勇将,与乐羊"相持月余,未分胜负"。但他"对月畅饮,乐而忘怀",比起乐羊来毕竟略逊一筹,终归败在智勇双全的乐羊手下。中山国大夫公孙焦以己之心度乐羊之腹,三番五次施展计策,对不徇私情的乐羊却起不了一点作用。小说对这些人物用笔不多,但人物性格的主导方面却毕现纸上。乐羊妻的明识大体,鼓须的勇而无谋,公孙焦的阴险狡诈……或映衬,或对照,在小说曲折多变的故事情节中,依次勾画出乐羊颖悟好学、有勇有谋、不徇私情等多棱面的性格特征。

乐舒是乐羊的长子,父子二人都是"各为其主"。但乐舒身居危国,不识去就;乐羊择善而从,身负重任,作者的褒贬是非常鲜明的。小说在推崇忠君报国的同时,也强调了履行这一节操的前提:善事明主。较之一些片面宣

扬愚忠的作品,小说的这一描述还是具有一定进步意义的。在小说中,乐舒为了实施公孙焦的计谋几番"出场"。从某种意义上说,与其把乐舒看作乐羊的亲生儿子,倒不如把他视为中山国的代言人,视为乐羊的敌对者。也就是说,乐羊所面对的不单单是自己的亲生儿子,在其背后是敌国,是敌国君臣的"如意算盘"。所以,乐羊对乐舒的态度,虽有父子之情,更多的却是针对中山国君臣的算计而发。乐羊因乐舒求宽三次缓攻,貌似有"爱子之心",其实却如乐羊所说:"中山君不恤百姓,吾故伐之;若攻之太急,伤民益甚。吾之三从其请,不独为父子之情,亦所以收民心也。"中山国君臣"将乐舒绑缚,置于高竿,若不退师,当杀其子,使乐舒哀呼乞命"。孰料乐羊大骂之后,"架弓搭矢",不待中山国君臣动手,要亲自射杀自己的儿子。中山国君无计可施,只好使出绝招,让乐舒自杀,然后烹为肉羹送给乐羊。他们认为"人情莫亲于父子","羊见羹必然不忍,乘其哀泣之际,无心攻城",自己便可侥幸取胜。谁知乐羊铁石心肠,"取羹对使者食之,尽一器"。蔡元放批云:"这却何必!"其实,非如此不足以震慑敌人,非如此不成其为乐羊。他的这一惊人之举不仅挫败了中山君臣的阴谋,而且从根本上瓦解了他们的斗志。乐羊并非"全无痛子之心",从他几次大骂不肖子的言语中,不难体察到痛极恨极的爱子之情,只是感于忠君报国的大义,他能割舍得下罢了。

魏文侯作为一国之君,是一个决定乐羊一生命运的关键人物。他听取翟璜的荐举,置左右的谏阻于不顾,乐羊才得以出仕挂帅;他优礼乐羊,用人不疑,将群臣的奏本"封置箧内",乐羊在前方才能够尽心竭力,克敌制胜;最后,兔死狗烹,也正是他为乐羊安排了个"就封安食"的结局。

难能可贵的是,小说在塑造鲜明生动的人物形象时,也注意到了人物性格的复杂性。乐羊固然为本文的正面主人公,但他在庆功宴上,"足高气扬,大有矜功之色",表现出人物形象不足取的一面。魏文侯干练睿智,但他对乐羊明升暗降,罢其兵权,封建帝王惯有的忌刻猜疑的阴暗心理在其身上也颇有流露。这一点正如蔡元放所说:"且好人又轻易不能全美。"

【集说】君臣之义固重,父子之恩亦不小。乐羊既欲为魏取中山,便当先召其子使还,庶为恩义两尽。今因急于功名,明视其子之死而不恤,又加以啜羹而尽一器,能免于残忍刻薄之讥乎?魏文侯之不复更用,明甚,妥甚。

(蔡元放《东周列国志》回评)

《列国志》中虽是也有好人,也有坏人,然毕竟是坏的多似好的;且好人又轻易不能全美,又多是各成其好,不甚相同。(蔡元放《东周列国志·读法》)

(张志江)

钱彩

钱彩,清代作家,字锦文,仁和(今浙江杭州市)人,生平事迹皆不可考,约生活在康熙至乾隆年间,与金丰等合编《说岳全传》,据金丰序文,该书成书当在康熙二十三年(1684)前。

金丰

金丰,清代作家,生卒年月及生平事迹皆不详,约生活在康熙至乾隆年间。

《说岳全传》(节选)

下战书牛皋进金营[1]

到了次日,元帅升帐,众将站立两旁听令。元帅高声问道:"今粮草虽到,金兵困住我兵在此,恐一朝粮尽,不能接济。必须与他大战一场,杀退了番兵,奉天子回京。不知那位将军,敢到金营去下战书?"话声未绝,早有牛皋上前道:"小将愿往。"元帅道:"你昨日杀了他许多兵将,是他的仇人,如何去得?"牛皋道:"除了我,再没有别人敢去的。"岳爷就叫张保:"替牛爷换了袍帽。"张保就与牛皋穿起冠带来。

牛皋冠带停当,就辞了元帅,竟自出营。岳爷不觉暗暗伤心,恐怕不得生还。又有一班弟兄们俱来相送到半山,对牛皋道:"贤弟此去,须要小心!言语须要留意谨慎。"牛皋道:"众位哥哥,自古道:'教的言语不会说,有钱难买自主张。'大丈夫随机应变,着什么忙?做兄弟的只有一事相托:承诸位兄弟结拜一场,倘或有些差池[2],只要看待这三个兄弟,犹如小弟一般,就足见盛情了!"众弟兄听了,含泪答道:"一体之事,何劳嘱咐,但愿吉人天相!恕不远送了。"众将各自回山。正是:

銮舆万里困胡尘,勇士勤王不顾身。
自古疾风知劲草,由来板荡识忠臣。

且说牛皋独自一个下山,揩抹了泪痕道:"休要被番人看见,只道是我怕死了。"再把自己身上衣服看看,倒也好笑起来:"我如今这般打扮,好像那城隍庙里的判官了。"一马跑至番营前,平章看见喝道:"咦,这是牛南蛮(3),为何如此打扮?"牛皋道:"能文能武,方是男子汉。我今日来下战书,乃是宾主交接之事,自然要文绉绉的打扮。烦你通报通报。"平章不觉笑将起来,进帐禀道:"有牛南蛮来下战书。"兀术道:"叫他进来。"平章出营叫道:"狼主叫你进去。"牛皋道:"这狗头,'请'字不放一个,'叫'我进来,如此无礼!"遂下马,一直来至帐前。那些帐下之人见牛皋这副嘴脸,这般打扮,无不掩着口笑。

牛皋见了兀术道:"请下来见礼。"兀术大怒道:"某家是金朝太子,又是昌平王,你见了某家也该下个全礼,怎么反叫某家与你见礼?"牛皋道:"什么昌平王!我也曾做过公道大王。我今上奉天子圣旨,下奉元帅将令,来到此处下书。古人云:'上邦卿相,即是下国诸侯;上邦士子,乃是下国大夫。'我乃堂堂天子使臣,礼该宾主相见,怎么肯屈膝于你?我牛皋岂是贪生怕死之徒、畏箭避刀之辈?若怕杀,也不敢来了。"兀术道:"这等说,倒是某家不是了。看你不出,倒是个不怕死的好汉,某家就下来与你见礼。"牛皋道:"好吖!这才算个英雄,下次和你在战场上,要多战几合了。"兀术道:"牛将军,某家有礼。"牛皋道:"狼主,末将也有礼了。"兀术道:"将军到此何干?"牛皋道:"奉元帅将令,特来下战书。"兀术接过看了,遂在后批着"三日后决战",付与牛皋。牛皋道:"我是难得来的,也该请我一请!"兀术道:"该的,该的。"遂叫平章同牛皋到左营吃酒饭。

牛皋吃得大醉出来,谢了兀术,出营上马,转身回牛头山来。到了山上,众人看见大喜,俱来迎接,说道:"牛兄弟辛苦了!"牛皋道:"也没有甚么辛苦。承他请我吃酒饭,饭都吃不下,只喝了几杯寡酒(4)。"来到大营,军士报知元帅。元帅大喜,吩咐传进。牛皋进帐,见了元帅,将原书呈上。元帅叫军政司记了牛皋功劳,回营将息。

【注释】(1)本段选自《说岳全传》第三十八回《解军粮英雄归宋室 下战书福将进金营》。说的是宋高宗君臣被金兵围困在牛头山,岳飞担心军粮用尽,遂下决心与金兵大战一场,以图退敌突围,于是牛皋请令去金营下战书。 (2)差池:意外的变化。这里指不幸遇害身死。 (3)南蛮:我国古代称南方的民族。这儿是金兵对宋人的鄙称。 (4)寡酒:淡而无味的酒。

【今译】(略)

【点评】淡化动作和姿态,纯以语言来写人,这是本段描写的特点。全段以人物对答来摹画其个性风采,晓畅明达,极富感染力。牛皋军帐请令,一句"除了我,再没有别人敢去的",直率简捷,没有一点儿文人儒士的矫揉造作,写出其性格中的果敢质朴;辞别众弟兄下山,一路上谈笑风生说诀别之言,托结拜兄弟,则是其豪放侠义的写实;而他为了不愿被番人嘲笑轻视,暗揩泪痕时的自言自语,又完全是一个莽汉子的天真想法。及至入番营,面对敌寇,牛皋则更多地表现了其性格中勇猛无畏的一面。遇平章,解答文士装扮的道理;对金兵,责骂兀术的无礼,应对自如中显得粗犷莽撞;与兀术殿上对白,开首一句便是令"兀术下来见礼",而面对兀术的勃然大怒,却又能不畏不惧,坦然相对,说出一番引古论今、义正词严的英雄话来,凛凛然勇气逼人,结果令兀术不得不束手从命,并称其为"不怕死的好汉"。之后,又以牛皋反称兀术为英雄,并主动要求在战场上多交手几合,以此示赞赏之意的作为,进一步渲染了他的爽朗和憨厚。牛皋的临别请酒,同样是写其直率无忌,但这里面渗透了太多的得胜喜悦,而掩饰不住,恰恰也正是牛皋的个性之一。最后作者写牛皋大醉回营,与众人欣喜恭贺,则又以牛皋一番淡描略写的回答,突出他出生入死时的轻松豪迈,更丰富了人物的性格内涵。这样,通过语言表情效果的强化,层层点染描画,一个勇猛爽快、拙中藏睿的草莽豪杰的形象,栩栩如生地活现在读者面前了。

(马晓芸)

东鲁狂古生

东鲁狂古生,山东人,姓名、生卒年及生平皆不详,约生活于明末清初。著有《醉醒石》十五回。戴不凡在《小说见闻录》中依据作品中夹杂的衢、严二州一带的方言,推测其为孔氏后人。

《醉醒石》(节选)

假虎威古玩流殃　奋鹰击书生仗义[1]

满街这样传笑。王千户恼了,道:"我知道苏州朋友极轻薄,前日在王家,这干人将我玩弄,又不救我。我正不能忘情。他倒老虎头上来揉痒。"心生一计,说收到古书,恐怕差错,取各学生员查对,仍要他抄誊副本。先是一班到他公署里抄誊,早进晚出,饥得腰瘪肚软。那带来京班[2],还嚷乱道:"字写得不好。"不肯收他的书,要诈钱,这些来受气的秀才,出来一传,外边反乱了破靴阵了。

　　墨兜鍪[3]乌云一片,蓝战袍翠霭千层,皂靴脱脱壮军声,腰际丝绦束紧,尽道百年养士,何尝受役阉人,卷拳攘臂竞先登,排个簸箕大阵。

先在学间聚齐,随见吴长两县[4]县官,你一声,我一句叫。县官不知向那一个回答,只说:"原没这事,你们还到上边讲。"又到府间,府官道:"秀才原是奉朝廷作养的,岂有取去抄书之理!你们去对他讲,要到道前,并见抚按。"

只见远远道子[5]来,是王千户拜客,这些秀才便也破口道:"你这奴侪!在王家捞茶捞水,服事我们相公的。今日暴得人身做,怎敢来惹我们相公!"夺板子,扯轿杠,乱打将来。秽言恶语,也听不得。瓦片石块,夹头脸打来。王千户见不是头,叫:"快走!快走!

走得快,有重赏。"后边一个轿夫,去夺轿杠,被秀才拿住打。只得三个,牛头杠⁽⁶⁾扛了。飞赶到得衙门,叫:"快关门,快关门!"等不得到堂落轿,头门边便已跳下轿,往里一跑,已是:

乌纱双翅折,绣服满淤泥。
带落花银片,真如落水鸡。

这干秀才已赶到,将他大门打得梯样,头行牌⁽⁷⁾打得粉碎。口中只要拿出去打。那看的人,又来助兴。秀才喊一声,他喊四五声不绝。秀才已住,他还打个不休,弄得王臣:

脸中五色浑无定,身上三魂莫可寻。

无可奈何,与后司⁽⁸⁾计议道:"秀才原是破靴阵,不好惹的。如今只除免他抄对,散他去罢。"两下计议,写上一面白牌,写的心惊,写得差,揩去又写,那王千户战兢兢标朱,那点不知点在那厢,全不成字,道:"本卫上供书籍,俱已倩人,诸生姑免。"叫人拿去门上挂,那个敢去。挨不过,一个大胆的拿了,从打碎门洞中塞出。一个秀才,扯住正读,一个在侧边嚷:"好大胆奴才!我们要你免,只是打!"一声喊,在隔墙石头瓦片,如雨打进。近墙的屋上瓦,没一块完全。王千户道:"怎处?不如走罢。"却舍不得这些诈来银子。众人道:"免字不好,换个字哄他散罢。"商量一会,改作:"本卫上供书籍,自行倩人抄誊,诸生各回肄业。"写了,弄得出去。众秀才道:"诸生也不是你叫的。"仍旧嚷乱。王千户道:"诸生二字不好,终不然,称列位相公。"后司道:"没这行移体⁽⁹⁾。"一个道:"只着人口传。道以后抄书,不敢相劳,列位相公请回。口说无凭,不害体面。"一个道:"只说他也不肯准信。"王千户道:"三十六着,走为上着。"自己换了衣帽,连婢妾也叫穿了男衣,打通后墙逃命。

却是后司道:"不可。我们走得多远,被他赶上拿住,打做稀烂。只除把钦给银两搬来,摆在堂上,大开仪门⁽¹⁰⁾,他若进来,就把抢劫赖他。秀才晓得道理利害,必不敢来,可以退他。"众人齐声道:"好!"不问钦给诈赃,忙忙的将来摆了,自己躲在深处,叫人将大门闩拔去,飞也似跑进。这众秀才正闹嚷时,忽见衙门骤然⁽¹¹⁾大开。众人恰待赶进,早见堂上甬道,并月台⁽¹²⁾上,一片雪白排满,都是木履样大元宝,一似:

梅开庾岭玉,风卷浙江潮。

那秀才果然道:"列位不可造次⁽¹³⁾,这厮待把钱粮涂赖我们了,我们莫进去,只围著守著,绝他水菜。"。

少不得有司出来调停,果是长吴二县,心中也怪王千户,要人罗唣⁽¹⁴⁾。他却也道:"歹不中,是个差官,带有钦给银两,也是地方干系。"一面申报上司,一面自来抚慰。众人围住,嚷嚷乱乱,又得抚院守巡,俱有硬牌,差学官解散,且禁百姓乘机生事。众秀才假手脱,打起退船鼓散讫。这干赶兴百姓,也都走回。这番王千户才有了性命。

假脱昆阳⁽¹⁵⁾困,如逃垓下⁽¹⁶⁾围。

在里面与后司做本,道是乡绅大户,买嘱劣衿⁽¹⁷⁾,阻挠采办,凌殴差官,有司不行禁止。正待发本,不期王抚向知他在地方骚扰害民,已行有司,访他恶款,待要具疏,又遇此事,就与学院会稿,一齐上本。学院还只为学政,奏他荼毒生员。逼诈凌辱,失朝廷养士之体;王抚便将他非刑逼拷,打死平民,纳贿诈财,动经千百,江南根本重地,财赋所出,岂容动摇?一面发本,一面借防护为名,差兵围了他衙宇。又牌行府县,拨夫巡守,王千户与这干随来光棍,原

怕秀才殴打，未敢出门，这一围守，要藏匿搬移赃物，搬不得；要上本勾干，也做不得。却又似个：

笼鸡难张翼，囚猿浪举身。

只是两院上本，行学查个为首生员。却把个新进并不曾出来的秀才，叫做陆完，是因他进学不完束脩[18]，竟将来报入在本里。却不：

李代桃僵[19]，张帽李戴。

初次本不下，二次留中。第三个本，王抚说得异样激切。江南缙绅，为地方，也向阁中讲说，圣上悯念三吴，竟差官拿解来京。

此时王千户见王抚两本弄他不倒，仍要放那毒手。不料官旗已到，束手就缚。本上有名党与，抚按竟自拿问，诈到倾成元宝五千锭，尽盘在官。王抚并将采到书玩，一并解京，这便是真赃实犯，王千户枉费了许多心，用了许多力，不得分厘随身入己。

饿是邓通[20]命，空开蜀道山。

到京下镇抚打问，没钱用，夹打都是重的，没钱用，没关节，这恶迹都不能隐下。卫中上本，参送法司，刑部依律，拟他打死平民，激变地方，定了个斩罪。倒是圣上英明，既批了个着即会官处决，还传首江南。这王臣：

三度江南路，居然两截人。
头飞千里去，堪笑是王臣。

其随从白棍,充军问徙不等,倚势诈钱,威阔能得几时?若是这王臣安分知足,得顶纱帽,虽不为缙绅所齿,还可在京鬼混过日,就是作人奴隶,贫贱终身,却没个杀身之祸。总是小器易盈,贪得无厌,有此横事。单只为朝廷赚得二十余万银子,单成就得圣上仁明,纳谏如流,王巡抚爱民忠鲠。

主圣容臣直,奸为贤者资。

还有那陆秀才,邀圣上宽恩,置之不问,已是个侥幸了。到后来中了举、中进士,京中闻他是前日打王千户,是个有胆气、有手段的,却铨选了个北道御史,后来直做到吏部尚书,其实陆秀才原也没甚力量,那无妄之福,翻得从无妄之祸里面。在王臣还替世间做个走空诈钱的鉴戒,足发一笑而已。

【注释】(1)《醉醒石》共十五回,每回独立成篇。这一段节选自第八回的后半部分。前半部分写的是一个叫王勤的奴仆,聪明伶俐,琴棋书画、吹拉弹唱无所不能。后来他与主人的妾勾搭成奸,被主人察觉。主人把他锁在一间空房里,打算饿死他。他逃了出去,辗转来到北京,靠临摹古人字画为生。碰到一个太监赏识他的画,便收留了他。他改名王臣,靠着太监的推举,竟在武英殿书画局里混了个锦衣卫千户。一日奉旨赴江南采买古玩字画,遂蓄意报复,敲诈勒索众人。当地人编了诗和曲子嘲讽他,他恼羞成怒,于是便想让众人吃些苦头。 (2)京班:指王臣从北京带来的书房、人役及清客。 (3)兜(dōu)鍪(móu):古代打仗时戴的头盔。 (4)吴长二县:吴县、长州二县治所均在苏州。 (5)道子:指古代官员出行的仪仗。 (6)牛头杠:指前边两个轿夫,后头一个轿夫,状如牛头。 (7)头行牌:指古代官员出行时用以显示身份、官阶的牌匾。 (8)后司:指王臣所带书房人等。 (9)行移体:指文书体裁、格式及用语规范等。 (10)仪门:明清两代指官署大门之内的门。 (11)騞(huō)然:象声词。 (12)月台:露天的平台。 (13)造次:鲁莽。 (14)啰唣:纠缠、吵闹。 (15)昆阳:古代地名,在今河

南叶县。新莽地皇四年(23),刘秀于此歼灭王莽的主力军。 (16)垓(gāi)下:古代地名,在今安徽灵璧。公元前202年,项羽被刘邦率大军击溃于此。 (17)衿:古代学子以青衿为服,后遂称秀才为青衿,也省称为衿。 (18)束修:指学生向老师送的礼物。 (19)李代桃僵:指代人受过。 (20)邓通:西汉蜀郡南安(今四川乐山)人,汉文帝时得宠,官至上大夫,前后赏赐无数。曾赐给他蜀郡严道铜山,许他铸钱。景帝即位,被免官抄家,后寄食人家,穷困而死。

【今译】(略)

【点评】这一段主要围绕"奋鹰击书生仗义"着笔,写出了众秀才奋起围攻王臣的气势以及王臣身败名裂的可悲下场。小说以赞许的笔触,生动地描述了这场"学生运动"的全过程,不仅显示出书生意气的火爆场景,而且赋予其"有理、有利、有节"的斗争特点。这场风波的导火索是王臣逼勒生员查对古书,抄誊副本,并借此对其进行迫害和敲诈。"秀才原是奉朝廷作养的,岂有取去抄书之理!"王臣本想以此耍耍自己的威风,恃强勒索众秀才,结果恰得其反。论道理,即使自己处于被动的局面,秀才们是为了维护自身的合法权益与王臣进行斗争,所以理直气壮,义无反顾。作者以一段韵文绘声绘色地渲染了"破靴阵"的军威,真个是先声夺人。除了强迫秀才查对古书,抄誊副本外,这一事件是在王臣以奉旨采买古玩字画为名,敲诈众人,骚扰地方的背景下发生的。王臣捏造古玩字画册,凭空讹诈,"自乡宦下至穷乡僻邑,三五百金家事,也要烦恼他一番。若是分上,越打得紧,有司无可奈何"。以这样恶劣的伎俩,他竟诈到白银二十余万两,直闹得民怨沸腾,上下侧目。因此,秀才们的正义行动得到了社会各阶层的支持。正如文中所说:"那看的人,又来助兴。秀才喊一声,他喊四五声不绝。秀才已住,他还打个不休。"各级地方官吏对王臣的所作所为也非常不满,他们对众秀才采取的是赞许、怂恿的态度。吴、长两县县官说:"原没这事,你们还到上边讲。"苏州府官员更予引导:"你们去对他讲,要到道前,并见抚按。"巡抚则"与学院会稿,一齐上本"。这样一来,秀才们的行动处于非常有利的斗争形势下。在这种"有理、有利"的情况下,秀才们并未意气用事,而是采取了聪明理智的斗争策略,有所节制,适可而止。王臣把钦给银两搬出来摆在外面,阴谋以抢劫诬赖秀才们。孰知秀才们识破了他的阴谋,并未冲进官署,而是采取了"围着守着,绝他水菜"的对策。当地方官为保护钦给银两,防止百姓乘机生事而前来抚慰、解散时,"众秀才假手脱,打起退船鼓散讫"。在沉重打击了王臣气焰,达到斗争目标的情况下,适时地结束了行动。既维持了地方官员的体面,又防止王臣就此再做什么文章。不妨说,这是一次成功的"学生运动"。在众秀才的奋起抗争下,王臣被吓得丢魂落魄,先前颐指气使、不可一世的嚣张气焰丧失殆尽。赃情败露后,只落得"会官处决,传首江南"。尽管小说作者是从"小器易盈"的角度嘲笑王臣,具有一定的局限性,但王臣由一个僮仆混到锦衣卫千户,贪得无厌,终于招致杀身之祸,却也不无鉴戒作用。

戴不凡《〈醉醒石〉随录》说:"此书颇有明末社会史料价值,非当时人手笔莫办。"文中写王臣劣迹昭著,但王巡抚竟"两本弄他不倒";后来王臣被拿解来京,"到京下镇抚打问。没钱用,夹打都是重的。没钱用,没关节,这恶迹都不能隐下";乃至那个"李代桃僵"的秀才陆完因祸得福,官运亨通。凡此细节,无不反映了明末官场的腐败与混乱,均非闲笔。

(张志江)

李 渔

　　李渔（1610—1680），原名仙侣，后改名渔，字谪凡，又字笠鸿，号天徒，又号笠翁，别署觉世稗官、新亭樵客、随庵主人、笠道人、湖上笠翁等。浙江兰溪人，自幼随父生长在江苏雉皋（今如皋），及长回乡应试，二十七岁入金华府学，后应举数次未能中试。时值明末清初战乱，四十岁后携家移居杭州，以卖文为生。五十岁时又移至金陵，开芥子园书铺，并常携家姬四出演剧娱人，以求资用。六十七岁时还家于杭州，三年后终在西湖。李渔"少壮擅诗古文词，有才子称"，一生著述甚富，《笠翁一家言全集》为其诗文杂著总集，后附《闲情偶寄》，论及戏曲、园林、花木、器玩、饮食、颐养等，其中《词曲》等部为著名戏曲理论著作，李渔的戏曲作品《笠翁十种曲》在清初也有很大影响。李渔所作短篇小说集有《无声戏》(《连城璧》)《十二楼》，长篇小说有《肉蒲团》等，均著名于世。

《连城璧》(节选)

谭楚玉戏里传情　刘藐姑临终死节[1]

诗云:

从来尤物最移人,况有清歌妙舞身;
一曲霓裳[2]千泪落,曾无半滴起娇颦。

又词云:

好妓好歌喉,擅尽风流。惯将欢笑起人愁,尽说含情单为我,魂魄齐勾。

舍命作缠头[3],不死无休。琼瑶琼玖竞相投,桃李全然无报答,尚羡娇羞。

这首诗与这首词,乃说世间做戏的妇人,比寻常妓女,另是一种娉婷,别是一般妩媚,使人见了最易销魂,老实的也要风流起来,悭吝的也会撒漫起来。这是甚么原故?只因他学戏的时节,把那些莺啼燕语之声,柳舞花翻之态,操演熟了,所以走到人面前,不消作意,自有一种行云流水的光景。不但与良家女子立在一处,有轻清重浊之分;就与娼家姊妹分坐两旁,也有矫强自然之别。况且戏场上那一条毡单,又是件最作怪的东西,极会难为丑妇,帮衬佳人。

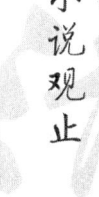

丑陋的走上去,使他愈加丑陋起来;标致的走上去,使他分外标致起来。常有五六分姿色的妇人,在台下看了,也不过如此,及至走上台去,做起戏来,竟像西子重生,太真复出[4],就是十分姿色的女子,也还比他不上。这种道理,一来是做戏的人,命里该吃这碗饭,有个二郎神[5]呵护他,所以如此;二来也是平日驯养之功,不是勉强做作得出的。是便是了,天下最贱的人,是娼、优、隶、卒四种。做女旦的,为娼不足,又且为优,是以一身兼二贱了。为甚么还把他做起小说来?只因第一种下贱之人,做出第一件可敬之事,犹如粪土里面,长出灵芝来,奇到极处,所以要表扬他。别回小说,都要在本事之前,另说一桩小事,做个引子。独有这回不同,不须为主邀宾,只消借母形子,就从粪土之中,说到灵芝上去,也觉得文法一新。

却说浙江衢州府西安县,有个不大不小的乡村,地名叫做杨村坞。这块土上的人家,不论是男子妇人,都以做戏为业。梨园子弟[6]所在都有,不定出在这一处,独有女旦脚色,是这一方的土产,他那些体态声音,分外来得道地。一来是风水所致,二来是骨气使然。只因他父母原是做戏的人,那些父精母血已先是些戏料了;及至带在肚里,又终日做戏,从胞胎里面就教习起了;及至生将下来,所见所闻,除了做戏之外,并无别事,习久成性,自然不差,岂是半路出家的妇人,所能仿佛其万一?所以这一块地方,代代出几个驰名的女旦。别处的女旦,就出在娼妓里面,日间做戏,夜间接客,不过借做戏为由,好招揽嫖客,独有这一方的女旦不同,他有三许三不许。那三许三不许?

　　　　许看不许吃;许名不许实;许谋不许得。

他做戏的时节,浑身上下,没有一处不被人看到。就是不做戏的时节,也一般与人顽耍,一般与人调情。独有香喷喷的那钟美酒,只使人垂涎咽唾,再没得把人沾唇。这叫做许看不许吃。遇着那些公子王孙、富商大贾,或以钱财相结,或以势力相加,定要与他相处的,他也未尝拒绝,只是口便许了,心却不许。或是推托身子有病,卒急不好同房;或是假说丈夫不容,还要缓图机会,挨得一日是一日,再不使人容易到手。这叫许名不许实。就是与人相处过了,枕席之间十分缱绻,你便认做真情,他却像也是做戏,只当在戏台上面,与正生做几出风流戏文,做的时节,十分认真,一下了台,就不作准。常有痴心子弟,要出重价替他赎身。他口便许他从良,使你终日图谋,不惜纳交之费,图到后来究竟是一场春梦,不舍得把身子从人。这叫做许谋不许得。他为甚么原故定要这等作难?要晓得此辈的心肠,不是替丈夫守节,全是替丈夫挣钱;不肯替丈夫挣小钱,要替丈夫挣大钱的意思。但凡男子相与妇人,那种真情实意,不在粘皮靠肉之后,却在眉来眼去之时,就像极馋的客人上了酒席,众人不曾下箸时节,自己闻见了香味,竟像那些肴馔都是不曾吃过的一般,不住要垂涎咽唾;及至口之后,狼餐虎嚼吃了一顿,再有珍馐上来,就不觉其可想,反觉其可厌了。男子见妇人,就如馋人遇酒食,只可使他闻香,不可容他下箸,一下了箸,就不觉兴致索然,再要他垂涎咽唾,就不能勾了。所以他这一方的女旦,知道这种道理,再不肯轻易接人,把这三句秘诀,做了传家之宝。母传之于女,姑传之于媳,不知传了几十世,忽然传出个不肖的女儿来,偏与这秘诀相左,也许看,也许吃,也许名,也许实,也许谋,也许得,总来是无所不许。古语道得好:"有治人,无治法。"他圆通了一世,一般也替丈夫同心协力,挣了一注大钱,还落得人人说他脱套。这个女旦姓刘,名绛仙,是嘉靖[7]末年的人。生得如花似玉,喉音既好,身段亦佳,资性又来得聪慧。别的女旦,只做得一种脚色,独是他有兼人之才,忽而做旦,忽而做生。那种做戏的人家,要他装男就装男,要他扮女就扮女。更有一种不羁之才,到那正戏做完之后,忽然填起花面来,不是做净,就是做丑。那些插科打诨的

话,都是簇新造出来的,句句钻心,言言入骨,使人看了分外销魂,没有一个男人,不想与他相处。他的性子,原是极圆通的,不必定要潘安之貌,子建之才(8),随你一字不识,极丑极陋的人,只要出得大钱,他就与你相处。只因美恶兼收,遂致贤愚共赏,不上三十岁,挣起一份绝大的家私,封赠丈夫做了个有名的员外。他的家事虽然大了,也还不离本业。家中田地,倒托别人照管,自己随了丈夫,依旧在外面做戏,指望传个后代出来,把担子交卸与他,自己好回去养老。谁想物极必反,传了一世,又传出个不肖的女儿来。不但把祖宗的成宪视若弁髦(9),又且将慈母的芳规作为故纸。竟在假戏文里面,做出真戏文来,使千年万载的人看个不了。

这个女儿,小名叫做藐姑,容貌生得如花似玉,可称绝世佳人,说不尽他一身的娇媚。有古语四句,竟是他的定评:

施粉则太白,施朱则太红。加之一寸则太长,损之一寸则太短(10)。

至于遏云之曲,绕梁之音,一发是他长技,不消说得的了。他在场上搬演的时节,不但使千人叫绝,万人赞奇。还能把一座无恙的乾坤,忽然变做疯魔世界,使满场的人,个个把持不定,都要死要活起来。为甚么原故?只因看到那销魂之处,忽而目定口呆,竟像把活人看死了;忽而手舞足蹈,又像把死人看活了。所以人都赞叹他道:"何物女子,竟操生杀之权?"他那班次里面有这等一个女旦,也就够出名了。谁想天不生无对之物,恰好又有一个正生,也是从来没有的脚色。与藐姑配合起来,真可谓天生一对,地生一双。那个正生又有一桩奇处,当初不由生脚起来,是从净丑里面提拔出来的。要说这段姻缘,须从脚根上叙起。

藐姑十二三岁的时节,还不曾会做成本的戏文,时常跟了母亲做几出零星杂剧。彼时有个少年的书生,姓谭,名楚玉,是湖广襄阳府人。原系旧家子弟，只因自幼丧母，随了父亲在外面游学。后来父亲又死于异乡，自己只身无靠，流落在三吴、两浙之间[11]，年纪才十七岁。一见藐姑就知道是个尤物，要相识他于未曾破体之先。乃以看戏为名，终日在戏房里面走进走出，指望以眉眼传情，挑逗他思春之念，先弄个破题上手，然后把承题、开讲的工夫[12]，逐渐儿做去。谁想他父母拘管得紧，除了学戏之外，不许他见一个闲人，说一句闲话。谭楚玉窥伺了半年，只是无门可入。

一日闻得他班次里面，样样脚色都有了，只少一个大净，还要寻个伶俐少年，与藐姑一同学戏。谭楚玉正在无聊之际，得了这个机会，怎肯不图？就去见绛仙夫妇，把情愿入班的话说了一遍。绛仙夫妇大喜，即日就留他拜了先生，与藐姑同堂演习。谭楚玉是个聪明的人，学起戏来，自然触类旁通，闻一知十，不消说得的了。藐姑此时，年纪虽幼小，知识还强似大人。谭楚玉未曾入班，藐姑就相中他的容貌，见他看戏看得殷勤，知道醉翁之意决不在酒。如今又见他投入班来，但知香艳之可亲，不觉娼优之为贱，欲借同堂以纳款，虽为花面而不辞，分明是个情种无疑了，就要把一点灵犀托付与他。怎奈那教戏的先生，比父亲更加严厉。念脚本的时节，不许他交头接耳，串科分[13]的时节，唯恐他靠体沾身。谭楚玉竟做了梁山伯，刘藐姑竟做了祝英台，虽然同窗共学，不曾说得一句衷情，只好相约到来生，变做一对蝴蝶，同飞共宿而已。谭楚玉过了几时，忽然懊悔起来道："有心学戏，除非学个正生，还存一线斯文之体。即使前世无缘，不能勾与他同床共枕，也在戏台上面，借题说法，两下里诉诉衷肠。我叫他一声妻，他少不得叫我一声夫，虽然做不得正经，且占那一时三刻的风流，了了从前的心事，也不枉我入班一场。这花面脚色，岂是人做的东西？况且又气闷不过，妆扮出来的，不是村夫俗子，就是奴仆丫鬟。自己睁了饿眼，看他与别人做夫妻，这样膀胱臭气，如何忍得过？"

一日乘师父不在馆中，众脚色都坐在位上念戏，谭楚玉与藐姑相去不远，要以齿颊传情，又怕众人听见。还喜得一班之中，除了生旦二人，没有一个通文理的，若说常谈俗语，他便知道，略带些之乎者也，就听不明白了。谭楚玉乘他念戏之际，把眼睛觑着藐姑，却像也是念戏一般，念与藐姑听道："小姐小姐，你是个聪明绝顶的人，岂不知小生之来意乎？"藐姑也像念戏一般，答应他道："人非木石，夫岂不知，但苦有情难诉耳。"谭楚玉又道："老夫人提防得紧，村学究拘管得严，不知等到何时，才能勾遂我三生之愿？"藐姑道："只好两心相许，俟诸异日而已。此时十目相视，万无佳会可乘，幸勿妄想。"谭楚玉又低声道："花面脚色，窃耻为之，乞于令尊、令堂之前，早为缓颊(14)，使得擢为正生，暂缔场上之良缘，预作房中之佳兆，芳卿独无意乎？"藐姑道："此言甚善，但出于贱妾之口，反生堂上之疑，是欲其入而闭之门也，子当以术致之。"谭楚玉道："术将安在？"藐姑低声道："通班以得子为重，子以不屑做花面而去之，则将无求不得。有萧何在君侧，勿虑追信之无人也(15)。"谭楚玉点点头道："敬闻命矣。"

过了几日，就依计而行，辞别先生与绛仙夫妇，要依旧回去读书。绛仙夫妇闻之，十分惊骇道："戏已学成，正要出门做生意了，为甚么忽然要跳起槽来？"就与教戏的师父，穷究他变卦之由。谭楚玉道："人穷不可失志。我原是个读书的人，不过因家计萧条，没奈何就此贱业，原要借优孟之衣冠(16)，发泄我胸中之垒块(17)。只说做大净的人，不是扮关云长，就是扮楚霸王，虽然涂几笔脸，做到那慷慨激烈之处，还不失我英雄本色。那里晓得十本戏文之中，还没有一本做君子，倒有九本做小人。这样丧名败节之事，岂大丈夫所为，故此不情愿做他。"绛仙夫妇道："你既不屑做花面，任凭尊意，拣个好脚色做就是了，何须这等任情？"谭楚玉就把一应脚色，都评品一番道："老旦贴旦，以男子而屈为妇人，恐失丈夫之体；外脚末脚，以少年而扮做老子，恐销英锐之气；只有小生可以做得，又往往因人因事，助人成名，不能自辟门户，究竟不是英雄本色，我也不情愿做他。"戏师父对绛仙夫妇道:"照他这等说来,分明是以正生自居了,我看他人物声音,倒是个正生的材料。只是戏文里面,正生的曲白最多,如今各种戏文都已串就,不日就要出门行道了,即使教他做生,那些脚本一时怎么念得上?"谭楚玉笑一笑道:"只怕连这一脚正生,我还不情愿做;若还愿做,那几十本旧戏,如何经得我念,一日念一本,十日就念十本了。若迟一月出门,难道三十本戏文,还不勾人家搬演不成?"那戏师父与他相处,一向知道他的记性最好,就劝绛仙夫妇,把他改做正生,倒把正生改了花面。谭楚玉的记忆,真是过目不忘,果然不上一月,学会了三十多本戏文,就与藐姑出门行道。

起先学戏的时节,内有父母提防,外有先生拘管,又有许多同班朋友夹杂其中,不能勾匠心匠意,说几句知情识趣的话。只说出门之后,大家都在客边,少不得同事之人,都像弟兄姊妹一般,内外也可以不分,嫌疑也可以不避,挨肩擦背的时节,要嗅嗅他的温香,摩摩他的软玉,料想不是甚么难事。谁料戏房里面的规矩,比闺门之中更严一倍。但凡做女旦的,是人都可以调戏得,只有同班的朋友,调戏不得。这个规矩,不是刘绛仙夫妇做出来的。有个做戏的鼻祖,叫做二郎神,是他立定的法度。同班相谑,就如姊妹相奸一般,有碍于伦理。做戏的时节,任你肆意诙谐,尽情笑耍;一下了台,就要相对如宾,笑话也说不得一句;略有些暧昧之情,就犯了二郎神的忌讳,不但生意做不兴旺,连通班的人,都要生起病来。所以刘藐姑出门之后,不但有父母提防,先生拘管,连那同班的朋友,都要互相纠察。见他与谭楚玉坐在一处,就不约而同都去伺察他,惟恐做些勾当出来,要连累自己,大家都担一把干系。可怜这两个情人,只当口上加了两纸封条,连那"之乎者也"的旧话,也说不得一句。只好在戏台之上,借古说今,猜几个哑谜而已。别的戏子,怕的是上台,喜的是下台。上台要出力,下台好躲懒故也。独有谭楚玉与藐姑二人,喜的是上台,怕的是下台。上台好做夫妻,下台

要避嫌疑故也。这一生一旦,立在场上,竟是一对玉人。那一个男子不思,那一个妇人不想?又当不得他以做戏为乐,没有一出不尽情极致。同是一般的旧戏,经他两个一做,就会新鲜起来。做到风流的去处,那些偷香窃玉之状,偎红倚翠之情,竟像从他骨髓里面透露出来。都是戏中所未有的一般,使人看了无不动情。做到苦楚的去处,那些怨天恨地之词,伤心刻骨之语,竟像从他心窝里面发泄出来。都是刻本所未载的一般,使人听了无不堕泪。这是甚么原故?只因别的梨园,做的都是戏文,他这两个做的都是实事。戏文当做戏文做,随你搬演得好,究竟生自生,而旦自旦,两个的精神联络不来,所以苦者不见其苦,乐者不见其乐。他当戏文做,人也当戏文看也。若把戏文当了实事做,那做旦的精神,注定在做生的身上;做生的命脉,系定在做旦的手里,竟使两个身子合为一人,痛痒无不相关。所以苦者真觉其苦,乐者真觉其乐。他当实事做,人也当实事看。他这班次里面,有了这两个生旦,把那些平常的脚色,都带挈得尊贵起来。别的梨园,每做一本,不过三四两、五六两戏钱;他这一班,定要十二两,还有女旦的缠头在外。凡是富贵人家有戏,不远数百里,都要来接他。接得去的,就以为荣;接不去的,就以为辱。

刘绛仙见新班做得兴头,竟把旧班的生意,丢与丈夫掌管,自己跟在女儿身边,指望教导他些骗人之法,好赚大注的钱财[18]。谁想藐姑一点真心,死在谭楚玉身上,再不肯去周旋别人。别人把他当做心头之肉,他把别人当做眼中之钉。教他上席陪酒,就说生来不饮,酒杯也不肯沾唇,与他说一句私话,就勃然变色起来,要托故起身。那些富家子弟,拼了大块银子去结识他,他莫说别样不许,就是一颦一笑,也不肯假借与人。打首饰送他的,戴不上一次两次,就化作银子用了,做衣服送他的,都放在戏箱之中,做老旦贴旦的行头,自己再不肯穿着。隐然有个不肯二夫,要与谭楚玉守节的意思,只是说不出口。

一日做戏做到一个地方,地名叫做□□埠。这地方有所古庙,叫做晏公庙。晏公所职掌的,是江海波涛之事,当初曾封为平浪侯,威灵极其显赫。他的庙宇就起在水边,每年十月初三日是他的圣诞。到这时候,那些附近的檀越都要搬演戏文,替他上寿。往年的戏,常请刘绛仙做。如今闻得他小班更好,预先封了戏钱,遣人相接,所以绛仙母子,赴召而来。往常间做戏,这一班男女,都是同进戏房,没有一个参前落后。独有这一次,人心不齐,各样脚色都不曾来,只有谭楚玉与藐姑二人先到。他两个等了几年,只讨得这一刻时辰的机会,怎肯当面错过?神庙之中,不便做私情勾当,也只好叙叙衷曲而已。说了一会,就跪在晏公面前,双双发誓说:"谭楚玉断不他婚,刘藐姑必不另嫁,倘若父母不容,当继之以死,决不作负义忘情、半途而废之事。有背盟者,神灵殛之!"发得誓完,只见众人一齐走到,还亏他回避得早,不曾露出破绽来,不然疑心生暗鬼,定有许多不祥之事生出来也。当日做完了一本戏,各回东家安歇不题。

却说本处的檀越里面,有个极大的富翁,曾由赀郎出身[19],做过一任京职,家私有十万之富。年纪将近五旬,家中姬妾共有十一房。刘绛仙少年之时,也曾受过他的培植。如今看见藐姑如花,比母亲更强十倍,竟要拼一注重价娶他,好与家中的姬妾凑作金钗十二行[20]。就把他母子留入家中,十分款待,少不得与绛仙温温旧好,从新培植一番,到那情意绸缪之际,把要娶藐姑的话,恳恳切切的说了一番。绛仙要许他,又因女儿是棵摇钱树,若还熨得他性转,自有许多大钱趁得来,岂止这些聘礼;若还要回绝他,又见女儿心性执拗,不肯替爹娘挣钱,与其使气任情,得罪于人,不如打发出门,得注现成财物的好。踌躇了一会,不能定计,只得把句两可之词,回覆他道:"你既有这番美意,我怎敢不从?只是女儿年纪尚小,还不曾到破瓜的时节。况且延师教诲了一番,也等他做几年生意,待我弄些本钱上手,然后嫁他未迟,如今还不敢轻许。"那富翁

道:"既然如此,明年十月初三,少不得又有神戏要做,依旧接你过来,讨个下落就是了。"绛仙道:"也说得是。"过了几日,把神戏做完,与富翁分别而去。

他当晚回覆的意思,要在这一年之内,看女儿的光景何如。若肯回心转意,替父母挣钱,就留他做生意;万一教诲不转,就把这着工夫,做个退步。所以自别富翁之后,竟翻转面皮来与女儿作对。说之不听,继之以骂;骂之不听,继之以打。谁想藐姑的性子,坚如金石,再不改移。见他凌逼不过,连戏文也不情愿做,竟要寻死寻活起来。

及至第二年九月终旬,那个富翁早早差人来接。接到之时,就问绛仙讨个下落。绛仙见女儿不是成家之器,就一口应允了他。那富翁竟兑千金聘礼,交与绛仙,约定在十月初三,神戏做完之后,当晚就要成亲。绛仙还瞒着女儿,不肯就说,直到初二晚上,方才知会他道:"我当初生你一场,也费许多心事教导你,指望你尽心协力,替我挣一分人家。谁想你一味任性,竟与银子做对头。良不像良,贱不像贱,逢人就要使气,将来毕竟有祸事出来。这桩生意不是你做的,不如收拾了行头,早些嫁人的好。某老爷是个万贯财主,又曾出任过,你嫁了他,也算得一位小小夫人。况且一生又受用不尽。我已收过他的聘礼,把你许他做偏房了。明日就要过门,你又不要任性起来,带挈老娘陶气。"藐姑听见这句话,吓得魂不附体,睁着眼睛把母亲相了几相,就回覆道:"母亲说差了,孩儿是有了丈夫的人,烈女不更二夫,岂有再嫁之理?"绛仙听见这一句,不知从那里说起,就变起色来道:"你的丈夫在那里?我做爷娘的不曾开口,难道你自己做主,许了人家不成?"藐姑道:"岂有自许人家之理。这个丈夫是爹爹与母亲,自幼配与孩儿的,难道还不晓得,倒装聋做哑起来?"绛仙道:"好奇怪!这等你且说来是那一个?"藐姑道:"就是做生的谭楚玉。他未曾入班之先,终日跟来跟去,都是为我。就是入班学戏,也是借此入门,好亲近孩儿的意思。后来又不肯做净,定要改为正生,好与孩儿配合,也是不好明白说亲,把个哑谜与人猜的意思。母亲与爹爹,都是做过生旦,演过情戏的人,难道这些意思都解说不出?既不肯把孩儿嫁他,当初就不该留他学戏,即便留他学戏,也不该把他改为正生。既然两件都许,分明是猜着哑谜,许他结亲的意思了。自从做戏以来,那一日不是他做丈夫,我做妻子?看戏的人万耳万目,那一个做不得证见?人人都说我们两个天地生成、造化配就的一对夫妻。到如今夫妻做了几年,忽然叫我变起节来,如何使得?这样圆通的事,母亲平日做惯了,自然不觉得诧异。孩儿虽然不肖,还是一块无瑕之玉,怎肯自家玷污起来?这桩没理的事,孩儿断断不做!"绛仙听了这些话,不觉大笑起来,把他啐了一声道:"你难道在这里做梦不成?戏台上做夫妻那里做得准。我且问你,这个'戏'字怎么样解说?既谓之戏,就是戏谑的意思了,怎么认起真来。你看见几个女旦,嫁了正生的?"藐姑道:"天下的事,样样都可以戏谑,只有婚姻这事,戏谑不得。我当初只因不知道理,也只说做的是戏,开口就叫他丈夫。如今叫熟了口,一时改正不来,只得要将错就错,认定他做丈夫了。别的女旦,不明道理,不守节操,可以不嫁正生。孩儿是个知道理、守节操的人,所以不敢不嫁谭楚玉。"绛仙见他说来说去,都另是一种道理,就不复与他争论,只把几句硬话发作一场,竟自睡了。

　　到第二日起来,吃过早饭午饭,将要上台的时节,只见那位富翁,打扮得齐齐整整,在戏台之前走来走去。要使众人看了,见得人人羡慕、个个思量、不能勾到手的佳人,竟被他收入金屋之中,不时取乐,恨不得把"独占花魁"四个字写在额头上,好等人喝采。谭楚玉看见这种光景,好不气忿。还只说藐姑到了此时,自有一番激烈的光景要做出来。连今日这本戏文,决不肯好好就做,定要受母亲一番棰楚[21],然后勉强上台。谁想天下的事,尽有变局。藐姑隔夜的言语也甚是激烈,不想睡了一晚,竟圆通起来。坐在戏房之

中,欢欢喜喜,一毫词色也不作,反对同班的朋友道:"我今日要与列位作别了,相处几年,只有今日这本戏文,才是真戏,往常都是假的,求列位帮衬帮衬,大家用心做一番。"又对谭楚玉道:"你往常做的,都是假生,今日才做真生,不可不尽心协力。"谭楚玉道:"我不知怎么样叫做用心,求你教导一教导。"藐姑道:"你只看了我的光景,我怎么样做,你也怎么样做,只要做得相合,就是用心了。"谭楚玉见他所说的话,与自己揣摩的光景绝不相同,心上大有不平之气。正在怨恨的时节,只见那富翁摇摇摆摆走进戏房来,要讨戏单点戏。谭楚玉又把眼睛相着藐姑,看他如何相待。只说仇人走到面前,定有个变色而作的光景,谁想藐姑的颜色全不改常,反觉得笑容可掬。立起身来对富翁道:"照家母说起来,我今日戏完之后,就要到府上来了。"富翁道:"正是。"藐姑道:"既然如此,我生平所学的戏,除了今日这一本,就不能勾再做了。天下要看戏的人,除了今日这一本,也不能勾再看了。须要待我尽心尽意摹拟一番,一来显显自家的本事;二来别别众人的眼睛。但不知你情愿不情愿?"那富翁道:"正要如此,有甚么不情愿?"藐姑道:"既然情愿,今日这本戏,不许你点,要凭我自家做主,拣一本熟些的做,才得尽其所长。"富翁道:"说得有理,任凭尊意就是。但不知要做那一本?"藐姑自己拿了戏单,拣来拣去,指定一本道:"做了《荆钗记》罢。"富翁想了一想,就笑起来道:"你要做《荆钗》,难道把我比做孙汝权不成?也罢,只要你肯嫁我,我就暂做一会孙汝权,也不叫做有屈。这等大家快请上台。"

众人见他定了戏文,就一齐妆扮起来,上台搬演。果然个个尽心,人人效力。曲子里面,没有一个打发的字眼;说白里面,没有一句掉落的文法。只有谭楚玉心事不快,做来的戏不尽所长。还亏得藐姑帮衬,等他唱出一两个字,就流水接腔,还不十分出丑。至于藐姑自己的戏,真是处处摹神,出出尽致。前面几出虽好,还不觉得十分动情,直做到遣嫁以后,触着他心上的苦楚,方才渐入佳境,就不觉把精神命脉都透露出来,真是一字一金,一字一泪。做到那伤心的去处,不但自己的眼泪有如泉涌,连那看戏的一二千人,没有一个不痛哭流涕。再做到抱石投江一出,分外觉得奇惨,不但看戏之人堕泪,连天地日月都替他伤感起来。忽然红日收藏,阴云密布,竟像要混沌的一般。往常这出戏不过是钱玉莲自诉其苦,不曾怨怅别人;偏是他的做法不同,竟在那将要投江、未曾抱石的时节,添出一段新文字来,夹在说白之中,指名道姓,咒骂着孙汝权。恰好那位富翁,坐在台前看戏,藐姑的身子正对着他。骂一句"欺心的贼子",把手指他一指;咒一句"遭刑的强盗",把眼相他一相。那富翁明晓得是教训自己,当不得他良心发动,也会公道起来,不但不怒,还点头称赞,说他骂得有理。藐姑咒骂一顿,方才抱了石块走去投江。别人投江,是往戏场后面一跳,跳入戏房之中,名为赴水,其实是就陆;他这投江之法,也与别人不同,又做出一段新文字来,比咒骂孙汝权的文法,更加奇特。那座神庙原是对着大溪的戏台,就搭在庙门之外,后半截还在岸上,前半截竟在水里。藐姑抱了石块,也不向左,也不向右,正正的对着台前,唱完了曲子,就狠命一跳,恰好跳在水中。果然合着前言,做出一本真戏。把那满场的人,几乎吓死。就一齐呐喊起来,教人捞救。谁想一个不曾救得起,又有一个跳下去。与他凑对成双。这是甚么原故?只因藐姑临跳的时节,忽然掉转头来,对着戏房里面道:"我那王十朋的夫啊!你妻子被人凌逼不过,要投水死了,你难道好独自一个活在世上不成?"谭楚玉坐在戏箱上面,听见这一句,就慌忙走上台来。看见藐姑下水,唯恐追之不及,就如飞似箭的跳下去,要寻着藐姑,与他相抱而死,究竟不知寻得着寻不着。

满场的人到了此时,才晓得他要做《荆钗》,全是为此。那辱骂富翁的着数,不过是顺带公文,燥燥脾胃,不是拼了身子嫁他,又讨些口上的便宜也。他只因隔夜的话,都已说尽,母亲再不回头。知道今日戏完之后,决不能勾完名全节。与其拖刀弄剑,死于一室之

中,做个哑鬼,不如在万人瞩目之地,畅畅快快做他一场,也博个千载流传的话柄。所以一夜不睡,在枕头上打稿,做出这篇奇文字来。第一着巧处,妙在嬉笑如常,不露一毫愠色,使人不防备他,才能勾为所欲为。不然,这一本担干系的戏文,就断断不容他做了;第二着巧处,妙在自家点戏,不由别人做主,才能勾借题发挥,泄尽胸中的垒块。倘若点了别本戏文,纵有些巧话添出来,也不能勾直捷痛快至此也;第三着巧处,又妙在与情人相约而死,不须到背后去商量,就在众人面前,邀他做了鬼伴,这叫做明人不做暗事。若还要瞒着众人,与他议定了才死,料想今天决死不成,只好嫁了孙汝权,再作抱石投江的故事也。

后来那些文人墨士,都作挽诗吊他。有一首七言绝句云:

一誓神前死不渝,心坚何必怨狂且。
相期并跃随流水,化作江心比目鱼。

却说这两个情人一齐跳下水去,彼时正值大雨初晴、山水暴发之际。那条壁峻的大溪又与寻常沟壑不同,真所谓长江大河,一泻千里。两个人跳下去,只消一刻时辰,就流到别府别县去了,那里还捞得着?所以看戏的人,只是喊叫,没有一个动手。刘绛仙看见女儿溺死,在戏台之上,捶胸顿足,哭个不了。一来倒了摇钱树,以后没人生财;二来受过富翁的聘礼,恐怕女儿没了,要退出来还他,真所谓人财两失。哭了一顿,就翻转面皮来,顾不得孤老、表子相与之情[22],竟说富翁倚了财势,逼死他的女儿,要到府县去告状。那些看戏的人,起先见富翁卖弄风流,个个都有些醋意。如今见他逼出人命来,好不快心,那一个不摩拳擦掌,要到府县去递公呈。还亏得富翁知窍,教人在背后调停,把那一千两聘礼,送与绛仙,不敢取讨。又去一二千金,弥缝了众人,才保得平安无事。钱玉莲不曾取得,白白做了半日孙汝权,只好把"打情骂趣"四个字,消遣情怀,说曾被绝世佳人亲口骂过一次而已。

且说严州府桐庐县,有个滨水的地方,叫做新城港口,不多几分人家,都以捕鱼为业。内中有个渔户姓莫,人就叫他做莫渔翁。夫妻两口搭一间茅舍,住在溪水之旁。这一日见洪水泛滥,决有大鱼经过,就在溪边张了大罾(23),夫妻两个轮流扳扯。远远望见波浪之中,有一件东西顺流而下,莫渔翁只说是个大鱼,等他流到身边,就一罾兜住。这件东西却也古怪,未曾入罾的时节,分明是浮在水面上的;及至到了罾中,就忽然重坠起来,竟要沉下水去。莫渔翁用力狠扳,只是扳他不动。只得与妻子二人,四脚四手一齐用力,方才拽得出水。伸起头来一看,不觉吃了一惊,原来不是大鱼,却是两个尸首,面对面,胸贴胸,竟像捆在一处的一般。莫渔翁见是死人,就起了一点慈悲之念,要弄起来埋葬他。就把罾索系在树上,夫妻两个费尽许多气力,抬出罾来。仔细一看,却是一男一女,紧紧搂在一处,却像在云雨绸缪之际,被人扛抬下水的一般。莫渔翁夫妇解说不出,把他两个面孔细看一番,既不像是死人,又不像是活人。面上手上虽然冰冷,那鼻孔里面却还有些温意,但不见他伸出气来。莫渔翁对妻子道:"看这光景,分明是医得活的,不如替他接一接气。万一救得这两条性命,只当造了个十四级的浮屠(24),有甚么不好?"妻子道:"也说得是。"就把男子的口,对了男子,妇人的口,对了妇人,把热气呵将下去。不上一刻,两个死人都活转来。及至扶入草舍之中,问他溺死的原故,那一对男女诉出衷情,原来男子就是谭楚玉,妇人就是刘藐姑。一先一后,跳入水中,只说追寻不着,谁想波涛里面,竟像有人引领,把他两个弄在一处,不致你东我西。又像有个极大的鱼,把他两个负在背上,依着水面而行。故此来了三百余里,还不曾淹得断气。只见到了罾边,那个大鱼竟像知道有人捞救、要交付排场,好转去的一般,把他身子一丢,竟自去了。所以起先浮在水上,后来忽然重坠起来,亏得有罾隔住,不曾沉得到底,故此莫渔翁夫妇用力一扳就扳上来也。谭楚

玉与蕤姑知道是晏公的神力，就望空叩了几首，然后拜谢莫渔翁夫妇。莫渔翁夫妇见是一对节义之人，不敢怠慢，留在家里，款待几日。养好了身子，劝他往别处安身，不可住在近边，万一父母知道，寻访前来，这一对夫妻依旧做不成了。

谭楚玉与蕤姑商议道："我原是楚中人，何不回到楚中去，家中的薄产虽然不多，耕种起来，还可以稍供饘粥(25)。待我依旧读书，奋志几年，怕没有个出头的日子？"蕤姑道："极说得是，但此去路途甚远，我和你是精光的身子，那里讨这许多盘费？"莫渔翁看见谭楚玉的面貌，知道不是个落魄之人，就要放起官债来。对他二人道："此去要多少盘费？"谭楚玉道："多也多得，少也少得。若还省俭用些，只消十两也就勾了。"莫渔翁道："这等不难，我一向卖鱼攒聚得几包银子，就并起来借你。只是一件，你若没有好处，我一厘也不要你还；倘若读书之后，发达起来，我却要十倍的利钱，少了一倍，我也决不肯受的。"谭楚玉道："韩信受漂母一饭之恩，尚且以千金相报，你如今救了我两口的性命，岂止一饭之恩。就不借盘费，将来也要重报，何况又有如此厚情。我若没有好日就罢了，若有好日，千金之报还不止，岂但十倍而已哉！"莫渔翁夫妇见他要去，就备了饯行的酒席。料想没有山珍，只有水错(26)，无非是些虾鱼蟹鳖之类。贫贱之家，不分男女，四个人坐在一处，吃个尽醉。睡了一晚，第二日起来，莫渔翁并了十两散碎银子，交付与他。谭楚玉夫妇拜辞而去，一路风餐露宿，披星戴月，自然不辞辛苦。

不上一月，到了家中，收拾一间破房子，安住了身，就去锄治荒田，为衣食之计。蕤姑只因自幼学戏，女工针指之事全然不晓。连自家的绣鞋裰裤，都是别人做与他穿的。如今跟了谭楚玉，方才学做起来，当不得性子聪明，一做便会。终日替人家缉(27)麻拈草，做鞋做袜，趁些银子，供给丈夫读书，起先还是日里耕田，夜间读诵。蕤姑怕他分心分力，读得不专，竟把田地都歇了，单靠自己十个指头，做了资生的美产。连买柴籴米之事，都用不着丈夫，只托邻家去做,总是怕他妨工的意思。

谭楚玉读了三年,出来应试,无论大考小考,总是矢无虚发。进了学,就中举;中了举,就中进士。殿试之后,选了福建汀州府节推[28]。论起理来,湖广与福建接壤,自然该从长江上任,顺便还家,做一出衣锦还乡的好戏。怎奈他炫耀乡里之念轻,图报恩人之念重,就差人接了家小,在京口相会。由浙江一路上去,好从衢、严等处经过,一来叩拜晏公,二来酬谢莫渔翁夫妇。又怕衙门各役,看见举动,知道他由戏子出身,不像体面,就把迎接的人都发落转去,叫他在浦城等候。自己夫妻两个一路游山玩水而来,十分洒乐。到了新城港口,看见莫渔翁夫妇,依旧在溪边罾鱼。就着家人拿了帖子,上去知会,说当初被救之人,如今做官上任了,从此经过,要上来奉拜。莫渔翁夫妇听了,几乎乐死,就一齐褪去箬帽[29],脱去蓑衣,不等他上岸,先到舟中来贺喜。谭楚玉夫妻把他请在上面,深深拜了四拜。拜完之后,谭楚玉对莫渔翁道:"你这扳罾的生意,甚是劳苦,捕鱼的利息,也甚是轻微。不如丢了罾网,跟我上任去,同享些荣华富贵何如?"藐姑见丈夫说了这句话,就不等他夫妻情愿,竟着家人上去收拾行李。莫渔翁一把扯住家人,不许他上岸。对着谭楚玉夫妻摇摇手道:"谭老爷、谭奶奶,饶了我罢。这种荣华富贵,我夫妻两个,莫说消受不起,亦且不情愿去受他。我这扳罾的生意,虽然劳苦;打鱼的利息,虽是轻微,却尽有受用的去处。青山绿水是我们叨住得惯;明月清风是我们僭享得多。好酒好肉,不用钱买,只消拿鱼去换;好朋好友,走来就吃,不须用帖去招。这样的快乐,不是我夸嘴说,除了捕鱼的人,世间只怕没有第二种。受些劳苦,得来的钱财,就轻微些,倒还把稳。若还游手靠闲,动不动要想大块的银子,莫说命轻福薄的人弄他不来,就弄了他来,少不得要陪些惊吓,受些苦楚,方才送得他去。你如今要我跟随上任,吃你的饭,穿你的衣,叫做一人有福,带挈一屋,有甚么不好。只是当不得,我受之不安,于此有愧。况且我这一对夫

妻,是闲散惯了的人,一旦闭在署中,半步也走动不得,岂不郁出病来?你在外面坐堂审事,比较钱粮,那些鞭扑之声,啼号之苦,顺风吹进衙里来,叫我这一对慈心的人,如何替他疼痛得过?所以情愿守我的贫穷,不能享你的富贵。你这番盛意,只好心领罢了。"谭楚玉一片热肠,被他这一曲《渔家傲》[30],唱得冰冷。就回覆他道:"既然如此,也不敢相强。只是我如今才中进士,不曾做官,旧时那宗恩债,还不能奉偿。待我到任之后,差人请你过来,多送几头分上。等你赍些银子,回来买田置地赡养终身,也不枉救我夫妇一场,你千万不要见弃。"莫渔翁又摇手道:"也不情愿,也不情愿。那打抽丰[31]的事体,不是我世外之人做的,只好让与那些假山人、真术士去做。我没有那张薄嘴唇、厚脸皮,不会去招摇打点。只求你到一年半载之后,分几两不伤阴德的银子,或是俸薪,或是羡余[32],差人赍送与我,待我夫妻两口备些衣衾棺椁,防备终身,这就是你的盛德了。我是断断不做游客的,千万不要来接我。"谭楚玉见他说到此处,一发重他的人品,就分付船上备酒,与他作别。这一次筵席,只列山珍,不摆水错。因水族是他家的土产,不敢以常物相献故也。虽是富贵之家,也一般不分男女,与他夫妻二人,共坐一席。因他是贫贱之交,不敢以宦体[33]相待故也。四人吃了一夜,直到五鼓方才分别而去。

　　行了几日,将到受害的地方,彼时乃十一月初旬,晏公的寿诞已过了一月。谭楚玉对藐姑道:"可惜来迟了几时,若早得一月,趁那庙中有戏子,就顺便做本戏文。一来上寿,二来谢恩,也是一桩美事。"藐姑道:"我也正作此想,只是过期已久,料想那乡村去处,没有梨园,只好备付三牲,哑祭一祭罢了。"及至行到之时,远远望见晏公庙前,依旧搭了戏台。戏台上的椅桌,还不曾撤去,却像还要做戏的一般。谭楚玉就分付家人,上去打听,看是甚么原故?原来十月下旬,下了几日大雨,那些看戏的人除了露天,没有容身之地。从来做神戏的,名虽为神,其实是为人。人若不便于看,那做神道的,就不能勾独乐其乐了。所以那些檀越改了第二个月的初三,替他补寿。此时戏方做完,正要打发梨园起身,不想谭楚玉夫妻走到,虽是偶然的事,或者也是神道有灵。因他这段姻缘,原以做戏起手,依旧要以做戏收场。所以留待他来,做一出喜团圆的意思,也不可知。谭楚玉又着家人上去打听,看是那一班戏子?家人问了下来回复,原来就是当日那一班,只换得一生一旦。那做生的脚色,就是刘绛仙自己;做旦的脚色,乃是绛仙之媳,藐姑之嫂,年纪也只有十七八岁。只因死了藐姑,没人补缺,就把他来顶缸[34]。这两个生旦,虽然比不得谭、藐,却也还胜似别班,所以这一方的檀越依旧接他来做。藐姑听见母亲在此,就急急要请来相见。谭楚玉不肯道:"若还遽然与他相见,这出团圆的戏就做得冷静了。须要如此如此,这般这般,才做得有些热闹。"藐姑道:"说得有理。"就着管家取十二两银子,又写一个名帖,去对那些檀越道:"家老爷选官上任,从此经过,只因在江中遇了飓风,许一个神愿,如今要借这庙宇里面了了愿心,兼借梨园一用,戏钱照例送来,一毫不敢短少。"那些檀越落得做个人情,又多了一本戏看,有甚么不便宜,就欣然许了。谭楚玉又分付家人,备了猪羊祭礼,摆在神前。只说老爷冒了风寒,不能上岸,把官船横泊在庙前,舱门对了神座,夫妻二人隔着帘子拜谢。拜完之后,就并排坐了,一边饮酒,一边看戏。只见绛仙拿了戏单,立在官舱外面道:"请问老爷,做那一本戏文?"谭楚玉叫家人分付道:"昨夜夫人做梦,说晏公老爷要做《荆钗》,就做《荆钗记》罢。"绛仙收了戏单,竟进戏房,妆扮王十朋去了。

看官,你说谭楚玉夫妻为甚么原故,又点了这一本,难道除了《荆钗》,就没有好戏不成?要晓得他夫妻二人,不是要看戏,要试刘绛仙的母子之情。藐姑当日原因做《荆钗》而赴水;如今又做《荆钗》,正要使他见鞍思马、睹物伤情的意思。若还做到苦处,有些真眼泪掉下来,还不失为悔过之人,就请进来与他相会;若还举动如常,没有些酸楚之意,就不消与他相会,竟可飘然而去了。所

以别戏不点,单点《荆钗》,这也是谭楚玉聪明的去处。只见绛仙扮了王十朋走上台来,做了几出,也不见他十分伤感。直到他媳妇做玉莲投江,与女儿的光景无异,方才有些良心发动,不觉狠心的猫儿忽然哭起鼠来。此时的哭法,还不过是背了众人,把衣袖拭拭眼泪,不曾哭得出声。及至自己做到祭江一出,就有些禁止不住,竟放开喉咙哭个尽兴。起先是叫:"钱玉莲的妻啊,你到那里去了?"哭到后面,就不觉忘其所以,妻字竟不提起,忽然叫起"儿"来,满场的人,都知道是哭藐姑,虽有顾曲之周郎[35],也不忍捉他的错字。藐姑隔着帘子,看见母亲哭得伤心,不觉两行珠泪,界破残妆,就叫丫鬟把帘子一掀,自己对着台上叫道:"母亲不要啼哭,你孩儿并不曾死,如今现在这边!"绛仙睁着眼睛,把舟中一看,只见左边坐着谭楚玉,右边坐着女儿,面前又摆了一桌酒,竟像是他一对冤魂知道台上设祭,特地来受享的一般。就大惊大骇起来,对着戏房里面道:"我女儿的阴魂出现了,大家快来!"通班的戏子,听了这一句,那一个不飞滚上台,对着舟中细看,都说道:"果然是阴魂,一毫不错。"那些看戏的人,见说台前有鬼,就一齐害怕起来,都要回头散去。只见官船之上,有个能事的管家,立在船头,高声吆喝道:"众人不消惊恐,舱里坐的不是甚么阴魂,就是谭老爷、谭奶奶的原身。当初赴水之后,被人捞救起来,如今读书成名,选了汀州四府,从此经过。当初亏得晏公显圣,得以不死,所以今日来酬愿的。"那些看戏的人,听了这几句话,又从新掉转头来,不但不避,还要挨挤上来,看这一对淹不死的男女,好回去说新闻,就把一座戏场,挤做人山人海。那些老幼无力的,不是被挤到水边,就是被人踏在脚底。谭楚玉看见这番光景,就与妻子商议道:"既已出头露面,瞒不到底,倒不如同你走上台去,等众人看个明白,省得他挨挨挤挤,夹坏了人。"藐姑道:"也说得是。"就一齐脱去私衣,换上公服,谭楚玉穿了大红圆领,藐姑穿着凤冠霞帔。两个家人张了两把簇新的蓝伞,一把盖着谭楚玉,一把盖着藐姑,还有许多僮仆丫鬟,簇拥着他上岸。谭楚玉夫妻二人，先到晏公法像之前，从新拜了四拜。然后走上戏台，与绛仙行了礼。行礼之后，又把通班的朋友，都请过来，逐个相见过去。绛仙与同班之人，问他被救的来历。谭楚玉把水中有人引领，又被大鱼负载而行，及至送入罾中，大鱼忽然不见，幸遇捕鱼人相救，得以不死的话，高声大气说了一遍，好使台上台下之人一齐听了，知道晏公有灵，以后当愈加钦敬的意思。众人听了，惊诧不已。众檀越闻知此事，个个都来贺喜。当日要娶藐姑的富翁，恐怕谭楚玉夫妻恨他，日后要来报怨，连忙备了重礼，央众檀越替他解纷。谭楚玉一毫不受，对众檀越道："若非此公一激之力，不但姻缘不能成，就连小弟，此时还依旧是个梨园，岂能飞黄腾达至此？此公非小弟之仇人，乃小弟之恩人也，何报之有！"众人听了，啧啧称羡，都说他度量宽宏。

藐姑对绛仙道："如今女婿中了进士，女儿做了夫人，你难道还好做戏不成？趁早收拾了行头，随我们上任，省得在这边出丑。"绛仙见女儿、女婿不念旧恶，喜之不胜，就把做戏的营业，丢与媳妇承管，自家跟着女儿去享荣华富贵。谁知到了署中，不上一月，就生起病来，千方百药医治不好，只得叫女儿送他回去。及至送到家中，那病体不消医治，竟自好了。病愈之后，依旧出门做戏，康康健健，一毫灾难也不生。这是甚么原故？一来因他五行八字注定是个女戏子，所以一日也离不得戏场，离了戏场，就要生灾作难。可见命轻福薄的人，莫说别人扶他不起，就是自家生出来的儿女，也不能勾抬举父母做个人上之人。所以世间的穷汉，只该安命，切不可仇恨富贵之人，说不肯扶持带挈他。二来因绛仙的身子，终日轻浮惯了，一时郑重不来。就如把梅香(36)升做夫人，奴仆收为养子，不但贱相要露出来，连他自己心上也不觉其乐，而反觉其苦，一觉其苦，就有疾病生出来。所以妓女从良，和尚还俗，若非出自本意，被人勉强做来的，久后定要复归本业，不能随主终身也。

却说谭楚玉到任之后，做了半年，就差人赍了五百金送与莫渔

翁，叫他权且收了，以后还要不时馈送，决不止千金而已。谁想莫渔翁十分廉介，止收一百两，做了十倍利钱，其余四百金，尽皆返璧。谭楚玉做到瓜期(37)之后，行取(38)进京，又从衢、严等处经过，把晏公庙宇鼎新一番。又买了几十亩香火田，交与檀越掌管，为祭祀演剧之费。再到新城港口，拜访莫渔翁。莫渔翁先把几句傲世之言，挫去他的骄奢之色；后把许多利害之语，攻破他的利欲之心。谭楚玉原是有些根器(39)的人，当初做戏的时节，看见上台之际十分闹热，真是千人拭目、万户倾心，及至戏完之后，锣鼓一歇，那些看戏的人，竟像要与他绝交的一般，头也不回，都散去了。可见天地之间，没有做不了的戏文，没有看不了的闹热，所以他那点富贵之心，还不十分着紧。如今又被莫渔翁点化一番，只当梦醒之时，又遇一场棒喝，岂有复迷之理？就不想赴京去考选，也不想回家去炫耀，竟在桐庐县之七里溪边，买了几亩山田，结了数间茅屋，要远追严子陵(40)的高踪，近受莫渔翁的雅诲，终日以钓鱼为事。莫渔翁又荐一班朋友与他，不是耕夫，就是樵子，都是些有入世之才、无出世之兴的高人，终日往还，课些渔樵耕牧之事。藐姑又有一班女朋友，都是莫渔翁的妻子荐与他的，也是些能助丈夫成名、不劝良人出仕的智女，终日往来，学些蚕桑织纴(41)之事。后来都活到九十多岁，才终天年。只可惜没有儿子，因藐姑的容貌过于娇媚，所以不甚宜男；谭楚玉又笃于夫妻之情，不忍娶妾故也。

【注释】(1)本篇选自《连城璧全集》第一回。 (2)霓裳：《霓裳羽衣曲》，唐玄宗时由西凉传入中原，为中国古代名曲。 (3)缠头：古代歌舞艺人表演时以锦缠头，演毕，客以罗锦为赠，称缠头。后作为赠送女妓财物的通称。 (4)西子、太真：西子即西施。太真指唐玄宗时的贵妃杨玉环。 (5)二郎神：旧时俗以灌口二郎神(清源妙道真君)为戏神。 (6)梨园子弟：唐玄宗李隆基曾选乐工三百人、宫女数百人教授乐曲于梨园，亲自征订声误，号"皇家梨园子弟"。后世因称戏班为梨园，戏曲演员为梨园子弟。 (7)嘉靖：明世宗年号。 (8)潘安、子建：旧时常以潘安状喻男子之美、以曹子建喻男子之才华。 (9)弁(biàn)髦:弁,黑色的帽子;髦,幼童的垂发。古代贵族男子成人,行冠礼。礼成后不戴黑帽,垂髦也须剃去,再理发为髻。后以"弁髦"喻无用之物,含蔑弃意。 (10)施粉等四句:语出宋玉《登徒子好色赋》,是宋玉用来形容其东邻美女的。 (11)三吴两浙:泛指今江苏南部、安徽东部和上海、浙江一带。 (12)破题、承题、开讲:均为八股文术语。八股是科举考试的文体之一,明成化间渐成定式。以《四书》的内容作题目,文章的发端为破题、承题,后为起讲(开讲)。开讲后又分起、中、后、结四股发议论。每股都有两段相比偶的文字,故称"八股。" (13)串科分:戏曲剧本中关于动作、表情或其他方面的舞台指示叫"科讯"(简称科)。串科分就是按要求串演,即排练。 (14)缓颊:犹言求情。 (15)萧何追信:信指韩信。楚汉相争,韩信离楚投汉。萧何举荐于刘邦,邦未重用,信愤而出逃。萧何戴月追赶,回来后再向刘邦推荐,刘邦始筑台拜韩信为帅。 (16)优孟衣冠:优孟是春秋楚国的宫廷艺人。传说楚相孙叔敖死后,他的儿子贫困无依,优孟假扮孙叔敖,趁机讽谏,楚庄王因封叔敖子。后世遂以优孟衣冠代指登台演戏。 (17)全块:胸中郁结不平。 (18)趁钱:赚钱。 (19)赀郎出身:汉代纳赀五百万钱以上,可以为郎官。后世因称捐赀而得官为赀郎出身。 (20)金钗十二行:唐牛僧孺自夸曾前后食钟乳三千两,且家中姬妾众多,白居易因赠诗曰:"钟乳三千两,金钗十二行。" (21)棰楚:鞭打。 (22)孤老、表子:孤老指女子所私的人,包括嫖客、姘夫;表子即婊子。 (23)罾:用竹、木杆支架的渔网,岸上设有扳动其起落的装置。 (24)十四级浮屠:俗语有"救人一命,胜造七级浮屠"之句。浮屠,本为梵文"佛陀"一词的音译,故有称佛教徒为"浮屠氏"、佛经为"浮屠经"的。也有人把佛塔的音译"窣堵波"误译为"浮屠",故佛塔也被称为浮屠。 (25)馈粥:犹言稀饭。稀饭稠者称"馈",薄者为粥。 (26)水错:各种水产品,错,杂错。 (27)缉:把麻折成缕连接起来。 (28)节推:推官。明推官位在知府、同知、通判之下,故下文称"四府"。 (29)箬帽:箬叶、竹编的遮阳帽。 (30)《渔家傲》:词牌名,此取其字面上的意思。 (31)打抽丰:旧指利用各种关系、借口向人索取财物的行为,也作"打秋风"。 (32)羡余:唐地方官以加重赋税、贩卖商品等办法搜刮财物,以赋税盈余名义进贡皇帝,称为羡余。后世因称地方官在完成上级规定的财政任务以后剩余的财物为羡余。 (33)宦

体:官宦的体面排场。 (34)顶缸:顶替。 (35)顾曲周郎:三国时周瑜精通音律,人称"顾曲周郎"。后来泛指精通音乐鉴赏的人。 (36)梅香:代指婢女。 (37)瓜期:《左传·庄公八年》记齐侯使连称、管至父戍葵丘,瓜熟时而往。言明第二年瓜熟时有人去替换。后代指官员任满、等候移交的期间为瓜时、瓜期。 (38)行取:明制,州县官有政绩者经过地方长官保举,由吏部行文调至京城,补授科、道或部属官职,或奉旨召见,均称行取。 (39)根器:禀赋。 (40)严子陵:后汉严光,字子陵,会稽余姚(今浙江余姚县)人。少与光武帝刘秀同游学,有高名。刘秀称帝后,子陵变姓改名隐遁起来,刘秀派人觅访召至京,授谏议大夫,不受,退隐自耕于富春山,后人称其所居游之地为严陵山、严陵滩、严陵钓台。 (41)织纴:指纺织。

【今译】(略)

【点评】李渔曾宣称所有的小说都可以视为"无声戏",这是他有意识地将戏剧艺术的表现方法移入小说的告白。正因为李渔是一位颇有成就的戏剧文学家、舞台艺术家,有一套自己的戏剧理论,所以将这一美学见解付诸创作实践,就使他的小说多少突破了传统话本的传统形式窠臼,不论在布局结构、情节设置、人物刻画、场景点染,还是气氛烘托上,都把小说技巧推到了一个新的高度。

不过,李渔又是一位偏重形式的艺术家,他苦心经营形式上的新颖,穷奇工巧常常匪夷所思,但他的戏曲和小说往往只能给读者提供一种娱悦,缺乏对社会人生的深刻思考和艺术的穿透力。譬如本篇小说,李渔凭借他熟悉的戏剧文学和舞台艺术知识,将人生搬入舞台,以舞台搬演人生,人生在戏中,戏在人生中。男女主角既是舞台上的角色,又是生活中的情人。"人生和戏剧彼此激引,虚幻和真实相互映衬,由此造成一个画中人、人中画的迷离缤纷的世界。这样,读者一下子便被引入这迷离缤纷的色相的彀中,恍惚着一时察辨不出它呈送出来的仍然是一个陈旧的故事、陈旧的人生套式,实质上不变,只是花样翻新而已。"(何满子、李时人《中国古代短篇小说杰作评注》)

不是按照人生创造戏剧,而是按照戏剧表现人生,更何况古代中国作为戏剧唯一形式的戏曲,是以固定角色的唱做念打表现戏剧冲突和解决冲突的高度程式化艺术,将小说等同于戏剧。秉持这一理念的李渔,实际上走上了一条艺术上的岔路。李渔小说中的人物和命运,大多仿佛是一个万能的导演事先安排妥当的,目的只为完成作者事先拟定的结局,展示作者事先拟定的将要投给作者的人生评价。本篇中谭楚玉刘藐姑夫妇急流勇退的恬淡情操,莫渔翁敝履富贵的"渔家傲",都不过是传统隐逸思想的老一套。甚至男女主角的爱情经历,骨子里也不过是才子佳人的悲欢离合。

但是,李渔竟然全仗着他的技巧,虚构出谭楚玉和刘藐姑这场生活中如果不是没有、至少也是罕见的传奇人物,这完全是理想化的人生,一出戏,更妙的是一对情人演着戏中戏,而且真的以戏剧方式演完了他们的人生。仅这巧妙的构思,也足以使李渔高出当时的大批小说作家而称雄于文坛了。老故事被涂上新鲜的色彩,情节有警人的波澜,结构紧密,前后呼应周到,叙述中不少机智的科诨,涉笔成趣,语言骏利漂亮,都显示了李渔小说技巧的杰出。而在虚构的特定情景之内,谭楚玉和刘藐姑的感情和心理活动,特别是他们的舞台上假戏真做的感情交流都刻画得真切入微,则应归功于李渔的舞台经验和揣摩角色的本领,这在当时,确是罕有伦比的。

(周志明)

蒲松龄

蒲松龄(约1640—1715),字留仙,号剑臣,别号柳泉居士。山东淄川(今淄博市)蒲家庄人。出生在一个破落的儒商家庭,自幼习举业,19岁以第一名考取秀才,但此后四五十年里屡试不中,直到71岁那年才补了个贡生。二十几岁起离家坐馆授徒,其西席生涯长达50年左右,尤其是从40岁起在本县两铺缙绅毕际有家长期设帐,直到70岁归老家居。蒲氏生性耿直,热衷功名举业,毕生嗜学,应举、执教之余辛勤笔耕,著述甚丰,计有《聊斋志异》490余篇,诗千余首,词百余阕,戏3出,通俗俚曲15种,文、赋等400余篇,另有杂著16种。其中尤以文言短篇小说《聊斋志异》为当时及后人所推重,至有"短篇小说之王"的称誉。

《聊斋志异》(节选)

叶 生[1]

淮阳叶生者,失其名字。文章词赋,冠绝当时[2],而所如不偶[3],困于名场[4]。会关东丁乘鹤来令是邑[5],见其文,奇之,召与语,大悦。使即官署受灯火[6],时赐钱谷恤[7]其家。值科试[8],公游扬于学使[9],遂领冠军。公期望綦切[10],闱后[11],索文读之,击节称叹[12]。不意时数限人[13],文章憎命[14],榜既放,依然铩羽[15]。生嗒丧[16]而归,愧负知己,形销骨立[17],痴若木偶。公闻,召之来而慰之,生零涕[18]不已。公怜之,相期考满[19]入都,携与俱北。生甚感佩,辞而归,杜门[20]不出。无何寝疾[21],公遗问[22]不绝,而服药百裹[23],殊罔[24]所效。

公适以忤[25]上官免,将解任[26]去。函致生,其略云:"仆东归有日,所以迟迟者,待足下耳。足下朝至,则仆夕发矣。"传之卧榻,生持书啜泣,寄语来使:"疾革[27]难遽瘥[28],请先发。"使人返白,公不忍去,徐待之。逾数日,门者忽通叶生至。公喜,逆[29]而问之。生曰:"以犬马病[30],劳夫子[31]久待,万虑不宁。今幸可以从杖履[32]。"公乃束装戒旦[33]。

抵里,命子师事生,夙夜与俱。公子名再昌,时年十六,尚不能文。然绝惠,凡文艺[34]三两过,辄无遗忘。居之期岁[35],便能落笔成文。益[36]之公力,遂入邑庠[37]。生以生平所拟举子业[38],悉录授读。闱中七题[39],并无脱漏,中亚魁[40]。

公一日谓生曰："君出余绪⁽⁴¹⁾,遂使孺子成名。然黄钟长弃⁽⁴²⁾,奈何?"生曰："是殆⁽⁴³⁾有命。借福泽为文章吐气⁽⁴⁴⁾,使天下人知半生沦落⁽⁴⁵⁾,非战之罪也⁽⁴⁶⁾,愿亦足矣。且士得一人知己,可无憾,何必抛却白纻⁽⁴⁷⁾,乃谓之利市⁽⁴⁸⁾哉!"公以其久客⁽⁴⁹⁾,恐误岁试,劝令归省。生惨然不乐。公不忍强,嘱公子至都为之纳粟⁽⁵⁰⁾。公子又捷南宫⁽⁵¹⁾,授部中主政⁽⁵²⁾。携生赴监⁽⁵³⁾,与共晨夕。逾岁,生入北闱⁽⁵⁴⁾,竟领乡荐⁽⁵⁵⁾。

会公子差南河典务⁽⁵⁶⁾,因谓生曰:"此去离贵乡不远,先生奋迹云霄⁽⁵⁷⁾,锦还⁽⁵⁸⁾为快。"生亦喜。择吉就道,抵淮阳界,命仆马送生归。

归见门户萧条,意甚悲恻。逡巡至庭中,妻携簸具以出,见生,掷具骇走。生凄然曰:"我今贵矣!三四年不觌⁽⁵⁹⁾,何遽顿不相识?"妻遥谓曰:"君死已久,何复言贵?所以久淹⁽⁶⁰⁾君柩者,以家贫子幼耳。今阿大亦已成立,行将卜窀穸⁽⁶¹⁾,勿作怪异吓生人!"生闻之,怃然⁽⁶²⁾惆怅。逡巡入室,见灵柩俨然,扑地而灭。妻惊视之,衣冠履舄如蜕委⁽⁶³⁾焉。大恸,抱衣悲哭。子自塾中归,见结驷⁽⁶⁴⁾于门,审所自来,骇奔告母,母挥涕告诉。又细询从者,始得颠末⁽⁶⁵⁾。

从者返。公子闻之,涕堕垂膺⁽⁶⁶⁾,即命驾哭诸其室。出橐营丧⁽⁶⁷⁾,葬以孝廉⁽⁶⁸⁾礼。又厚遗其子,为延⁽⁶⁹⁾师教读。言于学使,逾年游泮⁽⁷⁰⁾。

异史氏曰:"魂从知己,竟忘死耶?闻者疑之,余深信焉。同心倩女,至离枕上之魂⁽⁷¹⁾;千里良朋,犹识梦中之路⁽⁷²⁾。而况茧丝蝇迹⁽⁷³⁾,呕学士之心肝⁽⁷⁴⁾;流水高山⁽⁷⁵⁾,通我曹之性命⁽⁷⁶⁾者哉!嗟乎!遇合难期⁽⁷⁷⁾,遭逢不偶。行踪落落,对影长愁;傲骨嶙嶙⁽⁷⁸⁾,搔头自爱⁽⁷⁹⁾。叹面目之酸涩,来鬼物之揶揄⁽⁸⁰⁾。频居康了⁽⁸¹⁾之中,则须发之条条可丑;一落孙山之外⁽⁸²⁾,则文章之处处皆疵。古今痛哭之人,卞和唯尔⁽⁸³⁾;颠倒逸群⁽⁸⁴⁾之物,伯乐伊谁⁽⁸⁵⁾?抱刺于怀,三年灭字⁽⁸⁶⁾,侧身以望,四海无家。人生世上,只须合眼放步,以听造物之低昂⁽⁸⁷⁾而已。天下之昂藏⁽⁸⁸⁾沦落如叶生其人者,亦复不少,顾安得令威复来⁽⁸⁹⁾而生死从之哉？噫!"

【注释】(1)本篇述志大才高的叶生久困科场,郁郁而终,亡魂追随生前知己丁乘鹤,并帮助丁公子金榜题名,叶生亡魂也随后中举。 (2)冠绝当时:超过当时其他人。 (3)所如不偶:到哪儿都不顺利,这里指科举不中一事。 (4)名场:科举考试的场所,这是旧时代读书人求功名的地方,故叫"名场"。 (5)会关东丁乘鹤来令是邑:会,正巧。关东,指山海关以东今辽宁、吉林等关外地方。令,动调,当县令。是邑,这个县邑。 (6)即官署受灯火:即,到。受灯火,这里指领取照明费用。按:古人夜间读书要点灯火,需要花钱,所以就用"灯火费"来代指求学的费用。 (7)恤(xù):周济,救济。 (8)科试:也称科考。清代科举考试规定,每次乡试（又称乡闱、秋试等)前,各省学使巡回到所属各府、州去考试生员(俗称秀才),合格者才能参加乡试。下文"岁试"则指学使在三年任期内到各府、州考试秀才一次,分别等级,以定奖惩。 (9)游扬于学使:游扬,替人到处宣扬,让人知其好名声。学使,即提督学政,也称学使、提学、学院、学台、学政等,明清时期派往各省主持、管理全省学校和科举考试的长官。 (10)綦(qí)切:十分殷切。綦,极,很。 (11)闱(wéi)后:考试完后,这里指乡试后。闱,科举时代的考场,也称贡院,这里代指考试。 (12)击节称叹:激动得用发簪敲击桌子称赞,这里用以形容十分赞赏。 (13)时数限人:命运不好。 (14)文章憎命:杜甫在《天末怀李白》诗中说"文章憎命达",意思是文章作得好,妨害了一个人的命运,使他不能飞黄腾达。 (15)铩(shā)羽:(鸟类)伤了羽毛,比喻失利、失败。铩,摧残、伤害。 (16)嗒(tà)丧:指丧气或失魂落魄。 (17)形销骨立:形容面容憔悴,身体极为消瘦。 (18)零涕:掉泪哭泣。下文"啜泣"则指抽抽搭搭地哭。 (19)相期考满:相期,相约。考满,明清两代对官员实行考核以定升降的一种考绩办法。 (20)杜门:闭门,关门。 (21)寝疾:病倒在床。 (22)遗(wèi)问:问候疾病,馈赠物品等。遗,赠予。 (23)百裹:百剂。裹,这里指药包。 (24)冈:无,没有。 (25)忤(wǔ):触怒,冒犯。 (26)解任:解除官职。 (27)革(jí):通"亟",危急,这里指病重。 (28)遽(jù)瘥(chài):遽,突然,这里作迅速、立刻讲。瘥,病愈。 (29)逆:迎接。 (30)犬马病:对自己的疾病的谦恭说法,意思是自己身份微贱,所得的病不值得别人那么关心问候。 (31)夫子:古代称大夫(官名)为"夫子"。因为孔子当过鲁国大夫,所以其弟子称他为夫子,后来就作为学生对老师的尊称。 (32)从杖履:随侍左右的意思。 (33)束装戒旦:束装,捆好行李。戒旦:《文选》赵景真《与嵇茂齐书》有"鸡鸣戒旦,则飘尔晨征"的话,意思是警惕着不要贪睡,清晨要早早起来,及时上路。 (34)文艺:写作文章的学问,这里指写作八股文、试帖诗一类应科举考试所要求的"闱墨"。 (35)期(jī)岁:整一年。 (36)益:加上。 (37)入邑庠(xiáng):中了秀才。邑庠,县学。科举时代,当了秀才才有到县、府学读书的资格,所以就用"入庠"指中了秀才。 (38)举子业:科举时代读书人为应考而学习的课业,指八股文之类。这里指叶生平时模拟考试所作的八股范文。 (39)闱中七题:明、清科举考试规定,乡、会试都考三场,但主要是头场;头场大都要考七道试题,就是这里所说的"闱中七题"。 (40)亚魁:乡试第二名。第一名称乡魁、乡元或解元。 (41)余绪:剩余一点东西,这里是只拿出很少一部分学问的意思。 (42)黄钟长弃:《楚辞·卜居》里有"黄钟毁弃,瓦釜(fǔ,古代的炊具,即锅)雷鸣"的话,比喻有本事的贤人失意,没本事的小人反而得志。这里就指贤才被长期埋没。 (43)殆(dài):恐怕,大概。 (44)借福泽为文章吐气:由有福分的人来替文章争一口气。 (45)沦落:落魄失意,这里指科举不顺利。 (46)非战之罪也:据《史记·项羽本纪》载,项羽被刘邦打败后说道:"此天之亡我,非战之罪也。"这里是叶生借用来说自己科举不中不是文章不好,而是因为命运不佳。 (47)抛却白纻(zhù):唐宋时代,秀才穿白衣,取得科举功名后就脱了它而改穿襕衫(官服)。抛却白纻就是指科举及第,出仕做官。纻,一种质地细密的夏布,借指士子取得功名前所穿的白衣。 (48)利市:《周易·说卦》:"为近市,利三倍。"本指通过贸易而获取利润,后用来比喻走运、发迹,俗称"发利市"。 (49)久客:长期客居在外。 (50)纳粟:当时规定可以用捐钱的办法,买取某些官做;后来也用这办法买监生资格。这里即指后者。 (51)捷南宫:礼部会试合格。南宫,汉代把尚书省比作南方列宿,称为南宫,宋、明以来则称礼部为南宫。会试是由礼部主持的,所以称会试中式为捷南宫。 (52)主政:明、清时期中央六部各设主事若干员,是级别较低的一种官职,主政是其别称。而据下文"差南河典务"可知这里是指工部的主事职务。 (53)赴监:到国子监读书。 (54)北闱:明、清两代规定在顺天府(北京)举行的乡试。因为明代还同时在应天府(南京)设有国子监,两处乡试应考生员多为国子监生,所以分称南闱、北闱。清代虽无南闱,但习惯上仍称顺天乡试为北闱。 (55)领乡荐:考中举人。 (56)差南河典务:奉派到南河河道衙门输公务。南河,江南河道的简称,辖今江苏、安徽两省长江以北的黄河、运河水系。 (57)奋迹云霄:致身云天,一举成名。这里指中举一事。 (58)锦还:衣锦还乡。《汉书·项籍传》:"富贵不归故乡,如衣锦夜行。" (59)觌(dí):见,相见。 (60)淹:耽搁。 (61)卜窀(zhūn)穸(xī):选择墓地,也就是安葬。窀穸:墓穴。 (62)怃(wǔ)然:怅然失意的样子。 (63)衣冠履舄(xì)如蜕(tuì)委:衣服鞋帽像虫类蜕皮一样落下来。舄,鞋。委,掉落。 (64)结驷(sì):把马拴在桩子上。驷,本指同拉一辆车的四匹马,后来指四马拉的车,这里泛指一般的马车。 (65)颠末:从头到尾的经过情形。 (66)膺:胸部。 (67)出橐营丧:从自己腰包中掏钱治办丧事。 (68)孝廉:举人的别称。 (69)延:聘请。 (70)游泮:也作入泮。进学,成为秀才。 (71)同心倩女,至离枕上之魂:唐代陈玄祐《离魂记》说,唐张镒之女倩娘和住在她家的表哥王宙有恋情,因父亲中途变卦,不肯将倩娘嫁给王宙,他失望离去。当夜倩娘离魂追随王宙出走,在外共同生活五年又一起返回张家,魂魄和肉体才又合而为一。 (72)千里良朋,犹识梦中之路:据说战国时代张敏曾三次在梦中探访好友高惠,都因中途迷路而返,详见《韩非子》。这里是反用其意。 (73)茧丝蝇迹:茧丝,指文思像蚕茧吐丝一样源源不绝。蝇迹,指写的字像蝇头一样细小工整。 (74)呕学士之心肝:这是极力形容读书人写作的辛苦。李商隐在《李长吉小传》里说,李贺常骑马出游,让一个小童背着破锦袋相随,想到什么好诗句,就写了投进去,回家后其母让婢女取出来。每当看到写得多了,她就叹息说:"是儿要当呕心肝乃已尔!" (75)流水高山:《列子·汤问》篇说,春秋时期俞伯牙的琴艺很高,但只有钟子期才能听出他琴音里流露的是志在高山流水的情趣,后来就常用这个典故来比喻知己难得。 (76)通我曹之性命:作者认为,文章是作者性格、品质的表现,其遭遇如何决定着作者命运的穷通。通,沟通。我曹,我辈。 (77)遇合难期:难以遇到

赏识自己的人。 (78)傲骨嶙嶙：傲骨，坚持不向恶势力低头的骨气。嶙嶙，也作嶙峋，本是形容山石突兀、重叠的样子，这里是形容性格极其高傲、倔强。 (79)搔头自爱：搔头，形容失意的样子。自爱，自尊自重。 (80)叹面目之酸涩，来鬼物之揶揄：晋朝罗友做桓温属官的时候，桓温设宴欢送别人出去当郡守，罗友故意最后到席。桓温问他，罗答道："民首旦出门，于中途逢一鬼，大见揶揄，云：'吾旦见汝送人作郡，何以不见人送汝作郡耶？'"详见《世说新语·任诞》篇刘孝标注引《晋阳秋》。酸涩，寒酸，不洒脱的窘相。揶揄，嘲笑。 (81)康了：指考试落榜。传说唐代柳冕忌讳"乐""落"同音，让家人把"安乐"改叫"安康"。一次应试又落榜，仆人回家报信道："秀才康了也！"详见宋人范正敏《遁斋闲览》。 (82)一落孙山之外：宋范公偶《过庭录》说，宋代孙山和同乡一起赴考，孙取在最后一名，其同乡没考上。回家后那人的父亲前来打听，孙说道："解名尽处是孙山，贤郎更在孙山外。"后来"名落孙山"就作为考试没取中的成语。 (83)古今痛哭之人，卞和唯尔：卞和，春秋时楚国人，在山里得到一块外包石头的美玉（璞），先后献给楚国的两代君主，都被当作骗子而接连被砍去两脚。当又一位新国君即位后，他抱玉在山下痛哭。楚王让玉工把璞剖开，果是美玉，就是历史上著名的"和氏璧"，见《韩非子·和氏》。这里用来比喻有才学的人因被埋没而深感悲哀。唯尔，只有……罢了。 (84)逸群：超出同类之上。 (85)伯乐伊谁：除了伯乐，还能有谁呢？伯乐，传说是春秋时期最有名的相马者，善于识别好马。后常用来指善于荐拔真才的人。 (86)抱刺于怀，三年灭字：《后汉书·祢衡传》说，东汉祢衡到许昌去，想拜会当时的有权者，却始终没人接见，刺在怀里揣了三年，上面的字都磨掉了。后用来比喻得不到他人的赏识。刺，古人把自己的姓名写在竹简和木片上，相当于现在的名片。 (87)以听造物之低昂：听凭命运的摆布。 (88)昂藏：仪表雄伟，气概不凡的样子。 (89)顾安得令威复来：顾，但，只是。安得，怎么能。令威，姓丁，汉代辽东人，传说他成仙后化为仙鹤飞回故乡，想劝他人修行求仙。他在空中徘徊许久，感慨地叫道："有鸟有鸟丁令威，去家千年今始归。城郭如故人民非，何不学仙冢垒垒！"故事见《搜神后记》。这里作者是在感叹自己也跟叶生一样怀才不遇，所以产生消极悲观的情绪，表示要离开人间去学道修行。

【今译】淮阳叶生,不知他叫什么名字。他的文章词赋写得极好,在当时首屈一指,但就是运气不佳,屡试不中。正好关东丁乘鹤来当本县县令,谈到叶生的文章,拍案称奇,召他来交谈后,很是赏识。于是便让他住到自己县衙里来读书,给以资助,并不时送些钱米照看他的妻子儿女。赶上科试,又向学使极力推荐,于是叶生便在乡试资格选拔考试中得了第一名。丁县令对他寄予了很高的希望,乡试后索取叶生所作文稿来看,又十分赏识。放榜一看,依然名落孙山。叶生垂头丧气地回家了,心里感到对不起丁公对自己的器重和赏识,精神极为痛苦,瘦得皮包骨头,痴痴呆呆的像个木头人。丁公听说之后,把他叫来安慰了一番。叶生只是掉泪,无话可说。丁公很可怜他,便相约等自己考绩以后入都时带他一起北上。叶生很是感激,便辞别回家,闭门不出。不久,叶生病重了,丁公不断派人探望,又送去许多医药、食物。可是,虽然服了很多药,却没有什么效果。

这时丁公又不巧因为得罪上司被免职,即得卸任还乡。他写信给叶生,大意是:"我已定下回老家日期,所以迟迟不动身,就是因为等你。你早上到,那么我晚上就出发。"信送到病床前,叶生感动得哭了,让送信人回禀丁公:"我由于病重,一时难以痊愈,请您先启程。"送信的回去告诉了丁公,丁公还是不忍心先走,便静候叶生病愈再说。过了几天,看门的忽然来报说叶生来了。丁公很高兴,迎出门来问他何以这么快就来了。叶生说:"由于我的小病,害得夫子久等,心里实在不安。现在总算可以跟随你一起走了。"丁公便整好行装北返了。

回家以后,丁公让儿子拜叶生为师,日夜生活在一起。公子名叫再昌,已经十六岁了,还不能写文章。不过十分聪明,诸如八股文等,只要念两三遍就记住了。过了一年,便能下笔写文章了。又借助了丁公的辅助教导,入学成为秀才。叶生把自己平时所拟作的程文、试帖诗等,都抄出来教公子熟读、揣摸。结果乡试时头场的七道试题都作得很好,没有发挥失常,结果一举中了亚魁(第二名)。

有一天,丁公对叶生说:"您只教给再昌不多一点学问,就使他中举成名。可自己却一直不能榜上有名,这怎么好呢?"叶生答道:"这恐怕是命里注定的吧。但我觉得,能通过公子给自己出一口气,让世人看到,自己大半生科举不第,不是文章不好,那么也就心满意足了。况且,读书人只要有个

人赏识他,就足以无遗憾了,何必一定要脱去白衣,进入仕途,才叫作利市呢!"丁公因他长期在外乡,怕耽误了岁考,劝他回家看看,叶生心里很不乐意。丁公不忍心勉强他,就交代再昌到京都后替叶生纳粟捐监生。公子又在会试中成了进士,并授工部主事之职。他便和叶生一起入都,叶生进国子监读书,并和公子住在一起。过了一年,叶生参加北闱考试,终于成了举人。

刚好这时公子被派往河道总督衙门公干,便对叶生说:"这里离先生家乡已经不远了,您已经中了举人,应该衣锦还乡。"叶生也很乐意。他们二人选定吉日良辰就上路了,快到淮阳界时,公子派了奴仆护送叶生回家。

叶生到家门前看到门庭冷落,心里很是悲伤,便慢慢走进庭院。这时妻子端了簸箕从屋里出来,抬头看到叶生,扔下簸箕掉头就跑。叶生凄伤地说道:"我现在已经发迹了!才三四年不见面,怎么就不认识我了呢?"妻子站得远远地告他说:"你已经死去很久了,怎么又说什么发迹?之所以迟迟没把你的灵柩掩埋,只是由于家贫,儿子幼小,没有能力。现在阿大已经成人,很快就要为你选择墓地下葬,你不要做出这种怪状来吓人!"叶生听后,惆怅了许久。一步步挨进屋去,看到棺材赫然摆在那儿,便往地上一倒不见形影了。妻子看得呆住了,只见他的衣服鞋帽就像蝉蜕皮那样堆落在那儿,不禁大为悲伤,搂着衣服大放悲声。儿子从书塾放学归来,看到门前拴着马,便问明来历,惊讶地跑进家去告知母亲。母亲哭着把刚才的情景说了一遍。他们又向随同一起来的人详细询问一遍,才知道事情的前后经过。

随从奴仆返回丁公子那儿报告了情况,公子听后也很伤心,立刻赶来叶家哭吊。并出钱代为治丧,以举人的身份下葬。还赠给叶公子一笔钱财,替他聘请先生来家教读;又向学使介绍了情况,叶公子第二年便考中秀才。

异史氏说:"魂魄追随知己,竟然会连自己已死都忘了吗?听说这事的人不相信,但我却是深信不疑的。你看那张倩娘因与表哥同心相印,不是魂离肉体而去,张敏不是也三次在梦中探望那远方的好友吗?何况那些锦绣文章,都是读书人呕心沥血写出来的,而它们能否遇到知音,受人赏识,更决定着他们这些人的命运呢!啊!难得遇到赏识自己的人,结果只是处处碰壁。(他们这样的人)所到之处,无人理睬,孤零零的,只好面对自己的影子发愁长叹,但还是保持以往的铮铮傲骨,自尊自爱,决不低声下气,摇尾乞怜。可叹由于一脸穷酸窘相,乃至连鬼都敢来嘲讽自己。由于总是考试落榜,在别人眼里连每一根头发、胡须都显得那么难看;只要榜上无名,人们就总是把你的文章贬得一无是处。古来之人真正伤心痛哭的,只有卞和,因为他怀抱真宝却不为人承认;好马、劣马被看颠倒了的,到哪里去寻伯乐那样的识者?怀里揣着名刺,希望得到识拔,可是却到处遇不到人,结果连名刺上的字都磨得看不清了;转过身来放眼望去,四海虽大,却无处安身。人生在世,只好闭上眼睛随意走去,听凭老天爷的安排了。天底下像叶生这样满腹诗书却又郁郁不得志,命运悲惨的人,很是不少,怎么能盼得传说中的辽东丁令威再来人世度化人们成仙,那么我们一定会跟他一道求仙去,再不去追求什么功名了!"

【点评】魂离本体,追从知己的艺术构思,虽然不是蒲松龄的独创,在古代小说和戏曲中都曾不止一次地被加以运用,比较为人熟知的如唐代陈玄祐的传奇小说《离魂记》和明代汤显祖的戏剧《牡丹亭》。不过,本文在这方面依然有自己的特色。第一,无论是《离魂记》还是《牡丹亭》,其结尾都是喜剧性的大团圆。而叶生游魂中举回家以后,得到的却是妻子点破自己早已死去的消息,看到的是自己久停不葬的灵柩。一盆冷水兜头泼下,把原先一团洋洋喜气顿时浇得干干净净,最后是"扑地而灭",再也没有复活的可能。这是一个多么沉痛凄怆的结尾!悲剧把有价值的人生毁灭给人看,正是通过这种悲剧结局,让我们看到了科举制度对读书人的深重毒害,对人才的严重摧残。它那震撼心灵,发人深思的力量,是大团圆结尾所无法具备的。第二,本文写叶生死后魂从知己,中举荣归,后来目睹自己的灵柩又扑地消失,乍读之下,使人感到惊愕突然,似在情理之外;但细读上下文又会发现其实它正在情理之中,作者早已在前面埋下伏笔,留下了蛛丝马迹。这种艺术构思既谨严缜密,又引人入胜,具有较强的艺术效果。《牡丹亭》里,杜丽娘为情而亡,又为情而生,这生生死死都已在作品中明确作了交代。在文章的前头部分,我们一直没有料到追从知己,后来又"锦还为快"的竟是叶生鬼魂,真的叶生早已被科举制度折磨死了。所以,当手携簌具出来的叶生妻看到站在面前的叶生,竟至"掷具骇走"时,我们头脑里必然会涌现这么一个疑问——正如叶生感到奇怪的那样:"三四年不觌,何遂顿不相识?"等到得知这其实只是叶生的鬼魂以后,也会在思想上产生震动,从而造成强烈的艺术

效果。这时,再回头细看前后文字,则又会发现,其实作者早已在行文过程中留下了机关。你看,叶生既然已到"服药百裹,殊罔所效"的地步,可见病一定很重,不可能在短期内痊愈;叶生寄语转告丁乘鹤时也说:"疾革难遽瘥,请先发。"可是,仅仅过了三几天,他就居然来到丁家,并说可以一起上路了。这里不是已经暗示前来追随丁公的不可能是其本体吗?只是由于作者用笔巧妙,不露痕迹,所以才暂时瞒过了读者的眼睛。直到最后点出来了,才如梦初醒,产生很好的戏剧性效果。这时再细细回味,便发现上下文其实早已有所照应,并没有留下漏洞和破绽,也不故作惊人之笔。就是说,初读的时候,会给人意外的感觉;回头一想,又觉得合情合理,衔接自然,前后呼应,严丝合缝。

【集说】满纸於邑,先生此书不知呈教于施公愚公,费公祎祉否?(冯镇峦评)

人读相如传,本司马自作,腐迁取之,以入史记。余谓此篇即聊斋自作小传,故言之痛心。(同上)

异史氏慨乎言之,亦可谓谈虎色变矣。文章吐气,必借福泽,所谓冥中重德行更甚于文学也。时数何以限人?文章何以憎命?反而思之,毋亦仅浸淫于雕虫小技,而于圣贤反身修行之道尚未讲乎?吾人所学何事?身心性命,原非借以博功名;然此中进得一分功力,即是一分德行,即是一分福泽。自心问得过时,然后可求进取;不然者,制艺代圣贤立言,亦昧心之言耳,文章果足恃乎?(但明伦评)

(王枝忠)

婴　　宁(1)

王子服,莒(2)之罗店人。早孤,绝惠,十四入泮。母最爱之,寻常不令游郊野。聘(3)萧氏,未嫁而夭,故求凰未就(4)也。

会上元(5),有舅氏子吴生邀同眺瞩(6)。方至村外,舅家有仆来招吴去;生见游女如云,乘兴独遨。有女郎携婢,拈梅花一枝,容华绝代,笑容可掬。生注目不移,竟忘顾忌。女过去数武(7),顾婢笑曰:"个儿郎[8]目灼灼似贼!"遗花地上,笑语自去。生拾花怅然,神魂丧失,怏怏遂返。

至家,藏花枕底,垂头而睡,不语亦不食。母忧之,醮禳[9]益剧,肌革锐减[10]。医师诊视,投剂发表[11],忽忽若迷。母抚问所由[12],默然不答。适吴生来,嘱密诘之。吴至榻前,生见之泪下,吴就榻慰解,渐致研诘[13]。生具吐其实,且求谋画。吴笑曰:"君意亦痴!此愿有何难遂?当代访之。徒步于野,必非世家[14]。如其未字[15],事固谐[16]矣;不然,拼以重赂[17],计必允遂。但得痊瘳[18],成事在我。"生闻之,不觉解颐[19]。吴出,告母物色[20]女子居里。而探访既穷,并无踪绪。母大忧,无所为计。然自吴去后,颜顿开,食亦略进。数日,吴复来,生问所谋,吴绐[21]之曰:"已得之矣。我以为谁何[22]人,乃我姑之女,即君姨妹行[23],今尚待聘。虽内戚有婚姻之嫌[24],实告之,无不谐者。"生喜溢眉宇,问:"居何里?"吴诡曰[25]:"西南山中,去此可三十余里。"生又付嘱再四,吴锐身自任[26]而去。

生由此饮食渐加,日就平复。探视枕底,花虽枯,未便凋落,凝思把玩,如见其人。怪吴不至,折柬[27]招之,吴支托[28]不肯赴招。生忿[29]怒悒悒[30]不欢。母虑其复病,急为议姻,略与商榷,辄摇首不愿,惟日盼吴。吴迄无耗,益怨恨之。转思三十里非遥,何必仰息[31]他人?怀梅袖中,负气自往,而家人不知也。

伶仃[32]独步,无可问程,但望南山行去。约三十余里,乱山合沓[33],空翠爽肌,寂无人行,止有鸟道[34]。遥望谷底,丛花乱树中,隐隐有小里落,下山入村,见舍宇无多,皆茅屋,而意甚修雅[35]。北向一家,门前皆丝柳,墙内桃杏尤繁,间以修竹,野鸟格磔[36]其中。意其园亭,不敢遽入。回顾对户,有巨石滑洁,因据坐少憩[37]。俄闻墙内有女子长呼"小荣",其声娇细。方伫[38]听间,一女郎由东而西,执杏花一朵,俯首自簪,举头见生,遂不复簪,含笑拈花而入。审视之,即上元途中所遇也。心骤喜,但念无以阶

进⁽³⁹⁾。欲呼姨氏，顾从无还往，惧有讹误。门内无人可问，坐卧徘徊，自朝至于日昃⁽⁴⁰⁾，盈盈⁽⁴¹⁾望断，并忘饥渴。时见女子露半面来窥，似讶其不去者。

忽一老媪扶杖出，顾生曰："何处郎君⁽⁴²⁾，闻自辰刻便来，以至于今，意将何为？得勿饥耶？"生急起揖之，答云："将以盼亲⁽⁴³⁾。"媪聋聩⁽⁴⁴⁾不闻。又大言之。乃问："贵戚何姓？"生不能答。媪笑曰："奇哉！姓名尚自不知，何亲可探？我视郎君亦书痴耳。不如从我来，啖以粗粝⁽⁴⁵⁾，家有短榻可卧。待明朝归，询知姓氏，再来探访不晚也。"生方腹馁思啖，又从此渐近丽人，大喜。从媪入，见门内白石砌路，夹道红花，片片堕阶上。曲折而西，又启一关，豆棚花架满庭中。肃客入舍⁽⁴⁶⁾，粉壁光如明镜，窗外海棠枝朵探入室中。茵籍⁽⁴⁷⁾几榻，罔不洁泽。甫坐⁽⁴⁸⁾，即有人自窗外隐约相窥。媪唤："小荣，可速作黍⁽⁴⁹⁾！"外有婢子噭声⁽⁵⁰⁾而应。坐次⁽⁵¹⁾，具展宗阀⁽⁵²⁾。媪曰："郎君外祖莫姓吴否？"曰："然。"媪惊曰："是吾甥也！尊堂⁽⁵³⁾，我妹子。年来以家窭贫⁽⁵⁴⁾，又无三尺男⁽⁵⁵⁾，遂至音问梗塞。甥长成如许，尚不相识。"生曰："此来即为姨也，匆遽遂忘姓氏。"媪曰："老身秦姓，并无诞育；弱息⁽⁵⁶⁾仅存，亦为庶产⁽⁵⁷⁾。渠⁽⁵⁸⁾母改醮，遗我鞠养⁽⁵⁹⁾。颇亦不钝，但少教训，嬉不知愁。少顷，使来拜识。"

未几，婢子具饭，雏尾盈握⁽⁶⁰⁾。媪劝餐已，婢来敛具。媪曰："唤宁姑来。"婢应去。良久，闻户外隐有笑声。媪又唤曰："婴宁，汝姨兄在此。"户外嗤嗤笑不已。婢推之以入，犹掩其口，笑不可遏。媪瞋目⁽⁶¹⁾曰："有客在，咤咤叱叱⁽⁶²⁾，是何景象！"女忍笑而立，生揖之。媪曰："此王郎，汝姨子。一家尚不相识，可笑人也。"生问："妹子年几何矣？"媪未能解；生又言之。女复笑不可仰视。媪谓生曰："我言少教诲，此可见矣。年已十六，呆痴才如婴儿。"生曰："小于甥一岁。"曰："阿甥已十七矣，得非庚午属马⁽⁶³⁾者耶？"生首应⁽⁶⁴⁾之。又问："甥妇阿谁？"答云："无之。"曰："如甥才貌，何十七岁犹未聘？婴宁亦无姑家(65)，极相匹敌(66)，惜有内亲之嫌。"生无语，目注婴宁，不遑他瞬。婢向女小语云："目灼灼，贼腔未改！"女又大笑，顾婢曰："视碧桃开未？"遽起，以袖掩口，细碎连步而出，至门外，笑声始纵。媪亦起，唤婢袱被(67)，为生安置，曰："阿甥来不易，宜留三五日，迟迟(68)送汝归。如嫌幽闷，舍后有小园可供消遣，有书可读。"

次日，至舍后，果有园半亩，细草铺毡，杨花糁径(69)。有草舍三楹(70)，花木四合其所。穿花小步，闻树头苏苏有声，仰视，则婴宁在上，见生来，狂笑欲堕。生曰："勿尔，堕矣！"女且下且笑，不能自止。方将及地，失手而堕，笑乃止。生扶之，阴捘(71)其腕。女笑又作，倚树不能行，良久乃罢。生俟其笑歇，乃出袖中花示之。女接之，曰："枯矣，何留之？"曰："此上元妹子所遗，故存之。"问："存之何意？"曰："以示相爱不忘也。自上元相遇，凝思成疾，自分化为异物(72)。不图得见颜色，幸垂怜悯！"女曰："此大细事(73)，至戚何所靳惜(74)！待郎行时，园中花，当唤老奴来，折一巨捆负送之。"生曰："妹子痴耶？""何便是痴？"曰："我非爱花，爱捻花之人耳。"女曰："葭莩(75)之情，爱何待言。"生曰："我所谓爱，非瓜葛之爱，乃夫妻之爱。"女曰："有以异乎？"曰："夜共枕席耳。"女俯思良久，曰："我不惯与生人睡。"语未已，婢潜至，生惶恐遁去。

少时，会母所。母问何往，女答以园中共话。媪曰："饭熟已久，有何长言，周遮(76)乃尔？"女曰："大哥欲我共寝。"言未已，生大窘，急目瞪之，女微笑而止。幸媪不闻，犹絮絮究诘，生急以他词掩之，因小语责女，女曰："适此语不应说耶？"生曰："此背人语。"女曰："背他人，岂得背老母！且寝处亦常事，何讳之？"生恨其痴，无术可以悟之。

食方竟，家人捉双卫(77)来寻生。先是，母待生久不归，始疑。村中搜觅几遍，竟无踪兆，因往寻吴。吴忆曩言，因教于西南山村行觅。凡历数村，始至于此。生出门，适相值，便入告媪，且请偕女

同归。媪喜曰:"我有志,匪伊朝夕⁽⁷⁸⁾,但残躯不能远涉。得甥携妹子去,识认阿姨,大好!"呼婴宁,宁笑至。媪曰:"有何喜,笑辄不辍?若不笑,当为全人。"因怒之以目。乃曰:"大哥欲同汝去,可装束。"又饷家人酒食,始送之出,曰:"姨家田产丰裕,能养冗人⁽⁷⁹⁾。到彼且勿归,小学诗礼⁽⁸⁰⁾,亦好事翁姑。即烦阿姨为汝择一良匹。"二人遂发。至山坳⁽⁸¹⁾回顾,犹依稀见媪倚门北望也。

抵家,母睹姝丽⁽⁸²⁾,惊问为谁,生以姨女对。母曰:"前吴郎与儿言者,诈也。我未有姊,何以得甥?"问女,女曰:"我非母出。父为秦氏,没时,儿在襁中,不能记忆。"母曰:"我有一姊适秦氏,良确,然殂谢⁽⁸³⁾已久。那得复存?"因审诘面庞、痣赘⁽⁸⁴⁾,一一符合。又疑曰:"是矣。然亡已多年,何得复存?"疑虑间,吴生至,女避入室。吴询得故,惘然久之。忽曰:"此女名婴宁耶?"生然之。吴亟称⁽⁸⁵⁾怪事。问所自知,吴曰:"秦家姑去世后,姑丈鳏居⁽⁸⁶⁾,祟于狐,病瘠死。狐生女名婴宁,绷卧床上,家人皆见之。姑丈殁,狐犹时来;后求天师⁽⁸⁷⁾符粘壁间,狐遂携女去。将勿此耶?"彼此疑参⁽⁸⁸⁾。但闻室中吃吃,皆婴宁笑声。母曰:"此女亦太憨生⁽⁸⁹⁾。"吴请面之。母入室,女犹浓笑不顾。母促令出,始极力忍笑,又面壁移时方出。才一展拜,翻然遽入,放声大笑。满室妇女,为之粲然⁽⁹⁰⁾。吴请往觇⁽⁹¹⁾其异,就便执柯⁽⁹²⁾。寻至村所,庐舍全无,山花零落而已。吴忆姑葬处,仿佛不远;然坟垅湮没,莫可辨识,诧叹而返。母疑其为鬼,入告吴言,女略无骇意;又吊⁽⁹³⁾其无家,亦殊无悲意,孜孜憨笑而已。众莫之测。母令与少女同寝止,昧爽⁽⁹⁴⁾即来省问⁽⁹⁵⁾,操女红⁽⁹⁶⁾精巧绝伦。但善笑,禁之亦不可止;然笑处嫣然,狂而不损其媚,人皆乐之。邻女少妇,争承迎之。母择吉将为合卺⁽⁹⁷⁾,而终恐为鬼物。窃于日中窥之⁽⁹⁸⁾,形影殊无少异。至日,使华装行新妇礼,女笑极不能俯仰,遂罢。生以其憨痴恐漏泄房中隐事,而女殊密秘,不肯道一语。每值母忧怒,女至一笑即解。奴婢小过,恐遭鞭楚⁽⁹⁹⁾,辄求诣母共话,罪婢投见,恒得免。而爱花成癖,物色遍戚党⁽¹⁰⁰⁾,窃典金钗购佳种。数月,阶砌藩溷⁽¹⁰¹⁾,无非花者。

庭后有木香⁽¹⁰²⁾一架,故邻西家。女每攀登其上,摘供簪玩⁽¹⁰³⁾。母时遇见,辄诃之,女卒⁽¹⁰⁴⁾不改。一日,西邻子见之,凝注倾倒。女不避而笑。西人子谓女意已属,心益荡。女指墙底,笑而下,西人子谓示约处,大悦。及昏而往,女果在焉。就而淫之,则阴如锥刺,痛彻于心,大号而蹖⁽¹⁰⁵⁾。细视非女,则一枯木卧墙边,所接乃水淋窍也。邻父闻声,急奔研问,呻而不言;妻来,始以实告。爇⁽¹⁰⁶⁾火烛窍,见中有巨蝎如小蟹然。翁碎木捉杀之。负子至家,半夜寻卒。邻人讼生,讦发⁽¹⁰⁷⁾婴宁妖异。邑宰素仰生才⁽¹⁰⁸⁾,稔知其笃行士⁽¹⁰⁹⁾,谓邻翁讼诬⁽¹¹⁰⁾,将杖责⁽¹¹¹⁾之,生为乞免,遂释而出。母谓女曰:"憨狂尔尔,早知过喜而伏忧也。邑令神明,幸不牵累;设鹘突⁽¹¹²⁾官宰,必逮妇女质公堂⁽¹¹³⁾,我儿何颜见戚里?"女正色,矢⁽¹¹⁴⁾不复笑。母曰:"人罔不笑,但须有时。"而女由是竟不复笑,虽故逗,亦终不笑;然竟日未尝有戚容。

一夕,对生零涕。异之,女哽咽曰:"曩以相从日浅,言之恐致骇怪。今日察姑及郎皆过爱⁽¹¹⁵⁾无有异心,直告或无妨乎?妾本狐产。母临去,以妾托鬼母,相依十余年,始有今日。妾又无兄弟,所恃者唯君。老母岑寂山阿⁽¹¹⁶⁾,无人怜而合厝⁽¹¹⁷⁾之,九泉⁽¹¹⁸⁾辄为悼恨。君倘不惜烦费,使地下人消此怨恫⁽¹¹⁹⁾,庶养女者不忍溺弃⁽¹²⁰⁾。"生诺之,然虑坟冢迷于荒草,女但言无虑。刻日⁽¹²¹⁾,夫妇舆椫⁽¹²²⁾而往,女于荒烟错楚中指示墓处,果得媪尸,肤革犹存。女抚哭哀痛。舁⁽¹²³⁾归,寻秦氏墓合葬焉。是夜,生梦媪来称谢,寤而述之。女曰:"妾夜见之,嘱勿惊郎君耳。"生恨不邀留,女曰:"彼鬼也,生人多,阳气盛,何能久居?"生问小荣。曰:"是亦狐,最黠⁽¹²⁴⁾,狐母留以视妾,每摄饵相哺⁽¹²⁵⁾,故德之常不去心。昨问母,云已嫁之。"

由是,岁值寒食⁽¹²⁶⁾,夫妻登秦墓,拜扫无缺。女逾年生一子,

在怀抱中不畏生人,见人辄笑,亦大有母风云。

异史氏曰:"观其孜孜憨笑,似全无心肝者。而墙下恶作剧,其黠孰甚焉。至凄恋鬼母,反笑为哭,我婴宁殆隐于笑者(127)矣。窃闻山中有草,名'笑矣乎(128)',嗅之,则笑不可止。房中植此一种,则合欢、忘忧(129),并无颜色矣,若解语花(130),正嫌其作态(131)耳。"

【注释】(1)本篇述书生王子服与善笑嗜花、娇憨美丽而又聪慧的狐女婴宁的情爱历程。 (2)莒(jǔ):本古国名,后置为州县,在今山东省莒县一带。 (3)聘:订婚。 (4)求凰未就:还没有找到合适的妻室。求凰,汉代司马相如《琴歌》:"凤兮凤兮归故乡,遨游四海求其凰。"据说是向卓文君求爱之作,后来就以"求凰"作男子求偶讲。 (5)上元:阴历正月十五日,俗称上元节。 (6)眺瞩:居高远望,这里作游览讲。 (7)数武:几步。武,半步。 (8)个儿郎:这个小伙子。 (9)醮(jiào)禳(ráng):醮,这里当祭神讲,下文"改醮"之"醮",则作女子嫁人用。禳,免除祸殃。 (10)肌革锐减:身体迅速消瘦下去。 (11)投剂发表:剂,药剂。发表,中医认为有些病潜伏在人体里,要通过服药让它发散出来。 (12)所由:得病的原因。 (13)研诘:细细察问了解。 (14)世家:旧时代指门第高,世代做官的家庭。 (15)字:女子许婚。 (16)谐:事情办妥。 (17)赂:财物。 (18)瘳(chōu):病痊愈。 (19)解颐:开颜露出笑容。颐,面颊。 (20)物色:寻找,打听。 (21)绐(dài):欺骗。 (22)谁何:什么,谁。 (23)行(háng):行辈,辈分。 (24)内戚有婚姻之嫌:表亲结婚,血缘关系较近,所以自古以来都遭禁忌。内戚,母系方面的亲戚,姑舅和姨表亲。下文"内亲"同。 (25)诡曰:假称,谎称。 (26)锐身自任:自己极力应承一定能把事情办成。 (27)折柬:也作折简,裁纸写信。 (28)支托:找借口推辞不来。 (29)恚(huì):怨恨。 (30)悒(yì):悒也作邑邑,愁闷不乐的样子。 (31)仰息:依赖、仰仗(别人)。 (32)伶仃:孤零零。 (33)合沓:重重叠叠。沓,多而重复。 (34)鸟道:只有鸟能飞过的地方,形容山之高峻。 (35)修雅:修,修整,整齐。下文"修竹"之"修",则作长讲。雅,幽雅。 (36)格磔(zhé):形容鸟的叫声。 (37)憩(qì):休息。 (38)伫:停住脚步。 (39)阶进:借以进入、进见的理由、原因。 (40)日昃:太阳偏西。下文"辰刻",则指早上七八点钟。 (41)盈盈:本是液体流动的样子,这里代指眼波。 (42)郎君:对年轻男子的尊称,后文则是妇女对丈夫的称呼。 (43)盼亲:探亲。 (44)聩:耳聋。 (45)粗粝:粗糙的饭食。粝,粗米。 (46)肃客入舍:把客人让进屋里。 (47)茵籍:座席,垫褥。茵双层床垫。 (48)甫坐:刚坐下。 (49)作黍:做饭。 (50)噭(jiào)声:响亮的答应声。 (51)座次:正坐着的时候。次,中间,表示事情正在进行中。 (52)宗阀:先祖姓名、身份等各方面的情况。 (53)尊堂:对对方母亲的尊指。 (54)窭(jù)贫:贫穷。 (55)三尺男:未成年的男子。这里是说,由于家中没有成年男性,所以无法和亲戚走动往来。 (56)弱息:指幼弱的子女。 (57)庶产:妾所生育(的子女),也叫"庶出"。 (58)渠:他。 (59)鞠养:抚养。鞠,养育。 (60)雏尾盈握:指肥嫩的鸡鸭。《礼记·内则》:"雏尾不盈握,弗食。"盈握,满一把,说明其肥。 (61)瞋目:发怒时睁大眼睛。 (62)咤咤叱叱:咋咋呼呼,不停喧闹的意思。 (63)庚午属马:庚午年生的人,属马。 (64)首应:点头答应。 (65)姑家:婆家。古人称公婆为舅姑。 (66)匹敌:匹配,般配。敌:相当。下文"择一良匹",则是选择一个好配偶的意思,匹则引申作配偶讲。 (67)袱(fú)被:被褥铺盖,名词。这里作动词,收拾卧具。 (68)迟迟:等一等,消停消停。 (69)糁(sǎn)径:散落道上。糁,原指谷粒散落,这里用来指花瓣散落的情形。 (70)楹:本指堂屋前部的柱子,这里作为房屋计量单位,间。 (71)搂(zùn):捏。 (72)自分(fèn)化为异物:自分,自料,自认为。异物,死亡的人,鬼。 (73)大细事:极小的事。 (74)靳惜:吝惜。 (75)葭莩:芦苇内壁的薄膜,用来喻指关系不近的亲戚,这里泛指亲戚。 (76)周遮:说话琐碎、啰唆。 (77)卫:毛驴的别名。 (78)匪伊朝夕:不止一朝一夕,即不是一天两天,而是早有这想法了。匪,非。 (79)冗人:多余、吃闲饭的人。 (80)小学诗礼:多少受些礼教方面的教育。诗,即《诗经》。礼,指《礼记》。 (81)坳:山间洼地。 (82)姝丽:美貌女子。 (83)殂(cú)谢:死亡。殂,死亡。谢,原指花凋落,比喻人死。 (84)面庞、痣赘:面部轮廓、体表标记。赘,赘疣,俗称猴子。 (85)亟称:连声说。亟,屡次。 (86)鳏(guān)居:无妻独居。 (87)天师:东汉张道陵传布道教,后来子孙世代住在江西龙虎山,以从事炼丹画符,捉

317

鬼拿妖的迷信活动为职业,元朝封之为张天师,后来就一直沿用这称号。(88)疑参:疑惑猜测。参,参详,推测。(89)太憨生:太痴傻。(90)粲然:露牙齿笑,大笑。(91)觇(chān):偷偷地观察。(92)执柯:做媒,典出《诗经·伐柯》:"伐柯如何?匪斧不克。取妻如何?匪媒不得。"(93)吊:悲伤,怜悯。(94)昧爽:天刚亮。(95)省(xǐng)问:请安问好。(96)女红(gōng):也作女工,指纺织、缝纫、刺绣之类妇女从事的针线活及其成品。(97)择吉将为合卺(jǐn):择吉,选择吉日良辰。合卺,本是旧时代结婚时的六种礼仪之一,后泛指结婚。(98)于日中窥之:迷信传说,鬼在太阳光下没有阴影。下文说"形影殊无少异",即是表明婴宁是人不是鬼,影子和正常人没有不同。(99)鞭楚:责打。(100)戚党:这里指亲戚、邻里。下文"戚里"同。(101)藩溷(hùn):藩,篱笆。溷,厕所。(102)木香:蔷薇科植物,供观赏用,初夏开花,白色或黄色。(103)簪玩:插戴在发髻上,或养于瓶中赏玩。(104)卒:始终。(105)踣(bó):跌倒。(106)爇(ruò):燃烧,点(火)。(107)讦发:告发。讦,用言语攻击别人。(108)邑宰素仰生才:县令一向看重王子服的才学。仰,推重,佩服。(109)稔知其笃行士:稔,熟悉,深知。笃行士,品行淳厚端正的读书人。(110)诬:不真实。(111)杖责:旧时一种刑罚,用木棍打脊背、臀部或腿部。(112)鹘突:糊涂。(113)质公堂:到公堂对质。公堂,古时官吏审案的厅堂。(114)矢:发誓。(115)过爱:格外疼爱。(116)岑寂山阿:岑寂,寂寞。山阿,山边,山脚。(117)合厝(cuò):合葬。厝,安葬。(118)九泉:地下深处,这里作阴间讲。(119)怨恫(tōng):怨,憾恨。恫,悲痛。(120)庶养女者不忍溺弃:庶,庶几,大概,表推测。溺弃,封建时代重男轻女,往往生了女孩就放到水中淹死或扔掉不要。(121)刻日:选定日期。(122)舆榇(chèn):用车装运棺材。(123)舁(yú):抬。(124)黠:聪明狡猾,这里作褒义。(125)摄饵相哺:弄来食物喂养(婴宁)。(126)寒食:阴历清明节前一天叫寒食,古人从这一天起三天内不生火做饭,只吃冷食。(127)隐于笑者:用笑来隐藏自己真相的人。(128)笑矣乎:据说是一种菌类的名字,吃了就会使人无故发笑。(129)合欢、忘忧:合欢,也叫合昏、夜合,夏天开花的豆科植物。忘忧,萱草的别名,一种草本植物,夏天开花作红黄色。相传合欢可以使人欢乐,萱草可以使人忘忧。(130)解语花:懂得人类说话的花。《开元天宝遗事》记载,唐明皇和杨贵妃一次在太液池赏花,左右盛赞池花之美,明皇"指贵妃示于左右曰:'争如我解语花?'"后来就用来喻指聪明美貌而且善于迎合人意的女子。　(131)作态:矫揉造作,不自然。

【今译】王子服是莒县罗店人。自幼丧父,极为聪明,十四岁便中秀才。其母十分疼爱之,平时都不让他去郊外游玩。已经聘定萧家姑娘,结果萧女还没出嫁就死了,所以他至今还没有妻室。

上元节时,舅舅家的表兄弟吴生邀请他一起出去游览。刚到村外,舅舅家仆人来把吴生叫回去了。王子服看到郊外出游的女子很多,便兴冲冲地一人游逛。这时一个青年女子带着丫鬟,手里拿着一枝梅花,长相盖世无双,脸上笑眯眯的。王生目不转睛地瞅着,都忘了男女有别,应有顾忌。那女子走过不远,回头对丫鬟说道:"这个小伙子目光灼灼,像是个贼!"说着把花扔到地上,说笑着自顾自地走了。王生拾起花,心中怅然若有所失,失魂丧魂似的回家了。

到家以后,他把花藏到枕头底下,倒头就睡,不说话也不吃东西。其母很是忧虑,到处求神拜菩萨,结果反而更严重了,身体急剧消瘦下去。请了医生来看病,服了发散的药,结果反而昏昏沉沉起来。母亲来了解何以病成这样,王子服一声不吭。刚好吴生来家,王母让他打听一下原因。吴生来到床前,王子服看到他来,不禁掉下眼泪。吴生在床边安慰他,并把话题逐渐拉到起病的原因上来。王子服把事情经过全部说了一遍,并请他出主意想办法。吴生笑道:"你也太呆了!这愿望有什么实现不了的?我可以替你了解一下。会在野外徒步行走,一定不会是门第显贵的女子。如果她还没有订婚,事情当然就可以办成;即使订婚了,那也不过多出点钱财,也一定可以达到目的。只要你身体复原了,一切都包在我身上好了。"王子服听后不觉喜上眉梢。吴生退出屋来,让王母去探听一下那姑娘住在哪里。可是到处打听了个遍,也毫无头绪。其母大为焦虑,束手无策。不过,自从吴生走后,王子服不再愁眉苦脸了,也可以吃些食物了。没过几天,吴生又来,王问托他的事办得怎样了,吴生骗他说:"已经打听清楚了。我以为是谁,原来是我姑姑的闺女,也就是你的姨表妹,现在还待在闺中呢。虽然说中表结亲历来比较忌讳,但把实际情况告诉她们,没有不行的。"王听了顿时喜笑颜开,问

道:"她家住在哪儿?"吴生扯了个谎,告他:"在西南山里,离这里只有三十多里路。"王又再三拜托他,吴生大包大揽地答应下来,便分手回去了。

王子服从此渐渐能多吃东西,身体很快复原了。再看枕头底下的花,虽然已经枯干,但还没有凋落,手捧花枝,不禁凝思遐想,仿佛又看见了捻花人。又对吴生这么久了还不来回话感到很不高兴,便托人捎信去请他来,吴生找借口不肯来。王子服生气,又闷闷不乐起来。其母怕他又生病,赶快为他提亲。但只要向他一提这事,就被他摇头拒绝了,整天只是盼着吴生的到来。而吴生一直没来,王子服更为怨恨。回思又想,三十里路并不算远,何必一定要依赖别人呢?便把那枝梅花往袖筒里一揣,赌气独自一人出门而去,家里人都没发觉。

他孤零零一个人走着,路上也遇不到个人可以问路,只好往南山一直走去。约走了三十多里远,只见群山环抱,一片绿野,空无一人,只有崎岖小路蜿蜒而去。放眼远望,山下花木掩映中,似乎有个小村落。下得山来进村一看,只有不多几栋房屋,都是茅草覆顶,不过却显得整洁雅静。北边有一家,门前一排柳树,柔条随风飘拂,而院墙内桃树、杏树开得正盛,又有二三丛修竹穿插其间,时闻野鸟清脆的鸣叫声。王子服猜想这是谁家的花园,便不敢贸然进入。回头发现对面有一块光滑的大石躺在那里,便坐在上面稍事休息。不一会儿听见墙内有女子连声叫"小荣",发现一姑娘从东往西而来,手中正拿着一朵杏花往自己头上插戴。抬头发现了王子服,便停止插戴,笑着捻花进屋里去了。王子服定睛细看,发现她就是上元节路上所遇到的女子。心里顿时充满了喜悦,只可惜没有什么借口可以进去见她。想以姨表相称,但因为从来没来往过,担心有什么差错。门内又再没第二个人可以打问一下,只好时坐时站,在门前走来走去,从早上直挨到太阳偏西,两眼只是紧紧盯着门内,连饥渴都忘得干干净净。时不时只见有女子露出半张脸张望一下就缩回去,好像是在奇怪这人为什么不走开。

忽有一老太婆拄着拐杖出来,对王子服说道:"哪里来的年轻人,听说从一大早就来到这儿,直到现在还不肯离开,你想干什么?你肚子该饿了吧?"王赶快站起来作了个揖,答道:"我是来寻访亲戚的。"老人耳聋听不见,王又大声说了一遍。她问道:"你的亲戚姓什么?"王答不上来。老人笑道:"怪事!连姓名都不知道,还探什么亲?我看你也是个书呆子。不如随我来,吃点粗茶淡饭,在我家暂住一宿。明天回去问好亲戚姓名情况,再来探访不迟。"王子服正感肚子饿了想吃东西,又可以借此接近那位漂亮姑娘,便高兴地答应了。入得门来,只见门内用白石铺路,两边红花繁茂,花片纷纷飘落于路上。蜿蜒西去,又见一扇门,里面架着豆棚瓜架,把整个庭院遮得荫荫凉凉的。王子服被让入房里,只见粉刷得四壁光亮如明镜;窗外有几枝盛开的海棠花伸到屋里来,桌椅及坐垫等无不干干净净。王子服刚坐下,就有人从窗户外往内窥探。老太太吩咐道:"小荣,快点做饭!"室外有丫鬟立即大声答应。老少两人坐下聊天时各自介绍了家里情况。老太太问道:"你的外祖莫不姓吴?"王答:"是的。"老人大吃一惊,说道:"原来是我的外甥啊!你母亲是我妹妹。近年来我因家道太过艰难,又没有成年男子支撑门户,以致和亲戚们都失去了联系。外甥都长这么大了,还不相识。"王子服说道:"我这次来就是为了拜候大姨,匆忙之间忘了姨母的姓氏。"老太太说道:"我姓秦,没有生育子女;家中现有个小孩,也是妾所生的。其母改嫁,留给我来抚养。人不算傻,但缺少家教,整天嘻嘻哈哈不懂事。待一会儿便让她来拜会你。"不一会儿,丫鬟端上饭来,饭菜很是丰盛。老太太让王子服吃好了饭,丫鬟来收拾餐具。接着又吩咐:"叫宁姑来。"丫鬟答应着去了。等了许久,听到屋外隐隐有笑声。老人又叫道:"婴宁,你表哥在这里。"室外依然笑声不止。丫鬟只好把她推进门来,还是不能忍住在笑。老太太生气地责备道:"有客人在,还是这么放肆嬉笑,成何体统?"婴宁这才忍住笑站在那儿,王子服向她作了个揖。老太太说:"这是王郎,你姨家的。一家人却不认识,实在太可笑了。"王子服问道:"妹妹已经多大了?"婴宁又笑得前仰后合。老太太对王子服说道:"我说缺少家教,由此可以看到了吧?已经十六岁了,傻乎乎的还像个不懂事的小孩子。"王子服说道:"比我小一岁。"老太太接着问道:"你已经十七岁了,莫不是庚午年生属马的?"王子服点头说是。又问:"外甥媳妇是怎么一个呢?"王子服答道:"还没有。"老太太说道:"像你这样有才有貌,怎么十七岁还没订婚?婴宁也还没有婆家,你们二人十分般配,可惜有内亲的忌讳。"王子服不吭声,只是眼睛直勾勾地盯着婴宁。丫鬟向婴宁耳边嘀咕道:"目光灼灼,还是不改贼样!"婴宁又放声大笑,回头对丫鬟说道:"去看看碧桃花开没有?"赶紧站起身来,用袖口掩着嘴,一边碎步小跑走出去。到了门外,才高声大笑起来。老太太也站起身来,叫丫鬟收拾卧具安顿

王子服休息。并说:"外甥来一趟也不容易,就在这儿住三五天,慢慢再送你回去。如果嫌憋闷的话,屋后有小园可供消遣,也有书可读。"第二天,王子服到屋后一看,果然有半亩大的小园,细草茸茸,像是铺了一层毡毯。杨花点点洒落其上;有茅屋三间,四周长满了花木。他从花丛中信步走过,听到树上有窸窸窣窣的声响,抬头一看,原来婴宁在上面。她看见王子服走过来,便大笑不止,几乎跌落下来。王子服说:"不要笑了,看要摔下来了!"婴宁一边往下爬一边笑着,无法控制自己。快要下到地上时,一失手滑跌下来,笑声才消失。王子服用手去扶,并暗暗捏她的手腕。婴宁又笑起来,靠在树上走不动,好久才平静下来。王子服等她不再笑了,就拿出袖里的花给她看。婴宁接过去一看,说道:"已经干枯了,为什么还留着?"王子服说:"这是上元节时妹子留下的,所以保存着它。"婴宁问道:"留着它是什么意思?"王子服说:"是用来表示相爱不忘。自从上元节相遇后,思念成疾,本以为不会活在世上了,不想又看到你了,请妹子可怜可怜我吧!"婴宁说道:"这是小事一桩,骨肉亲戚还有什么舍不得的?等你去的时候,园里的花,一定叫老仆人来折一大捆替你送回去。"王子服说:"妹妹莫非傻了吗!"婴宁反问道:"怎么是傻子呢?"王子服说:"我并不是爱花,而是爱拿花的人啊。"婴宁说道:"你我是亲戚,爱也在情理之中的。"王子服说:"我所说的爱,不是亲戚之爱,而是夫妻之爱。"婴宁问道:"有什么不同吗?"王子服说:"我所指的是夜晚同床共枕。"婴宁低头思忖许久,说道:"我不习惯和生人睡觉。"话音未落,丫鬟偷偷走了过来,王子服急忙离去。不一会儿,两人又在老太太那儿见面了。老太太问道:"到哪儿去了?"婴宁回答说在园中说话。老太太说:"饭已经做熟很久了,有什么话说不完,这么没完没了的?"婴宁说:"大哥要和我一起睡觉。"话没说完,王子服非常尴尬,急忙用眼睛瞪着她,婴宁微笑着不再说下去。幸好老人没听见,王子服赶忙用别的话岔开了,并小声责备婴宁。婴宁说:"刚才这话不应该说吗?"王子服说:"这是没人才能说的悄悄话。"婴宁说:"背着别人可以,怎么可以背着老母亲呢?而且睡觉也是很平常的一件事,何必忌讳不敢说?"王子服对她的痴呆又好气又感到没办法使她明白过来。饭刚吃完,王子服家里人牵着两头毛驴来找他来了。原来,王母等王子服回家,竟杳无踪影,才开始不放心起来,在村里几乎找了个遍,毫无头绪。于是前去询问吴生,吴想起原先说的话,便让在西南山村去找。先后找了几个村落,才来到这里。王子服走出门外,正好碰上,便返身进去告知老太太,并希望和婴宁一起回去。老人高兴地说:"我有这种想法不是一天两天了。可惜年老体衰,无法出远门。能由外甥你带了表妹一同回去,拜识一下姨母,实在太好了。"就招呼婴宁前来,婴宁笑着来了。老太太说道:"有什么喜事,老笑个不停?要能不笑的话,可就是个完人了。"嗔怒地瞪着她,说道:"大哥要和你一起回去,马上收拾一下。"又安排酒食让王家来人吃了,然后送他们出来,吩咐道:"你姨母家田产很多,供得吃闲饭的。你到姨母家后不要着急回来,学点礼节,也好侍奉公婆。就请姨母替你挑一个好丈夫吧。"两人就上路了。到山坳回头一看,还隐约可见老人倚门望着他们。

回家以后,王母看到儿子带了一个漂亮姑娘回来,很是惊讶,王子服告诉母亲这是姨妈家的。王母说:"以前吴家兄弟和你说的是假话。我没有姐姐,哪来什么外甥女?"又问婴宁,她说:"我不是母亲生的。父亲姓秦,去世时我还在襁褓中,毫无印象了。"王母说:"我是有个姐姐嫁给秦家,但去世已久,哪有可能还活在人世?"便向婴宁打听其人长相、痣赘特征,完全没错。于是又感到很奇怪:"说的倒是都对,但已亡故多年,怎么还活着呢?"正在疑惑不解的时候,吴生来了,婴宁避入内室。吴问明情况,感到莫名其妙。过了许久,忽然问:"这姑娘是名叫婴宁吗?"王子服说是的。吴连称怪事。大家问他怎么知道这名字,吴说:"秦家姑妈去世后,姑丈鳏居,为狐所祟,最后瘦得皮包骨头,病死了。狐所生女孩名叫婴宁,包扎好放在床上时,大家都看到了。姑丈去世后,狐还经常来;后来求到天师符贴在墙上,狐便带着孩子离开了。莫非那孩子就是眼前这位吗?"大家正在那儿分析猜测,只听内室一片嗤嗤笑声,都是婴宁一人的。王母说:"这姑娘真是个傻大姐。"吴生要求见一见婴宁,王母进去叫的时候,婴宁仍然大笑不止。王母再三催促她出来,才竭力忍着笑,又对墙站了一阵子,才出来。只是见了个礼,便翻身跑入内室,又放声大笑起来,结果引逗得满屋子姑娘媳妇也都哈哈大笑。吴生自己提出到南山中去看看有何异常情况没有,顺便代王子服做媒。但是找到所说的那个村落,却连一间房子也没有,只是零零落落地开着一些山花。吴生仿佛记得秦家姑妈埋葬之处就在这一带,但由于坟堆已夷为平地,没法辨认,只得感叹一番,回去了。王母怀疑婴宁是鬼,把吴生所说的情况告诉她时,她一点也不感到惊讶;又可怜她没有家,她也居然毫无悲哀之情,而只

是一个劲地傻笑。大家都猜不透她心里到底是怎么想的。王母让她和别的姑娘同住，她一大早就来问候起居，女红针黹做得非常好，精致无比。就是爱笑，不让她笑也无法阻止；不过笑得很亲切可爱，虽觉放纵但不影响她的妩媚，大家都愿意和她接近，不少姑娘、媳妇，还争着来和她好。王母打算择个好日子替她和儿子完婚，但又怕她是鬼，便偷偷察看她在太阳底下的情景，发现其形影与常人毫无两样。到了成亲那天，让婴宁盛妆后出来行新妇礼，她还是笑得无法躬身行礼，结果不得不免去这些礼仪。王子服怕她太不懂事了，会把夫妇之间的房中隐秘说出去。其实婴宁对此守口如瓶，不肯说一个字。每当老母发怒生气时，只要婴宁前来笑一声就都化解了。奴婢小有过错，怕挨打，往往请婴宁一起到老人跟前说话，他们趁机前去向老人请罪，都能免于责打。只是婴宁爱花成癖，亲戚、邻里各家无不要了个遍，甚至背地里把自己的金钗典当了来买好花。没有几个月，堂前、阶下、墙边乃至犄角旮旯，到处种满了花。

王家后院有一架木香，紧挨着邻家。婴宁常爬上去摘花插戴。有时被王母遇见，总是喝住不让这样做，但她始终改不了。一天，邻居儿子见到婴宁，一下子就被迷住了。婴宁不但不回避，反而笑眯眯的。对方以为她已经对自己有意，心里更觉痒痒的。婴宁又用手指墙底下，笑着爬下了花架。对方认为这是告给约会的地点，高兴极了。傍晚时前去一看，婴宁果然已在那儿了。他迫不及待地上前搂住就与交接，结果阴部像被锥子扎了似的痛极了，便大叫一声，扑倒在地。定睛细看，竟不是婴宁，而是一段枯木横在墙边，所插入的窟窿乃是一个被雨水泡烂的木结。其父听到儿子叫声，急忙跑来问出了什么事，儿子只是哼叫着不肯说。直到儿媳妇来了，他才把实况告给妻子。用火往结内一看，只见里边伏着一只大蝎子，足有小螃蟹那么大。老头把木头凿烂捉出大蝎砸死了，然后把儿子背回家去，但半夜就死了。于是邻家就到衙门去控告王子服，说婴宁是妖怪。县令一向器重王子服的才学，深知他是一位品行端正的书生，认定邻家是诬告，准备把那老头杖责一顿，王子服赶快代他求情，于是将其赶出去，不予受理。王母对婴宁说道："这样痴傻轻狂，早就料到会乐极生悲的。幸亏县令英明清正，才不致被牵连；要是遇一个糊涂官，肯定要把你抓到公堂去对质，那样一来，我儿子还有什么脸见左邻右舍和里亲外戚？"婴宁严肃地发誓从此不再发笑。王母说：

"人没有不笑的,但要看情况,有节制。"而婴宁从此却真的不再笑了,就是别人故意逗她,也到底没能让她笑一声出来,但整天也看不到丝毫悲戚的神色。

一天夜里,她在王子服跟前哭开了,王子服很是意外,婴宁边哭边说道:"以前因为我们结婚时间短,说了怕你害怕。现在看婆婆和你都对我极为疼爱,没有另眼看待,我把实话直说了,大概不要紧吧?我本是狐狸生的,生母临走时,把我托付给了鬼母,相依为命十多年,才有今天。我又没有兄弟姐妹,只有依靠你。老母亲一个人在荒山里孤单寂寞,没有人可怜她而把她与我父亲合葬到一起,使老母在九泉下深感遗憾。你要能不怕破费钱财,让她消掉这桩憾恨,也能使那些生了女儿的人家不至于因感到生女无用而把她们遗弃或溺死。"王子服同意她的请求,但又担心坟墓已被荒草埋没,无法找到,婴宁告诉他完全不必有这个顾虑。于是定下日子,夫妇载了棺材前往,婴宁在一片丛生的杂草中指明墓址,果然挖出老太太的尸骸,皮肤还完好地保存着。婴宁伏在尸上痛哭了一场,装入棺材运回来,找到秦家墓地,把亡去的父母合葬在一起。当天夜里,王子服梦见老太太前来道谢,醒来时告诉给婴宁。婴宁告诉他:"我夜里也见到她了,交代我不要把你惊醒。"王子服怪婴宁不挽留她,婴宁说:"她是鬼,屋子里活人多,阳气盛,她怎么可能长呆在这儿?"王子服问起小荣的情况,婴宁告诉他:"她也是一只狐狸,极聪明机智,狐母当初留下她照看我。她经常弄来食物,喂养我,所以心里总是很感激她。昨晚问母亲,说是已经让她出嫁了。"

从此以后,每年寒食,夫妻俩都要到秦家墓上祭扫。过了一年,婴宁生下一个儿子,在母亲怀抱里就不认生,看到人就笑,很有其母的风范。

异史氏说:"从婴宁只会孜孜憨笑来看,好像是个没心肝的人。可是墙下那幕恶作剧,又表现了她是多么地聪明机智啊。再从她对鬼母那么眷恋不忘其恩,反笑为哭的情景来看,她恐怕是在用笑来掩盖自己是有心计的人的真相。听说山里有一种草,名叫'笑矣乎',闻了它的气味,就大笑不止。屋里要是种有这么一棵草,那么合欢、忘忧就相形见绌,黯然失色了,至于那懂得人言的花,则更要嫌它矫揉造作不自然。"

【点评】本文的艺术描写,在全部《聊斋志异》故事中可以推为上乘之作。

它紧紧扣住婴宁身上最主要的性格特征:"爱花成癖"和"嬉不知愁",反复从各个不同的角度精雕细琢,笔酣墨饱地刻画,使人物形象栩栩如生,光彩照人。先看婴宁的善笑。王子服和婴宁两次邂逅,她都是笑意嫣然,妩媚动人,使王生一见钟情,为之倾倒。而后通过鬼母的口说出一句:"但少教训,嬉不知愁。"从最了解、最亲近人的嘴里说出婴宁身上这个最主要的性格特征。接着又通过王生的听觉写婴宁爱笑:"良久,闻户外隐隐有笑声","户外嗤嗤笑不已"。她没有露面,却已让人听到了多么浓烈的笑声。这两句,一是从远处所闻,一是在近处听到,可见她肯定是一路笑着来的。然后,"婢推之以入,犹掩其口,笑不可遏";就是在鬼母责备之后,始则"忍笑而立",继仍"复笑不可仰视";丫鬟一句戏语,也使她忍俊不禁,只好赶紧跑到外面纵声大笑。一个短暂的见面过程,笑声还是不断。而且出门时又"以袖掩口",显然是在笑,而又想极力掩饰。出门以后,"笑声始纵",还是憋不住哈哈大笑起来。甚至爬到树上嬉戏,也还"狂笑"不止,几乎因此而坠;下树时"且下且笑,不能自止";手被王生捏了一下,便"笑又作,倚树不能行,良久乃罢"。对婴宁的笑,描写得多么充分,多么细腻,真是千姿百态。然而,蒲松龄还不肯把笔止住。在荒野山村的鬼母那儿,婴宁是无时无刻不在"咤咤叱叱","笑辄不辍",来到人间,身处陌生环境,她仍然是笑口常开,所到之处笑声格格。她在屋里,"但闻室中嗤嗤,皆婴宁笑声",通过人们的听觉写其笑声不歇。"母入室,女犹浓笑不顾",通过第三者的视觉写她的憨笑。"母促令出,始极力忍笑,又面壁移时,方出,才一展拜,翻然遽入,放声大笑",从婴宁的动作神情,写出其笑姿媚态。她的笑并且引得"满室妇女,为之粲然",从她笑声的感染力之强烈,来写她的善笑。甚至"华妆行新妇礼"时,还是"笑极不能俯仰",婚礼仪式因此作罢。即便后来不得不敛容"矢不复笑",作者却又写她所生之子"在怀抱中不畏生人,见人辄笑",善笑遗风不绝如缕,传给了后代。以上这些描写,使读者深刻感受到婴宁这个涉世未深的天真少女爱笑的性格。作者以其五彩之笔,多层次、多角度地渲染婴宁的爱笑,用浓淡恰宜的笔墨极写其笑声;把人物的这一性格特点刻画得淋漓尽致,烘托得活灵活现,充分写出了这个少女身上的纯洁无瑕、晶莹剔透的个性。读过之后,似乎耳畔仍然回荡着婴宁的格格笑声,久久不去。写笑是这么绘声绘色,写她爱花也是如此,婴宁第一次露面时,"手捻梅花一枝"。而由这一枝"花",

又生发出了下面无数写花的文字。此后不论是再次出场，还是后来到了王家，都时时没有离开花。当然，蒲松龄在倾注主要笔墨着力刻画婴宁身上最突出之点的时候，并没有忽视在适当的地方恰如其分地表现人物其他方面的个性。当王生和婴宁在后园相遇，拿出袖中花向她表白时，她说的那几句话显然是在假装糊涂，明知故问。特别是当王子服说希望和她"夜共枕席"时，"女俯思良久"，而后冒出这么一句："我不惯与生人睡。"从字面看，似是天真无知，不谙床笫之事，然而"俯思良久"四字则表明绝非如此，我们从后文写她自己和王生的房中隐事"殊密秘，不肯道一语"，便可证实。另外，她告诉鬼母："大哥欲我共寝。"是明知鬼母耳聋听不见，又正好可以借此对王生旁敲侧击地警诫一番；而当王"大窘"，快要恼羞成怒的时候，便又适可而止。这些都表现了她娇憨顽皮的一面。还有，她巧设圈套严惩西邻子的一段恶作剧，虽然不脱稚气，但突出表明了她的聪明有心计。至于来到王家后，一面仍是孜孜憨笑，但又有"昧爽即来省问，操女红精巧绝伦"的表现，都可以看出这绝不是"呆痴才如婴宁"的无知少女。特别是婚后许久才对王生倾诉肺腑，说出"曩以相从日浅，言之恐致骇怪。今日察姑及郎皆过爱无有异心，直告或无妨乎"的话，更清楚看出，婴宁这个人，说她是"隐于笑者"，是把真面目隐藏很深的世故者，固然言重，但也断断不是一个"嬉不知愁""全无心肝"的傻大姐，而是有着丰富内心世界、高尚道德情操、细心沉稳的女性。总之，本文既突出主要特征，又兼顾其他方面，就把人物多方面的性格都揭示出来了。这样，一个有血有肉、欢蹦乱跳的婴宁就活脱脱地从字里行间跳出来，站立在了读者的面前。

【集说】有花乃有人，有人乃有笑；见其花如见其人，欲见其人，必袖其花。乃未见其人，而先见其里落之花；见其门前之花，则野鸟格磔中，固早有含笑捻花人在矣。未见其人，先闻其声，见其花，见其笑，而后审视而得见所欲见之人。即照应起笔，即引逗下文，文中贵有顿笔也。至入门而夹道写花，庭外写花，窗外写花，室内写花，借许多花引出人来；而复未写其人，先写其笑，写其户外之笑，写其见面之笑，又照应上元之言，照应上元之笑。许多笑字，配对许多花字，此遥对法也。随手借视碧桃撇开，写花写笑，双双绾住，然后再写花，再写人，再写笑。树上写笑，将堕写笑，堕时写笑，堕后写

笑,束住写笑,下叙袖中之花,入正面矣,却以园中花作一夹衬,随又撇开。写其笑,写其来时之笑,写其见母之笑,写其见客之笑,写其转入之笑;又恐冷落花字,以山花零落小作映带,然后笑与花反复并写,从花写笑,从笑而写不笑;即不笑矣,笑字无从写矣,偏以不笑反复映衬,而忽零涕,忽而哽咽,忽而抚哭哀痛,无非出力反衬笑字。更以其子见人辄笑,大有母风,收拾全篇笑字。此作者经嬉笑为文章,如评中所云,隐于笑者矣。故为琐琐批出,而不禁失声大笑。(但明伦评)

此篇以笑字立胎,,而以花为眼,处处写笑,即处处以花映带之。捻梅花一枝数语,已伏全文之脉,故文章全在提掇处得力也。以捻花笑起,以摘花不笑收,写笑层见叠出,无一意冗复,无一笔雷同,不笑后复用反衬,后仍结转笑字,篇法严密乃尔。(同上)

婴宁憨态,一片天真,过于司花儿远矣。我正以其笑为全人。(何守奇评)

(王枝忠)

促　　织[1]

宣德[2]间,宫中尚促织之戏,岁征民间。此物故非西[3]产,有华阴令欲媚上官,以一头进[4],试使斗而才,因责常供。令以责之里正[5]。市中游侠儿[6],得佳者笼养之,昂其值,居为奇货[7]。里胥猾黠,假此科敛丁口[8],每责一头,辄倾数家之产。

邑有成名者,操童子业,久不售[9],为人迂讷[10],遂为猾胥报充里正役,百计营谋不能脱,不终岁,薄产累尽。会征促织,成不敢敛户口,而又无所赔偿,忧闷欲死。妻曰:"死何裨益[11]?不如自行搜觅,冀有万一之得。"成然之。早出暮归,提竹筒、铜丝笼,于败墙丛草处探石发穴,靡计不施,迄无济;即捕得三两头,又劣弱,不中于款[12]。宰严限追比[13],旬余杖至百,两股间脓血流离,并虫亦不能行捉矣。转侧床头,惟思自尽。

时村中来一驼背巫[14],能以神卜。成妻具资诣问,见红女白婆,填塞门户。入其舍,则密室垂帘,帘外设香几。问者爇香于鼎,再拜。巫从旁望空代祝,唇吻翕辟[15],不知何词,各各竦立[16]以听。少间,帘内掷一纸出,即道人意中事,无毫发爽[17]。成妻纳钱案上,焚拜如前人。食顷,帘动,片纸抛落。视之,非字而画:中绘殿阁类兰若[18],后小山下,怪石乱卧,针针丛棘,青麻头[19]伏焉;旁一蟆,若将跳舞。展玩不可晓。然睹促织,隐中胸怀,折藏之,归以示成。

成反复自念:"得无教我猎虫所耶?"细瞩景状,与村东大佛阁真逼似。乃强起扶杖,执图诣寺后,有古陵蔚起[20]。循陵而走,见蹲石鳞鳞[21],俨然类画。遂于蒿莱中侧听徐行,似寻针芥[22];而心、目、耳力俱穷,绝无踪响。冥搜[23]未已,一癞头蟆猝然[24]跃去。成益愕,急逐趁之。蟆入草间,蹑迹披求[25],见有虫伏棘根,遽扑之,入石穴中。掭[26]以尖草,不出;以筒水灌之,始出,状极俊健。逐而得之。审视,巨身修尾,青项金翅。大喜,笼归。举家庆贺,虽连城拱璧不啻也[27]。上于盆而养之[28],蟹白栗黄[29],备极护爱,留待限期,以塞官责。

成有子九岁,窥父不在,窃发盆。虫跃踯径出,迅不可捉。及扑入手,已股落腹裂,斯须[30]就毙。儿惧,啼告母。母闻之,面色灰死,大骂曰:"业根[31]!死期至矣!而翁[32]归,自与汝覆算耳!"儿涕而出。未几成归,闻妻言,如被冰雪。怒索儿,儿渺然不知所往。既而得其尸于井。因而化怒为悲,抢呼[33]欲绝。夫妻向隅[34],茅舍无烟,相对默然,不复聊赖[35]。日将暮,取儿藁葬[36],近抚之,气息惙然[37]。喜置榻上,半夜复苏,夫妻心稍慰。但儿神气痴木,奄奄思睡,成顾蟋蟀笼虚,顾之则气断声吞,亦不复以人为念。自昏达曙,目不交睫,东曦既驾[38],僵卧长愁。

忽闻门外虫鸣,惊起觇视,虫宛然尚在,喜而捕之。一鸣辄跃去,行且速。覆之以掌,虚若无物;手才举,则又超忽而跃。急趁之,折过墙隅,迷其所往。徘徊四顾,见虫伏壁上。审谛[39]之,短小,黑赤色,顿非前物。成以其小,劣之,唯彷徨瞻顾,寻所逐者。

壁上小虫忽跃落衿(40)袖间。视之,形若土狗(41),梅花翅,方首长胫,意似良。喜而收之。将献公堂,惴惴恐不当意,思试之斗以觇之。村中少年好事者,驯养一虫,自名"蟹壳青",日与子弟角,无不胜。欲居之以为利,而高其值,亦无售(42)者。径造庐访成。视成所蓄,掩口胡卢(43)而笑。因出己虫,纳比笼中,成视之,庞然修伟,自增惭怍,不敢与较。少年固强之。顾念蓄劣物终无所用,不如拼搏一笑。因合纳斗盆。小虫伏不动,蠢若木鸡。少年又大笑。试以猪鬣毛撩拨虫须,仍不动。少年又笑。屡撩之,虫暴怒直奔,遂相腾击,振奋作声。俄见小虫跃起,张尾伸须,直龁(44)敌领。少年大骇,解令休止。虫翘然矜鸣(45),似报主知。成大喜。方共瞻玩,一鸡瞥来(46),径进以啄。成骇立愕呼。幸啄不中,虫跃去尺有咫(47);鸡健进,逐逼之,虫已在爪下矣。成仓猝莫知所救,顿足失色。旋见鸡伸颈摆扑,临视,则虫集冠上,力叮不释。成益惊喜,掇置笼中。

翼日(48)进宰。宰见其小,怒呵成。成述其异,宰不信,试与他虫斗,虫尽靡(49);又试之鸡,果如成言。乃赏成,献诸抚军(50)。抚军大悦,以金笼进上,细疏(51)其能。既入宫中,举天下所贡蝴蝶、螳螂、油利挞、青丝额……一切异状,遍试之,无出其右(52)者。每闻琴瑟之声,则应节而舞,益奇之。上大嘉悦(53),诏赐抚臣名马衣缎。抚军不忘所自,无何,宰以"卓异"(54)闻。宰悦,免成役(55),又嘱学使,俾入邑庠(56)。由此以善养虫名,屡得抚军殊宠。不数岁,田百顷,楼阁万椽(57),牛羊蹄躈(58)各千计,一出门,裘马过世家焉。

异史氏曰:"天子偶用一物,未必不过此已忘,而奉行者即为定例。加以官贪吏虐,民日贴妇卖儿,更无休止。故天子一跬步(59)皆关民命,不可忽也。独是成氏子以蠹(60)贫,以促织富,裘马扬扬。当其为里正,受扑责时,岂意其至此哉!天将以酬长厚者,遂使抚臣、令尹并受促织恩荫(61)。闻之:一人飞升,仙及鸡犬(62)。信夫!"

【注释】(1)本篇述敦厚老实的华阴县民成名被迫捕捉宫中赏玩的促织后一家人的离合悲欢。 (2)宣德:明宣宗朱瞻基的年号(1426—1435)。 (3)西:这里指陕西省,下文华阴县就在该省。 (4)进:进奉。 (5)里正:又称里长,古代乡村基层组织的负责人,负责代官府征收捐税,摊派徭役,以供应过往驿马等事务。下文"里胥"是里正与胥吏的合称,包括了县衙门里的幕僚、衙役和里正等。 (6)游侠儿:本指重义轻生,勇于救人急难的人。这里指游手好闲、不务正业的浪荡子。 (7)居为奇货:囤积起来当作珍贵的财货。 (8)科敛丁口:按人口向百姓摊派费用。科敛,征收,摊派。 (9)操童子业,久不售:读书应考,却始终没有考取秀才。童子业,科举时代应考的读书人在没有进学成为秀才之前,不论年龄大小,一律称为童生。 (10)迂讷(nè):迂阔拘谨,不善言辞。 (11)裨益:补益。 (12)不中(zhòng)于款:不合要求。款,款式,规格。 (13)严限追比:严格限定交纳的日期,过期处罚。 (14)巫:旧时代装神弄鬼,替人祈祷,来骗取钱财的人。 (15)翕(xī)辟:形容嘴一张一闭,念念有词的样子。 (16)竦立:毕恭毕敬地站在那儿。 (17)无毫发爽:没有一点差错。爽,差错。 (18)兰若:梵文阿兰若的音译,佛寺。 (19)青麻头:和下文的蝴蝶、螳螂等都是上等蟋蟀的名称。 (20)蔚起:高高隆起。 (21)鳞鳞:这里形容乱石很密集,像鱼鳞那样一片接一片。 (22)针芥:针尖和芥子,比喻非常细小的东西。 (23)冥搜:到处搜索。 (24)猝然:突然。 (25)蹑迹披求:拨开丛草,跟踪寻找。蹑,追随。披,分开。 (26)掭(tiàn):拨动。 (27)虽连城拱璧不啻(chì)也:就是价值连城的大宝玉也比不上。拱,通珙,大璧。拱璧,常用以比喻极珍贵的东西。不啻,不止。 (28)上于盆而养之:盆里装土,蓄养蟋蟀。 (29)蟹白栗黄:螃蟹肉和栗子粉做成的喂养蟋蟀的上等饲料。 (30)斯须:不多一会儿。 (31)业根:祸根。祸根,惹祸的东西。业,佛教名词,指过去所做的,它有善有恶,这里指恶业。 (32)而翁:你父亲。而,一般作尔,你。 (33)抢呼:头碰地,大声呼天,形容极为悲痛。抢,碰,撞。 (34)向隅:面对着墙角,这里指哭泣、悲伤。 (35)不复聊赖:不再有所指望。聊赖,依赖。 (36)藁(gǎo)葬:用草席之类裹了草草埋葬。 (37)惙(chuò)然:本是疲乏的意思,这儿形容气息微弱的样子。 (38)东曦既驾:东方的太阳已经升起。按,

古代神话认为,太阳是由羲和驾车,六条龙拉着,在天空行走。 (39)审谛:仔细看。谛,仔细看(或听)。 (40)衿:同襟。 (41)土狗:蝼蛄,又叫蜊蜊蛄,有害的昆虫。 (42)售:这里作买讲。 (43)胡卢:强忍着笑的样子。 (44)龁(hé):咬。 (45)翘然矜鸣:很得意地鸣叫着。翘然,两翅振起,洋洋得意的样子。矜,这里作得意讲。 (46)瞥来:突然而来。瞥,眼光一闪,形容十分迅速。 (47)尺有咫(zhǐ):一尺多远。咫,八寸。 (48)翼日:第二天。翼,同翌。 (49)靡:披靡,退却、战败。 (50)抚军:巡抚的别称,也叫抚台、抚院,明清两代总揽一省军事、行政、刑狱的长官,地位略低于总督。 (51)疏:封建时代臣子向皇帝陈述政事的奏章。 (52)右:上,古时以右为上。 (53)嘉悦:称赞,喜悦。 (54)卓异:才能卓越。 (55)免成役:免除成名里正的差役。 (56)俾入邑庠:俾,使,让。入邑庠,进入县学,即成为秀才。 (57)万椽:万间。 (58)蹄躈(qiào):躈,(牲畜)肛门。按,一头牲口有四蹄一肛门,故这儿说"牛羊蹄躈各千计",就是各二百头。 (59)一跬(kuǐ)步:一举一动。古代称举足一次为跬,即是半步,两次为步。 (60)蠹(dù):蠹虫。这里指弊政。 (61)恩荫:封建时代官员建立功勋后,子孙后代可以按规定得到某种优待和照顾(如入学或当官等)。 (62)一人飞升,仙及鸡犬:据《神仙传》记载,汉代淮南王刘安修炼得道升天,家里的鸡犬吃了余下的药也都成了仙。这里跟上句一样,都是讽刺抚军、县令们因为进贡的促织得到皇帝的赏识,就都得到了好处,像刘安家里的鸡犬一样,都跟着沾光。

【今译】宣德年间,宫廷里流行斗蟋蟀的游戏,每年要求各地进贡。这虫并不产自陕西等西部地区,华阴县令一心想讨好上司,便进献了一头,试斗了一年,觉得很好,于是便让这地方经常进贡。县令就把任务摊派给了各个里正。乡里一班游手好闲的捉到了好蟋蟀便用笼子养起来,标出高价,视为奇货。

本县有一位读书人叫成名,多次应举都没中得秀才,为人忠厚老实,不善言辞。于是被那奸猾的衙役、师爷拉去当里正,成名虽然想尽一切办法,还是没有能推掉不干。不到一年,就把不多一点家产赔个精光。又赶上宫廷向各地征进促织,成名不敢向各家摊派,可自己又无家产可贴,愁得要死。

妻子对他说道:"死又有什么用?不如自己去捉捉看,说不定真的可以捉到一只合格的呢!"成名觉得这话有理,就早出晚归,提着竹筒、铜丝笼,到断墙根、草丛里搬开石头或是拨觅小洞,想尽了一切办法,还是捉不到好蟋蟀;即便捉得三两头,也实在太次不合格。县官严厉地定下期限,交不出蟋蟀就打板子,十多天里便挨了百十大板,两腿脓血直流,连蟋蟀也无法捉了。整天躺在床上无计可施,只想一死了之。

这时村里来了一位驼背巫师,能请神占卜。成名妻子备了财礼前往求卜,只见年轻姑娘和白发老婆婆,几乎挤破了门。进屋一看,只见门窗关得严严的,垂着帘子,帘外摆着一张香案。求卜的人点了香插在炉里,拜两拜。巫师在一边望空中代为祈祷,只见他口中念念有词,但听不清是什么。大家都屏息静气地听着。不一会儿,帘内掷下一张纸来,总是能说中求卜者的心事,丝毫不错。成名妻子把钱放在案上,像前面那些人一样烧香礼拜。约有一顿饭的工夫,帘子掀动,一张纸抛落地上。细一瞧,不是字而是画,上画一座殿阁,像是寺庙,屋后小山下乱躺着各种奇形怪状的石头,一丛丛荆棘,里面趴着一只优良蟋蟀,旁边有一只虾蟆,像是在跃跃欲跳。看了半天弄不明白意思,但看到画上有蟋蟀,与自己的心事暗合,便折了藏到身上,拿回去给成名看。

成名反复考虑:"这莫不是教我该到那里去捉蟋蟀?"仔细端详图上所画,与村东的大佛阁极相像,便勉强挂着拐杖,拿着图来到大佛阁后,只见有座古墓高高隆起。沿着墓堆边走,但见一块块石头排列在那儿,就像纸上所画的那样。便在杂草丛中侧着耳朵慢步寻觅,就像找针寻芥子似的极为细心专注;可是累得头昏眼花,却不见一点点蟋蟀的影子。正在寻觅的时候,忽地有一头癞虾蟆跳到草丛中去了。他小心翼翼地顺着那个方向拨开草棵寻去,只见有只蟋蟀伏在草中。他猛扑过去想捉住它,不想它却钻入石穴中去。用草来拨它,不肯出来;用笔筒打水来灌洞,才不得不钻出来,那模样极为健壮。成名一口气穷追不舍,终于捉住了它。周身细看了看,只见身大尾长,青项金翅。成名高兴极了,用笼子装了回家。全家都拍手称庆,就是价值连城的珙璧也比不上它珍贵。他们在蟋蟀盆里装上土,把虫放进去,用蟹白栗黄这些上等饲料饲养着,极为爱惜,留着等交虫的期限到了时,交上去完成官差。

成名有一个九岁的儿子,趁父亲不在的时候偷偷打开盆盖。蟋蟀一下蹦出盆外,速度极快,根本捉不到。等到扑入手中时,已是断腿破肚,很快就死了。孩子害怕了,哭着跑去告诉母亲。其母听说后,脸上一下变得没点血色,大骂道:"作孽的畜生!你死期到了!你父亲回来一定要找你算账的!"儿子哭着走了。不一会儿成名回家来,听妻子把事情一说,就像三九天被兜头泼了一盆冰水,手脚冰凉。他怒气冲冲地到处找儿子算账,儿子已经不知道躲到哪儿去了。随后却从井里把小孩的尸体打捞了上来。这一来便化怒为悲,哭得死去活来。夫妻向隅而泣,茅屋里没一点人气,两人无言相向,伤心得不想活下去。天快黑时,正准备用草席把儿子尸体裹了埋掉,可近前一摸,发现尚有一丝极弱的气息。高兴得立刻抱到床上,半夜时分终于苏醒过来了。但苏醒过来的儿子神气痴呆,昏昏欲睡。成名回头看蟋蟀笼已经空空如也,只要一看到它就又烦恼不已,也不敢再对儿子多加责骂,就这样自傍晚到第二天天亮,一夜不能合眼休息一会。直到太阳出来了,仍然在那里愁绪百结,一筹莫展。

忽然间听得门外有蟋蟀的叫声,成名惊奇得很,赶紧爬起来瞅个究竟,只见似乎那只蟋蟀还活着,高兴得赶紧去捉它。小虫一跳就蹦到远处,速度很快。用手掌盖过去,觉得掌中似乎空无一物,可手才一抬起,只见虫又猛地跳走了。急忙跟踪追去,可转过墙角,便不知道它跳到哪里去了。正在徘徊四顾的时候,看到虫原来叮在墙上。仔细一瞧,只见这是一只躯体短小、呈暗红色的蟋蟀,并不是原来的那一只。成名因它瘦小,以为不是好品种,故依然四处细瞅,要找自己原先追赶的那头。而墙上小虫却猛地跃到他的衣服上来。这才发现它形状像土狗,梅花翅,方头长腿,看那样子似乎不错,便高兴地把它捉回去了。想把它献到衙门去,但心里又怕不合官府的意,便想让它和别的蟋蟀斗斗看。恰好村里有个年轻人养了一只蟋蟀,起了名字叫"蟹壳青",整天和别的虫斗,无不获胜。虫的主人想把它居为奇货来谋利,所以把价钱定得很高,这样也就一直没有人买它。听说成名捉到一只蟋蟀,便来家里找成名。看到成家那只,抿着嘴笑,很是瞧不起。便把自己的虫捉出来,放到比斗用的笼里去。成名一看,它个头很大,便更感自家那只不行,不敢让它们相斗,那人一定要斗。成名转念一想,把这劣虫养在家里也没什么用,不如斗一场供大家哈哈一笑,便也把自己的虫放到盆中去。只见小虫伏在那儿一动不动,就像一只木制的鸡一样,那人又大笑起来。试着用猪鬃毛去撩拨虫须,激它发怒,可它仍然不动,那人再次放声大笑。一再挑逗它,这才勃然大怒,向对方径直冲过去,于是两虫相斗,十分激烈。忽见小虫跃起来,张开尾巴,挺直虫须,直向对方的脖子咬去。那人大为害怕,马上把两只虫分隔开来,让它们停止搏斗。成名的蟋蟀得意扬扬地鸣叫起来,似乎是在报告主人自己胜利了。成名大为高兴起来。当大家正在那儿欣赏这只小虫的时候,一只鸡冷不丁地扑过来,直向小虫啄去,成名大吃一惊,不禁脱口大叫起来。幸好没啄到,小虫一蹦跳出一二尺远;那鸡又大步奔向前去追赶,眼看小虫已在鸡爪底下了。成名急得团团转,一时不知该怎么把那蟋蟀救出来,只是在那里顿足呼喊。忽见那鸡却伸着脖子左右甩打着,走近一看,原来是蟋蟀停在鸡冠上,紧紧叮住不放。成名更感惊喜,赶紧捉了放到笼里去。

  第二天成名把虫进呈给县令,县令看见这么小,就把成名臭骂了一顿。成名详细介绍了虫的特异之处,可县令不相信。便让和别的蟋蟀相斗,全都被斗败了,又用鸡来试,果然就像成名所说的那样。于是赏了成名,而把小虫献给巡抚。巡抚大喜,用金笼装了贡献给皇帝,并用奏折详细介绍了它的本事。送到宫里以后,用全国各地进贡的蝴蝶、螳螂、油利挞、青丝额等所有上等蟋蟀来试,都没有比它强的。而且它每当听到奏乐之声,便会踩着节拍跳起舞来,更令人感到惊奇。皇帝大为高兴,下令赏赐巡抚名马衣缎。巡抚也没忘记自己这好处是从哪里来的,不久以后,就在考绩中把县令评为"卓异"。县令很高兴,免去成名的里正差役,又交代学使把成名录取为秀才。从此以后成名以善于养蟋蟀出了名,不断得到巡抚特殊的照顾。不出几年,便有百顷田产,楼房万间,牛羊各数以百计,一出门车马成群,比那些世家大族更有过之无不及。

  异史氏说:"皇帝偶然用过某一件东西,也许时过境迁就抛到脑后去了,可是那些受命办理此事的人便把它作为制度定下来。加上官吏们贪婪残暴,老百姓就是天天卖妻卖儿,也无法满足他们的需求。所以皇帝哪怕只是走那么一小步,也和老百姓的性命紧密相关,千万不敢疏忽大意。只有成名由于蠹政而落入破产窘境,却又靠了蟋蟀而暴富,衣皮裘,骑骏马,得意扬扬。在他当里正,受杖责时,哪里想到会有这么一天呢?老天爷将要给忠厚

长者以报答,结果使抚臣、县令都一起得到蟋蟀的好处。我曾听说过:一人得道,连鸡犬都也升天成仙了。确实有这么回事啊!"

【点评】读完这篇文章,相信大家都会说:这是一个多么荒唐可笑,让人可恨又可气的故事呀!确实,仅仅因为皇帝爱看斗蟋蟀,上自抚臣、县令,下至里胥、里正,都在为之奔走竞进,整架统治机器都在围绕着一只微乎其微的昆虫乱转;就是那高高在上、号称万乘之尊的皇帝,其喜怒哀乐,其对臣下的赏罚升降,也是以小小一只蛐蛐儿的优劣好坏为转移。更有甚者,仅仅因为一只蟋蟀轻捷善斗,皇帝看了很开心,便对抚臣大加奖赏,优礼有加。抚臣上行下效,也论"功"行赏,让百无一能的县官以"卓异"闻世。成名呢,骤然间一个跟头,由十八层地狱翻到了九天之上。总之,从抚臣、县令,直到成名,乃至那些猾黠里胥、游手好闲的地痞无赖,"并受促织恩荫",各自都从皇帝玩促织中得到了好处!诚然,从生活的逻辑来看,这类事件只能是悲剧结尾。但是,本文目前的这种收场,丝毫不违背生活的真实。恰恰相反,这种写法正是对生活本质的深刻反映。正是通过这个大团圆的结尾,彻底撕去了封建帝王身上披着的神圣威严外衣;正是这种"抚臣、令尹并受促织恩荫"的写法,描画了一幅令人啼笑皆非的升官图。因此,现在这种脸上挂着泪花的喜剧结局,不但不是本文的蛇足和瑕疵,而恰恰是颊上三毫,是更尖锐、更辛辣的讽刺,是一个精彩有力的收煞。而本文之所以能成为三百年来传诵不衰的名篇,艺术描写的成功无疑也是重要的原因。

结构谨严细密是第一条。故事紧紧围绕促织来组织材料,安排情节。下笔伊始就开门见山,紧扣题目,点出皇帝玩蟋蟀,下令要全国进贡,概括介绍这事给百姓带来的沉重负担。接着展开成名一家人的悲辛故事。为了进贡蟋蟀,成名赔尽家产,受尽扑责;为了捉到蟋蟀,成妻只好去求神卜,成名不得不忍着伤痛,四处搜寻;捉到之后,精心饲养,等待交差,却被好奇心重的儿子弄死;于是引出成妻面色灰死,大骂儿子,成名闻讯怒索其子,准备痛打,逼得九岁孩子畏惧投井等一连串情节。后来,又是围绕着蟋蟀的失而复得,展开蟋蟀互斗,鸡虫相斗,缴贡蟋蟀,同受赏赐这一系列故事。一只蟋蟀,拴系着成名一家人的生死荣辱,交织着多少的辛酸血泪!它写尽了腐败政治,黑暗世道。故事的每一步发展转折,始终不离促织。环环相扣,首尾呼应。

其次,情节离奇曲折,是本文成功的第二个条件。蒲松龄着意设置了一个又一个开合起落的情节段子。成名因为蟋蟀而赔尽家产,眼看走投无路了,妻子提醒他不妨亲自去捉虫交差,于是故事拐过一个弯,又出现新路径。可是捉了许多日子,也没捉到一只合格的,以致被打得脓血淋漓,逼得只想自杀。看着又走到尽头了,忽然救星降临,成妻去求神,成名带伤去捉虫,故事又产生一个曲折,继续向前发展。这次果然捉到一只"状极俊健"的好蟋蟀,眼见得一条大道就在眼前,不想又被儿子弄死了这只救命虫。不但小儿子"死期至矣",就是成名一家也陷入山穷水尽的绝境。可是,又神话般地突然跑出另一只蟋蟀,故事再次发生喜剧性变化。但这只小蛐蛐的外表太不起眼了,成名的心顿时又凉下来,读者的心则提到嗓子眼。就在这时,意外的场面又出现了:这只纤弱草虫居然能击败劲敌,还敢和雄鸡争高下。就在这些变幻莫测、变化多端的情节发展过程里,作者充分发挥本文是志异说怪之作,想象比较自由的长处,"出于幻域,顿入人间"(鲁迅语),巧妙地运用了巧合,甚至是神奇怪诞的情节转折。这些出乎意料的偶然、巧合情节的连续运用,使故事发展一再出奇制胜,让人耳目一新,具有强烈的吸引力。

恩格斯曾经指出,优秀的文学作品,应该是"较大的思想深度和意识到的历史内容,同莎士比亚剧作的情节的生动性和丰富性的完美的融合"。用来评价《促织》也完全适合。正是通过上面那一系列波谲云诡、奇峰突起的故事情节,精炼地描写出了一幅封建制度的黑暗图景,概括了巨大的历史内容,表现了深刻的思想性。

【集说】宣德治世,宣宗令主,其台阁大臣又三杨、蹇、夏诸老先生也,顾以草虫纤物,殃民至此耶?惜哉!(王士禛评)

抚臣名马,邑宰卓异,成生入庠,皆题后背染之法,然调笑不小矣。蔡君谟贤者,乃以贡茶邀宠,何况其余?柏村诗云:汉家十二羽林郎,虫达封侯功第一。(冯镇峦评)

韩氏城南,贾相秋壑,之二物本好斗。促织敌鸡,实所创闻。抚公进此,岂平章军国重事耶?(何守奇评)

(王枝忠)

袁枚

袁枚(1716—1798),字子才,号简斋、随园老人,钱塘(今浙江杭州)人。清乾隆四年进士。曾任溧水、沭阳、江宁等地知县。辞官后侨居江宁,筑园林于小仓山,名随园。诗论创"性灵说",主张抒发性情。对儒家"诗教"不满。诗多抒发闲情逸致,又能文。有《小仓山房诗文集》《随园诗话》等。晚年撰《子不语》二十四卷,续编十卷,其中多数记述奇闻逸事。

《子不语》(节选)

捉 鬼[1]

婺[2]源汪启明,迁居上河之进士第[3],其族汪进士波故宅也。

乾隆甲午[4]四月,一日,夜梦魇[5],良久,寤见一鬼逼帷立,高与屋齐。汪素勇,突起搏之。鬼急夺门走,而误触墙,状甚狼狈。汪追及之,抱其腰。忽阴风起,残灯灭,不见鬼面目,但觉手甚冷,腰粗如瓮。欲喊集家人,而声噤不能出。久之,极力大叫,家人齐应,鬼形缩小如婴儿。各持炬来照,则所握者,坏丝棉一团也。窗外,瓦砾乱掷如雨,家人咸怖,劝释之。汪笑曰:"鬼党虚吓人耳,奚能为?倘释之,将助为祟,不如杀一鬼以惩百鬼。"因左手握鬼,右手取家人火炬烧之,腷膊[6]有声,鲜血迸射,臭气不可闻。迨晓,四邻惊集,闻其臭,无不掩鼻者。地上血厚寸许,腥腻如胶,竟不知何鬼也。

王荸亭舍人[7]为作《捉鬼行》,纪其事。

【注释】(1)选自《子不语》卷五。本篇写婺源县汪启明夜里捉鬼杀鬼的故事。 (2)婺(wù)源:在今江西东北部。 (3)第:大住宅,宅第。 (4)乾隆甲午:清乾隆三十九年(1774)。 (5)梦魇(yǎn):梦中惊悸,做噩梦。 (6)腷膊(bì bó):象声词。形容火烧血肉爆裂的声音。 (7)舍人:清代官职。清代内阁中书科设中书舍人(简称舍人),负责承办文书,起草诏令等。

【今译】婺源县的汪启明,迁到上河的进士宅第去居住,这是他中过进士的本家汪波曾住过的老房子。

乾隆三十九年的四月,有一天,汪启明晚上做噩梦,折腾了很久。醒来,看见一个鬼靠近帐子站着,几乎和房子一样高。汪启明一向勇敢,猛地跳起与鬼搏击。鬼急忙找门逃跑,却误碰在墙上,样子十分狼狈。汪启明追上它,双手抱住鬼腰。忽然一阵阴冷的风吹来,将油灯吹灭了,看不清鬼的样子,只觉得双手很冷,鬼的腰粗得像只大瓮。汪启明想叫唤召集家人,却叫不出声音。很久,使劲大叫,家人一齐应声。这时鬼的形体缩小得像个婴儿。家人都拿着火把走来照着看,原来汪启明手里抓住的,是一团烂棉丝。

这时,窗外碎砖烂瓦,像急雨一样乱掷下来,家里人都很害怕,劝汪启明把鬼放了。汪启明笑着说:"鬼的同党虚张声势吓唬人罢了,还能做出什么来呢?假如放了它,就会帮助它作怪,不如杀掉一个鬼,警告其他鬼。"于是左手抓住鬼,右手拿过家里人的火把去烧它。只听得哔哔剥剥的声音,鲜血迸溅,臭气不可闻。

到了天亮,邻居听说了都来看,闻到臭气,没有不把鼻子捂住的。地上的污血有一寸多厚,又腥又腻,像粘胶一样。也不知是什么鬼怪。

中书舍人王荺亭据此写了一篇《捉鬼行》,记载这件事情。

【点评】鬼是可怕的,但在有满身正气的人面前,却怯弱得像一团棉丝。我们可以将鬼作为社会、人生的一种象征:一切邪恶或者困难事情,虽可怕与艰辛,但只要像汪启明那样有正气、有勇气、不畏强暴、不惧艰险,就一定能够战胜它们。此外,对邪恶的东西,绝不能心慈手软,姑息养奸。

本篇渲染夜间闹鬼的气氛,惊险紧张。写汪启明捉鬼、杀鬼的动作、神态、英武的形象栩栩如生。一句"汪笑曰:'鬼党虚吓人耳,奚能为?'"表现汪启明在恶鬼面前的豪壮气概,真是神来之笔。不同动词的连续运用,就像一个个活动的摄影镜头,将故事连接成一段精彩纷呈的惊险片。

纪昀写鬼,并不信有鬼,只是借鬼情写人情;而袁枚写鬼,却实信其有,在一定程度上宣扬了迷信思想,是不可取的。

(郑广智)

卖 蒜 叟(1)

南阳县(2)有杨二相公者,精于拳勇,能以两肩负粮船而起。旗丁(3)数百,以篙刺之,篙所触处,寸寸折裂,以此名重一时。率其徒行教常州,每至演武场传授枪棒,观者如堵。

忽一日,有卖蒜叟龙钟伛偻(4),咳嗽不绝声,旁睨(5)而揶揄之。众大骇,走告杨。杨大怒,招叟至前,以拳打砖墙,陷入尺许,傲之曰:"叟能如是乎!"叟曰:"君能打墙,不能打人。"杨愈怒,骂曰:"老奴能受我打乎?打死勿怨!"叟笑曰:"老人垂死之年,能以一死,成君之名,死亦何怨!"

乃广约众人,写立誓券。令杨养息三日。老人自缚于树,解衣露腹。杨故取势于十步外,奋拳击之。老人寂然无声,但见杨双膝跪地,叩头曰:"晚生(6)知罪了!"拔其拳,已夹入老人腹中,坚不可出。哀求良久,老人鼓腹纵之,已跌出一石桥外矣!老人徐徐负蒜而归,卒不肯告人姓氏。

【注释】(1)选自《子不语》卷十四。写一位身怀绝技的卖蒜老人惩戒武师杨二相公的故事。 (2)南阳县:在今河南。 (3)旗丁:清代南方的粮食多经大运河运往北方。粮船每十个船工为一旗,船工称旗丁。 (4)龙钟:行动不灵活。伛偻(yǔ lǚ):驼背。 (5)睨(nì):斜视。 (6)晚生:旧时后辈对前辈谦称自己为晚生。

【今译】南阳县有个杨二相公,精通拳术,能够用双肩把粮船背起来。几百名运粮船工用竹篙戳他,结果竹篙接触到他的身体后,都一寸寸地折断。因此,杨二相公一时名声大震。他率领徒弟,到常州教人武术。每逢到演武场传授枪棒武艺的时候,看的人围得像一堵墙。有一天,有个卖蒜的老人,老态龙钟,腰弯背驼,不停地咳嗽,在旁边看演武,很不以为然地嘲笑杨二。众人很惊慌,连忙跑去告诉杨二。杨二十分恼怒,把老人叫到跟前,用拳击砖

墙,陷进去一尺多,傲慢地问道:"老头子,你能这样吗?"老人说:"你只能打墙,不能打人。"杨二更加恼怒,骂道:"老奴才,你能受我打吗?打死了别埋怨!"老人笑着说:"我老头已到了快死的岁数,能够用一死来成全你的英名,死了也还有什么可埋怨的呢?"

于是杨二邀请了许多人作证,写下誓约。让杨二休养三天后,老人把自己绑在树上,解开上衣,露出肚子。杨二在十步以外取势,迅速冲上来,挥拳猛击老人。老人一声不响,只见杨二双膝跪在地上,磕着头说:"晚辈知道错了。"想把拳头拔出来,却已经夹进老人的腹部,结实得拔不出来。杨二哀求了很久,老人才鼓起肚子,放开他的拳头。看时,杨二已跌出一座石桥以外了。老人慢慢地背着蒜回去,始终不肯告诉人们他的姓名。

【点评】这篇不满三百字的小说,内容与宋代文学家欧阳修的《卖油翁》相似。情节虽简单,却极具戏剧性。其中人物,杨二相公精于拳勇,肩能负船,以一当百,名重一时,每演武观者如堵,何等的神气与威风;卖蒜叟老态龙钟,腰弯背驼,咳嗽不绝,默默无闻,何等的委琐与渺小。但就是这个不起眼的卖蒜老头,竟敢瞧不起被众人奉若神灵的名武师,怎不激起武师的雷霆之怒?如若结局是武师举手投足便将卖蒜老头打得屁滚尿流,虽符合常情,但故事也就没"戏"了。然而结果却像相声演员最后抖出的"包袱",杨二武师奋拳向卖蒜叟击去,自己却双膝跪地,哀求讨饶,大出人们的预料。鲜明的人物形象对比,强烈的情节反差,形成了显著的戏剧效果。欲抑先扬、欲扬先抑的笔法,运用贴切、传神的动词描摹人物形象,显示出作者"去雕饰,近自然"的文字功夫。

俗话说:山外有山,天外有天。人不可以貌相,恃能逞强必自取其辱。这也是这篇小故事给人的启示吧!

(郑广智)

三 姑 娘⁽¹⁾

钱侍御⁽²⁾琦巡视南城,有梁守备⁽³⁾年老,能超距腾空,所擒获大盗以百计。公奇之,问以平素擒贼立功事状,梁跪而言曰:"擒盗未足奇也。某至今心悸且叹绝者,擒妓女三姑娘耳!请为公言之:雍正三年(4)某月日,九门提督(5)某召我入,面谕曰:'汝知金鱼胡同有妓三姑娘,势力绝大乎?'曰:'知。''汝能擒以来乎?'曰:'能。''需役若干?'曰:'三十。'提督与如数,曰:'不擒来,抬棺见我。'"

三姑娘者,深堂广厦,不易篡取者也。梁命三十人环门外伏,已缘墙而上。时已暮,秋暑小凉,高篷荫屋。梁伏篷上伺之。漏初下,见二女鬟从屋西持朱灯,引一少年入,跪东窗低语曰:"郎君至矣。"少年中堂坐良久,上茶者三。四女鬟持朱灯拥丽人出,交拜昵语,肤色目光如明珠射人,不可逼视。少顷,两席横陈,六女鬟行酒,奇服炫妆,纷趋左右。三爵后,绕梁(6)之音与笙箫间作。女目少年曰:"郎倦乎?"引身起,牵其裙,从东窗入。满堂灯烛尽灭,惟楼西风竿上纱灯双红。

梁窃意此是探虎穴时也,自篷下,足蹋寝户入。女惊起,赤体跃床下,趋前抱梁腰,低声辟呬(7)曰:"何衙门使来?"曰:"九门提督。"女曰:"孽矣!安有提督拘人而能免者乎?虽然,裸妇女见贵人,非礼也,请着衣一,谢明珠四双。"梁许之,掷与一裩、一裙、一衫、一领袄。女开箱取明珠四双,掷某手中。

女衣毕,乃从容问:"公带若干人来?"曰:"三十。"曰:"在何处?"曰:"环门伏。"曰:"速呼之进。夜深矣,为妾故累,若饥渴,妾心不安!"顾左右治具(8),诸婢烹羊炮兔,咄嗟(9)立办。三十人席地大嚼,欢声如雷。梁私念床中客未获,将往揭帐,女摇手曰:"公胡然?彼某大臣公子也,国体攸关,且非其罪。妾已教从地道出矣。提督讯时,必不怒公。如怒公,妾愿一身当之。"

天黎明,女坐红帷车,与梁偕行。离公署未半里,提督飞马朱书谕梁曰:"本衙门所拿三姑娘,访闻不确,作速释放,毋累良民,致干重谴!"梁惕息(10)下车,持珠还女,女笑而不受。前婢十二人骑马来迎,拥护驰去。

明日侦之,室已空矣。

【注释】(1)选自《子不语》卷二十一。写一位姓梁的守备官奉命擒获随即释放京城名妓三姑娘的经过,表现了三姑娘的过人胆略。 (2)侍御:侍御史。清代负责监督察访的官员。也叫监察御史。 (3)守备:又称营守备。清代的绿营统兵官。 (4)雍正三年:1725年。 (5)九门提督:提督是清代"提督军务总兵官"的简称。九门提督是清代步军统领的别称,掌管京师九个城门的内外的守卫巡警,由满族大臣兼任,权力很大。 (6)绕梁:《列子·汤问》载,从前有个叫韩娥的女子到齐国去,干粮吃光了。路过雍门时,就唱歌换饭吃。她离开之后,歌的余音在梁栋上萦绕,三日不绝。后来人们就用"绕梁"或"余音绕梁"形容歌声极其优美动人,仿佛久久在耳边回荡。 (7)辟咡(bì èr):交谈时侧着头,避免口气触着对方,以示尊敬。 (8)治具:准备酒菜食品。 (9)咄嗟(duō jiē):一呼一诺之间,即一霎时,顷刻。 (10)惕息:恐惧,不敢出声。

【今译】监察御史钱琦巡视京师南城时,有个姓梁的守备,年纪虽老,却还能跳越腾空,所擒获的大盗数以百计。钱御史对此感到惊奇,向他询问平时抓贼立功的情况。梁守备跪下回话:"抓盗贼并不稀奇。我至今还为之感到心里害怕而又赞叹叫绝的,是去抓妓女三姑娘的经历。让我给您说说吧!雍正三年的某月某日,九门提督某大人命我前去,当面吩咐说:'你知道金鱼胡同有妓女三姑娘,势力非常大吗?'我说:'知道。''你能把她抓来吗?''能。''需要带多少兵?''三十人。'提督按要求数目拨了人,说:'抓不来人,你抬棺材来见我!'"

三姑娘住在深宅大院里,不容易擒获。梁守备命令三十人在大门外包围埋伏,自己爬墙进去。这时天已黄昏,初秋暑气渐消,微微有些凉意。院内搭着高高的席篷,遮住屋檐。梁守备趴在席篷上等候。初更时分,有两个婢女提着红灯,从房西边带一个青年人进来。婢女跪在东窗下面,低声说:"公子来了。"青年人在厅里坐了很久,茶也换过几次。有四个婢女提着红灯笼,簇拥着一个美女出来,与青年人行礼,亲昵地说话。这美女皮肤和眼睛像明珠似的光艳照人,使人不敢靠近去看。一会儿,两席酒菜摆好,六个婢女轮流斟酒把盏,都穿着艳丽的服装,左右奔走侍候。喝三杯酒后,美妙动人的歌声和笙箫的乐声,此起彼伏。美女看着青年人说:"公子疲倦了吧?"站起来,拉着青年人的衣裳,走进东屋去了。大厅上的灯烛都熄灭了,只有楼西的竹竿上,还悬挂着两只红纱灯笼。

梁守备心想,这正是深入虎穴的时候。他从席篷上下来,脚踏着寝室窗户跳进去。那美人惊觉起身,光着身子跳下床来,上前抱着梁守备的腰。恭敬地低声问道:"是哪个衙门派来的?"梁守备说:"九门提督!"美女说:"坏事了!哪有提督抓人能够避免的呢?虽然这样,裸体妇女去见达官贵人,是失礼的,请让我穿衣服,每穿一件送你一双明珠。"梁守备允许了,丢给她一条裤子,一条裙子,一件上衣,一件夹袄。美女打开箱子,拿出四双明珠,丢到梁守备手中。

美女穿好衣服,就态度从容地问:"您带了多少人来?"梁守备说:"三十人。""在哪里?""包围埋伏在大门外。"美女说:"赶快叫进来。夜深了,因为我的缘故,拖累他们又饥又渴,我心中不安。"回头吩咐左右准备酒饭。婢女们煮羊烧兔,很快就把酒席摆好了。三十个人就在地上大吃,高兴地吆喝着。梁守备心里想着床上那位客人还没有抓住,想过去揭开帐子。美女摆手说:"您不要乱来。他是某大臣的公子,与国家体面有关,而且他也没有罪。我已经叫他从地道出去了。提督审问时,一定不会责怪您。如果责怪您,我愿意一个人承担责任。"

天色黎明,美女坐在红布幔围着的马车上,和梁守备一起前往。离提督衙门不到半里路时,提督派人飞马,拿着朱笔手谕,命令梁守备说:"本衙门所捉拿的三姑娘,侦察得不准确,立即释放,不要连累了良民,以致招来重重的指责!"梁守备惊惧得不敢出声,跳下马车,把明珠退还美女。美女笑着,并不接受。先前那十二个婢女骑着马来迎接,围护车子回去了。

第二天去探查那所院落,房屋已空,没有人住了。

【点评】三姑娘,一个风尘女子,漂亮美艳,本来应当是弱不禁风,楚楚可怜的样子,但胆气谋略却不让须眉。巡捕骤然进室,她并不惊慌失措,而是有礼貌地询问,从容不迫地穿衣、应酬,坦然承担责任,保护大臣公子;黎明与巡捕一起前往衙门,毫无惧色;相比之下,能跳越腾空的京师名捕,在她面前,却惕息恐惧,英雄气短。——这是写其胆气。趋前抱住梁守备的腰,使

其不能擒大臣公子;以明珠换衣,治酒席款待巡捕,既缓和了与巡捕之间的紧张气氛,又赢得了背后打点、疏通关节的时间;梁守备要捕嫖客,她谎说已从地道放走;提督命令释放她后,当即转移。——这是写其谋略。小说通过惊险的情节,一系列短促恰切的对话和准确、精彩的行动描写,塑造了一个既明艳照人,又有勇有谋的京师名妓形象。

当然,三姑娘的逢危不惧,自有她的背景。九门提督先要捕,转瞬又释放,反映了她虽低贱为妓女,却能左右王公大臣,从而曲折地反映了封建官僚狎妓淫佚的糜烂生活和官场的黑暗腐败。至于作者对三姑娘的倾心描绘,并津津乐道以自娱,正是封建文人绅士崇尚风流作风的反映。

(郑广智)

纪昀

纪昀(1724—1805),字晓岚,一字春帆,晚号石云,直隶献县(今河北献县)人。清乾隆十九年进士。历任编修、知府、左都御史、礼部尚书、兵部尚书、协办大学士等职。谥文达。曾任《四库全书》总编纂官,撰《四库全书总目提要》。纪昀胸怀坦荡,性好滑稽,又博学多识,能诗能骈。有《纪文达公遗集》。晚年著《阅微草堂笔记》二十四卷,谈狐志怪、说鬼述异,文笔淡雅,尚质黜华,继承了六朝志怪小说的传统并有新意。

《阅微草堂笔记》(节选)

冥间隐者[1]

戴东原[2]言：明季有宋某者，卜葬地，至歙县[3]深山中。日薄暮，风雨欲来，见岩下有洞，投之暂避。闻洞内人语曰："此中有鬼，君勿入。"问："汝何以入？"曰："身即鬼也。"宋请一见。曰："与君相见，则阴阳气战，君必寒热小不安。不如君爇[4]火自卫，遥作隔座谈也。"宋问："君必有墓，何以居此？"曰："吾神宗[5]时为县令，恶仕宦者货利相攘[6]，进取相轧，乃弃职归田。殁而祈于阎罗，勿轮回[7]人世。遂以来生禄秩[8]，改注阴官。不虞幽冥之中，相攘相轧，亦复如此，又弃职归墓。墓居群鬼之间，往来嚣杂，不胜其烦，不得已，避居于此。虽凄风苦雨，萧索难堪，较诸宦海风波，世途机阱[9]，则如生忉利天[10]矣。寂历空山，都忘甲子[11]。与鬼相隔者，更不知几年。自喜解脱万缘[12]，冥心造化[13]，不意又通人迹，明朝当即移居。武陵渔人[14]，勿再访桃花源也。"语讫，不复酬对。问其姓名，亦不答。宋携有笔砚，因濡墨大书"鬼隐"二字于洞口而归。

【注释】(1)本篇选自《阅微草堂笔记》卷六《滦阳消夏录》之六。《滦阳消夏录》是纪昀在乾隆五十四年(1789)于热河督视编排皇家秘籍时所作。本篇假托明代人物、幽冥故事，指斥官场的黑暗与丑恶。标题是译注者拟的（下二篇同）。 (2)戴东原：即戴震(1723—1777)，清代思想家，东原是他的字。作者在记叙笔记时,往往借当时人物引述,以增强故事的真实可信性。下文的郭石洲、戈芥舟、李露园、张墨谷等同此。　(3)歙(shè)县:地名,在安徽东南部。　(4)爇(ruò):点燃。　(5)神宗:明代皇帝朱翊钧,年号万历(1573—1619)。　(6)货利相攘(rǎng):争权夺利。货,收买,贿赂。攘,窃夺。　(7)轮回:佛教用语,梵文 Samsara 的意译。意谓如车轮回旋不停,众生在三界(欲界、色界、无色界)六道(地狱、饿鬼、畜生、阿修罗、人、天)的生死世界循环不已。　(8)禄秩:古代官吏的俸禄。　(9)机阱(jǐng):装有机关的捕兽陷坑。　(10)忉(dāo)利天:佛教用语,梵文 Trayastrimsa 的音译。意译为"三十三天",是帝释住的地方。引申为天堂。　(11)甲子:甲居十干首位,子居十二支首位。古人用干支相配以纪日,后为主要用以纪年,统称甲子。这里是以甲子代称岁月。　(12)缘:因缘。佛教指事物生起与坏灭的条件。　(13)造化:指天地、自然界。　(14)武陵渔人:语出晋人陶渊明《桃花源记》。说是武陵(今湖南常德)有位渔人误入桃花源,发现了秦代避难人组成的一个与世隔绝的社会。他出来后,再去寻找,却找不到了。

【今译】戴东原讲了这样一个故事:明朝末年,有个姓宋的人,至安徽歙县的深山选择墓地。黄昏,风雨将要袭来,他见山岩下有个洞,便钻进去暂避。听到洞里有人说道:"这里有鬼,您不要进来。"宋某问道:"你怎么进去了?"答道:"我就是鬼呀!"宋某要求见他,鬼说:"与您相见,您的阳气和我的阴气便会相斗,您定会忽冷忽热的不舒服。不如您点燃一堆火来自卫,咱们远远地隔开座位交谈吧。"宋某问他:"您必定有墓地的,为什么却住在这里?"答道:"我在神宗时做知县,厌恶官宦们互相争名夺利,为求升官而互相倾轧的行为,就弃官返乡了。我死后向阎罗王请求,不要再将我转生到人间。于是阎罗王便按我来世应享的官职和俸禄,改任我为阴间的官。没想到阴间的相互争夺倾轧,也和人间一样。于是我又辞退官职回到墓里。我的坟墓夹在许多鬼魂的墓穴之间,他们往来嘈杂,弄得我不胜其烦,不得已避居在这里。这里虽然凄风苦雨,萧条冷落得让人难以忍受,但是与官场风波,人世间的机关陷阱相比,在这里就像生活在天堂里一样了。寂寞地在这空山里度日,连岁月都忘了。和群鬼相隔绝,已不知有多少年。自己庆幸又解脱了种种因缘的烦恼,潜心于自然之中。不料又接触了人的踪迹,明天应

当立刻迁居。您也不要学那武陵渔人,再访桃花源了。"说完,不再对答。宋某问他的姓名,也不回答。宋某带有笔砚,于是蘸墨在洞口写了两个大字:"鬼隐",便回家了。

【点评】本篇以寓言的形式,借古讽今,借"鬼"讽人,寥寥数百字,用简约的笔法,强烈的对比,写尽了封建官场的黑暗与倾轧。人间也好,地狱也好,都是那么丑恶和可怕,而寂寥冷落的荒山野洞,较诸官场却胜似天堂。这里寄托了叙述者许多悲愤与感慨。本篇是《阅微草堂笔记》谈神说鬼中具有"借鬼情写人情,以阴间写人间"特色的代表篇章之一。

写鬼,却无鬼气,人鬼对答,语气平实,读之如坐其间。

(郑广智)

李生遗恨(1)

太白(2)诗曰:"徘徊映歌扇,似月云中见;相见不相亲,不如不相见。"此为冶游(3)言也。人家夫妇有暌离(4)阻隔,而日日相见者,则不知是何因果矣。

郭石洲言:中州(5)有李生者,娶妇旬余而母病,夫妇更番守侍,衣不解结者七八月。母殁后,谨守礼法,三载不内宿。后贫甚,同依外家(6)。外家亦仅仅温饱,屋宇无多,扫一室留居。未匝月,外姑(7)之弟远就馆(8),送母来依姊。无室可容,乃以母与女共一室,而李生别榻书斋,仅早晚同案食耳。

阅二载,李生入京规(9)进取,外舅(10)亦携家就幕(11)江西。后得信,云妇已卒。李生意气懊丧,益落拓不自存,仍附舟南下觅外舅。外舅已别易主人,随往他所。无栖托,姑卖字糊口。一日,市中遇雄伟丈夫,取视其字曰:"君书大好,能一岁三四十金,为人书记(12)乎?"李生喜出望外,即同登舟,烟水渺茫,不知何处。至家,供张(13)亦甚盛,及观所属笔札,则绿林豪客(14)也。无可如何,姑且依止。虑有后患,因诡易里籍(15)姓名。

主人性豪侈,声伎满前,不甚避客。每张乐(16),必召李生。偶见一姬,酷肖其妇,疑为鬼。姬亦时时目李生,似曾相识,然彼此不敢通一语。盖其外舅江行,适为此盗所劫,见妇有姿首(17),并掠以去,外舅以为大辱,急市薄榇(18),诡言女中伤死,伪为哭敛,载以归。妇惮死失身,已充盗后房(19),故于是相遇。然李生信妇已死,妇又不知李生改姓名,疑为貌似,故两相失。大抵三五日必一见,惯见亦不复相目矣。

如是六七年。一日,主人呼李生曰:"吾事且败,君文士,不必与此难。此黄金五十两,君可怀之,藏某处丛荻间,候兵退,速觅渔舟返。此地人皆识君,不虑其不相送也。"语讫,挥手使急去伏匿。未几,闻哄然格斗声。既而闻传呼曰:"盗已全队扬帆去,且籍(20)其金帛妇女。"时已曛(21)黑,火光中窥见诸乐妓皆披发肉袒(22),反接(23)系颈,以鞭杖驱之行,此姬亦在内,惊怖战慄,使人心恻。明日,岛上无一人,痴立水次(24)。久之,忽一人棹小舟呼曰:"某先生耶?大王故无恙,且送先生返。"行一日夜,至岸。惧遭物色(25),乃怀金北归。

至则外舅已先返,生至家,货所携,渐丰裕。念夫妇至相爱,而结缡(26)十载,始终无一月共枕席。今物力稍充,不忍终以薄榇葬,拟易佳木,且欲一睹其遗骨,亦凤昔之情。外舅力沮(27),不能止,词穷吐实。急兼程至豫章(28),冀合乐昌之镜(29)。则所俘乐妓,分赏已久,不知流落何所矣。每回忆六七年中,咫尺千里,辄(30)惘然如失。又回忆被俘时,缧绁(31)鞭笞之状,不知以后何如,从此不娶,闻后竟为僧。

戈芥舟前辈曰:"此事竟可作传奇,惜末无结束,与《桃花扇》(32)相等。虽曲终不见,江上峰青(33),绵邈(34)含情,正在烟波不尽,究未免增人惆怅(35)耳。

【注释】(1)选自《阅微草堂笔记》卷十五《姑妄听之》之一。乾隆五十八

年作。叙述书生李某娶妻、别妻、遇妻、失妻的悲痛曲折的经历。 (2)太白:唐代大诗人李白,字太白。 (3)冶游:旧时指嫖妓。 (4)暌(kuí)离:阔别。暌,违背,分离。 (5)中州:今河南。 (6)外家:岳父母家。 (7)外姑:岳母。 (8)就馆:到书塾任教。 (9)规:规划,谋求。 (10)外舅:岳父。 (11)就幕:到地方衙门里当幕僚。 (12)书记:旧时在官府主管文书工作的人员。 (13)供张:陈设布置。 (14)绿林豪客:对群盗股匪的雅称。 (15)里籍:籍贯。 (16)张乐:奏乐。 (17)姿首:美丽的容貌。 (18)槥(huì):小而薄的棺材。 (19)后房:代指姬妾。 (20)籍:登记。 (21)曛(xūn):昏暗。 (22)袒:脱衣露体。 (23)反接:手绑在背后。 (24)水次:水边。 (25)物色:形貌。这里指按照形貌查缉。 (26)结缡(lí):代指成婚。缡,古代女子出嫁时用的佩巾。 (27)沮:阻止。 (28)豫章:江西南昌的别称。 (29)乐昌之镜:唐孟棨(qǐ)《本事诗》记载:南朝陈将亡时,驸马徐德言预料妻子乐昌公主将被抢走,于是将一枚铜镜打破,与妻子各执一半,约定作为他日重见时的凭证。陈亡,乐昌公主为隋杨素占有。后徐德言至京城,遇人卖镜,取与己藏之半相合,感而题诗。公主见诗悲泣。杨素知道后,遂使公主与德言团圆。后世便以破镜重圆比喻夫妇失散或离婚后重又团聚。 (30)辄:就、便。 (31)缧绁(léi xiè):拘系犯人的绳子。这里指捆绑。 (32)《桃花扇》:传奇剧本。清孔尚任作。剧中男女主人公被安排以入山修道作结,以后的事就不叙述了。所以,这里说它"无结束"。 (33)曲终不见,江上峰青:语出唐诗人钱起《省试湘灵鼓瑟》诗:"曲终人不见,江上数峰青。" (34)绵邈:遥远。 (35)惆怅:失意的样子。

【今译】李白有诗句说:"徘徊映歌扇,似月云中见;相见不相亲,不如不相见。"这是为歌楼狎妓的人写的。平民百姓夫妻有长期分离而又天天见面的,就不知道是什么因果报应造成的了。

郭石洲讲了这样一个故事:河南有个姓李的书生,娶亲十几天,母亲就病倒了。夫妇俩轮番守候侍奉,七八个月衣不解带;母亲去世后,李生谨守礼法,三年不到卧室与妻子同房。后来,他们变得十分贫困,便投靠到岳父家。岳父家也仅仅能过温饱日子,房子不多,便打扫一间居室留他们住下。不到一个月,岳母的弟弟要到远地教书,把他母亲送来依靠姊姊。岳父家已经没有空房可以让她住了,于是只好让她和女儿同住一室,而李生则另在书房设床铺,夫妇俩只是早晚一起同桌吃饭罢了。

过了两年,李生进京谋划出路,以图有所作为,岳父也带全家到江西做幕僚。后来李生接到信,说是妻子死了。他心情烦闷悲痛,更加穷困潦倒,无法维持生活,便搭船南下找岳父。岳父这时已换了主人,随新主人到别地去了。李生没了依靠,便暂时卖字维持生活。一天,在集市上遇到一位身材魁伟的男子,那人拿起他写的字看了看说:"先生写得很好,能不能以一年三四十两银子的报酬,为人家做文书呢?"李生喜出望外,即与那人一同上船,路上烟波渺茫,也不知到了什么地方。到那人家里,室内陈设布置都很华丽。及至看到他所往来的书信,才知道这人原来个强盗。李生无可奈何,只好在这里暂且栖身。恐怕有后患,因此假报了籍贯和姓名。

主人性爱豪华奢侈,座前有许多歌妓,也不大回避客人。每逢演奏舞乐,必把李生叫来观赏。李生偶见主人的一个姬妾,极像自己的妻子,怀疑是鬼。那姬妾也常常注视李生,好像曾经认识。但彼此都不敢交谈一句。原来,当初李生的岳父坐船沿江行驶,恰巧被这强盗劫持,强盗见李生妻子貌美,便一同抢了去。岳父认为这是很大的耻辱,急忙买一口薄板棺材,诈称女儿遇盗时受伤而死,假作哭丧殡殓,载着棺材回家。当时李生的妻子因怕死已委身做了强盗的妾了,所以在这里与李生相遇。但李生相信妻子已死,妻子又不知李生改换了姓名,怀疑只是容貌相似,所以两人错过了相认的机会。他俩大约三五天能见一次,见惯了也就不再互相注视了。

这样过了六七年。一天,主人把李生叫去,说:"我的事将要失败,先生是文人,不必和我一起蒙受这灾难。这五十两黄金,你可以带上它,藏在某处芦苇丛里。等官兵退了,赶快找条渔船回家里。这里的人都认识你,不用担心他们不送。"说完,挥手叫李生赶快伏地藏匿起来。不久,李生听到喧闹的格斗声。随后听见有人大声说:"强盗已全队驾船扬帆逃跑了,暂且登记这里的财物和妇女。"这时已是黄昏,李生从火光中窥见歌妓都披头散发,衣衫不整地露出身体,反绑双手拴住脖子,被人用鞭子棍棒赶着走,那个姬妾也在里边。她惊惧颤抖,让人十分同情。第二天岛上已经空无人迹,李生痴痴地站在水边。过了很久,忽然有个人划着小船喊道:"你是某先生吗?大王依然平安无事,现在且送先生回家。"船走了一天一夜,到岸。李生怕遭到

缉查,便带着金子回到北方老家。

到家后岳父已先回来了。李生仍住在他家,将所带的黄金卖掉,家境渐渐富裕了。他想到过去夫妇十分恩爱,但是结婚十年,算来同房共枕的日子还不足一月。现在财物稍多,不忍心还是用薄木棺材葬妻子,打算换一副好的棺材,并且想见她的遗骨,也是往日的情义。岳父极力劝阻无效,无话可说了,只得吐露实情。李生听后,急忙日夜兼程赶往南昌,希望能与妻子破镜重圆。到了南昌,才知道所俘的歌妓早已分别赏赐给别人,不知道妻子流落到什么地方去了。

李生每逢回忆这六七年里的事,和妻子近在咫尺却犹如相隔千里,便怅惘得像失了魂似的。他又回忆起妻子被俘时,受捆绑鞭打的情形,不知她后来受到的摧残折磨更会怎样,李生从此不再续娶。听说后来竟出家当了和尚。

戈芥舟前辈说:"这事简直可以写成传奇剧本,可惜没有结尾,和《桃花扇》相同。虽说是'曲终人不见,江上数峰青',含情悠远,恰在那烟霭水波不尽之处,但终究不免让人增添惆怅罢了。"

【点评】《阅微草堂笔记》中的小说,大多情节简单且篇幅短小,重说理不重描绘。这篇却将情节铺叙得跌宕起伏,曲折离奇,是比较独特的。故事虽然时间跨度较大,情节曲折回环,作者却以简练的文字,平缓的语气,渐次叙述,无矫饰,无赘语,头绪清晰,层次分明。一派大手笔的风范。

故事一写情节的"曲":李生新婚便遭母病,丧母又加家贫;进京谋事家中却遭变故;卖字为生巧转运,谁知又进贼窝;回家方知妻未死,寻妻又不遇。波折连转,劫难迭起。二写"奇":妻随父旅行遭劫,父假言女已死并伪葬,奇;卖字遇雄伟丈夫,到家知是绿林客,又奇;李生与其妻在强盗住地六七载而对面不相识,更奇。正是无奇不成书。情节虽奇,却仍在情理之中。三写李生的"情":结婚后相敬如宾;闻妻死则意气懊丧;知妻虽未死却不知流落何处则失魂,痛心断肠;不再续娶,后竟遁入空门。写出了李生对妻子的一往情深。四写李生的"恨":娶妻很少同居,恨生活的艰辛窘迫;闻妻暴死途中,恨夫妻的有情却不能长相厮守;而相对六七年,又因故未能相认,知道实情已无可挽回,恨命运的乖舛捉弄;想起妻子被捆绑鞭驱,不知流落何方,便是恨彻心腑。恨恨相因,遗恨绵绵。

作者以回忆写李生的伤痛欲绝的心理,寥寥数语,却感人至深。

(郑广智)

角妓行侠(1)

张太守墨谷言:景、德(2)间有富室,恒积谷而不积金,防盗劫也。康熙、雍正间,岁频歉,米价昂贵。闭廪不肯粜升合(3),冀米价再增。乡人病之,而无如之何。有角妓号玉面狐者曰:"是易与,第(4)备钱以待可耳。"乃自诣其家曰:"我为鸨母钱树子(5),鸨母顾(6)常虐我,昨与勃豀(7),约我以千金自赎。我亦厌倦风尘(8),愿得一忠厚长者托终身,念无如公者。公能捐千金,则终身执巾栉(9)。闻公不喜积金,即钱二千贯(10)亦足抵。昨有木商闻此事,已回天津取资。计其到,当在半月外。我不愿随此庸奴。公能于十日内先定,则受德多矣。"张故惑此妓,闻之惊喜,急出谷贱售。廪已开,买者纷(11)至,不能复闭,遂空其所积,米价大平。谷尽之日,妓遣谢富室曰:"鸨母养我久,一时负气相诟,致有是议。今悔过挽留,义不可负心。所言姑俟诸异日。"富室原与私约,无媒无证,无一钱聘定,竟无如何也。

此事李露园亦言之,当非虚谬。闻此妓年甫十六七,遽(12)能办此,亦女侠哉!

【注释】(1)选自《阅微草堂笔记》卷十八《姑妄听之》之四。写一位名叫玉面狐的艺妓在乡民缺粮无法度日而富家却囤粮不卖的情况下,挺身而出,以卖身诱使富户开仓卖粮缓解民饥的故事。角妓:古时称艺妓为角妓。(2)景、德:景州(今河北景县)、德州(今山东德州市)。 (3)粜(tiào):卖粮食。升合:容量单位,一升为十合。 (4)第:只,只管。 (5)鸨(bǎo)母:妓女的养母。钱树子:摇钱树。 (6)顾:反而,却。 (7)勃豀(xī):家庭中的争吵。 (8)风尘:这里指妓女生活。 (9)巾栉(zhì):手巾和梳篦。执巾

枻意谓做妾伺侯丈夫。　（10）贯：旧时用绳索穿钱，铜钱每一千文为一贯。（11）纷：多。　（12）遽(jù)：匆忙，立即。

【今译】张墨谷太守讲了这样一个故事：在景州、德州之间有一个富户，总是积聚粮食而不积蓄金银，为的是防备抢劫。康熙、雍正年间，连年歉收，米价高涨。富户却紧闭粮仓，不愿卖一升一合，希望粮价再涨。当地人怨恨他这样做，但又不能把他怎么样。有一位叫玉面狐的艺妓对乡民说："这事容易办，你们只管准备钱等着就行了。"于是她亲自到富户家，对富翁说："我是鸨母的摇钱树，鸨母反而常常虐待我。昨天我和她争吵，她约定同意我拿一千两银子自己赎身。我也厌倦了烟花生涯，愿寻一位忠厚长者托付终身，考虑到没有谁比老爷您更合适的了。您能舍得拿出一千两银子，那么我就终生侍奉您。听说老爷不喜积蓄银两，那么只要二千贯钱也足抵那个数了。昨天有个木材商人听到这事，已返回天津取钱。预计他回来，要在半个月以后。我不愿意跟随那个庸俗家伙。如果您能在十天内先把这事定下来，那么我就领受您的大恩大德了。"姓张的富翁早就迷上了这妓女，听后又惊又喜，急忙拿出粮食低价出售。粮仓一经打开，买粮的人一哄而上，粮仓不能再关闭，于是存粮被买一空，市上粮价大平。当富户的存粮卖尽那天，艺妓派人向富户道歉说："鸨母养育我多年，只因一时负气相骂，才有要我自行赎身的约定。现在她后悔过错挽留我，从道义上说我不可以负心。托付终身的事日后再说吧。"富户原是与艺妓私下的约定，没有媒人，没有证据，又没有下过一文的聘礼，富户竟无法奈何她。

这件事，李露园也曾讲过，应当不会假的。听说这个艺妓才十六七岁，就能当即做出这样的事，也算是个女侠了！

【点评】麦谷歉收，发生饥荒，乡绅富户囤粮抬价，借机发财，哪管民众死活。而地位低贱的风尘艺妓，却有一副侠肝义胆，解救饥馁的乡民。一边是富豪，心理卑污；一边是贱妓，行事高尚；两相对照，何等鲜明。故事的结果，富翁被愚弄，灾民得救，实在让人痛快！

小说写艺妓的"行侠"，既表现了她的"义"：挺身而出，宁愿牺牲自己，也要为灾民解难。又表现了她的"勇"：面对富翁，谈吐自如，沉着机敏，毫无怯色。还表现了她的"智":先谎说与鸨母不睦,以色相诱;又为富翁假设了竞争者木商,促其早决;而仓已开,粮已卖,又派人道歉,让富翁淫心不能得逞,更显出角妓的智慧与机巧。

作者用简练的语言叙事,对人物无一字褒贬,而富翁的贪婪淫邪,角妓的侠义机勇,却表现得很鲜明。结局让富户人粮两空,又拿角妓无可奈何,让读者忍俊不禁,取得了极强的幽默效果。幽默是纪昀笔记小说的重要特色之一,也是他本人性好滑稽的写照。

(郑广智)

西周生

关于"西周生",至今尚未确考其真实姓名。胡适曾"断定《醒世姻缘传》的作者必是蒲松龄"(《醒世姻缘传》考证);孙楷第在《中国通俗小说书目》中也曾以为:"书为留仙(蒲松龄字——引者)作说,比较可信";路大荒则在《聊斋全集中的〈醒世姻缘〉与〈鼓词集〉的作者问题》附《蒲松龄年谱》;亦有人提出此书为明人所写,约成书于明崇祯末年;据日本享保十三年(雍正六年,公元1728年)《舶载书目》已载此书,虑及传入日本著录所需时间,则作者当为明清之际人。虽不能完全排除是蒲氏所作,但证据亦不足以证之。

《醒世姻缘传》(节选)

悍妻逞毒害双亲[1]

狄希陈一日在房檐底下,看见调羹[2]揉的眼红红的,从那里走来。狄希陈道:"刘姐,你又怎么来?你凡事都只看爹娘合我的面上,那风老婆,你理他做甚?往时还有巧妹妹在家,如今单只仗赖你照管我娘,你要冤屈得身上不好,叫我娘倚靠何人?他的不是,我只与刘姐陪礼。"调羹道:"这也是二年多的光景,何尝我与他一般见识?他如今说我估倒[3]东西与狄周媳妇,这个舌头,难道压不死人么?这话听到娘的耳朵,信与不信,都是生气的。"狄希陈道:"咱只不教娘知道便了。"

谁知他二人立在檐下说话,人来人往,那个不曾看见?却有甚么私情?不料素姐正待出来,看见二人站着说话,随即缩住了脚,看他们动静。说了许久,狄周媳妇走来问调羹量米,三个又接合着说了些话。素姐走到跟前,唬的众人都各自走开。素姐发作道:"两个老婆守着一个汉子,也争扯得过来么?没廉耻的忘八淫妇!大白日里没个廉耻!狄周媳妇子,替我即时往外去,再不许进来!这贼淫妇,快着提溜[4]脚子卖了!我眼里着不得[5]沙子的人,您要我的汉子!……"

狄希陈见不是话,撒开脚就往外跑。素姐震天的一声喊道:"你只敢出去!跟我往屋里来!"狄希陈停住脚。唬得脸上没了人色,左顾右盼,谁是他的个救星?只得像猪羊见了屠子,又不敢不

跟他进去。

素姐先将狄希陈的方巾[6]一把揪将下来，扯得粉碎，骂道："我自来不曾见那禽兽也敢戴方巾！你快快的实说！那两个婆娘，那个在先，那个在后？你实说了便罢！你若隐瞒了半个字，合你赌一个你死我生！"

可恨这个狄希陈，你就分辩几句，他便怎么置你死地？他却使那扁担也压不出他屁来，被他拿过一把铁钳，拧得那通身上下就是生了无数烧紫葡萄[7]，哭叫"救人"，令人不忍闻之于耳。

这般声势，怎瞒得住那个狄婆子？狄婆子听得狄希陈号啕叫唤，对狄员外道："陈儿断乎被这恶妇打死，你还不快去救他一救！"狄员外道："一个儿媳妇房内，我怎好去得？待我往他门外叫他出来罢。"

及至狄员外到那里呼唤，狄希陈道："他不分付，我敢出去么？"狄员外道："我又不好进屋里拉你，干疼杀我了！"只得跑去回狄婆子的话。

狄婆子不由的发起躁来，嚷道："我好容易的儿还有第二个不成！你们快抬我往他屋里去！"两个丫头把狄婆子坐了椅轿抬到素姐房中。狄婆子道："你别要打他，你宁可打我罢！"

素姐见婆婆进到房中，一边说："我放着年小力壮的不打，我打你这死不残的！"一边将狄希陈东一钳，西一钳，一下一个紫泡。狄婆子看见，只叫唤了一声："罢了！我儿！"再也没说第二句，直瞪了眼，燥青了嘴唇，呼呼的痰壅[8]上来。

素姐到这其间，还把狄希陈拧了两下。抬轿的丫头飞也似报与狄员外知道。狄员外也顾不得嫌疑，跑进屋去，看了狄婆子这个模样，只是双脚齐跳，说道："好媳妇！好媳妇！可杀了俺一家子了！"煎了姜汤，研了牛黄丸，那牙关紧闭，那里灌得下一些？流水[9]差人往薛家去唤巧姐，刚还未曾进门，狄婆子已即完事。

巧姐拉了素姐撞头，只说："你还我娘的命来！我今日务不与你俱生!"素姐还把巧姐一推一攘的说道:"自有替他偿命的,没我的帐!"他绝没一些慌獐(10)。

薛教授听见素姐拷打丈夫,气死了婆婆,刚对了薛夫人说道:"这个冤孽,可惹下了弥天大罪,这凌迟(11)是脱不过的!只怕还连累娘家不少哩!"往上翻了翻眼,不消(12)一个时辰,赶上亲家婆,都往阴司去了。

【注释】(1)本段选自《醒世姻缘传》第五十九回《孝女于归全四德 悍妻逞毒害双亲》。作品叙述狄希陈之妹即将嫁往薛家,狄母担心儿媳薛素姐寻衅闹事,便打发她回娘家。素姐一旦归来,便肆意凌辱卧病在床的婆婆,又诬陷调羹盗取家财。调羹有苦难诉,眼泪偷弹,敢怒不敢言。
(2)调羹:狄希陈父亲之妾。 (3)佔倒:暗中搬移。 (4)提溜:提起。
(5)着不得:放不得。 (6)方巾:明代的一种头巾。处士及儒生所用。
《三才图会·衣服》:"方巾,此即古所谓角巾也……相传国初服此。"
(7)熟紫葡萄:形容被铁钳拧出的血泡又青又紫,就像熟了的葡萄一般。
(8)壅:堵塞。 (9)流水:原意流动的水。在此比喻接连不断。 (10)慌獐:即"慌张"。 (11)凌迟:古代的一种分割犯人肢体的残酷死刑。
(12)不消:不用,不必,用不了。

【今译】(略)

【点评】狄希陈之妻薛素姐,"目中绝不知有公婆,大放肆,无忌惮",凶悍无伦。本作品紧紧围绕一"悍"字,恣意生发,反复渲染,生动真切地刻画出她蛮横刁顽的个性特征。公公狄员外将灶下婢调羹纳为妾,素姐唯恐调羹日后生下儿子,与她平分家产,故千方百计予以迫害。诬陷调羹"将他婆婆柜内的银钱、首饰都佔倒与了狄周媳妇"。调羹蒙不白之冤,无处申述,伤心痛哭。狄希陈目睹此事,岂能不安慰一二?不料,由此却引出一场厮闹。薛素姐见丈夫与调羹立在檐下说话,已是老大不忿,早已暗中盯梢,又见狄周媳妇也凑来攀谈,更是眼中冒火,难以按捺。她径直"走到跟前","唬的众人都各自走开"。一个"唬"字,活画出悍妇淫威逼人,狰狞可惧之态。众人视

之如瘟神，避之唯恐不及。她自己反讨老大没趣，强压的一肚皮火气便猝然"发作"。无事生非，无理厮闹，总不好看相。她突然抓住"万恶淫为首"的"淫"字，望风扑起影来："两个老婆守着一个汉子"，"大白日没个廉耻"，并声称"再不许"狄周媳妇进来，把调羹"提溜脚卖了"。出言狠毒，声色俱厉，果然是悍妇声口。刁蛮心性、妒妇肚肠、无赖习气、泼皮嘴脸，在其"发作"之初，已一一透出，可谓传神之笔。薛素姐刚刚登场，便作此河东狮子吼，难怪丈夫"撒开腿就往外跑"，而为时已晚。"素姐震天的一声喊"，希陈被"唬得脸上没了人色""左顾右盼"，盼不来个救星，随着素姐"跟我往屋里来"的一声断喝，他"只得像猪羊见了屠子，又不敢不跟他进去"。狄希陈以一昂藏丈夫，在妻子面前竟如此服服帖帖，似鞭下之羔羊，俎上之鱼肉，唯命是从，任凭宰割，卑弱怯懦，安然忍受。这恰说明素姐肆逞凶焰，由来已久，又反衬了素姐之"悍"。既入卧房，则又是一番光景。素姐由动口则发展为动手，先把丈夫头上方巾"一把揪将下来，扯得粉碎"。一"揪"一"扯"，下词生动准确，酷似泼妇举止。继揪扯之后，便是破口大骂、威胁恐吓，话语中透露出腾腾杀气。狄希陈与调羹等人说话，是她亲眼所见，并无暧昧之事，但她偏要审问明白。审得无理，问得刁恶。三寸柔舌，果然能压死须眉丈夫。继而她又挥动铁钳，在狄希陈身上乱拧，致使其遍身起无数紫泡。对自己丈夫，竟然口骂、手揪、钳拧，屡加折磨，施以酷刑，真无异于赃吏之公堂。狄希陈"号啕叫唤"，哀哀呼救，狄员外闻声赶来营救，薛素姐拒不放行，狄希陈不敢挪移半步。身患重病的婆婆令人抬着前来，甘愿代儿受刑，素姐听而不闻，不屑一顾。结果，婆婆气绝身亡，其生父薛教授也惊吓身死，闹得鸡飞狗跳。小姑巧姐前来问罪，她竟"绝没一些慌獐"，心地是何等冷酷残忍。此段文章短短千余字，却先后述及八人。叙次井然，历历如画，使人物形象活脱。调羹忍气吞声、进退维谷之情，狄希陈逆来顺受、惨遭蹂躏之况，狄婆子疼儿情切、焦躁万分之状，狄员外欲救不能、欲罢不忍之态，皆如描如画，惟妙惟肖。人称："古文中叙事，惟叙家常平淡之事最难著笔。"本文将家常琐事摄入笔底，且以迭起波澜，将家常琐细平凡之事活写得有声有色，确乎不易。夫妻间斗口厮闹，世间多有，但像薛素姐如此凶悍、狄希陈那样怯懦的，却又甚为罕见。作品表现家庭细事，采用变型法将生活原型夸大，便具有强烈的讽刺效果。在刻画薛素姐这逞毒肆虐的悍妇形象时，作者巧用层层皴染，先写她师出无名,捉粗捏细,蓄意寻衅。待惊散众人后,她才转而专门对付丈夫。初则动口,继则动手,愈演愈烈,不可收拾。丈夫惨遭毒手,凄厉哀号,别人"不忍闻之于耳",她却不以为意,执意胡行;婆婆身亡,事关人命,非同小可,她却若无其事,不闻不问。悍妇之"悍",无以复加。

(赵兴勤　王福利)

李 绿 园

　　李绿园名海观,字孔堂,绿园是其号,晚年又署碧圃老人。河南省宝丰县人。父李甲,曾为宝丰庠生。子李蘧,乾隆四十年进士,官至江西督粮道。绿园生于康熙四十六年(1707),幼就学,乾隆元年中举,后曾做过知县,晚年随子蘧居于北京。绿园四十二岁始著《歧路灯》,后因宦游中辍,七十一岁时方续成于新安,历时三十载。书成未付梓,只以钞本在河南城乡流传,民国十三年方有"清义堂"石印本出现。绿园所游甚广,对当时的世态风俗深有感触,乃著《歧路灯》寄其慨。除此书外,另有《绿园诗钞》四卷,《绿园文集》不分卷,《拾捃录》十二卷,惜已散佚。今人栾星有《李绿园诗文辑佚》三卷,收入《歧路灯研究资料》一书中。

《歧路灯》(节选)

谭绍闻吞饵得胜筹[1]

不说那管贻安在酒席上妆那膏粱腔儿[2],抖那纨绔架子,跳猴弄丑。这张绳祖早把王紫泥点[3]出门,寻个僻地儿,商量说:"老王,你没看么,姓鲍的那孩子还牢靠些,这姓管的那个屄孩子,是个正经施主儿[4],咱休要当面错过。不如下了手罢。"王紫泥摇头道:"不然。你再看管老九眉眼都是活的,何尝是憨子?只怕下手不成,不如下手了姓鲍哩罢。再不然,把谭家那孩子宰割了,一发不犯扎挣[5]。"张绳祖道:"呸!谭绍闻是个初出学屋的人,脸皮儿薄,那是罩住的鱼,早取早得,晚取晚得。姓鲍的也是个眼孙[6],还不多言语,想是世道上还明白一二分儿。那姓管的一派骄气,正是一块不腥气、不塞牙的'东坡肉'[7]。今日下手,到明日转了主户,万一落到苏邪子、王小川、邓二麻子他们手里,他们就肥吞了,还笑我们上门猪头不曾尝一片耳朵脆骨哩。"王紫泥道:"你独自下手罢,我委实挂牵考试。"张绳祖啐了一口道:"纵然丢了你这个前程,也不可错过这宗。我对你说,古董混帐场中,帮客不可要两个,有了两个帮客,就如妻妾争宠一般,必要坏事;光棍不可只一个,有了两个光棍,暗中此照彼应,万不失了马脚儿。你只管放心,管情明日咱二人有二百两分头。"

二人扣定,依旧又入残酌。管贻安道:"你两个一道巷口住着,想是商量机关要下手我们么?"张绳祖哈哈大笑道:"果然九宅不

错,一猜就猜着了。原是商量请众客今日舍下吃酒,不许一位不到。"鲍旭道:"今早府上像待客光景——"话犹未完,管贻安道:"那就讨扰不成。残茶剩酒,叫狗攮(8)的吃,我不去。"张绳祖道:"岂有此理。不过旋(9)切酱菜,炒豆芽儿,绿豆米汤,爱吃酒的吃一杯儿。何如?"管贻安道:"这我就去了。"

说声去,便起席,刻下就走。刘守斋还留住不放,管贻安昂然直走,说:"可厌!可厌!"仍要从前门走。刘守斋说:"后边有便门,更近些。"一齐起身,西妮也送出后门,管贻安一把拉住道:"你也同去。"西妮道:"怕县里公差。"管贻安道:"就是抚按大老爷撞见,也不好把我九宅怎么着。"扯住西妮前行。众人尚知回头作别,刘守斋呆望而已。

转至巷口,谭绍闻欲作别而回,张绳祖那里肯放。管贻安看见便道:"若是走了一个,谁要再去,就是个忘八大蛋。"张绳祖道:"何如?"绍闻少不得随众又到张宅。

日色初落,假李逵早点上两枝烛来。管贻安道:"来来来,这场赌儿头叫老西抽了罢。即刻就弄,休要宿客误客,惹人厌气。老张,你那豆芽、酱瓜,到半夜里作饭罢。"张绳祖道:"敢不遵命!"管贻安派了自己一家,鲍旭一家,谭绍闻一家,张绳祖一家,王紫泥一家。娄星辉与他搭了二八帐(10)。绍闻方欲推托,被管贻安几句撒村发野的话弄住了,也竟公然成了一把赌手。

掌过灯来,摆上碗,抖出色子,开上钱。若再讲他们色子场中,如何取巧弄诡之处,真正一言难罄,抑且挂一漏万。直截说来,掷到东方明时,管贻安输了四百二十两,鲍旭赢了七十两,谭绍闻赢了一百三十两,其余都是张绳祖、王紫泥赢了。假李逵抽了二十两头钱,西妮得了五六两赏钱。娄星辉别自订桑中之约(11)。

翻过盆时,假李逵将昨日请客肉菜热的上来,管贻安腹中饿了,也顾不得昨日的话,大嚼一顿,又吃着酒儿,等待天明。张绳祖道:"谭兄,忘了你的鹌鹑了,只顾赢钱,怕饿死了他。"管贻安道:

"你也会弄这么?"谭绍闻道:"我不会。"张绳祖道:"这是班上⁽¹²⁾昨日送他的。我说叫谭相公送他五两银子,也不承这些下流人的情。"管贻安要看,绍闻道:"我昨日来,挂在祠堂洗脸盆架子上。"管贻安便叫取来。绍闻摘来,连袋交与管贻安。管贻安接在手中向烛下一看,说道:"这不是昨日咬败我的那个鹌鹑?"绍闻道:"我不认的。"管贻安道:"正是他!"向地下一摔,摔成肉饼儿,道:"我明日与他十两。摔得在座之人,面面相觑,都不作声。忽说道:"天明了,与我开门,我要走哩。"昂然走了。

众人也没人送,惟有张绳祖送至大门,回来便道:"光棍软似绵,眼子硬似铁。管家这尿孩子,并不通人性。"王紫泥道:"悄悄的,休高声。他到产业净时,他就通人性了,忙甚的?"张绳祖道:"你这话太薄皮,看透了何苦说透。我如今就是通人性的了。"王紫泥道:"对子不字父。难说初见谭相公,开口便提他家老先生名字?这就不通人性到一百二十四分了。"张绳祖道:"不必说他。谭兄你赢这一百三十两,把昨日使的那二十两扣下,你拿回一百一十两去。你输了问你要,你赢的叫你拿走。现成的你拿去,丢下赊帐俺们赌。难说叫你年幼学生讨赌帐不成?也不是咱们干的事,咱们的事要明明白白的。旧年盛公子那话,我心里只觉得屈得很。也不用再讲他。只谭兄目今明白就好。"因叫李魁儿过来,一秤称明,称了一百一十两。李魁讨了三四两采头,西妮也讨了二三两。娄星辉道:"我也丢丢脸,问谭相公要个袍料穿。"捏了两个锞儿。王紫泥说道:"余下一个锞儿,赏了提茶的小厮罢。"

谭绍闻这一百两银子竟无法可拿。假李逵拿了一条战袋⁽¹³⁾,一封一封顺⁽¹⁴⁾在里面,替他掀开大衣,拴在腰间。娄星辉向西妮道:"咱也散了罢。趁天未明街上无人,你随我去罢。也不必向小刘那边去,我自有个去处。熬了一夜,要睡到晌午哩。"张绳祖道:"我知道。"连鲍旭一齐。四人出门。张绳祖、王紫泥送出大门而回。

王紫泥埋怨张绳祖道:"你如何把现银子叫谭家拿的去,咱赌赊帐哩?"张绳祖道:"呸!若说你是个书呆子,你却怕考。我问你,人家父兄管教子弟赌博,固然这是败门风的事,若是遭遭赢钱,只怕父兄也喜欢起来。与谭家这孩子一个甜头儿,他令堂就喜欢了,他再一次也肯来。那银子得成他的么?只怕一本万利,加息还咱哩。我若不是当初赢了头一场四十两,我先祖蔚县一任、临汾一任,这两任宦囊,还够过十几辈子哩。总是不赢不得输,赢的多输的也不得少。"王紫泥道:"你只作速催赌帐来了,我分了好保等。"假李逵道:"王大叔放心,全在我。"日色已高,也一拱而散。

　　【注释】(1)本段选自《歧路灯》第三十四回《管贻安作骄呈丑态　谭绍闻吞饵得胜筹》。这一回说的是谭绍闻随张绳祖、王紫泥到刘守斋家里寻找赌博的对手,纨绔子弟管贻安大摆架子,装出一副膏粱腔儿,丑态百出。于是张绳祖与诸人合谋,欲设圈套赢他。　(2)膏粱腔儿:富人的派头。下文"纨绔架子"义同。　(3)点:暗示。　(4)施主儿:本指向佛家施舍钱财的人,这里暗指赌博时的输家。　(5)扎挣:挣扎。　(6)眼孙:詈人语。眼即眼子头,俗谓不通事理上当受骗者。孙即孙子。　(7)东坡肉:相传苏东坡谪居黄州时,作诗描写煮猪肉,有"慢着火,少着水,火候足时他自美"之句。后人将这种慢火烂煮的猪肉称为"东坡肉"。这里喻指易为人欺侮、宰割的人。

　　(8)狗攮的:詈人语。即"狗日的"。　(9)旋:现,即时。　(10)二八帐:赌博时二人合为一家,二八之比,输钱或赢钱均按此比例分摊。　(11)桑中之约:典出《诗经·桑中》:"期我乎桑中。"指男女幽会。　(12)班上:指戏班。　(13)战袋:旧时用来束腰的布带,甚宽长。　(14)顺:向筒状器物里放东西。

　　【今译】(略)

　　【点评】《歧路灯》是一部步《金瓶梅》后尘之作。这一段写市井之聚赌,场面生动,形象鲜明,真可谓深得《金瓶梅》之真髓。赌博场面写得并不多。作者把笔墨重点放在赌博前的策划,赌后的分银,用每个人物的自我表演为他们画出了各个不同的性格特征。他们虽然都是不务正业之徒,却又同中有异,极富个性。张绳祖是老奸巨猾,他领着初出茅庐的谭绍闻及王紫泥,到处寻找鲍相公,本想拿他一个"大头";不想遇到跳猴弄丑的管贻安,便决定合谋吃下这块"东坡肉"。果不其然,管贻安一下子输了四百二十两,张绳祖等人大获全胜。管贻安是个坐吃山空的浪荡子,仗着兄弟捐过一个官儿,家里有点积蓄,便处处摆出"高干子弟"的臭谱,张张狂狂,胡言乱语,其实在光棍场里还差得远哩。张绳祖一眼就看出"姓管的那个尿孩子""一派骄气,正是一块不腥气、不塞牙的'东坡肉'""是个正经施主儿",所以拿他开刀,结果真让这个"尿孩子"做了眼事头。谭绍闻是"学屋"里出来的雏儿,初入此道,不免畏前缩后。这倒不是他故作姿态,而是暂时还没有这个胆量。他又脸皮儿薄,搁不住张绳祖一力撺掇,只好"入乡随俗",没想到竟意外地赢了百余两银子,心中喜欢自不必说,但是他并不知道,这不过是张绳祖暗中给他的一点甜头,目的是诱他再来,最终"只怕一本万利,加息还咱哩"。其实谭绍闻后来与他们搅在一起,不能不说确是由这点"甜头"引诱所致。作者描写人物十分注意用人物语言表现其性格特点,张绳祖的阴险狡猾,谭绍闻的不谙世事,管贻安的装腔作势,都在各自的言谈话语中得到栩栩如生的表现,颇具戏剧化的艺术手法。

(孟昭连)

吴敬梓

吴敬梓(1701—1754),字敏轩,号粒民、文木老人、秦淮寓客,今安徽全椒人。先世由科举发家,鼎盛一时,至其父辈却业已衰微。康熙五十七年(1718)进学,后一直未能中举。乾隆元年(1736)被荐应博学鸿词科试,因病未赴廷试。十三岁丧母,十八岁和二十三岁时,生父雯延和嗣父霖起相继病故,引起族人争夺遗产,家道愈加败落。不数年,妻子陶氏又病逝。由于生性傲岸,不容于全椒士绅,乃于雍正十一年(1733)忿而离开故土,移家南京秦淮水亭。不久,因生计无着,出游四方,依人作客。乾隆十九年(1754)冬,病逝扬州,归葬南京。所作除《儒林外史》外,还写了不少诗文,今传于世者有《文木山房集》四卷。近年则陆续发现了一些佚诗佚文,计三十余篇(首)左右。《儒林外史》创作于移家南京后,大体完稿于乾隆十三年(1748)至乾隆十五年(1750)间,是我国文学史上第一部以知识分子生活为题材的长篇讽刺小说。现存最早刻本为嘉庆八年(1803)的卧闲草堂本。

《儒林外史》(节选)

范进中举[1]

范进进学回家,母亲、妻子俱各欢喜。正待烧锅做饭,只见他丈人胡屠户,手里拿着一副大肠和一瓶酒,走了进来。范进向他作揖,坐下。胡屠户道:"我自倒运,把个女儿嫁与你这现世宝穷鬼,历年以来,不知累了我多少。如今不知因我积了甚么德,带挈你中了个相公,我所以带个酒来贺你。"范进唯唯连声,叫浑家[2]把肠子煮了,烫起酒来,在茅草棚下坐着。母亲自和媳妇在厨下造饭。胡屠户又吩咐女婿道:"你如今既中了相公,凡事要立起个体统来。比如我这行事[3]里,都是些正经有脸面的人,又是你的长亲,你怎敢在我们跟前妆大?若是家门口这些做田的、扒粪的,不过是平头百姓,你若同他拱手作揖,平起平坐,这就是坏了学校规矩,连我脸上都无光了。你是个烂忠厚没用的人,所以这些话我不得不教导你,免得惹人笑话。"范进道:"岳父见教的是。"胡屠户又道:"亲家母也来这里坐着吃饭。老人家每日小菜饭,想也难过。我女孩儿也吃些,自从进了你家门,这十几年,不知猪油可曾吃过两三回哩!可怜!可怜!"说罢,婆媳两个都来坐着吃了饭。吃到日西时分,胡屠户吃的醺醺的。这里母子两个,千恩万谢。屠户横披了衣服,腆着肚子[4]去了。

次日,范进少不得拜拜乡邻。魏好古又约了一班同案的朋友,彼此来往。因是乡试年,做了几个文会[5]。不觉到了六月尽间,这

些同案的人约范进去乡试。范进因没有盘费，走去同丈人商议，被胡屠户一口啐在脸上，骂了一个狗血喷头，道："不要失了你的时了！你自己只觉得中了一个相公，就'癞虾蟆想吃起天鹅肉'来！我听见人说，就是中相公时，也不是你的文章，还是宗师看见你老，不过意，舍与你的。如今痴心就想中起老爷[6]来！这些中老爷的都是天上的文曲星！你不看见城里张府上那些老爷，都有万贯家私，一个个方面大耳？像你这尖嘴猴腮，也该撒抛[7]尿自己照照！不三不四，就想天鹅屁吃！趁早收了这心，明年在我们行事里替你寻一个馆，每年寻几两银子，养活你那老不死的老娘和你老婆是正经！你问我借盘缠，我一天杀一个猪还赚不得钱把银子，都把与你去丢在水里，叫我一家老小嗑西北风！"一顿夹七夹八，骂的范进摸门不着。辞了丈人回来，自心里想："宗师说我火候已到，自古无场外的举人，如不进去考他一场，如何甘心？"因向几个同案商议，瞒着丈人，到城里乡试。出了场，即便回家。家里已是饿了两三天。被胡屠户知道，又骂了一顿。

到出榜那日，家里没有早饭米，母亲吩咐范进道："我有一只生蛋的母鸡，你快拿集上去卖了，买几升米来煮餐粥吃，我已是饿的两眼都看不见了。"范进慌忙抱了鸡，走出门去。才去不到两个时候[8]，只听得一片声的锣响，三匹马闯将来。那三个人下了马，把马拴在茅草棚上，一片声叫道："快请范老爷出来，恭喜高中了！"母亲不知是甚事，吓得躲在屋里；听见中了，方敢伸出头来说道："诸位请坐，小儿方才出去了。"那些报录人[9]道："原来是老太太。"大家簇拥着要喜钱。正在吵闹，又是几匹马，二报、三报到了，挤了一屋的人，茅草棚地下都坐满了。邻居都来了，挤着看。老太太没奈何，只得央及一个邻居去寻他儿子。

那邻居飞奔到集上，一地里[10]寻不见；直寻到集东头，见范进抱着鸡，手里插个草标，一步一踱的东张西望，在那里寻人买。邻居道："范相公，快些回去！你恭喜中了举人，报喜人挤了一屋里。"

范进道是哄他,只装不听见,低着头往前走。邻居见他不理,走上来,就要夺他手里的鸡。范进道:"你夺我的鸡怎的?你又不买。"邻居道:"你中了举了,叫你家去打发报子哩。"范进道:"高邻,你晓得我今日没米,要卖这鸡去救命,为甚么拿这话来混我?我又不同你顽,你自回去罢,莫误了我卖鸡。"邻居见他不信,劈手把鸡夺了,掼在地下,一把拉了回来。报录人见了道:"好了,新贵人回来了。"正要拥着他说话,范进三两步走进屋里来,见中间报贴已经升挂起来,上写道:"捷报贵府老爷范讳(11)进高中广东乡试第七名亚元(12)。京报连登黄甲(13)。"

范进不看便罢,看了一遍,又念一遍,自己把两手拍了一下,笑了一声道:"噫!好!我中了!"说着,往后一交跌倒,牙关咬紧,不省人事。老太太慌了,慌将几口开水灌了过来。他爬将起来,又拍着手大笑道:"噫!好!我中了!"笑着,不由分说,就往门外飞跑,把报录人和邻居都唬了一跳。走出大门不多路,一脚踹在塘里,挣起来,头发都跌散了,两手黄泥,淋淋漓漓一身的水,众人拉他不住,拍着笑着,一直走到集上去了。众人大眼望小眼,一齐道:"原来新贵人欢喜疯了。"老太太哭道:"怎生这样苦命的事!中了一个甚么举人,就得了这个拙病(14)!这一疯,几时才得好?"娘子胡氏道:"早上好好出去,怎的就得了这样的病!却是如何是好?"众邻居劝道:"老太太不要心慌。我们而今且派两个人跟定了范老爷。这里众人家里拿些鸡蛋酒米,且管待了报子上的老爷们,再为商酌。"

当下众邻居有拿鸡蛋来的,有拿白酒来的,也有背了斗米来的,也有捉两只鸡来的。娘子哭哭啼啼,在厨下收拾齐了,拿在草棚下。邻居又搬些桌凳,请报录的坐着吃酒,商议"他这疯了,如何是好"?报录的内中有一个人道:"在下倒有一个主意,不知可以行得行不得?"众人问:"如何主意?"那人道:"范老爷平日可有最怕的人?他只因欢喜狠了,痰涌上来,迷了心窍。如今只消他怕的这

个人来打他一个嘴巴,说:'这报录的话都是哄你,你并不曾中。'他吃这一吓,把痰吐了出来,就明白了。"众邻都拍手道:"这个主意好得紧,妙得紧!范老爷怕的,莫过于肉案子上胡老爹来。好了,快寻胡老爹来!他想是还不知道,在集上卖肉哩。"又一个人道:"在集上卖肉,他倒好知道了。他从五更鼓就往东头集上迎猪[15],还不曾回来。快些迎着去寻他。"

一个人飞奔去迎,走到半路,遇着胡屠户来,后面跟着一个烧汤的二汉[16],提着七八斤肉,四五千钱,正来贺喜。进门见了老太太,老太太大哭着告诉了一番。胡屠户诧异道:"难道这等没福?"外边人一片声请胡老爹说话。胡屠户把肉和钱交与女儿,走了出来。众人如此这般,同他商议。胡屠户作难道:"虽然是我女婿,如今却做了老爷,就是天上的星宿。天上的星宿是打不得的!我听得斋公[17]们说:打了天上的星宿,阎王就要拿去打一百铁棍,发在十八层地狱,永不得翻身。我却是不敢做这样的事!"邻居内一个尖酸人说道:"罢么!胡老爹,你每日杀猪的营生,白刀子进去,红刀子出来,阎王也不知叫判官在簿子上记了你几千条铁棍;就是添上这一百棍,也打甚么要紧?只恐把铁棍打完了,也算不到这笔帐上来。或者你救好了女婿的病,阎王叙功,从地狱里把你提上第十七层来,也不可知。"报录的人道:"不要只管讲笑话。胡老爹,这个事须是这般,你没奈何,权变一权变。"屠户被众人局[18]不过,只得连斟两碗酒喝了,壮一壮胆,把方才这些小心[19]收起,将平日的凶恶样子拿出来,卷一卷那油晃晃的衣袖,走上集去。众邻居五六个都跟着走。老太太赶出来叫道:"亲家,你只可吓他一吓,却不要把他打伤了!"众邻居道:"这自然,何消吩咐。"说着,一直去了。

来到集上,见范进正在一个庙门口站着,散着头发,满脸污泥,鞋都跑掉了一只,兀自[20]拍着掌,口里叫道:"中了!中了!"胡屠户凶神似的走到跟前,说道:"该死的畜生!你中了甚么?"一个嘴巴打将过去。众人和邻居见这模样,忍不住的笑。不想胡屠户虽然大着胆子打了一下,心里到底还是怕的,那手早颤起来,不敢打到第二下。范进因这一个嘴巴,却也打晕了,昏倒于地。众邻居一齐上前,替他抹胸口,捶背心,舞了半日,渐渐喘息过来,眼睛明亮,不疯了。众人扶起,借庙门口一个外科郎中"跳驼子"板凳上坐着。胡屠户站在一边,不觉那只手隐隐的疼将起来;自己看时,把个巴掌仰着,再也弯不过来。自己心里懊恼道:"果然天上文曲星是打不得的,而今菩萨计较起来了。"想一想,更疼的狠了,连忙问郎中讨了个膏药贴着。

范进看了众人,说道:"我怎么坐在这里?"又道:"我这半日,昏昏沉沉,如在梦里一般。"众邻居道:"老爷,恭喜高中了。适才欢喜的有些引动了痰,方才吐出几口痰来,好了。快请回家去打发报录人。"范进说道:"是了。我也记得是中的第七名。"范进一面自绾[21]了头发,一面问郎中借了一盆水洗洗脸。一个邻居早把那一只鞋寻了来,替他穿上。见丈人在跟前,恐怕又要来骂。胡屠户上前道:"贤婿老爷,方才不是我敢大胆,是你老太太的主意,央我来劝你的。"邻居内一个人道:"胡老爹方才这个嘴巴打的亲切,少顷范老爷洗脸,还要洗下半盆猪油来!"又一个道:"老爹,你这手明日杀不得猪了。"胡屠户道:"我那里还杀猪!有我这贤婿,还怕后半世靠不着也怎的?我每常说,我的这个贤婿,才学又高,品貌又好,就是城里头那张府、周府这些老爷,也没有我女婿这样一个体面的相貌。你们不知道,得罪你们说,我小老这一双眼睛,却是认得人的。想着先年,我小女在家里长到三十多岁,多少有钱的富户要和我结亲,我自己觉得女儿像有些福气的,毕竟要嫁与个老爷,今日果然不错!"说罢,哈哈大笑,众人都笑起来。看着范进洗了脸,郎中又拿茶来吃了,一同回家。范举人先走,屠户和邻居跟在后面。屠户见女婿衣裳后襟滚皱了许多,一路低着头替他扯了几十回。

到了家门,屠户高声叫道:"老爷回府了!"老太太迎着出来,见儿子不疯,喜从天降。众人问报录的,已是家里把屠户送来的几千

钱打发他们去了。范进拜了母亲，也拜谢丈人。胡屠户再三不安道："些须几个钱，不够你赏人。"范进又谢了邻居。正待坐下，早看见一个体面的管家，手里拿着一个大红全帖(22)，飞跑了进来："张老爷来拜新中的范老爷。"说毕，轿子已是到了门口。胡屠户忙躲进女儿房里，不敢出来。邻居各自散了。

范进迎了出去，只见那张乡绅下了轿进来，头戴纱帽，身穿葵花色圆领(23)，金带、皂靴(24)。他是举人出身，做过一任知县的，别号静斋，同范进让了进来，到堂屋内平磕了头，分宾主坐下。张乡绅先攀谈道："世先生(25)同在桑梓(26)，一向有失亲近。"范进道："晚生久仰老先生，只是无缘，不曾拜会。"张乡绅道："适才看见题名录(27)，贵房师高要县汤公，就是先祖的门生，我和你是亲切的世弟兄。"范进道："晚生侥幸，实是有愧。却幸得出老先生门下，可为欣喜。"张乡绅四面将眼睛望了一望，说道："世先生果是清贫。"随在跟的家人手里拿过一封银子来，说道："弟却也无以为敬，谨具贺仪五十两，世先生权且收着。这华居其实住不得，将来当事拜往(28)，俱不甚便。弟有空房一所，就在东门大街上，三进三间，虽不轩敞，也还干净，就送与世先生。搬到那里去住，早晚也好请教些。"范进再三推辞，张乡绅急了，道："你我年谊世好，就如至亲骨肉一般，若要如此，就是见外了。"范进方才把银子收下，作揖谢了。又说了一会，打躬作别。胡屠户直等他上了轿，才敢走出堂屋来。

范进即将这银子交与浑家打开看，一封一封雪白的细丝锭子，即便包了两锭，叫胡屠户进来，递与他道："方才费老爹的心，拿了五千钱来。这六两多银，老爹拿了去。"屠户把银子攥在手里紧紧的，把拳头舒过来，道："这个你且收着。我原是贺你的，怎好又拿回去？"范进道："眼见我这里还有这几两银子，若用完了，再来问老爹讨来用。"屠户连忙把拳头缩了回去，往腰里揣，口里说道："也罢，你而今相与了这个张老爷，何愁没有银子用？他家里的银子，说起来比皇帝家还多些哩！他家就是我卖肉的主顾，一年就是无事,肉也要用四五千斤,银子何足为奇!"又转回头来望着女儿说道:"我早上拿了钱来,你那该死行瘟的兄弟还不肯,我说:'姑老爷今非昔比,少不得有人把银子送上门来给他用,只怕姑老爷还不希罕。'今日果不其然!如今拿了银子家去,骂这死砍头短命的奴才!"说了一会,千恩万谢,低着头,笑迷迷的去了。

【注释】(1)本段选自《儒林外史》第三回《周学道校士拔真才　胡屠户行凶闹捷报》。说的是老童生周进撞号板之后,通过捐监中了举人进士,钦点广东学道,识拔老童生范进进了学,于是就引出了范进乡试中举并喜极而疯的悲喜剧。　(2)浑家:妻子。　(3)行事:行业。　(4)腆(tiǎn)着肚子:挺着肚子。　(5)文会:科举时代举子们为准备应试,自行组织的讨论八股文的集会。　(6)老爷:秀才称相公,中了举人后就称老爷。　(7)抛:通常写作"泡"。　(8)两个时候:两个时辰,即四个小时。　(9)报录人:专门向升了官或者科举中试的人家里送喜报,从而获取报酬的人。　(10)一地里:一路上,到处。　(11)讳:避忌。这里表示不敢直呼其名,而又不得不写出名字来。　(12)亚元:举人第二名。范进中的是第七名,不是亚元,这是报录人故意奉承的话。　(13)京报连登黄甲:科举时代写在喜报上的恭维话,意思是会试、殿试连捷的喜报就要送到。殿试榜文是用黄纸写的,所以称为"黄甲"。　(14)拙病:倒霉的病。　(15)迎猪:买猪的意思。　(16)二汉:佣工。　(17)斋公:住在家里吃长斋(素食)、念经、做简单佛事的佛教徒。庙里打杂的人也叫斋公。　(18)局:碍于情理,本人虽不愿,但不得不按他人要求办的意思。　(19)小心:这里是顾虑的意思。　(20)兀自:仍然,还在。　(21)绾(wǎn):挽成结。　(22)全帖:拜客用的帖子有两种,单幅的叫单帖,横阔十倍于单帖而折叠成册的叫全帖。用全帖表示恭敬和郑重。　(23)圆领:明朝官员的常礼服。胸前背后加有不同图案的补子(绣章)以区别官阶的,叫"补服"。　(24)皂靴:黑色的官鞋。　(25)世先生:对有世交的同辈人的客气称呼。世交,世代有交情,旧时成为毫无瓜葛的人拉拢关系的套语。　(26)桑梓:古人住宅旁常载桑树、梓树,后人用桑梓指代家乡,又称"桑里"。　(27)题名录:这里指同科考中的举人的名册。录前载有主考、同考官等的姓名。　(28)当事拜往:同地方官来往。当事,官府。

【今译】（略）

【点评】此段主要围绕"中举"二字展开,通过范进中举人而喜极发疯的喜剧情节,真切地反映了封建知识分子对功名富贵的热衷追求,深刻地暴露了封建知识分子的变态心理,无情地抨击了八股科举制度对封建士子的戕害。中举之前,范进屡困场屋,饱受冷遇,备尝艰辛,就连他的岳丈、以杀猪为生的胡屠户也看不起这个只有秀才身份的穷女婿,对他横加数落,训斥有加。这说明范进在中举之前丝毫没有社会地位可言,心理压力极其沉重,这就是他不肯"甘心"的主要原因。于是,通过八股考试出人头地,自然成了他的全部希望和唯一出路。中举之后,乍闻喜讯,信而不信,不信而信,直到见到报贴,大半生的企望骤然成为现实,刹那之间不禁喜极而狂,如醉如痴,念念有词道:"噫!好了!我中了!"六字三顿,饱含着几十年来科场失意的辛酸回忆,以及受人冷遇、人穷志卑的痛苦体验,同时又充满了对未来荣华富贵的更大企求和无限向往。错综复杂的感情一时涌上心头,致使他屡遭挫折的脆弱神经禁受不起,痰壅而疯,狂走不已。胡屠户一个巴掌把他打醒之后,范进仍念念不忘自己中的是第七名。作者以极为细致的笔触描绘了范进喜而疯、疯而醒的过程,白描之中蕴含讽刺,夸张之中葆有真实。一方面,它既入木三分地刻画了封建士子追求功名富贵时的丑态,另一方面又淋漓尽致地揭示了八股科举制度对士人心灵的深重毒害,使人在可笑之余不胜悲叹。当然,在八股科举社会中,能够中举的封建士子毕竟只是少数,但范进的这种心态和行为却并不是科场中个别人物的异常表现,而是那个社会的必然产物。作者运用对比的手法,深刻地剖析了范进中举喜极而疯的社会原因。中举之前,胡屠户大骂范进是"现世宝""穷鬼",但一旦范进中了举,成了"新贵人",胡屠户立即全然换了一副面孔,不但及时来贺喜,还口口声声"贤婿老爷",不断夸赞女婿"才学又高,品貌又好",见到范进衣裳后襟皱了,还"一路低着头替他扯了几十回"。乡绅张师陆在范进中举前"一向有失亲近",但在范进中举后,却赠银送屋,极尽笼络之能事。作者真实地描绘出胡屠户与张师陆对范进前后态度的变化,以极为愤慨的心情反映了八股科举社会的恶浊风气,揭示了封建士子热衷八股考试的原因,也道出了范进中举喜极而疯的个中底蕴。对于范进的性格,作者也通过对比的手法,写出了他在中举前后的不同。中举之前,范进对丈人胡屠户的数落训斥连声承谢,说"岳丈见教的是";中举之后,见到胡屠户就不再喊"岳丈",而是直呼其为"老爹",倒过来对这位"老爹"呼来喝去。这种关系的颠倒,性格的变化,正是由于社会地位的不同所导致的。作者细细写出这种对比,使得人物形象更为真实生动,富有个性,读来令人不禁拍案称绝。

【集说】轻轻点出一胡屠户,其人其事之妙一至于此,真令阅者叹赏叫绝。余友云:"慎毋读《儒林外史》,读竟乃觉日用酬酢之间无往而非《儒林外史》。"此如铸鼎象物,魑魅魍魉毛发毕现。(卧闲草堂刻本《儒林外史》第三回回末评)

范进中了发疯正与周进见了号板哭得死去同是一副苦泪,真乃沆瀣一气。然而世之满肚血泪赍恨殉世者,何止恒河沙数,如两公者能有几人哉。(齐省堂增订本《儒林外史》眉批)

画都画不出,却被作者写出,真是笔有化工。(同上)

中"举"得"病",有深意焉。后文中无数科场人物之畸形怪态,无一非"病",亦无一不由"中举""中进士"而"病"。(陈美林《新批〈儒林外史〉》夹批)

(万建清)

马二先生游西湖⁽¹⁾

马二先生独自一个,带了几个钱,步出钱塘门,在茶亭里吃了几碗茶,到西湖沿上牌楼跟前坐下。见那一船一船乡下妇女来烧香的,都梳着挑鬏头⁽²⁾,也有穿蓝的,也有穿青衣裳的,年纪小的都穿些红绸单裙子;也有模样生的好些的,都是一个大团白脸,两个大高颧骨,也有许多疤、麻、疥、癞的。一顿饭时,就来了有五六船。那些女人后面,都跟着自己的汉子,捎着一把伞,手里拿着一个衣包,上了岸,散往各庙里去了。马二先生看了一遍,不在意里,起来又走了里把多路。望着湖沿上接连着几个酒店,挂着透肥的羊肉,

柜台上盘子里盛着滚热的蹄子、海参、糟鸭、鲜鱼,锅里煮着馄饨,蒸笼上蒸着极大的馒头。马二先生没有钱买了吃,喉咙里咽唾沫,只得走进一个面店,十六个钱吃了一碗面。肚里不饱,又走到间壁一个茶室吃了一碗茶,买了两个钱处片[3]嚼嚼,倒觉得有些滋味。吃完了出来,看见西湖沿上柳阴下系着两只船,那船上女客在那里换衣裳:一个脱去元色外套,换了一件水田披风[4];一个脱去天青外套,换了一件玉色[5]绣的八团衣服;一个中年的脱去宝缎衫,换了一件天青缎二色金[6]的绣衫。那些跟从的女客,十几个人,也都换了衣裳。这三位女客,一位跟前一个丫鬟,手持黑纱团香扇替他遮着日头,缓步上岸。那头上珍珠的白光,直射多远,裙上环珮,叮叮当当的响。马二先生低着头走了过去,不曾仰视。往前走过了六桥,转个弯,便像些村乡地方,又有人家的棺材厝[7]基,中间走了一二里多路,走也走不清,甚是可厌。

马二先生欲待回家,遇着一走路的,问道:"前面可还有好顽的所在?"那人道:"转过去便是净慈、雷峰,怎么不好顽?"马二先生又往前走。走到半里路,见一座楼台盖在水中间,隔着一道板桥,马二先生从桥上走过去,门口也是个茶室,吃了一碗茶。里面的门锁着,马二先生要进去看,管门的问他要了一个钱,开了门,放进去。里面是三间大楼,楼上供的是仁宗皇帝的御书,马二先生吓了一跳,慌忙整一整头巾,理一理宝蓝直裰,在靴桶[8]内拿出一把扇子来当了笏板[9],恭恭敬敬,朝着楼上扬尘舞蹈,拜了五拜。拜毕起来,定一定神,照旧在茶桌子上坐下。傍边有个花园,卖茶的人说是布政司房里的人在此请客,不好进去。那厨房却在外面,那热汤汤的燕窝、海参,一碗碗在跟前捧过去,马二先生又羡慕了一番。

出来过了雷峰,远远望见,高高下下,许多房子,盖着琉璃瓦,曲曲折折,无数的朱红栏杆。马二先生走到跟前,看见一个极高的山门,一个直匾,金字,上写着"敕赐净慈禅寺",山门傍边一个小门。马二先生走了进去,一个大宽展的院落,地下都是水磨的砖,才进二道山门,两边廊上都是几十层极高的阶级。那些富贵人家的女客,成群逐队,里里外外,来往不绝,都穿的是锦绣衣服,风吹起来,身上的香一阵阵的扑人鼻子。马二先生身子又长,戴一顶高方巾,一副乌黑的脸,腆着肚子,穿着一双厚底破靴,横着身子乱跑,只管在人窝子里撞。女人也不看他,他也不看女人,前前后后跑了一交,又出来坐在那茶亭内,上面一个横匾,金书"南屏"两字——吃了一碗茶。柜上摆着许多碟子:桔饼、芝麻糖、粽子、烧饼、处片、黑枣、煮栗子。马二先生每样买了几个钱的,不论好歹,吃了一饱。马二先生也倦了,直着脚,跑进清波门,到了下处关门睡了。因为走多了路,在下处睡了一天。

【注释】(1)本段选自《儒林外史》第十四回《蘧公孙书坊送良友 马秀才山洞遇神仙》。说的是八股文选家马纯上在嘉兴用辛辛苦苦选书挣来的选金救蘧公孙于危难后,又来到杭州选书,但书坊并没有八股文章可选,于是引出了游览西湖的故事。 (2)挑鬓头:以骨针支两鬓使两边隆起的发式。 (3)处片:浙江处州(今丽水一带)出产的笋干。 (4)水田披风:用各色织锦块拼合缝成的外衣。 (5)玉色:淡青色。 (6)二色金:深浅两色金线。以上都是明、清贵族妇女的服装。 (7)厝(cuò):在地面上用砖或土把棺木临时封起来。 (8)靴桶:即靴统。 (9)笏(hù)板:这里指官员见皇帝时所执的狭长手板,一般用象牙或竹片制成,作记事用。

【今译】(略)

【点评】此段主要围绕一个"游"字展开,通过马二先生游览西湖的所见所为,表现了这位忠厚长者性格中穷酸迂腐的一面。作者对他进行了含蓄的嘲讽,并进而抨击了产生这种穷酸迂腐性格的八股科举制度。文章开首点明,马二先生乃"独自一个"轻装便览,似乎很有闲情逸致,可顺着马二先生的视角和游踪就可发现,这位八股家的漫游不但没有丝毫诗情画意,反而散发着一股酸腐之气。他游览西湖,"跑"了一天,看到的只是游客的众多和店面的热闹,而并不是西湖的幽深清雅。这说明长期浸泡在八股科举制度

之中的马二先生,由于八股起承转合这一套固定模式的束缚,由于与八股相表里的程朱理学的腐蚀,他已失去了人的主体意识和审美能力,因此即使面对秀丽的西湖景色,他也视若无睹,全无会心,而只能从感官的直觉出发,看到西湖的世俗和繁华。但他置身在西湖的世俗繁华之中,显得又是多么的穷酸迂腐,格格不入。作者通过一连串看似漫不经心的细节描写,生动传神地反映了马二先生机械而又僵硬的喜剧特征。望着酒店里的丰盛肴馔,他喉咙里直咽口水,却没有钱买了吃,只得吃碗面、喝碗茶、嚼嚼处片,穷酸之态毕现纸上。看见仁宗皇帝的御书,他吓了一跳,慌忙整头巾理衣服,将扇子当笏板,恭恭敬敬地拜了五拜,煞有介事地恪守着所谓的君臣大义,表现得既一本正经又迂腐不堪。碰见成群逐队的游湖女客,他则从"男女授受不亲"的礼教箴规出发,腆着个肚子,穿着一双厚底破靴,横着身子乱撞过去,什么也不敢看。这种清教徒式的穷酸落寞与游湖女客的花团锦簇产生了强烈的反差,形成了极不和谐的色调。作者将这些本身就滑稽可笑的细节贯串在马二先生游览西湖的始终,组成了马二先生游览西湖的主要内容,使得马二先生的性格既栩栩如生,又具有十分浓郁的喜剧效果。不过,作者的攻微伐隐之笔并没有到此为止,他不但反复描写了马二先生不看女人,还反复描写了马二先生看女人,从而更为细腻地勾画了马二先生的灵魂。一到西湖,马二先生就看"那一船一船乡下妇女",而且看得很仔细,从发式、衣着到长相,乃至她们的疤、麻、疥、癞,都看得一清二楚,这种观察游湖女客的病理学目光正说明马二先生不可能用审美的眼光去观察西湖的自然美,两者异曲同工,各呈其妙。才走里把多路,马二先生又看起了女人,甚至细细看一个个女客换衣裳。作者并没有写马二先生心底的感情波澜,更没有写他有什么邪念,他毕竟是一个诚笃拙朴的腐儒,但作者通过客观描写告诉我们,即使是被"天理"戕伐的灵魂,"人欲"也不可能完全泯灭,对马二先生来说,"男女"之欲只能是下意识地流露出来。在远处,他不妨仔细端详妇女,但一旦她们到了跟前,马二先生就"低着头走了过去,不曾仰视",他又遵循"存天理,灭人欲"的理学教条,"非礼勿视"了。作者将鞭辟入里的细腻笔触,伸向了马二先生的灵魂深处。当然,产生马二先生这类八股文选家的根源还在于八股科举制度,因此作者在对马二先生的游览西湖进行讽刺性描写时,始终把批判的锋芒指向了八股科举制度。这种高超的艺术技巧和深刻的思想内容的有机统一,使我们在欣赏这篇短文时,既倾心折服,又回味无穷。

【集说】极写西湖之幽秀,风俗之繁华,与马二先生之迂陋穷酸相互映发,形容尽致。(天目山樵《儒林外史评》回评)

跑西湖倦,至此问以西湖好处,不能答也。(黄小田评本《儒林外史》眉批)

例如西湖之游,虽全无会心,颇杀风景,而茫茫然大嚼而归,迂儒之本色固在。(鲁迅《中国小说史略》)

湖山之"幽深""清雅"之处,并不见其游踪,只拣店面热闹、人头攒动之处硕硕而已。由此可见,写其游西湖一节,并非闲文,亦是渲染其二重性格之重要文字。(陈美林《新批〈儒林外史〉》回评)

盖西湖之景色,乃是腐儒马二眼中所见,并非作者眼中所见。……文木老人写景,绝无孤立于人物心性以外之文字,总是设身处地,以不同人物之眼光,观察各处景色。(同上)

(万建清)

王玉辉劝女殉节⁽¹⁾

王先生走了二十里,到了女婿家,看见女婿果然病重,医生在那里看,用着药总不见效。一连过了几天,女婿竟不在了,王玉辉恸哭了一场。见女儿哭的天愁地惨,候着丈夫入过殓,出来拜公婆,和父亲道:"父亲在上,我一个大姐姐死了丈夫,在家累着父亲养活,而今我又死了丈夫,难道又要父亲养活不成?父亲是寒士,也养活不来这许多女儿!"王玉辉道:"你如今要怎样?"三姑娘道:"我而今辞别公婆、父亲,也便寻一条死路,跟着丈夫一处去了!"公婆两个听见这句话,惊得泪下如雨,说道:"我儿,你气疯了!自古蝼蚁尚且贪生,你怎么讲出来这样话来!你生是我家人,死是我家鬼,我做公婆的怎的不养活你,要你父亲养活?快不要如此!"三姑娘道:"爹妈也老了,我做媳妇的不能孝顺爹妈,反累爹妈,我心里

不安,只是由着我到这条路上去罢。只是我死还有几天工夫,求父亲到家替母亲说了,请母亲到这里来,我当面别一别,这是要紧的。"王玉辉道:"亲家,我仔细想来,我这小女要殉节的真切,倒也由着他行罢。自古'心去意难留'。"因向女儿道:"我儿,你既如此,这是青史上留名的事,我难道反拦阻你?你竟是这样做罢。我今日就回家去叫你母亲来和你作别。"

亲家再三不肯。王玉辉执意,一径来到家里,把这话向老孺人说了。老孺人道:"你怎的越老越呆了!一个女儿要死,你该劝他,怎么倒叫他死?这是甚么话说!"王玉辉道:"这样事,你们是不晓得的。"老孺人听见,痛哭流涕,连忙叫了轿子,去劝女儿,到亲家家去了。王玉辉在家,依旧看书写字,候女儿的信息。老孺人劝女儿,那里劝的转。一般每日梳洗,陪着母亲坐,只是茶饭全然不吃。母亲和婆婆着实劝着,千方百计,总不肯吃。饿到六天上,不能起床。母亲看着,伤心惨目,痛入心脾,也就病倒了,抬了回来,在家睡着。

又过了三日,二更天气,几把火把,几个人来打门,报道:"三姑娘饿了八日,在今日午时去世了!"老孺人听见,哭死了过去,灌醒回来,大哭不止。王玉辉走到床面前说道:"你这老人家真正是个呆子!三女儿他而今已是成了仙了,你哭他怎的?他这死的好,只怕我将来不能像他这一个好题目死哩!"因仰天大笑:"死的好!死的好!"大笑着,走出房门去了。

次日,余大先生知道,大惊,不胜惨然,即备了香、楮、三牲,到灵前去拜奠。拜奠过,回衙门,立刻传书办备文书请旌烈妇。二先生帮着赶造文书,连夜详了出去。二先生又备了礼来祭奠。三学的人,听见老师如此隆重,也就纷纷来祭奠的,不计其数。过了两个月,上司批准下来,制主入祠,门首建坊。到了入祠那日,余大先生邀请知县,摆齐了执事,送烈女入祠。阖县绅衿,都穿着公服,步行了送。当日入祠安了位,知县祭,本学祭,余大先生祭,阖县乡绅祭,通学朋友祭,两家亲戚祭,两家本族祭,祭了一天,在明伦堂[2]摆席。通学人要请了王先生来上坐,说他生这样好女儿,为伦纪生色。王玉辉到了此时,转觉心伤,辞了不肯来。

【注释】(1)本段选自《儒林外史》第四十八回《徽州府烈妇殉夫　泰伯祠遗贤感旧》。说的是徽州府老秀才王蕴(玉辉)热衷于以礼书、字书、乡约书这三部书去"嘉惠来学"。三女婿病重,约他去看看,于是引出了劝女殉夫的悲剧故事。　(2)明伦堂:学宫的大堂。

【今译】(略)

【点评】本段主要围绕"殉节"二字展开,通过王玉辉劝女殉夫的悲剧情节,表现了这位穷秀才不近人情而又良心未泯的个性特征,无情地鞭挞了八股的核心内容——程朱理学对封建知识分子的毒害。女婿新亡,王玉辉也曾恸哭了一场,说明他并非没有人类正常的感情。但一听女儿要殉节,这位大半辈子浸泡在程朱理学之中、奉程朱理学为圭臬的亲生父亲王玉辉却认为找到了一个"好题目",因为程朱理学宣扬的正是"饿死事小、失节事大"一类理学教条。于是,他从程朱理学的纲常要求出发,一面劝亲家夫妇不要阻拦,一面怂恿支持刚刚丧夫的女儿以死殉夫。其实,翁姑父母俱在,不尽侍奉之责,不听翁、姑、母之劝阻,王玉辉之女一味"做"去,既有悖于封建孝道,又与乃父为"寒士"养活不起她的实情相关。这就使得所谓的"殉节"更有了明显的讽刺意味。但是为了能在"青史上留名",为了烈女牌坊的所谓"荣耀",王玉辉却眼睁睁地看着亲生女儿活活饿死。对于这种不合情理的冷酷行为,老妻斥之为"呆",但他反而振振有词地说老妻不晓得殉节的意义,自诩深明大义,笑老妻才"真正是个呆子",甚至还仰天大笑:"死的好!死的好!"作者以犀利的笔锋,无情地撕开了道学先生扼杀人性、矫揉造作的虚伪面纱,把理学杀人于无形的血淋淋现实暴露无遗。程朱理学害了王玉辉,又通过他戕杀了他女儿。他既是一个为虎作伥的杀人帮凶,又是一个丧失个性价值的无谓牺牲品。不过,尽管王玉辉把自己浸泡在程朱理学的教条里,但他不能不食人间烟火,理学给了他一时的"荣耀",同时也就给了他永久的

失落。就在众人明伦堂大祭后摆席时，大家请王玉辉来上坐，他却"转觉心伤，辞了不肯来"。这说明在他的内心深处，仍有尚未泯灭殆尽的良心不时扣问他的灵魂，使他不安，使他痛苦。这种复杂的心境和矛盾行为表现得极为深刻真切，使得王玉辉这一艺术形象成为多侧面的性格饱满的人物，是真实的生活中的"人"，而不是一种寓言式的抽象品。作者并没有玩味人间的残酷，他在揭露之余留有同情，出于公心而以讽世，使读者在震颤之中油然生怜。

【集说】王玉辉真古之所谓书呆子也，其呆处正是人所不能及处。（卧闲草堂刻本《儒林外史》第四十八回末总评）

天下事有意"做"出，便非至情至性。王玉辉有心博节义之名而令女儿去"做"，此岂于至情至性耶？其女在家想习闻于迂执之论，故商量殉节。而玉辉谓之"好题目"，若深以为幸者，岂非以人命为儿戏而遂流于忍乎！夫节烈，美名也，然必迫于事势无可如何，不得已而出此。其女有翁有姑，再三劝阻，忍而为此，是亦谬种而已，此作者之所许也。（黄小田评本《儒林外史》回评）

其述王玉辉之女既殉夫，玉辉大喜，而当入祠建坊之际，"转觉心伤，辞了不肯来"，后又自言"在家日日看见老妻悲恸，心中不忍"，则描写良心与礼教之冲突，殊极刻深。（鲁迅《中国小说史略》）

叙写三姑娘，其实乃是表现其父王蕴。三姑娘之翁姑、父母均在，不尽侍奉之责，不听翁、姑、母之劝阻，一味"做"去，必由日常受乃父思想言论之毒害所致，亦是由乃父为"寒士"之实情而"行"之。文木老人对此种"节烈"，未必首肯，每于字里行间，透露出乃父之情伪，实为皮里阳秋之手法也。（陈美林《新批〈儒林外史〉》回评）

（万建清）

市井四奇客[1]

一个是会写字的。这人姓季，名遐年，自小儿无家无业，总在这些寺院里安身。见和尚传板[2]上堂吃斋，他便也捧着一个钵，站在那里，随堂吃饭。和尚也不厌他。他的字写的最好，却又不肯学古人的法帖，只是自己创出来的格调，由着笔性写了去。但凡人要请他写字时，他三日前，就要斋戒一日，第二日磨一天的墨，却又不许别人替磨。就是写个十四字的对联，也要用半碗墨。用的笔，都是那人家用坏了不要的，他才用。到写字的时候，要三四个人替他拂着纸，他才写。一些拂的不好，他就要骂、要打。却是要等他情愿，他才高兴。他若不情愿时，任你王侯将相，大捧的银子送他，他正眼儿也不看。他又不修边幅，穿着一件稀烂的直裰，鞔着一双破不过的蒲鞋。每日写了字，得了人家的笔资，自家吃了饭，剩下的钱就不要了，随便不相识的穷人，就送了他。

那日大雪里，走到一个朋友家，他那一双稀烂的蒲鞋，踹了他一书房的滋泥。主人晓得他的性子不好，心里嫌他，不好说出，只得问道："季先生的尊履坏了，可好买双换换？"季遐年道："我没有钱。"那主人道："你肯写一幅字送我，我买鞋送你了。"季遐年道："我难道没有鞋，要你的？"主人厌他腌臜，自己走了进去，拿出一双鞋来，道："你先生且请略换换，恐怕脚底下冷。"季遐年恼了，并不作别，就走出大门，嚷道："你家甚么要紧的地方！我这双鞋就不可以坐在你家！我坐在你家，还要算抬举你。我都希罕你的鞋穿！"一直走回天界寺，气哺哺的⁽³⁾又随堂吃了一顿饭。

吃完，看见和尚房里摆着一匣子上好的香墨，季遐年问道："你这墨可要写字？"和尚道："这是昨日施御史的令孙老爷送我的。我还要留着转送别位施主老爷，不要写字。"季遐年道："写一副好哩。"不由分说，走到自己房里，拿出一个大墨荡子⁽⁴⁾来，拣出一锭墨，舀些水，坐在禅床上替他磨将起来。和尚分明晓得他的性子，故意的激他写。他在那里磨墨，正磨的兴头，侍者进来向老和尚说道："下浮桥的施老爷来了。"和尚迎了出去。那施御史的孙子已走进禅堂来，看见季遐年，彼此也不为礼，自同和尚到那边叙寒温。季遐年磨完了墨，拿出一张纸来，铺在桌上，叫四个小和尚替他按

着。他取了一管败笔,蘸饱了墨,把纸相[5]了一会,一气就写了一行。那右手后边小和尚动了一下,他就一凿,把小和尚凿矮了半截,凿的杀喳的叫。老和尚听见,慌忙来看,他还在那里急的嚷成一片。老和尚劝他不要恼,替小和尚按着纸,让他写完了。施御史的孙子也来看了一会,向和尚作别去了。

次日,施家一个小厮走到天界寺来,看见季遐年,问道:"有个写字的姓季的可在这里?"季遐年道:"问他怎的?"小厮道:"我家老爷叫他明日去写字。"季遐年听了,也不回他,说道:"罢了。他今日不在家,我明日叫他来就是了。"次日走到下浮桥施家门口,要进去。门上人拦住道:"你是甚么人,混往里边跑!"季遐年道:"我是来写字的。"那小厮从门房里走出来看见,道:"原来就是你!你也会写字?"带他走到敞厅上,小厮进去回了。施御史的孙子刚刚走出屏风,季遐年迎着脸大骂道:"你是何等之人,敢来叫我写字!我又不贪你的钱,又不慕你的势,又不借你的光,你敢叫我写起字来!"一顿大嚷大叫,把施乡绅骂的闭口无言,低着头进去了。那季遐年又骂了一会,依旧回到天界寺里去了。

又一个是卖火纸筒子[6]的。这人姓王,名太,他祖代是三牌楼卖菜的,到他父亲手里,穷了,把菜园都卖掉了。他自小儿最喜下围棋。后来父亲死了,他无以为生,每日到虎踞关一带卖火纸筒过活。

那一日,妙意庵做会。那庵临着乌龙潭。正是初夏的天气,一潭簇新的荷叶,亭亭浮在水上。这庵里曲曲折折,也有许多亭榭,那些游人都进来顽耍。王太走将进来,各处转了一会,走到柳阴树下,一个石台,两边四条石凳,三四个大老官簇拥着两个人在那里下棋。一个穿宝蓝的道:"我们这位马先生前日在扬州盐台那里,下的是一百一十两的彩,他前后共赢了二千多银子。"一个穿玉色的少年道:"我们这马先生是天下的大国手,只有这卞先生受两子还可以敌得来。只是我们要学到卞先生的地步,也就着实费力了。"王太就挨着身子上前去偷看。小厮们看见他穿的褴褛,推推搡搡,不许他上前。底下坐的主人道:"你这样一个人,也晓得看棋?"王太道:"我也略晓得些。"撑着看了一会,嘻嘻的笑。

那姓马的道:"你这人会笑,难道下得过我们?"王太道:"也勉强将就。"主人道:"你是何等之人,好同马先生下棋!"姓卞的道:"他既大胆,就叫他出个丑何妨!才晓得我们老爷们下棋,不是他插得嘴的!"王太也不推辞,摆起子来,就请那姓马的动着。旁边人都觉得好笑。那姓马的同他下了几着,觉的他出手不同。下了半盘,站起身来道:"我这棋输了半子了!"那些人都不晓得。姓卞的道:"论这局面,却是马先生略负了些。"众人大惊,就要拉着王太吃酒。王太大笑道:"天下那里还有个快活似杀矢棋的事!我杀过矢棋,心里快活极了,那里还吃的下酒!"说毕,哈哈大笑,头也不回,就去了。

一个是开茶馆的。这人姓盖,名宽,本来是个开当铺的人。他二十多岁的时候,家里有钱,开着当铺,又有田地,又有洲场[7]。那亲戚本家都是些有钱的。他嫌这些人俗气,每日坐在书房里做诗看书,又喜欢画几笔。后来画的画好,也就有许多做诗做画的来同他往来。虽然诗也做的不如他好,画也画的不如他好,他却爱才如命。遇着这些人来,留着吃酒吃饭,说也有,笑也有。这些人家里有冠、婚、丧、祭的紧急事,没有银子,来向他说,他从不推辞,几百几十拿与人用。那些当铺里的小官,看见主人这般举动,都说他有些呆气,在当铺里尽着做弊,本钱渐渐消折了。田地又接连几年都被水淹,要赔种赔粮,就有那些混帐人来劝他变卖。买田的人嫌田地收成薄,分明值一千的只好出五六百两。他没奈何,只得卖了。卖来的银子,又不会生发[8],只得放在家里秤用。能用得几时?又没有了,只靠着洲场利钱还人。不想伙计没良心,在柴院子里放火,命运不好,接连失了几回火,把院子里的几万担柴尽行烧了。那柴烧的一块一块的,结成就和太湖石一般,光怪陆离。那些伙计

把这东西搬来给他看。他看见好顽,就留在家里。家里人说:"这是倒运的东西,留不得!"他也不肯信,留在书房里顽。伙计见没有洲场,也辞出去了。

又过了半年,日食艰难,把大房子卖了,搬在一所小房子住。又过了半年,妻子死了,开丧出殡,把小房子又卖了。可怜这盖宽带着一个儿子,一个女儿,在一个僻净巷内,寻了两间房子开茶馆。把那房子里面一间与儿子、女儿住;外一间摆了几张茶桌子,后檐支了一个茶炉子,右边安了一副柜台;后面放了两口水缸,满贮了雨水。他老人家清早起来,自己生了火,搧着了,把水倒在炉子里放着,依旧坐在柜台里看诗画画。柜台上放着一个瓶,插着些时新花朵,瓶旁边放着许多古书。他家各样的东西都变卖尽了,只有这几本心爱的古书是不肯卖的。人来坐着吃茶,他丢了书就来拿茶壶、茶杯。茶馆的利钱有限,一壶只赚得一个钱,每日只五六十壶茶,只赚得五六十个钱。除去柴米,还做得甚么事!

那日正坐在柜台里,一个邻居老爹过来同他谈闲话。那老爹见他十月里还穿着夏布衣裳,问道:"你老人家而今也算十分艰难了,从前有多少人受过你老人家的惠,而今都不到你这里来走走。你老人家这些亲戚本家,事体总还是好的,你何不去向他们商议,借个大大的本钱,做些大生意过日子?"盖宽道:"老爹,'世情看冷暖,人面逐高低'。当初我有钱的时候,身上穿的也体面,跟的小厮也齐整,和这些亲戚本家在一块,还搭配的上。而今我这般光景,走到他们家去,他就不嫌我,我自己也觉得可厌。至于老爹说有受过我的惠的,那都是穷人,那里还有得还出来!他而今又到有钱的地方去了,那里还肯到我这里来!我若去寻他,空惹他们的气,有何趣味!"邻居见他说的苦恼,因说道:"老爹,你这个茶馆里冷清清的,料想今日也没有甚人来了,趁着好天气,和你到南门外顽顽去。"盖宽道:"顽顽最好,只是没有东道,怎处?"邻居道:"我带个几分银子的小东,吃个素饭罢。"盖宽道:"又扰你老人家。"

说着,叫了他的小儿子出来看着店,他便同那老爹一路步出南门来。到门店里,两个人吃了五分银子的素饭。那老爹会了帐,打发小菜钱,一径踱进报恩寺里。大殿南廊,三藏禅林,大锅,都看了一回。又到门口买了一包糖,到宝塔背后一个茶馆里吃茶。邻居老爹道:"而今时世不同,报恩寺的游人也少了,连这糖也不如二十年前买的多。"盖宽道:"你老人家七十多岁年纪,不知见过多少事,而今不比当年了。像我也会画两笔画,要在当时虞博士那一班名士在,那里愁没碗饭吃!不想而今就艰难到这步田地!"那邻居道:"你不说我也忘了。这雨花台左近有个泰伯祠,是当年句容一个迟先生盖造的。那年请了虞老爷来上祭,好不热闹!我才二十多岁,挤了来看,把帽子都被人挤掉了。而今可怜那祠也没人照顾,房子都倒掉了。我们吃完了茶,同你到那里看看。"

　　说着,又吃了一卖牛首豆腐干[9],交了茶钱,走出来,从冈子上踱到雨花台左首,望见泰伯祠的大殿,屋山头[10]倒了半边。来到门前,五六个小孩子在那里踢球,两扇大门倒了一扇,睡在地下。两人走进去,三四个乡间的老妇人在那丹墀里挑[11]荠菜,大殿上槅子都没有了。又到后边,五间楼直桶桶的,楼板都没有一片。两个人前后走了一交,盖宽叹息道:"这样名胜的所在,而今破败至此,就没有一个人来修理。多少有钱的,拿着整千的银子去起盖僧房道院,那一个肯来修理圣贤的祠宇!"邻居老爹道:"当年迟先生买了多少的家伙,都是古老样范的,收在这楼底下几张大柜里,而今连柜也不见了!"盖宽道:"这些古事,提起来令人伤感,我们不如回去罢!"两人慢慢走了出来。

　　邻居老爹道:"我们顺便上雨花台绝顶。"望着隔江的山色,岚翠鲜明,那江中来往的船只,帆樯历历可数;那一轮红日,沉沉的傍着山头下去了。两个人缓缓的下了山,进城回去。盖宽依旧卖了半年的茶。次年三月间,有个人家出了八两银子束脩,请他到家里教馆去了。

一个是做裁缝的。这人姓荆,名元,五十多岁,在三山街开着一个裁缝铺。每日替人家做了生活,余下来工夫就弹琴写字,也极喜欢做诗。朋友们和他相与的问他道:"你既要做雅人,为甚么还要做你这贵行?何不同些学校里人相与相与?"他道:"我也不是要做雅人,也只为性情相近,故此时常学学。至于我们这个贱行,是祖父遗留下来的,难道读书识字,做了裁缝就玷污了不成?况且那些学校中的朋友,他们另有一番见识,怎肯和我们相与?而今每日寻得六七分银子,吃饱了饭,要弹琴,要写字,诸事都由得我;又不贪图人的富贵,又不伺候人的颜色,天不收,地不管,倒不快活?"朋友们听了他这一番话,也就不和他亲热。

一日,荆元吃过了饭,思量没事,一径踱到清凉山来。这清凉山是城西极幽静的所在。他有一个老朋友,姓于,住在山背后。那于老者也不读书,也不做生意,养了五个儿子,最长的四十多岁,小儿子也有二十多岁。老者督率着他五个儿子灌园。那园却有二三十亩大,中间空隙之地,种了许多花卉,堆着几块石头。老者就在那旁边盖了几间茅草房,手植的几树梧桐,长到三四十围大。老者看看儿子灌了园,也就到茅斋生起火来,煨好了茶,吃着,看那园中的新绿。这日,荆元走了进来,于老者迎着道:"好些时不见老哥来,生意忙得紧?"荆元道:"正是,今日才打发清楚些,特来看看老爹。"于老者道:"恰好烹了一壶现成茶,请用杯。"斟了送过来。荆元接了,坐着吃,道:"这茶,色、香、味都好,老爹,却是那里取来的这样好水?"于老者道:"我们城西不比你城南,到处井泉都是吃得的。"荆元道:"古人动说桃源避世,我想起来,那里要甚么桃源!只如老爹这样清闲自在,住在这样城市山林的所在,就是现在的活神仙了!"于老者道:"只是我老拙一样事也不会做,怎的如老哥会弹一曲琴,也觉得消遣些。近来想是一发弹的好了,可好几时请教一回?"荆元道:"这也容易。老爹不厌污耳,明日我把琴来请教。"说了一会,辞别回来。

次日,荆元自己抱了琴来到园里,于老者已焚下一炉好香,在那里等候。彼此见了,又说了几句话。于老者替荆元把琴安放在石凳上。荆元席地坐下,于老者也坐在旁边。荆元慢慢的和了弦,弹起来,铿铿锵锵,声振林木,那些鸟雀闻之,都栖息枝间窃听。弹了一会,忽作变徵(12)之音,凄清宛转。于老者听到深微之处,不觉凄然泪下。自此,他两人常常往来。当下也就别过了。

【注释】(1)本段选自《儒林外史》第五十五回《添四客述往思来 弹一曲高山流水》。说的是南京的名士消磨殆尽,儒林中不复存在讲究文行出处的"真儒",于是作者把目光移向了市井,描写了四个奇人,以探寻新的出路。

(2)传板:指佛寺里挂在食堂前面的鱼形木梆,开饭时击板通知僧众,称饭板或饭梆。 (3)气哺哺的:气呼呼的,形容余怒未平的样子。 (4)墨荡子:磨贮墨汁用的小盆。 (5)相(xiàng):察看。这里指写字前根据要写的字数,在裁好的纸上估量位置,以便字幅匀称美观。 (6)火纸筒子:贮放火纸的竹筒。火纸,点火用的纸卷,用表芯纸搓成,也称捻子媒子。把点着的火纸放进竹筒闷熄,便于下次用火石点燃。 (7)洲场:长江中新涨的沙洲,开始时栽芦苇,时间久了也可种庄稼。 (8)生发:经营谋利,即孳生利息的意思。 (9)牛首豆腐干:牛首山(南京西南)一带制售的豆腐干。 (10)屋山头:指山墙上面山字形的部分。 (11)挑:挖取,掘取。 (12)变徵(zhǐ):古乐七音之四,比徵低半音。

【今译】(略)

【点评】此段主要围绕一个"奇"字展开,通过季遐年、王太、盖宽、荆元四位市井小民不同流俗的言行,表现了四位奇人不求功名,不慕富贵、自食其力的高尚人格,寄托了作者的人生理想和希望。四客都是下层民众,季遐年是一个无业者,王太卖火纸筒子,盖宽开茶馆,荆元做裁缝,与小说正文中描写的那些士子显然身份不同,但他们又都有着知识分子的艺术爱好,季遐年会写字,王太善围棋,盖宽喜画画,荆元工弹琴,此一奇也。四客虽都有一技之长,却并不借此博取功名富贵,他们摆脱了封建统治阶级所安排的"学成

文武艺,货与帝王家"的传统道路,不为帝王活着,不为八股活着,不为功名活着,不为富贵活着,而只为自己活着,此二奇也。四客不但在政治上不像封建士子那样有依附性,在生活上也没有他们的寄生性。他们自食其力,取得了独立自主的生活方式。季遐年靠写字得笔资,王太卖火纸筒过活,盖宽开茶馆谋生,荆元做裁缝自足,此三奇也。四客不仅自食其力,而且能把自己的余力从事于自己的爱好,充分发挥了自己的艺术才能。季遐年写的字"最好",却不肯学古人的法帖,只是自己创出来的格调,由着笔性写了去;王太下围棋能"杀矢""天下大国手";盖宽"画的画好";荆元弹琴弹得好,"鸟雀闻之,都栖息枝间窃听",此四奇也。更主要的是,四客只凭性情做事,人格独立自由,过着"又不贪图人的富贵,又不伺候人的颜色,天不收,地不管"的快活生活,告别了奴性人格。季遐年写字要"等他情愿",否则任你王侯将相,大捧的银子送他,他正眼儿也不看;王太善弈,却只为杀矢棋的"快活";盖宽虽工画画,却不以贸利,自甘平淡,不淘闲气;荆元精于弹琴,"只为性情相近",不但不与学校中人相与,反而引灌园之于老者为知音,此五奇也。在四客身上,集中体现了作者崭新的人生理想,说明作者已对自己本阶级的士子不抱任何幻想,而把希望寄托在与自己不同阶层的下层民众身上,通过他们去探寻新的出路。当然,在四客身上,作者流露了较严重的士人情绪,对四客是否能反映生活发展的必然趋势,成为一代之理想人物,作者亦流露出相当的犹豫,除盖宽被人请"到家里教馆去"外,其余三客今后命运如何,作者没有交代,而以不结之结予以了结。就季遐年、王太、盖宽、荆元这四个人物形象来说,作者也并没有仅仅突出他们的共性,而且还写出了他们的个性。在作者笔下,季遐年落拓不羁,王太活泼爽快,盖宽豪放通脱,荆元淡泊恬静,写来各有特点,绝不雷同。至于作者将各自独立成篇的四个奇人的故事放在一起描写,实际上包含了"琴棋书画"的传统命题。作者还有意更换"琴棋书画"四者的通常序列,而将"琴"于最后叙写,并以荆元"凄清宛转"的"变徵之音"加以收束,既透露了作者的淑世深悲,也写出了奇人只能争取一定程度的内心平静,其实并无路可走的悲凉心境。但无论如何,作者能够跳出自己的阶级局限,站在时代的高度,从市井中间找寻新的出路,这种探索精神无疑是值得肯定的。

【集说】以琴棋书画四项作余音,文字别开畦町,令人神怡。(齐省堂增

订本《儒林外史》回评)

　　一部儒林,终之以琴,滔滔天下,谁是知音?(黄小田评本《儒林外史》回评)

　　迨南京名士渐已消磨,先贤祠亦荒废,而奇人幸未绝于市井,一为"会写字的",一为"卖火纸筒子的",一为"开茶馆的",一为"做裁缝的"。末一尤恬淡,居三山街,曰荆元,能弹琴赋诗,缝纫之暇,往往以此自遣,亦间访其同人。然独不乐与士人往还,且知士人亦不屑与友:固非"儒林"中人也。(鲁迅《中国小说史略》)

　　说四客以为阙音,四客各明一义:季忘势,王率性、盖齐得丧,荆蹈平常。四者合则大贤矣。(刘咸炘《小说裁论》)

　　正文情节实于上回书已结束,此回书则别开天地,"添"写与正文中人物身分不同之"四客"。开端一节文字,总结过去,所谓"述往"也。但文木老人并未仅停留于抒发思古之幽情,而是着力于"思来",也即是将眼光注视着未来,特别是从"市井中间"探寻未来。(陈美林《新批〈儒林外史〉》回评)

(万建清)

曹雪芹

曹雪芹,清代人。生于康熙五十四年(1715),卒于乾隆二十七年壬午除夕(1763);亦有认为其生于雍正二年(1724),卒于乾隆二十八年癸未除夕(1764)或乾隆二十九年甲申(1764)。名霑,字梦阮,号雪芹又号芹溪居士。是中国文学史上最伟大也是最复杂的作家。祖籍有河北丰润与辽宁辽阳说,生于南京,汉军正白旗人。雍正初年,曹家被抄没后举家迁往北京,曾供职于右翼宗学。晚年居住北京西山,生活穷愁潦倒而又嗜酒狂放,约于此时开始写作不朽的文学巨著《红楼梦》。该书前八十回在他去世前十年左右即已传抄问世,后半部据资料考订,基本上已经完成而未能传抄行世,后终于遗失,是不可弥补的损失。雪芹工诗善画,具有多方面的艺术才能。

高鹗

　　高鹗,清代人,约生于乾隆二十八年(1763),卒于嘉庆二十年(1815)。字兰墅,别号红楼外史,祖籍辽宁铁岭。乾隆五十三年(1788)中举人,与诗人张问陶同年。六十年(1795)中进士,以内阁侍读为顺天乡试同考官。高鹗中进士前曾续补《红楼梦》后四十回并作序,与曹雪芹的前八十回合刻行世。高鹗续补的后四十回,大体上与雪芹的前八十回保持了结构上的统一,并以悲剧作结,所以虽然其艺术水平远不及曹著,仍为《红楼梦》作为一部完整的作品而广泛流传做出了贡献。高鹗还著有《兰墅诗抄》《高兰墅集》和《月小山房遗稿》等诗文集。

《红楼梦》(节选)

熙凤出场[1]

一语未了,只听见后院中有人笑声,说:"我来迟了,不曾迎接远客!"黛玉纳罕道:"这些人个个皆敛声屏气,恭肃严整如此,这来者系谁,这样放诞无礼?"心下想时,只见一群媳妇丫鬟围拥着一个人从后房门进来。这个人打扮与众姑娘不同,彩绣辉煌,恍若神妃仙子:头上戴着金丝八宝攒珠髻[2],绾着朝阳五凤挂珠钗[3],项上带着赤金盘螭璎珞圈[4];裙边系着豆绿宫绦、双衡比目玫瑰佩[5],身上穿着缕金百蝶穿花大红洋缎窄褃袄[6],外罩五彩刻丝石青银鼠褂[7];下着翡翠撒花洋绉裙[8]。一双丹凤三角眼,两弯柳叶吊梢眉[9],身量苗条,体格风骚,粉面含春威不露,丹唇未启笑先闻。黛玉连忙起身接见。贾母笑道:"你不认得他,他是我们这里有名的一个泼皮破落户儿[10],南省俗谓作'辣子',你只叫他'凤辣子'就是了。"黛玉正不知以何称呼,只见众姊妹都忙告诉他道:"这是琏嫂子。"黛玉虽不识,也曾听见母亲说过,大舅贾赦之子贾琏,娶的就是二舅母王氏之内侄女,自幼假充男儿教养的,学名王熙凤。黛玉忙陪笑见礼,以"嫂"呼之。这熙凤携着黛玉的手,上下细细打量了一回,仍送至贾母身边坐下,因笑道:"天下真有这样标致的人物,我今儿才算见了!况且这通身的气派,竟不像老祖宗的外孙女儿,竟是个嫡亲的孙女,怨不得老祖宗天天口头心头一时不忘。只可怜我这妹妹这样命苦,怎么姑妈偏就去世了!"说着,便用帕拭泪。贾母笑道:"我才好了,你倒来招我。你妹妹远路才来,身子又弱,也才劝住了,快再休提前话。"这熙凤听了,忙转悲为喜道:"正是呢!我一见了妹妹,一心都在他身上了,又是喜欢,又是伤心,竟忘记了老祖宗。该打,该打!"又忙携黛玉之手,问:"妹妹几岁了?可也上过学?现吃什么药?在这里不要想家,想要什么吃的、什么玩的,只管告诉我;丫头老婆们不好了,也只管告诉我。"一面又问婆子们:"林姑娘的行李东西可搬进来了?带了几个人来?你们赶早打扫两间下房,让他们去歇歇。"

　　说话时,已摆了茶果上来。熙凤亲为捧茶捧果。又见二舅母问他:"月钱(11)放过了不曾?"熙凤道:"月钱已放完了。才刚带着人到后楼上找缎子,找了这半日,也并没有见昨日太太说的那样的,想是太太记错了?"王夫人道:"有没有,什么要紧。"因又说道:"该随手拿出两个来给你这妹妹去裁衣裳的,等晚上想着叫人再去拿罢,可别忘了。"熙凤道:"这倒是我先料着了,知道妹妹不过这两日到的,我已预备下了,等太太回去过了目好送来。"王夫人一笑,点头不语。

【注释】(1)本段选自《红楼梦》第三回《贾雨村夤缘复旧职　林黛玉抛父进京都》。说的是林黛玉因母丧进京依傍其外祖母及舅父家,初次见到贾府中的亲戚的情景,着重刻画了王熙凤泼辣干练的形象。以下注释参照中国艺术研究院校注本。　(2)金丝八宝攒珠髻:用金丝穿绕珍珠和镶嵌八宝(玛瑙、碧玉之类)制成的珠花的发髻。　(3)朝阳五凤挂珠钗:一种长钗,样子是一支钗上分出五股,每股一支凤凰,口衔一串珍珠。　(4)赤金盘螭(chī)璎珞圈:螭,古代传说中的无角龙,璎珞,联缀起来的珠玉。　(5)双衡比目玫瑰佩:衡,佩玉上部的小横杠,用以系饰物。比目玫瑰佩,玫瑰色的玉片雕琢成双鱼形的玉佩。　(6)缕金百蝶穿花大红洋缎窄裉(kèn)袄:裉,上衣前后两幅在腋下合缝的部分。这句话指在大红洋缎衣面上用金线绣成百蝶穿花图案的紧身袄。　(7)五彩刻丝石青银鼠褂:石青色的衣面上有各种彩色刻丝、衣里是银鼠皮的褂子。　(8)翡翠撒花洋绉裙:翡翠,翠绿色。撒花,在绸缎上用散碎小花点组成的花样或图案。洋绉,极薄而软的平纹春绸,微带自然皱纹。 (9)丹凤三角眼,两弯柳叶吊梢眉:眼角向上微翘,俗称"丹凤眼"。柳叶吊梢眉,形容眉梢斜飞入鬓的样子。 (10)泼皮破落户:原指没有正当生活来源的无赖。这里形容凤姐泼辣,是戏谑的称谓。 (11)月钱:封建社会的富户大家每月按等级发给家中人等供零用的钱。

【今译】(略)

【点评】此段主要写《红楼梦》中一个主要人物——王熙凤的形象和性格。王熙凤是"金陵十二钗"之一,她是贾府中实际掌管权力的女性。全文通过初到贾府的林黛玉的视角来描写王熙凤的登场,显得很有特色。在各个皆敛声屏气、恭肃严整的气氛下,王熙凤却人未到而声先闻:"我来迟了,不曾迎接远客。"表现了她那与众不同、喜欢显示自己的骄横性格。接着描写她的形象时,作者又紧紧抓住她那"与众姑娘不同"的"彩绣辉煌"、珠光宝气的服饰,进一步揭示了她那喜欢表现自己、处处争强好胜的性格和她的俗气。"粉面含春威不露,丹唇未启笑先闻"两句,则极为简练、深刻地展现了这个性格复杂外露而又心机深重的女性的外貌特征。王熙凤的精明干练不仅表现在衣饰、形象上,而且通过她的言行,更可以使我们窥见其深层的心理意识。她知道贾母疼爱黛玉,便先笑着夸其像贾母的"嫡亲孙女",然而一提及黛玉的母亲即贾母的亲生女儿时,马上转笑为悲,"用帕拭泪"。当贾母制止她后,"忙转悲为喜"……悲、喜的情绪变化,既非常之迅疾,又非常之自然得体。王熙凤这个人物的形象和性格通过这寥寥数笔的勾勒,便栩栩如生地跃然纸上,呼之欲出了!

【集说】第一笔,阿凤三魂六魄已被作者拘定了,后文焉得不活跳纸上。此等文字非仙助即神助,从何而得此机括耶。(甲戌本《脂砚斋重评石头记》第三回夹批)

另磨新墨,搦锐笔,特独出熙凤一人。未写其形,先使闻声,所谓"绣幡开遥见英雄俺"也。(同上,眉批)

阿凤笑声进来,老太君打诨,虽是空口传声,却是补出一向晨昏起居,阿凤于太君处承欢应候一刻不可少之人,看官勿以为闲文淡文也。(同上,夹批)。

王熙凤初见黛玉,写得笔歌墨舞,异样风神。(佚名《读红楼梦随笔》第三回批语)

(胡邦炜)

共读《西厢》⁽¹⁾

那一日正当三月中浣⁽²⁾,早饭后,宝玉携了一套《会真记》⁽³⁾,走到沁芳闸桥边桃花底下一块石上坐着,展开《会真记》,从头细玩。正看到"落红成阵",只见一阵风过,把树头上桃花吹下一大半来,落的满身满书满地皆是。宝玉要抖将下来,恐怕脚步践踏了,只得兜了那花瓣,来至池边,抖在池内。那花瓣浮在水面,飘飘荡荡,竟流出沁芳闸去了。

回来只见地下还有许多,宝玉正踟蹰间,只听背后有人说道:"你在这里作什么?"宝玉一回头,却是林黛玉来了,肩上担着花锄,锄上挂着花囊,手内拿着花帚。宝玉笑道:"好,好,来把这个花扫起来,撂在那水里。我才撂了好些在那里呢。"林黛玉道:"撂在水里不好。你看这里的水干净,只一流出去,有人家的地方脏的臭的混倒,仍旧把花糟塌了。那畸角上我有一个花冢,如今把他扫了,装在这绢袋里,拿土埋上,日久不过随土化了,岂不干净。"

宝玉听了喜不自禁,笑道:"待我放下书,帮你来收拾。"黛玉道:"什么书?"宝玉见问,慌的藏之不迭,便说道:"不过是《中庸》《大学》。"黛玉笑道:"你又在我跟前弄鬼。趁早儿给我瞧,好多着呢。"宝玉道:"好妹妹,若论你,我是不怕的。你看了,好歹别告诉

别人去。真真这是好书!你要看了,连饭也不想吃呢。"一面说,一面递了过去。林黛玉把花具且都放下,接书来瞧,从头看去,越看越爱看,不到一顿饭工夫,将十六出俱已看完,自觉词藻警人,余香满口。虽看完了书,却只管出神,心内还默默记诵。

宝玉笑道:"妹妹,你说好不好?"林黛玉笑道:"果然有趣。"宝玉笑道:"我就是个'多愁多病身',你就是那'倾国倾城貌(4)'。"林黛玉听了,不觉带腮连耳通红,登时直竖起两道似蹙非蹙的眉,瞪了两只似睁非睁的眼,微腮带怒,薄面含嗔,指宝玉道:"你这该死的胡说!好好的把这淫词艳曲弄了来,还学了这些混话来欺负我。我告诉舅舅舅母去。"说到"欺负"两个字上,早又把眼睛圈儿红了,转身就走。宝玉着了急,向前拦住说道:"好妹妹,千万饶我这一遭,原是我说错了。若有心欺负你,明儿我掉在池子里,教个癞头鼋吞了去,变个大忘八(5),等你明儿做了'一品夫人'病老归西的时候,我往你坟上替你驮一辈子的碑去。"说的林黛玉嗤的一声笑了,揉着眼睛,一面笑道:"一般也唬的这个调儿,还只管胡说。呸,原来是苗而不秀,是个银样镴枪头(6)。"宝玉听了,笑道:"你这个呢?我也告诉去。"林黛玉笑道:"你说你会过目成诵,难道我就不能一目十行?"

宝玉一面收书,一面笑道:"正经快把花埋了罢,别提那个了。"二人便收拾落花。

【注释】(1)本段选自《红楼梦》第二十三回《西厢记妙词通戏语 牡丹亭艳曲警芳心》。说的是林黛玉在一个暮春的日子里,与贾宝玉一起阅读《西厢记》,同时掩埋落花的故事。以下注释参照中国艺术研究院校注本。

(2)中浣——指每月的中旬。浣:洗涤。唐代规定官吏们一个月中每十日休假一天,用来沐浴、洗涤。一个月分上浣、中浣、下浣。后借作上旬、中旬、下旬的别称。 (3)《会真记》——即唐代元稹作的传奇小说《莺莺传》。因文中有"会真"诗三十韵,故又称《会真记》。金、元人把其中的故事演为诸宫调和杂剧,名为《西厢记》。这里指元代王实甫的杂剧《西厢记》。 (4)倾国倾城貌——《西厢记》第一本第四折,张生称自己是"多愁多病身",莺莺是"倾国倾城貌"。倾:倾覆。《汉书·孝武李夫人传》:"延年侍上起舞,歌曰:'北方有佳人,绝世而独立,一顾倾人城,再顾倾人国。'"后常用"倾国倾城"形容女子的美貌。 (5)癞头鼋、大忘八——鼋:大鳖。这里的大忘八指俗传中能驮碑的大乌龟,实为赑屃(bì xì),是传说中龙所生的怪物,似龟,好负重。见《升庵外集》。 (6)"苗而不秀"两句——即中看不中用的意思,语出《西厢记》第四本第二折。苗而不秀:语见《论语·子罕》:"子曰:'苗而不秀者有矣夫!'"意谓庄稼苗长了,却不秀穗。喻才质秀美而无才干,没有什么成就。后亦用以比喻虚有其表,其实无能。银样镴枪头,与此义近。镴是一种铅锡合金,色似银,亮而软。

【今译】(略)

【点评】此段在《红楼梦》中是十分著名的一个情节,表现了贾宝玉和林黛玉在大观园这个特定的环境中逐渐萌生的爱情和他们的叛逆精神,以及他们对大自然和生活的热爱。《红楼梦》的伟大处之一,就在于它在封建社会的末期就提出了一个在现代社会甚至将来社会中都普遍适用的爱情原则——真正的爱情必须建立在思想感情一致的基础上。在这段文字中,我们可以看出宝、黛二人的思想感情完全一致,他们的心灵是相通的。宝玉见到桃花飘飞,"落红成阵""恐怕脚步践踏了",便将花瓣兜起来抖落池水中;而林黛玉则把花"扫起来",葬入花冢,生怕把花糟蹋了。他们并没有相互商量,却有着几乎完全一致的心理和行为方式,这一情节是十分深刻的。同时,通过他们二人都爱读《西厢记》这样具有反封建倾向的书,更进一步表现了他们都有着相同的叛逆精神。贾宝玉说这书"真真是好书"!林黛玉对这书也"越看越爱看""自觉词藻警人,余香满口",看得心醉神迷,这一情节也同样深刻隽永,举重若轻。像《西厢记》这样的"禁书"传入大观园里,说明壁垒森严的封建贵族家庭已经无法阻止新思想的侵蚀了。当然,宝黛二人虽然都是封建制度的叛逆者,但他们毕竟是贵族出身的公子和小姐,所以他们在表达感情上是十分隐晦曲折的。林黛玉本来明明喜欢《西厢记》,但是当宝玉用《西厢记》中的语言来向她暗示、表达自己

的感情时,她立刻"微腮带怒,薄面含嗔",把《西厢记》说成是"淫词艳曲"。这一方面固然表现了黛玉这个贵族少女的敏感、自尊的复杂内心世界,同时也表明了客观外界的环境对他们的强大约束力和压力,暗喻出他们的命运也只能像那飘飞的落花一样。

【集说】儿女情态,毫无淫念,韵雅之至。(王府本《红楼梦》第二十三回夹批)

黛玉花冢可与笔冢并传。(佚名《读红楼梦随笔》第二十三回批语)

写黛玉又胜宝玉十倍痴情。(有正本《红楼梦》脂砚斋第二十三回夹批)

微腮带怒,薄面含嗔,微字、薄字下得极妙。(狄平子有正本《红楼梦》第二十三回眉批)

(胡邦炜)

尤三姐笑骂浪荡子[1]

贾琏便推门进去,笑说:"大爷在这里,兄弟来请安。"贾珍羞的无话,只得起身让坐。贾琏忙笑道:"何必又作如此景象,咱们弟兄从前是如何样来!大哥为我操心,我今日粉身碎骨,感激不尽。大哥若多心,我意何安。从此以后,还求大哥如昔方好;不然,兄弟能可绝后,再不敢到此处来了。"说着,便要跪下。慌的贾珍连忙搀起,只说:"兄弟怎么说,我无不领命。"贾琏忙命人:"看酒来,我和大哥吃两杯。"又拉尤三姐说:"你过来,陪小叔子一杯。"贾珍笑着说:"老二,到底是你,哥哥必要吃干这钟。"说着,一扬脖。尤三姐站在炕上,指贾琏笑道:"你不用和我花马吊嘴[2]的,清水下杂面,你吃我看见。见提着影戏人子[3]上场,好歹别戳破这层纸儿。你别油蒙了心,打谅我们不知道你府上的事。这会子花了几个臭钱,你们哥儿俩拿着我们姐儿两个权当粉头来取乐儿,你们就打错了算盘了。我也知道你那老婆太难缠,如今把我姐姐拐了来做二房,偷的锣儿敲不得。我也要会会那凤奶奶去,看他是几个脑袋几只手。若大家好取和便罢;倘若有一点叫人过不去,我有本事先把你两个的牛黄狗宝[4]掏了出来,再和那泼妇拼了这命,也不算是尤三姑奶奶!喝酒怕什么,咱们就喝!"说着,自己绰起壶来斟了一杯,自己先喝了半杯,搂过贾琏的脖子来就灌,说:"我和你哥哥已经吃过了,咱们来亲香亲香。"唬的贾琏酒都醒了。贾珍也不承望尤三姐这等无耻老辣。弟兄两个本是风月场中耍惯的,不想今日反被这闺女一席话说住。尤三姐一叠声又叫:"将姐姐请来,要乐咱们四个一处同乐。俗语说'便意不过当家',他们是弟兄,咱们是姊妹;又不是外人,只管上来。"尤二姐反不好意思起来。贾珍得便就要一溜,尤三姐那里肯放。贾珍此时方后悔,不承望他是这种为人,与贾琏反不好轻薄起来。

这尤三姐松松挽着头发,大红袄子半掩半开,露着葱绿抹胸,一痕雪脯。底下绿裤红鞋,一对金莲或翘或并,没半刻斯文。两个坠子却似打秋千一般,灯光之下,越显得柳眉笼翠雾,檀口点丹砂。本是一双秋水眼,再吃了酒,又添了饧涩淫浪,不独将他二姊压倒,据珍、琏评去,所见过的上下贵贱若干女子,皆未有此绰约风流者。二人已酥麻如醉,不禁去招他一招,他那淫态风情,反将二人禁住。那尤三姐放出手眼来略试了一试,他弟兄两个竟全然无一点别识别见,连口中一句响亮话都没了,不过是酒色二字而已。自己高谈阔论,任意挥霍洒落一阵,拿他弟兄二人嘲笑取乐,竟真是他嫖了男人,并非男人淫了他。一时他的酒足兴尽,也不容他弟兄多坐,撵了出去,自己关门睡去了。

【注释】(1)本段选自《红楼梦》第六十五回《贾二舍偷娶尤二姨 尤三姐思嫁柳二郎》。说的是贾琏贾珍兄弟寻花问柳,玩弄妇女,贾琏偷娶尤二姐后,又试图帮助贾珍占有尤三姐,结果反被尤三姐羞辱戏弄了一场,落得自讨没趣。此段文字将尤三姐敢于蔑视封建礼教和反抗精神写得淋漓尽致。以下注释参照中国艺术研究院校注本。(2)花马吊嘴:花言巧语,耍贫

嘴,哄骗人。(3)影戏人子:影戏中用皮或纸剪刻的人物。(4)牛黄狗宝:本指两种中药,均为结石,前者生于病牛胆内,后者长于癞狗腹中。这里用来骂人,比喻黑心肠、坏心思。

【今译】(略)

【点评】尤三姐是《红楼梦》中又一个很引人注目的女性。她与尤二姐都是贾珍续弦妻子尤氏的妹妹,出身微贱,长得又很漂亮,于是便沦为贾府那帮公子哥儿们的玩物。尤二姐后来甚至成为贾琏不公开的小妾。而在此之前,她们姐妹俩似乎都与贾珍、贾蓉父子有过暧昧关系。尤三姐尽管是一个被侮辱、受亵玩、遭践踏的女性,但是她在这种苦难与不幸的生活中终于觉醒了。于是,她以她特殊的行为方式奋起反抗!在此段中,通过描写尤三姐与贾珍、贾琏夜饮,贾琏要调戏她却反被她羞辱了一场,显示出一种龙腾虎跃、狮吼雷鸣的气势。正由于尤三姐看透了这帮贵族爷们污秽丑恶的内心世界,所以她在精神上处于俯临的地位,干脆撕破那一层薄薄的遮羞布,以恶对恶,先是戳穿贾氏兄弟拿她们姐妹"当粉头来取乐儿"的阴谋,然后嬉笑怒骂,任意挥洒,"拿他兄弟二人嘲笑取乐"。此段着力写尤三姐的语言与行动,都显得很个性化——如"你不用和我花马吊嘴的,清水下杂面,你吃我看……我有本事先把你两个的牛黄狗宝掏了出来……"将尤三姐尖锐泼辣、借酒作态、借题发挥的心理活动刻画得惟妙惟肖。一个被侮辱、被伤害的女子反抗报复的形象跃然纸上。

【集说】冶容诲淫而不予人淫,是真能颠倒众生者,尤三姐又是一种人物。尤三姐骂贾琏淋漓尽致,且多引俗语为譬,如清水下杂面,提着影戏人上场,偷来锣鼓打不得,牛黄狗宝掏出来……正喻夹写,倍加声色。(佚名《谈红楼梦随笔》回评)

柳眉十字何等活泼。(有正本《红楼梦》六十五回眉批)

鸳锋沥血碎萧娘。(看云主人《红楼梦百美合咏七言排律五十韵》)

(胡邦炜)

抄检大观园[1]

　　至晚饭后,待贾母安寝了,宝钗等入园时,王善保家的便请了凤姐一并入园,喝命将角门皆上锁,便从上夜的婆子处抄检起,不过抄检些多余攒下蜡烛灯油等物。王善保家的道:"这也是赃,不许动的,等明儿回过太太再动。"于是先就到怡红院中,喝命关门。当下宝玉正因晴雯不自在,忽见这一干人来,不知为何直扑了丫头们的房门去,因迎出凤姐来,问是何故。凤姐道:"丢了一件要紧的东西,因大家混赖,恐怕有丫头们偷了,所以大家都查一查去疑。"一面说,一面坐下吃茶。王善保家的等搜了一回,又细问这几个箱子是谁的,都叫本人来亲自打开。袭人因见晴雯这样,知道必有异事,又见这番抄检,只得自己先出来打开了箱子并匣子,任其搜检一番,不过是平常通用之物。随放下又搜别人的。挨次都一一搜过,到晴雯的箱子,因问:"是谁的?怎么不打开叫搜?"袭人等方欲代晴雯开时,只见晴雯挽着头发闯进来,嚯啷一声将箱子掀开,两手提着底子,朝天往地下一倒,将所有之物尽都倒出来。王善保家的也觉没趣看了一看,也无甚私弊之物,回了凤姐,要到别处去,凤姐道:"你们可细细的查;若这一番查不出来,难回话的。"众人都道:"都细翻了,没什么差错东西;虽有几样男人物件,都是小孩子的东西,想是宝玉的旧物件,没甚关系的。"凤姐听了,笑道:"既如此,咱们就走,再瞧别处去。"说着,一径出来,向王善保家的道:"我有一句话,不知是不是:要抄检只抄检咱们家的人,薛大姑娘屋里,断乎抄检不得的。"王善保家的笑道:"这个自然,岂有抄起亲戚家来的!"凤姐点头道:"我也这样说呢。"一头说,一头到了潇湘馆内。

　　……

　　又到探春院内,谁知早有人报与探春了。探春也就猜着必有原故,所以引出这等丑态来,遂命众丫鬟秉烛开门而待。一时众人来

了,探春故问何事。凤姐笑道:"因丢了一件东西,连日访察不出人来,恐怕旁人赖这些女孩子们,所以越性大家搜一搜,使人去疑。倒是洗净他们的好法子。"探春冷笑道:"我们的丫头自然都是些贼,我就是头一个窝主。既如此,先来搜我的箱柜,他们所偷了来的都交给我藏着呢。"说着便命丫头们把箱一齐打开,将镜奁、妆盒、衾袱、衣包若大若小之物,一齐打开,请凤姐去抄阅。凤姐陪笑道:"我不过是奉太太的命来,妹妹别错怪我。何必生气。"因命丫鬟们快快关上。平儿丰儿等忙着替侍书等关的关,收的收。探春道:"我的东西,倒许你们搜阅;要想搜我的丫头,这却不能!我原比众人歹毒,凡丫头所有的东西我都知道,都在我这里间收着,一针一线他们也没的收藏。要搜所以只来搜我。你们不依,只管去回太太,只说我违背了太太,怎么处治,我去自领。你们别忙,自然连你们抄的日子有呢!你们今日早起不是议论甄家,自己家里好好的抄家,果然今日真抄了!咱们也渐渐的来了!可知这样大族人家,若从外头杀来,一时是杀不死的。这可是古人说的,'百足之虫,死而不僵'(2),必须先从家里自杀自灭起来,才能一败涂地!"说着,不觉流下泪来。凤姐只看着众媳妇们。周瑞家的便道:"既是女孩子的东西全在这里,奶奶且请到别处去罢,也让姑娘好安寝。"凤姐便起身告辞。探春道:"可细细搜明白了?若明日再来,我就不依了。"凤姐笑道:"既然丫头们的东西都在这里,就不必搜了。"探春冷笑道:"你果然倒乖!连我的包袱都打开了,还说没翻!明日敢说我护着丫头们,不许你们翻了。你趁早说明,若还要翻,不妨再翻一遍。"凤姐知道探春素日与众不同的,只得陪笑道:"我已经连你的东西都搜察明白了。"探春又问众人:"你们也都搜明白了不曾?"周瑞家的等都陪笑说:"都明白了。"那王善保家的本是个心内没成算的人,素日虽闻探春的名,他想众人没眼力、没胆量罢了,那里一个姑娘就这样起来?况且又是庶出,他敢怎么?他自己又仗着是邢夫人的陪房,连王夫人尚另眼相待,何况别人?今见探春如此,只当是探春认真单恼凤姐,与他们无干,他便要趁势作脸献好,因越众向前拉起探春的衣襟,故意一掀,嘻嘻的笑道:"连姑娘身上我都翻下,果然没有什么。"凤姐见他这样,忙说:"妈妈走罢,别疯疯癫癫的。"一语未了,只听"啪"的一声,王家的脸上早着了探春一掌。探春登时大怒,指着王家的问道:"你是什么东西,敢来拉扯我的衣裳!我不过看着太太的面上,你又有年纪,叫你一声'妈妈';你就狗仗人势,天天作耗,专管生事。如今越性了不得了!你打谅我是同你们姑娘那么好性儿,由着你们欺负他,就错了主意!你搜检东西我不恼,你不该拿我取笑!"说着,便亲自要解衣卸裙,拉着凤姐儿细细的翻。又说:"省得叫奴才来翻我身上。"凤姐平儿等都忙与探春束裙整袂,口内喝着王善保家的说:"妈妈吃两口酒就疯疯癫癫起来,前儿把太太也冲撞了。快出去,不要提起了!"又劝探春休得生气。探春冷笑道:"我但凡有气性,早一头碰死了!不然,岂许奴才来我身上翻贼赃呢!明儿一早,先回过老太太、太太,然后过去给大娘赔礼。该怎么着,我就领!"那王善保家的讨了个没意思,在窗外只说:"罢了,罢了!这也是头一遭挨打!我明儿回了太太,仍回老娘家去罢!这个老命还要他做什么!"探春喝命丫鬟道:"你们听他说的这话,还等我和他对嘴去不成?"侍书等听说,便出去说道:"你果然回老娘家去,倒是我们的造化了;只怕舍不得去!"凤姐笑道:"好丫头!真是有其主必有其仆。"探春冷笑道:"我们作贼的人,嘴里都有三言两语的。这还算笨的,背地里只不会调唆主子!"平儿忙也陪笑解劝,一面又拉了侍书进来。周瑞家的等人劝了一番,凤姐直待伏侍探春睡下,方带着人往对过暖香坞来。

【注释】(1)本段选自《红楼梦》第七十四回《惑奸谗抄检大观园　矢孤介杜绝宁国府》。贾府房内的小丫头傻大姐在大观园山石背后拾到一个上面绣着春如意儿的五彩绣香囊,被邢夫人看到,故意把香囊送给王夫人,王夫人心中害怕,就派王熙凤与王善保家的带人连夜抄检大观园。(2)百足之虫,死而不僵:百足,马蚿的别名,因多足而得名,此虫生命力强,从中间截

成两段后，头与尾仍然可以行走而去。又一说蜈蚣亦名百足。三国时曹元首在《六代论》中说："故语曰：'百足之虫，至死不僵，扶之者众也。'"探春借这句谚语是要说明，像贾府这样的大家族就像百足虫一样，轻易是不会衰亡的，只有内部的自相残杀才会使它灭亡。

【今译】（略）

【点评】抄检大观园是《红楼梦》中的重场戏，是贾府各种矛盾的总爆发。它首先反映出的是贾府中王夫人与邢夫人之间的矛盾斗争，其次是贾府统治者——主子们，与被统治者——奴仆们之间的矛盾，在主子之间进行着明争暗斗的激烈角逐，主奴之间存在着你死我活的尖锐冲突，一向花柳繁华、平静如水的大观园霎时间掀起一场轩然大波，变成了一片没有硝烟的战场。

引发抄检大观园的是绣春囊事件。不甘寂寞的邢夫人把绣春囊送给王夫人，将了王夫人一军，使王夫人又气又急，就派王熙凤与王善保家的带人搜检大观园。王善保家的是邢夫人的陪房，也是邢夫人的心腹与代表。王熙凤虽是邢夫人的儿媳妇，却也是王夫人的内侄女，她胳膊肘子往外伸——站在王夫人一边，代表着王夫人的利益。因此，抄检大观园的初始就埋下了邢、王二夫人宗系矛盾的伏线。在抄园过程中，王善保家的仗势逞能，显山露水，自以为是，连连碰壁。王熙凤察言观色，藏而不露，借机发难。王善保家的受到晴雯的顶撞，她暗中高兴，劝中含讽；王善保家的挨了探春的耳光，她心中得意，冷眼旁观。抄园的结果是王善保家的自讨没趣，"赔了夫人又折兵"，宣告了邢夫人一方的失败，也标志着王夫人一方的胜利。

抄检大观园自然也引起了奴仆们的不满与反抗，晴雯的行为就是有力的证明，抄园不仅激化了贾府内宗系间的矛盾，也加剧了主奴之间的矛盾斗争，使贾府本来潜隐的各种矛盾外在化，促进了贾府的衰败。可以说抄检大观园是贾府后来被抄家的前奏曲，这次抄园使入画被逐，晴雯抱恨，司棋殉情，被贾宝玉视为"理想园""温柔乡"的大观园逐渐香消玉散，贾府也走上了呼喇喇似大厦将倾的衰败之路。

抄检大观园牵扯到众多的人物与纷繁的事件，这里我们仅节选了其中两个片断，即使在这两个片断中我们仍然能看到曹雪芹作为文学巨匠叙述事件、描绘人物的高超艺术手法,他善于在错综复杂的人物关系中,在特定的场合揭示出不同人物的个性特征,使人物形象跃然纸上。那位"心比天高,身为下贱"的丫头晴雯,在别人都垂首屏息接受检查时,她却"挽着头发闯进来",将箱子掀了个底朝天,以她勇敢无畏的反抗精神,光风霁月的高洁气质,给了王熙凤与王善保家的一个难堪,显示了她的不甘屈服。王善保家的以"奉太太之命"来威吓她,她却毫不示弱,针锋相对,借"老太太"之名以抗之,显示出她的聪明大胆与磊落不凡。这使人想起她的"撕扇子作千金一笑""病补孔雀裘",甚至是后来的临终与贾宝玉诀别的场面,晴雯不仅使安分顺从的袭人自惭形秽,也令周围的人们黯然失色。令人刮目相看的还有那位贾府的三小姐探春,在王熙凤与王善保家的还未到来时,她就"命众丫鬟秉烛开门而待",做好了迎战的准备。她是那么锋芒毕露:"我的东西,倒许你们搜阅;要想搜我的丫头,这却不能!"说得何等干脆决绝!她又是那么敏锐深刻:"你们别忙,自然你们抄的日子有呢!你们今日早起不是议论甄家,自己家里好好的抄家,果然今日真抄了!咱们也渐渐的来了!可知这样大族人家,若从外头杀来,一时是杀不死的。"这一番振聋发聩的语言,说得何等痛切,又是何等透彻!贾府的现在与将来,都被她不幸而言中。尤其是她给王善保家的那一记响亮的耳光,打得何等痛快!既教训了王善保家的这个狗仗人势的奴才,又灭了王熙凤的威风,讥刺了王夫人,可谓一箭三雕。这一掌打出了探春的威风与个性。她时而面若寒霜,令人不敢仰视;时而泪流满面,令人肃然起敬;时而冷嘲热讽,使人坐立不安;时而横眉怒目,使人望而生畏。她是那么凛然难犯,使得一向以"辣子"闻名的王熙凤也对她敬畏三分,赔上笑脸。曹雪芹用寥寥数笔,就把贾探春这棵大观园内的"带刺玫瑰"写活了。其他如王善保家的愚蠢可笑,王熙凤的诡诈权变,在这段文字中也被描摹得惟妙惟肖,口吻毕现。

【集说】诸院皆宴息,独探春秉烛以待,大有提防,的是干才,须另置一席款待。(清乾隆抄本《红楼梦》[又称"王府本"]第七十四回回末总评)

邢夫人之陪房王妪,乃司棋之外祖母也。妪奉检查香囊之命,欲藉以报睚眦也。意主中伤晴雯,反受晴雯之诟;意主左袒司棋,反播司棋之丑。且妪腊已高,受探春之薄惩,情何以堪?岂造化之弄此老妪哉?妪之杀机召之

也。乘兴而来败兴而返,"为囊憔悴却羞囊"矣。(二知道人《红楼梦说梦》)

可爱者不必可敬,可畏者不复可亲,非致之难,兼之实难也。探春品界林(黛玉)薛(宝钗)之间,才在凤(王熙凤)平(平儿)之后,欲以出人头地,难矣。然春华秋实,既温且肃,玉节金和,能润而坚,殆端庄杂以流丽,刚健含以婀娜者也。其光之吉与?其气之淑与?吾爱之,旋复敬之畏之,亦复亲之。(涂瀛《贾探春赞》)

有过人之节,而不能以自藏,此自祸之媒也。晴雯人品心术,都无可议,唯性情卞急,语言犀利,为稍薄耳。使善自藏,当不致逐死。然红颜绝世,易启青蝇;公子多情,竟能白璧,是又女子不字、十年乃字者也。非自爱而能若是乎?(涂瀛《晴雯赞》)

(魏崇新)

黛玉焚稿⁽¹⁾

黛玉向来病着,自贾母起,直到姊妹们的下人,常来问候,今见贾府中上下人等都不过来,连一个问的人都没有,睁开眼,只有紫鹃一人。自料万无生理,因扎挣着向紫鹃说道:"妹妹,你是我最知心的,虽是老太太派你伏侍我这几年,我拿你就当作我的亲妹妹。"说到这里,气又接不上来。紫鹃听了,一阵心酸,早哭得说不出话来。迟了半日,黛玉又一面喘一面说道:"紫鹃妹妹,我躺着不受用,你扶起我来靠着坐坐才好。"紫鹃道:"姑娘的身上不大好,起来又要抖搂着了。"黛玉听了,闭上眼不言语了。一时又要起来。紫鹃没法,只得同雪雁把他扶起,两边用软枕靠住,自己却倚在旁边。

黛玉那里坐得住,下身自觉硌的疼,狠命的撑着,叫过雪雁来道:"我的诗本子。"说着又喘。雪雁料是要他前日所理的诗稿,因找来送到黛玉跟前。黛玉点点头儿,又抬眼看那箱子。雪雁不解,只是发怔。黛玉气的两眼直瞪,又咳嗽起来,又吐了一口血。雪雁连忙回身取了水来,黛玉漱了,吐在盒内。紫鹃用绢子给他拭了嘴。黛玉便拿那绢子指着箱子,又喘成一处,说不上来,闭了眼。紫鹃道:"姑娘歪歪儿罢。"黛玉又摇摇头儿。紫鹃料是要绢子,便叫雪雁开箱,拿出一块白绫绢子来。黛玉瞧了,撂在一边,使劲说道:"有字的。"紫鹃这才明白过来,要那块题诗的旧帕,只得叫雪雁拿出来递给黛玉。紫鹃劝道:"姑娘歇歇罢,何苦又劳神,等好了再瞧罢。"只见黛玉接到手里,也不瞧诗,扎挣着伸出那只手来狠命的撕那绢子,却是只有打颤的分儿,那里撕得动。紫鹃早已知他是恨宝玉,却也不敢说破,只说:"姑娘何苦自己又生气!"黛玉点点头,掖在袖里,便叫雪雁点灯。雪雁答应,连忙点上灯来。

黛玉瞧瞧,又闭了眼坐着,喘了一会子,又道:"笼上火盆。"紫鹃打谅他冷,因说道:"姑娘躺下,多盖一件罢。那炭气只怕耽不住。"黛玉又摇头儿。雪雁只得笼上,搁在地下火盆架上。黛玉点头,意思叫挪到炕上来。雪雁只得端上来,出去拿那张火盆炕桌。那黛玉却又把身子欠起,紫鹃只得两只手来扶着他。黛玉这才将方才的绢子拿在手中,瞅着火点点头儿,往上一撂,紫鹃唬了一跳,欲要抢时,两只手却不敢动。雪雁又出去拿火盆桌子,此时那绢子已经烧着了。紫鹃劝道:"姑娘这是怎么说呢。"黛玉只作不闻,回手又把那诗稿拿起来,瞧了瞧又撂下了。紫鹃怕他也要烧,连忙将身倚住黛玉,腾出手来拿时,黛玉又早拾起,撂在火上。此时紫鹃却够不着,干急。雪雁正拿进桌子来,看见黛玉一撂,不知何物,赶忙抢时,那纸沾火就着,如何能够少待,早已烘烘的着了。雪雁也顾不得烧手,从火里抓起来撂在地下乱踩,却已烧得所余无几了。

【注释】(1)本段选自《红楼梦》第九十七回《林黛玉焚稿断痴情 薛宝钗出闺成大礼》。说的是贾府终于按封建传统的择媳标准选中薛宝钗为贾

宝玉的妻子。林黛玉得知这一消息后，深感痛苦与绝望，于是她毅然焚烧了自己的全部诗稿，向封建制度表示了最后的抗议和血泪的控诉。

【今译】（略）

【点评】这一节是描写黛玉临死前的情景，充溢着浓郁的悲剧氛围和愤懑的控诉色彩。黛玉是一位敏感聪慧、具有诗人气质的少女，她的身世又十分不幸——父母双亡，寄人篱下。再加之她那孤傲清高的性格和与传统的封建礼教格格不入的叛逆精神，不能不使她与环境时时发生冲突。"一年三百六十日，风刀霜剑严相逼！"——这是她对自己生活的真实写照。在这样的处境中，她与贾宝玉之间相互的理解和忠贞的爱情就成为她生活中唯一的慰藉，成为她唯一的感情寄托和精神支柱。而宝玉将与宝钗成婚的消息对于黛玉这样一个柔弱孤独的少女来说，不啻是一个致命的打击！她唯一的寄托与支柱崩溃了，她美好纯洁的爱情和愿望也破灭了！于是她感到彻底的绝望，她的青春与生命也随之而走向毁灭！当她"自料万无生理"后，便挣扎着爬起身来，将她最珍贵的记录她少女情怀的诗稿和宝玉赠给她的绢子（那上面题写着她自己的诗句）付之一炬，向罪恶的封建制度表示了最后的控诉与抗议！此段写黛玉的病态甚为传神，用了"扎挣""两眼直瞪"……把黛玉病情的严重和愤怒绝望心情刻画无遗。然后摹写黛玉焚稿，亦极为生动："狠命的撕那绢子""却是只有打颤的分儿""瞅着火点点头儿，往上一撂"……把黛玉悲愤的心理表现得入木三分，实令人不忍卒读！

【集说】林黛玉人品才情，为《红楼梦》最。……乃不得于姊妹，不得于舅母，并不得于外祖母，所谓曲高和寡者……语云："木秀于林，风必摧之；堆出于岸，流必湍之；行高于人，众必非之：其势然也。"于是乎黛玉死矣。（涂瀛《红楼梦论赞》）

海可冤填，天须恨补……烧癖满地，火篆闻雷，秦燔烟卷，楚炬风催……袤炉中之香炷，心字成灰……香罗谁赠，枯墨犹存。（沈谦《红楼梦赋·焚稿断痴情赋》）

（胡邦炜）

佚　名

作者生平无考。

《绿牡丹全传》(节选)

父女擂台双取胜[1]

到了擂台,徐家的家人将牲口俱送观音阁寄下,跟老爹来的二十个英雄,遵老爹之命,分列两旁站立。濮天雕同嫂嫂站立擂台之右,徐、骆因有男女之别,同鲍自安俱在擂台之左。濮天鹏本欲与妻、弟站立一处,恐徐、骆暗地取笑,也同在左边站下。只见朱彪在台上说道:"打不死的匹夫,并大胆的英雄,再上来陪咱玩玩。"鲍自安脚尖一踮,早上了擂台,慢慢的说道:"只是我年老了,拳棒多时不玩,恐不记得套数,手脚直来直去。壮士让我三分老,我就陪你胡乱玩玩。"朱彪将鲍自安上下一看:身长体大,甚是魁伟,约有六十来岁年纪。答道:"既上台来,自然武艺精奇,何必过谦!"鲍自安道:"我今日与你商议,我想白打没有什么趣,必须赌个东道,方显得有精神。"朱彪道:"要赌个什么东道?"鲍自安道:"也不可大赌,赌五百两银子吧!"朱彪听说五百银子,就不敢应承,口中只是打拨[2]。栾镒万在台内早已听见:若不应承,令下边人取笑。里边应道:"就赌五百两银子罢了!"随即拿出十大封银来,放在桌上。鲍自安在当中取了二封,看了一看,却是足纹。说道:"我自路远,未带得这些银子,拿件东西质当[3],晚间不赎,就算抵直东道。"朱彪道:"你是何物质当?"鲍自安将头上带的顶毡帽取下,道:"就是他质当,如何?"朱彪发笑道:"还是真玩,还是取笑?"鲍自安道:"谁与你取笑!谁不真玩!"朱彪正色道："既不取笑，你那个毡帽能值几何，就当五百两银子么？"鲍自安将帽前钉的那颗珍珠指着道："他也不值五百银子么？"朱彪不识真假，还在那里讲究。台内栾镋万早已望见那颗珍珠有莲子大，光明夺目。论时价真值足纹千金，今当五百，有何不可！遂着人出台道："三壮士，就是那帽子当五百多两！"银子、帽子俱搁在一张琴桌之上。讲究完了，鲍自安方才解下大衣，系紧束腰带。二人丢开架子，在台上比武。朱彪欺他年老，意欲三五步抢上，就要打发他下台。正怀这个主意，朱彪一拳紧似一拳；鲍自安只是招架而不还手，口中唧唧哝哝的道："先说过让我个'老'，动了手就不是那话了！五百银子眼看着是输了。"徐、骆二人并余谦在下低低说道："你看鲍老爹只有招架拦挡，莫不真要败输？"濮天鹏道："诸公不知家岳惯此诱敌之法！待朱彪力乏之时，才对他动手脚哩！"真个，未有一个时辰，朱彪使了瞎气力，丝毫未伤鲍老爹，拳势渐渐松下来了。鲍自安见朱彪些须力尽光景，遂抖擞精神，使起拳势；朱彪力尽，那里还招架得住？鲍自安迎面一个冲手，朱彪用手招架，谁知鲍自安冲手是假，引朱彪来架时，他即将身一伏，用手向朱彪裆中两手一挤，朱彪"嗳呀"一声，滚下台去。可怜朱彪在地下滚了有两间房子大的地面。鲍自安道："也抵得过前日滚的地面了。"方走到琴桌边，将毡帽戴上，又将衣服并十封银子抱起，跳下台来。徐、骆二人迎上，称赞道："恭喜！恭喜！"鲍自安道："托庇！托庇！侥幸！侥幸！"徐松朋令人将银子接过，才待要穿大衣，又听得台上有人喊叫道："那老儿莫要穿衣，待四爷与你玩玩输赢！"鲍自安听得有人喊叫，向台上一望：见一人有一丈三尺余长的身躯，体大腰圆，豹头环眼，就象一个肉宝塔。鲍自安道："我就与你玩玩，再赢你五百两，一总好买东西吃。"大衣交与自家人收了，正要复上擂台，只见女儿金花已蹿上台去了。鲍自安道："不好了！我原怕他好胜，今已上去，如何是好？"抱怨濮天雕道："我将嫂嫂交给与你，你怎么还让他上去！"

濮天雕道:"嫂嫂并无言语,一蹿即上,如何拦住。"且不说鲍自安抱怨濮天雕。

且说鲍金花站立在台上,启朱唇,露银牙,娇声嫩语喝骂道:"夯物肉货,怎敢欺吾老父!待姑娘与你比较个输赢。"朱豹听他称着"老父",一定是他女儿。心中想道:"我今不打他下台,只在台上蹾倒他,虽不能怎样,岂不把他父亲羞他一羞?"算计已定,说道:"你乃女流之辈,若打下台去,跌散衣衫,岂不羞死!早早下去,还是你那该死的父亲上来见个高低。"鲍金花道:"休得胡言,看我擒你!"二人动手比武。金花乃众明师所授之技,拳拳入妙,势势精准;且朱豹身大粗夯,金花十拳就打得他八拳。怎奈金花乃娇弱女子,身小力薄,拳头打到朱豹身上,就如蚊虫叮了一口,如何打得开?越打越朝前进,鲍姑娘反朝后退。鲍自安见光景不好,叫道:"女儿下来吧!还是我上去。"鲍金花乃好胜之人,众目所观之地,怎肯白白下来!直见朱豹渐渐挤上,至西北角上,身后只落得一二尺之地面。濮天鹏虽然说不出来,心中却捏着两把汗。鲍自安躁得头上汗珠乱滚。且说鲍金花见自家身后无有地步,少时难站,前有朱豹,心中甚为焦躁,若不与他强挡,必被他挤下台去!将身一伏,假作跌倒之势,朱豹认以为真,弯腰用手来按,不料金花就地一蹿,意欲从他身上蹿过。鲍金花在家内就打算来打擂台的,脚下穿了一双铁跟铁尖之鞋,恰恰朱豹按空,从头上过去;鲍金花纵起,他亦站起身来拦截,鲍金花两只鞋尖正正踢在朱豹两眼之内,铁尖将眼珠勾出来了。朱豹疼痛难禁,心中昏乱,回身便倒跌下台来。鲍金花金莲一纵,也随下台来,意欲再踢他两脚。鲍自安连忙禁止道:"何必赶尽杀绝。"鲍金花方才止住。两旁个个伸舌,称赞道:"真女中之英雄也!"栾镒万共请了四个壮士,两次打坏了二双,好不灰心丧气;金银花费多少,羞辱未消丝毫,还要代他医治伤痕。分付家人:将朱彪、朱豹抬回家去。徐松朋满腔得意,分付家人将牲口牵来,留濮天雕、鲍金花一同进城。余谦满面光辉,陪着那二十位英雄步行回家。

【注释】(1)本段选自《绿牡丹全传》第三十九回《父女擂台双取胜》。《绿牡丹全传》亦名《四望亭全传》,又称《龙潭鲍骆奇书》,是清代中期的一部侠义小说。这部六十四回的长篇小说,以唐朝武则天当政的后期为历史背景,以骆宏勋与花碧莲的婚姻为线索,揭露了封建官吏和土豪劣绅欺凌虐害平民的罪行,赞颂了侠客的见义勇为、为民除害的精神,并以扫除奸邪、迎王保驾、恢复唐室作结。全书着力塑造骆宏勋、鲍自安、花振芳等人物形象,尤其是身为"江河水寇"的鲍自安老儿,被写得智勇双全,富有机谋,成为书中众望所归的中心人物。本段写恶霸栾镒万为报私仇,不惜重金收买了朱氏兄弟,设擂比武,鲍自安率家人前去打擂,于是便演出了这一场"父女擂台双取胜"的好戏。 (2)打拨:意为不同意、驳回。 (3)质当:指当作抵押用的实物。

【今译】(略)

【点评】本段详细演说鲍自安、鲍金花父女打擂比武、双双取胜的经过,突出表现了鲍自安父女锄强扶弱、疾恶如仇的侠骨义胆和他们的高强武艺、机变智谋。

侠义小说中的侠客都是以武行义,故"无武不成侠",鲍自安父女也是如此。作者通过打擂时打斗场面的描写,形象地写出了鲍自安父女超人的武艺。然而作者又没有把武打场面写成武术教科书的演义,也没有把武打场面写成眼花缭乱的拳打脚踢,而是将比武打擂的武打描写同人物的精神品质、性格特色联系起来,使人物活现纸上。如鲍自安的老谋深算、经验丰富、工于心计、既有勇而又有谋的性格特色,便是通过打擂动手前要对方下五百两银子的赌注,动手时起初还谦谦君子的谦让、退避和力道柔和、只招架不还手的以逸待劳,最后瞅准机会,使起拳势,虚晃一招,将对手从擂台上打落下地。鲍金花的争强好胜、勇而善谋的侠女性格也在他与朱豹的打斗中显现出来。朱彪、朱豹的狂妄、傲慢、霸道、轻薄、下流等性格特色、思想品质也与他们的武功展现紧密相联。作者如此写来,既使人看到了惊心

动魄的打擂场面,推进了情节的开展,又凸现出了人物独特的精神面貌、性格特色,为塑造出令人难以忘怀的人物形象增添了浓墨重彩,同时又为侠义小说的创作开了新生面,并影响到了晚清大量涌现的侠义公案小说的创作。

写父、女擂台双取胜,作者又在"双"字上下了功夫。父、女上擂台比武,各写一段,如双峰对峙、遥相呼应,作者写来,二者又毫不雷同、各具特色:"父"的打擂所叙较详,"女"则较略;"父"的打擂侧重于写打斗前的斗智,武打时的斗勇所写较略。"女"则侧重打斗中的斗勇斗智,而略提武打前的谋划。双峰的衔接,也颇见匠心:"父"打擂得胜后,于志得意满之时,猛听朱豹在擂台上挑战,令读者一惊。继而又猛见鲍金花蹿上擂台,又令读者吃惊不小,并将一个悬念带给读者,吸引读者往下看个究竟。小小一个章节,竟然也写得波澜起伏、曲折翻腾,其结构真可谓峰回路转,跌宕有致,这是说书艺人的技巧在本书创作中留下的又一个痕迹。

细读这段文字,令人隐隐感到有《水浒传》的影子存在:赌银子的细节使我们想起《水浒传》第九回林冲棒打洪教头的场景,写朱彪的狂妄、轻敌冒进、鲍自安的骄纵对手、诱敌上当又使我们想起《水浒传》第二十九回武松醉打蒋门神的描写,然而相比之下,本段所描写的鲍自安与朱彪打斗中的斗智斗勇显得更细微、更自觉。如果我们将上述这两点都看作是《绿牡丹全传》对《水浒传》的借鉴和发展,大概也并非毫无道理吧!

(李延年)

文　康

　　文康,清代作家,生卒年月不详。字铁仙,别号燕北闲人,满洲镶红旗人。大学士勒保的次孙。曾任徽州知府,后改任驻藏大臣,因病未就任。晚年生活贫寒,以著书自遣,卒于家。关于《儿女英雄传》,据马从善光绪戊寅(1878)序言所述,系文康所作。该书前有雍正年间(1723—1735)观鉴我斋序,说其是"格致之书",反"怪力乱神"而正之。但次序系乾隆甲寅(1794)东海吾了翁所作,却说此书及观鉴我斋序均不知作者为何许人也。目前学术界没有定论,但一般都以该书为文康所作,约定稿于道光年间。

《儿女英雄传》(节选)

十三妹大闹能仁寺[1]

闲话休提。却说那凶僧手执尖刀,望定了安公子的心窝儿才要下手,只见斜刺里一道白光儿闪烁烁从半空里扑了来,他一见就知道有了暗器了。

且住!一道白光儿怎晓得就是有了暗器?书里交代过的,这和尚原是个滚了马的大强盗。大凡作个强盗也得有强盗的本领。强盗的本领讲得是"眼观六路,耳听八方",慢讲白昼对面相持,那怕夜间脑后有人暗算,不必等听出脚步儿来,未等那兵器来到跟前早觉得出个兆头来,转身就要招架个着,何况这和尚动手的时节正是月色东升,照的如同白昼?这白光儿正迎着月光而来,有什么照顾不到的?

他一见,连忙的就把刀子往回来一掣,待要躲闪,怎奈右手里便是窗户,左手里又站着一个三儿,端着一旋子凉水,在那里等着接公子的心肝五脏,再没说反倒往前迎上去的理;往后,料想一时倒退不及。他便起了个贼智,把身子往下一蹲,心里想着且躲开了颈嗓咽喉,让那白光儿从头顶上扑空了过去,然后腾出身子来再作道理。谁想他的身子蹲得快,那白光儿来得更快,噗的一声,一个铁弹子正着在左眼上。那东西进了眼睛敢是要站不住,一直的奔了后脑杓子的脑瓜骨,咯噔的一声,这才站住了。

那凶僧虽然凶横,他也是个肉人。这肉人的眼珠子上要着上这等一件东西,大概比揉进一个沙子去利害,只疼得他哎哟一声,咕咚往后便倒;当啷啷,手里的刀子也扔了。

那时三儿在旁边正呆呆的望着公子的胸脯子,要看这回刀尖出彩。只听咕咚一声,他师傅跌倒了,吓了一跳,说:"你老人家怎么了?这准是使猛了劲,岔了气了。等我腾出手来扶起你老人家来啵。"才一转身,毛着腰,要把那铜旋子放在地下好去搀他师傅。这个当儿,又是照前噗的一声,一个弹子从他左耳朵眼儿里打进去,打了个过膛儿,从右耳朵儿眼里钻出来,一直打到东边那个厅柱上,吧哒的一声打了一寸来深,进去嵌在木头里边。那三儿只叫得一声"我的妈呀"!镗,把个铜旋子扔了;咕咭,也窝在那里了。那铜旋子里的水泼了一台阶子。那旋子唏啷哗啷一阵乱响,便滚下台阶去了。

却说那安公子此时已是魂飞魄散,背了过去,昏不知人,只剩得悠悠的一丝气儿在喉间流连。那大小两个和尚怎的一时就双双的肉体成圣[2],他全不得知;及至听得铜旋子掉在石头上镗的一声响亮,倒惊得苏醒过来。

你道这铜旋子怎的就能治昏迷不省呢?果然这样,那"点苏合丸""闻通关散""熏草纸""打醋炭",这些方法都用不着,倘然遇着个背了气的人,只敲打一阵铜旋子不就好了?

列公,不是这等讲。人生在世不过仗着"气""血"两个字。五脏各有所司,心生血,肝藏血,脾统血。大凡人受了惊恐,胆先受伤;肝胆相连,胆一不安,肝叶子就张开了,便藏不住血;血不归经,一定的奔了心去;心是件空灵的东西,见了浑血,岂有不模糊的理?心一模糊,气血都滞住了,可不就背过去了?

安公子此时就是这个道理。及至猛然间听得那铜旋子锵啷啷的一声响亮,心中吃那一吓,心系儿一定是往上一提;心一离血,血依然随气归经,心里自然就清楚了。这是个至理[3],不是说书的造谣言。

如今却说安公子苏醒过来,一睁眼,见自己依然绑在柱上,两个和尚反倒横躺竖卧血流满面的倒在地下丧了残生。他口里连称怪事,说:"我安骥此刻还是活着,还是死了?这地方还是阳世啊,还是阴司?我这眼前见的这光景还是人境啊,还是……"他口里"还是鬼境"的这句话还不曾说完,只见半空里一片红光,唰,好似一朵彩霞一般,噗,一直的飞到面前。

公子口里说声"不好",重又定睛一看,那里是什么彩霞,原来是一个人。只见那人头上罩一方大红绉绸包头,从脑后燕尾边兜向前来,拧成双股儿在额上扎一个蝴蝶扣儿;上身穿一件大红绉绸箭袖小袄;腰间系一条大红绉绸重穗子汗巾;下面穿一件大红绉绸甩裆中衣;脚下的裤腿儿看不清楚,原故是登着一双大红香羊皮挖云实纳的平底小靴子;左肩上挂着一张弹弓;背上斜背着一个黄布包袱,一头搭在右肩上,那一头儿却向左肩肋下掏过来系在胸前;那包袱里面是什么东西却看不出来。只见他芙蓉面上挂一层威凛凛的严霜,杨柳腰间带一团冷森森的杀气,雄纠纠气昂昂的一言不发,闯进房去先打了一照,回身出来,就抬腿吧的一脚把那小和尚的尸首踢在那拐角墙边,然后用一只手捉住那大和尚的领门儿,一只手揪住腰胯提起来只一扔,合那小和尚扔在一处。他把脚下分拨得清楚,便蹲身下去把那把刀子抢在手里直奔了安公子来。安公子此时吓得眼花缭乱,不敢出声。忽见他手执尖刀奔向前来,说:"我安骥这番性命休矣!"

说话间,那女子已走到面前,一伸手,先用四指搭住安公子胸前横绑的那一股儿大绳向自己怀里一带。安公子"哼"了一声,他也不睬,便用手中尖刀穿到绳套儿里哧溜的只一挑,那绳子就齐齐的断了。这一股儿一断,那上身绑的绳子便一段段的松了下来。安公子这才明白:"他敢是救我来了!——但是我在店里碰见了一个女子,害得我到这步田地,怎的此地又遇见一个女子?好不作怪!"

却说那女子看了看公子那下半截的绳子,却是拧成双股挽了结子一层层绕在腿上的;他觉得不便去解,他把那尖刀,背儿朝上,刃儿朝下,按定了分中,一刀到底的只一割,那绳子早一根变作两根,两根变作四根,四根变作八根,纷纷的落在脚下,堆了一地。他顺手便把刀子㕷嚓一声插在窗边金柱上,这才向安公子答话。这句话只得一个字,说道是:"走!"

安公子此时松了绑,浑身麻木过了才觉出酸疼来;疼的他只是攒眉闭目,摇头不语。那女子挺胸扬眉的又高声说了一句道:"快走!"安公子这才睁眼望着他,说:"你……你……你……你这人叫我走到那里去?"那女子指着屋门,说:"走到屋里去。"安公子说:"那,那,我的手还捆在这里,怎的个走法?"

不错,前回书原交代的,捆手另有一条绳子。这话要不亏安公子提补,不但这位姑娘不得知道,连说书的还漏一个大缝子呢!

闲话休提。却说那女子听了安公子这话,转在柱子后面一看,果然有条小绳子捆了手,系着一个猪蹄扣儿。他便寻着绳头解开向公子道:"这可走罢。"

公子松开两手,慢慢的拳将过来放在嘴边,"咈咈"的吹着,说道:"痛煞我也!"说着,顺着柱子把身子往下一溜,便坐在地下。那女子焦躁道:"叫你走,怎的倒坐下来了呢?"安公子望着他泪流满面的道:"我是一步也走不动了!"

那女子听了,才要伸手去搀,一想"男女授受不亲",到底不便,他就把左肩的那张弹弓褪了下来,弓背向地,弓弦朝天,一手托住弓靶,一手按住弓梢,向公子道:"你两手攀住这弓就起来了。"公子说:"我这样大的一个人,这小小弓儿如何擎得住!"那女子说:"你不要管,且试试看。"

公子果然用手攀住了那弓面子。只见那女子左手把弓靶一托,右手将弓梢一按,钓鱼儿的一般,轻轻的就把个安公子钓了起来。从旁看看,倒象树枝儿上站着个才出窝的小山喜鹊儿,前仰后

合的站不住；又象明杖儿拉着个瞎子，两只脚就地儿趿拉[4]。

却说那公子立起身来站稳了，便把两只手倒转来扶定那弓面子，跟了女子一步步的踱进房来。进门行了两步，那女子意思要把他扶到靠排插的这张春凳[5]上歇下。还不曾到那里，他便双膝跪倒，向着那女子道："不敢动问：你可是过往神灵？不然，你定是这庙里的菩萨来解我这场大难，救了残生。望你说个明白！我安骥果然不死，父子相见，那时一定重修庙宇，再塑金身！"

那女子听了这话，笑了一声，道："你这人越发难说话了！你方才同我在悦来店对面谈了那半天，又不隔了十年八年，千里万里，怎的此时会不认得了，闹到什么神灵、菩萨起来？"

安公子听了这话，再留神一看，可不是店里遇见的那人么！他便跪在尘埃，说道："原来就是店中相遇的那位姑娘！姑娘，不是我不相认：一则是灯前月下；二则姑娘的这番装束与店里见的时节大不相同；三则我也是吓昏了；四则断不料姑娘你就肯这等远路深更赶来救我这条性命。你真真是我的重生父母，再养……"说到这里，咽住一想："不象话！人家才不过二十以内的个女孩儿，自己也是十七八岁的人了，怎生的说他是我父母爹娘，还要叫他重生再养？"一时怕惹恼了那位女子，又急得紫涨了面皮说不出一个字来。

谁想那女子，不但不在这些闲话上留心，就连公子在那里磕头礼拜他也不曾在意。只见他忙忙的把那张弹弓挂在北墙一个钉儿上，便回手解下那黄布包袱来，两手从脖子后头绕着往前一转，一手提了往炕上一掷，只听噗通一声，那声音觉得象是沉重；又见他转过脸去两只手往短袄底下一抄。公子只道他是要整理整理衣裳，忽听得喀吧一声就从衣襟底下忒楞楞跳出一把背儿厚，刃儿薄，尖儿长，靶儿短，削铁无声，吹毛过刃，杀人不沾血的缠钢折铁雁翎倭刀来。那刀跳将出来，映着那月色灯光，明闪闪，颤巍巍，冷气逼人，神光绕眼。

公子一见，又"呵嗳"了一声。那女子道："你这人怎生的这等糊涂？我如果要杀你，方才趁你绑在柱子上现成的那把牛耳尖刀杀着岂不省事些？"公子连连答说："是，是，只是如今和尚已死，姑娘，你还拿出这刀来何用呢？"那女子道："此时不是你我闲谈的时候。"因指定了炕上那黄布包袱，向他说道："我这包袱万分的要紧，如今交给你；你扎挣起来上炕去给我紧紧的守着他。少刻，这院子里定有一场的大闹。你要爱看热闹儿，窗户上通个小窟窿，巴着瞧瞧使得，可不许出声儿！万一你出了声儿，招出事来，弄的我两头儿照顾不来，你可没有两条命！小心！"说着，噗的一口先把灯吹灭了，随手便把房门掩上。

公子一见，又急了，说："这是作什么呀？"那女子说："不许说话！上炕看着那包袱要紧！"公子只得一步步的蹭上炕去，也想要把那包袱提起来；提了提，没提动，便两只手拉到炕里边，一屁股坐在上头，谨遵台命(6)，一声儿不哼，稳风儿不动的听他怎生个作用。

【注释】(1)本段选自《儿女英雄传》第六回《雷轰电掣弹毙凶僧　冷月昏灯刀歼余寇》。说的是公子安骥受歹人蒙骗，误入能仁寺，当家和尚赤面虎见财起恶，遂将安公子擒住，绑在厅柱上准备下毒手，这时，一直暗中保护安公子的侠女十三妹赶到，于是演出一场大闹能仁寺，侠女毙凶僧的热闹场面。　(2)肉体成圣：指人死归天。　(3)至理：最正确的道理。　(4)跶(tā)拉：把布鞋后帮踩在脚后跟下擦着地走。　(5)春凳：宽而长的凳子，工料比较讲究，是一种旧式家具。　(6)台命：敬辞，对对方命令的一种表示客气的说法。

【今译】(略)

【点评】大凡英雄出场，总有一番逼人的气势，十三妹在能仁寺第一次亮出侠女风采，在文康笔下写来，更显得格调不凡。通篇以"光"落笔，用无体之光的扑朔迷离写有形之躯的来去敏捷，既是形象的描述，又是氛围的渲染，极写了十三妹恣肆之侠气，高超之武艺。十三妹人未露面，暗器先到，出手的快捷使沉甸甸、实在在的一颗石子化为轻盈无体的白光"闪烁烁从半空里扑了来",只一句,就有十分威力出来。接着,作者宕开一笔,补述凶僧赤面虎的久居黑路,善于躲避,以此反衬暗器的快中之快。小和尚三儿的瞠目结舌和随之而来的立地顿毙,同样是表现十三妹的武艺奇绝,已是平凡目力、寻常思想难以把握的,由此可见其出神入化。之后,写十三妹到来,仍是以光入调,写其飞身而下,半空里激起一片红光,如一朵彩霞,噗地一直飞到安公子面前,眼花缭乱之中十三妹的矫捷侠勇顿时跃然纸上,给人以深刻印象。象声词的巧妙运用也为本段描写增光添彩,两个恶僧归天,赤面虎是"哎哟"一声,"咕咚"往后便倒,"当啷"扔掉手中的刀子;而三儿则是惨叫一声,"镗"地扔掉铜旋子,"咕咕"也窝在那里,铜旋子唏啷哗啷一阵乱响地滚下台阶……真是字字作响,声声入耳,以音响作画,构成鲜明的节奏,紧张的气氛,逼真地呈现了侠女惩恶锄奸的痛快场面,读之令人拍手叫好。同时,十三妹侠义英豪,又绝非一般的草莽之徒,露面之后首先是闯里房察看有无他人;弹毙凶僧之后又做好埋伏以待余寇,又显得勇中有智;而其以弹弓搀安骥,虽有女儿之情,仍处处是豪士所为,对比安公子的软弱无力,体单力薄,显得奔放自如。本段虽只是短短几笔写来,却是声、色、态皆全,很好地表现了十三妹"备英雄之概于一身"的侠女风姿,为以后故事的展开大造了声势。

(马晓芸)

石玉昆

石玉昆,清代说书艺人,生卒年月不详。大约生活在道光至同治年间。字振之,号问竹主人,天津人。自小随师学曲艺,后专事平话。一生多在北京、天津卖艺。其作品有说唱本《包公案》,后经人改编而成《三侠五义》。石玉昆还作有《小五义》《续小五义》,内容多歌颂侠客义士,在民间影响很大。

俞樾

俞樾(1821—1906),于光绪年间,将根据石玉昆的说唱本《包公案》编写的《三侠五义》修改一番,重新编订,并改名为《七侠五义》,这就是后来最流行的《三侠五义》的本子。

《三侠五义》(节选)

石惊赵虎侠客争锋[1]

公孙先生在旁听得明白,猛然省悟道:"此人来找大哥,却是要与大哥合气的。"展爷道:"他与我素无仇隙,与我合什么气呢?"公孙策道:"大哥,你自想想,他们五人号称五鼠,你却号称御猫,焉有猫儿不捕鼠之理?这明是嗔大哥号称御猫之故,所以知道他要与大哥合气。"展爷道:"贤弟所说似乎有理。但我这'御猫'乃圣上所赐,非是劣兄有意称猫,要欺压朋友。他若真个为此事而来,劣兄甘拜下风,从此后不称御猫,也未为不可。"众人尚未答言。惟赵虎正在豪饮之间,听见展爷说出此话,他却有些不服气,拿着酒杯,立起身来道:"大哥,你老素昔胆量过人,今日何自馁如此?这'御猫'二字乃圣上所赐,如何改得?倘若是那个什么白糖咧黑糖咧——他不来便罢;他若来时,我将一壶开开的水把他冲着喝了,也去去我的滞气。"展爷连忙摆手,说:"四弟悄言。岂不闻窗外有耳!"

刚说至此,只听啪的一声,从外面飞进一物,不偏不歪,正打在赵虎擎的那个酒杯之上,只听当啷啷一声将酒杯打了个粉碎。赵爷吓了一跳,众人无不惊骇。

只见展爷早已出席,将格扇虚掩,回身复又将灯吹灭。便把外衣脱下,里面却是早已结束停当的。暗暗的将宝剑拿在手中,却把格扇假做一开,只听啪的一声,又是一物打在格扇上。展爷这才把格扇一开,随着劲一伏身窜将出去,只觉得迎面一股寒风,"飕"的就是一刀。展爷将剑扁着往上一迎,随招随架。用目在星光之下仔细观瞧,见来人穿着簇青的夜行衣靠,脚步伶俐,依稀是前在苗家集见的那人。

二人也不言语,惟听刀剑之声,叮当乱响。展爷不过招架,并不还手。见他刀刀逼紧,门路精奇,南侠暗暗喝彩。又想道:"这朋友好不知进退。我让着你,不肯伤你,又何必赶尽杀绝。难道我还怕你不成?"暗道:"也叫他知道知道。"便把宝剑一横,等刀临近,用个鹤唳长空势,用力往上一削,只听噌的一声,那人的刀已分为两段,不敢进步。只见他将身一纵已上了墙头,展爷一跃身也跟上去;那人却上了耳房,展爷又跃身而上;及至到了耳房,那人却上了大堂的房上;展爷赶至大堂房上,那人一伏身越过脊去。展爷不敢紧追,恐有暗器,却退了几步。从这边房脊刚要越过,瞥见眼前一道红光,忙说"不好"!把头一低,刚躲过面门,却把头巾打落。那物落在房上,咕噜噜滚将下去——方知是个石子。

原来夜行人另有一番眼力,能暗中视物,虽不真切,却能分别。最怕猛然火光一亮,反觉眼前一黑。犹如黑天在灯光之下,乍从屋内来,必须略站片时,方觉眼前光亮些。展爷方才觉眼前有火光亮一晃,已知那人必有暗器,赶紧把头一低,所以将头巾打落。要是些微(2)力笨点的,不是打在面门之上,便是打下房来咧。此时展爷再往脊的那边一望,那人早已去了。

此际公所之内,王、马、张、赵带领差役,灯笼火把,各执器械,俱从角门绕过,遍处搜查,那里有个人影儿呢?惟有楞爷赵虎怪叫吆喝,一路乱嚷。

展爷已从房上下来,找着头巾,同到公所,连忙穿了衣服与公孙先生来找包兴。恰遇包兴奉了相爷之命来请二人。二人即便随同包兴一同来至书房,参见了包公,便说方才与那人交手情形:"未能拿获,实卑职之过。"包公道:"黑夜之间,焉能一战成功?据我想

来,惟恐他别生枝叶,那时更难拿获,倒要大费周折呢。"又嘱咐了一番,阖署务要小心。展爷与公孙先生连连答应。二人退出,来至公所,大家计议。惟有赵虎撅着嘴,再也不言语了。自此夜之后,却也无甚动静,惟有小心而已。

【注释】(1)本段选自《三侠五义》第三十九回《铡斩君衡书生开罪　石惊赵虎侠客争锋》。说的是锦毛鼠白玉堂得知"御猫"展昭的称号,心中不平,故潜来京城,找展昭较量示威,由此演出一段"侠客争锋"的故事。　(2)些微:稍微。

【今译】(略)

【点评】锦毛鼠白玉堂的武艺奇绝,神出鬼没是本章描写的重点。在整个场景中,作者没有一笔一墨实写白玉堂的音容笑貌,但在影影绰绰之中又无时无处不写到白玉堂的侠风侠姿。开端写赵虎的自高自大、盲目夸口,引出白玉堂的一发暗器,这石子不偏不歪打碎赵虎擎的酒杯,既嘲弄了赵虎的不识泰山,又渲染了白玉堂的艺高气盛。接着,展昭出场应战,展昭原也是高人高手,而迎着白玉堂风驰电掣般的刀势,却不由得随招随架,在心里暗暗喝彩。之后,像所有武侠小说一样,作者铺开笔墨,在具体的比武之中展开对白玉堂的描写,展昭一剑削断白玉堂的宝刀,虽然是占去上风,但随即的追赶,则是白玉堂技高一筹,一步步躲避,一招招应接,节奏明快,次序井然,使展昭可望而不可及,其处劣势而不惊,抱绝技而泰然的高人高风也由此跃然纸上。而最后以一记暗器打落展昭头巾,飘然而去的作为,则更是反败为胜的大示威,进一步突出了白玉堂心高气傲和机智好胜的性格特征。这一笔笔点染强调,生动逼真之中机趣盎然,令人读之久久不忘。

(马晓芸)

张 南 庄

张南庄,号过路人。上海人。生卒年及生平均不详。据清光绪《何典》刊本"海上餐霞客"跋所云,张南庄为清乾隆、嘉庆年间上海"高才不遇"的"十布衣"之冠首,擅长书法,作诗以范成大、陆游为宗,有编年诗稿10余册。他尤喜藏书,"岁入千金,尽以购善本,藏书甲于时"。张南庄平生著述甚多,因其死后家境衰落而未能付印,咸丰年间大都毁于兵火,只有《何典》一书幸存下来。

《何典》(节选)

畔房小姐黑夜打鬼[1]

且说那色鬼自从在脱空[2]祖师庙里见了臭花娘,回到家中,眠思梦想,犹如失魂落魄的一般,那里放得下?晓得他是跑到庙里的,定然不是远来头[3],总在六尺地面[4]上,差了人各处去寻访,只因臭花娘从未出门,无人疑到他家,只是挨丝切缝[5],四处八路去瞎打听。

谁知事有凑巧,不料那东村里也有一个标致细娘[6],叫做豆腐西施,虽不能与臭花娘并驾齐驱,却也算数一数二的美人了。老子豆腐羹饭鬼,薄薄有几金家业,只生得他一个独因[7]。那日因到亲眷家边吃了清明饭回来,被色鬼的差人看见,寻思近地里再没有第二个美似他的,色鬼庙中所遇,谅必就是他,便如飞来报与色鬼知道。那色鬼又未曾目睹其间,听他们说得有凭有据,便也以讹传讹,信以为实,就与众门客商议。

大家议论纷纷,只有一个叫做极鬼的说道:"这也不是甚么团围大难事。那豆腐羹饭鬼住在独宅基[8]头上,只消我们几个扮做养发强盗,等到半夜三更,或是拿铧锹掘个壁洞,软进硬出,或是明火执杖,打门进去,抢了就走,夜头黄昏,那里点了乌鼻头来寻[9]?又不担搁工夫,手到拿来,岂不是朝种树夜乘凉的勾当?"色鬼大喜道:"此计甚妙,就烦你干来,事成之后,重重相谢。"

极鬼便纠合几个同道中[10],来到村里,拣个僻静所在,拓花了面孔,扎扮停当;等到更深夜静,来到豆腐羹饭鬼门口,点起烟里火来,打门进去。那豆腐羹饭鬼一家门,正困到头忽里,忽被打门声惊觉了,慌忙起来。才立脚到地下,那伙强盗已一拥进房,各人拓得花嘴花脸,手里拿着雪亮的鬼头刀。两个便将豆腐羹饭鬼绑住,把刀架在头骨上,不许他牵手动脚,几个便向床上搜看。那豆腐西施虽然穿了衣裳,却不敢走下床来,坐在皮帐里发抖,被极鬼寻着,一把拖下床来,背着就走。众鬼也就趁火打劫,抢了好些物事,一哄出门。

　　豆腐羹饭鬼冷眼看他们行作动步,是专为女儿来的,又闻得色鬼在各处早打听,要寻甚么标致细娘。便疑心到他身上,叮嘱家婆[11]看好屋里,自己悄悄然出了门,望着火光跟将去,恰正被他猜着,见他们一径望色鬼家里去了。便寻思道:"那色鬼泼天的富贵,专心致志寻了女儿去,自然千中万意,少不得把他做个少奶奶,住着高堂大厦,锦衣玉食的享用不了,也是他前世修来的。"一头肚里胡思乱想,一头望家里回来——已经朦朦天亮——便向老婆说知。老婆道:"你不可一想(厢)情愿。他是有门楣人家[12],若有这般好心,怎不教人来说合?明媒正娶难道弗好,到要半夜三更出来抢亲?你快再去打听。倘能像你心意[13],便与他亲眷来去,也觉荣耀。万一别有隐情,岂不把女儿肮脏埋灭了。"豆腐羹饭鬼道:"你也说得是,我自己不好去打听,待我央人去便了。"忙走到一个好乡邻冤鬼家来,托他去打听,不题。

　　却说这极鬼抢着了豆腐西施,满心快活,巴望送到色鬼面前,要讨个大好的。谁知那色鬼的老婆,却是识宝太师的女儿,叫做畔房小姐[14],生得肥头胖耳,粗脚大手。自恃是太师爷的女儿,凡事像心适宜(意),敢作敢为;又妒心甚重,家里那些丫头女娘家,箍头管脚,不许色鬼与他们丑攀谈[15]一句。色鬼虽然是怕老婆的都元帅,无如骨子里是个好色之徒,怎熬得住?家里不能做手脚,便在外面寻花问柳,换通了师姑,却向佛地上去造孽。就是查访那标致

细娘,也不过想寻个披蓑衣乌龟(16),钻谋来私下去偷偷罢了,原没有金屋贮阿娇(17)的想头。只因听了极鬼一席话,说得燥皮(18),便一时高兴,叫他去干。原想另寻个所在安置的,不料他们商议时,却被一个快嘴丫头听见,告诉了畔房小姐。畔房小姐听得,便怒从心上起,恶向胆边生。端正(19)一个突出皮棒槌(20),把色鬼骗进房中,打了一顿死去活来,拿条软麻绳(21)缚住了。又恨极鬼牵风引头,算计也要打他一顿出气,便一夜弗困,拿着棒槌守在门口。

等到四更头,听得众鬼回来,那极鬼背了豆腐西施,领头先进。畔房小姐在暗头里听得脚步响,便举起棒槌夹头打来;不料反打着了豆腐西施,正中太阳里(22),打得花红脑子直射!畔房小姐闻得一阵血腥气,便缩了手。后面众鬼拿着灯笼火把一拥入来,忽看见满地鲜血。极鬼忙将豆腐西施放下,看时,早已呜呼哀哉了。大家吓得屁滚尿流,赸(23)出脚都逃走的影迹无踪。畔房小姐也觉心慌意乱,畔进房中去了。

门上大叔只得报知轻脚鬼,查起根由,才晓得是扮作强盗去抢来的。依了官法,非但一棒打杀,并且要问切卵头罪的,怎不惊惶?还喜得没有知觉,忙使人把死尸灵移去丢在野田堵里(24)。自己又最喜吃生人脑子,便向地下刮起来吃干净了,叮嘱众鬼不许七噪八谈。只道神不知鬼不觉的,谁知那门上大叔却与冤鬼是触尸朋友,见冤鬼来打听,弗瞒天弗瞒地,原原委委,一本直说。冤鬼晓得了实细,忙回来报于豆腐羹饭鬼知道。

【注释】(1)本段选自《何典》第八回《鬼谷先生白日升天 畔房小姐黑夜打鬼》。 (2)脱空:费尽气力,一无成就。 (3)远来头:远方来的。 (4)六尺地面:原指床铺。 (5)挨丝切缝:仔细、周密(搜寻)。 (6)细娘:少女。 (7)独囡(nān):独生女儿。 (8)独宅基:单独一户居住。 (9)那里点了乌鼻头来寻:无法弄清肇事者。 (10)同道中:同行、同伙。 (11)家婆:妻子。 (12)有门槛人家:官宦人家。 (13)像你心意:让你满意。 (14)畔房小姐:原指不出闺门的女孩子。 (15)丑攀谈:谈粗俗的话。

(16)披蓑衣乌龟:原指绿毛乌龟。 (17)金屋贮阿娇:指纳妾。 (18)燥皮:爽快。 (19)端正:准备。 (20)突出皮棒槌:原指男性生殖器。 (21)软麻绳:原指妻子管束丈夫。 (22)太阳里:太阳穴。 (23)赸(shàn):意同"闪"。 (24)野田堵里:荒野里。

【今译】(略)

【点评】这一段写的是官宦子弟色鬼抢来民女豆腐西施又被其妻畔房小姐失手打死的故事。通过对官宦子弟色鬼、悍妇畔房小姐和豆腐羹饭鬼几个"鬼"物形象的勾画,在简短的篇幅中,流露出作者对当时人情世态的嘲讽。

在上一回里,色鬼勾结庙里的师姑,欲将前来进香的臭花娘欺侮。幸亏一个叫做"活死人"的仗义解救,臭花娘才免遭凌辱。色鬼垂涎于臭花娘的美貌,贼心不死,遂派人四处查访,直至将另一个良家女子豆腐西施误作臭花娘抢了来。作者写的虽是鬼蜮,却让人不难联想到当时同样黑暗的社会现实。

如果说色鬼的形象能用一个"横"字来概括的话,那么,其妻畔房小姐的性格则可以一个"悍"字来标记。她"妒心甚重",对家中的丫头女娘们严加看管,不许丈夫跟她们说一句玩笑话。及至听说丈夫要寻外室,"便怒从心上起,恶向胆边生""把色鬼骗进房中,打了一顿死去活来"。这一节文字不仅具有"恶人自有恶人降"的诙谐效果,而且也蕴含着深刻的社会讽刺意义。

小说对豆腐羹饭鬼的心理揭示得也相当深刻,可谓入骨三分。色鬼派人扮作强盗抢走了他的独生女儿,吉凶未卜。他却异想天开:"那色鬼泼天的富贵,专心致志寻了女儿去,自然千中万意,少不得把他做个少奶奶,住着高堂大厦,锦衣玉食的享用不了,也是他前世修来的。"攀附豪富的势利心眼达到了这种地步,真是令人可悲可恨。

《何典》是一部用吴语的方言俚语写成的滑稽小说,"谈鬼物正像人间,用新典一如古典"(鲁迅《何典·题记》)。虽然满纸尽是嬉笑怒骂之辞,涉笔成趣,但愤世嫉俗之情时时溢于言表。只是采用方言俚语失于宽滥,不免有时显得有些油滑浅俗。这一点,细心的读者从这一段文字中也可看得出来。

【集说】至于色鬼，岂不知老婆平素间所作所为，乃一听极鬼撺掇，就不顾违条犯法，飞得起叫他去干；遂把一个如花似玉的绝世佳人，送到西方路上去，岂非作尽灵宝孽哉？（"缠夹二先生（即陈小舫）"第八回回末评语）

谈鬼物正像人间，用新典一如古典。（鲁迅《何典·题记》）

综观全书，无一句不是荒荒唐唐乱说鬼，却又无一句不是痛痛切切说人情世故。这种作品，可以比作图画中的Caricature；它尽管是把某一个人的眼耳鼻舌、四肢百体的分寸比例全都变换了，将人形变作了鬼形，看的人仍可以一望而知：这是谁，这是某，断断不会弄错。（刘复《重印〈何典〉序》）

（张志江）

李汝珍

　　李汝珍,字松石,直隶大兴人,生卒年月不详,大约生于1763年以后,卒于1830年之前。长住江苏海州。李汝珍前妻早死,到海州后,续娶许桂林的姐姐为继室。1801年到河南做过县丞。他以"读书不屑屑章句帖括之学""于学无所不窥"见称,多才多艺,尤长于音韵学。但一生没有得到什么"功名"。刊行的著作,除《镜花缘》之外,还有《李氏音鉴》《受子谱》两书,其他诗文,多已散失。他在海州"久作寓公",终老于海州。他在小说中,为了表现自己的渊博学识,往往"论学说艺,数典谈经,连篇累牍而不能自已"。(鲁迅:《中国小说史略》)

《镜花缘》(节选)

粉面郎缠足受困[1]

话说林之洋来到国舅府,把货单求管门的呈进。里面传出话道:"连年国主采选嫔妃,正须此货。今将货单替你转呈,即随来差同去,以便听候批货。"不多时,走出一个内使,拿了货单,一同穿过几层金门,走了许多玉路;处处有人把守,好不威严。来到内殿门首,内使立住道:"大嫂在此等候。我把货单呈进,看是如何,再来回你。"走了进去。不多时出来道:"大嫂单内货物并未开价,这却怎好?"林之洋道:"各物价钱,俺都记得,如要那几样,等候批完,俺再一总开价。"内使听了进去,又走出道:"请问大嫂:胭脂每担若干银? 香粉每担若干银? 头油每担若干银? 头绳每担若干银?"林之洋把价说了。内使走去,又出来道:"请问大嫂:翠花每盒若干银? 绒花每盒若干银? 香珠每盒若干银? 梳篦每盒若干银?"林之洋又把价说了。内使入去,又走出道:"大嫂单内各物,我们国主大约多寡不等,都要买些。就只价钱问来问去,恐有讹错,必须面讲,才好交易。国主因大嫂是天朝妇人,天朝是我们上邦,所以命你进内。大嫂须要小心!"林之洋道:"这个不消分付。"跟着内使走进内殿。见了国王,深深打了一躬,站在一旁。看那国王,虽有三旬以外,生的面白唇红,极其美貌。旁边围著许多宫娥。国王十指尖尖,拿著货单,又把各样价钱,轻启朱唇问了一遍。一面问话,一面只管细细上下打量。林之洋忖道:"这个国王为甚只管将俺细看,莫非不曾见过天朝人么？"不多时，宫娥来请用膳。国王分付内使将货单存下，先去回覆国舅；又命宫娥款待天朝妇人酒饭，转身回宫。

迟了片时，有几个宫娥把林之洋带至一座楼上，摆了许多肴馔。刚把酒饭吃完，只听下面闹闹吵吵，有许多宫娥跑上楼来，都口呼"娘娘"，磕头叩喜。随后又有许多宫娥捧著凤冠霞帔，玉带蟒衫并裙裤簪环首饰之类，不由分说，七手八脚，把林之洋内外衣服脱的干干净净。——这些宫娥都是力大无穷，就如鹰拿燕雀一般，那里由他作主。——刚把衣履脱净，早有宫娥预备香汤，替他洗浴。换了袄裤，穿了衫裙；把那一双"大金莲"暂且穿了绫袜；头上梳了鬏儿，搽了许多头油，戴上凤钗；搽了一脸香粉，又把嘴唇染的通红；手上戴了戒指，腕上戴了金镯。把床帐安了，请林之洋上坐。此时林之洋倒像做梦一般，又像酒醉光景，只是发痠。细问宫娥，才知国王将他封为王妃，等选了吉日，就要进宫。

正在著慌，又有几个中年宫娥走来，都是身高体壮，满嘴胡须。内中一个白须宫娥，手拿针线，走到床前跪下道："禀娘娘：奉命穿耳。"早有四个宫娥上来，紧紧扶住。那白须宫娥上前，先把右耳用指将那穿针之处碾了几碾，登时一针穿过。林之洋大叫一声："疼杀俺了！"望后一仰，幸亏宫娥扶住。又把左耳用手碾了几碾，也是一针直过。林之洋只疼的喊叫连声。两耳穿过，用些铅粉涂上，揉了几揉，戴了一副八宝金环。白须宫娥把事办毕退去。接著有个黑须宫娥，手拿一匹白绫，也向床前跪下道："禀娘娘：奉命缠足。"又上来两个宫娥，都跪在地下，扶住"金莲"，把绫袜脱去。那黑须宫娥取了一个矮凳，坐在下面，将白绫从中撕开，先把林之洋右足放在自己膝盖上，用些白矾洒在脚缝内，将五个脚指紧紧靠在一处，又将脚用力曲作弯弓一般，即用白绫缠裹；才缠了两层，就有宫娥拿著针线上来密密缝口：一面狠缠，一面密缝。林之洋身旁既有四个宫娥紧紧靠定，又被两个宫娥把脚扶住，丝毫不能转动。及至缠完，只觉脚上如炭火烧的一般，阵阵疼痛。不觉一阵心酸，放声

大哭道:"坑死俺了!"两足缠过,众宫娥草草做了一双软底大红鞋替他穿上。林之洋哭了多时,左思右想,无计可施,只得央及众人道:"奉求诸位老兄替俺在国王面前方便一声:俺本有妇之夫,怎作王妃?俺的两只大脚,就如游学秀才,多年未曾岁考,业已放荡惯了,何能把他拘束?只求早早放俺出去,就是俺的妻子也要感激的。"众宫娥道:"刚才国主业已分付,将足缠好,就请娘娘进宫。此时谁敢乱言?"

不多时,宫娥掌灯送上晚餐,真是肉山酒海,足足摆了一桌。林之洋那里吃得下,都给众人吃了。一时忽要小解,因向宫娥道:"此时俺要撒尿,烦老兄领俺下楼走走。"宫娥答应,早把净桶掇来。林之洋看了,无可奈何。意欲扎挣起来,无如两足缠的紧紧,那里走得动?只得扶著宫娥下床,坐上净桶;小解后,把手净了。宫娥掇一盆热水道:"请娘娘用水。"林之洋道:"俺才洗手,为甚又要用水?"宫娥道:"不是净手,是下面用水。"林之洋道:"怎叫下面用水?俺倒不知。"宫娥道:"娘娘才从何处小解,此时就从何处用水。既怕动手,待奴婢替洗罢。"登时上来两个胖大宫娥,一个替他解裙中衣,一个用大红绫帕蘸水,在他下身揩磨。林之洋喊道:"这个顽的不好!诸位莫乱动手!俺是男人,弄的俺下面发痒。不好,不好!越揩越痒!"那个宫娥听了,自言自语道:"你说越揩越痒,俺还越痒越揩哩!"把水用过,坐在床上,只觉两足痛不可当,支撑不住,只得倒在床上和衣而卧。

那中年宫娥上前禀道:"娘娘既觉身倦,就请盥漱安寝罢。"众宫娥也有执著烛台的,也有执著漱盂的,也有捧著面盆的,也有捧著梳妆的,也有托著油盒的,也有托著粉盒的,也有提著手巾的,也有提著绫帕的:乱乱纷纷,围在床前。只得依著众人略略应酬。净面后,有个宫娥又来搽粉,林之洋执意不肯。白须宫娥道:"这临睡搽粉规矩最有好处,因粉能白润皮肤,内多冰麝,王妃面上虽白,还欠香气,所以这粉也是不可少的。久久搽上,不但面如白玉,还从白色中透出一股肉香,真是越白越香,越香越白;令人越闻越爱,越爱越闻,最是讨人欢喜的。久后才知其中好处哩。"宫娥说之至再,那里肯听。众人道:"娘娘既如此任性,我们明日只好据实启禀,请保母过来,再作道理。"登时四面安歇。

到了夜间,林之洋被两足不时疼醒,即将白绫左撕右解,费尽无穷之力,才扯了下来,把十个脚指个个舒开。这一畅快,非同小可,就如秀才免了岁考一般,好不松动。心中一爽,竟自沉沉睡去。次日起来,盥漱已罢。那黑须宫娥正要上前缠足,只见两足已脱精光,连忙启奏。国王教保母过来重责二十,并命在彼严行约束。保母领命,带了四个手下,捧著竹板,来到楼上,跪下道:"王妃不遵约束,奉令打肉。"林之洋看了,原来是个长须妇人,手捧一块竹板,约有三寸宽、八尺长。不觉吃了一吓道:"怎么叫作'打肉'?"只见保母手下四个微须妇人,一个个膀阔腰粗,走上前来,不由分说,轻轻拖翻,褪下中衣。保母手举竹板,一起一落,竟向屁股、大腿,一路打去。林之洋喊叫连声,痛不可忍。刚打五板,业已肉绽皮开,血溅茵裀。保母将手停住,向缠足宫娥道:"王妃下体甚嫩,才打五板,已是'血流漂杵';若打到二十,恐他贵体受伤,一时难愈,有误吉期。拜烦姐姐先去替我转奏,看国主钧谕如何,再作道理。"缠足宫人答应去了。保母手执竹板,自言自语道:"同是一样皮肤,他这下体为何生的这样又白又嫩?好不令人可爱!据我看来:这副尊臀,真可算是'貌比潘安,颜如宋玉[2]'了!"因又说道:"'貌比潘安,颜如宋玉',是说人的容貌之美,怎么我将下身比他?未免不伦。"

只见缠足宫人走来道:"奉国主钧谕,问王妃此后可遵约束?——如痛改前非,即免责放起。"林之洋怕打,只得说道:"都改过了。"众人于是歇手。宫娥拿了绫帕,把下体血迹擦了。国王命人赐了一包棒疮药,又送了一盏定痛人参汤。随即敷药,吃了人参汤,倒在床上歇息片时,果然立时止痛。缠足宫娥把足从新缠好,

教他下床来往走动。宫娥搀着走了几步。棒疮虽好,两足甚痛,只想坐下歇息;无奈缠足宫娥惟恐误了限期,毫不放松,刚要坐下,就要启奏;只得勉强支持,走来走去,真如挣命一般。到了夜间,不时疼醒,每每整夜不能合眼。无论日夜,俱有宫娥轮流坐守,从无片刻离人,竟是丝毫不能放松。林之洋到了这个地位,只觉得湖海豪情,变作柔肠寸断了。

【注释】(1)本段选自《镜花缘》第三十三回《粉面郎缠足受困 长须女玩股垂情》。写林之洋在女儿国卖货时被女王骗进宫中,强迫他做王妃,并按照女儿国的规矩,给他穿耳、缠足,作女人装束。林之洋挣扎反抗,苦不堪言。 (2)潘安、宋玉:皆为古时貌美男子。

【今译】(略)

【点评】在长期的中国封建社会中,以男权为中心的男尊女卑的思想观念,根深蒂固地统治着人们的思想,在明清的世情小说中,也大量地充斥着这种思想。但是《镜花缘》的作者李汝珍却是一反传统的贱视妇女的观点,尊重妇女的人权,强烈要求提高妇女的地位,这在他的《镜花缘》中得到鲜明的体现,成为该书的十分重要的思想内容。他在书中提出女子自幼应有读书的机会,长大了和男子同样参加考试,反对男子垄断文化,尤其反对穿耳、缠足这些戕害妇女身心的恶习。他在这一回中,不是一般地批评穿耳、缠足等陋习,而是别出心裁地把男女在社会生活中的地位完全颠倒过来,让女子当国王,着男装,让男子着女装,在内宫做王妃。整个女儿国里也是"男子反穿衣裙,作为妇人,以治内事;女子反穿靴帽,作为男人,以治外事",尤其是要男子穿耳、缠足。实际是把中国封建社会中女子所受的一切摧残都转嫁到男子的头上,让男人设身处地地去体验女子所受的诸般痛苦。

林之洋这个中年男子,虽然有着丰富的人生经历和不怕困难、痛苦的坚强意志,但当他被送进宫中失去自由后,在众宫女的强力威逼下无可奈何地做了王妃。虽然他坚决拒绝穿耳、缠足,但在武力强制面前挣扎反抗也无济于事,像羔羊被宰割一样,先是被穿耳,后又被按住缠了足。他这个堂堂的男子汉,竟然也受不了穿耳、缠足的痛苦,撕破嗓门嚎叫,由此可以想见,那些从六七岁就被强行缠足的女孩子,她们在生理与心理上所受的摧残是何等的残酷了。

林之洋的反抗挣扎,正象征着封建社会中广大妇女对穿耳、缠足陋习的反抗。但是在吃人的封建礼教的禁锢中,个人的反抗只会招来更残酷的迫害。林之洋起初不遵王命,夜里把缠足布扯掉,但第二天就被惩罚得"血流漂杵"。在受了接二连三的折磨后,他只好在女权的威力面前暂时屈服了。由此说明,不论是以男权为中心的社会,还是以女权为中心的社会,只要封建礼教不废除,一切野蛮的陋习不革掉,不论是女人还是男人,身心都会受到摧残,甚至成为牺牲品。

这部小说的艺术手法特殊,借用游海外的虚构情节、人物事件,讽刺当时的社会现实,寄托作者的理想。"其于社会制度,亦有不平,每设事端,以寓理想"(鲁迅),女儿国这一回就是用这种手法,运用让男女地位置换的对照描写方法,使作为男权代表的林之洋体会一下男权社会对女性诸多不合理的限制,乃至缺乏人性和非人道主义的摧残。设想奇妙,无疑是对男权社会的绝妙讽刺。在语言风格上,具有讽刺小说《儒林外史》的生动流畅、幽默多趣的特点,如林之洋穿耳、缠足时的嚎哭,令人感到滑稽可笑。

【集说】是书无一字拾他人牙慧,无一处落前人窠臼,枕经菲史,子秀集华,兼贯九流,旁涉百戏,聪明绝世,异境天开,即饮程乡千里之酒,而手此一编,定能驱遣睡魔,虽包孝肃笑比河清,读之必当喷饭。综其体要,语近滑稽,而意主劝善,且津逮渊富,足裨见闻。昔人称其正不入腐,奇不入幻,另具一付手眼,另出一种笔墨,为虞初九百中独开生面,雅俗共赏之作。(许乔林《镜花缘序》)

……总未有如此书之一读一快,百读不厌也。观夫繁称博引,包括靡遗,自始至终,新奇独造,其义显,其辞文,其言近,其旨远。……正人心,端风化,是尤作者之深意存焉。不知者仅以说部目之,知之者直以经义读之。(洪棣元《镜花缘序》)

其于社会制度,亦有不平,每设事端,以寓理想;惜为时势所限,仍多迁拘,例如君子国民情,甚受作者叹美,然因让而争,矫伪已甚,生息此土,则亦

劳矣,不如作诙谐观,反有启颜之效也。(鲁迅《中国小说史略》)

遇长人而无患,格猛兽而未伤,于彼女儿国者可以挺身直入矣。不知天下难防者不在男子而在妇人,有甚美必有甚恶,至言哉!(蔬庵回评,见清末上海申报馆印本)

(孔繁华)

魏秀仁

魏秀仁(1819—1874),字子安,又字子敦,别号眠鹤山人,福建侯官(今福州市)人。工诗善画,尤工骈丽,少负文名。道光二十六年(1846)举人,以后屡试进士第而不中,乃游幕陕西、山西、四川,曾在太原、成都等地坐馆及充讲席,终为成都芙蓉书院院长。因避乱返里,病卒于山东莒县。著小说《花月痕》(亦名《花月姻缘》)五十二回,另著有《石经考》《陔南山馆诗话》。而以《花月痕》名于时,其他两种著作未见有传本。

《花月痕》(节选)

情脉脉一出《红梨记》[1]

　　这一席酒,自十一下钟起,直喝至三下多钟。幸是夏天日长,大家都有些酩酊,便止了酒。荷生、痴珠只用些糠米稀饭,就散了坐,回到痴珠屋里。只见香云拂拂,花气融融,别有一种潇洒之态。痴珠又唤秃头,焚起一炉好香,泡上好茶。荷生、稷如或坐或躺。丹晕等三人,就在里间理鬓更衣。痴珠便将盆中开的玉簪花,每人分赠一枝,更显得面粉口脂,芬芳可挹。秋痕出来,见痴珠酒气薰薰,躺在窗下弥勒榻上,便悄悄说道:"你病方好,何苦那样拼命吃酒!"又将痴珠瞧一瞧言道:"你那小照,何不请人题诗呢?"痴珠道:"没有人懂得我,以后着你题罢。"秋痕一笑,就将帘子掀开,见稷如走了出去,荷生却躺在炕上微微睡着,便叫道:"起来罢,这里睡不得,惊着了凉。"荷生也就坐起,喝了茶。痴珠随跟出来,向荷生问起采秋,荷生叹口气道:"不必提起,我有两首诗,念与你听,就知道了。"遂将所寄的诗,诵了一遍。痴珠笑道:"什么事呢?"随吟道:"丈夫垂名动万年,记忆细故非高贤。"荷生也自微笑。不一会,家人掌上灯来,秋华堂又排了席,大家作队出来,见堂上及两廊明角灯已点着,越觉得玉宇澄清,月华散采。大家便都向甬道上闲步。痴珠从那月光灯影瞧着秋痕,真似一枝初放的兰花,葳蕤窈窕[2],极清中露出极艳来。听见稷如让荷生上去,便携了秋痕的手,跟大家步上台阶,到得席前,照旧坐下。这秋华堂系长七间一个大座落,堂上爽朗空阔,炕后垂三领虾须帘,帘外排着十多架晚香玉,堂上点有二十余对纱灯。炕上四小盆,盛开夜来香。堂左右二十架兰花,虽才打箭,灯光之下,瞧那绿叶纷披,度着炕上内外的花香,就不倾觞,也令人欲醉了。况卯酒未醒,重开绮席(3),倒觉得大家俱有倦容。入席以后,行了几回酒,上了几回菜,秋痕便向痴珠发话道:"白天你是闹过酒,如今只准清谈。我随便唱一折昆曲,给大家听,可好么?"荷生道:"好的!"秋痕道:"叫他们吹笛子,打鼓板,弹三弦子,都在月台上,不要进来。"稷如道:"这更好!"秋痕又道:"只这痴珠的酒杯是要撤去的。"一面说,一面将痴珠面前酒杯递给跟班。稷如、丹晕都说道:"不叫他喝就是了,何必拿开杯子?"荷生、曼云便哈哈大笑。稷如向荷生道:"一见如故,这句话却是真有呢?"这一句话,说的痴珠不好意思起来,秋痕更是两颊飞红。荷生忙接口言道:"同是天涯沦落人,相逢何必曾相识,我和痴珠不一见如故么?"荷生此句话,原想替秋痕解嘲,秋痕也深感荷生为他分谤,只太亲切些,触动心绪,倒掉下泪来。韦痴珠这一会凄惶,更不知从何处说起,只向秋痕高吟道:"君为北道生张八,我是西川熟魏三。"就不说了。韩荷生见秋痕与痴珠形影依依的光景,便念采秋,又因痴珠今日说起红卿,便觉新愁旧怨,一霎时纷至沓来,无从排解。稷如也悔先前不合取笑秋痕,以致一座不乐。又见秋痕顾影自怜,那一种情态,也觉惨然难忍!丹晕、曼云见席上大家都不说话,只得劝秋痕道:"好端端的又哭得泪人儿一般,人家说你有呆气,你自己想,傻不傻呢?"荷生就移步过来,替秋痕抹着眼泪。痴珠便叫跟班们拧过毛巾,自己递给秋痕。稷如也分付跟人,泡上几碗好茶来,又分付厨房,慢慢的上菜。秋痕只得破涕为笑道:"我还唱曲罢。"大家都道:"好了!秋痕肯笑了。"稷如道:"秋痕这一笑,大家该喝一钟酒。"秋痕笑道:"我总不准痴珠喝,大家依么?"大家笑道:"依你罢。"秋痕道:"我却要陪一杯。"于是大家都喝了酒,随意吃了几筷菜。痴珠只吃了两片藕,只见秋痕喝一会

茶,将椅挪开,招呼痴珠跟人,说几句话,停了一停,帘外鼓板一响,笛韵悠扬,秋痕背了脸,亢起娇声来。痴珠依着声,听他唱的是:"此夜恨无穷,似别鹤孤鸿,槛鸾囚凤,我无限衷肠,欲诉无从,悲痛(4)。"痴珠听至此,便叫了一声,招呼跟班装水烟吸去。荷生将手轻轻的拍着板道:"这底下是惹祸的花容月貌,赚人的云魂雨梦。"稷如道:"这不是《红梨记》上的《羁迹》这一出么?"荷生点点头,又听秋痕唱完了一枝,曼云便将痴珠跟前一碗茶,拿给秋痕喝了。秋痕转过脸来,向大家说道:"今夜喉咙不好,有些哽咽。"就吐了一口痰,又唱起来,到了"看他诗中字,芳心懂,怎割舍风流业种,毕竟相同。"又唱到"只愁缘分浅,到底成空。"那两道眼波,就直注在痴珠身上。大家都暗暗的笑,却不敢道出。以后便是尾声了。唱完,大家都喝声:"好!"荷生因言道:"这回我却要痴珠喝一钟酒。"秋痕也依,便将自己的杯子斟上,叫痴珠喝了。荷生笑道:"我也要你喝一杯。"秋痕道:"这是怎的?"荷生道:"喝了再说。"秋痕强不过,就也喝了。荷生笑道:"看你们风流业种,毕竟相同,怎不吃个鸳鸯杯哩?"说得秋痕的脸通红了。痴珠笑道:"你们这样闹,又何苦呢!"荷生微笑,停一停言道:"你日间那样狂吟豪饮,这会怎的酒杯都没了?"痴珠也就微笑。于是大家又畅饮一会,便道天也不早了,差不多十二下钟了。稷如也不敢来再敬。大家吃饭洗漱。荷生向痴珠道:"改日再行奉拜罢。"痴珠笑道:"你又未能免俗了,我明日便是便衣过访,何如?"荷生道:"极好!我便在寓候你罢。"就谢了稷如,几对灯笼,引着轿子走了。稷如却要送痴珠先回西院,痴珠看见丹晕等三人,都站在月台上伺候,便道:"还是给他们先走,我们再说罢。"于是丹晕、曼云、秋痕说道:"我们都不打千了。"丹晕、曼云先走,给秋痕落后。痴珠、稷如落一边,秋痕拉着痴珠的手,问后会之期?痴珠十分难受,勉强道:"两日后就当奉访。"秋痕忽向袖中取出一件东西,悄悄的递给痴珠,痴珠也不细看,只好袖着,便催稷如回去。稷如只得告辞。痴珠送出,看秋痕上车,稷如也上了车,然后自回西院。

【注释】(1)本段选自《花月痕》第十四回《意绵绵两阕花魂词 情脉咏一出红梨记》。《花月痕》写韦痴珠、刘秋痕和韩荷生、杜采秋这两对才子与妓女的故事,叙述他们穷达升沉的不同遭遇。韦、韩因文字缘相交,游幕并州,角逐官场,流连妓院,各有相好。韦钟情刘秋痕,韩眷恋杜采秋。韦风流文采,倾动一时,但因名场坎坷、失意潦倒,困顿羁旅中,秋痕终未能嫁韦。后韦与妻先后亡故,秋痕遂以身殉情。韩则高见卓识,终致飞黄腾达,累官至封侯,采秋亦封一品夫人。本段写韦、韩二才子神交已久,初次谋面,相互敬爱。与此同时,韦与太原名妓刘秋痕初次相逢便一见如故,相见恨晚并以心相许。夜宴秋华堂,韦、刘二人情意绵绵、含情脉脉,如形影相依、体贴入微,写得真可谓哀感顽艳、悱恻缠绵、情见乎词。 (2)葳蕤窈窕:葳蕤(wēi ruí):鲜丽貌。窈窕:文静而美好。 (3)绮(qǐ)席:华丽丰盛的筵席。 (4)此处所唱之曲出自明代徐复祚所作传奇剧《红梨记》第四出《羁迹》中的[尾犯序]。后面所说"又听秋痕唱完了一枝"的曲子是指同出的[榴花泣]一曲。最后所唱的曲子是同出的[渔家傲]。《红梨记》写书生赵汝州与妓女谢素秋的爱情故事,属于才子佳人戏。这几支曲子抒发了谢素秋因被太傅王黼扣留府中,不能与事先以诗约好要相会的才子赵汝州相见所产生的幽怨和苦闷。

【今译】(略)

【点评】本段主要写秋华堂夜宴,夜宴中又以席上秋痕演唱《红梨记》曲子为主,辅之以唱曲前后参加宴会的男女互相打趣欢笑、劝慰关心,便突出地将韦、刘二人的一见倾心、温情软语、柔情蜜意、缠绵悱恻、相依相恋的深情,含蓄、细腻地尽现于纸上,较突出地体现了才子佳人小说行文以缠绵为主,于欢笑之时并见黯然之色的独特风貌。这种风貌的体现,首先得力于场面描写的纤细、真切。作者写这次夜宴的场面,从秋华堂的摆设到入席后的弹唱笑语,各人的风貌不同;从众人的善意取笑到秋痕的哭笑无常,各人的心理也不同,作者将这些都写得颇为真切。这种场面描写无疑是受了《红楼

梦》的影响。其次是得力于心理描写的细致入微、委婉曲折,而这种心理描写作者又是使用了中国古典小说以人物的神态、动作揭示心理活动的传统手法,写得饶有情趣,毫不枯燥沉闷。如秋痕对痴珠的一片赤诚之心,便是通过秋痕深恐痴珠病后喝酒过量伤了身体而劝痴珠少饮酒并为痴珠挡驾、解围等动作表现出来的。又如众人见秋痕初次与痴珠相会便对痴珠如此体贴入微,稷如便打趣他们说:"一见如故,这句话却是真有呢?"于是触动痴珠、秋痕、韩荷生各自的心绪,引出各自的一腔心事,真乃忽喜忽悲,哀感顽艳。再次是把戏曲的形式与小说的描写水乳交融地结合在一起,这不独给人以戏中有戏之感,而且这里的戏中戏与所演之正戏并非毫不相属,而是巧妙关合、互相比兴生发,含蓄而又文雅,令人遐思无限。戏曲中抒情性的唱段,是戏曲作者用延伸和放大内心活动的办法来表现人物细微、复杂的思想过程和丰富深刻的感情波动的。此处小说作者把这种形式和手法融入自己的作品之中,通过描摹秋痕唱和痴珠听的神情状态,便夸张地渲染出了一个充满伤感、凄楚色彩的艺术境界和审美氛围。这里唱戏的和听戏的都是作品的主角,且又是情人关系,把他们放在同一场面上,犹如把他们推到同一舞台上,让他们通过演唱直接抒发自己的内心情感,展现自己的内心世界。因此,与其说他们是在唱戏、听戏,不如说他们全都进入角色在演戏。更妙的是,秋痕所唱《红梨记》的曲词处处关合着痴珠与秋痕的恋情,并预示了他们之间悲剧性的恋爱结局。小说写秋痕"唱到'只愁缘分浅,到底成空'那两道眼波,就直注在痴珠身上"。这犹如一条纽带,将《红梨记》的曲词含意与小说情节紧紧地绾合在一起了,将秋痕与痴珠的前途、命运含蓄地预示给读者。这些既是此处情节之所需,又为以后情节的发展埋下伏笔,预做点醒,作者行文巧妙、细腻之用心可谓良苦也。

【集说】此回痴珠、秋痕合传,而纬以稷如、荷生,笔墨工致,如于尺幅画中,阿房宫,复道回廊,钉头檐角,层层数去,不爽铢厘。(栖霞居士《花月痕》第十四回回末评语)

牵一发而全身皆动,此回上接第二回、第三回、第五回、第九回,下注十八回,及三十九回、四十回、四十三回。以下文字,为全书精神团结处。花魂词,红梨记,上下整对,中仍复变换错综,隐藏茜雯,明串娟娘,笔笔娇变,笔

笔沉雄。(同上)

其布局盖在使升沉相形,行文亦惟以缠绵为主,但时复有悲凉哀怨之笔,交错其间,欲于欢笑之时,并见黯然之色……(鲁迅《中国小说史略》)

(李延年)

李宝嘉

　　李宝嘉(1867—1906),字伯元,别号南亭亭长。江苏武进(今属常州市)人。乡居期间从传教士学习英文,并考中过秀才,但一生并未中举。光绪二十二年(1896)到上海办报,先办《指南报》《游戏报》,专门发表一些嬉笑怒骂的文章。后来又办《世界繁华报》,刊载诗词小说。光绪二十九年(1903),应商务印书馆之聘,主编《绣像小说》半月刊。其主要著作有《官场现形记》《文明小史》《中国现在记》《活地狱》《海天鸿雪记》以及《庚子国变弹词》等。

《官场现形记》(节选)

文制台见洋人[1]

且说那巡捕[2]赶到签押房,跟班的说:"大人没有换衣服就往上房去了。"巡捕连连跺脚道:"糟了!糟了!"立刻拿了片子[3]又赶到上房。才走到廊下,只见打杂的正端了饭菜上来。屋里正是文制台一迭连声的骂人,问为什么不开饭。巡捕一听这个声口,只得在廊檐底下站住。心上想回,因为文制台一到任,就有过吩咐的,凡是吃饭的时候,无论什么客人来拜,或是下属禀见,统通不准巡捕上来回,总要等到吃过饭,擦过脸再说。无奈这位客人既非过路官员,亦非本省属员,平时制台见了他还要让他三分,如今叫他在外面老等起来,决计不是个道理。但是违了制台的号令,倘若老头子一翻脸,又不是玩的。因此拿了名帖,只在廊下盘旋,要进又不敢进,要退又不敢退。

正在为难的时候,文制台早已瞧见了,忙问一声:"什么事?"巡捕见问,立刻趋前一步,说了声:"回大帅的话:有客来拜。"话言未了,只见拍的一声响,那巡捕脸上早被大帅打了一个耳刮子。接着听制台骂道:"混帐王八蛋!我当初怎么吩咐的!凡是我吃着饭,无论什么客来,不准上来回。你没有耳朵,没有听见!"说着,举起腿来又是一脚。那巡捕挨了这顿打骂,索性泼出胆子来,说道:"因为这个客是要紧的,与别的客不同。"制台道:"他要紧,我不要紧!你说他与别的客不同,随你是谁,总不能盖过我!"巡捕道:"回大

帅：来的不是别人，是洋人。"那制台一听"洋人"二字，不知为何，顿时气焰矮了大半截，怔在那里半天。后首想了一想，蓦地起来，拍挞一声响，举起手来又打了巡捕一个耳刮子，接着骂道："混帐王八蛋！我当是谁！原来是洋人！洋人来了，为什么不早回，叫他在外头等了这半天？"巡捕道："原本赶着上来回的，因见大帅吃饭，所以在廊下等了一回。"制台听完，举起腿来又是一脚，说道："别的客不准回，洋人来，是有外国公事的，怎么好叫他在外头老等？糊涂混帐！还不快请进来！"

那巡捕得了这句话，立刻三步并做二步，急忙跑了出来。走到外头，拿帽子探了下来，往桌子上一摔，道："回又不好，不回又不好！不说人头，谁亦没有他大；只要听见'洋人'两个字，一样吓的六神无主了！但是我们何苦来呢！掉过去，一个巴掌！翻过来，又是一个巴掌！东边一条腿，西边一条腿！老老实实不干了！"正说着，忽然里头又有人赶出来一迭连声的叫唤，说："怎么还不请进来？……"那巡捕至此方才回醒过来，不由的仍旧拿大帽子合在头上，拿了片子，把洋人引进大厅。此时制台早已穿好衣帽，站在滴水檐前预备迎接了。

【注释】(1)本段选自《官场现形记》第五十三回《洋务能员但求形式 外交老手别具肺肠》。这一回是说江南总督文明如何在洋人面前卑躬屈膝。制台：清朝对总督的敬称。　(2)巡捕：清代总督、巡抚的随从官。　(3)片子：这里是指求见的名帖。

【今译】(略)

【点评】这一段是借用一个戏剧性的情节，让江南总督文明当众出丑，把他崇洋媚外的嘴脸暴露在光天化日之下。情节之所以富有戏剧性，就在于作者采用了"先扬后抑"法。先写文制台如何有脾气，如何不准在吃饭时有人打扰他。随从官知道制台老爷的这个习惯，因此不敢在制台老爷将要吃饭时上去回话。同时,作者又故意采用"先抑后扬"法,故意不说出来访客人的身份,只说是"怠慢不得的"。直到巡捕不得不回话之后,文制台便大发脾气,赏了巡捕一个耳刮子,又踢了一脚,并且气势汹汹地说:"随你是谁,总不能盖过我!"至此,对文制台的"扬"也就到了极点。然而,巡捕一句来客是"洋人"的话,就使这个色厉内荏的家伙"顿时气焰矮了大半截"。不曾料到,他又跳了起来,重新打了巡捕一个大耳刮子,接着便一改初衷,说:"洋人来了,为什么不早回,叫他在外头等了这半天?"这个大巴掌,虽打在巡捕的脸上,实际上掌了文制台自己的嘴。后来,他又踢了巡捕一脚,振振有词地大骂其"糊涂混帐"。其实,真正"混帐"的恰恰是制台老爷本人。作者用文制台自己前后矛盾的语言和行动,把他惧怕洋人、谄媚洋人的嘴脸揭露出来,并予以辛辣的讽刺。文制台这个官场老手的原形和丑态,在洋人求见这件事情上真是纤毫毕露了。

(陈建生)

吴趼人

吴沃尧(1866—1910),字小允,又字茧人,后改字趼人。广东南海(今广州市)人,因居佛山,故自号我佛山人。光绪八年(1882)后去上海谋生,戊戌变法前开始为报刊撰文。自光绪二十三年(1897)起,先后主笔《字林沪报》副刊以及《采风报》《奇新报》《寓言报》。光绪二十九年(1903)起开始创作小说。光绪三十二年(1906)主编《月月小说》。其一生创作长、短篇小说约30余种,其中比较著名的有《二十年目睹之怪现状》《痛史》《恨海》《九命奇冤》《劫余灰》《近十年目睹之怪现状》等。

《二十年目睹之怪现状》（节选）

苟才献寡媳[1]

姨妈看见这两天少奶奶不言不语，似乎有点转机了，便出来和苟太太说知，如此如此。苟太太告诉了苟才，苟才立刻和婆子两个过来，也不再讲甚么规矩，也不避甚么丫头老妈，夫妻两个，直走到少奶奶房里，双双跪下。吓得少奶奶也只好陪着跪下，嘴里说道："公公婆婆，快点请起，有话好说。"苟才双眼垂泪道："媳妇啊！这两天里头，叫人家逼死我了！我托了人和制台[2]说成功了，制台就要人，天天逼着那代我说的人；他交不出人，只得来逼人；这个是要活活逼死我的了！'救人一命，胜造七级浮屠[3]'，望媳妇大发慈悲罢！"少奶奶到了此时，真是无可如何，只得说道："公公婆婆，且先请起，凡事都可以从长计议。"苟才夫妇方才起来。姨妈便连忙来搀少奶奶起来，一同坐下。苟才先说道："这件事本来是我错在前头，此刻悔也来不及了。古人说的：'一失足成千古恨，再回头是百年身。'我也明知道对不住人，但是叫我也无法补救。"少奶奶道："媳妇从小就知妇人从一而终的大义，所以自从寡居以后，便立志守节终身；况且这个也无须立志的，做妇人的规矩，本是这样，原是一件照例之事。却不料变生意外！"说到这里，不说了。苟才站起来，便请了一个安道："只望媳妇顺变达权[4]，成全了我这件事，我苟氏生生世世，不忘大恩！"少奶奶掩面大哭道："只是我的天唷！"说着，便大放悲声。姨妈连忙过来解劝。苟太太一面和他拍着背，

一面说道:"少奶奶别哭,恐怕哭坏了身子啊。"少奶奶听说,咬牙切齿的跺着脚道:"我此刻还是谁的少奶奶哼!"苟太太听了,也自觉得无味;要待发作他两句,无奈此时功名性命,都靠在他身上,只得忍气吞气,咽了一口气下去。少奶奶哭够多时,方才住哭,望着姨妈道:"我恨的父母生我不是个男子,凡事自己作不动主,只得听从人家摆布;此刻我也没有话说了,由得人家拿我怎样便怎样就是了。但是我再到别家人家去,实在没脸再认是某人之女了。我爸爸死了,不用说他;我妈呢,苦守了几年,把我嫁了。我只有一个遗腹兄弟,常说长大起来,要靠亲戚照应的,我这一去,就和死了一样,我的娘家叫我交付给谁!我是死也张着眼儿的!"苟才站起来,把腰子一挺道:"都是我的!"

少奶奶也不答话,站起来往外就走,走到大少爷的神主面前,自己把头上簪子拔了下来,把头一颠,头发都散了,一弯腰,坐在地下,放声大哭起来。一面哭,一面诉,这一哭,直是哭得"一佛出世,二佛涅槃[5]"了!任凭姨妈、丫头、老妈子苦苦相劝,如何劝得住,一口气便哭了两个时辰。哭得伤心过度,忽然晕厥过去。吓的众人七手八脚,先把他抬到床上,掐人中,灌开水,灌姜汤,一泡子乱救,才救了过来。一醒了,便一咕噜爬起来坐着,叫声:"姨妈!我此刻不伤心了。甚么三贞九烈[6],都是哄人的说话;甚么断鼻割耳[7],都是古人的呆气!唱一出戏出来,也要听戏的人懂得,那唱戏的才有精神,有意思;戏台下坐了一班又瞎又聋的,他还尽着在台上拼命的唱,不是个呆子么!叫他们预备香蜡,我要脱孝了。几时叫我进去,叫他们快快回我。"苟才此时还在房外等候消息,听了这话,连忙走近门口垂手道:"宪太太[8]再将息两天,等把哭的嗓子养好了,就好进去。"

【注释】(1)本段选自《二十年目睹之怪现状》第八十九回《舌剑唇枪难回节烈　忿深怨绝顿改坚贞》。这一回是写苟才夫妻逼迫自家的寡媳去做总督的姨太太,儿媳痛哭拒绝这一无耻的要求。苟才的妻妹出来劝诱,苟才夫妻一再催逼,寡媳被逼得没有法子,只好脱去孝服上路。 (2)制台:清代对总督的敬称。 (3)浮屠:埋葬僧骨的佛塔。 (4)顺变达权:顺应形势的变化而有所通融。 (5)涅槃:寂灭的意思,指死亡。一佛出世,二佛涅槃,就是说死去活来的意思。 (6)三贞九烈:三、九指多数,三贞九烈就是极其贞烈。 (7)断鼻割耳:指三国时曹文叔之妻的典故。文叔早亡,其妻年少无子,便断发割耳,以示守节的决心。后来叔父迫她改嫁,她又割掉自己的鼻子,坚决不改嫁。 (8)宪太太:清代又称总督为制宪、督宪,故苟才的儿媳一旦答应进府,苟才便立刻改口称其为宪太太。

【今译】(略)

【点评】苟才是《二十年目睹之怪现状》一书中着墨较多的无耻官僚。他是个候补道员,为了早一日获得实缺,他贿通了督宪的亲兵,谋得了美差,着实阔了几年。不料被钦差参奏,撤了差,苟才向钦差行了几万两银子的贿赂,才算保住了功名。为了重新谋得新职,他竟想出送自家寡媳给总督做姨太太这样的"美人计"。苟才的儿媳十五岁嫁到苟家,三朝之后,便受到婆婆的百般虐待。不久,丈夫死了,公公撤差了,这少奶奶便被看作"扫帚星"。待到苟才想到这条"美人计"时,"扫帚星"一夜之间便成了"救命菩萨"。苟才夫妻给儿媳磕响头、行大礼,要求儿媳"屈节顺从",去做总督的姨太太。儿媳拒绝这一无耻的要求,苟才便托妻妹劝诱,三番五次地使用各种伎俩,务必迫使儿媳就范。苟才的儿媳在这种种威胁利诱面前,终于无计可施,只好答应"从长计较"。这里节选的一段就是描写苟才寡媳万般无奈的痛苦心情。苟才的儿媳从小就被灌输了"三从四德""从一而终"的思想,丈夫死后,立志守节,在她看来是天经地义的,却没有想到公公会想出这样与封建伦理格格不入的"邪门"来。可怜的女人,听从哪一方是好呢?她只好怨天尤人,抱怨父母把她生成了女人,落得由人摆布。在一阵铭心刻骨的痛苦之后,她终于有所醒悟,明白了自己无论如何也翻不出封建道德意识的"掌心"。为了公公的功名,就讲不得"从一而终";讲究"从一而终",便讲不得公公的功名性命。横竖都是要有违礼教,她也就只好脱去素服,准备进府了。小说借

助人物的语言行动描写苟才寡媳心理变化过程。起初，苟才夫妻给她下跪，她身为苟家儿媳，也"只好陪着下跪"。眼看守节无望，便直接反驳婆婆说："我此刻还是谁的少奶奶唷！"这句暗藏机锋的话，不啻在苟才老婆脸上唾了一口，平日里专横跋扈的苟太太也只好忍气吞声了。苟才的儿媳看透了自己的苦苦挣扎无一奏效，便在丈夫的牌位前痛哭一场，彻底改变了自己的初衷。这种决断，对于这位深受封建礼教熏陶的孱弱女子来说，无疑是一种痛苦的抉择。苟才寡媳在脱去素服前的一番话，说出了她此时此刻的心理。她终于在与封建礼教左冲右突中悟出一个惊世骇俗的道理：自古三贞九烈"都是哄人的说话"，都是封建统治阶级的夫权意识标榜起来的。正是因为有封建士大夫大力吹捧三从四德、从一而终，才会有越来越多的节妇、烈女。"唱一出戏出来，也要听戏的人懂得，那唱戏的才有精神，有意思"，既然封建家庭内部的男权代表不欣赏自己的"从一而终"，那么，"还尽着在台上拼命的唱，不是个呆子么"！应该说，正是封建社会险恶、龌龊的人生，迫使她冲破了"从一而终"的传统观念的束缚，但是她终于没有、也不可能找到自己的新的婚姻生活，终究无法挣脱由人摆布的地位，这也是时代使之然。

此外，这段文字还使人们看到苟才夫妻卑鄙无耻至极的嘴脸，他们平日讲的是仁义道德，而满肚子里却是男盗女娼。为了自己的私利专营，不顾廉耻礼义，竟然把自己的寡媳作为"礼品"送与上司，甚至对儿媳卑恭屈膝下跪，软硬兼施，前倨后恭，可谓下流无耻至极矣！

【集说】此一回少奶奶之洞澈，刺激之力为之也；岂独此一少奶奶已哉，凡世上厌世之辈，即洞澈之辈，亦即受刺激最甚之辈，吾敢断言也。然此哄局终不能使人人洞澈也。使人人洞澈之，即从此无世界矣！（广智书局单行本回评）

此一回少奶奶唱戏听戏之喻，所以为千古伤心之语，而非寻常失节堕行者可引为口实者也。（同上）

（陈建生）

刘鹗

刘鹗(1857—1909),字铁云,别署鸿都百炼生。江苏丹徒(今镇江市)人。出身官僚家庭,却无意于科举功名。早年行医经商,后入河南巡抚吴大澂、山东巡抚张曜幕府,帮办治黄工程。其后成为外商的买办和经纪人。八国联军入侵北京,他曾向联军购得太仓储粟以赈北京饥民。1908年被清廷以"私售仓粟"罪逮捕,并流放新疆。1909年病死于迪化(今乌鲁木齐市)。其主要著作除小说《老残游记》外,尚有《铁云诗存》及数学、医学、治河、金石著作多种。其中《铁云藏龟》是最早将甲骨卜辞公之于世的重要著作。

《老残游记》(节选)

白妞说书[1]

停了数分钟时,帘子里面出来一个姑娘,约有十六七岁,长长鸭蛋脸儿,梳了一个抓髻[2],戴了一副银耳环,穿了一件蓝布外褂儿,一条蓝布裤子,都是黑布镶滚的。虽是粗布衣裳,倒十分洁净。来到半桌后面右手椅子上坐下。那弹弦子的便取了弦子,铮铮鏦鏦弹起。这姑娘便立起身来,左手取了梨花简[3],夹在指头缝间,便丁丁当当的敲,与那弦子声音相应;右手持了鼓捶子,凝神听那弦子的节奏。忽羯鼓[4]一声,歌喉遽发,字字清脆,声声宛转,如新莺出谷,乳燕归巢。每句七字,每段数十句,或缓或急,忽高忽低;其中转腔换调之处,百变不穷,觉一切歌曲腔调俱出其下,以为观止矣。

旁坐有两人,其一低声问那人道:"此想必是白妞了罢?"其一人道:"不是。这人叫黑妞,是白妞的妹子。他的调门儿都是白妞教的,若比白妞,还不晓得差多远呢!他的好处人说的出,白妞的好处人说不出。他的好处人学的到,白妞的好处人学不到。你想,这几年来,好顽耍的谁不学他们的调儿呢?就是窑子里的姑娘,也人人都学,只是顶多有一两句到黑妞的地步,若白妞的好处,从没有一个人能及他十分里的一分的。"说着的时候,黑妞早唱完,后面去了。这时满园子里的人,谈心的谈心,说笑的说笑。卖瓜子、落花生、山里红、核桃仁的,高声喊叫着卖,满园子里听来都是人声。

正在热闹哄哄的时节,只见那后台里,又出来了一位姑娘,年纪约十八九岁,装束与前一个毫无分别,瓜子脸儿,白净面皮,相貌不过中人以上之姿,只觉得秀而不媚,清而不寒,半低着头出来,立在半桌后面,把梨花简丁当了几声,煞是奇怪:只是两片顽铁,到他手里,便有了五音十二律[5]似的。又将鼓捶子轻轻的点了两下,方抬起头来,向台下一盼。那双眼睛,如秋水,如寒星,如宝珠,如白水银里头养着两丸黑水银,左右一顾一看,连那坐在远远墙角子里的人,都觉得王小玉看见我了;那坐得近的,更不必说。就这一眼,满园子里便鸦雀无声,比皇帝出来还要静悄得多呢,连一根针掉在地下都听得见响!

王小玉便启朱唇,发皓齿,唱了几句书儿。声音初不甚大,只觉入耳有说不出来的妙境:五脏六腑里,象熨斗熨过,无一处不伏贴;三万六千个毛孔,象吃了人参果,无一个毛孔不畅快。唱了十数句之后,渐渐的越唱越高,忽然拔了一个尖儿,象一线钢丝抛入天际,不禁暗暗叫绝。那知他于那极高的地方,尚能回环转折;几啭之后,又高一层,接连有三四叠,节节高起。恍如由傲来峰西面,攀登泰山的景象:初看傲来峰削壁千仞,以为上与天通;及至翻到傲来峰顶,才见扇子崖更在傲来峰上;及至翻到扇子崖,又见南天门更在扇子崖上:愈翻愈险,愈险愈奇。

那王小玉唱到极高的三四叠后,陡然一落,又极力骋其千回百折的精神,如一条飞蛇在黄山三十六峰半中腰里盘旋穿插,顷刻之间,周匝数遍。从此以后,愈唱愈低,愈低愈细,那声音渐渐的就听不见了。满园子的人都屏气凝神,不敢少动。约有两三分钟之久,仿佛有一点声音从地底下发出。这一出之后,忽又扬起,象放那东洋烟火,一个弹子上天,随化作千百道五色火光,纵横散乱。这一声飞起,即有无限声音俱来并发。那弹弦子的亦全用轮指,忽大忽小,同他那声音相和相合,有如花坞春晓,好鸟乱鸣。耳朵忙不过来,不晓得听那一声的为是。正在缭乱之际,忽听霍然一声,人弦

俱寂。这时台下叫好之声,轰然雷动。

【注释】(1)本段选自《老残游记》第二回《历山山下古帝遗踪　明湖湖边美人绝调》。这一回是写老残游历济南的见闻。先是写白妞说书的广告引起的轰动,次写旅店茶房介绍白妞说书的始末,然后才写到老残亲临说书场,亲身领略白妞说书的风采。　(2)抓髻:旧式未婚少女的发式,头发拢起,绾在头顶结成一个髻,故称抓髻。　(3)梨花简:古时说书人用来伴奏的两个铁片,与大鼓同为说书人的主要乐器,故有"梨花大鼓"之说。　(4)羯鼓:一种两端都可以敲击的长圆形的鼓,样式近似腰鼓,因来自羯族,故称"羯鼓"。　(5)五音十二律:五音,即宫、商、角、徵、羽五个古音阶。十二律,即古乐的十二调,阳律六:黄钟、太簇、姑洗、蕤宾、夷则、无射;阴律六:大吕、夹钟、仲吕、林钟、南吕、应钟。这里是用来称赞白妞敲击铁片,发出优美动听而又高度和谐的乐声。

【今译】(略)

【点评】此段主要是写大明湖畔白妞说书的情景。作者采用烘云托月的方法,先写黑妞登台,其"字字清脆,声声宛转",已使人叹为观止了,然而这仅仅是为写白妞而预设的伏笔。接着又用两位观众的议论,从侧面夸赞白妞的唱腔是别人学不到的。这仍然是为白妞出场做的铺垫。接下来写黑妞下场后,满园人声嘈杂,说笑的、谈天的、叫卖的,"听来都是人声",这还是为白妞出场时一片鸦雀无声做的最后一次烘托。真正写到白妞说书时,作者集中刻画白妞悦耳动听的嗓音。作者先写嗓音之悦耳,次写嗓音之高亢宛转,都是借用比喻,把不易描述的声音,加以形象化的描写。写声音之悦耳,称"五脏六腑里,象熨斗熨过,无一处不伏贴;三万六千个毛孔,象吃了人参果,无一个毛孔不畅快"。写声音之高亢,称"象一线钢丝抛入天际"。写声音之回环宛转,借用泰山、黄山的奇险,称其"极力骋其千回百折的精神,如一条飞蛇在黄山三十六峰半中腰里盘旋穿插"。最后,又用烟火作比喻,形象地描述白妞的声音渐低渐细,又突发一个高音,这高音伴随无数声音,与弦索声相吻相合,"如花坞春晓,好鸟乱鸣"。作者用烘云托月的手法,使读者渐入佳境;又用形象性的比喻,使文章声色并茂,生动可感,真可谓如闻其声,如见其人了。

【集说】昔年曾游泰山,由泰安府出北门上山,过斗姥宫,览经石峪,历柏树洞,上一天门,看万松崖,迤逦而上,甚为平坦。比到南天门,十八盘,方觉斗峻。不知作者几时从西面上去,经得如许险境,为登泰山者闻所未闻,却又无一字虚假,出人意表。(刘鹗《老残游记》第二回原评)

王小玉说书,为声色绝调。百炼生著书,为文章绝调。(刘鹗《老残游记》第二回原评)

(陈建生)

曾朴

曾朴(1872—1935),字孟朴,笔名东亚病夫,江苏常熟人。光绪十六年(1891)中举,后捐了个内阁中书。戊戌变法前后,在上海筹办实业,热心于"新政",赞助维新派的主张。光绪三十年(1904),他同徐念慈等创办小说林书社,提倡译著小说,并开始创作小说《孽海花》。光绪三十四年(1908),他再入政界,在两江总督端方幕府中任财政文案。辛亥革命后,被选为江苏省议员,出任江苏官产处处长、财政厅厅长、政务厅厅长等。1926年再度离开政界,创办《真美善》杂志,继续进行小说创作,1931年杂志停刊,他返回常熟,直至病故。其主要著作除《孽海花》外,还有自传体小说《恋》、院本《雪昙梦》以及译著多种。

《孽海花》(节选)

傅彩云直言[1]

且说雯青一跤倒栽下去,一头正碰在内房门上,崩的一声,震得顶格上蓬尘都索索的落下来。当那儿,恰好彩云在外房醉妃榻上听见了,早吓得魂飞天外,连忙慢慢地爬起来。这真是妇人家的苦处,要急急不来,裹了脚,又要系带;系了带,还要扣纽;理理发,刷刷鬓,乱了好一会子,又望外张了张,老妈丫头,可巧一个影儿都没有,这才三脚两步,抢到雯青栽倒的地方,只见雯青还是口开眼直,面色铁青。彩云只得蹲身下去,一手轻轻把雯青的头抱起,就势坐在门限上,一手替他在背上捶拍,嘴里颤声叫道:"老爷醒来!老爷快醒来!"拍叫了好一会子,才见雯青眼儿动了,嘴儿闭了,脸儿转了白了,哑的一声,淋淋漓漓喷了彩云一袖子都是粘痰。彩云不敢怠慢,只顾揉胸捶背,却见雯青两眼恶狠狠的盯着彩云,还说不出话来,勉强挣起一手,抖索索的指着窗外。彩云正没摆布,忽听得外边嘻嘻哈哈来了一群老妈丫头。彩云忙喊道:"你们快些来,老爷跌了跤,快来帮我扶一扶!"两个老妈,一个丫头,见此光景,倒吃了一惊,也不解是何缘故,只得七手八脚拥上前来。彩云捧定了头颈,老妈托了腰,丫头抱了脚,安安稳稳抬到房里床上。彩云随手垫好了枕头,盖好了被窝,披严了,就吩咐老婆子不许声张,且去弄碗热热儿的茶来。老妈答应出去,彩云先放下帐子,自己挨身坐在床沿上,伸进头来,想再给雯青揉拍;谁知雯青原是气

急攻心,一时昏绝,揉拍一会,早已醒得清清楚楚。彩云伸进手去,还未着身,却被雯青用力一推,就叹口气道:"免劳吧,我今儿个认得你了!"彩云知道雯青正在气头上,不是三言两语解释得开,也就低头不语,气儿也不透。满房静悄悄地,只有帐中的微叹声和帐外小丫头的呼吸声,一递一答,老妈捧进茶来,也不敢声喊,轻轻走到床边,递给彩云。彩云接了,双手捧进帐中凑到雯青唇边,低声下气的道:"老爷,喝点热……"这话未了,不防雯青伸手一拦,彩云一个手松,连碗带茶热腾腾地全泼在褥子上。彩云趁势一扭身,鼻子里哼哼的冷笑了几声,抢起空杯,就望桌子上一摔。雯青见彩云倒也生了气,就忍不住也冷笑道:"奇了,到这会儿,你还使性给谁看!你的破绽,今儿全落在我眼里,难道你还有理吗?"雯青说罢话,只把眼儿觑定[2]彩云,看她怎么样,谁知彩云倒毫不惧怕,只管仰着脸剔牙儿,笑微微的道:"话可不差,我的破绽老爷今天都知道了,我是没有话说的了,可是我倒要问声老爷,我到底算老爷的正妻呢,还是姨娘?"雯青道:"正妻便怎么样?"彩云忙接口说:"我是正妻,今天出了你的丑,坏了你的门风,叫你从此做不成人,说不响话,那也没有别的,就请你赐一把刀,赏一条绳,杀呀,勒呀,但凭老爷处置,我死不皱眉。"雯青道:"姨娘呢?"彩云摇着头道:"那可又是一说,你们看着姨娘,本不过是个玩意儿,好的时,抱在怀里,放在膝上,宝呀贝呀的捧;一不好,赶出的,发配的,送人的,道儿多着呢!就讲我,算你待我好点儿,我的性情,你该知道了;我的出身,你该明白了;当初讨我时候,就没有指望我什么三从四德[3]七贞九烈,这会儿做出点儿不如你意的事情,也没什么稀罕。你要顾着后半世快乐,留个贴心伏伺的人,离不了我,那翻江倒海,只好凭我去干!要不然,看我伺候你几年的情分,放我一条生路,我不过坏了自己罢了,没干碍你金大人什么事。这么说,我就不必死,也犯不着死。若说要我改邪归正,阿呀,江山可改,本性难移。老实说,只怕你也没有叫我死心塌地守着你的本事嘎!"说罢了,只是嘻嘻的笑。

【注释】(1)本段选自《孽海花》第二十一回《背履历库丁蒙廷辱　通苞苴衣匠弄神通》。这一段写金雯青因刻印他人伪制中俄边界图被御史参奏,郁郁不乐,不能睡好中觉。下床出门,正撞上傅彩云和阿福在外房偷情,气得倒地不省人事。傅彩云既小心伺候,又大胆泼辣地表白自己,成为全书中刻画傅彩云的重要段落之一。　(2)觑(qù)定:仔细地看着。　(3)三从四德:封建社会统治阶级奴役妇女的教条。三从,指幼从父兄,嫁从夫,夫死从子。四德,指妇德、妇言、妇容、妇功。

【今译】(略)

【点评】这一段主要是通过人物的语言行动刻画人物性格,塑造人物形象。前半部分选用几个有典型意义的细节,刻画出傅彩云在家庭生活中低下的地位。细节之一:傅彩云把金雯青拍醒之后,金雯青一口痰喷到彩云的袖子上,"彩云不敢怠慢,只顾揉胸捶背"。细节之二:彩云把金雯青弄到床上,"垫好了枕头,盖好了被窝,掖严了",又想再给雯青揉拍,却被金雯青拒绝了。"彩云知道雯青正在气头上",只好"低头不语"。细节之三:热茶拿来后,彩云"双手捧进帐中凑到雯青唇边",低声下气地请金雯青喝茶,又被雯青一把打翻。这一连串的动作描写,既刻画了傅彩云这个封建家庭中的侍妾处处陪着小心的身份处境,也表现出在封建传统意识的重压下,傅彩云"自觉理亏"的精神重负。然而,一旦金雯青把话挑明,傅彩云也就毫无愧色地维护自己的生活准则。本段的后半部分是通过人物的语言,表现不同人物的内心世界。金雯青自以为抓住了彩云偷情的把柄,要对彩云大加讨伐。可是傅彩云却反守为攻,以自己的姨娘地位为立足点,给对方以犀利的反击。傅彩云的一番反击可分成三层。第一层:姨娘"本不过是个玩意儿,好的时,抱在怀里,放在膝上,宝呀贝呀的捧;一不好,赶出的,发配的,送人的,道儿多着呢"!彩云本身就是姨娘,被金雯青窥破私情后,这种悲惨的命运就很可能在自己身上重演。对此,彩云既有思想准备,也为此大鸣不平。第二层:彩云公然宣称自己本来出自娼家,不能"指望我三从四德、七贞九烈,

这会儿做出点儿不如你意的事情,也没什么稀罕"。彩云有自己的追求,不甘心这种皓首红颜的婚姻生活,与俊仆偷情幽会,是彩云婚姻生活的某种补充,在金雯青看来是伤风败俗,在傅彩云看来的确"没什么稀罕"。达官贵人能三妻四妾,难道她就只能从一而终吗?第三层:彩云为金雯青指出两条路,一是"你要顾着后半世快乐",就"只好凭我去干";一是"放我一条生路",便"没干碍你金大人什么事"。彩云指出这两条路,真正是反守为攻的"杀手锏",无论金雯青选择哪一条,都等于承认了傅彩云在性爱上的自由。最后,傅彩云更是斩钉截铁地宣称自己决不改变自己的生活准则:"江山可改,本性难移。老实说,只怕你也没有叫我死心塌地守着你的本事嘎!"这一番在统治阶级看来是离经叛道的话语,充分表现了人物的个性,也是对封建社会婚姻制度、纳妾恶习的抨击。傅彩云是这样想的,也就这么说,后来也就是这样干的。金雯青死后不满百日,彩云公开宣称"我是斩钉截铁的走定的了。要不然,就请你们把我弄死,倒也爽快"。虽说是几经周折,傅彩云最终还是走了自己想走的路,这当然都是后话。

(陈建生)

图书在版编目（CIP）数据

明清小说观止/魏崇新本书主编．－－西安：陕西人民教育出版社，2019.1
（中国古典文学观止丛书/尚永亮主编）
ISBN 978－7－5450－6403－2

Ⅰ.①明… Ⅱ.①魏… Ⅲ.①古典小说评论－中国－明清时代 Ⅳ.①I207.41

中国版本图书馆CIP数据核字（2018）第297192号

中国古典文学观止丛书
明清小说观止
魏崇新　主编

出　　版	陕西新华出版传媒集团 陕西人民教育出版社
发　　行	陕西人民教育出版社
地　　址	西安市丈八五路58号
责任编辑	巩长卿　董方红
装帧设计	张　田
经　　销	各地新华书店
印　　刷	北京市松源印刷有限公司
开　　本	787 mm×1092 mm　1/16
印　　张	30.375
字　　数	400千字
版　　次	2019年1月第1版
印　　次	2019年1月第1次印刷
书　　号	ISBN 978－7－5450－6403－2
定　　价	128.00元